Titus d'Enfer

Mervyn Peake (mort en 1968) fut dessinateur avant de songer à écrire. Il illustra Lewis Carroll, Grimm, Stevenson, Coleridge et Balzac pour ses *Contes drolatiques*. Ce choix est révélateur.

Il y a un incontestable côté visionnaire dans *Titus d'Enfer*. Les habitants fantomatiques et monstrueux de la gigantesque forteresse de Gormenghast surgissent comme des *apparitions*, inséparables de leur décor : l'énorme cuisinier Lenflure auprès de ses fourneaux; le squelettique serviteur Craclosse qui arpente les couloirs-labyrinthes de la demeure; Rottcodd, conservateur oublié de l'interminable galerie des Brillantes Sculptures; la comtesse Gertrude, ogresse amoureuse d'oiseaux et de chats blancs; le comte au milieu de ses livres; la jeune Fuchsia dans son grenier... Mais le personnage central du roman est incontestablement le château lui-même. Poternes, donjons, tours, quartiers délabrés, appartements, galeries, escaliers, bibliothèques, jardins et voûtes se multiplient à l'infini en des perspectives quasi piranésiennes. Nul ne peut prétendre en percer tous les mystères. Si bien que cet espace fermé, étouffant, se trouve être aussi infini. Le dehors et le dedans échangent sans cesse leurs attributs.

Mais trop insister sur la force des compositions presque *graphiques* de Mervyn Peake, rendrait mal compte de ce livre dont les mérites relèvent d'abord de la littérature. Il y a dans *Titus d'Enfer* une agitation incessante, des intrigues, des duels, des coups de théâtre qui traduisent la dégradation du rituel des hôtes de Gormenghast. Bref un mouvement général qui se dégage de la fébrilité étourdissante des descriptions, des rencontres, des conflits. Chacun des protagonistes possède — outre un patronyme qui le démasque — son propre langage, son vocabulaire, ses expressions, son rythme particulier qui finissent par le cerner et l'envahir. L'auteur lui-même passe de la description neutre à un certain lyrisme. Ses styles s'accordent à ses propos.

Faut-il voir un hommage à Joyce dans la scène du banquet d'anniversaire de Titus, dernier-né des comtes d'Enfer, lorsque se superposent les monologues intérieurs de tous les convives? Les fantômes de Rabelais, Swift et Lewis Carroll se sont-ils donné rendez-vous dans cette demeure pantagruélique, de l'autre côté du miroir, où l'on ne sait jamais si l'on est un géant chez les nains ou un être microscopique chez des colosses terrifiants? De fait, on pourrait s'amuser à dénombrer toutes les lectures possibles de cet ouvrage multiforme :

Lecture fantastique tout d'abord. Il suffit de se laisser prendre par les descriptions, les personnages, les situations, de se laisser attirer au centre du château — comme en un lieu enchanté — où se perd peu à peu notre raison.

Lecture psychologique, pourquoi pas? A travers le personnage de Finelame, jeune ambitieux qui va s'insinuer dans le château pour en briser le sacro-saint rituel et conquérir le pouvoir, nous assistons à une intrigue par-

(Suite au verso).

faitement ourdie. Si les personnages sont monstrueux, ils ne sont pas incompréhensibles mais simplement excessifs. Finelame, c'est un Rastignac dopé aux hormones. Ainsi peuvent-ils nous émerveiller sans échapper à l'échelle de nos mesures. A la limite, toute identification reste possible. Les scènes dialoguées deviennent chez Mervyn Peake des miracles de finesse, d'observation, d'intuition.

Lecture politique enfin. Il n'est pas interdit de voir dans *Titus d'Enfer* un roman symbolique. Le château ne figure-t-il pas ce champ clos où s'exerce le pouvoir? L'amour et l'art semblent les privilèges de l'extérieur. Les hôtes de Gormenghast n'en appréhendent que les reflets. Un protocole étouffant contraint tous leurs mouvements. Et c'est par la dégradation de ce protocole, par celle de la tradition, que l'ordre pourra être réellement ébranlé.

On pourrait multiplier encore les références à Rimbaud, à Kubin, au roman gothique, à des peintres ou dessinateurs comme Goya, Daumier, Gustave Doré... C'est sans doute le privilège des grands livres que d'inspirer tant de rapprochements. Mais c'est aussi leur mérite que de les décourager. L'œuvre de Mervyn Peake est littéralement *singulière.*

Nicole Chardaire

MERVYN PEAKE

Titus d'Enfer

TRADUIT DE L'ANGLAIS
PAR PATRICK REUMAUX

STOCK

Titre original :

TITUS GROAN

Préface

Les romans de Mervyn Peake demeurent au-delà de toute définition. *Titus d'Enfer* est un événement littéraire considérable. Une innocence, une lumière, une promesse inappréciable se dégagent de ses récits fantastiques, pourtant voués à des lieux hallucinants et habités par des personnages dont les passions et les coutumes obstinées apparaissent souvent intolérables, toujours angoissantes. Une parole neuve éclaire des amours, des misères et des folies qui ne sont pas sans parenté avec les égarements ou les rêves de nos vies ordinaires.

La présente traduction, en suivant avec mesure la diversité du style tantôt tempéré, sinon abrupt, tantôt foisonnant d'images, aura su rendre le ton vrai et direct d'un auteur passionné.

Mervyn Peake, fils d'un médecin missionnaire, est né le 9 juillet 1911 à Kuling, dans la Chine centrale. Il fit ses premières études dans une école anglaise de Tsien-tsin. C'est à l'âge de onze ans qu'il vient en Angleterre avec sa famille, et il entre à Eltham College, dans le Kent. Ses dons pour le dessin s'étant remarquablement révélés, il est admis en 1930 à la Royal Academy School. Il y travaille pendant trois ans. En 1934, il se joint à un groupe d'artistes dans la petite île de Sark où il participe à une exposition de peinture et de dessins. C'est à la suite de cette exposition qu'on lui offre, en 1936, un poste de professeur à la Westminster School of Art. Déjà son talent est apprécié à Londres. Ses dessins sont reproduits dans le *London Mercury,* le premier des journaux littéraires de l'époque, et les Leicester Galleries accueillent ses œuvres pour l'exposition annuelle des « Artists of Fame and Promise ».

Il a rencontré et épousé en 1937 Maeve Gilmore, qui étudiait la sculpture à la Westminster School. Dès lors, sa vie est autant livrée à l'insouciance et à l'amour qu'au travail et aux difficultés pécuniaires. Une exposition à la galerie Calmann obtient un moyen succès, une autre est réalisée par les Leicester Galleries en 1939. Ayant habité d'abord le quartier de Battersea, le couple déménage pour s'installer Portsdown Road puis dans un cottage du Sussex. Mobilisé en 1940, Mervyn Peake, chaudement recommandé pour que son talent soit utilisé par les services de l'armée, est mobilisé dans l'artillerie puis envoyé comme instructeur pour la conduite des camions (dont il ignore tout) à Blackpool où sa femme le rejoint. Un fils naîtra en 1940. C'est pendant une permission qu'il a commencé d'écrire *Titus Groan,* mais la vie militaire le déroute à ce point qu'il subit une dépression nerveuse; après quoi on l'envoie dans les théodolites, dont il ne comprendra jamais la signification, ce qui l'amène à une nouvelle dépression et à la réforme.

Il travaille ensuite au ministère de l'Information, sans cesser de dessiner ni d'écrire. Des peintures, les *Souffleurs de verre,* sont exposées à la National Gallery, pendant la guerre, et des dessins en Amérique. Dès l'armistice, il est envoyé en Allemagne comme dessinateur pour accompagner un journaliste et il est bouleversé par les ruines et une misère dont il n'avait aucune idée. Etonné aussi par les nombreux châteaux germaniques. *Titus Groan* est publié en 1946, et suscite l'enthousiasme et l'embarras des critiques, mais n'atteint pas le grand public. A son retour, il va habiter la petite île de Sark avec sa femme et ses deux jeunes garçons (Sébastien, sept ans, et Fabien, cinq ans). Une fille naîtra bientôt, et un prêtre viendra de Guernesey pour la baptiser. Mervyn poursuit un travail inlassable, dessins, poèmes et une suite à *Titus Groan* qui a pour titre *Gormenghast.* Il illustre *L'Ile au trésor,* les *Contes* de Grimm.

Cependant, à l'automne 1949 il faut retourner à Londres, où il publiera un livre, *Les Souffleurs de verre,* qui est, cette fois, un recueil de poèmes.

Et puis la famille va habiter le Kent, dans une maison immense et ruineuse.

En 1951, un prix de cent livres sterling est attribué par la Royal Society of Literature pour *Gormenghast* et *Les Souffleurs de verre.* Les cent livres permettent de faire un voyage à Paris et, au retour, Mervyn Peake est admis comme membre de la Royal Society. Il publie des « Dessins », écrit *Mr. Pye* et commence une pièce sur laquelle il compte pour établir les siens dans une vie normale.

En attendant, on déménage encore, d'abord pour habiter un studio trop étroit dans Chelsea, puis, dans le Surrey, la maison trop grande que Mervyn a héritée de ses parents. Mais il faudra revenir à Londres et plus tard vendre la maison.

Lorsque Mervyn Peake a terminé sa pièce *The Wit to Woo,* il est atteint des premiers tremblements de la maladie de Parkinson. Difficultés et fatigues s'accumulent pour lui et sa femme qui n'a cessé elle-même de travailler et de peindre. Le souci des enfants... Enfin, un ami leur offre le prix d'un voyage en Espagne d'où ils reviendront un peu ragaillardis.

A son retour, Mervyn Peake illustre *Alice in Wonderland,* et fait une exposition à Dublin, d'où il revient pour inonder de billets de cinq livres le lit où sa femme endormie l'attend. Il commence un troisième long roman, *Titus Alone,* qui sera la suite des deux premiers. On l'envoie avec un groupe en Yougoslavie pour un film de télévision qui ne sera pas réalisé. Les difficultés reviennent. Il illustre les *Aventures de Tom Thumb.* Enfin sa pièce est représentée, louée avec condescendance et retirée de l'affiche au bout de trois semaines. Mervyn Peake subit une nouvelle dépression. Désormais sa maladie ne fera que s'aggraver. Par surcroît, on le dit atteint, à quarante-six ans, de sénilité précoce.

Cependant, il continue à écrire *Titus Alone,* qu'il achèvera dans la paix du monastère du Kent et qui paraîtra en 1959. L'année suivante, grâce à sa femme qui l'aide, avec une patience inimaginable, à trouver des idées dans la confusion de son esprit, il peut encore illustrer les *Contes drolatiques* de Balzac.

Enfin, on conseillera une opération qui sera faite puis regrettée. Il aura retrouvé le calme, mais dès lors le crayon lui tombe de la main et il ne le sait plus.

Il meurt en 1968. Bientôt, ses romans publiés par les « Penguin Books » auront la plus large audience.

Des souvenirs que rapporte sa femme Maeve Gilmore, il faut retenir certains détails.

Mervyn Peake s'est montré toujours très bouleversé par le spectacle de la misère, que ce fût en Chine, au cours d'une enfance qu'il n'avait pas oubliée, ou en Allemagne après la guerre, ou dans Londres. Ses livres en gardent l'empreinte. Il avait cette bonté comme désarmée qui lui faisait prendre sur les minces économies du ménage de quoi distribuer, à Noël, des paquets de cigarettes aux clochards près d'un pont de la Tamise.

Le souci de faire vivre sa famille le préoccupait d'autant plus que son travail d'artiste ou d'écrivain demeurait tout à fait en dehors des exigences d'un public ou d'une mode. Lorsqu'il commença *Titus Groan,* il n'avait pas même l'idée que cela pouvait être publié.

S'il se mit à écrire, ce ne fut donc nullement une tentative pour s'ouvrir une voie dans les lettres. C'était le prolongement même de son travail de peintre, la recherche d'une expression que ses images lui faisaient pressentir mais ne pouvaient lui donner. Il avait composé d'abord des poèmes mêlés, pour ainsi dire, à des dessins qu'il ne manquait pas non plus de tracer en marge de ses romans.

Bien loin pourtant de se retirer dans une tour d'ivoire, ce dont on lui fit la sotte observation, il écrivait le plus souvent à la table de famille auprès des enfants et de sa femme dont il n'a jamais été séparé sans déchirement. Mais encore la préparation essentielle à son travail de peintre ou d'écrivain, c'étaient des croquis pris sur le vif, avec une sorte de passion. Qu'il soit dans la rue ou dans un salon de thé, il lui fallait trouver n'importe quel chiffon où transcrire une silhouette qui l'avait étonné ou émerveillé, parfois achetant des cigarettes qu'il fourrait en vrac dans sa poche pour utiliser le papier du paquet.

Une vision rapide et sûre. Mais il voulait voir aussi par-delà. Les dessins qu'il imaginait comportent des traits discordants, où se heurtent les expressions multiples qu'il a notées autour de lui, amplifiées et combinées. Ainsi se mêlent l'humour, la grâce, le grotesque et même l'horreur. Ce fut surtout dans ses romans qu'il réussit vraiment à rassembler la diversité hallucinante de ses impressions.

Le sujet de *Titus d'Enfer* est d'une grande simplicité. Dans le château de Gormenghast, aux proportions gigantesques, vit une noble famille. La seule occupation de ses membres (Lord Tombal, sa femme Gertrude et sa fille Fuchsia) consiste à accomplir des rites fixés par une tradition ancestrale, en dehors de quoi ils sont simplement livrés à des loisirs indéterminés. Naît un enfant, Titus, qui laisse la famille dans l'indifférence, si l'on met à part les cérémonies indispensables. C'est alors qu'un jeune apprenti réussit à s'échapper du fond des cuisines et, par ruse et intrigues, s'introduit dans l'entourage des seigneurs, puis imagine d'incendier la bibliothèque pour frapper à mort l'esprit du maître qui ne vit que grâce à ses livres.

Auprès du château habite, dans des huttes, un peuple d'artistes qui sculptent le bois, et n'ont d'autre joie que d'être complimentés de loin en loin et de voir leurs œuvres reléguées dans un musée où il ne vient personne. Cette misérable vie *extérieure* qui comporte ses propres drames n'a aucun rapport avec la vie de Gormenghast. Mais c'est un monde tout aussi épisodique et fermé que les divers climats qui, dans le château, suscitent des amours, des haines, des crimes, des désirs d'évasion.

Si, dès la parution de *Titus Groan*, les critiques anglais ont su remarquablement apprécier une exceptionnelle et rayonnante écriture, c'est en vain qu'ils s'évertuent à la rattacher à quelque genre. *Gothique* (vaguement barbare), dit-on souvent, ce qui faisait d'ailleurs sauter au plafond Mervyn Peake. *Grotesque, épique, féerique.* Voire même Rabelais, *Moby Dick*. Mais épithètes et références échouent absolument. Un Irlandais s'indigne qu'un critique (« un aveugle, un pauvre type ») parle du monde créé par Mervyn Peake, alors que les livres de ce « grand poète » c'est le monde lui-même. Tous sont d'accord, cependant, pour affirmer que la fable donne ici une étonnante impression de réalité. Mais le point de départ pour comprendre *Titus Groan* serait bien la malencontreuse comparaison qu'un gaffeur a faite avec Kafka.

Le roman de Mervyn Peake est tout le contraire de Kafka ou, si l'on veut, des idées que l'on a développées sur les hantises administratives et métaphysiques de cet auteur.

Le château de Gormenghast est énorme, inextricable. Souterrains, couloirs, où l'on peut entendre arriver un cheval sans le voir au loin. Du haut des toits, les hommes au fond des cours paraissent petits comme des dés à coudre. Dans un lac situé sur une tour se baignent une jument et son poulain. Quand un végétal se fait jour entre les pierres d'un mur, il s'agit d'un arbre dix fois plus gros que nos chênes centenaires. Ces proportions inaccoutumées pourraient accabler et confondre. La vérité, c'est que, au lieu d'être pris aux détours impressionnants d'un labyrinthe, il arrive à chaque instant d'éprouver une libération. En fait, nous ne savons plus si nous nous trouvons dedans ou dehors, dans l'espace ou en dehors, dans la vie ou en dehors de la vie.

Il faudrait alors plutôt songer au Rimbaud des *Villes* imaginaires où on lit ceci : « Par le groupement des bâtiments en squares, cours et terrasses, on a évincé les cochers... *Le haut quartier est inexplicable...* Un pont court conduit à une poterne immédiatement sous le dôme de la Sainte-Chapelle. » La différence entre les constructions décrites par Rimbaud et celles de Mervyn Peake, c'est que, pour ce dernier, *l'inexplicable* s'affirme à partir d'une architecture tout à fait normale, qui simplement se déploie selon des thèmes gigantesques et s'enchevêtre à ce point qu'à certains moments des lieux apparaissent tout à fait détachés de l'ordre naturel. Ainsi cette haute terrasse entourée de murs, à laquelle il n'y a aucun moyen d'accès et que découvre le jeune apprenti révolté grâce à une ascension périlleuse. Le vaste espace dallé, entouré de murs, échappe à l'ordonnance du château, pour voguer dans le ciel auquel il emprunte les couleurs d'un soir.

Fuchsia, la fille de Lord Tombal, gagnant un grenier assez complexe, où il faut, à un moment, *descendre* un long escalier, arrive dans une pièce vide qui est son refuge. Alors elle n'est plus dans cette pièce, mais dans l'*espace* lui-même, dégagé de tout ce qui l'entoure. Soudain, « les vestibules, les tours, les salles du château appartenaient à une autre planète ». Ce même espace pour lequel, selon Mervyn Peake, les condors ont un désir secret, et aigu, et qui pour ainsi dire est « dans leur sang ».

Ce n'est pas littérature, mais la vision de très simples données. L'espace est réellement démesuré, puisque aucune limite ne peut lui être assignée, mais il arrive qu'il soit enclos, dans la pratique la plus courante, par n'importe quelle construction. Or, il demeure impossible de le définir aussi bien dans son infinité qui est insaisissable que par des bornes évidemment provisoires. Il nous échappe tout à fait, situé hors nature, en dépit de nos raisons. Et la seule ressource, le seul espoir dans une situation sans recours, ce sont, pour Mervyn Peake, certains lieux privilégiés, en des moments tout aussi privilégiés, où l'homme est soudain pénétré par une singulière vision de l'espace qui est à la fois en lui et en dehors de lui, illimité mais *présent*. Comme saisi d'un transport d'amour : *he is in love.* Mais plutôt que d'une passion, il s'agit ici d'un émerveillement et d'une clairvoyance.

La grande affaire, dans *Titus Groan*, c'est que Mervyn Peake a reporté cette contradiction vivante de l'espace dans toutes les démarches de ses personnages. Selon l'histoire, qui n'est pas sans parenté avec nos façons habituelles, ces personnages ont l'obligation d'observer des rites très rigoureux auxquels ils désirent aussi échapper. Or, dès qu'ils ne sont plus occupés par ces nécessités rituelles, leur esprit les livre aussitôt à des pensées qui risquent, comme l'espace, de rompre toute limite. Si bien que leur univers devient sur-le-champ fantastique, astreints qu'ils sont à une vie normalisée mais toujours menacée par des sentiments qui les transfigurent si peu qu'ils lâchent la bride. Il semble qu'il n'y ait pour eux d'évasion hors des données ordinaires qu'en se livrant à des dimensions effrayantes, comme il arriverait à qui voudrait concevoir *tout* l'espace. Ou bien le train-train idiot ou bien quelque chose comme l'absolu, et nous ne sommes faits pour l'un ni pour l'autre, apparemment. Tel est l'embarras d'une situation tragique, laquelle ne peut aller non plus sans humour, car Mervyn Peake, dans ses contes fabuleux, ne fait que pousser à l'extrême la logique d'une expérience familière.

Qu'arrive-t-il donc dans l'histoire ? Le plus souvent, les personnages sont dominés soit par leur vie étroite, soit par ce fantastique qui peut s'emparer d'eux tout entiers. Rien que leur constitution corporelle... Ce chef cuisinier est empêtré d'un corps énorme avec des pieds flasques comme des ventouses, et il ne sait trop comment le transporter de façon naturelle. Ce valet-intendant a une telle maigreur qu'à chaque pas l'articulation de ses genoux produit de singulières détonations. Il en sera réduit, dans une circonstance remarquable, à envelopper ses jambes de couches d'étoffe pour obtenir le silence d'une démarche propre à le dénoncer. Maigres ou gras, les corps sont difficilement maîtrisés dans leurs proportions, et les embarras qu'ils créent deviennent fabuleux tout aussitôt.

Il en est de même pour les esprits dont l'intelligence se révèle si vive ou à ce point obtuse que, de toute manière, elle impose aux personnages des paroles ou des actes qui débordent leur raison et les plonge encore dans le fantastique. Ainsi leur monde devient, quoi qu'ils fassent, un *autre* monde.

Il suffit que les relations humaines échappent tant soit peu aux habitudes pour que naisse un petit sentiment de rien du tout qui, finalement, ne peut être *contenu*. Un déclenchement insignifiant, et c'est le déchaînement des passions, haine ou amour. Le chef cuisinier et l'intendant finiront par s'étriper sans merci. Ce que feront aussi les deux amants de la jeune Keda (une Habitante du Dehors), qui n'a pas su les départager parce qu'elle a éprouvé une passion qui ne pouvait que s'amplifier vers l'infini, et, rayonnant par toute la nature, emporter au-delà de tout les vies mêmes qu'elle animait.

Cependant, le centre ou l'essentiel du roman de Mervyn Peake est tout à fait ailleurs qu'en de terrifiants abandons. Comme pour l'espace dont nous parlions, il survient des moments privilégiés où l'homme est vraiment *dans* l'amour, c'est-à-dire non pas livré à l'étroitesse d'une union commode ni aux excès d'un enchantement passionné et universel, mais pénétré par un humble sentiment qu'illumine une présence infinie.

Lorsque tous les membres de la famille sont pris dans l'incendie de la bibliothèque, il s'agit d'escalader une fenêtre. Or, par une gentillesse qui leur vient d'on ne sait où, pas un instant ils ne songent à se précipiter. Il n'est question pour eux, en dépit d'un extrême danger, que de passer chacun à leur tour, d'abord la nurse avec Titus le bébé, puis Fuchsia, à qui sa mère ne permet pas de lui céder sa place, puis la comtesse, enfin le comte qui s'était éloigné un instant et qui ne s'applique à rien d'autre qu'à se confondre en excuses : « Je suis désolé de vous avoir fait attendre. » Et du haut de la fenêtre encore : « Je suis désolé de vous avoir fait attendre. » Ce n'est rien. Le terrible incendie n'est pas conjuré pour autant, mais une paix invraisemblable s'épanouit en un clin d'œil.

Fuchsia, qui ne voulait pas entendre parler de son frère nouveau-né, est soudain éprise dès qu'elle le voit chétif et laid, de même qu'elle se voue tout entière à un père lointain, sur lequel elle veille avec une attention extrême, au moment où l'homme perd la raison et se trouve abandonné. Qu'est-ce à dire, sinon qu'il n'est pas question d'un devoir ou d'un sentiment, mais de la vision instantanée d'une humble vérité? La bonté n'est pas en Fuchsia mais semble venue d'une nécessité infinie qui soudain la pénètre.

Dans ces merveilleux ravissements dont on trouve plus d'un exemple, il n'y a, pour Mervyn Peake, ni règles morales, ni idées, ni allusions à une inspiration, pas plus qu'il n'évoque quelque force malfaisante au cours des drames antérieurs. Comme Georges Limbour, que l'on a tort de si peu connaître, Mervyn Peake ne fait que suivre l'imagerie de son univers fantastique (et du nôtre, bien sûr) telle qu'il la voit livrée à des lois étroites ou hors de toute proportion, et son histoire n'est rien d'autre que la notation des instants rapides, des illuminations où tout change soudain, où une communication incroyable s'établit entre notre misère et l'illimité. C'est toujours insaisissable, mais cela est. Nous avons eu l'aperçu d'on ne sait quel salut.

Comment trouver cet amour qu'il faut toujours « réinventer »? C'est l'interrogation même que poursuit le dessinateur et le romancier Mervyn Peake. Le point de départ, en tout cas, semble le plus familier et dépourvu de la moindre prétention. L'énorme comtesse de Gormenghast serait bien le personnage exemplaire, le mieux équilibré, quoiqu'il paraisse le plus grotesque et le moins raisonnable. Malgré les dimensions ridicules de son corps, elle réussit à y affirmer une inébranlable dignité. Hostile aux rites insignifiants et à la folie du monde comme aux tentations de l'inaccessible, elle se contente d'apprivoiser les oiseaux qui viennent la visiter, et elle s'entoure d'une foule de chats blancs. C'est un double hommage rendu à ce qui l'entoure en même temps qu'à une nature étrangère et merveilleuse. Si elle ne veut pas voir son fils avant qu'il ait cinq ans, elle décide avec énergie que, pour faire son éducation, elle lui apprendra avant toutes choses à aimer les oiseaux. La plus timide tentative, en vérité, pour trouver une véritable libération.

Mais c'est aussi une question posée. Si tout le roman semble fait pour ces instants de grâce, les personnages n'en sont que mieux réduits à ne pouvoir faire appel qu'à ce qui leur demeure tout à fait inconnu.

Quand la comtesse s'absente un jour, tous ses chats blancs montent en haut du château, et ils se perchent chacun sur une tourelle, regardant tous du même côté. Et c'est à peu près ainsi que finit le roman, par cette interrogation paisible et infinie qui s'adresse au monde inconnu et qu'a poursuivie Mervyn Peake en écrivant deux autres livres : *Gormenghast* et *Titus Alone*. Même il en projetait encore un autre, qu'il n'a pas eu la force de commencer, où il devait y avoir « des neiges, des montagnes, des îles, des rivières, des archipels, des monstres, des hypocrites, des anges, des démons, des mendiants, des vagabonds »... Nous ne savons pas, mais en lisant Mervyn Peake il semble toujours que nous attendions l'aurore.

André Dhôtel.

La galerie des Brillantes Sculptures

Gormenghast, du moins la masse centrale de la pierre d'origine, aurait eu dans l'ensemble une architecture assez majestueuse, si les murs extérieurs n'avaient été cernés par une lèpre de demeures minables. Ces masures grimpaient le long de la pente, empiétant l'une sur l'autre jusqu'aux remparts du château, où les plus secrètes s'incrustaient dans les épaisses murailles comme des arapèdes sur un rocher. Une ancienne loi permettait à ces taudis de vivre dans une intimité glaciale avec la forteresse qui les surplombait. Sur les toits irréguliers, s'allongeaient, saison après saison, les ombres des contreforts rongés par le temps, des tourelles altières et brisées, et surtout la grande ombre de la tour des Silex. Cette tour, irrégulièrement mouchetée de lierre noir, s'élevait au milieu des créneaux en coup de poing de la maçonnerie comme un doigt mutilé, blasphématoire, vers le ciel. Les hiboux, la nuit, en faisaient un gosier plein d'échos. Le jour, elle restait muette dans son ombre portée.

Il y avait peu de communication entre les habitants de ces blocs extérieurs et ceux qui vivaient *dans* les murs, sauf le premier matin de juin, une fois l'an, quand toute la population des taudis d'argile avait l'autorisation de pénétrer dans le domaine, pour exposer les sculptures de bois auxquelles elle avait travaillé toute l'année. Ces sculptures, ornées de couleurs étranges, représentaient le plus souvent des animaux ou des formes humaines extrêmement stylisées, travaillées dans un style particulier. Chaque année, le plus bel objet était exposé et il y avait une compétition féroce. Dès que le temps de l'amour était passé, ces sculptures étaient l'unique passion de ces habitants, et, dans le fouillis des huttes qui s'étendaient au pied du mur extérieur, vivait une tribu de sculpteurs qui avaient une place de choix parmi les ombres, à cause de leur réputation d'artistes.

Dans l'enceinte du mur extérieur, les blocs de pierre de la muraille formaient un surplomb massif, qui s'étendait d'est en ouest sur deux ou trois cents pieds. Ces blocs en saillie étaient peints en blanc, et c'était sur ce rayon de pierre que les sculptures étaient alignées pour être jugées par le comte d'Enfer. La plupart n'étaient bonnes qu'à brûler, et il n'y en avait guère que trois de sauvées, trois œuvres ensuite reléguées dans la galerie des Brillantes Sculptures.

Exposées tout le jour, ces sculptures colorées dont les ombres fantastiques changeaient et s'allongeaient sur le mur au fil des heures, avec la rotation du soleil, avaient, malgré leurs couleurs, un air d'obscure tristesse. Entre elles, l'air était gonflé de mépris et de haine. Rassemblés là comme des mendiants, leurs familles agglutinées en groupes silencieux, les artisans avaient un aspect rude et des visages sans éclat, prématurément vieillis.

Les sculptures qui n'avaient pas été primées étaient brûlées le soir même dans la cour, sous le balcon ouest du comte d'Enfer, et la coutume voulait qu'il assistât à cet holocauste, la tête penchée comme s'il était accablé de douleur; puis un gong résonnait trois fois à l'intérieur des murs et les trois sculptures qui avaient échappé aux flammes étaient exposées à la clarté de la lune. Visibles aux yeux de tous, elles étaient hissées sur le balcon, et le comte d'Enfer demandait à leurs auteurs de s'avancer. Lorsqu'ils étaient exactement sous la balustrade, le comte leur jetait les rouleaux de parchemin qui, selon la coutume, leur octroyaient le droit de monter sur les remparts qui surplombaient leurs baraquements, une fois tous les deux mois, les nuits de pleine lune. D'une fenêtre ouverte dans le mur sud de Gormenghast, un observateur aurait pu, ces nuits-là, apercevoir au clair de lune ces silhouettes menues marcher sur les remparts, grâce au privilège envié que le talent leur avait conféré.

A part cette unique exposition, et la liberté octroyée aux artistes exceptionnels, ceux qui vivaient à l'intérieur se désintéressaient complètement du Peuple du Dehors, englouti par les ombres des immenses murailles. Ils ressemblaient à ces peuples oubliés, à ces races qui se rappellent à vous brutalement, et avec la sensation d'irréalité qui accompagne un rêve obstinément répété. Seul le jour des sculptures ramenait ce peuple à la lumière, réveillant la mémoire de temps très anciens. Car aussi loin que pouvait s'en souvenir Nettel, l'octogénaire de la tour qui logeait au-dessus de la vieille salle d'armes, ce rite avait eu lieu.

Selon la loi, d'innombrables sculptures avaient été réduites en cendres, mais les plus belles étaient toujours à l'abri dans la galerie des Brillantes Sculptures. Le conservateur, Rottcodd, gardait cette salle située à l'étage supérieur de l'aile nord, et, comme personne n'y venait jamais, il dormait les trois quarts du temps dans un hamac qu'il avait suspendu à l'extrémité de la galerie. Malgré sa somnolence, il n'avait pas une seule fois laissé échapper le plumeau avec lequel il époussetait régulièrement les sculptures, l'une des deux seules tâches apparemment nécessaires dans cette longue et silencieuse galerie.

Ces objets ne l'avaient jamais intéressé en tant qu'œuvres d'art, mais il se sentait malgré lui attaché à certains par un lien secret. Aucun grain de poussière ne souillait jamais le *Cheval d'émeraude*, ni la *Tête noire et verte* qui était en face, et il avait des soins particuliers pour le *Requin pie*. Les autres sculptures n'en étaient pas pour autant négligées, et la poussière n'avait sur elles aucun empire.

Arrivant à sept heures, hiver comme été, chaque jour de chaque année, Rottcodd enlevait sa jaquette et enfilait un long tablier gris informe qui lui descendait jusqu'aux talons. Le plumeau sous le bras, il scrutait avec une sagacité de myope les profondeurs de la galerie. Il avait un petit crâne sombre comme une balle de mousquet rongée par la poudre, et ses yeux, derrière les verres brillants des lunettes, avaient en miniature la rondeur de sa tête. Jumelés au crâne, ils étaient toujours sur le qui-vive, comme pour rattraper le temps perdu en dormant, et, lorsque Rottcodd marchait, la tête secouée d'un mouvement mécanique, ses yeux cherchaient à suivre le rythme de la sphère à laquelle ils étaient attachés, épiant ici et là, dans le vide. Après avoir jeté un coup d'œil au-dessus de ses lunettes, longuement scruté l'aile nord et revêtu son tablier, Rottcodd prenait le plumeau qu'il portait sous l'aisselle gauche et, brandissant cette arme, s'avançait sans plus tarder vers la première sculpture, à sa droite. Située à l'étage supérieur de l'aile nord, c'était à tort qu'on appelait cette salle une galerie, car elle avait plutôt l'air d'un grenier. Tout à fait au fond, en face de la porte par laquelle Rottcodd entrait, venant des étages supérieurs, une unique fenêtre laissait filtrer une pauvre lumière à travers les volets invariablement baissés. Suspendus au plafond à neuf pieds d'intervalle, sept grands candélabres illuminaient jour et nuit la galerie des Brillantes Sculptures. Jamais les chandelles ne s'éteignaient, jamais elles ne suintaient car Rottcodd y veillait chaque soir avant de se retirer à neuf heures. Dans le réduit sombre où il rangeait son tablier, juste avant la porte d'entrée de la salle, il y avait toute une provision de bougies blanches, le grand livre des visiteurs, blanc de poussière, et un escabeau. Il n'y avait ni chaise ni table, aucun meuble en dehors du hamac où dormait le conservateur, au bout de la galerie, près de l'unique fenêtre. Le plancher était cendré de poussière, qui, inflexiblement refoulée loin des sculptures, s'était accumulée en une couche épaisse, particulièrement aux quatre coins de la salle.

Après avoir donné son premier coup de plumeau sur la sculpture de droite, Rottcodd s'engageait d'un pas mécanique dans la longue allée brillante, faisant halte un instant devant chaque œuvre d'art pour l'examiner avec soin, de haut en bas, hochant la tête d'un œil de connaisseur, avant de passer le plumeau. Rottcodd était célibataire. La première fois qu'on le voyait, on le sentait distant, et même un peu nerveux, et les dames l'avaient particulièrement en horreur. Il menait donc une existence idéale, seul jour et nuit dans cette galerie interminable. Mais parfois, pour une raison ou une autre, un valet ou un membre de la maison du Comte apparaissait soudain et lui posait à brûle-pourpoint une question concernant le rituel, puis tout rentrait dans l'ordre, et la poussière retombait sur la galerie et sur l'âme du conservateur.

A quoi rêvait-il, étendu dans son hamac, la tête noircie comme une balle de mousquet, nichée au creux du bras? A quoi rêvait-il donc, heure après heure, jour après jour? On a peine à croire que les images qui passaient sous ce crâne fussent prodigieuses ni que, malgré les files éclatantes des sculptures qui surgissaient à l'infini de la poussière pour élever un arc de triomphe digne d'un empereur, Rottcodd cherchât le moins du monde à rompre son isolement. Au contraire, il paraissait aimer la solitude pour elle-même, et il avait une peur constante des intrus.

Un après-midi humide, pourtant, un visiteur dérangea Rottcodd qui sommeillait dans les profondeurs du hamac. Sa sieste fut brutalement interrompue par quelqu'un qui s'acharnait sur la poignée de la porte, au lieu de frapper discrètement contre le panneau. Les échos se propagèrent le long de la galerie avant d'aller mourir dans la fine poussière du plancher, et le soleil se glissa à travers les fentes des volets. Même par un après-midi aussi chaud, aussi étouffant, les volets étaient clos et la lumière des bougies inondait la pièce d'une splendeur insolite. Lorsqu'il entendit grincer la poignée de la porte, Rottcodd s'assit brusquement. A travers les volets, les fines tranches de lumière mouchetée projetèrent sur sa nuque sombre l'éclat bigarré du monde extérieur. Il se laissa glisser du hamac qui revint lui battre les épaules, et ses yeux se mirent à voyager frénétiquement du haut en bas de la porte, revenant toujours se fixer sur les soubresauts de la poignée. Le plumeau fortement serré dans la main droite, Rottcodd traversa la lumineuse galerie, soulevant à chaque pas de petits nuages de poussière. Lorsqu'il atteignit enfin la porte, la poignée avait cessé de vibrer. S'agenouillant soudain, il colla l'œil droit contre le trou de la serrure, contrôla les oscillations de sa tête et les velléités errantes d'un œil gauche qui essayait désespérément d'embrasser toute la surface du panneau, et réussit enfin, grâce à un prodige de concentration, à distinguer un œil comme le sien enchâssé dans le trou de la serrure, à moins de six centimètres, un œil qui ne lui appartenait pas, car non seulement il était d'une autre couleur que sa propre prunelle de marbre, mais, ce qui était encore plus convaincant, il se trouvait de l'autre côté de la porte. Ce troisième œil, qui se livrait exactement au même manège que celui de Rottcodd, appartenait à Craclosse, le taciturne valet de Lord Tombal, comte de Gormenghast. Que Craclosse se trouvât verticalement éloigné du comte par un étage, et horizontalement par quatre pièces, était chose bien extraordinaire dans la vie du château. Le seul fait de ne pas être aux côtés de son maître lui semblait anormal, et pourtant, en cet après-midi étouffant, l'œil de Craclosse était de toute évidence collé au trou de la serrure, devant la porte de la galerie des Brillantes Sculptures et il était probable que le reste de sa personne s'y trouvait aussi. Dès qu'ils se furent reconnus, les yeux quittèrent ensemble la serrure, et la poignée de cuivre grinça de nouveau sous la poigne du visiteur. Rottcodd fit tourner la clef, et la porte s'ouvrit lentement. Dès qu'il apparut, Craclosse sembla complètement obstruer le seuil, bras croisés, dévisageant d'un regard sans expression l'homme tassé qui lui faisait face. Il ne semblait pas qu'un visage aussi osseux fût capable d'émettre le moindre son, mais qu'il en sortirait quelque chose de plus fêlé, de plus ancien, de plus sec qu'une esquille, quelque chose qui pût se comparer à un éclat de pierre. Pourtant, les lèvres râpeuses s'ouvrirent.

« C'est moi », dit-il, et il s'avança d'un pas dans la pièce en faisant craquer les articulations de ses genoux.

Chaque pas qu'il faisait dans les salles (en réalité chaque pas de sa vie) était accompagné par ces craquements qui ressemblaient à ceux des branches mortes.

Enfin sûr de l'identité du visiteur, Rottcodd lui fit signe d'avancer d'un geste irrité, et referma la porte derrière lui.

La conversation n'avait jamais été le fort de Craclosse et, pendant ce qui parut une éternité à Rottcodd, il regarda devant lui d'un air morne, puis leva une main osseuse et se gratta derrière l'oreille, avant de risquer une seconde remarque.

« Toujours là, hein ? » dit-il d'une voix qui avait peine à franchir ses lèvres.

Trouvant sans doute inutile de répondre à la question, Rottcodd haussa les épaules et admira le plafond.

Craclosse rassembla ses esprits et continua :

« J'ai dit toujours là, hein, Rottcodd ? (Puis, fixant le *Cheval d'émeraude* d'un œil glacial :) Toujours là, hein ?

– Je suis immanquablement là, dit Rottcodd en faisant glisser ses binocles aux verres brillants pour détailler le visage de Craclosse. Du matin au soir, immanquablement. Très chaud aujourd'hui. Etouffant. Qu'est-ce que vous voulez ?

– Rien, dit Craclosse qui se tourna vers le conservateur avec une attitude vaguement menaçante. Je ne veux *rien.* »

Il s'essuya les paumes sur les hanches, à l'endroit où l'étoffe noire de son habit luisait comme de la soie. Rottcodd fit voler la poussière qui couvrait ses chaussures d'un coup de plumeau, et inclina sa tête en forme de chevrotine.

« Ah ! dit-il d'un ton tout à fait neutre.

– Vous dites " ah ! ", dit Craclosse qui lui tourna le dos et s'engagea dans l'éclatante galerie, mais je vous assure qu'il s'agit d'autre chose que d'un " ah ! ".

– Bien sûr, dit Rottcodd. De tout autre chose, je n'en doute pas. Mais cela m'échappe, voyez-vous. Je suis conservateur. »

A ces mots, il se redressa de toute sa taille, la pointe des pieds dans la poussière.

« Vous êtes quoi ? demanda Craclosse qui était revenu sur ses pas et le dominait en se balançant. Conservateur !

– Absolument », dit Rottcodd en hochant la tête.

Il y eut un gargouillement dans la gorge de Craclosse. Rottcodd y perçut un signe d'incompréhension totale, et fut agacé que l'homme eût envahi son royaume.

« Monsieur le conservateur, dit Craclosse après un silence pénible, je vais vous apprendre quelque chose, hein ?

– Oui ?

– Je vais vous le dire, reprit Craclosse. Mais d'abord, quel jour sommes-nous ? Quel mois ? Quelle année ? Répondez. »

Rottcodd fut déconcerté par la question, mais il commençait à être intrigué. Il était évident que cette grande carcasse avait quelque chose qui lui trottait dans la tête, et il répondit :

« C'est le huitième jour du huitième mois, je ne suis pas sûr de l'année. Pourquoi ?

– Le huitième jour du huitième mois », répéta Craclosse d'une voix à peine audible.

Il avait des yeux presque transparents qui vous faisaient soudain découvrir, au milieu des rochers d'un méchant paysage de collines, deux lacs reflétant le ciel.

« Venez ici, dit-il. Plus près, Rottcodd, je vais vous le dire. Vous ne comprenez pas Gormenghast, ce qui se passe à Gormenghast – les choses qui arrivent. Non, non. Tout se passe là, au-dessous. Sous vos pieds, sous l'aile nord. Qu'est-ce que vous avez ici? Tous ces morceaux de bois? Ne servent plus à rien maintenant. Avez l'œil dessus, mais ne servent plus à rien maintenant. Tout bouge, tout change. Le château change. Aujourd'hui, première fois qu'il est seul, le comte. (Craclosse se mordit le doigt.) Chambre à coucher de la comtesse, voilà où il est. Le comte n'est plus lui-même : ne veut plus me voir, ne veut pas me laisser entrer voir le Dernier. Le Dernier. Il est né. En bas. Et je ne l'ai pas vu. (Craclosse se mordit l'autre doigt, d'un geste compensateur.) Personne n'est encore entré dans la chambre. Bien sûr. Mon tour viendra. Les oiseaux sont perchés sur les barreaux du lit. Les corbeaux, les sansonnets, tous les bons à rien, et la corneille blanche. Il y a un faucon. Les griffes traversent l'oreiller. La comtesse les nourrit de croûtes de pain. Millet et croûtes de pain. Regarde à peine le nouveau-né. L'héritier de Gormenghast. Ne le regarde même pas. Mais le comte ne le quitte pas des yeux. L'ai aperçu à travers la grille. A besoin de moi. Ne veut pas me laisser entrer. Vous m'écoutez? »

Rottcodd était tout oreilles. D'abord parce qu'il n'avait encore jamais entendu Craclosse parler aussi longtemps, ensuite parce que la naissance du fils si longtemps attendu au sein de l'ancienne et historique maison d'Enfer était tout de même une nouvelle qui avait du piquant pour un conservateur dont la vie solitaire s'écoulait à l'étage supérieur de l'aile nord déserte. Il y avait là de quoi lui occuper l'esprit pour les jours à venir. Comme le lui avait fait remarquer Craclosse, il ne pouvait, du fond de son hamac, sentir le pouls du château, et il ne s'était pas douté une seconde qu'un héritier était en route. Ses repas surgissaient de l'ombre sur un monte-charge miniature, hissé depuis les quartiers où vivait la domesticité, plusieurs étages au-dessous, et, comme il dormait dans le réduit où il rangeait son tablier, il était complètement coupé du monde et de ce qui s'y passait. Craclosse lui avait apporté des informations surprenantes. Mais il avait horreur d'être dérangé, même pour une nouvelle de ce calibre. Ce qui préoccupait ce crâne en forme de chevrotine, c'était la question de savoir comment Craclosse était arrivé jusque-là. Pourquoi Craclosse, qui en temps normal n'aurait même pas daigné le reconnaître par un haussement de sourcils, avait-il pris la peine de grimper jusqu'à une aile du château qui lui était complètement inconnue ? Pourquoi avait-il fait l'effort de converser avec quelqu'un d'aussi taciturne que lui ? Il lui jeta un de ces coups d'œil rapides dont il était coutumier, et se surprit à lui dire brusquement :

« A quoi dois-je attribuer votre visite ?

– Quoi ? dit Craclosse. Quoi donc ? »

Il baissa les yeux sur Rottcodd, et son regard devint vitreux. A vrai dire, il était étonné de ce qu'il avait fait. Pourquoi diable avait-il pris la peine d'aller annoncer à Rottcodd cette nouvelle qui signifiait tant pour lui ? Pourquoi Rottcodd plutôt que n'importe qui d'autre ? Il continua de fixer le conservateur et, plus il réfléchissait, plus il voyait de façon lumineuse combien la question de Rottcodd était douloureusement pertinente.

Le petit homme qui lui faisait face avait posé une question simple et sans détour. Mais pour Craclosse, c'était une énigme. Il avança d'un pas traînant vers le conservateur, puis, enfonçant les mains dans ses poches, il fit lentement demi-tour sur un talon.

« Ah ! dit-il enfin, je vois ce que vous voulez dire, Rottcodd. Je vois ce que vous voulez dire. »

Rottcodd avait hâte de retrouver son hamac et de

goûter de nouveau la joie d'être seul, mais, à cette remarque, son œil se tourna à une vitesse fulgurante vers le visage du visiteur. Craclosse avait dit qu'il voyait ce que lui, Rottcodd, voulait dire. Vraiment? Très intéressant. Et qu'est-ce que c'était, au juste? Qu'est-ce que Craclosse avait bien pu comprendre? Il fit voler un grain de poussière imaginaire de la tête dorée d'une dryade.

« Vous êtes intéressé par la naissance d'en bas? » demanda-t-il.

Craclosse resta un instant silencieux, comme s'il n'avait rien entendu, puis il devint évident que la question le pétrifiait.

« Intéressé! s'écria-t-il d'une voix profondément éraillée. Intéressé! Mais l'enfant est un comte d'Enfer. Un authentique descendant mâle de la lignée. Cela défie le changement! Pas de *changement*, Rottcodd. Pas de changement!

– Ah! Je vois ce que vous voulez dire. Le comte n'est pas mourant?

– Non, répondit Craclosse. Mais ses dents se font rares! »

Il s'avança d'un pas de héron vers les volets de bois, en faisant voler des nuages de poussière derrière lui. Lorsque la poussière fut retombée, Rottcodd vit qu'il avait appuyé sa tête anguleuse, couleur de parchemin, contre le rebord de la fenêtre.

Craclosse n'était pas entièrement satisfait de l'explication qu'il avait donnée à Rottcodd. Pourquoi était-il monté jusqu'à la galerie des Brillantes Sculptures? Appuyé contre la fenêtre, la question lui tournait sans fin dans la tête. Pourquoi Rottcodd? Pourquoi diable Rottcodd? Dès qu'il avait appris la naissance de l'héritier, sa nature austère avait été tellement bouleversée qu'il avait éprouvé le besoin irrésistible de communiquer son enthousiasme à quelqu'un d'autre, et c'était à Rottcodd qu'il avait aussitôt pensé. Etant d'une nature exceptionnellement taciturne, il lui avait pourtant été difficile, même sous le coup d'une telle émotion, d'informer le conservateur. Et il avait été le premier surpris, non seulement d'avoir réussi à décharger son cœur, mais de l'avoir fait avec tant de célérité.

Il se retourna et vit que le conservateur se tenait d'un air las près du *Requin pie,* sa petite tête ronde et rasée agitée de mouvements d'oiseau, les mains étreignant le plumeau qu'il tenait devant lui. Il voyait que Rottcodd attendait poliment qu'il s'en aille. Mais Craclosse était dans un état d'esprit étrange. Il s'étonnait que Rottcodd fût si peu impressionné par la nouvelle, et il était surpris de la hardiesse avec laquelle il était venu l'annoncer. Il sortit de sa poche une grosse montre en argent, et la posa à plat dans sa paume.

« Je dois vous quitter, dit-il gauchement. Vous m'entendez, Rottcodd ? Il faut que je parte.

– Aimable à vous d'être venu. Vous voudrez bien signer le livre des visiteurs avant de partir ?

– Non ! Je ne suis pas un visiteur, dit Craclosse, accompagnant sa réponse d'un haussement d'épaules jusqu'aux oreilles. Ça fait trente-sept ans que je suis au service du comte. Signer un *livre* ! » ajouta-t-il avec dédain.

Puis il cracha dans un coin éloigné de la pièce.

« A votre aise. Je pensais à la section du livre des visiteurs réservée au service.

– Non ! » dit Craclosse.

Il se dirigea vers la porte, et, passant devant le conservateur, il l'observa attentivement et la même question revint le troubler. Pourquoi ? La naissance avait rempli le château d'agitation. La forteresse bruissait de conjectures.

Pourquoi donc avoir choisi Rottcodd ? En un éclair il comprit : Rottcodd, le conservateur qui vivait seul, au milieu des sculptures éclatantes, était l'unique personne à qui il pût ouvrir son cœur morose sans compromettre sa dignité et pour qui la nouvelle aurait au moins gardé sa fraîcheur.

La Grande Cuisine

Lorsque Craclosse s'engagea sous le passage voûté réservé au service et descendit les douze marches qui donnaient sur l'un des couloirs menant aux cuisines, il prit conscience que son humeur avait complètement changé. Encore imprégné de la solitude du sanctuaire de Rottcodd, il avait l'impression que son esprit avait été violé. Toutes les pierres des voûtes parlaient un langage obscène. Craclosse enfonça la tête dans ses épaules décharnées, et enfouit les mains dans les poches de sa jaquette qu'il ramena devant lui au point que seule la mince étoffe noire séparait ses poings crispés. Le tissu était tellement tendu qu'il menaçait de lui craquer dans le dos. Il jeta un œil fixe et morne à droite et à gauche, puis, faisant craquer les jointures de ses longues jambes d'araignée, il se fraya un passage à travers une grappe de larbins. Ceux-ci pouffaient bruyamment de rire, et le plus finaud tordait un visage aussi malléable que du mastic en des formes grotesques qui semblaient indépendantes du crâne, à supposer qu'il y eût un crâne sous cette chair élastique. D'un coup d'épaule, Craclosse passa outre.

Le couloir bruissait de vie. Des silhouettes en tablier formaient des îlots mouvants. Il y avait des gens qui chantaient, d'autres qui discutaient, d'autres qui n'avaient plus de voix et étaient plaqués contre le mur, les mains pendantes, ou battant stupidement la mesure d'un refrain de basse cuisine. Le tapage était impitoyable. Du point de vue de la forme, Craclosse préférait ce genre de démonstrations, qu'il trouvait mieux appropriées à l'occasion. Le manque d'enthousiasme de Rottcodd l'avait profondément choqué. Ici, au moins, on pouvait dire qu'était observée la liesse traditionnelle qui accompagnait la naissance d'un héritier de Gormenghast. Mais il lui était impossible d'afficher la moindre lueur de joie, car il avait horreur des démonstrations. Lorsqu'il s'engagea dans le couloir grouillant et obliqua sous les sombres voûtes qui menaient aux abattoirs puant le sang frais, aux boulangeries pleines de miches odorantes, et aux escaliers qui plongeaient vers les celliers et le labyrinthe inextricable des souterrains du château, il éprouva une certaine satisfaction à voir les fêtards tituber contre le mur pour le laisser passer, car sa position de chef de la maison du comte lui conférait une certaine autorité, et sa bouche amère autant que le pli qui ne quittait jamais son front protubérant étaient des avertissements qui ne trompaient pas.

Ce n'était pas souvent que Craclosse contemplait d'un œil indulgent le bonheur des autres. Il voyait dans le bonheur les germes de l'indépendance, et, dans l'indépendance, ceux de la révolte. Mais, en une telle occasion, c'était différent, la tradition était rigoureusement respectée, et il sentit un frisson de plaisir lui chatouiller les côtes.

De l'endroit où il était, il apercevait, sur la gauche, à mi-chemin le long du couloir de service, les lourdes portes de bois de la Grande Cuisine, entrebâillées. Devant lui, le couloir, qui n'avait pas de fenêtres, se rétrécissait en un long boyau sombre et silencieux. Ce corridor était dépourvu de portes latérales et se terminait par un mur de silex. C'était une impasse d'habitude déserte, mais Craclosse remarqua plusieurs formes vautrées dans les ombres. Au même instant, il fut momentanément assourdi par un brouhaha de clameurs et de piétinements.

Lorsque Craclosse pénétra dans la Grande Cuisine, il fut frappé par les lourdes vagues de vapeur chaude qui rendaient l'air étouffant, et son corps accusa douloureusement le coup. L'atmosphère normalement étouffante de la cuisine était non seulement aggravée par les rayons du soleil qui s'infiltraient dans la pièce à travers les hautes fenêtres, mais par les feux qui, dans la débauche de réjouissances, avaient été dangereusement poussés.

Craclosse réalisa qu'il était *juste* que l'atmosphère fût aussi irrespirable. Il alla même jusqu'à penser que les quatre grilleurs, qui introduisaient quartier de viande après quartier de viande entre les portes de métal, tapant comme des sourds sur la viande avec leurs lourdes bottes jusqu'à ce que le four finît par rendre grâce sous leurs efforts de titans, étaient tout à fait dans le ton et se montraient à la hauteur des circonstances. Qu'ils n'eussent pas la moindre idée de ce qu'ils faisaient, ni pourquoi ils le faisaient, cela n'avait aucune importance. La comtesse venait d'avoir un fils. Etait-ce le moment de se montrer raisonnable ?

Les murs de l'immense pièce étaient moites et suintants d'humidité. Bâtis en dalles de pierre grise, ils étaient confiés aux soins particuliers d'une confrérie de dix-huit hommes, les Laveurs Gris. Dignes fils de leurs pères, ils avaient le privilège de découvrir, dès l'adolescence, que leur voie était toute tracée, et ils se préparaient à consacrer leur vie à l'accomplissement d'un devoir aussi louable que monotone. Cela consistait à redonner chaque matin au sol grisâtre et aux vastes murs de la cuisine une apparence immaculée. Chaque jour de l'année, bien avant l'aube, de trois heures à environ onze heures du matin, quand les échelles et les échafaudages commençaient à gêner les cuisiniers, les Laveurs Gris accomplissaient leur devoir héréditaire. A force de frotter, leurs bras étaient devenus extraordinairement puissants et, lorsqu'ils laissaient pendre leurs mains énormes, ils avaient quelque chose de simiesque. Malgré leur allure grossière, ils n'en faisaient pas moins partie intégrante de la Grande Cuisine. Sans les Laveurs Gris, il aurait manqué un élément terrien, lourdement ancré dans la réalité, à tout enquêteur soucieux de connaître l'échelle des valeurs et des êtres les plus humbles qui peuplaient cette pièce étouffante.

Le voisinage quotidien des grandes dalles de pierre grise avait, en quelque sorte, pétrifié leurs visages. Il ne passait jamais la moindre lueur sur ces dix-huit faces, à moins que l'on puisse qualifier d'expressif le manque total d'expression. Ils étaient simplement des dalles qui parlaient, des dalles aux yeux vivants qui n'entendaient jamais rien, car les Laveurs Gris étaient traditionnellement sourds. Les yeux étaient là, petits et plats comme des pièces de monnaie, de la même couleur que les murs, comme si la pierre grise qu'ils avaient le devoir de contempler pendant de longues heures, avait, une fois pour toutes, imprimé dans leurs prunelles un reflet indélébile. Oui, les yeux étaient là, les trente-six prunelles et les dix-huit nez étaient là, sans oublier les lèvres semblables aux entailles qui séparaient les dalles. Bien que ces dix-huit visages fussent composés de chair et d'os, il était pourtant impossible d'y discerner le moindre signe de vie. Si on avait pris et mélangé ces traits dans un grand chapeau pour les tirer ensuite un à un au hasard et les coller sur la tête d'un mannequin de cire, cela n'aurait servi à rien, car, malgré toutes les ressources de l'imagination, la plus ingénieuse ou la plus fantastique composition n'aurait pu rendre vivant un ensemble dont toutes les composantes étaient mortes. Malgré les oreilles parfois si monstrueusement expressives, ces cent huit traits étaient incapables, même dans les cas les plus exceptionnels, qu'on les prît individuellement ou qu'ils fissent un *effet de masse,* de révéler l'ombre d'un indice, et l'on ne savait jamais ce qui se tramait derrière ces masques.

Ayant observé la surexcitation qui montait de la Grande Cuisine sans en comprendre la cause, puisqu'ils étaient sourds, les Laveurs Gris n'avaient pu jusqu'ici participer à l'euphorie qui avait frénétiquement attaqué le cœur et les tripes du personnel des cuisines.

Mais, maintenant qu'ils avaient enfin compris que ce jour mémorable saluait la naissance de leur nouveau seigneur, les dix-huit Laveurs Gris gisaient côte à côte sur les dalles, ivres morts comme un seul homme. Ils avaient tellement arrosé l'événement qu'on leur avait fait débarrasser le plancher en les roulant un par un sous une grande table, comme les barils de bière qu'ils étaient devenus.

Au milieu du vacarme des voix qui montaient et descendaient, changeaient de registre, traînaient jusqu'à ce qu'un cri strident ou un sifflement asthmatique amènent une nouvelle pause aussitôt brisée par quelque hideux croassement de rire, quelque murmure fiévreux, ou un grossier raclement de gorge, on reconnaissait, à travers l'écheveau confus de ce brouhaha d'asile d'aliénés, le thème insistant et douloureusement musical des ronflements des Laveurs Gris.

A leur défense, il faut dire que ce n'est qu'après avoir passé de l'huile de coude sur les murs et le sol de la cuisine qu'ils se mirent à téter les fûts comme des nouveau-nés gloutons. Mais ils n'étaient pas les seuls à avoir succombé. On pouvait constater la même preuve de loyauté chez une quarantaine au moins des membres du personnel des cuisines, qui, comme les Laveurs Gris, avaient choisi la bouteille pour exprimer leur attachement à la famille d'Enfer, et étaient maintenant la proie de visions et de rêves.

Craclosse, essuyant d'un revers de sa main griffue la sueur qui lui couvrait déjà le front, laissa un instant son regard errer sur les outres inertes des Laveurs Gris écroulés. Rasées comme un chaume de couleur gris acier, les têtes étaient tournées vers lui, et le reste des corps, qui se perdaient sous la table en files parallèles, était dévoré par les ombres lovées sous cette niche. Au premier coup d'œil, il avait pensé à une famille de hérissons roulés en boule, et il avait mis un certain temps à comprendre qu'il s'agissait d'une rangée de crânes épineux. Quand il eut éclairci ce point, il promena un regard amer tout autour de la Grande Cuisine. Le désordre régnait, mais, derrière les formes mouvantes, le chaos de tables renversées et le sol jonché de chaudrons, de casseroles, de débris de faïence et de reliefs de nourriture, Craclosse arrivait à distinguer les principaux éléments de la pièce, et il s'en servait comme points de repère, car la cuisine tanguait devant ses yeux dans un brouillard de vapeur moite. Séparé de l'épais mur de pierre où l'on avait ménagé une solide ouverture étayée de poutres, le garde-manger était bourré de quartiers de viande froide, de carcasses suspendues à des crocs, et la broche à rôtir était fixée sur la face interne du mur. Une table courait le long du mur, couverte de bols énormes capables de contenir cinquante portions de soupe. Les chaudrons, qui avaient débordé, continuaient à frémir, et le sol était souillé de sécrétions de seiche et de coquilles d'œufs, qu'on avait mis à bouillir pour éclaircir la soupe. La sciure de bois, dont on saupoudrait le sol tous les matins, n'était plus qu'un magma de grumeaux trempés par les éclaboussures de vin. Là où la graisse avait giclé, elle avait été piétinée et, enfarinée de sciure, formait maintenant des espèces de boulettes gluantes. Pendus le long des murs suintants, il y avait des rangées entières de couteaux et d'affiloirs en tout genre, couteaux à désosser, à dépecer, couperets à double manche, et, au-dessous, un hachoir de douze pieds sur neuf, buriné par d'innombrables entailles.

De l'autre côté de la pièce, sur la gauche, un énorme chaudron de cuivre, une série de fours et l'étroit chambranle d'une porte servaient de points de repère à Craclosse. Les portes des fours étaient grandes ouvertes, et des flammes à l'odeur âcre jaillissaient dangereusement, car la graisse qui avait été jetée dans les feux grésillait et empuantissait l'air.

Craclosse était d'humeur indécise. Il avait horreur de ce spectacle, car de toutes les pièces du château, c'était la cuisine qu'il détestait le plus, et cela pour une raison précise. Pourtant, son corps d'épouvantail fut parcouru par un frisson de certitude : tout cela était juste. Il n'était pas capable d'analyser ses sentiments, et à mille lieues d'en éprouver le besoin, mais il faisait tellement partie de Gormenghast que son instinct lui disait que le sang qui irriguait les canaux de la tradition était un flot puissant et sans mélange.

Mais qu'il sût, au plus profond de lui-même, apprécier la vulgarité de la Grande Cuisine n'atténuait en rien le mépris qu'il éprouvait pour les individus qu'il distinguait vaguement devant lui. Lorsqu'il se mit à les détailler, la satisfaction qu'il avait d'abord ressentie à les voir tous ensemble se transforma en horreur.

La spirale d'une poutre prodigieusement gondolée, qui semblait flotter dans la brume, traversait toute la largeur de la Grande Cuisine. Au-dessous, une série de crochets d'acier étaient fixés dans le bois. Au-dessus de la poutre, comme des sacs à moitié remplis de sciure, inertes et sans vie, étaient suspendus deux pâtissiers, un vieux poissonnier à moitié pourri, deux rôtisseurs dont les jambes étaient si rôties qu'elles décrivaient vaguement un cercle, un éplucheur de légumes aux cheveux roux, et cinq gâte-sauce au cou enveloppé d'écharpes vertes. Il y en avait un qui hoquetait un peu, à l'extrémité de la poutre, mais à part cela tout était calme, et tout le monde heureux.

Craclosse fit quelques pas en avant, et l'atmosphère s'épaissit autour de lui. Personne ne l'avait vu tant qu'il était resté près de la porte, mais il venait de se découvrir. L'un des fêtards sauta en l'air et attrapa au vol un des nombreux crochets rivés à la poutre sombre. Il y resta suspendu par un bras, petit nabot imbécile au visage criant d'insolence. Il devait être doué d'une force herculéenne, tout à fait disproportionnée à sa taille, car il réussit , à la seule force du poignet, à hisser la tête au niveau du crochet d'acier. Lorsque Craclosse passa sous la poutre, le nain se renversa à une allure vertigineuse, enroula les jambes autour du madrier et, se laissant tomber à la renverse, le visage à quelques centimètres de celui de Craclosse, il lui fit une grimace grotesque. Craclosse s'arrêta net, mais le nain avait déjà opéré un rétablissement, et se déplaçait à quatre pattes sur la poutre, avec une agilité plus caractéristique des animaux de la jungle que du personnel des cuisines.

Un formidable rugissement domina soudain la cacophonie, et Craclosse quitta le nain des yeux. Loin sur la gauche, dans l'ombre d'un pilier, il aperçut la silhouette encore vague, mais combien caractéristique, qui n'avait cessé de le hanter et de lui ronger la cervelle comme une tumeur, depuis qu'il s'était aventuré dans la Grande Cuisine.

Lenflure

En équilibre instable sur un tonneau de vin, le chef de Gormenghast haranguait en gesticulant un groupe d'apprentis vêtus de jaquettes graisseuses, à rayures, et coiffés de petites toques blanches. Ils s'agrippaient l'un à l'autre pour ne pas tomber. Leurs visages d'adolescents, ruisselant de sueur à cause de la proximité des fours, paraissaient hébétés, et ils riaient et applaudissaient les discours de l'énormité qui se dandinait au-dessus d'eux, avec une ferveur hypocritement hystérique. Se rapprochant de cette grappe humaine, Craclosse entendit un second rugissement qui se répercuta dans la chaleur, au-dessus du tonneau de vin.

Les jeunes marmitons avaient entendu ce rugissement bien des fois, et ils savaient qu'il était toujours synonyme de colère. Ils avaient d'abord eu un réflexe de panique, mais s'étaient vite rendu compte qu'il n'y avait aujourd'hui pas l'ombre d'une menace dans les hurlements du chef.

Planant au-dessus d'eux, ivre, puant de pédanterie et d'arrogance, le chef s'amusait, et c'était du délire chez les marmitons qui titubaient autour du fût, le visage tantôt plongé dans l'ombre, tantôt illuminé par la lumière qui coulait à flots de la haute fenêtre. Quand l'écho du rugissement poussé par le chef se fut évanoui, le cercle se mit à jubiler, tapant fiévreusement du pied et poussant des cris aigus, car les marmitons avaient aperçu, sur la tache flottante que formait l'énorme tête, loin au-dessus du baril, l'ombre d'un sourire imbécile. C'était la première fois que le chef leur lâchait autant la bride. Ils se bousculaient les uns les autres, et prenaient des libertés dont ils n'avaient même jamais rêvé. Ils se disputaient ses faveurs, hurlant son nom à plein gosier pour essayer d'accrocher son regard. Epuisés, les membres lourds, malades de chaleur et d'alcool, ils puisaient avec rage dans leurs ultimes ressources nerveuses. Tous, sauf un garçon aux épaules étroites qui, pendant toute la scène, avait gardé un morne silence. Il détestait la silhouette qui se dandinait sur le baril, et méprisait les autres apprentis. Appuyé contre le pilier, dans l'ombre, il était hors de portée des yeux du chef.

Même en un jour pareil, Craclosse se sentit contrarié par la scène. Bien qu'il approuvât théoriquement le spectacle, son déroulement pratique lui paraissait déplaisant. Il se souvint que Lenflure et lui-même avaient, dès leur première rencontre, éprouvé une antipathie réciproque qui s'était progressivement envenimée. Chaque fois qu'il voyait dans sa cuisine la silhouette osseuse et dégingandée du premier serviteur de Lord Tombal, Lenflure éprouvait une irritation qui ne disparaissait que lorsqu'il profitait de la situation pour étaler son humour supérieur aux dépens de Craclosse.

Craclosse ne pénétrait dans la province fumante de Lenflure que dans un seul but : se prouver que, en tant que serviteur particulier du comte d'Enfer, il ne se laisserait intimider sous aucun prétexte par un membre quelconque du personnel.

Fort de cette certitude, il inspectait régulièrement les quartiers des domestiques, mais n'entrait jamais dans la cuisine sans ressentir une nausée et n'en sortait jamais sans une recrudescence de bile.

Les longs rayons du soleil réfléchis par les murs en une vapeur miroitante avaient semé le corps du chef de taches de lumière spectrale. D'en bas, on croyait voir une masse de chaleur vaguement pommelée de blanc, une grisaille de marécage nocturne en train de s'évaporer – bref, une masse énorme qui s'élevait, puis se perdait parmi les chevrons. Jugeant que le moment était venu, le chef s'appuya contre le pilier de pierre, et les taches de lumière se déplacèrent sur la blancheur douteuse de son tablier tendu à craquer. Lorsque Craclosse l'avait d'abord aperçu, le chef avait la tête plongée dans l'ombre. La toque imposante qui la surmontait avait des allures de hunier perdu dans le froid d'un ciel changeant. L'effet général faisait penser à un galion.

Une tache de soleil oscillait sur la bedaine du chef. Cette plage de lumière magnétique, qui se déplaçait d'avant en arrière, éclairait de temps à autre la longue traînée rouge d'une tache de vin. Quand la lumière se concentrait dessus, cette île semblait prendre un relief insolite, qui contrastait avec le clair-obscur, et défiait toutes les lois de l'harmonie. Non sans étonnement, Craclosse constata que cette marque indubitable des débauches de Lenflure, qui s'étalait avec insolence sur le tablier rebondi, exerçait sur lui une sorte de fascination. Pendant une minute, il la regarda apparaître, disparaître, reparaître, losange écarlate dessiné sur le corps qui vacillait derrière elle.

Une nouvelle série de hurlements et de piétinements brisa le charme, et Craclosse leva les yeux d'un air réprobateur. L'espace d'un instant, l'image de Rottcodd dans la galerie poussiéreuse et déserte lui traversa l'esprit, et il fut choqué de constater combien il préférait, à cet enfer d'orgies consacrées par le temps, l'autonomie en apparence mollement déloyale du conservateur. Il se glissa jusqu'à un endroit d'où il pouvait voir sans être vu, et de là, remarqua que Lenflure reprenait appui sur ses jambes flageolantes, et que sa grande main molle faisait signe aux jouvenceaux de se taire. Craclosse remarqua combien la voix et les manières truculentes du chef s'étaient faites mielleuses, s'étaient transformées en une jovialité plombée de sucre, en une intimité affreuse, plus terrifiante que ses fureurs les plus redoutables. Sa voix descendait de l'ombre en vagues ouatées et sonores, ou avec le tintement maladif et moite d'une prodigieuse cloche de feutre.

« Venez mes calculs! Venez mes biliaires! tonna-t-il dans la pénombre, écartant les bras si brusquement que les boutons de sa tunique cédèrent et que l'un deux traversa la pièce en sifflant et écrasa une blatte sur le mur d'en face. Plus près, plus près! Ecoutez-moi avec attenchion! Approchez-vous, mon petit ochéan de trognes! Venez plus près, mes chérubins! »

Les apprentis se poussèrent en avant, trébuchant et se marchant sur les pieds, et les premiers arrivés furent coincés contre le baril.

« Ché cha! Ché exactement cha! dit Lenflure, les lorgnant de son piédestal. Quelle cholie petite famille! Choyeuse, chelecte, et à la page! »

Il glissa une main grasse dans la fente de son tablier blanc, et sortit une bouteille d'une poche intérieure. Ses lèvres arrachèrent le bouchon avec une force inquiétante, et il but une demi-pinte, le bouchon entre les dents, car il avait mis un doigt sur le goulot de la bouteille, et le flot de vin, adroitement divisé en deux, lui coulait dans chaque joue avant de rejoindre les profondeurs du palais et de descendre dans la gorge avec un gargouillement sourd, pour se perdre enfin dans les gouffres insondables situés au-dessous.

Ravis et béats d'admiration, les apprentis se mirent à hurler, à trépigner, et à se déchirer les uns les autres.

Le chef prit le bouchon qu'il avait toujours entre les dents, le fit tourner entre le pouce et l'index pour s'assurer qu'il était resté parfaitement sec pendant l'opération, puis reboucha la bouteille et la remit dans la poche intérieure de son tablier.

Il leva de nouveau la main, et le silence ne fut troublé que par le souffle rauque des jouvenceaux surexcités.

« Maintenant, dites-moi cha, mes chérubins tranchpirants. Dites-moi cha tout de chuite : qui je chuis, hein? Dites-le-moi tout de chuite.

– Lenflure! hurlèrent-ils. Lenflure, monsieur! Lenflure!

– C'est *tout* ce que vous chavez? fit la voix. C'est *tout* ce que vous chavez, mon petit ochéan de trognes? Chilenche, écoutez-moi! Chef de Gormenghast, homme et garchon depuis quarante ans, chage et fou, choleil et pluie, chable et chiure, cornes et cul, et tout le reste, tout cha cuisiné à la sauce d'aloès, plus une pinchée de poivre rouge.

– Plus une pincée de poivre rouge! hurlèrent les apprentis en se congratulant à s'étouffer. Allons-nous faire cuire ce plat, monsieur? Nous allons le faire cuire tout de suite, chef, et le faire mijoter dans le chaudron, chef, et le faire revenir. Oh! quel plat succulent, chef! Oh! quel plat succulent!

– Chilenche! hurla le chef. Chilenche, mes lutins. Chilenche, mes anges vomichants. Venez plus près, encore plus près, avec vos minuchcules trognes enfarinées, et je vous dirai qui je chuis. »

Le garçon aux épaules maigres, qui avait refusé de participer à la liesse générale, sortit de sa poche une petite pipe d'armoise et la bourra tranquillement. Il avait une bouche presque invisible, totalement dénuée d'expression, mais les yeux sombres brûlaient d'une haine longtemps ressassée. Ils étaient mi-clos, mais le feu couvait sous les cils, pendant qu'il observait la silhouette qui se penchait dangereusement en avant, sur le tonneau.

« Ecoutez-moi bien, continua la voix, et je vous dirai exactement qui je chuis, et puis je vous chanterai une chanchon, comme cha vous saurez qui vous la chante, mes immondes petites rouelles immangeables.

– Une chanson! Une chanson! hurla le chœur d'une voix stridente.

– Première chose..., dit le chef en laissant tomber chaque parole comme un boulet de canon enrobé de sirop, première chose, je ne chuis perchonne d'autre qu'Abiatha Lenflure; ce qui veut dire, car vous ne le chavez chûrement pas, que je chuis le chymbole de l'excellence et de l'abondance. Je suis le Père de l'excellenche et de l'abondanche. J'ai dit que j'étais qui ?

– Abathia Lenflure », répondit le cri.

Le chef se cala sur ses jambes bouffies, et les coins de sa bouche s'affaissèrent jusqu'à se perdre dans l'ombre des bajoues moites.

« Abi*a*tha, répéta-t-il lentement, accentuant le « a » central. Abi*a*tha. Comment ch'ai dit que che m'appelais ?

– Abi*a*tha, reprit le cri.

– Ché bien, ché très bien. Abi*a*tha. Vous m'écoutez, ma cholie vermine, vous m'écoutez bien ? »

Les apprentis lui firent comprendre qu'ils étaient tout oreilles. Avant de continuer, le chef se remit à biberonner. Cette fois-ci, il prit le goulot entre les dents et, renversant la tête pour que la bouteille soit à la verticale, il la vida jusqu'à la dernière goutte et l'envoya, comme un crachat, sur la tête des apprentis fascinés. La bouteille noire se fracassa sur les dalles, dans un concert de hurlements d'enthousiasme.

« La bouffe, dit Lenflure, est une chose chéleste, et la boichon une chose enchanterèche. L'une donne des fleurs de flatulenche, et l'autre des bourgeons de gaz vomichants. Venez plus près, faufilez-vous tout près de moi, et je vous chanterai une chanchon. Je laisserai mon choli cœur s'élever dans les chevrons pour vous chanter une vieille chanchon pleine de tristeche, un vieux morcheau qui vous perchera de douleur. Approchez-vous, plus près, plus près... »

Il était impossible aux marmitons d'approcher davantage, mais ils se bousculèrent et réclamèrent en chœur la chanson, visages luisants de sueur tournés vers le chef.

« O délichieuse brochette de petites côtelettes ! dit Lenflure en les guignant, pendant qu'il s'essuyait les mains sur ses énormes hanches. Quelle chuteuse petite brochette de côtelettes ! C'est vrai, mes agneaux, mais vous êtes si peu à point... Ecoutez-moi, mes coquelets, nous allons faire se retourner vos grand-mères qui dorment dans le cimetière. Oui, nous allons les faire valcher, mes chérubins, et che chera un bel air de valche, pour elles et pour les vers qui s'en nourrichent. Où est Finelame ?

– Finelame ! Finelame ! hurlèrent les jouvenceaux, ceux des premiers rangs se hissant sur la pointe des pieds et tordant la tête en tous sens, les autres allongeant le cou et furetant du regard. Finelame ! Finelame ! Il est quelque part par ici, monsieur ! Oh ! le voilà, chef ! Il est ici, monsieur ! Derrière le pilier, chef !

– Chilenche ! rugit le chef, tournant la courge qui lui tenait lieu de tête en direction des doigts tendus tandis qu'on poussait en avant le garçon aux maigres épaules.

– Le voilà, monsieur ! Le voilà ! »

Debout devant la masse monstrueuse, Finelame paraissait incroyablement menu.

« Che vais chanter pour *toi,* Finelame, pour *toi,* chuchota le chef qui s'appuya en chancelant contre le pilier de pierre ruisselant de buée et dégoulinant de moisissure. Che vais chanter pour toi, le nouveau cabotin, ignorant des potins, limachon de l'été traînant le popotin, pour toi la hideuse, l'inchidieuse, la chèvre aux méninges nébuleuses, crétine de ces lieux puants. »

Les apprentis se tenaient les côtes de rire.

« Oui, pour toi, et pour toi cheul, mon petit sac de bile de chat. Alors écoute-moi bien, écoutez-moi tous avec attenchion. Ecoutez-moi tous car che vais vous chanter ma chanchon d'il y a chent ans, le morcheau le plus trichte, la plainte la plus chinistrement mélancolique que je connaiche. »

Lenflure sembla oublier qu'il devait chanter, et, après avoir essuyé ses mains moites sur les cheveux d'un jouvenceau du premier rang, lorgna de nouveau Finelame.

« Et pourquoi pour toi, mon rayon de choleil pourrichant ? Pourquoi pour toi cheul ? Car il faut bien reconnaître, oui il faut bien che dire que tu as moins d'importance que le sang d'une hermine, misérable créature complètement artifichielle. Oui, echplique-moi, ou plutôt non, ne m'echplique pas pourquoi tes oreilles qui auraient dû servir d'attrape-mouches sont, pour une raison que toi cheul chais, décollées de fachon si obschène? Tu te glisses partout sur tes petites chambes maigrichonnes, je t'ai vu, ton chouffle envahit la cuisine tout entière. Je t'ai vu regarder les choses de tes yeux incholents et bechtiaux. Je t'ai vu me regarder. Et même maintenant, tu me regardes. Finelame, ma tourterelle impachiente, dis-moi ce que tout cha veut dire, et pourquoi je devrais te chanter ma chanchon? »

Lenflure se pencha en arrière, et sembla réfléchir à la question en s'essuyant le front avec la manche de son tablier. Mais il n'attendait aucune réponse, et, lorsqu'il ouvrit le compas monstrueux de ses bras, on entendit craquer quelque chose sur l'orbite de cet arc immense.

Finelame n'était pas ivre. Debout aux pieds de Lenflure, il ne ressentait que du mépris pour cet être qui, pas plus tard qu'hier, l'avait assommé d'un coup de poing. Mais il ne pouvait rien faire que rester là et attendre, pressé et poussé en avant comme il l'était par cette meute de mignons surexcités.

La voix descendit de nouveau de la voûte :

« C'est une chanchon, ma Finelame, pour un monchtre imaginaire qui te rechemblerait, chi seulement tu étais un peu plus grand et un peu plus monchtrueux. Mon choli poireau, c'est une chanchon dédiée à un monchtre chans cœur, un morcheau très spéchial. Plus près, plus près! Viens plus près et écoute che chublime chant funèbre. »

Le vin commençait à faire des ravages sournois dans le cerveau du chef. Il était maintenant obligé de s'adosser presque tout le temps contre le pilier suintant, affaissé dans une pose hideuse. Sous le front haut et osseux, les yeux de Finelame l'observaient. Le chef avait les yeux qui lui sortaient de la tête, comme des bulles injectées de sang. L'un de ses bras pendait comme une branche morte le long des cannelures du pilier. L'énorme surface du visage était complètement désarticulée, et brillante comme de la gelée.

Un trou se creusa dans ce mur luisant, et il en sortit une voix affaiblie.

« Je chuis Lenflure, répéta la voix, le grand chef Abi*a*tha Lenflure, cuisinier de Cha Cheigneurie, de la piraterie et de toutes chortes de riz, sur les embarcachions qui chillonnent les océans chillonnables. Abi*a*tha Lenflure, homme et garchon, et gonzèche à rubans lichenchieux cachant des chéries de chatons, quarante ans de soleil et chelées, pachez la monnaie, ché grachement payé, mais je chuis une fée chuperbe et pas imberbe ! Une chanteuse à chenchachion ! Ecoutez ma chanchon ! »

Sans bouger les épaules, Lenflure baissa la tête sur son poitrail maculé de vin, et fit un effort pour voir si son public était suffisamment chauffé pour l'événement. Mais il ne distingua rien sur cet océan de visages maintenant voilé d'une brume dansante.

« Vous m'écoutez ?

– Oui, oui ! La chanson, la chanson ! »

Lenflure se baissa de nouveau vers cette houle de visages brûlants, puis leva faiblement la tête. Il essaya de s'arracher au pilier pour prendre la pose avant de débiter son refrain, mais, l'effort étant au-dessus de ses forces, il retomba en arrière et, sous le regard attentif de Craclosse qui l'examinait, les lèvres sévèrement pincées, un vaste sourire niais lui éclaira le bas du visage, et il se recroquevilla lentement sur lui-même, comme s'il allait mourir d'un instant à l'autre. La cuisine était devenue aussi muette qu'un caveau suffocant. Enfin, un faible gargouillement filtra à travers le silence, mais personne ne put dire si c'était le premier vers du poème tant attendu, car le chef se mit à tanguer comme un galion sur ses ancres. La voile du grand navire se dégonfla, puis ne fut plus qu'une torche, et quelque chose d'énorme battit soudain l'air avant de s'effondrer. Il y eut le bruit d'une masse qui s'affalait, et sept dalles disparurent sous des quintaux de graisse en catalepsie noyés dans le vin.

Les Dédales de Pierre

Craclosse sentit sa gorge se nouer, la nausée devint si violente qu'il aurait secoué l'énorme masse pleine de vin, si le chef n'avait pas été entouré par la meute des jouvenceaux. Il se contenta de montrer les dents qu'il avait couleur de sable, et jeta sur Lenflure un regard venimeux. Il détourna la tête et cracha, puis, écartant tout ce qui se trouvait sur son passage, gagna d'un pas de squelette une petite porte encastrée dans le mur, située juste en face de celle par laquelle il était entré. Et, au moment où le monologue du chef sombrait dans l'obscénité, Craclosse commençait déjà de s'éloigner à grands pas de la puanteur nauséabonde qui régnait dans la Grande Cuisine.

Son costume noir, raccommodé aux coudes et au col de pièces graisseuses d'un tissu sépia, était d'une coupe douteuse, mais faisait aussi fatalement partie de sa personne que la tête d'une tortue émergeant de sa carapace, ou le cou d'un vautour chauve de sa collerette de plumes. Sa tête osseuse et parcheminée s'harmonisait à ce tissu sordide. Elle sortait de la plus haute fenêtre de cette tour obscure, comme si elle n'avait jamais connu d'autre demeure.

Pendant que Craclosse arpentait les corridors de cette aile du château où Lord Tombal était resté seul pour la première fois depuis des semaines, le conservateur, paisiblement endormi dans la galerie des Brillantes Sculptures, ronflait sous le store vénitien. Un léger, un très léger balancement faisait encore osciller le hamac où Rottcodd s'était allongé dès qu'il avait refermé la clef sur les talons de Craclosse. Un soleil brûlant pénétrait à travers les volets, cerclant d'or le piédestal des statues et projetant de longues bigarrures sur le plancher poussiéreux.

Ignorant Craclosse qui poursuivait son chemin dans les passages obscurs, cette lumière passa le doigt à travers la fenêtre de la cuisine, éclairant le pilier de pierre suintante maintenant délivré du poids du chef, car l'ivrogne avait dégringolé du fût de vin et gisait au pied des rostres de sa tribune.

Quelques boulettes de viande, écrasées et couvertes de sciure, étaient éparpillées autour de lui. Il régnait une forte odeur de graillon, mais, à part l'énorme masse prostrée du chef, les Laveurs Gris écroulés sous la table et les messieurs toujours suspendus à la poutre, il n'y avait plus personne dans l'immense pièce surchauffée. Tout le monde s'était dépêché de fuir en lieu sûr, vers des havres plus frais.

Avec un mélange de stupeur, de soulagement et de joie maligne, Finelame avait observé la conclusion dramatique de l'homélie de Lenflure. Il contempla un instant la forme avinée et avachie du suzerain des cuisines, puis, après s'être assuré d'un coup d'œil qu'il était seul dans la pièce, il se précipita vers la porte par laquelle Craclosse avait disparu, et se mit à courir en tournant à droite et à gauche dans le dédale des passages, dans un effort désespéré pour parvenir à l'air libre.

C'était la première fois qu'il s'aventurait derrière cette porte, mais il s'imaginait qu'il pourrait facilement trouver un chemin pour sortir des entrailles du château. A force de zigzaguer, il s'aperçut qu'il était perdu dans un labyrinthe de pierre, aux couloirs éclairés çà et là par des bougies nichées dans les murs, et à demi noyées dans la cire. Désespéré, Finelame continua de courir en se prenant la tête dans les mains, lorsqu'il aperçut soudain, à l'angle d'un mur, une silhouette qui passait rapidement devant lui sans prendre la précaution de regarder à droite ou à gauche.

Dès que Craclosse (car le valet de Lord Tombal regagnait maintenant les appartements de la famille d'Enfer) fut hors de vue, Finelame scruta l'angle du couloir de pierre et se mit à le suivre, essayant de régler son pas sur le sien pour ne pas être découvert. C'était une filature presque impossible, car si les jambes arachnéennes de Craclosse avalaient un espace considérable à chaque foulée, leur mouvement était celui d'une lente parade, où le pied marquait un temps d'arrêt avant de se poser sur le sol. Pourtant, conscient que c'était là l'unique chance de sortir de ces couloirs sans fin, le jeune Finelame lui emboîta le pas du mieux qu'il put dans l'espoir que Craclosse finirait par déboucher dans quelque cour d'honneur, à l'air frais du dehors, où il serait facile de lui fausser compagnie. Parfois, quand les bougies étaient espacées de trente ou quarante pieds, la silhouette de Craclosse disparaissait dans le noir, et seul le bruit de ses pas sur les dalles guidait celui qui le filait. Puis, à mesure qu'il se rapprochait de nouveau des bougies noyées dans la cire, son ombre mouvante se précisait peu à peu et, lorsqu'il passait devant la flamme, sa silhouette se projetait comme un épouvantail d'encre, mante religieuse à la démarche mécanique découpée dans du carton noir. Puis la lumière décroissait peu à peu, et Finelame apercevait une sorte de halo qui s'enfonçait dans les profondeurs encore vierges des boulevards de pierre. Alors brillaient les épaules élimées et graisseuses de l'habit de Craclosse, et les muscles jumeaux du cou, noueux et nus, jaillissaient hors du col en lambeaux. Mais chaque pas dans le noir rendait ce dos moins visible, et Finelame n'entendait plus que le craquement des jointures et le bruit des pas sur les dalles, jusqu'à ce que la silhouette de Craclosse se découpe de nouveau dans la lumière de la bougie suivante. A bout de forces, épuisé par l'atmosphère étouffante de la Grande Cuisine et par cette poursuite apparemment sans issue, le jeune homme (Finelame avait tout juste dix-sept ans) se laissa tomber sur les dalles avec un bruit sourd, et ses chaussures raclèrent durement la pierre. A ce bruit, Craclosse s'arrêta net et regarda lentement autour de lui, les épaules presque à hauteur des oreilles.

« Qu'est-ce que c'est? » croassa-t-il en fouillant l'obscurité du regard.

Il n'y eut pas de réponse. Craclosse revint sur ses pas, le cou tendu, l'œil aux aguets, et pénétra dans la zone de lumière qu'une bougie fichée dans le mur projetait sur le sol. Ses petits yeux scrutant toujours l'obscurité environnante, il arracha la bougie encrassée d'une vieille couche de suif et découvrit bientôt le garçon, affalé au beau milieu du corridor, à quelques mètres de là.

Il se pencha, brandissant la masse de cire blafarde à quelques centimètres du corps de Finelame étendu face contre terre, et contempla ce tas de muscles immobile. Au bruit des pas et au craquement des jointures de Craclosse, avait succédé un silence absolu. Il cessa de montrer les dents, se redressa légèrement et, du bout du pied, retourna le corps du garçon. Finelame reprit ses esprits et s'appuya faiblement sur le coude.

« Où suis-je? murmura-t-il. Où suis-je? »

« Un des sales petits rats de Lenflure », pensa Craclosse, sans tenir compte de la question. Puis, à voix haute :

« Petit rat musqué, hein? Viens des cuisines de Lenflure. Lève-toi et 'plique-moi ce que tu fais là? ajouta-t-il en mettant la chandelle sous le nez du garçon.

– Je n'en sais rien, répondit le jeune Finelame. Je me suis perdu. Perdu. Faites-moi sortir au jour.

– J'ai dit 'plique-moi ce que tu fais là, voilà ce que j'ai dit. Je ne veux pas que les rats de Lenflure viennent rôder par ici. Qu'ils aillent au diable!

– Je ne rôde pas. Faites-moi sortir au jour et je m'en irai. Loin, très loin.

– Loin? Très loin? Où ça? »

Finelame était brûlant de fièvre et complètement épuisé, mais il avait repris ses esprits. Il avait saisi au vol le ton méprisant et sarcastique que Craclosse avait employé quand il avait dit : « Je ne veux pas que les rats de Lenflure viennent rôder par ici. » Aussi, à la question du même Craclosse. « Loin? Très loin? Où ça? », il s'empressa de répondre :

« N'importe où, pourvu que je ne voie plus jamais l'affreux Lenflure. »

Craclosse l'examina un instant, ouvrit plusieurs fois la bouche pour parler, mais la referma sans rien dire.

« Nouveau? demanda-t-il en regardant le garçon d'un air absent.

– Moi?

– *Toi,* dit Craclosse en essayant de deviner ce que Finelame avait dans la tête. Nouveau?

– Dix-sept ans, monsieur, mais nouveau dans la cuisine.

– Quand? » demanda Craclosse qui avalait les trois quarts des phrases.

Finelame semblait parfaitement comprendre ce langage télégraphique.

« Mois dernier. Je ne veux plus jamais voir cette épouvantable Enflure, répondit-il, jouant sa carte à fond, les yeux levés vers le visage éclairé par la bougie.

– Perdu, hein? dit Craclosse après un silence, mais d'un ton légèrement moins sombre. Perdu dans les Dédales de Pierre, hein? Un des petits rats de Lenflure perdu dans les Dédales de Pierre, hein? conclut-il en haussant ses épaules décharnées.

– Lenflure s'est écroulé comme une bûche, dit Finelame.

– Normal. Rendait les honneurs. Toi, qu'est-ce que tu as fait?

– Ce que j'ai fait, monsieur? Quand?

– Heureux? demanda Craclosse qui, dans la lumière déclinante de la bougie, ressemblait à une tête de mort. Très heureux?

– Je n'ai jamais été heureux, répondit Finelame.

– Quoi! Pas très Heureux! Révolte. C'est de la révolte?

– Seulement contre Lenflure.

– Lenflure! Lenflure! Laisse bouffir Lenflure dans son lard et sa graisse. Ne prononce jamais ce nom dans les Dédales de Pierre. Lenflure, toujours Lenflure! Tiens ta langue. Prends la bougie. Marche devant. Remets-la dans la niche. Ah! c'est de la révolte? Marche devant, gauche, gauche, droite, gauche encore, droite maintenant... Je t'apprendrai, moi, à être malheureux le jour où un héritier d'Enfer est né... continue... tout droit... »

Le jeune Finelame suivit à la lettre les instructions qui tombaient de l'ombre, derrière lui.

« Un héritier d'Enfer est né..., dit Finelame d'un ton mi-affirmatif, mi-interrogatif.

– Né, dit Craclosse. Et tu rôdes dans les Dédales. Avec moi. Un des rats de Lenflure. Te montrerai ce que ça veut dire. Un héritier d'Enfer. Un garçon. Nouveau, hein? Dix-sept ans? Pouah! Tu ne comprendras jamais. Jamais. A droite, à gauche, encore à gauche, passe sous la voûte... Pouah! Un corps tout neuf sous les vieilles pierres... et un des rats de Lenflure... Il te dégoûte, hein?

– Oui, monsieur.

– Hum, dit Craclosse. Attends-moi ici. »

Finelame obéit docilement, et Craclosse, sortant un trousseau de clefs de sa poche, en choisit une avec grand soin, comme si c'était une pierre précieuse, et la fit jouer dans la serrure d'une porte cachée dans les ténèbres. Finelame entendit le verrou de fer grincer sous le pêne.

« Ici! dit la voix de Craclosse dans l'obscurité. Où est passé ce maudit rat? Viens ici. »

Finelame se rapprocha de la voix, tâtonnant le long du mur qui supportait une voûte basse. Il sentit bientôt l'odeur de moisi des vêtements humides de Craclosse et, avançant la main, il saisit l'une des queues flottantes de l'habit du valet du comte d'Enfer. Craclosse fit tomber le couperet osseux de sa main sur le bras du garçon, et d'un *tut tut tut* de gorge l'avertit de ne plus se risquer à semblable familiarité.

« Chambre des Chats, dit Craclosse en posant la main sur la poignée rouillée de la porte.

– Oh ! » reprit Finelame, qui se creusait les méninges en répétant « chambre des chats » pour gagner du temps, car il ne comprenait pas le sens de cette remarque.

Le seule explication qu'il put trouver était que Craclosse le prenait pour un chat et qu'il voulait l'enfermer dans une chambre. Pourtant, la voix semblait dénuée de toute irritation.

« Chambre des Chats », répéta Craclosse d'un air méditatif, et il tourna la poignée de fer.

Il ouvrit lentement la porte, et Finelame, risquant un œil dans la pièce, eut le mot de l'énigme.

La pièce était éclairée par le soleil couchant. Immobile, le corps parcouru d'un frisson de plaisir, Finelame sourit. Le tapis qui recouvrait le sol donnait l'illusion d'une prairie azurée. Sur ce pré, hautainement assis, immobiles comme des sculptures, ou foulant d'un pas seigneurial l'herbe de saphir, une légion de chats éclatants de blancheur dessinait des arabesques vivantes.

Et, tandis que Craclosse s'avançait jusqu'au centre de la pièce, Finelame fut frappé par le contraste entre la sombre silhouette dégingandée dont les genoux craquaient avec monotonie à chaque enjambée, et l'élégance superbement silencieuse des chats blancs. Aucun d'eux ne daigna remarquer les intrus, mais ils cessèrent soudain de ronronner. Lorsqu'ils étaient encore plongés dans les ténèbres et que Craclosse fouillait dans ses poches à la recherche du trousseau de clefs, Finelame avait cru entendre un bourdonnement sourd, qui s'enflait comme la rumeur immense et monotone de la mer.

Voyant la tribu pullulante, il comprenait maintenant qu'il n'avait pas rêvé.

Ils passèrent sous une voûte sculptée, au fond de la pièce, et refermèrent la porte derrière eux. Alors Finelame entendit de nouveau la rumeur, car les chats blancs s'était remis à ronronner à pleine gorge, sur un rythme lent et régulier qui évoquait la voix de l'océan dans l'oreille d'un coquillage.

Le judas

« A qui appartiennent-ils ? » demanda Finelame, tandis qu'ils montaient l'escalier de pierre.

A leur droite, le mur était recouvert d'un papier hideux qui tombait en lambeaux et laissait apparaître des surfaces de plâtre rongées par la lèpre. Ces moulages étaient bariolés de couleurs étranges, avec des dégradés et des zones plus sombres évoquant l'ineffable beauté du monde sous-marin. A un endroit plus sec, un rouleau de papier, flottant comme une grande voile, s'était détaché du mur, et les innombrables fissures du plâtre ressemblaient à un paysage vu à vol d'oiseau, ou à la carte d'un delta fabuleux qui invitait à mille voyages le long des rives d'un monde encore inexploré.

« A qui appartiennent-ils ? demanda de nouveau Finelame.

– A qui quoi ? dit Craclosse qui s'arrêta dans l'escalier et se retourna. Toujours là, hein ? Toujours sur mes talons ?

– Avec votre permission, dit Finelame.

– Tut, tut ! Qu'est-ce que tu veux, rat de cuisine ?

– Lenflure, dit Finelame entre ses dents, un œil sur Craclosse. Lenflure, cette truie immonde. »

Il y eut un silence pendant lequel Finelame tapota la rampe de fer avec l'ongle du pouce.

« Nom ? dit Craclosse.
– Mon nom ?
– Ton nom, oui, ton nom. Je connais le mien. »

Craclosse appuya une main noueuse sur la rampe, et se prépara à monter de nouveau l'escalier, mais il fronça les sourcils et se décida à attendre la réponse.

« Finelame, monsieur, dit le garçon.
– Pinelame, hein ? dit Craclosse.
– Non, Finelame.
– Quoi ?
– Finelame, Finelame.
– Pour quoi faire ? dit Craclosse.
– Je vous demande pardon ?
– Fineslames, ça fait deux. Une de trop. Pour quoi faire ? Une suffit pour Lenflure. »

Le jeune homme sentit qu'il était inutile d'essayer d'élucider le mystère de son nom. Il fixa ses yeux sombres sur la silhouette dégingandée qui le dominait, puis haussa imperceptiblement les épaules et reprit, sans montrer aucun signe d'irritation :

« A qui appartiennent ces chats, monsieur, si je ne suis pas indiscret ?
– Chats ? dit Craclosse. Qui a parlé de chats ?
– Les chats blancs. Tous les chats blancs de la chambre des Chats. A qui appartiennent-ils ?
– A la comtesse », dit Craclosse en levant un doigt.

Sa voix rauque parut se confondre avec la pierre de fer de l'étroit escalier glacial.

« Ils appartiennent à la comtesse. Ce sont les chats blancs de la comtesse, rat de Lenflure. Ils sont à elle. Tous. »

Finelame tendit l'oreille.

« Où loge-t-elle ? demanda-t-il. Sommes-nous près de ses appartements ? »

Pour toute réponse, Craclosse allongea démesurément la tête et aboya :

« Silence, croûton de cuisine ! Tiens ta langue, fourchette sale ! Tu parles trop. »

Il reprit son ascension, dépassa les deux premiers paliers et, obliquant brusquement à gauche à hauteur du troisième palier, il pénétra dans un appartement octogonal, sous le regard de portraits en pied qui s'alignaient sur sept des huit murs, dans de grands cadres dorés et poussiéreux. Finelame le suivit à l'intérieur de la pièce.

Craclosse pensait qu'il avait quitté son maître depuis trop longtemps, et l'idée que le comte avait peut-être besoin de lui le tourmentait. A peine entré dans la pièce octogonale, il s'approcha d'un des portraits et, déplaçant le cadre, fit apparaître un pan de boiserie dans laquelle était ménagé un trou rond de la taille d'une pièce de monnaie. Il colla son œil contre le judas, et Finelame observa comment la peau parcheminée de Craclosse se plissait autour de l'os protubérant qu'il avait à la base du crâne chaque fois qu'il se baissait, puis relevait la tête, pour placer son œil à l'angle voulu. Ce que Craclosse vit était tout à fait conforme à ce qu'il s'attendait à voir.

De son poste d'observation, il distinguait trois portes donnant sur un corridor. La porte du milieu était celle de la chambre de Sa Seigneurie, la soixante-seizième comtesse d'Enfer. Elle était peinte en noir, et ornée d'un énorme chat blanc. Le mur du palier était couvert de gravures d'oiseaux, et de trois gravures représentant des cactus en fleur. Cette porte était obstinément close, mais les deux autres ne cessaient d'être ouvertes et refermées, et Craclosse apercevait un va-et-vient hâtif de silhouettes qui discutaient, gesticulaient ou s'arrêtaient soudain, immobiles et pensives, le menton dans la main, comme plongées dans une méditation profonde.

« Ici », dit Craclosse sans se retourner.

Finelame s'approcha immédiatement.

« Oui?

– Porte du Chat, chambre de la comtesse. »

Craclosse quitta son poste d'observation, tendit ses longs bras, et s'étira interminablement avec un bâillement caverneux.

Le jeune Finelame colla son œil au judas, maintenant

de l'épaule le lourd cadre doré. Il aperçut immédiatement un homme à la poitrine étroite, avec un toupet de cheveux gris et des lunettes cerclées d'or qui lui faisaient des yeux immenses, à la mesure des verres grossissants. Puis la porte centrale s'ouvrit et livra passage à une silhouette qui avait un air de détresse profonde. Finelame regarda le sombre personnage se tourner vers l'homme à la houppe, qui s'inclinait déjà en serrant fébrilement les mains devant lui. Mais l'autre n'y prêta aucune attention et se mit à marcher de long en large sur le palier, étroitement enveloppé dans une cape noire qui lui tombait jusqu'aux talons, et traînait sur le sol. Chaque fois qu'il passait devant lui, le docteur s'inclinait en vain, jusqu'au moment où l'homme finit par lui faire face, et sortit de sa cape une mince badine d'argent surmontée d'un globe de jade noir, serti d'une émeraude où couvaient des flammes vertes. Le triste sire se servit de cette arme insolite pour tapoter douloureusement la poitrine du docteur, comme pour s'assurer qu'il était bien là. Le médecin toussa. La badine de jade et d'argent désigna le sol, et Finelame fut stupéfait de voir le praticien relever de quelques centimètres au-dessus des chevilles ses pantalons aux plis parfaits, avant de s'asseoir à croupetons. Ses grands yeux indistincts flottèrent derrière ses verres grossissants, comme deux méduses au fond de l'eau. Le chaume grisonnant de sa chevelure lui retombait sur les yeux et, malgré l'absurdité de sa position, il conservait une grande dignité, et suivait des yeux le gentleman qui s'était mis à tourner en rond autour de lui. L'homme à la badine d'argent s'immobilisa enfin.

« Salprune? dit-il.

– Monsieur le comte? dit le docteur en tournant la meule grise de son crâne vers la gauche.

– Content, Salprune? »

Le médecin joignit le bout des doigts, et dit :

« Je suis exceptionnellement content, monseigneur.

Exceptionnellement, je vous l'assure. Tout à fait satisfait, ha, ha, ha! Tout à fait, tout à fait satisfait.

– Professionnellement, j'imagine? » dit Lord Tombal, car, comme Finelame, stupéfait, venait de s'en rendre compte, l'homme à l'air tragique n'était autre que le soixante-seizième comte d'Enfer, seigneur de ces lieux, créneaux, canons, honneurs et tout le tremblement.

« Professionnellement..., se demanda le docteur. Que veut-il dire? »

« Oui, professionnellement, reprit-il à voix haute, je suis satisfait au-delà de toute expression, ha, ha, ha! et socialement, bien entendu, là on peut dire que je suis comblé. Comblé, monseigneur, et fier, ha, ha, ha! Fier et comblé. »

Le rire du docteur Salprune faisait partie de sa conversation, et il était inquiétant lorsqu'on l'entendait pour la première fois. Il semblait mêlé à sa voix, être l'étage supérieur de cordes vocales incontrôlables. Ce rire évoquait le vent sifflant dans les combles, ou le hennissement du cheval avec quelque chose du cri du courlis. Lorsque le médecin se laissait aller à rire ainsi, sa bouche restait pratiquement immobile, comme une porte laissée entrouverte, et, entre ses accès d'hilarité, il parlait de manière fébrile, ce qui rendait plus inquiétante encore la soudaine immobilité des mâchoires rasées de près. Ce n'était d'ailleurs pas un rire humoristique, mais un simple accident de conversation.

« Techniquement parlant, je suis si content de moi que j'arrive à peine à me supporter, hi, hi, hi! Tout cela était si parfait. Si absolument parfait...

– J'en suis heureux, dit le comte, baissant un instant les yeux vers lui. Vous n'avez rien remarqué? Rien d'extraordinaire, d'anormal à son sujet? ajouta-t-il en jetant un coup d'œil dans le corridor.

– Anormal? demanda Salprune. Vous avez dit " anormal "?

– Oui, dit Lord Tombal, en se mordant la lèvre inférieure. Est-il tout à fait normal? N'ayez pas peur de me dire la vérité. »

Le comte jeta de nouveau un regard inquiet dans le corridor, mais il n'y avait personne.

« Constitutionnellement, dit le docteur, c'est un enfant qui a du coffre. Une vraie petite cloche, ha, ha, ha! ding dong, ding dong...

– Au diable sa constitution! dit le comte d'Enfer.

– Je ne comprends plus, monseigneur. Ha! ha! Plus rien, plus rien du tout. S'il ne s'agit pas de sa constitution, de quoi s'agit-il?

– Son visage, dit le comte. Vous avez vu son visage? »

Le docteur fronça les sourcils et se caressa rêveusement le menton. Il hasarda un coup d'œil de côté, et surprit le regard du comte fixé sur lui.

« Ah! dit-il faiblement, le visage... Le visage du jeune comte. Ha! Ha!

– Je vous ai demandé si vous l'aviez remarqué? reprit Lord Tombal. Parlez, bonhomme!

– Pour l'avoir remarqué, je l'ai remarqué, répliqua le médecin, et son rire fut, cette fois, remplacé par un profond soupir qui s'exhala de sa maigre poitrine.

– Y a-t-il, oui ou non, quelque chose d'étrange, je vous prie de me le dire?

– Professionnellement, je dirai qu'il a un visage irrégulier.

– Vous voulez dire qu'il est laid? demanda le comte d'Enfer.

– Il n'est pas normal, répondit Salprune.

– Où est la différence, bonhomme?

– Pardon?

– Je vous ai demandé s'il était laid, monsieur, et vous me répondez qu'il n'est pas normal. Pourquoi louvoyer ainsi?

– Monseigneur! dit Salprune, mais d'une voix si neutre qu'il était impossible d'interpréter sa réponse.

– Quand je dis " laid ", ayez la bonté de vous en tenir

à ce mot, comprenez-vous ? dit le comte d'Enfer avec un grand calme.

– Je comprends, monseigneur, je comprends.

– Est-ce que l'enfant est hideux ? insista Lord Tombal comme s'il voulait à tout prix savoir la vérité. Avez-vous jamais accouché enfant plus monstrueux ? Répondez-moi honnêtement.

– Jamais, dit le docteur. Jamais, ha, ha, ha ! Jamais... jamais un enfant qui ait des yeux... hi, hi, hi ! qui ait des yeux aussi extraordinaires.

– Ses yeux ? dit le comte d'Enfer. Ils ont quelque chose d'anormal ?

– Anormal ? s'écria Salprune. Vous avez dit " anormal ", monseigneur ? Vous ne les avez pas vus ?

– Non, bonhomme. Dépêchez-vous, répondez. Qu'ont-ils donc ? Qu'ont-ils donc, les yeux de mon fils ?

– Ils sont violets. »

Fuchsia

Le comte dévisageait toujours le docteur, lorsque apparut la silhouette d'une jeune fille d'environ quinze ans, aux cheveux noirs et sauvages. Elle avait des mouvements gauches et son visage paraissait disgracieux, quoiqu'il eût suffi d'un rien pour qu'il devînt d'une beauté surprenante. Elle avait des lèvres maussades, mais pleines et charnues, et ses yeux lançaient des éclairs.

Une écharpe jaune lui entourait vaguement le cou, et elle portait une ample robe d'un rouge flamboyant. Elle se tenait très droite, mais marchait d'un pas traînant.

« Viens ici, dit le comte d'Enfer, au moment où elle s'apprêtait à passer devant lui.

– Oui, père, dit-elle d'une voix rauque.

– Où as-tu été depuis quinze jours, Fuchsia ?

– Oh ! ici et là, père », dit-elle en regardant fixement ses chaussures.

Elle secoua sa longue chevelure, qui lui flotta dans le dos comme le pavillon noir d'un pirate. Elle se tenait devant son père dans une attitude aussi gauche que possible, absolument dénuée de toute féminité, une attitude dépassant l'imagination du plus misogyne des hommes.

« Ici et là, répéta Lord Tombal d'une voix lasse. Ce n'est pas une réponse, ma fille. Tu t'es cachée, c'est sûr. Mais où ?

– Dans la bibliothèque et dans la salle d'armes, et puis j'ai erré un peu partout, répondit Lady Fuchsia dont les yeux boudeurs se rétrécirent. J'ai entendu des bruits absurdes au sujet de mère. Il paraîtrait que j'ai un frère. Les imbéciles ! Les imbéciles ! Je les déteste ! Ce n'est pas vrai, n'est-ce pas ? Pas vrai du tout ?

– Un petit frère, coupa le docteur Salprune. Un minuscule, un infinitésimal, un microscopique appendice à la fameuse lignée gigote en ce moment derrière la porte de cette chambre. Ha, ha, ha ! ha, ha, ha ! hi, hi, hi ! Mais si ! Ha, ha, ha ! Mais oui, c'est tout à fait vrai ! Ho, ho, ho ! Tout à fait !

– Non ! cria Fuchsia avec une telle véhémence qu'une quinte de toux étouffa le docteur et que le comte avança d'un pas, les sourcils froncés, un pli amer au coin de la bouche. Ce n'est pas vrai ! (Elle se détourna et enroula une grande boucle de cheveux noirs autour de son poignet.) Je ne vous crois pas ! Laissez-moi ! Laissez-moi partir ! »

Comme personne ne la touchait, c'était un cri inutile, et elle disparut en quelques bonds dans le couloir qui donnait sur le palier. Avant de la perdre de vue, Finelame l'entendit crier d'une voix devenue lointaine :

« Oh ! comme je les hais ! Je les hais ! Je les hais ! Comme je hais les *gens* ! Les *gens*, les *gens* ! »

Pendant tout ce temps, Craclosse n'avait cessé de regarder par une étroite fenêtre de la pièce octogonale, en se demandant comment il allait faire comprendre au comte d'Enfer à quel point, lui, Craclosse, son fidèle serviteur depuis plus de quarante ans, avait été ulcéré d'avoir été mis à l'écart en un moment aussi exceptionnel – au moment précis où son aide à lui, Craclosse, eût été d'un prix inestimable.

Il était bouleversé, et tenait à ce que le comte d'Enfer le sût, mais il se demandait quel moyen employer pour faire discrètement comprendre le chagrin qu'il éprouvait à un homme aussi taciturne que lui. Craclosse se rongea amèrement les ongles. Il était resté à la fenêtre beaucoup plus longtemps qu'il n'en avait eu l'intention, et, lorsqu'il se retourna, les épaules voûtées dans une attitude typique, il aperçut le jeune Finelame, dont il avait complètement oublié l'existence. Il rejoignit le garçon d'une longue enjambée et, l'attrapant par les pans de son vêtement, le fit pivoter jusqu'au centre de la pièce. Le grand tableau reprit sa place, dissimulant le judas.

« Tu as vu sa porte, rat de Lenflure ? Maintenant, fous le camp ! »

Finelame, ébloui par l'univers qu'il avait entrevu derrière le panneau de chêne, mit quelques instants à se remettre.

« Partir ? Retourner dans la cuisine de ce chef odieux ? Oh ! non, c'est impossible !

– Trop occupé pour te garder avec moi, dit Craclosse. Trop occupé. Pas le temps d'attendre.

– Il est laid, dit Finelame, d'une voix féroce.

– Qui ? dit Craclosse. Cesse de jacasser.

– Il est affreusement laid. Le comte d'Enfer l'a dit. Le docteur l'a dit. Affreux, il est affreux !

– Qui est affreux, croûton de cuisine ? demanda Craclosse en tendant le cou d'une manière grotesque.

– Qui ? Mais l'enfant. Le nouveau-né. Ils l'ont dit tout les deux. Il est horrible à voir.

– Qu'est-ce que c'est que ça ? s'écria Craclosse. Qu'est-ce que c'est que ces mensonges ? Qui as-tu écouté ? Je vais t'arracher les oreilles, sale nabot ! Qu'est-ce que tu as fait ? Viens ici ! »

Finelame était déterminé à quitter la Grande Cuisine, et se voyait très bien vaquer dans ces appartements d'où il pourrait épier tout le gratin du château.

« Si je retourne chez Lenflure, je lui raconterai tout, je dirai à tout le monde ce que j'ai entendu, ce que le comte lui-même...

– Viens ici ! siffla Craclosse entre ses dents. Viens ici, ou je t'étripe. Alors, comme ça, on écoute ? Je vais t'apprendre à écouter, moi ! »

Craclosse poussa Finelame devant lui, et ils sortirent de la pièce à toute allure. Ils pénétrèrent dans un étroit passage et s'arrêtèrent devant une porte. Craclosse sortit son trousseau de clefs, fit jouer le pêne et précipita Finelame à l'intérieur. Puis il referma la porte à double tour.

De la cire et des grains de mil

Comme une gigantesque araignée suspendue à un fil de métal neuf pieds au-dessus du plancher, un candélabre dominait la pièce. De ses branches de fer menaçantes, pendaient de longues stalactites d'une cire blême qui coulait goutte à goutte, goutte à goutte. Une pyramide de suif s'élevait comme un chapeau blafard à l'angle d'une méchante table au tiroir ouvert, plein de mil pour les oiseaux, placée sous l'araignée couleur de rouille.

Le désordre de la chambre évoquait un champ de bataille. Rien ne semblait en place. Même le lit était de guingois, et paraissait supplier qu'on le repoussât contre le mur au papier flamboyant. Les flammes vacillantes des bougies qui coulaient faisaient danser des ombres sur le mur, où se découpaient, derrière le lit, quatre silhouettes d'oiseaux. Elles encadraient l'ombre monumentale d'une tête dont les boucles se projetaient sur le papier peint comme une véritable ramure. Cette tête était celle de Sa Seigneurie, la soixante-seizième comtesse d'Enfer, qui reposait sur un monceau d'oreillers, les épaules enveloppées d'un châle noir. Ses cheveux d'un roux sombre, au lustre éclatant, formaient un inextricable édifice, et les mèches épaisses qui s'échappaient de son chignon défait se tordaient sur les coussins comme des serpents de feu.

Elle avait des yeux verts transparents comme les prunelles d'un chat. C'étaient de grands yeux, mais, perdus dans cet immense et pâle visage, ils paraissaient minuscules. Le nez, au contraire, était suffisamment long pour garder toute sa majesté, en dépit des étendues désertiques qui l'entouraient. L'effet général était celui d'une masse énorme, et pourtant seuls la tête, le cou et les épaules émergaient des draps.

Une pie sautillait sur le bras gauche de la comtesse, picorant de temps en temps le millet que la dame d'Enfer avait dans la paume de la main. Sur ses épaules, perchaient un traquet et un gros corbeau endormi. Deux roitelets, une grive et une petite chouette avaient élu domicile sur les barreaux du lit. Un oiseau faisait de temps en temps son apparition derrière l'étroite et haute fenêtre, qui laissait à peine entrer le jour. Le lierre pénétrait dans la pièce, poussant ses vrilles à l'intérieur de la chambre, jusque sur le papier pourpre du mur. Le feuillage étouffait la pâle lumière qui réussissait à filtrer, mais il n'était pas assez touffu pour empêcher les oiseaux de le traverser, et de rendre visite à Lady Gertrude à n'importe quelle heure du jour ou de la nuit.

« Ça suffit, dit la comtesse d'une voix rauque et profonde, en s'adressant à la pie. En voilà assez pour aujourd'hui, ma chère. »

La pie fit un bond en l'air, puis revint se percher sur le poignet de la comtesse, où elle s'ébroua, secouant contre l'édredon les plumes de sa longue queue.

Lady Gertrude lança à travers la chambre ce qui lui restait de millet. Quittant les barreaux du lit, le traquet se posa un instant sur sa tête, puis il s'envola de cet observatoire et fit deux fois le tour de la chambre, passant au cours de sa deuxième ronde entre les stalactites brillantes de cire, avant d'atterrir près des grains de mil.

La comtesse d'Enfer enfonça les coudes au milieu des coussins affaissés, et prit appui sur ses bras lourds et puissants pour se soulever de toute sa masse. Puis elle se laissa de nouveau aller, les bras pendant sur le rebord du lit. Elle regardait fixement la pyramide de suif qui s'édifiait lentement sur la table, et le pli de sa bouche était une énigme. Elle pouvait être triste ou gaie, le regard rêveusement fixé sur les gouttes de cire qui coulaient du monticule, serpentant paresseusement le long du flanc rugueux du cratère, pour se figer enfin en de longs pétales veloutés.

Il était impossible de deviner si la comtesse était perdue dans un rêve, ou plongée dans une méditation profonde. Elle reposait toujours, massive et immobile, les bras sur les barreaux de fer, lorsqu'un soudain fracas de plumes brisa le silence de la pièce à l'air saturé par l'odeur de cire. Sans bouger la tête, elle tourna les yeux vers la fenêtre envahie de lierre, quatorze pieds au-dessus du sol, et aperçut, à travers les feuilles, la tête et le cou d'une corneille blanche à l'air contrit.

« Ha! ha! fit-elle lentement, comme si elle venait de parvenir à une conclusion. Ainsi, te voilà? Le truand est de retour. Qu'avez-vous fait? Où avez-vous été? Dans quels arbres? A travers quels nuages? Un égoïste, à ce que je vois. Et blanc comme neige, avec ça. C'est un drôle de ramage qu'abrite ce plumage! »

Dissimulée par le feuillage, la corneille penchait la tête d'un côté puis de l'autre, et semblait écouter avec un grand intérêt, mais, au frémissement du lierre, on devinait que l'oiseau blanc était embarrassé, car il se tenait tantôt sur une patte, tantôt sur l'autre.

« Trois semaines, reprit la comtesse, voilà trois semaines qu'on joue les filles de l'air ! Je n'étais pas assez bonne pour lui, oh ! non, n'est-ce pas, maître Craie ? Et maintenant on est là, et on veut se faire pardonner. Oh ! oui. On veut un arbre de pardon où frotter son vieux bec, et de longs mois d'absolution où cacher son plumage. »

Se redressant sur le lit, la comtesse enroula une mèche de cheveux autour d'un de ses longs doigts effilés, et, tournant son visage vers l'encadrement de la porte, le regard toujours fixé sur l'oiseau, elle se murmura à elle-même, sur un ton presque inaudible : « Allons, viens près de moi. »

Il y eut un nouveau bruissement dans le lierre, et, avant que les feuilles cessent de trembler, les griffes de la corneille blanche firent vibrer les barreaux du lit, où elle se posa, l'œil fixé sur la comtesse. L'oiseau resta un instant immobile, puis, d'un air majestueux, se déplaça lentement sur la barre et s'abattit d'un coup d'ailes aux pieds de la comtesse, où il commença de faire toilette, les plumes du cou hérissées comme une collerette pendant qu'il se lustrait la queue à petits coups de bec. Sa toilette achevée, il se fraya un chemin à travers les édredons mouvants qui le séparaient du visage de Lady Gertrude. Parvenu à destination, il pencha la tête d'une manière caractéristique, et croassa.

« Alors, tu crois qu'il suffit de me demander pardon ? Tu crois t'en tirer comme ça ? Sans que je te demande où tu as été ni ce que tu as fait pendant ces trois longues semaines ? C'est bien ça que tu penses, hein, maître Craie ? Et tu veux que je te pardonne au nom du passé ? Allons, viens te faire le bec sur mon bras, ma toute blanche. Allons, ma neige, viens frotter ton vieux bec, allons... »

Le corbeau perché sur l'épaule de la dame d'Enfer se réveilla, étirant paresseusement son aile d'ébène. Puis ses yeux se fixèrent sur la corneille blanche qu'il dévisagea d'un regard sévère, pendant qu'une boucle rousse flamboyait entre ses pattes. Comme pour relayer son voisin, la petite chouette s'endormit aussitôt. L'un des sansonnets fit trois pas, et se tourna lentement contre le mur. La grive resta absolument immobile. Une bougie vacilla avant de se noyer dans la cire, délogeant de sous une grande armoire une ombre fantomatique qui dévora le plancher, prit d'assaut le lit, et rampa traîtreusement jusqu'à la moitié de l'édredon, puis battit en retraite par le même chemin, et se lova de nouveau sous l'armoire.

Les yeux de Lady Gertrude étaient retournés sur la pyramide de suif. Tantôt elle fixait sur un objet de pâles prunelles impitoyables, tantôt elle semblait perdue dans un rêve qui avait quelque chose d'enfantin. Elle traversait le cône translucide d'un regard de somnambule, pendant que ses mains caressaient distraitement le poitrail, la tête et la gorge de la corneille blanche.

Un silence absolu régna un long moment dans la chambre, et la dame d'Enfer sursauta lorsqu'un coup sec fut soudain frappé à sa porte, l'arrachant à sa rêverie. Ses prunelles se rétrécirent aussitôt et devinrent aussi meurtrières que celles d'un chat. Tous les oiseaux battirent des ailes en même temps, et vinrent se percher au pied du lit en une longue grappe de plumes inégales, l'œil aux aguets, le cou tendu vers la porte.

« Qui est-ce ? demanda la voix grave de la comtesse.

– C'est moi, madame..., répondit une voix tremblante.

– Qui se permet de frapper à ma porte ?

– C'est moi, avec le comte, répondit la voix.

– Quoi ? cria la comtesse d'Enfer. Qu'est-ce que vous voulez ? Pourquoi frappez-vous à ma porte ? »

L'inconnue haussa la voix et s'écria nerveusement :

« C'est Nannie Glu. C'est moi, madame, Nannie Glu.

– Qu'est-ce que vous voulez ? répéta Lady Gertrude en s'installant plus confortablement.

– J'ai amené le comte avec moi pour que vous le

voyiez, s'écria Nannie Glu, un peu moins nerveusement.

– Ah ! oui ? Vraiment ? Le comte est avec vous, et vous voulez entrer dans ma chambre ? »

Il y eut un silence.

« Et pourquoi ? Pourquoi m'avez-vous amené le comte ?

– Pour que vous le voyiez, madame, je vous en prie, répéta Nannie Glu. Je viens de lui donner son bain. »

La comtesse d'Enfer s'enfonça un peu plus dans les oreillers.

« Ah ! je comprends, murmura-t-elle, vous voulez parler du *dernier*.

– Puis-je entrer ? cria Nannie Glu.

– Dépêchez-vous ? Mais dépêchez-vous donc ! Qu'est-ce que vous attendez ? Cessez de gratter à ma porte. »

Le grincement de la poignée pétrifia les oiseaux sur le perchoir de fer, au pied du lit, et, lorsque la porte s'ouvrit, ils s'envolèrent ensemble vers l'étroite fenêtre, menant grand tapage à travers les feuilles amères.

Un anneau d'or pour Titus

Nannie Glu entra, portant dans ses bras l'héritier de milliers d'hectares de pierres croulantes et de vieux ciment, l'héritier de la tour des Silex et des douves stagnantes, des monts déchiquetés et du fleuve glauque où, douze ans plus tard, il irait pêcher les poissons hideux de son héritage.

Elle se dirigea vers le lit et tourna le petit visage de l'enfant vers la comtesse, qui le traversa du regard et demanda :

« Où est passé ce carabin ? Où est Salprune ? Posez l'enfant et ouvrez la porte. »

Nannie Glu obéit, et, dès qu'elle eut le dos tourné, la

dame d'Enfer se pencha en avant pour mieux dévisager l'enfant. Ses petits yeux étaient embués de sommeil et la lumière des bougies jouait sur son crâne chauve, modelant d'ombres mouvantes la fragile structure des os.

« Hum, dit Lady Gertrude, que voulez-vous que j'en fasse ? »

Nannie Glu était une petite vieille grise, qui avait des cernes rouges sous les yeux, et une intelligence bornée. Elle contempla la comtesse d'un air hagard.

« Je viens de lui donner son bain. Je viens juste de lui donner son bain, Dieu bénisse son petit cœur !

– Et alors ? »

Pour toute réponse, la vieille nurse reprit le nouveau-né dans ses bras, et se mit à le bercer doucement.

« Est-ce que Salprune est là ? répéta la comtesse.

– Il est en bas, chuchota Nannie Glu, en indiquant la porte d'un vilain petit doigt fripé. En b-bas. Oui, oui, je pense qu'il est encore en bas en train de boire du punch dans la Chambre Froide. Oh ! oui, pauvre petite adorable chose, Dieu la bénisse ! »

Cette dernière remarque s'adressait probablement à Titus, et non au docteur Salprune. La comtesse d'Enfer se souleva sur son lit et, fustigeant du regard la porte ouverte, poussa un véritable mugissement, d'une voix incroyablement sonore et puissante :

« SALETROGNE ! »

Le hurlement résonna le long des corridors jusqu'au bas des escaliers, se glissa sous la porte de la Chambre Froide, franchit le tapis noir et, après avoir escaladé le corps du docteur, lui entra simultanément par les deux oreilles en lui écorchant les tympans. C'était un ordre péremptoire et, bien que son nom fût déformé, le docteur Salprune bondit immédiatement sur ses pieds.

Ses yeux de poisson flottèrent derrière ses lunettes, puis s'immobilisèrent, paupières levées au ciel comme celles d'un martyr. Il passa dans son toupet de cheveux gris une main aux doigts exquis et fins, puis avala d'un trait son verre de punch et se précipita vers la porte en enlevant d'une pichenette les gouttes d'alcool qui avaient éclaboussé son gilet.

Chemin faisant, il se répéta mentalement ce qu'il allait dire, ponctuant de son rire insupportable les réponses que la comtesse lui ferait, quel qu'en soit le sens.

« Madame la comtesse, dit-il, ne passant d'abord que la tête à travers l'embrasure de la porte, et offrant ainsi à Lady Gertrude et à Nannie Glu le spectacle d'un décapité. Madame la comtesse, ha, ha, ha ! votre voix m'est parvenue jusqu'en bas, alors que j'étais en train de... de...

– Picoler, dit la comtesse.

– Ha ! ha ! comme c'est bien dit, comme c'est admirablement dit, ha, ha, ha ! Alors que j'étais en train de picoler, comme vous le dites si joliment, picoler, ha ! ha ! Elle m'est tombée dessus, ha ! ha !... tombée dessus.

– Qu'est-ce qui vous est tombé dessus ? interrompit la comtesse d'une voix forte.

– Votre voix, dit Salprune qui éleva la main droite et joignit posément le pouce au petit doigt. Elle s'est faufilée jusqu'à la Chambre Froide, mais oui... Et, pour me trouver, elle m'a trouvé ! »

La comtesse lui jeta un regard qui en disait long, et cala son dos contre les oreillers. Nannie Glu, qui berçait l'enfant, l'avait maintenant endormi.

De l'index, le docteur Salprune tapotait nerveusement une stalactite de cire, avec un horrible sourire aux lèvres.

« Je vous ai convoqué, Salprune, pour vous dire que je me lèverai demain.

– Ha, ha, ha ! hi, hi, hi ! madame la comtesse, ha, ha, ha ! madame la comtesse... *demain* ?

– Demain, dit Lady Gertrude. Pourquoi pas ?

– Professionnellement parlant..., commença le docteur Salprune.

– Pourquoi pas ? répéta la comtesse en l'interrompant.

– Ha! ha! tout à fait anormal, exceptionnel, ha, ha, ha! unique. Vouloir se lever *si vite*!

– Vous aviez envie de me cloîtrer, Salprune? Je ne me trompe pas, n'est-ce pas? Je l'avais deviné. Sachez que je me lèverai demain... demain *à l'aube.* »

Le docteur Salprune haussa ses maigres épaules et leva les yeux. Puis, réunissant l'extrémité de ses doigts, il s'adressa au plafond sombre qui le surplombait.

« Je donne des *conseils,* jamais des ordres, dit-il, d'un ton où l'on devinait qu'il était homme à donner tous les ordres possibles et imaginables dès qu'il le jugeait nécessaire. Ha, ha, ha! oh non! Je ne donne que des conseils.

– Quelle blague! dit la comtesse.

– Oh! non, répliqua Salprune, les yeux toujours au plafond. Je ne blague pas, ha, ha ha! Oh! non, absolument pas! »

A la fin de sa tirade, il baissa une seconde les yeux vers le lit de la comtesse, et se réfugia immédiatement derrière ses lunettes. Lady Gertrude le regardait avec une aversion si évidente qu'il ne put le supporter et, louvoyant des paupières pour éviter toute nouvelle rencontre, il se mit à reculer machinalement et se retrouva près de la porte avant d'avoir décidé de la conduite à tenir. Il s'inclina rapidement et sortit de la chambre en s'effaçant.

« Il me fait fondre, dit Nannie Glu. N'est-il pas le plus fondant petit morceau de sucre qui soit?

– Qui? » cria la comtesse d'une voix si forte qu'une stalactite de cire trembla dans la lumière vacillante.

Le bruit réveilla le bébé qui se mit à pleurnicher, et Nannie Glu battit en retraite.

« Le vicomte..., gémit-elle faiblement. Mon joli petit vicomte...

– Glu, dit la comtesse, allez-vous-en. Je verrai l'enfant quand il aura six ans. Allez chercher une nourrice chez les Habitants du Dehors. Faites-lui des robes vertes avec les rideaux de velours, et prenez mon anneau d'or.

Pendez-le à une chaîne qu'il portera autour de son vilain petit cou. Vous l'appellerez Titus. Allez-vous-en maintenant et laissez la porte entrouverte. »

La comtesse fourragea sous l'oreiller et sortit une petite flûte de roseau. Elle l'approcha de sa bouche immense et en tira deux notes longues et douces qui traversèrent la pièce mal éclairée. Dès qu'elle entendit cette musique, Nannie s'empara de l'anneau d'or que la comtesse avait jeté sur les couvertures, et s'enfuit à toutes jambes comme si elle avait un loup-garou à ses trousses. Penchée en avant dans son lit, la dame d'Enfer avait les yeux écarquillés comme une enfant, pleins de tendresse et d'excitation. Ils étaient fixés sur la porte, et ses mains serraient convulsivement les bords de l'oreiller. Soudain, tout son corps se raidit.

Elle entendit une rumeur au loin, une rumeur qui s'enflait lentement et dont le volume parut emplir l'atmosphère opaque de la chambre au moment où la vague argentée déferla à travers la porte entrouverte, et où toutes les ombres de la pièce eurent en un instant la blancheur éclatante des chats.

Lord Tombal

Tous les jours de l'année, entre neuf et dix heures du matin, Lord Tombal s'asseyait à la longue table de la salle à manger de pierre, pour prendre son petit déjeuner. De l'estrade où cette table était dressée, il pouvait embrasser du regard toute l'étendue du réfectoire gris. De chaque côté de la salle, deux files d'imposants piliers soutenaient le plafond peint où des chérubins se poursuivaient à travers un ciel pommelé. Il y en avait bien mille, tout compte fait, mille angelots joufflus qui se mêlaient aux nuages, toujours prêts à s'élancer, et pourtant toujours immobiles, comme des marionnettes mal articulées.

Autrefois criardes, les couleurs s'étaient fanées et écaillées, et le plafond n'était plus maintenant qu'une ombre envahie par de subtils reflets vert lichen, vieux rose et argent.

Lord Tombal avait sans doute remarqué ces chérubins dans sa jeunesse. Il est probable qu'il avait dû essayer, dans son enfance, de les compter plus d'une fois, comme son père l'avait fait avant lui, et comme le jeune Titus ne manquerait pas de le faire à son tour. Mais, depuis des années, le comte d'Enfer n'avait pas levé les yeux vers ce firmament aux couleurs passées. D'ailleurs, il ne regardait plus rien à présent. Comment aurait-il pu *aimer* ce lieu ? Il en faisait partie. Il lui était impossible d'imaginer un autre univers, et l'idée d'aimer Gormenghast l'eût scandalisé. Lui demander quel genre de liens l'unissaient à sa demeure héréditaire eût été aussi absurde que de demander à un homme s'il se sent lié à sa propre main, ou à sa propre tête.

Le comte n'avait pas oublié l'existence des chérubins du plafond. Son arrière-grand-père les avait peints avec l'aide d'un domestique plein de zèle, qui était tombé d'un échafaudage haut de soixante-dix pieds, et s'était tué sur le coup. Mais il semblait que Lord Tombal ne s'intéressait plus qu'aux livres de sa bibliothèque et au pommeau de jade de sa badine d'argent, qu'il contemplait parfois pendant des heures.

A neuf heures précises, il entrait chaque matin dans la grande salle, et passait d'un air mélancolique entre les rangées de longues tables, où des domestiques de tout rang étaient au garde-à-vous, la tête respectueusement inclinée. Montant sur l'estrade, il faisait le tour de la table, et se dirigeait vers l'endroit où était suspendue une grosse cloche de cuivre dont il faisait résonner le battant. La valetaille s'asseyait aussitôt, et entamait un repas composé de pain, d'alcool de riz et de cake.

Tel n'était pas le menu du comte d'Enfer. Lorsqu'il s'assit dans son fauteuil à haut dossier, ce matin-là, il aperçut à travers le voile de mélancolie qui embrumait son cerveau et assombrissait son cœur, lui dérobant force et santé, une nappe d'une blancheur immaculée. Le couvert était mis pour deux. L'argenterie scintillait et, disposées avec art sur les assiettes, les serviettes faisaient la roue comme des paons. Il flottait une odeur exquise et rassurante de pain grillé. Il y avait des œufs peints de couleurs gaies, des pagodes de toasts aussi frêles que des feuilles mortes, et des poissons qui se mordaient la queue dans des plats ronds aussi bleus que la mer. La cafetière était un lion d'argent, et son bec s'incurvait entre les mâchoires rugissantes du fauve. Des fruits multicolores donnaient à la pièce sombre un étrange éclat tropical, au milieu de tout un assortiment de miels, de confitures, de gelées, de noix et d'épices. L'ancestrale orfèvrerie des comtes d'Enfer s'étalait dans toute sa splendeur dorée, et le centre de la table était décoré par une petite coupe d'étain qui contenait des pissenlits et des feuilles d'ortie.

Assis à sa place en silence, Lord Tombal ne semblait pas voir les merveilles qu'il avait sous les yeux, ni, lorsqu'il levait la tête, l'immense réfectoire glacé avec tous les domestiques assis. A sa droite, à l'angle de la table, on avait disposé les couverts d'argent et le service de faïence qui annonçaient l'arrivée imminente de l'hôte du comte. Les yeux toujours fixés sur le pommeau de jade de la badine qu'il faisait lentement tourner sur elle-même, Lord Tombal fit de nouveau sonner la cloche de cuivre. Une porte s'ouvrit dans le mur, derrière lui. Grisamer entra, portant d'énormes volumes sous le bras. Il était vêtu d'un sac de toile pourpre. Sa barbe poivre et sel n'était qu'un fouillis de nœuds, et la peau de son visage ressemblait à une feuille de papier d'emballage qu'une main aurait savamment froissée avant de la lui appliquer sur la chair. Il avait des yeux profondément enfoncés dans les orbites, tapis à l'ombre du front qui, malgré ses rides innombrables, conservait une courbe imposante.

Le vieillard s'assit au bout de la table, empila les

quatre volumes près d'une carafe de porcelaine et, levant ses yeux caves sur le comte d'Enfer, d'une voix faible et tremblante, mais empreinte d'une certaine dignité, comme si le rituel n'était pas une mécanique, mais un devoir nécessaire dont il fallait, aujourd'hui comme toujours, scrupuleusement s'acquitter, il murmura ces mots :

« Moi, Grisamer, seigneur de la bibliothèque, conseiller personnel de Sa Seigneurie, nonagénaire, docteur de la loi des comtes d'Enfer, j'adresse à Votre Seigneurie le salut d'un matin sombre, docteur ès tomes comme je le suis, couvert de chiffons comme je le suis, et nonagénaire comme je le suis devenu au cours des années. »

Il débita ce discours d'une seule traite, puis toussa plusieurs fois de façon déplaisante, la main sur la poitrine.

Le comte d'Enfer appuya le menton contre les jointures de ses mains, qui étreignaient le pommeau de jade. Il avait un long visage olivâtre et de grands yeux d'une éloquence toute intérieure. Sa bouche n'était qu'une fente étroite, mais ses narines frémissantes révélaient une sensibilité maladive. Il portait la couronne traditionnelle attachée sous le menton par une courroie. C'était une couronne de fer à quatre pointes taillées en forme de flèches, reliées entre elles par de fines chaînettes.

Il ne paraissait pas avoir entendu la tirade de Grisamer, mais, regardant pour la première fois ce qui était posé sur la table, il se mit à grignoter machinalement un petit morceau de toast, qu'il garda dans la bouche pendant tout le repas. Les poissons avaient refroidi dans les plats. Grisamer s'en était servi un, accompagné d'une tranche de melon et d'un œuf agressivement peint en vert. Sur la table rituelle, tous les autres plats s'étaient figés.

Dans la longue salle basse, le cliquetis des couteaux avait cessé. L'alcool de riz avait circulé de table en table, et les cruches étaient vides. Les domestiques attendaient le signal d'aller vaquer à leurs occupations.

Grisamer prit sa serviette pour essuyer sa bouche fripée, et se retourna vers le comte qui, renversé dans son fauteuil, sirotait un verre de thé noir, les yeux perdus dans un rêve. Le bibliothécaire observait le sourcil gauche du comte. Tout au fond de la grande salle, l'horloge marquait dix heures moins vingt et une; le regard de Lord Tombal paraissait traverser le cadran. Plusieurs secondes s'écoulèrent, puis dix, puis cinq, trois, deux, une. Dix heures moins vingt. Le sourcil gauche du comte d'Enfer se leva machinalement, et resta comme suspendu sous les trois rides qui lui barraient le front. Puis il s'abaissa lentement. Voyant cela, Grisamer se leva aussitôt et se mit à frapper du pied. Le mouvement de sa vieille jambe maigre fit danser le sac de toile pourpre dont il était enveloppé, et les innombrables nœuds de sa barbe poivre et sel voltigèrent frénétiquement.

Les tables furent débarrassées en un clin d'œil et, moins d'une minute plus tard, le dernier traînard avait disparu. Tout au fond de la grande salle, la porte de service était de nouveau fermée à double tour.

Grisamer se rassit, essoufflé, toujours secoué par son horrible toux. Puis il se pencha sur la table, et se servit des dents de sa fourchette pour gratter la nappe blanche, juste devant la place de Lord Tombal.

Le comte tourna ses yeux d'un noir liquide vers le vieux Maître du Rituel.

« Eh bien? demanda-t-il d'une voix lointaine. Qu'y a-t-il, Grisamer?

– C'est le neuvième jour du mois, répondit le vieillard.

– Ah! » dit le comte.

Il y eut un silence dont Grisamer profita pour refaire quelques guirlandes de nœuds dans sa barbe.

« Le neuvième jour, répéta le comte.

– Le neuvième, marmonna Grisamer.

– Un jour sans air, dit le comte d'une voix rêveuse. Etouffant.

– Etouffant, reprit Grisamer dont les yeux caves se tournèrent vers Lord Tombal. Le neuvième jour du mois est toujours étouffant. »

Une grosse larme roula lentement le long de sa joue parcheminée. Ses yeux étaient tellement enfoncés dans leurs orbites noires qu'il était impossible de voir leur expression. Jamais Grisamer n'avait laissé deviner qu'il était sous le coup d'une profonde émotion. Il ne se laissait d'ailleurs jamais attendrir, sauf lorsqu'il se plongeait dans les affaires concernant les traditions du château. C'est ainsi que de grosses larmes surgirent de l'ombre qui s'amoncelait sous son front. Il feuilleta les énormes volumes posés près de son assiette. Comme s'il venait de prendre une décision longuement mûrie, le comte d'Enfer se pencha en avant, posa sa badine sur la table, et rajusta sa couronne de fer. Puis, appuyant son long menton olivâtre dans ses mains, il tourna la tête vers le vieillard.

« Continuez », murmura-t-il.

D'un geste tremblant, Grisamer ramena autour de lui ses hardes pourpres, puis se leva, passa derrière la chaise, qu'il poussa de quelques centimètres vers la table, et se rassit avec précaution, l'air un peu plus à l'aise. Penchant son front ridé, il repoussa gravement les plats, les couverts, les huiliers, les verres, et l'assortiment de victuailles maintenant froides qu'il avait devant lui. Dès qu'il eut terminé cette opération, il prit les volumes sur lesquels il avait posé le coude, et les ouvrit l'un après l'autre sur le demi-cercle de nappe blanche, les appuyant avec précaution sur leur dos de parchemin afin qu'ils s'ouvrissent d'eux-mêmes à la page indiquée par des signets brodés à la main.

En haut des pages de gauche, il y avait la date, et, dans le premier des trois tomes, elle était suivie par la liste précise de tout ce que le comte devait faire minute par minute pendant la journée. Les heures exactes, les vêtements à porter en chaque occasion, les gestes symboliques à accomplir. Sur la page de droite, des diagrammes peints à la main indiquaient les chemins que le comte devait suivre pour être ponctuel à ses rendez-vous.

Plein de pages blanches, le second tome était entièrement symbolique, alors que le troisième était consacré aux références et aux annexes. Si par exemple Lord Tombal, actuel comte d'Enfer, avait eu trois centimètres de moins, costumes, gestes et itinéraires eussent été différents de ceux que décrivait le premier tome, et c'est un autre volume qu'il aurait fallu consulter dans l'immense bibliothèque.

S'il avait eu le teint clair, ou s'il avait été plus corpulent, s'il avait eu les yeux bleus, verts ou noisette, au lieu d'avoir les yeux noirs, un autre antique rituel aurait automatiquement remplacé celui qui venait de faire son apparition sur la table du petit déjeuner. Seul Grisamer comprenait jusqu'aux moindres détails de ce système complexe, car il y avait consacré sa vie, mais l'esprit sacré de la tradition, incarné dans les rites quotidiens, restait vivant pour tous.

Pendant les vingt minutes qui suivirent. Grisamer mit le comte au courant des devoirs qu'il devrait accomplir pendant la journée, sans lui faire grâce d'aucun détail. Il parlait d'une voix éraillée, incroyablement haut perchée, et entre chaque phrase un feu croisé de tics agitait les rides qu'il avait au coin de la bouche. Le comte approuva silencieusement. Parfois, certains itinéraires, indiqués dans les diagrammes du premier volume, avaient perdu leur raison d'être. Par exemple, à 14 h 37, le comte d'Enfer devait descendre l'escalier de fer du vestibule gris qui menait à l'étang aux carpes. Or cet escalier n'était plus que décombres, car le vestibule avait été ravagé par le grand incendie, soixante-dix ans plus tôt. Il fallait imaginer un autre chemin, un trajet se rapprochant le plus possible du trajet originel, et qui prît le même temps. D'une main tremblante, Grisamer s'empara d'une fourchette et traça sur la nappe le nouvel itinéraire. Le comte d'Enfer acquiesça.

Il était dix heures moins une, lorsque Grisamer finit d'établir le programme de la journée. Il se renversa dans sa chaise et se mit à baver dans sa barbe, consultant l'horloge du regard toutes les deux ou trois secondes.

Lord Tombal poussa un profond soupir. Une lueur s'alluma un instant dans ses yeux, puis s'éteignit, mais le pli de sa bouche parut s'adoucir.

« Grisamer, dit-il, savez-vous que j'ai un fils? »

Les yeux sur l'horloge, le Maître du Rituel n'entendit pas la question du comte. Il faisait des bruits de gorge et toussotait, la bouche secouée de tics.

Lord Tombal lui jeta un regard rapide, et son visage olivâtre blêmit. Il prit une cuiller et la tordit complètement.

La porte située derrière l'estrade s'ouvrit soudain, et Craclosse entra.

« C'est l'heure », dit-il en arrivant devant la table.

Lord Tombal se leva et se dirigea vers la porte. Craclosse salua d'un air morose l'homme aux hardes pourpres, puis il fourra des pêches à l'intérieur de ses poches, et suivit le comte entre les piliers du réfectoire de pierre.

La rotule du carabin

Les vieux jouets de Fuchsia, ses livres et des coupons d'étoffes colorées s'entassaient aux quatre coins de sa chambre, au centre du second étage de l'aile ouest du château. Un lit de noyer occupait toute la longueur du mur dans lequel s'encadrait la porte. En face, les deux fenêtres triangulaires donnaient sur les remparts où, un mois sur deux, à la pleine lune, les maîtres sculpteurs des huttes d'argile venaient se promener au soleil couchant. Au-delà des remparts, s'étendaient les pâturages, puis les Bois d'Epines qui grimpaient le long des flancs abrupts de la montagne de Gormenghast.

Fuchsia avait couvert les murs de sa chambre d'impétueux coups de fusain. A chaque extrémité de la pièce, le plâtre du mur était resté couleur de corail. Elle n'avait fait aucun effort pour le décorer. Elle ne dessinait que dans ses moments d'exaltation, lorsqu'elle était en proie à un amour ou à une haine violente, et n'avait aucun sens des proportions. Ses dessins manquaient de subtilité, mais il émanait d'eux une vitalité extraordinaire. Ces images déchaînées transfiguraient les murs au point que les jouets et les livres qui gisaient aux quatre coins de la chambre ressemblaient à de ternes monticules.

Cette chambre était l'unique voie d'accès au grenier, le royaume de Fuchsia. La porte de l'escalier en spirale qui montait dans l'obscurité se trouvait juste derrière le lit. Elle ressemblait à une porte d'armoire, et, pour l'ouvrir, il fallait tirer le lit jusqu'au milieu de la pièce.

Aussi Fuchsia n'oubliait-elle jamais de le repousser contre le mur, afin que personne ne profanât son sanctuaire. C'était une précaution inutile. Seule Nannie Glu pénétrait dans sa chambre, et la vieille nurse n'aurait jamais pu grimper dans le noir les quelque cent marches étroites menant au grenier qui, aussi loin qu'elle s'en souvînt, était pour Fuchsia l'image d'un monde inviolé.

De génération en génération, la plupart des vieux meubles de Gormenghast avaient fini par aboutir sous ces combles chauds, aux lumières tamisées, dans cette région hors du temps où ne parvenait pas un souffle, où les grandes poutres étaient recouvertes d'un nuage de papillons de nuit et où la poussière déposait doucement son pollen sur toutes choses.

Le grenier était composé de deux pièces oblongues et d'une mansarde. Les deux galeries formaient un angle droit. On passait de la première à la seconde en descendant trois marches bancales. Tout au bout, une échelle de bois menait à une sorte de balcon qu'on aurait pu prendre pour une petite véranda. A gauche de ce balcon, une porte désolée, qui ne tenait plus que sur un seul gond, menait à la mansarde secrète de Fuchsia – au nid d'aigle, à la chapelle païenne, au royaume dont il fallait taire le nom, sous peine de renier sa foi, ou de commettre un blasphème.

Le jour de la naissance de son frère, alors que le château au-dessous d'elle, étage par étage, galerie par galerie, et jusque dans les caves les plus profondes, bruissait de rumeurs et de vie, Fuchsia était aussi peu concernée par l'agitation qui se propageait que Rottcodd, le conservateur de la Galerie des Brillantes Sculptures.

Elle tira sur une longue corde nattée qui pendait du plafond, à l'angle de la chambre. Aussitôt une sonnette au timbre fêlé se mit à tinter dans les appartements reculés que Nannie Glu occupait depuis vingt ans.

La lumière commençait d'illuminer les tours de l'est, ruisselant sur le rempart des Sculpteurs et envahissant peu à peu les flancs de la montagne. Dans le soleil levant, les buissons d'épines s'enflammaient l'un après l'autre dans la lumière blanche du matin, comme des spectres se poursuivant çà et là, sur les flancs sombres de Gormenghast, jusqu'à ce que la montagne entière apparût comme un triangle aux arêtes vives, inscrit dans l'obscurité. Sept nuages, chérubins roses aussi dodus que des cochons de lait, parurent dans le ciel d'ardoise. De sa fenêtre, Fuchsia les contempla d'un air morose. Elle était immobile, pieds nus, les mains sur les hanches.

« Sept, compta-t-elle en fronçant les sourcils. Il y en a sept. Un, deux, trois, quatre, cinq, six, sept. Sept nuages. »

Elle serra le châle jaune qu'elle avait sur les épaules, car elle frissonnait dans sa chemise de nuit, puis de nouveau sonna Nannie Glu. Fouillant dans un tiroir, elle trouva un bâton de craie noire et, s'approchant d'un pan de mur relativement nu, elle traça un 7 rageur qu'elle entoura d'un cercle au-dessus duquel elle écrivit le mot « NUAJES », d'une grosse écriture autoritaire.

Fuchsia abandonna le mur, et revint gauchement vers le lit en traînant les pieds. Sa chevelure d'ébène flottait librement sur ses épaules. Ses yeux, fixés sur la porte, lançaient des éclairs. C'est ainsi que Nannie Glu la surprit lorsqu'elle pénétra dans la chambre. Dès que Fuchsia l'aperçut, elle continua d'avancer, mais, au lieu de se diriger vers le lit, elle bondit vers la vieille femme, l'embrassa fougueusement, puis, relâchant son étreinte, l'entraîna vers la fenêtre, et pointa son index vers le ciel.

Nannie Glu essaya de deviner ce que Fuchsia voulait lui montrer, et demanda ce qu'il fallait regarder.

« Les gros nuages, dit Fuchsia. Il y en a sept. »

La vieille femme cligna des yeux et scruta un moment le ciel. Elle émit un petit bruit de gorge destiné à montrer qu'elle n'était nullement impressionnée.

« Pourquoi sept? demanda Fuchsia. Sept correspond à quelque chose. Un pour un beau tombeau tout d'or, Deux éteint la torche d'étain, Trois se noient les chevaux de bois, Quatre un chevalier de chiendent, Cinq un brochet aux branchies blanches, Six... j'ai oublié. Sept... Sept est un quoi? Huit un crapaud bien trop miro, Neuf, Neuf quoi? Neuf est un... Neuf est un... Dix une pagode de pains perdus... mais Sept... Sept, c'est quoi? »

Fuchsia frappa du pied, et lança un regard aigu à sa pauvre vieille nurse.

Nannie Glu recommença ses petits bruits de gorge, ce qui était sa façon à elle de passer le temps, puis elle dit :

« Tu veux un peu de lait chaud, mon trésor? Dis-le-moi vite, j'ai tant de choses à faire. Je dois nourrir les chats blancs de la comtesse, ma chérie. Sous prétexte que je suis active, on me met tout sur le dos, mon cher cœur. Pourquoi as-tu sonné? Vite, vite, ma folie. Dis-moi pourquoi tu as sonné? »

Fuchsia se mordilla la lèvre inférieure, rouge et charnue, repoussa les mèches ensommeillées qui lui tombaient sur le front, et regarda fixement par la fenêtre, les mains croisées derrière le dos, raide et tendue.

« Je veux un énorme petit déjeuner. Il faut que je mange des tas de choses aujourd'hui : j'ai à réfléchir. »

Nannie Glu était en train d'examiner une verrue qu'elle avait sur le bras gauche.

« Tu ne sais pas où je vais, mais moi, je le sais. Je vais dans un endroit où personne ne viendra me déranger.

– Oui, ma chérie.

– Je veux du lait chaud, des œufs, et beaucoup de toasts grillés d'un seul côté. Et puis un sac de pommes pour toute la journée, car j'ai la fringale chaque fois que je pense.

– Oui, ma chérie, répéta Nannie Glue en arrachant un fil qui pendait à l'ourlet de la robe de Fuchsia. Remets quelques bûches dans le feu, ma folie. Je t'apporterai ton petit déjeuner, et je ferai ton lit, oui, même si je n'en peux plus. »

Fuchsia embrassa de nouveau fougueusement la joue de sa vieille nurse, puis la poussa hors de la chambre, et fit claquer la porte avec un bruit qui se répercuta longuement dans les corridors lugubres.

La porte à peine refermée, Fuchsia bondit sur son lit et, plongeant la tête la première sous les couvertures, elle se faufila jusqu'au fond, où, à en juger par les apparences, elle livrait un duel à mort au monstre qui s'y trouvait embusqué. La tempête qui secouait les draps s'apaisa aussi brusquement qu'elle s'était levée, et Fuchsia émergea du lit avec une paire de longs bas de laine dont elle s'était débarrassée pendant la nuit. S'asseyant sur les coussins, elle commença non sans mal à les enfiler, s'efforçant de retourner les talons qu'elle avait mis devant derrière.

« Je ne veux voir personne aujourd'hui, se dit-elle. Non, vraiment personne. J'irai dans ma chambre secrète mettre de l'ordre dans mes idées. »

Elle eut un sourire en coin, un peu sournois, mais si puéril qu'il en était attendrissant. Elle avait une grande bouche bien dessinée, à l'expression étrangement mûre, et ses lèvres s'ourlaient comme des pétales charnus, découvrant des dents éclatantes.

A peine eut-elle souri que son visage changea de nouveau. L'irritation qui déformait ses traits reprit ses droits. Ses sourcils noirs se froncèrent.

Entre chaque vêtement, Fuchsia exécutait un pas de danse de son invention, qui n'avait rien de particulièrement gracieux. Elle restait parfois quelques secondes en équilibre instable, dans une attitude extraordinairement figée. Ses yeux devenaient alors aussi transparents que ceux de sa mère, et un air d'indifférence rêveuse remplaçait un instant l'expression absorbée qui lui était naturelle. Elle finit par enfiler une robe écarlate, dans laquelle elle flottait, et qui était simplement serrée à la taille par une cordelette verte. Curieusement, Fuchsia donnait l'impression d'habiter les vêtements qu'elle portait.

Dans la petite chambre qu'elle occupait, Nannie Glu avait fini de préparer le petit déjeuner de Fuchsia, et rapportait le plateau dans ses mains tremblantes. A l'angle du couloir, elle se trouva soudain nez à nez avec le docteur Salprune, qui s'arrêta net, évitant une collision désastreuse.

« Eh bien, eh bien, eh bien, eh bien, ha, ha, ha! mais c'est notre chère Nannie Glu, ha, ha, ha! quel drame, mon Dieu, quel drame! dit le docteur, les mains jointes à hauteur du menton, pendant que son rire perçant s'égrenait vers le plafond, en faisant craquer les poutres du corridor.

Les verres de ses lunettes reflétèrent la silhouette minuscule de Nannie Glu.

La vieille nurse n'avait jamais porté le docteur Salprune dans son cœur. Ce n'était pas un étranger, certes. Il faisait autant partie de Gormenghast que la tour des Silex, mais, pour Nannie Glu, le personnage sonnait faux. D'abord, il ne correspondait en rien à l'idée qu'elle se faisait d'un médecin. Elle n'aurait d'ailleurs pas su dire pourquoi, ni trouver d'autres raisons pour expliquer son antipathie.

Dans le meilleur des cas, Nannie Glu arrivait difficilement à voir clair dans ses idées, et la confusion de son esprit était à son comble lorsque l'émotion la submergeait. Elle sentait obscurément que Salprune jouait avec elle au chat et à la souris, et qu'il allait même jusqu'à se moquer d'elle. Elle n'en avait jamais vraiment pris conscience, mais ses vieux os le savaient d'instinct.

Elle leva les yeux sur la tignasse du docteur, et se demanda pourquoi il ne se brossait jamais les cheveux. Puis elle se sentit coupable de s'être laissée aller à de telles pensées au sujet d'un gentleman. Le plateau se mit à trembler dans ses mains, et ses yeux se brouillèrent.

« Ha, ha, ha! chère madame Glu, donnez-moi ce plateau, ha, ha, ha! et permettez-moi de vous faire goûter au fruit défendu de la conversation, car vous allez me dire, n'est-ce pas, où vous avez disparu depuis plus d'un mois? Pourquoi ne vous ai-je pas vue, Nannie Glu? Pourquoi n'ai-je pas entendu le bruit de vos pas dans les escaliers et vos appels résonner... résonner dans la nuit tombante?

– La comtesse ne veut plus de moi, dit Nannie Glu en regardant le docteur avec un air de reproche. Je suis parquée dans l'aile ouest, maintenant.

– C'est donc ça », dit le docteur Salprune, qui lui prit le plateau des mains et le posa par terre, s'asseyant sur les talons dans l'interminable couloir.

Il leva les yeux vers la vieille dame, qui fut effrayée par les verres grossissants où elle voyait nager deux énormes prunelles.

« Vous êtes *parquée* dans l'aile ouest? C'est bien ça, n'est-ce pas? (Le front superbement plissé, le docteur Salprune se caressa le menton d'un air rêveur.) Chère madame Glu, reprit-il, c'est le mot " parquée " qui me chiffonne. Etes-vous un animal, madame Glu? Je répète : êtes-vous un animal? »

A ces mots, il se redressa à demi et, le cou tendu en avant, répéta la question pour la troisième fois.

La pauvre Nannie était trop terrifiée pour pouvoir répondre, et le docteur s'accroupit de nouveau.

« Je vais répondre à votre place, Nannie Glu. Il y a longtemps que je vous connais. Dix ans, peut-être. Nous n'avons pas sondé les profondeurs du cœur humain, ni exploré les racines magiques de la vie, mais je vous connais depuis suffisamment longtemps pour être certain que vous n'êtes pas un *animal.* Non, vous n'êtes pas un animal, ma chère dame. Asseyez-vous sur mes genoux. »

Terrorisée à cette idée, Nannie Glu cacha sa bouche derrière ses petites mains osseuses, et rentra la tête dans les épaules. Puis elle jeta un regard angoissé dans le couloir. Elle était sur le point de s'y précipiter, lorsqu'elle se sentit happée par les genoux, sans brutalité mais avec fermeté, et, avant de réaliser ce qui lui arrivait, elle se retrouva assise sur la rotule pointue du carabin accroupi.

« Vous n'êtes *pas* un animal, n'est-ce pas? » répéta Salprune.

La vieille nurse tourna son visage ridé vers le docteur, et fit non plusieurs fois de la tête.

« Bien sûr que non, ha, ha, ha! bien sûr que non. Mais alors, dites-moi *ce* que vous êtes? »

Nannie mit de nouveau le poing devant sa bouche, et ses yeux redevinrent craintifs.

« Je suis... Je suis une vieille femme.

– Une vieille femme exceptionnelle, et, si je ne me trompe pas, vous serez bientôt une vieille femme exceptionnellement indispensable. Oh! oui, ha, ha, ha! oh! oui, unique, tout à fait unique, oh! oui. »

Il y eut un silence, puis le docteur reprit :

« Depuis combien de temps n'avez-vous pas vu la comtesse? Cela ne doit pas dater d'hier.

– Oh ! non. Cela fait très longtemps. Des mois et des mois.

– C'est bien ce que je pensais. Ha, ha, ha ! Tout à fait ce que je pensais. Vous n'avez donc aucune idée de ce qui va vous rendre indispensable ?

– Je n'en sais rien du tout, répondit la vieille dame, les yeux fixés sur le plateau où le petit déjeuner refroidissait.

– Ma très chère dame, aimez-vous les bébés, demanda le carabin en faisant passer la pauvre vieille nurse d'une rotule sur l'autre afin de pouvoir étendre la jambe. Etes-vous friande de ces petites créatures ?

– Les bébés ? dit Nannie Glu d'une voix qui s'anima soudain. Je pourrais les manger, ces mignons. Je pourrais les dévorer.

– Très bien, dit le docteur Salprune, très, très bien, ma bonne dame. Vous pourriez les manger. Mais ce ne sera pas nécessaire. Je dirais même que ce serait déplacé, ma chère madame Glu, totalement déplacé dans les circonstances présentes. Un enfant va vous être confié. Ne le mangez pas, Nannie Glu. Vous devez l'élever, c'est vrai, mais ce n'est pas la peine de le dévorer d'abord. Vous avaleriez l'Enfer, ha, ha, ha ! »

La nouvelle fit lentement son chemin dans le cerveau de Nannie Glu, et ses yeux s'agrandirent.

« Oh ! non, docteur, oh ! non.

– Oh ! oui, docteur, oh ! oui, reprit le médecin. La comtesse vous a bannie de sa présence, mais votre trône va vous être rendu, ha, ha, ha ! Pas moyen de faire autrement. Aujourd'hui, Nannie Glu, je vais mettre au monde un Enfer flambant neuf. Vous souvenez-vous du jour où j'ai délivré la comtesse de Lady Fuchsia, ma Glu aux grands yeux ? »

Nannie se mit à trembler dangereusement et faillit tomber de son perchoir. Elle serra les mains entre ses genoux, tandis qu'une larme roulait le long de sa joue.

« Je me rappelle tout, docteur. Je me rappelle tous les détails de tout. Qui aurait cru ?

– En effet, coupa le docteur Salprune. Qui aurait cru? Mais il faut que je m'en aille, ha, ha, ha! il faut que je vous déloge de ma rotule. Ah! une chose encore, Nannie Glu. Vous ne saviez rien de l'état de la comtesse?

– Rien, dit la vieille dame en se mordant le doigt. Absolument rien! Personne ne me dit jamais rien.

– Vous allez pourtant assumer une lourde charge. Mais vous aimez ça, n'est-ce pas? Je ne me trompe pas?

– Oh! docteur, un bébé, après tant d'années! Je le mange déjà de baisers.

– Vous *le* mangez de baisers! Ha, ha, ha! vous paraissez être sûre de son sexe, ma bonne, ma chère madame Glu...

– Oh! oui, docteur, c'est un garçon, sans aucun doute. Un vrai petit garçon, Dieu soit béni! Ils me le laisseront, docteur? Vous êtes sûr qu'ils me le laisseront?

– Ils n'ont pas le choix, répondit le docteur d'un ton brusque, peu compatible avec la dignité d'un gentleman. Il sourit niaisement, pointant son nez agressif vers le visage de Nannie Glu. (Comme une meule de foin, ses cheveux gris quittèrent l'ombre du mur.) Et ma Fuchsia, a-t-elle des soupçons?

– Aucun soupçon, aucun soupçon, oh! non, Dieu la bénisse! Elle ne sort presque jamais de sa chambre, docteur, sauf la nuit. Elle ne sait rien, et ne parle à personne d'autre qu'à moi. »

Le docteur fit descendre Nannie Glu de ses genoux, et se releva.

« Tout Gormenghast ne parle que de ça, mais l'aile ouest n'en sait rien. Très, très, très bizarre. La nurse du bébé, et la sœur du bébé, personne ne sait rien, ha, ha, ha! Mais plus pour longtemps, plus pour longtemps. Par tout ce qui brille, plus pour longtemps!

– Docteur? demanda Nannie Glu, comme Salprune allait s'en aller.

– Quoi donc ? dit le docteur Salprune en examinant ses ongles. Quoi donc, ma chère Nannie Glu ? Soyez brève.

– Heu... comment va-t-*elle*, docteur ? Comment va la comtesse ?

– Elle est forte comme une baleine », répondit Salprune qui disparut en un éclair à l'angle du corridor.

Bouche bée, Nannie Glu ramassa le plateau, et entendit dans le lointain l'élégante musique des pas du docteur qui sautillait comme un oiseau vers la chambre de la comtesse d'Enfer.

Le cœur battant le chamade, la vieille nurse frappa à la porte de la chambre de Fuchsia. Elle mettait toujours très longtemps à comprendre ce qu'on lui disait, et venait seulement de comprendre ce que le docteur lui avait révélé. Etre de nouveau, après tant d'années, la nurse d'un héritier de la maison d'Enfer... baigner le petit corps gigotant, repasser ses vêtements de poupée, aller chercher la nourrice chez ceux du dehors ! Avoir les pleins pouvoirs pour tout ce qui concernait les soins à donner au précieux petit bambin... Tout cela pesait orgueilleusement sur le cœur de la vieille femme, qui battait à tout rompre.

Elle était tellement émue qu'elle frappa deux fois avant d'apercevoir le mot qui était épinglé à la porte. Elle le regarda de près, et comprit enfin ce que Fuchsia avait griffonné avec son inévitable fusain.

Peux pas t'attendre jusqu'au jugement dernier – tu es si LENTE !

Nannie Glu essaya de tourner la poignée, bien qu'elle sût que la porte était fermée à clef. Posant le plateau et les pommes sur le paillasson, elle se retira dans sa chambre pour mieux rêver à l'avenir. La vie, semblait-il, lui réservait encore des jours sereins.

Le grenier

Après avoir impatiemment attendu son petit déjeuner, Fuchsia s'approcha d'une armoire où elle gardait quelques provisions en cas de besoin : la moitié d'un vieux gâteau à l'anis, du vin de pissenlit, une boîte de dattes que Craclosse avait mise dans sa poche et qu'il lui avait apportée le mois dernier, ainsi que deux poires ridées qu'elle enveloppa dans un fichu. Puis elle alluma une bougie, la posa près du mur, et, courbant le dos, repoussa le lit assez loin pour se faufiler jusqu'à la porte de l'armoire. Ramassant la bougie et le balluchon de victuailles, elle enjamba les barreaux du lit et se coula à travers l'étroite ouverture qui menait aux spirales sombres de l'escalier. Elle verrouilla la porte derrière elle et, comme chaque fois qu'elle s'enfermait, un frisson la parcourut de la tête aux pieds.

Le visage éclairé par la bougie, elle commença l'ascension des marches glissantes de son royaume secret.

Au fur et à mesure que Fuchsia montait dans les ténèbres de l'escalier tournant, elle se sentait défaillir. Son cœur battait à tout rompre, comme un bourgeon d'avril impatient d'éclater.

L'amour qu'elle ressentait était aussi fort, aussi profond que celui d'un homme pour une femme. C'était l'amour qui unit deux êtres dans l'univers secret où ils brûlent enfin, au centre d'eux-mêmes, d'une flamme vraiment libérée.

L'amour du plongeur pour les perles et les algues qui se balancent dans la lumière incertaine du monde sous-marin. Né dans les profondeurs, il ne fait qu'un avec les poissons verts et les éponges dont les couleurs lui coupent le souffle. Et lorsqu'il touche le fabuleux plancher des océans, la main posée sur une côte de baleine, il pénètre dans l'infini. Le pouls du monde bat dans ses veines. Il est saisi par l'amour.

C'est l'amour du peintre qui ne peut détacher les yeux des couleurs qui se cabrent sous son pinceau. La toile lui rend son regard, et les formes inachevées dansent sur un rythme nouveau, du plancher au plafond. Tous les tubes sont tordus. La peinture macule le manche des pinceaux et commence à sécher sur la palette. La poussière s'accumule sous le chevalet. Dehors, la lumière blanche se tait dans un ciel du Nord. La fenêtre est grande ouverte. Le peintre respire une bouffée de son monde : une chambre louée, empestant la térébenthine. Il se dirige vers le tableau qui va naître. Il est saisi par l'amour.

Le riche terreau coule entre les doigts du paysan. « Je suis chez moi », murmure-t-il en arpentant son champ de marne, et ces mots sont repris par le pêcheur de perles qui disparaît dans les profondeurs troubles, environné d'étranges lueurs marines, repris par le peintre qui dérive sur le radeau solitaire de son atelier, et ce sont les mêmes mots que se murmure la brune Fuchsia dans les ténèbres en spirale.

Tandis que sa main frôlait la paroi de bois, Fuchsia avait le sentiment aigu que tout son être appartenait à ces marches et à ce grenier. Elle sentit sous ses doigts la planche disjointe qui lui servait de point de repère : encore dix-huit marches, deux tours de vis, et elle serait dans l'indicible lumière gris et or qui baignait le grenier.

Arrivée à la dernière marche, elle se pencha au-dessus d'une porte basse qui ressemblait à une porte d'écurie, tira le loquet, et pénétra dans la première pièce du grenier.

Le soleil du matin y entrait timidement, mais n'arrivait pas à percer l'obscurité peuplée d'objets aux formes indistinctes. Çà et là, un pauvre rayon de lumière filtrait dans la pénombre tiède, éclairant des grains de poussière qui tournoyaient avec lenteur, comme autant d'étoiles gravitant dans un firmament minuscule.

Un rayon joua sur le front et l'épaule de Fuchsia. Un

autre fit naître une tache rouge sur sa robe. A droite de la jeune fille, il y avait un orgue gigantesque qui tombait en ruine. Ses tuyaux étaient brisés, et le clavier en pièces. Depuis plus de dix ans, des araignées grises l'avaient recouvert d'un véritable châle de dentelle, et une infante fantomatique surgirait sûrement un jour de la poussière, pour faire ruisseler sur ses épaules cette fabuleuse mantille.

On avait peine à distinguer les yeux de Fuchsia dans les ténèbres, car la lumière qui tombait sur son front plongeait le reste de son visage dans l'ombre. L'exaltation qui les avait fait briller dans l'escalier avait cédé la place à un calme étrange, et, immobile en haut des marches, la jeune fille semblait un autre être.

C'était la pièce la plus sombre du grenier. En été, la lumière y pénétrait obliquement à travers les fissures du bois et les ardoises disjointes. A droite, la seconde pièce était plus grande et plus claire. A l'extrémité de cette galerie, se trouvait la rampe qui montait vers la véranda de l'ultime mansarde, beaucoup mieux éclairée que les deux autres pièces car elle s'enorgueillissait d'une fenêtre qui, lorsque les volets étaient ouverts, donnait sur un panorama de toits, de tours et de remparts disposés en un immense demi-cercle. Des centaines et des centaines de pieds au-dessous de ces monstrueux bastions, on pouvait apercevoir le rectangle d'une cour où la silhouette d'un homme n'aurait pas dépassé la taille d'une allumette.

Fuchsia fit trois pas dans la première galerie, et s'arrêta quelques instants pour rajuster son bas. En se redressant, elle remarqua la masse indistincte des chevrons, et sentit confusément combien elle les aimait. Cette pièce servait de débarras. Elle était longue et spacieuse, mais paraissait petite, car les objets les plus invraisemblables y étaient entassés, depuis le grand orgue jusqu'à la tête peinturlurée d'un vieux lion de bois qui avait dû être le jouet préféré d'un de ses ancêtres. Seul un étroit couloir permettait de passer dans la pièce adjacente. Cette tranchée étroite arrivait jusqu'au centre du premier grenier, puis faisait brusquement un angle droit. Que cette pièce servît de débarras ne signifiait nullement que Fuchsia ne faisait qu'y passer. Au contraire, elle en avait, des après-midi durant, exploré tous les recoins, et découvert d'étranges cavernes enfouies sous les vestiges hétéroclites du passé. Comme un Indien de la prairie qui suit une piste invisible, elle savait se glisser au cœur de ces montagnes de meubles, boîtes, instruments de musique, jouets, cerfs-volants, tableaux, armures de bambou, drapeaux et vieux objets de toutes sortes. Au-dessus d'un tambour crevé, à portée de sa main, pendait la dépouille d'un babouin dont la tête poussiéreuse dominait l'invraisemblable bric-à-brac du grenier. Dans la pénombre tiède, ces monts fantastiques paraissaient d'inexpugnables nids d'aigle, mais, l'eût-elle voulu, Fuchsia aurait pu disparaître en un éclair au cœur de ce labyrinthe et se retrouver assise sur un vieux sofa, feuilletant un livre d'images, loin de tous les regards.

Ce matin, c'était dans la mansarde qu'elle voulait aller. Elle se fraya un chemin à travers ce canyon, et se faufila sous une jambe de girafe qui captait un rayon de soleil poussiéreux et lui barrait le passage formant une sorte de linteau, juste avant l'angle du grenier. Dès que Fuchsia eut tourné à droite, elle vit ce qu'elle s'attendait à voir. A douze pieds de là, les marches descendaient vers le second grenier. Au-dessus, les poutres affaissées ne permettaient de voir qu'une partie de la pièce, mais le plancher nu qu'on apercevait donnait une idée de l'ensemble. Elle descendit les marches. Les nuages se déchirèrent. Un ciel, un désert, un rivage désolé l'envahirent. Elle marchait sur le plancher vide comme elle aurait marché dans l'espace. Un espace semblable à celui qui se reflète dans la prunelle des condors, et qui fait battre le sang de l'aigle en quête de rapines.

Le silence, ici, avait un rythme violent. Les grandes salles, les tours, les chambres de Gormenghast appartenaient à une autre planète. Fuchsia saisit une de ses mèches luxuriantes, et renversa la tête en arrière. Son cœur battait à tout rompre. Elle tremblait de la tête aux pieds, et de minuscules diamants scintillaient dans ses yeux.

Ce théâtre du néant, elle l'avait peuplé de tant de personnages ! Ici, elle avait vu déambuler les monstres de son imagination, enfanté des chérubins aux ailes de feu, entendu les pleurs et les rires, les danses et les combats de cohortes fantastiques qui avançaient ou reculaient dans la poussière.

Serrant son balluchon, elle se dirigea vers l'échelle qui menait à la mansarde, réveillant à chaque pas de faibles échos. Elle monta lentement, posant successivement les deux pieds sur chaque barreau, car il lui était difficile de se hâter tout en tenant sa bouteille et son balluchon de vivres sous le bras. Il n'y avait personne pour la voir grimper gauchement dans sa robe écarlate, personne pour suivre les mouvements maladroits de ses jambes, ni la puissante ligne de ses épaules sur lesquelles croulait sa chevelure d'encre. A mi-chemin, elle réussit à hisser son balluchon sur le balcon de la véranda, gravit les derniers barreaux de l'échelle, et se retrouva loin au-dessus de la scène aussi déserte qu'un cœur abandonné.

Les mains posées sur la rampe de bois qui courait le long de la véranda, Fuchsia savait qu'il suffirait d'un seul appel pour que prennent forme les cinq personnages principaux de son théâtre. Elle les avait vus si souvent qu'elle croyait presque qu'ils étaient réels. Au début, elle avait eu du mal à les comprendre et à les diriger. Mais à présent ils savaient parfaitement leur rôle, et le jouaient à la perfection. Furioso rampait le long des poutres avant de se laisser tomber sur le sol en gloussant de rire, dans un nuage de poussière, puis venait saluer Fuchsia, et partait en quête de son baril d'or. Il y avait aussi l'Homme de Pluie, qui marchait toujours tête baissée, les mains derrière le dos, et n'avait qu'à lever une paupière pour calmer le tigre enchaîné qui le suivait.

Déjà, ils prenaient forme sur la scène déserte, mais Fuchsia quitta la chaise à haut dossier sur laquelle elle avait l'habitude de s'asseoir, au bord du balcon, et poussa précautionneusement la porte à un seul gond qui donnait dans la mansarde.

Elle posa son balluchon sur une table, dans un angle de la pièce, s'approcha de la fenêtre et ouvrit les volets. Son bas avait de nouveau glissé. Elle le remonta et le rajusta fermement.

Dans cette pièce, elle se parlait souvent à elle-même, réfléchissant à haute voix. Les yeux fixés sur les toits et les bâtiments du château qui s'étendaient au-dessus de l'étroite fenêtre, elle goûta le plaisir de sa solitude.

« Je suis seule, dit-elle, le menton dans les mains, les coudes sur l'appui de la fenêtre. Je suis complètement seule, et c'est ce que j'aime. Je peux enfin réfléchir, car personne ne viendra m'énerver. Pas ici. Pas dans ma chambre. Personne ne viendra me dire ce que je dois faire parce que je suis une dame. Oh non ! Je fais ce que je veux. Ici, Fuchsia est tranquille. Personne ne connaît ma cachette. Craclosse ne la connaît pas. Mon père ne la connaît pas. Ma mère ne la connaît pas. Personne ne la connaît, même pas Nannie. Il n'y a que moi, moi seule qui la connaisse. Je monte les escaliers, et j'arrive dans mon bric-à-brac. Mes montagnes de choses. Je traverse mes montagnes, et j'arrive dans mon théâtre. Je traverse mon théâtre, je grimpe à l'échelle, et j'arrive dans ma véranda. Plus qu'une porte, et c'est mon grenier secret. Là où je suis maintenant. J'y ai déjà été des tas de fois, mais c'est du passé. C'est fini. Aujourd'hui, c'est le présent. Ici, maintenant, c'est le présent. Je regarde les toits du présent, je me penche sur l'appui de la fenêtre, et plus tard, quand je serai vieille, je me pencherai encore. Encore. Encore et encore... Bon, je vais m'installer pour prendre mon petit déjeuner », poursuivit-elle.

Mais, au moment de quitter la fenêtre, ses yeux perçants remarquèrent un rassemblement tout à fait inhabituel, à l'angle d'une cour que la distance faisait paraître minuscule. Malgré l'éloignement, Fuchsia reconnut l'uniforme des marmitons. A cette heure de la matinée, le panorama était toujours désert, car les domestiques vaquaient à leurs occupations dans le château. Intriguée, elle se pencha de nouveau, et observa la scène avec un sentiment de malaise proche de la peur. Qu'est-ce qui lui faisait pressentir que quelque chose d'irréparable s'était accompli ? Aux yeux d'un étranger, ce groupe de gens rassemblés quelques centaines de pieds plus bas, à l'angle ensoleillé d'une cour de pierre, n'avait rien d'extraordinaire. Mais Fuchsia, qui était née et avait grandi sous la férule du rituel de Gormenghast, comprit qu'il se passait un événement sans précédent. Plus elle l'observait, plus la foule devenait dense. Arrachée à sa rêverie, Fuchsia devint maussade et agressive.

« Il est arrivé quelque chose. Quelque chose dont personne ne m'a rien dit. Personne. Je les déteste tous ! Qu'est-ce qu'ils trafiquent là-bas comme une armée de fourmis ? Pourquoi ne sont-ils pas à leur travail ? »

Elle se retourna et parcourut des yeux la mansarde. Tout était différent. Elle prit une poire, et la mordilla distraitement. Elle s'était fait une fête de rêver toute la matinée, puis d'assister à une pièce ou deux dans le grenier vide, avant de redescendre l'escalier pour demander à Nannie Glu de lui servir un thé copieux. Il y avait quelque chose de sinistre dans ce rassemblement. Sa journée était gâchée.

Son regard erra autour de la pièce. Les murs étaient ornés de tableaux qu'elle avait choisis parmi les dizaines de toiles qui jonchaient le sol du débarras. L'un d'eux représentait un paysage de montagnes. Une route enroulait ses anneaux de serpent autour du pic le plus escarpé, où deux armées livraient bataille. Des guerriers vêtus de pourpre montaient à l'assaut de la route où se repliaient d'autres guerriers vêtus de jaune. Eclairée à la bougie, cette scène ne cessait d'émerveiller Fuchsia, mais ce matin elle la contempla d'un air absent. Les quinze tableaux suspendus aux autres murs n'étaient pas aussi impressionnants. Parmi ceux que Fuchsia préférait, il y avait une tête de jaguar, le vingt-deuxième comte d'Enfer, aux cheveux blancs de neige et au visage noirci de tatouages, et un groupe de petites filles en mousseline rose et blanc qui jouaient avec une vipère. Des centaines de visages morts et de portraits en pied de ses ancêtres avaient été abandonnés au grenier. Ce que Fuchsia attendait d'un tableau, c'est qu'il la surprenne. Elle aimait que le peintre lui dise quelque chose de nouveau, lui révèle une image à laquelle elle n'avait jamais pensé.

Une longue racine, ramenée depuis longtemps de la montagne de Gormenghast, se tordait au milieu de la pièce. Le bois avait été poli avec un soin extrême, et chaque courbe, chaque nœud, brillait d'un éclat remarquable. Fuchsia se laissa tomber sur le meuble le plus important de la pièce : un antique canapé à la splendeur fanée et aux formes suaves, où son corps anguleux se vautra avec une précision sévère. Le calme inhabituel qui avait détendu ses traits depuis qu'elle était entrée dans le grenier avait disparu. Le feu couvait de nouveau dans ses yeux, et son regard cherchait en vain un endroit où se poser, mais ni la racine fabuleuse ni les arabesques du tapis ne parvinrent à le retenir.

« Tout est faux, dit Fuchsia. Tout est faux. »

Elle revint à la fenêtre, et scruta de nouveau la cour, qui maintenant grouillait de monde. Dans l'enfilade d'un arc-boutant, elle apercevait, à sa gauche, quatre ruelles qui traversaient le quartier pauvre de Gormenghast. Du haut de son observatoire, elle avait une vue plongeante sur les petits groupes qui s'étaient formés, et croyait entendre la rumeur des voix monter jusqu'à elle. Fuchsia ne s'intéressait pas particulièrement à l'agitation et aux festivités des fourmis d'en bas, mais elle sentait qu'un événement qui la touchait de près venait d'avoir lieu.

Un grand album de poèmes et d'images était posé sur

la table. Elle le dévorait souvent, tournant avidement les pages et déclamant les vers d'un ton mélodramatique. Elle se pencha sur l'album et le feuilleta distraitement. Elle tomba sur l'un des poèmes qu'elle aimait le plus, et le lut lentement, l'esprit ailleurs.

Le Gâteau en goguette

Un petit gâteau en goguette
Naviguait sur la mer longuette,
Et sur les lacs mélancoliques
A cœur joie donnait de la toile.
S'effilochant, s'effilochant,
Le petit gâteau faisait voile
Sous un ciel couleur de colchique
Traversé de poissons volants.

Des bancs de merluches en bataille
Au mépris de toute logique
Pour se faire admirer la taille
Sautaient dans le ciel de colchique.

De vague en vague, de crête en crête,
Le petit gâteau en goguette
Et son équipage de raisins,
Un grand couteau dans le sillage,
Volait, fuyant ce voisinage,
Ce requin au glaive assassin
Qui fendait l'eau comme une fourchette
Coursant le gâteau en goguette.
Bourré à craquer de raisins.

Des bancs de merluches en bataille
Au mépris de toute logique
Pour se faire admirer la taille
Sautaient dans le ciel de colchique.

Ils firent cent fois le tour des îles
Où ronronnent les poissons-chats
Qui lèchent leurs griffes rétractiles
Et font frétiller dans la brise
Leurs nageoires de chinchilla,
Le petit gâteau en goguette
Et le grand couteau en liquette
Dans le sillage de sa promise.

L'équipage s'émiette dans la mer longuette
Laissant palpiter le cœur en goguette,
Et l'acier sensible du coutelas
De l'amour goûte l'étrange plat,
Tandis que l'équipage est jeté en pâture
A la merluche qui grouille dans l'azur,
Les tropiques vibrent d'appels au secours
Du gâteau en proie aux transes de l'amour.

Elle lut d'un trait la dernière strophe, sans en comprendre le moindre mot. Récitant machinalement le dernier vers, elle se retrouva debout près de la porte. Sur la table, le balluchon était intact, à l'exception de la poire qu'elle avait grignotée. Elle traversa la véranda, se laissa glisser sur l'échelle dans le grenier vide, se faufila entre les objets du débarras, et descendit bientôt l'escalier en spirale en ressassant la même pensée.

« Que s'est-il passé? Mon Dieu, que s'est-il passé? » Elle entra en trombe dans sa chambre et se précipita vers le cordon de sonnette qu'elle tira si violemment qu'on eût dit qu'elle voulait l'arracher du plafond.

Nannie Glu arriva en courant, ses pantoufles traînant sur le plancher à un rythme inégal. Fuchsia ouvrit la porte et, dès qu'elle aperçut la pauvre vieille tête dans l'embrasure, hurla :

« Que se passe-t-il en bas, Nannie? Qu'est-ce qu'ils fabriquent? Dis-le-moi tout de suite, Nannie, ou je ne t'aime plus. Dis-le-moi, dis-le-moi!

– Calme-toi, ma folie, calme-toi ! Où est le mal, ma petite âme ? Ah ! mon pauvre cœur ! Tu vas finir par me tuer.

– Réponds-moi, Nannie. Réponds-moi tout de suite, ou je te griffe ! » dit Fuchsia.

Les soupçons de Fuchsia, d'abord diffus, s'étaient transformés en un douloureux pressentiment, et elle était sur le point de battre la vieille nurse qu'elle aimait tendrement. Nannie Glu prit la main de Fuchsia et la serra entre ses doigts noueux.

« Tu as un petit frère, ma jolie. En voilà une surprise, hein ? Tu es contente, j'espère. Un petit *frère* ! Un joli petit frère qui te ressemble, mon vilain canard. Il est né dans la pépinière.

– Non ! hurla Fuchsia, les joues soudain brûlantes. Ce n'est pas vrai ! Pas vrai ! Pas *vrai* ! Non, non et *non* ! »

Et elle se roula par terre en sanglotant de désespoir.

Nannie Glu au clair de lune

Nous avons fait connaissance avec Lord Tombal et Lady Gertrude, leur fille aînée Fuchsia, le docteur Salprune, Rottcodd, Craclosse et Lenflure, Nannie Glu, Finelame et Grisamer. Nous les avons surpris le jour de la naissance de Titus, et nous sommes à même de mieux saisir l'atmosphère dans laquelle s'accomplira le destin de l'héritier de Gormenghast.

L'enfant allait vivre ses premières années dans le giron de Nannie Glu, dont les frêles épaules voûtées portaient fièrement cette responsabilité prodigieuse. Pendant la première moitié de cette période, deux cérémonies marquantes étaient prévues, auxquelles, étant à l'aube de sa vie, le jeune Titus participa avec une joyeuse inconscience. Le baptême eut lieu douze jours après sa joyeuse naissance, et la cérémonie du petit déjeuner, le jour de son premier anniversaire. Mais point n'est besoin de dire que, pour Nannie Glu, chaque journée était remplie d'événements marquants, car elle se dévouait corps et âme à la tâche qui lui avait été confiée.

En cette fin d'après-midi mémorable, elle descendait l'allée de pierre bordée d'acacias, vers la porte de l'enceinte extérieure qui menait au beau milieu des huttes d'argile. Le soleil couchant baignait la montagne de Gormenghast, et faisait danser l'ombre de la vieille nurse qui se hâtait entre les acacias. Elle ne s'aventurait presque jamais à l'extérieur, et ç'avait été un événement pour elle de soulever le lourd couvercle d'un coffre, dans un coin de sa chambre, pour en extraire son plus beau chapeau, enfoui sous un monceau de boules de camphre. C'était un chapeau d'un noir excessif, mais dont le sommet s'ornait d'une fragile grappe de raisin. Plusieurs grains de verre s'étaient brisés, mais on le remarquait à peine.

Après avoir sorti le chapeau du coffre, Nannie Glu l'avait examiné avec soin et, la tête légèrement penchée sur la grappe, elle avait soufflé sur les raisins pour effacer toute trace de poussière. Puis, voyant que son haleine avait terni leur éclat, elle avait saisi un coin de sa robe et, penchée en avant, avait rapidement astiqué chaque grain.

Puis elle s'était furtivement approchée de la porte, pour coller l'oreille contre le panneau. Elle n'avait entendu aucun bruit suspect, mais chaque fois qu'elle faisait quelque chose d'inhabituel, même si elle en avait reçu l'ordre, elle se sentait si coupable qu'elle regardait peureusement autour d'elle, effarée, les yeux rouges, ou bien, si elle était seule, elle se précipitait contre la première porte venue pour écouter.

Cette fois-ci, le fait de mettre son plus beau chapeau à neuf heures du soir, avec l'idée d'avoir un long chemin à parcourir hors des murs, le long de l'allée d'acacias qui fuyait vers le nord, avait suffi à lui faire coller l'oreille contre la porte de sa propre chambre, comme si elle soupçonnait une présence capable de lire dans ses pensées.

Elle était revenue vers son lit sur la pointe des pieds, et s'était coiffée de ce chapeau de velours qui augmentait sa taille d'au moins vingt centimètres. Puis elle avait quitté sa chambre et descendu deux étages, empruntant des escaliers dont l'aspect désertique l'avait épouvantée. En franchissant la porte principale de l'aile ouest, elle se souvint que c'était la comtesse elle-même qui l'avait chargée de cette mission insolite, et elle en fut un peu réconfortée. Mais, malgré l'autorité de Lady Gertrude, elle était mal à l'aise, car une voix lui avait chuchoté qu'elle n'agissait pas conformément à la tradition dont le rituel de fer réglait tacitement la vie du château. Pourtant, il fallait absolument trouver une nourrice pour le bébé, et, taraudée par cette idée, elle avait pressé le pas. En quittant sa chambre, elle avait pris une paire de gants de laine noirs. C'était un soir d'été, doux et tiède, mais Nannie Glu se sentait plus forte ayant mis ses gants.

A sa droite, les silhouettes des acacias se découpaient contre la montagne et, de l'autre côté de l'allée, les arbres semblaient enflammés par une lumière souterraine. Les ombres des troncs rayaient le chemin comme une peau de zèbre. Sous la sombre voûte de feuillage, ses petits pas pressés éveillaient de faibles échos dans les rochers voisins.

L'allée s'étirait interminablement vers le nord, et, lorsque la vieille nurse en atteignit l'extrémité, la lune se levait pour l'accueillir de sa lumière froide. La haute muraille de Gormenghast se dressa soudain devant elle, et elle s'engagea sous un passage voûté.

Nannie Glu savait que c'était l'heure où les habitants des huttes dînaient. Tout en trottinant, elle se rappela qu'il lui était déjà arrivé d'accomplir une mission semblable : la comtesse l'avait envoyée choisir une nourrice pour Fuchsia. C'était également le soir, mais il n'était pas si tard, et il soufflait un vent de tempête. Elle se souvint que sa voix s'était perdue dans les rafales, et que personne n'avait compris ce qu'elle disait. Les habitants avaient cru que le comte d'Enfer était mort. Depuis, elle n'était allée que trois fois dans la Province du Dehors, en ces jours où Fuchsia l'entraînait dans de longues marches par tous les temps.

Ces randonnées n'étaient plus qu'un souvenir pour Nannie Glu, mais, un jour, elle était passée devant les huttes d'argile alors que les habitants prenaient le dernier repas de la journée. Elle savait qu'ils dînaient toujours dehors, où quatre longues rangées de tables étaient alignées dans la terrible poussière grise. Seuls quelques cactus, se rappelait-elle, arrivaient à prendre racine dans cette poussière.

Suivant la pente légère d'une maigre pelouse jaunie qui s'étendait devant le passage voûté et allait se perdre dans la poussière, Nannie leva les yeux et aperçut soudain l'un de ces cactus géants.

Pour la mémoire d'une vieille femme, il est plus difficile de retrouver le fil perdu des quinze dernières années que de se retremper dans les eaux de l'enfance, mais, dès qu'elle aperçut le cactus géant, Nannie Glu se rappela que le jour de la naissance de Fuchsia elle s'était arrêtée avec stupéfaction devant ce grand monstre couvert de cicatrices.

Elle le voyait de nouveau, ce tronc écailleux qui levait les bras au ciel comme un gigantesque chandelier à quatre branches, couvert d'épines grises aussi grandes et acérées qu'une corne de rhinocéros. Aucune floraison n'enflammait ces branches maussades, même si l'arbre avait eu jadis des fleurs éclatantes qui l'avaient paré d'une gloire éphémère. Derrière ce cactus, s'élevait une colline désolée qu'elle dut escalader avant d'apercevoir les longues tables dressées dans le crépuscule. Plus loin que les dîneurs, les huttes formaient un essaim gris qui s'étendait jusqu'au pied de la muraille. Quatre ou cinq cactus avaient poussé dans ce sol aride, et se dressaient au-dessus des tables. Chemin faisant, Nannie Glu s'aperçut qu'ils étaient aussi grands que le premier, et qu'ils avaient les mêmes andouillers fourchus bordés par les lueurs fauves qui emplissaient encore le couchant.

Les anciens et les infirmes étaient assis aux tables les plus proches de l'enceinte extérieure. A gauche, dînaient les femmes mariées et les jeunes enfants. Les deux dernières tables étaient celles des hommes et des garçons. Les filles de douze à vingt ans prenaient leurs repas à part, dans un réfectoire en terre battue et bas de plafond, et elles allaient à tour de rôle servir les anciens, aux tables dressées immédiatement sous les remparts.

Plus loin, les habitations se nichaient dans le creux desséché d'un vallon. Avançant pas à pas, Nannie voyait les silhouettes des dîneurs se détacher contre les toits grossièrement modelés dans l'argile, car la dénivellation du sol lui cachait les murs des huttes. C'était un paysage lugubre. Un monde aride avait soudain succédé aux ombres luxuriantes de l'allée d'acacias. Nannie Glu aperçut les bols remplis de vin de prunelle et les piles de racines blanches que les habitants déterraient chaque matin dans un bois du voisinage, et qui, coupées en tranches, étaient disposées le soir sur les tables. Elle se souvint que c'était leur unique nourriture pendant leur jeûne traditionnel.

L'œil fixé sur les racines blanches dont les lignes fuyaient en projetant des ombres, la vieille nurse sentit un léger frisson à l'idée qu'elle occupait une position sociale bien plus élevée que celle de ces misérables constructeurs de huttes. Certes, c'étaient des sculpteurs de grand talent, mais ils ne vivaient pas *à l'intérieur* des murs de Gormenghast, et, en s'approchant de la première table, Nannie Glu rajusta ses gants comme une dame et pinça sa petite bouche ridée.

Les habitants avaient d'abord vu son chapeau surgir au-dessus du front chauve de la colline, et ils avaient immédiatement tourné la tête vers la silhouette qui descendait vers eux.

Il était rare que « Ceux du Château », comme ils les appelaient, viennent les déranger pendant les repas. Immobiles et silencieux, ils regardaient fixement la vieille femme. Nannie Glu s'arrêta, et la lumière de la lune joua sur les raisins de verre.

Un vieillard à l'allure de prophète se leva et s'approcha d'elle en silence. Dès qu'il fut immobile, on aida une femme d'un âge canonique à se lever. Suivant l'exemple du vieillard, elle vint se planter silencieusement devant Nannie Glu. Puis, deux splendides gamins de cinq ou six ans quittèrent la table des mères, et se joignirent tranquillement aux anciens. Comme eux, ils levèrent les bras et, joignant les mains en coupe, inclinèrent la tête.

Ils demeurèrent quelques instants dans cette attitude, puis le vieillard releva sa tête branlante, et les lèvres minces de sa bouche fripée s'entrouvrirent.

« Gormenghast », dit-il d'une voix qui roula comme une avalanche de rochers dans une vallée lointaine, mais dont le ton suggérait une sorte de respect religieux.

« Gormenghast » était le mot par lequel les Habitants du Dehors accueillaient ceux qui venaient du château et, dès qu'il avait été prononcé, la personne répondait en disant : « Les Brillants Sculpteurs. » On pouvait alors entamer la conversation. Les sculpteurs étaient insensibles à la flatterie et complètement indifférents à l'intérêt qu'on pouvait porter à leurs œuvres, dont ils étaient seuls juges, mais c'était une réponse très habile car elle les définissait dans ce qu'ils avaient de plus intime. Elle créait un climat cordial dès le début. C'était le coup de maître, un chef-d'œuvre de tact du dix-septième comte d'Enfer qui, des centaines d'années auparavant, l'avait inscrite dans le rituel du château.

Les sculpteurs eux-mêmes étaient loin d'être brillants. Ils étaient vêtus de tuniques de drap d'un gris sombre, serrées à la taille par des lanières de fibre végétale qui provenaient de ces racines dont ils mangeaient la chair coriace et blanche. Leurs silhouettes n'avaient pas le moindre éclat, sauf la lumière qui incendiait les yeux des garçons et des filles jusqu'à l'âge de dix-neuf et parfois de vingt ans. Il y avait un tel contraste entre cette jeunesse éclatante et le reste des habitants qu'on avait l'impression de deux races différentes. Cela tenait à une raison tragique : dès que garçons et filles avaient atteint la maturité, leur beauté se fanait comme une fleur flétrie. Personne ne paraissait d'âge moyen. Leurs mères, sauf celles qui avaient eu des enfants très jeunes, paraissaient le même âge que leurs propres parents.

Pourtant, cette décrépitude précoce n'était nullement un signe avant-coureur de la mort. Au contraire, à voir les trois longues tables d'anciens au visage ravagé, dressées sous la haute muraille, il semblait que ce peuple était doté d'une longévité anormale.

Seuls les enfants étaient rayonnants. Leurs yeux, leurs cheveux, leurs gestes, et même leur voix, brûlaient d'une flamme *surnaturelle*. Ce n'était pas une flamme libre, mais la lueur fiévreuse d'un éclair venu couver dans les feuillages de minuit, zébrant l'obscurité de spectres, comme le halo d'une torche trouant soudain les ombres. Lorsque filles et garçons atteignaient l'âge de dix-neuf ans, cet éclat surnaturel disparaissait et la beauté de leurs traits se fanait. Il ne restait plus qu'une sorte de lumière ou de feu intérieur qui consumait les adultes d'une incessante fureur créatrice. Le feu sacré des Brillants Sculpteurs.

Nannie Glu leva bien haut sa petite main griffue. La délégation alignée devant elle avait une attitude beaucoup moins formelle. Les deux enfants la regardaient, le nez en l'air, se tenant les épaules de leurs bras minces et poussiéreux.

« Je suis venue, dit-elle d'une voix fluette qui fit le tour des tables comme le cri d'un courlis, je suis venue, bien qu'il soit si tard, vous annoncer une merveilleuse nouvelle. »

Elle rajusta son chapeau et sentit avec plaisir que la grappe de raisin brillait au clair de lune. Le vieillard se tourna vers les tables, et sa voix retentit comme le tonnerre :

« Elle est venue nous annoncer une merveilleuse nouvelle. »

La vieille femme répéta, comme un écho déformé : « Une merveilleuse nouvelle... »

« Oui, oui, c'est une merveilleuse nouvelle pour vous, continua la vieille dame. Vous en serez fiers, j'en suis certaine. »

Maintenant qu'elle avait commencé, Nannie Glu s'en donnait à cœur joie. Mais elle eut un frisson de nervosité, et serra plus fort ses petites mains gantées.

« Nous sommes tous fiers. Tous. Le château, ajouta-t-elle avec une certaine morgue, est en liesse, et, lorsque je vous aurai annoncé la nouvelle, vous serez fiers et heureux vous aussi. Oh! oui, j'en suis certaine, car je sais que vous *dépendez* du château. (Le tact de Nannie Glu était très limité.) Chaque matin, on vous jette de la nourriture du haut des remparts. »

Elle pinça les lèvres et s'arrêta un instant pour reprendre haleine. Un jeune homme haussa d'épais sourcils noirs et cracha.

« C'est la preuve que le château pense à vous. Le château pense à vous tous les jours, et c'est pourquoi vous allez bondir de joie quand vous entendrez la nouvelle que je vais vous annoncer. »

Nannie Glu se sourit à elle-même, puis, en dépit de son savoir supérieur, elle se sentit un peu nerveuse et jeta un coup d'œil d'oiseau d'un visage à l'autre. Elle redressa sa tête minuscule et, de l'air le plus sévère qu'elle put, toisa un petit garçon qui lui répondit par un sourire éblouissant. Il mâchonnait un morceau de racine qui brillait entre ses dents comme une pépite blanche.

Elle détourna les yeux, et frappa sèchement dans ses mains à deux ou trois reprises comme pour demander le silence, bien qu'on n'entendît pas le moindre bruit. Soudain, elle n'eut plus qu'une envie : retourner au château pour se terrer dans sa petite chambre.

« Un nouvel Enfer est né, dit-elle machinalement. Un garçon. L'héritier de la lignée. C'est moi qui m'en occupe, bien sûr, et je veux *immédiatement* une nourrice. Je la veux *immédiatement*, je la ramène avec moi. Voilà tout ce que je voulais vous dire. »

Les vieilles femmes se consultèrent du regard, puis s'éloignèrent vers les huttes. Elles revinrent, les bras chargés de gâteaux et de bouteilles de vin de prunelle. Pendant ce temps, les hommes avaient formé un large cercle et répété soixante-dix-sept fois le nom de Gormenghast. Nannie Glu attendit en regardant jouer les enfants, puis une femme se dirigea vers elle. Elle lui dit qu'elle avait mis au monde, deux ou trois jours plus tôt, un enfant mort-né, mais qu'elle se sentait assez forte pour l'accompagner. Elle devait avoir vingt ans et son corps paraissait vigoureux, mais son visage était déjà tragiquement marqué. Seuls ses yeux témoignaient encore de l'éclat de sa beauté. Elle portait un panier, et semblait sûre que Nannie Glu ne déclinerait pas son offre. Il était normal que la vieille nurse voulût l'interroger, mais avant de pouvoir ouvrir la bouche, elle se retrouva en train de marcher vers la grande muraille, au bras de la fille qui avait mis les gâteaux et le vin de prunelle dans son panier. Elle regarda furtivement sa compagne, et se demanda si elle avait bien choisi; puis, s'avisant qu'elle n'avait rien choisi du tout, elle s'arrêta un instant et jeta un regard anxieux par-dessus son épaule.

Keda

Les cactus qui se dressaient entre les longues tables avaient perdu tout éclat. Les habitants avaient regagné leurs places. Nannie Glu avait cessé de les intéresser. On ne voyait plus que les ombres immédiates des objets. La lune était au zénith, et le paysage ressemblait à une gravure sur argent. La jeune femme attendit tranquillement que Nannie Glu se remît en route. Il y avait une certaine force dans son pas et dans son silence. La tunique grise qui lui pendait jusqu'aux chevilles, serrée à la taille par une lanière végétale, ses jambes et ses pieds nus, son profil tragique encore auréolé d'une faible lumière, contrastaient étrangement avec la petite gouvernante gantée de noir qui sautillait dans sa robe de satin sombre, sous le grand chapeau où brillaient les raisins de verre.

Elles n'avaient pas encore descendu la butte désolée qui menait au passage voûté de la muraille, quand la vieille femme fut glacée d'entendre un hurlement soudain, qui ressemblait au cri guttural de quelqu'un qu'on étrangle. Elles se trouvaient trop loin pour que ses yeux de myope puissent clairement distinguer la scène, mais elle entrevit des silhouettes debout parmi les tables, et il lui sembla apercevoir un être accroupi et prêt à bondir comme une bête.

La jeune femme jeta un regard rapide dans la direction d'où venait le cri, et sans plus se soucier de l'incident, entraîna Nannie Glu vers le porche de pierre.

« Ce n'est rien », dit-elle simplement.

Et lorsqu'elles atteignirent l'allée d'acacias, le pouls de Nannie s'était calmé.

Dès qu'ils furent dans les murs de Gormenghast, d'où la vieille gouvernante s'était subrepticement échappée il y avait deux heures à peine, Nannie Glu leva les yeux sur sa compagne et, haussant légèrement les épaules, essaya de se donner un air à la fois important et moqueur.

« Ton nom? dit-elle. Dis-moi ton nom.

– Keda.

– Eh bien, ma chère Keda, si tu veux bien me suivre, je te montrerai le bébé. Je te le montrerai moi-même. Il est dans ma chambre, près de la fenêtre. (Nannie prit soudain un ton confidentiel, presque pathétique.) Ma chambre n'est pas très grande, dit-elle, mais je l'ai depuis toujours. Je n'aime pas du tout les autres, ajouta-t-elle hypocritement, et je suis plus près de Lady Fuchsia.

– Je la verrai peut-être », dit Keda après une pause.

Nannie s'arrêta brusquement dans l'escalier.

« Ça, je n'en sais rien, dit-elle. Oh! je n'en sais rien du tout. Elle est si bizarre. Je ne sais jamais ce qu'elle va faire.

– Ce qu'elle va faire? dit Keda. Que voulez-vous dire?

– Au petit Titus, répondit Nannie, les yeux dans le vague. Non, je ne sais pas ce qu'elle va faire. C'est un vrai fléau quand elle veut, la pire engeance du château.

– De quoi avez-vous peur? dit Keda.

– Je sais qu'elle va le détester. Elle aime se dire qu'il n'y a qu'elle, tu comprends. Elle aime rêver qu'elle est la reine, et que lorsque tous les autres seront morts, plus personne ne pourra lui dire : fais ceci ou cela. Elle m'a dit qu'elle ferait tout brûler, qu'elle brûlerait Gormenghast lorsqu'elle serait reine, et qu'elle vivrait à sa guise. Je lui ai dit qu'elle était folle, et sais-tu ce qu'elle m'a répondu? Que tout le monde était fou, même les choses, sauf les rivières, les nuages et quelques lapins. Il y a des jours où elle me fait peur. »

Elles gravirent les dernières marches, traversèrent un couloir, et montèrent jusqu'au second étage en silence.

Devant la porte de la chambre, Nannie Glu posa un doigt sur ses lèvres, et son visage s'illumina d'un sourire impossible à décrire, à la fois madré et larmoyant. Puis elle tourna la poignée, et ouvrit lentement la porte. Le grand chapeau surmonté de raisins s'aventura dans l'étroite ouverture, puis Nannie Glu se glissa dans la chambre.

Keda la suivit. Ses pieds nus ne faisaient aucun bruit sur le sol. Lorsque la vieille nurse s'approcha du berceau, elle posa un doigt sur ses lèvres, et se pencha comme pour scruter les profondeurs d'un monde inconnu. Titus était couché, les yeux grands ouverts, souverainement calme. Le visage chiffonné comme celui de tous les nouveau-nés, vieux comme le monde, sage comme la racine des arbres. Tout était dans ce visage : le bien et le mal, le péché, l'amour, la pitié et l'horreur, et même la beauté, car les yeux de l'enfant étaient d'un violet sans mélange. Les passions de la terre, les souffrances de la terre, les caprices incongrus et ridicules de la terre se lisaient en filigrane sur cette petite pomme ridée.

Nannie Glu se pencha sur le berceau, et agita un doigt crochu devant les yeux du bébé.

« Mon petit morceau de sucre, gloussa-t-elle. Est-ce possible? Tu n'as pas honte? (Puis elle se retourna vers Keda, le visage transfiguré.) Tu crois que j'ai bien fait de le laisser seul? demanda-t-elle. Lorsque je suis allée te chercher, tu crois que j'ai bien fait de le laisser seul? »

Keda regarda Titus, et des larmes lui vinrent aux yeux tandis qu'elle observait l'enfant. Puis elle se tourna vers la fenêtre, et aperçut la grande muraille qui entourait Gormenghast, le mur qui rejetait son peuple au-dehors, comme s'il était pestiféré, l'enceinte qui l'empêchait de voir, au-delà des huttes d'argile, le sol aride où l'on venait d'enterrer son enfant.

Pour les habitants des huttes, pénétrer dans l'enceinte du château était déjà une aventure passionnante qui, en temps normal, avait lieu une fois l'an, le jour de l'exposition des sculptures, mais vivre à l'intérieur même du château était une expérience unique. Pourtant, Keda ne semblait pas le moins du monde impressionnée. Elle n'avait posé aucune question à Nannie Glu et n'examinait même pas les lieux. La pauvre vieille gouvernante ressentait cela comme une insolence, mais elle hésitait à le lui faire remarquer.

Elle oublia vite l'indifférence de Keda, car Titus venait de se manifester. Il se mit à pleurnicher, puis à pousser des cris, malgré tous les efforts de Nannie qui agitait un collier devant ses petits yeux plissés, et essayait désespérément de lui chanter une berceuse dont elle avait oublié la moitié des paroles. Elle le prit contre son épaule, mais il cria de plus belle. Keda contemplait toujours la muraille, puis, s'arrachant soudain à sa contemplation, elle quitta la fenêtre, s'avança vers Nannie et, dénudant son sein gauche caché sous l'étoffe grise de sa robe, elle prit l'enfant des bras de la vieille femme. La tête appuyée contre elle, le bébé cessa très vite de s'agiter et de pleurer. Alors Keda retourna s'asseoir près de la fenêtre. Un grand calme l'envahit, tandis que le lait de son corps et les trésors de son amour frustré rassasiaient la petite créature dont elle avait la charge.

Le sang coule pour la première fois

Titus, sous la garde de Nannie Glu et de Keda, prenait chaque jour de nouvelles forces, dans l'aile ouest. Son bizarre petit crâne n'avait pas cessé de se modifier, comme tous les crânes des nouveau-nés, et paraissait enfin devoir trouver sa forme définitive. C'était un crâne d'un volume et d'une hauteur exceptionnelle qui promettait d'avoir des proportions uniques.

La beauté des yeux violets de l'enfant ravissait la vieille nurse et lui faisait oublier l'étrange conformation de ses traits, ce qui n'était pas étonnant pour un héritier d'Enfer.

A peine né, Titus inspirait déjà une grande sympathie. Il est vrai que ses hurlements aigus étaient parfois à peine supportables, et Nannie Glu, qui avait insisté pour s'occuper complètement du nourrisson entre les tétées, s'arrachait souvent les cheveux de désespoir.

Le quatrième jour, la préparation du baptême allait bon train. Cette cérémonie avait toujours lieu l'après-midi du douzième jour dans une grande pièce accueillante du rez-de-chaussée, dont les portes-fenêtres donnaient sur les cèdres et les pelouses tondues qui descendaient vers les jardins en terrasses de Gormenghast, où la comtesse se promenait à l'aube avec ses chats immaculés.

C'était la pièce la plus simple et peut-être la plus élégante du château. Aucune ombre n'était tapie dans ses recoins. Elle respirait le calme et la distinction, et, lorsque le soleil de l'après-midi transformait les pelouses en un lumineux tapis mordoré, cette pièce claire était l'endroit idéal pour rêver. Mais le plus souvent elle était déserte.

La comtesse n'y entrait jamais. Tant de clarté la choquait. Elle préférait les recoins du château où ombres et lumières vacillaient sans cesse. Il arrivait à Lord Tombal d'y marcher de long en larges certains jours; il s'arrêtait pour regarder les cèdres de la pelouse par la fenêtre, puis s'en allait, et la pièce restait déserte un mois ou deux, jusqu'à la prochaine lubie du comte.

Nannie Glu était quelquefois venue s'y asseoir. Elle semblait un peu perdue, enfoncée dans le fauteuil à haut dossier où elle tricotait furtivement, le sac en papier contenant ses pelotes de laine posé sur la longue table monastique qui trônait au milieu de la pièce. Autour d'elle, tout respirait l'espace et la fraîcheur. Sur les tables, les vases étaient emplis de fleurs cueillies par Pentecôte, le premier jardinier. La plupart du temps, la pièce restait vide pendant de longues semaines, sauf une heure chaque matin, où Pentecôte venait composer les bouquets. Bien qu'elle fût presque toujours déserte, Pentecôte n'eût pour rien au monde oublié de changer l'eau des vases tous les jours, et de les garnir de nouveaux bouquets artistement disposés, car il était né dans les huttes d'argile et il avait ce sens inné des couleurs qui distinguait les Brillants Sculpteurs.

Le matin du baptême, il était sorti cueillir des fleurs. Les tours de Gormenghast s'élevaient dans la brume, repoussant une troupe de nuages rouges dans le ciel du levant. Pentecôte s'arrêta un instant sur la pelouse et, levant les yeux vers l'immense édifice de maçonnerie, il distingua vaguement dans l'ombre les sculptures et les têtes de pierre grise rongées par le temps.

Les pelouses qui s'étendaient sous le mur ouest étaient noires de rosée, mais, au pied de l'un des sept cèdres, là où un rayon de soleil rasant formait une petite mare de lumière, l'herbe humide scintillait de diamants de toutes les couleurs. L'aube était froide, et Pentecôte s'enveloppa frileusement dans la pèlerine de cuir à capuchon qui le faisait ressembler à un moine. C'était une solide pèlerine au cuir souple, patiné par les intempéries et la pluie qui tombait goutte à goutte des arbres couverts de mousse. Attaché à une cordelette, un sécateur lui pendait au côté.

Comme une aile arrachée au corps d'un aigle, un nuage solitaire se dirigeait vers le nord au-dessus des tourelles, fendant l'air nouveau de traînées sanglantes.

Dessinées au fusain, les silhouettes des grands cèdres apparurent soudain, avec leurs étages de ramure ourlée par les rayons du soleil levant. Pentecôte tourna le dos au château et traversa le bosquet de cèdres, laissant sur les taches brillantes de rosée des empreintes noires, profondes et serrées.

Il avait la démarche de quelqu'un qui entre dans la terre. Chaque enjambée mimait un coup de sonde. Il semblait fouiller le sol à chaque foulée, comme s'il savait que l'objet de ses soins et de son amour se trouvait sous ses semelles, enfoui dans la terre, cette terre sur laquelle il posait si lentement le pied.

Enveloppé dans son capuchon de cuir, Pentecôte était de taille médiocre, et il y avait quelque chose de ridicule dans sa démarche si pénétrée d'elle-même. Ses jambes étaient beaucoup trop courtes pour son corps, mais il avait une belle vieille tête parcheminée, un noble front bombé plein de rides et de majesté, et un nez droit.

Il connaissait beaucoup mieux les fleurs qu'un artiste ou qu'un amateur de botanique, préférant la montée de la sève à l'épanouissement des corolles, la poussée organique qui faisait exploser les ors et les bleus mieux qu'aucune autre couleur. Il aimait les fleurs comme une mère aime son enfant défiguré, prodiguant ses soins et son amour à tout ce qui poussait, mais il avait une passion particulière pour les pommiers.

On distinguait nettement son verger sur le flanc nord d'une colline basse qui descendait doucement vers un cours d'eau, et, pour Pentecôte, chaque arbre avait sa personnalité propre.

De la fenêtre du grenier au mois d'août, Fuchsia apercevait le jardinier monté sur une petite échelle, ou bien, lorsque les rameaux ployaient presque jusqu'à terre, elle le voyait debout dans l'herbe, longue silhouette aux jambes trop courtes et à la belle tête encapuchonnée. Vu de si loin, il paraissait minuscule, mais Fuchsia devinait qu'il était en train de faire briller comme des miroirs les pommes qui pendaient aux rameaux, se baissant pour souffler sur les fruits avant de les frotter avec un chiffon de soie qui les faisait virer au pourpre et leur donnait un lustre dont l'éclat parvenait jusque dans son repaire perdu parmi les ombres.

Puis il s'éloignait de l'arbre qu'il avait poli et en faisait lentement le tour, admirant les grappes de pommes sur les branches et le tronc noueux qui les supportait.

Dans le jardin clos de murs, Pentecôte choisissait minutieusement les fleurs qu'il allait cueillir pour la salle du Baptême. Il arpentait le jardin jusqu'à ce que l'image de la pièce s'imposât à lui, et décidait alors de la couleur des bouquets.

La brume s'était dissipée et le soleil montait dans le ciel comme une assiette brillante suspendue à un fil invisible. La lumière n'avait toujours pas pénétré dans la salle du Baptême, mais Pentecôte entra par la porte-fenêtre, sombre silhouette disproportionnée aux bras chargés de fleurs dont les corolles brûlaient doucement.

Pendant ce temps, le château commençait à s'éveiller. Dans le réfectoire, Lord Tombal prenait son petit déjeuner en compagnie de Grisamer. Nannie Glu se battait avec un monceau de couvertures sous lesquelles Fuchsia était roulée en boule dans le noir. Un apprenti venait d'apporter à Lenflure le verre de vin qu'il buvait au lit : le chef était encore à moitié endormi et son énorme masse, où roulaient les plis de graisse, était hideusement bouffie. Craclosse allait et venait dans un interminable couloir gris, marmonnant des choses entre ses dents et, à chaque pas, les articulations de ses genoux tictaquaient comme une horloge. Rottcodd passait le plumeau sur la troisième sculpture, faisant voler de petits nuages de poussière chaque fois qu'il se déplaçait, et le docteur Salprune chantait à tue-tête dans son bain du matin. Les murs de la salle de bains étaient couverts de planches d'anatomie peintes sur parchemin. Même pendant ses ablutions, le docteur portait ses lunettes, et, tout en cherchant un morceau de savon parfumé qui avait glissé par-dessus le bord de la baignoire, il chantait une chanson d'amour à la gloire de ses binocles. Finelame se regardait dans la glace et examinait sa moustache naissante, et, dans une chambre de l'aile nord, Keda regardait le soleil qui inondait les Bois d'Epines.

Ignorant que cette aube était celle de son baptême, Titus d'Enfer dormait profondément, le visage à demi caché par l'oreiller, son petit poing dans la bouche. Il portait une longue chemise de nuit de soie jaune parsemée d'étoiles bleues, et, à travers les volets à demi tirés, la lumière rampait sur sa joue.

La matinée s'avançait. Tout le monde était sur le pied de guerre. Complètement débordée, Nannie Glu n'aurait jamais pu affronter la situation sans l'aide silencieuse de Keda.

Il fallait faire repasser la robe de baptême, aller chercher les anneaux et la petite couronne sertie de joyaux enfermée dans la cassette de fer de l'armurerie. Seul Sornette en avait la clef, et il était sourd comme un pot.

Il fallait donner un bain à Titus et l'habiller de manière

parfaite. Tout cela dépassait la pauvre Nannie qui ne vit pas filer le temps, et deux heures de l'après-midi sonnèrent avant qu'elle eût repris ses esprits.

Keda finit par trouver Sornette et réussit à le persuader par gestes qu'il y avait un baptême dans l'après-midi, que la couronne était absolument nécessaire et qu'elle la lui rapporterait dès que la cérémonie serait terminée. Sans elle, Nannie Glu n'aurait jamais réussi à aplanir la moindre difficulté, et aurait continué à se tordre les mains et à secouer la tête de désespoir.

L'après-midi était parfait. Les grands cèdres étalaient leurs branches magnifiquement indolentes dans l'air tranquille. Les pelouses avaient été tondues et ressemblaient à de sombres miroirs d'émeraude. Les sculptures, que la nuit avait englouties et qui avaient commencé d'émerger dans les brumes de l'aube, se détachaient nettement sur les murailles.

La salle du Baptême avait un air de fraîcheur, de calme et de clarté. Spacieuse et digne, elle attendait l'arrivée des visiteurs. Des bouquets légers et gracieux ornaient les vases. Pentecôte avait choisi le bleu lavande comme note dominante, mais, çà et là, les bouquets étaient piqués de corolles blanches et d'orchidées jaunes qui dialoguaient à voix basse à travers l'espace de tapis vert.

Vers trois heures, la plupart des pièces de Gormenghast bourdonnaient comme des ruches, mais la salle du Baptême était toujours sereinement silencieuse. Seules les fleurs continuaient de parler à voix basse.

La porte s'ouvrit soudain et Craclosse entra. Il portait son habit noir rongé aux mites, mais s'était efforcé d'enlever les taches les plus voyantes, et il avait coupé les bords effrangés de ses manchettes et de ses pantalons, ce qui leur donnait un air moins loqueteux. Enfin, ultime nouveauté, il portait autour du cou une lourde chaîne de cuivre. Tenant d'une main un plateau sur lequel était posée une coupe remplie d'eau, il faisait figure d'épouvantail dans ce décor élégant et discret, mais c'était le dernier de ses soucis.

Il avait aidé Lord Tombal à s'habiller, puis il était parti avec l'urne baptismale pendant que le comte, toilette achevée, se polissait les ongles près de la fenêtre de sa chambre. Remplir la coupe et la poser sur la table, au centre de la pièce, était le seul devoir dont il avait la charge avant que la cérémonie commence. D'un geste brusque, il posa la coupe sur la table, puis se gratta la nuque et enfonça profondément les mains dans les poches de son pantalon. Il y avait longtemps qu'il n'était pas allé dans la Chambre Froide. Ce n'était pas une pièce qu'il aimait. Dans son esprit, elle ne faisait pas partie de Gormenghast.

Le menton pointé en avant comme une machine de guerre, il était en train d'arpenter la pièce avec méfiance, regardant les fleurs d'un œil malveillant, lorsqu'il entendit une voix derrière la porte, une voix empâtée, onctueusement meurtrière.

« Arrière ! Arrière ! Regardez vos pieds, mes petits yeux de rats. Place ! Place, ou je vous découpe en rondelles ! Là, du calme, mes filets, ou je vous vends au marché noir ! »

La poignée tourna, puis la porte s'ouvrit lentement et, pendant un temps qui lui sembla interminable, Craclosse vit apparaître une gigantesque bonbonne d'étoffe. Une tête finit par s'encadrer dans l'embrasure de la porte, au-dessus de la bonbonne, et les deux petits yeux noyés dans ce visage concentrèrent leur regard sur le premier serviteur de Lord Tombal.

Craclosse se raidit, ce qui n'est pas peu dire pour un épouvantail au corps aussi dur que du bois de teck. Il rentra la tête dans ses clavicules et leva les épaules comme un vautour. Du haut de cette crête, ses bras pendaient comme deux fils à plomb jusqu'au fond de ses poches où il serrait les poings.

Dès qu'il vit à qui il avait affaire, Lenflure s'arrêta net. Une houle de chair lui parcourut le visage, tressautant çà et là, puis les vagues se jetèrent dans l'océan graisseux des joues, laissant derrière elles un creux horrible, deux fossettes béantes semblables à des tranches de melon. On eût dit, à le regarder, que la nature avait perdu toute mesure. Sur cette trogne, l'idée même du sourire était défigurée. Elle n'exprimait plus la joie, mais une erreur, une aberration métaphysique.

Une voix sortit de ce groin.

« Bien, bien, bien, dit-elle, qu'on me passe au court-bouillon si ce n'est pas M. Craque ! Le seul, l'unique Croque, là devant moi, dans la Chambre Froide. Bien, bien, bien, mes lumignons, mon adorable petite fricassée de foies, que je sois changé en courant d'air, si ce n'est pas l'ineffable M. Crique lui-même ! »

La ligne mince de la bouche de Craclosse ne fut plus qu'une imperceptible entaille. Ses yeux parcoururent la montagne blanche coiffée d'une toque de cuisinier, car même Lenflure, si négligent d'habitude, s'était habillé pour la circonstance.

De nature taciturne, Craclosse évitait le chef chaque fois que c'était possible, mais il était obligé de le rencontrer de temps en temps, et l'expérience lui avait appris que la forteresse qui le narguait avait, malgré ses défauts, un don pour le sarcasme qui le faisait sortir de ses gonds. Bien qu'il fût blessé de ce que le chef écorchât son nom et fît allusion à l'aspect grinçant de sa personne, Craclosse avait pris le parti de ne pas lui accorder plus d'attention qu'à un caniveau en bordure de route. Faisant taire ses passions, il se dirigea vers la porte, et après avoir jeté un œil dédaigneux sur la masse de son ennemi, il cracha par la fenêtre comme pour se débarrasser d'un poison violent.

Malgré le silence qu'il gardait en toute occasion, les sarcasmes de Lenflure augmentaient le contentieux de haine qui lui dévorait le cœur. Singeant la peur, Lenflure fit semblant d'esquiver le crachat et se pencha en arrière, la tête renversée, regardant alternativement Craclosse puis la fenêtre, avec un air de concentration tout à fait comique.

« Bien, bien, bien, dit-il de sa voix la plus provocante, douce comme de la mie de pain. Bien, bien, bien... quel talent ! Ça n'en fait jamais qu'un de plus ! On en apprend à tout âge, et que l'anguille que j'ai dépecée vendredi dernier vienne me dire le contraire ! Il n'y a pas d'âge pour apprendre. »

Pivotant sur lui-même, il tourna le dos à Craclosse, et rugit : « Avancez, et ne ratez pas votre entrée ! Avancez, le triumvirat, les petits colimaçons de mon cœur, avancez, qu'on vous reconnaisse ! »

Trois garçons d'environ douze ans entrèrent à la queue leu leu dans la pièce. Ils portaient chacun un grand plateau chargé de friandises.

« Monsieur Craque, je vais vous présenter, dit Lenflure, tandis que les garçons approchaient avec mille précautions, les yeux rivés sur leurs fragiles cargaisons. Monsieur Croque, Maître Pou – Maître Pou, Monsieur Croque. Monsieur Craque, Maître Puce – Maître Puce, Monsieur Craque. Monsieur Crique, Maître Gratte – Maître Gratte, Monsieur Crique... Croque - Pou - Craque - Puce - Crique - Gratte - Croque ! »

Cela fut débité avec un tel mélange d'emphase et d'impertinence que Craclosse ne put se contenir davantage. Oser le présenter, lui, le premier valet de Gormenghast et confident de Lord Tombal, à des marmitons de basse cuisine, c'était dépasser les bornes. Il se dirigea soudain vers la porte (car il ne pouvait laisser le comte seul trop longtemps), et, passant devant le chef, il enleva la lourde chaîne qu'il portait autour du cou, et les maillons de cuivre zébrèrent la face de son tortionnaire.

Lorsque Lenflure reprit ses esprits, Craclosse était déjà loin dans les corridors. Le visage du chef s'était métamorphosé. Comme de l'argile sous la main d'un artiste, la chair de son visage s'était modelée sous l'effet de la haine, et le mot « vengeance » était inscrit en lettres pulpeuses.

Les trois garçons avaient déposé les friandises sur la table, autour de l'urne baptismale, et ils avaient battu en retraite contre la baie vitrée, tremblant de peur, avec l'envie de prendre leurs jambes à leur cou, de courir comme ils n'avaient jamais couru, loin, très loin, dans le soleil, au-delà des prairies, des ruisseaux et des champs, le plus loin possible de la masse blanche au visage fustigé par les maillons de la chaîne.

La haine du chef était tellement concentrée sur Craclosse qu'il en avait oublié la présence des apprentis, qui s'en tiraient à bon compte. Ce n'était pas une haine-ouragan, qui se lève et s'apaise aussi soudainement. C'était, une fois passées les premières bouffées de colère et de douleur, une haine calculée qui montait froidement. Que les trois mignons eussent assisté à la déconfiture de leur seigneur et maître, cela n'avait pour l'instant aucune importance aux yeux de Lenflure, car il ruminait déjà des plans de vengeance et ces galopins ne faisaient pas partie du programme.

Il se dirigea sans un mot vers le centre de la pièce, et ses grosses mains déplacèrent distraitement quelques plats sur la table. Puis il s'approcha d'un miroir suspendu au-dessus d'un vase de fleurs, examinant ses blessures d'un œil critique. Elles le faisaient terriblement souffrir. Tournant légèrement la tête pour se regarder de plus près, car il ne pouvait voir qu'une partie de son visage à la fois, il aperçut les trois mignons et leur fit signe de disparaître.

Il les suivit quelques instants plus tard et regagna sa chambre, au-dessus des boulangeries.

C'était maintenant presque l'heure de la cérémonie, et les invités quittaient leurs appartements. Hommes et femmes, chacun menait sa barque. Chacun trimbalait dans les couloirs nez, bouche, oreilles, cheveux, pensées et passions. Chacun, toutes voiles dehors, transportait la cargaison de vin doux ou le fût de vin amer qui le définissait. Les sept élus fermèrent les portes derrière eux et se mirent en route vers la Chambre Froide, atroces à force d'être eux-mêmes.

Au château, il y avait deux grandes dames qui, bien qu'on ne les vît presque jamais, avaient du sang d'Enfer dans les veines et étaient naturellement invitées à toutes les cérémonies familiales. C'étaient Leurs Excellences Cora et Clarice, belles-sœurs de Gertrude, sœurs de Lord Tombal, et jumelles devant l'Eternel. Elles vivaient dans un appartement de l'aile sud, et passaient leur temps à ruminer l'ironie d'un destin qui les avait écartées des affaires de Gormenghast. Comme les autres, Leurs Excellences étaient en route vers la Chambre Froide.

L'impitoyable tradition avait forcé Craclosse et Lenflure à se retrouver sur le champ de bataille pour attendre le premier arrivant, mais ils eurent la chance d'y trouver Grisamer enveloppé dans ses hardes pourpres.

Il était debout derrière la table, un livre ouvert devant lui, face à l'urne baptismale et aux friandises déposées dans la vaisselle d'or que les rayons du soleil faisaient étinceler. Lenflure, qui avait maquillé son visage ensanglanté en le recouvrant d'un mélange de farine et de miel blanc, prit place à la gauche du vieux bibliothécaire, au-dessus duquel il se mit à tanguer comme un galion sur un récif. Il portait autour du cou une chaîne de cérémonie semblable à celle de Craclosse, qui apparut quelques instants plus tard. Ce dernier traversa la pièce en quelques enjambées, sans jeter un regard au chef, et vint se placer à la droite de Grisamer, rétablissant ainsi la symétrie du tableau, sinon pour l'œil d'un logicien, du moins pour celui d'un artiste.

Tout était prêt. Les invités allaient arriver un par un. Le moins important arriverait le premier, et la pénultième entrée de la comtesse serait le signe avant-coureur de l'inévitable apparition d'une console ambulante, Nannie Glu portant dans ses bras un plein châle de destinée, l'héritier direct du sang, un poids minuscule qui était

Gormenghast, l'enfant d'une interminable lignée d'Enfer, Titus le soixante-dix-septième.

Rassemblement

D'abord arriva l'invité le moins huppé, le docteur Salprune, qui, en raison des services rendus à la famille, occupait une certaine position sociale, tout à fait artificielle d'ailleurs, et qui pouvait s'effondrer à chaque instant.

Il entra et se dirigea en minaudant vers la table, agitant des mains parfaites qu'il frotta l'une contre l'autre d'un geste vif, à hauteur du menton, pendant que ses yeux dévoraient l'étalage de friandises.

« Mon très cher Lenflure, en ma qualité de spécialiste de l'estomac, permettez-moi de vous féliciter ! Oui, de l'estomac, mon cher Lenflure, de l'estomac. Et non seulement de l'estomac, mon cher collègue, mais du palais, de la langue et de la membrane qui tapisse le palais, sans parler des terminaisons nerveuses, des papilles, je dis bien papilles, mon cher et excellent ami, que vous soumettez à rude épreuve chaque fois que vous jetez les yeux sur ces petits riens admirables que vous vous faites une joie de siffler à vos moments perdus, ha, ha, ha ! j'en suis sûr, ha ! ha ! sûr, et même, ho ! ho ! certain. »

Le docteur Salprune sourit, exhibant deux éblouissantes rangées de dents plantées dans ses gencives comme des pierres tombales, et, l'auriculaire courbé à angle droit, escamota de sa belle main blanche un petit rien couleur d'émeraude coiffé d'un chapeau de crème qui trônait au sommet d'une pyramide, avec la même promptitude et la même précision qu'il mettait à décérébrer les grenouilles dans sa salle de dissection. Il allait enfourner cette merveille, lorsqu'il entendit une respiration sifflante et s'arrêta net. Il avait oublié, ou fait semblant d'oublier, combien le vieux Grisamer était intraitable sur l'étiquette. Personne ne pouvait toucher à la moindre miette avant que la comtesse fût dans la pièce.

« Très juste, monsieur Grisamer, très, très, très, très juste, ha, ha, ha ! dit le docteur en faisant un clin d'œil à Lenflure, et ses yeux démesurément grossis par les verres de ses lunettes rendirent cette familiarité particulièrement déplaisante. Tout à fait, tout à fait juste, mais comment échapper aux irrésistibles appâts de notre cher Lenflure, à ces petits appeaux de paradis... ha, ha, ha ! il fait de nous des barbares, n'est-ce pas, Lenflure ? Vous faites de nous des barbares, ne protestez pas, mon cher, des barbares, de vrais, de purs barbares. »

Le chef, qui n'était pas d'humeur à subir ce genre de badinage, et préférait de beaucoup sa propre rhétorique, se contenta d'un sourire torve et continua de regarder fixement par la fenêtre. Grisamer était plongé dans son livre, suivant du doigt le texte qu'il apprenait par cœur, et Craclosse s'était transformé en statue de sel.

Mais rien ne semblait pouvoir décourager le docteur Salprune, qui, après avoir jeté un coup d'œil sur ses interlocuteurs, examina ses ongles un par un, avec une attention ridicule. Lorsqu'il eut terminé de les passer en revue, il se retourna brusquement et se dirigea vers la fenêtre en esquissant un pas de danse absolument grotesque pour un homme de son âge. Il se pencha élégamment au-dessus du châssis, puis d'un geste efféminé dont il était particulièrement fier, il leva la main gauche, pouce et index formant un O qui contrastait avec la courbe des trois autres doigts rejetés en arrière comme des C de plus en plus petits. Séparée du corps par l'angle aigu de l'épaule gauche, sa main était au même niveau que la fleur qui ornait sa boutonnière. Du cylindre funèbre de sa poitrine étroite, car il était sanglé dans un habit noir qui évoquait le deuil et la mort, s'échappèrent ces gloussements au timbre irritant, ces *ha, ha, ha !* qui vous écorchaient l'intérieur du crâne.

« Les cèdres, dit le docteur Salprune en louchant sur les arbres, la tête légèrement inclinée et les paupières mi-closes, les cèdres sont des arbres divins. Absolument divins. Je suis fou des cèdres, mais les cèdres sont-ils fous de moi ? Ha, ha, ha ! mon cher Craclosse, voilà la question. Mais vous êtes peut-être dépassé, mon brave, peut-être un peu noyé dans ma philosophie ? Car être fou d'un cèdre sans qu'un cèdre soit, hi, hi, hi ! fou de vous, c'est se trouver en porte à faux, c'est être en quelque sorte ignoré par le monde végétal, qui devrait réfléchir deux fois, remarquez-le bien, mon brave ami, réfléchir deux fois avant de cracher sur une pleine brouette de fumier, ha, ha, ha ! en d'autres termes... »

Les réflexions du docteur Salprune furent interrompues par l'arrivée des deux premiers membres de la famille, les sœurs jumelles, Leurs Excellences Cora et Clarice. Elles ouvrirent prudemment la porte et scrutèrent la pièce du regard avant d'entrer. Il y avait plusieurs mois qu'elles ne s'étaient pas aventurées hors de leurs appartements, et leur méfiance à l'égard du monde était extrême.

Le docteur s'éloigna immédiatement de la fenêtre.

« Vos Excellences me pardonneront certainement de les recevoir dans une pièce, qui est, après tout, beaucoup plus la leur que la mienne, mais qui, monstre d'indélicatesse et d'indiscrétion que je suis, me paraît ne pas leur être tellement familière. En fait...

– C'est le docteur, ma chère », chuchota Lady Cora d'une voix sans timbre, interrompant le carabin.

Lady Clarice regarda fixement Salprune, et tout autre que ce maigre gentleman eût pris ses jambes à son cou.

« Je sais, dit-elle enfin. Qu'est-ce qu'il a aux yeux ?

– Il a les yeux malades, voyons, tu ne le savais pas ? » répondit Lady Cora.

Les deux sœurs étaient habillées de pourpre. Leurs corsages n'étaient pas ornés de colliers ou de broches, mais d'agrafes en or, et elles avaient piqué dans leur cheveux gris des épingles à chapeaux au bout desquelles brillaient d'autres agrafes. Leurs visages, identiques jusqu'à l'indécence, étaient absolument dénués d'expression. On eût dit des brouillons de visage, attendant des injections de sensibilité pour vivre.

« Que faites-vous ici ? » dit Cora, fixant impitoyablement le docteur.

Salprune s'inclina devant elle, et lui fit admirer ses dents. Puis il joignit les mains.

« Je suis un privilégié, dit-il. Oh ! oui, un privilégié. Oh ! oui, oui, oui.

– Pourquoi ? » demanda Lady Clarice.

Sa voix était une réplique si parfaite de celle de sa sœur qu'on en arrivait à penser que leurs cordes vocales avaient été taillées dans les mêmes boyaux, au fin fond des régions obscures où de tels composites sont créés.

Les deux sœurs se tenaient maintenant de chaque côté du docteur, et le fixaient d'un œil tellement vide qu'il se hâta de contempler le plafond, après avoir vainement cherché une lueur de vie sur ces visages atones. Le plafond blanc, par contraste, lui parut foisonnant d'intérêt, et il poursuivit son examen.

« Excellences, dit-il, est-il possible que vous ignoriez le rôle que je joue dans la vie sociale de Gormenghast ? Et quand je dis la vie sociale, c'est un euphémisme, ha, ha, ha ! car je ne crois pas exagérer, mes très chères Excellences, en affirmant que c'est moi qui contrôle et entretiens la vie organique du château, ha, ha, ha ! Oui, je suis aussi versé dans cette science que dans les subtilités de l'anatomie, que je connais sur le bout des doigts, pour ne pas dire, ha, ha, ha ! de la tête aux pieds... C'est moi qui assume la lourde tâche de présider à la naissance des générations nouvelles, de faire surgir l'innocence du péché, ha, ha, ha ! les cœurs sans tache des cœurs souillés, le blanc du noir, pauvre de moi, et la santé de la gangrène. La cérémonie d'aujourd'hui, mes très chères Excellences, est le fruit de mon habileté professionnelle, ha, ha, ha! car je viens de délivrer un Enfer flambant neuf.

– Qu'est-ce que vous venez de raconter? » dit Lady Clarice.

Elle n'avait pas cessé de fixer le docteur, sans qu'un muscle tressaillît dans son visage de pierre. Salprune ferma les yeux et garda longtemps les paupières closes. Lorsqu'il les rouvrit, il fit un pas en avant et une profonde inspiration gonfla sa maigre poitrine. Puis il regarda soudain dans les yeux les deux statues de pourpre, et agita violemment le doigt.

« Excellences, dit-il, vous devez *écouter*. Vous ne ferez jamais de progrès, si vous *n'écoutez* pas.

– Progresser? répondit immédiatement Lady Cora. Parvenir au sommet de l'échelle? Vous voulez rire! Nous sommes battues d'avance, puisque c'est Gertrude qui a tout ce que nous devrions avoir.

– Oui, oui, reprit Clarice en écho. Nous devrions avoir tout ce qu'elle a.

– Puis-je savoir *quoi*, mes chères, mes très chères Excellences? demanda le docteur Salprune en inclinant la tête.

– Le pouvoir », répondirent-elles ensemble, d'une voix blanche, comme si elles avaient répété la scène.

Leurs voix sans timbre contrastaient de manière si grotesque avec le sujet de la conversation que le docteur Salprune ne sut que répondre et, de l'index, desserra légèrement le faux col de sa chemise.

« Nous voulons le pouvoir, répéta Lady Clarice. Nous en rêvons.

– Oui, dit Cora comme un écho. Le pouvoir. Tous les pouvoirs. Faire marcher les gens à la baguette.

– Mais c'est Gertrude qui détient le pouvoir, répondit l'écho. C'est elle qui a tout ce que nous devrions avoir. »

Elles regardèrent successivement Lenflure, Grisamer et Craclosse.

« Je suppose que nous *devons* supporter leur présence ? » dit Cora en les désignant du doigt.

Puis elle tourna la tête vers le docteur Salprune qui examina de nouveau le plafond. La porte s'ouvrit avant qu'il pût répondre, et Fuchsia entra, vêtue d'une robe blanche.

Il y avait douze jours que Fuchsia avait découvert qu'elle n'était plus fille unique. Elle avait obstinément refusé de voir son frère, et c'était la première fois qu'elle allait devoir le supporter. L'angoisse inexplicable que la fille du comte avait d'abord ressentie s'était muée en une résignation maussade. Elle ne savait au juste pourquoi, mais elle avait été blessée au cœur, et, pour une raison inconnue, son cœur continuait de saigner.

Nannie Glu n'avait pas eu le temps d'aider Fuchsia à s'habiller. Elle lui avait simplement demandé de se donner un coup de peigne, de ne mettre sa robe blanche qu'au *dernier* moment pour ne pas la froisser, et d'entrer dans la Chambre Froide à trois heures deux minutes.

Le soleil des pelouses et les bouquets de fleurs promettaient un après-midi tranquille, mais la flambée de haine qui s'était déclarée entre les deux domestiques avait empoisonné l'atmosphère de la pièce.

Fuchsia entra, les yeux rougis de larmes. Elle fit gauchement la révérence devant les jumelles et s'assit dans un coin éloigné. Mais elle fut presque immédiatement obligée de se lever, car son père, suivi de près par la comtesse, entra et se dirigea lentement vers le centre de la pièce.

Sans un mot d'avertissement, Grisamer frappa du poing sur la table, et s'écria d'une voix éraillée :

« Ils sont tous là, réunis, sauf celui pour lequel ils se sont réunis. Tous là, sauf celui pour lequel ils sont là. Approchez-vous de la table du baptême, serrez les rangs pendant que je prononce les paroles qui consacreront l'entrée de celui qui entre dans la vie, l'héritier d'Enfer, l'enfant qui se reflète dans le miroir limpide de la lignée de Gormenghast. »

Grisamer toussa salement, et porta la main à sa poitrine. Il baissa les yeux sur le volume et posa le doigt sur un nouveau paragraphe. Puis, d'un pas mal assuré, il fit le tour de la table en faisant trembler les innombrables nœuds de sa barbe poivre et sel, et indiqua à chacun la place qu'il devait occuper.

L'assemblée tournait le dos à la fenêtre et formait un demi-cercle autour de la table. Au centre, se tenaient la comtesse et Lord Tombal. Fuchsia était à la gauche de son père, et le docteur Salprune à la droite de la comtesse, légèrement en retrait. Les jumelles étaient séparées, chacune à une extrémité du demi-cercle. Lenflure et Craclosse avaient reculé de quelques pas, et étaient aussi immobiles que des statues. Craclosse mordait les jointures de ses doigts.

Grisamer revint se placer devant la table, face à l'assemblée. Il avait une certaine allure, maintenant qu'il n'était plus coincé entre un échalas et une montagne de graisse. Il éleva de nouveau la voix, mais il eut du mal à parler, car il se sentait écrasé par la grandeur de sa tâche, et il avait peine à réprimer ses larmes. En tant que docteur de la loi d'Enfer, il se sentait responsable de la cérémonie. Des moments comme celui-ci étaient de véritables sommets dans une vie consacrée au rituel.

« Par la voix du soleil et de la lune saisonnière, par la voix des feuilles que les arbres perdent, et celle des poissons qui nagent dans les eaux couleur d'olive ! » Il avait les mains jointes comme pour une prière, et son visage ridé se détachait d'une manière surprenante dans la lumière pâle. Sa voix s'affermit :

« Par les voix des pierres et le gouvernail des oiseaux, la colère des épines et les cœurs blessés, les andouillers du cerf et la courbure des côtes, le pain, les larmes et les aiguilles ! Par la voix errante des galets et le froid silence des marais, les nuages insurgés, le jeune coq et le ver ! »

Grisamer se pencha sur le volume, repéra le paragraphe du bout du doigt, puis tourna la page.

« Par les voix qui s'éraillent la nuit dans les poumons du granit, les poumons de l'air bleu et les poumons blancs des rivières! Toutes les voix qui hantent tous les instants de tous les jours. Toutes les voix qui résonnent dans le crâne de toutes les régions. Les voix qu'il entendra quand il tendra l'oreille, écoutant sans fin la voix sans fin de Gormenghast, le murmure des pierres dans les tours grises, l'antique mélodie qui le bercera jusqu'à sa mort, quand les bannières sur les créneaux seront en berne et qu'on transportera son corps dans la tour des tours, le mausolée d'Enfer où il reposera parmi ses pères, dont les os sont depuis longtemps tombés en poussière.

– Ça va durer encore longtemps? » demanda la comtesse.

Elle n'avait pas écouté avec toute l'attention requise en pareille circonstance, occupée à nourrir de miettes qu'elle tirait d'une poche de sa robe un oiseau gris perché sur son épaule. A la question de la comtesse d'Enfer, Grisamer redressa la tête. Ses yeux s'embuèrent, car il y avait une certaine irritation dans la voix de la comtesse.

« Le rituel du douzième comte est accompli, Votre Seigneurie, dit-il, les yeux fixés sur le livre.

– Bon, dit la dame d'Enfer. Et ensuite?

– Je crois qu'il faut se retourner et regarder par la fenêtre, dit vaguement Clarice. N'est-ce pas, Cora? Tu te rappelles, juste avant qu'on baptise Fuchsia, nous nous sommes tous retournés et nous avons regardé le jardin par la fenêtre. J'en suis sûre. Il y a bien longtemps...

– Où donc avez-vous été depuis? » demanda Lady Gertrude, s'adressant soudain à ses belles-sœurs, et les dévisageant l'une après l'autre.

La masse cuivrée de son chignon commençait à se défaire, et l'oiseau s'était tellement fait les griffes sur le velours noir d'encre de sa robe qu'elle paraissait usée et grise à l'épaule.

« Nous n'avons pas bougé de l'aile sud, Gertrude, répondit Cora.

– Pas bougé du tout, dit Clarice. Pas bougé de l'aile sud. »

La dame d'Enfer regarda tendrement l'oiseau perché sur son épaule gauche, et le volatile, la tête cachée sous l'aile, se rapprocha de trois pas de la gorge de la comtesse. Puis Lady Gertrude tourna de nouveau les yeux vers ses belles-sœurs.

« Qu'avez-vous fait tout ce temps-là? demanda-t-elle.

– Réfléchi, répondirent en chœur les jumelles. Voilà ce que nous avons fait. Nous avons réfléchi. »

Un éclat de rire, aussi haut perché qu'incongru, s'égrena derrière la comtesse. Le docteur Salprune venait de s'oublier. Ce n'était pourtant pas le moment de se faire remarquer, car sa présence n'était que tolérée. Grisamer sauva la situation en frappant violemment sur la table, et tous les yeux se tournèrent vers lui.

« Monseigneur, dit-il lentement, en tant que soixante-seizième comte d'Enfer et seigneur de Gormenghast, il est écrit que vous devez maintenant vous diriger vers la porte de la salle du Baptême, et appeler votre fils dans le corridor désert. »

Lord Tombal était jusque-là demeuré aussi immobile et silencieux que sa fille, fixant avec mélancolie la veste sale de Craclosse au-dessus de la table. Il se dirigea vers la porte et, lorsqu'il l'eut atteinte, toussa pour s'éclaircir la gorge.

Perdue dans un rêve, la comtesse le suivit des yeux, et les jumelles tournèrent vers lui leurs visages identiques. Fuchsia se mordillait les doigts et semblait la seule à se désintéresser complètement de ce que faisait son père. Craclosse et Lenflure avaient les yeux fixés sur lui. La violence bouillonnait toujours en eux, mais ils étaient tellement pris par le rituel de la maison d'Enfer qu'ils suivaient chaque mouvement du comte avec une sorte de fascination. Tiraillé d'inquiétude, car il voulait que tout se déroulât conformément à la tradition, Grisamer faisait d'inextricables nœuds dans sa barbe poivre et sel. Il se pencha au-dessus de l'urne baptismale, les mains posées sur le rebord de la table.

Dissimulée à l'angle du couloir, Nannie Glu, portant Titus dans ses bras, attendait l'appel du comte. Keda s'efforçait de la calmer.

« Ne soyez pas nerveuse, madame Glu, calmez-vous, tout sera bientôt fini..., disait Keda à la petite créature tremblante, vêtue d'une robe de satin vert sombre étincelante de paillettes, qui arborait de nouveau le gigantesque chapeau orné de raisins dont les proportions contrastaient triomphalement avec les traits menus de son visage.

– Me calmer ! dit Nannie Glu d'une voix fluette, mais pleine de vivacité. Comme si tu pouvais te mettre à ma place et occuper le rang que j'occupe ! Oh ! mon Dieu, mon cœur ! Tu ne me dirais pas de me calmer, oh non ! Ce que tu peux être ignorante ! Pourquoi est-ce si long ? Et mon précieux petit trésor si mignon et si tranquille qui va se mettre à hurler tout à l'heure. Oh ! mon Dieu, mon cœur ! Pourquoi met-il si longtemps ? Passe encore un coup de brosse sur ma robe. »

Si elle avait écouté la vieille nurse, Keda, qui avait reçu l'ordre de ne pas se séparer de la brosse à habits, aurait passé toute la matinée à brosser la robe de satin de Nannie. Au geste irrité de la vieille femme, Keda obéit afin de l'apaiser.

Les yeux violets de Titus étaient fixés sur Keda, et son grotesque petit visage de nourrisson était déformé par la lumière incertaine du couloir. Comme une empreinte de fougère sur un fragment de roc, l'histoire de l'humanité était inscrite sur ses traits qui reflétaient le savoir, la douleur et les passions humaines. Le visage de Titus était immémorial.

Nannie était ridée comme une momie, les yeux bordés

de rouge, les lèvres affaissées et creusées de sillons. Une vraie pièce de musée.

La vieillesse de Keda était l'œuvre du destin. Un bosquet saccagé par un mystérieux alchimiste. Une ombre transparente. Une déchéance tragique. Une décomposition glorieuse.

Ces trois êtres marqués au fer attendaient à l'angle du couloir obscur. Nannie avait soixante-neuf ans, Keda vingt-deux. Titus entrait dans le douzième jour de sa vie.

Lord Tombal s'éclaircit la voix, puis appela :

« Mon fils ! »

Le baptême de Titus

Sa voix se propagea le long du corridor et atteignit l'angle de pierre. Lorsqu'il entendit les pas précipités de Nannie Glu, il continua d'appliquer cette partie du rituel que Grisamer lui avait lue pendant le petit déjeuner, les trois jours précédents.

En principe, la fin de son discours aurait dû coïncider avec l'apparition de Nannie Glu dans la salle du Baptême.

« Héritier des pouvoirs que je détiens, disait la voix triste dans le couloir vide, pierre du sang de nos pierres, courant de la rivière sans fin, approche, viens près de moi. Moi, simple maillon de la chaîne dynastique, je t'adjure d'apparaître, tel l'oiseau blanc qui vole dans des cieux de fer et traverse une muraille de nuages solennels. Approche-toi de la coupe où, nommé et fêté, tu seras consacré à Gormenghast. Sois le bienvenu, mon enfant ! »

Malheureusement, Nannie avait trébuché sur une dalle disjointe. Elle était encore à dix pas de la porte lorsque Lord Tombal prononça le mot « bienvenu ». Le front massif de Grisamer se couvrit de gouttelettes de sueur. Trois longues secondes s'écoulèrent avec une lenteur insupportable. Enfin, la vieille femme apparut à la porte de la salle. Selon les instructions de Nannie, Keda avait doucement posé la petite couronne de fer sur la tête de l'enfant, et les trois secondes de retard furent largement compensées par l'effet que produisit l'entrée de ce couple étrange, si parfaitement en harmonie avec la situation.

Grisamer se calma et oublia le retard qui l'avait tant ulcéré. Il s'approcha de Nannie Glu, le grand livre sous le bras. Il ouvrit le volume exactement au milieu, le présenta à la nurse, et dit :

« Il est écrit, et nous nous conformerons aux écritures, qu'entre ces pages dont le lin est gris de sagesse, le premier héritier mâle de la maison d'Enfer sera couché de tout son long, la tête dirigée vers la coupe du baptême, que ces pages lourdes de mots seront repliées et l'envelopperont pour qu'il soit noyé dans le texte fané, englouti dans les profondeurs et qu'il ne fasse plus qu'un avec la loi inviolable. »

D'un air important et niais, Nannie Glu déposa Titus dans le V du volume entrouvert. La couronne de l'enfant dépassait le bord du volume du côté de Grisamer, et ses pieds gigotaient du côté de Nannie Glu.

Lord Tombal replia les deux pages du livre sur le petit corps impuissant, et referma le tunnel d'épais parchemin avec une épingle de nourrice.

Ainsi enfermé dans l'énorme tome d'où sortaient ses pieds minuscules et les pointes de fer de sa petite couronne, l'enfant incarnait, aux yeux de Grisamer, la quintessence du respect dû à la tradition.

Portant le livre chargé du précieux fardeau vers la table du baptême, ses yeux s'embuèrent de larmes joyeuses, et il lui fut difficile de se frayer un chemin à travers les petites tables qui encombraient la pièce. Les deux vases de fleurs qui embaumaient de calme l'atmosphère devinrent des flocons de neige et des vapeurs de lilas.

Grisamer ne pouvait se frotter les yeux, car ses mains étaient occupées. Il s'arrêta un instant et attendit que se dissipât la brume qui voilait son regard.

Fuchsia savait qu'il lui était interdit de bouger de place, mais elle avait rejoint Nannie Glu. Clarice avait essayé d'attirer son attention en la poussant furtivement du coude chaque fois qu'elle pensait que personne ne la regardait.

« Tu ne viens jamais me voir bien que je sois de la famille. Mais c'est parce que je n'ai aucune envie de te voir et que je ne t'invite pas », lui avait murmuré sa tante.

Elle avait jeté un coup d'œil autour d'elle pour voir si quelqu'un l'observait. Gertrude semblait perdue dans un rêve.

« Ma pauvre enfant, Cora et moi sommes beaucoup plus vieilles que toi. Nous avons eu des convulsions à ton âge. Tu as peut-être remarqué que nous avons le bras gauche plutôt raide. La jambe gauche aussi. Ce n'est pas notre faute. »

De l'autre extrémité du demi-cercle, lui parvint la voix de sa sœur. C'était un murmure acariâtre, qui semblait vouloir entrer dans les oreilles de Fuchsia sans écorcher celles des autres assistants. « Ce n'est pas notre faute du tout. Pas le moins du monde. Pas le moins. »

« Ces crises d'épilepsie, reprit Cora après avoir approuvé les paroles de sa sœur, nous ont laissé le côté droit paralysé. Nous avons eu des crises, tu comprends.

– Quand nous avions ton âge, répondit la voix blanche.

– Oui, à peu près ton âge, dit Cora, et, comme nous avons tout le côté droit paralysé, nous devons broder nos tapisseries d'une seule main.

– D'une seule main, dit Clarice. Nous y arrivons car

nous sommes très intelligentes. Mais personne ne nous voit. »

Elle se pencha en avant et glissa cette remarque à l'oreille de Fuchsia, comme si tout l'avenir de Gormenghast en dépendait.

Fuchsia tortillait ses mèches de cheveux et les enroulait nerveusement autour de ses doigts.

« Ne fais pas ça, dit Cora. Tes cheveux sont trop noirs. Ne fais pas ça.

– Beaucoup trop noirs, répondit l'écho vide.

– Surtout quand ta robe est si blanche. »

Cora se pencha en avant tout près de Fuschia. Son visage était tourné vers sa nièce, mais ses yeux regardaient ailleurs.

« Nous *n'aimons pas* ta mère », dit-elle.

Fuchsia tressaillit. L'écho revint immédiatement.

« C'est vrai, dit la voix, nous ne l'aimons pas. »

Fuchsia se retourna soudain, faisant voler son épaisse chevelure d'ébène. Cora avait enfreint toutes les règles. Incapable de demeurer à l'écart de la conversation, elle avait contourné le groupe comme une somnambule, tout en surveillant du coin de l'œil l'imposante masse de velours noir de la comtesse.

Mais elle fut cruellement déçue. A peine eut-elle rejoint sa sœur que Fuchsia, jetant des regards inquiets autour d'elle, aperçut Nannie Glu et s'éloigna mine de rien vers la table baptismale où Grisamer portait Titus enfermé dans les pages du livre. Aussitôt que Nannie fut débarrassée de l'enfant, Fuchsia s'approcha d'elle et prit son bras menu sous la manche de satin vert. Suivi de Lord Tombal, Grisamer avait atteint la table, où il reprit sa place initiale. Le plaisir qu'il éprouvait à voir s'accomplir le rituel fut brutalement interrompu lorsque le voile qui recouvrait ses yeux se dissipa. Au lieu de l'harmonieux demi-cercle prévu par le cérémonial, il ne vit que des individus dispersés. Il fut profondément choqué. Les seules personnes correctement placées étaient Lady Gertrude et Lord Tombal. La comtesse, moins par sens du devoir que parce qu'elle était plongée dans une sorte de coma, n'avait pas bougé de la place où elle avait jeté l'ancre, et son mari était retourné près d'elle. Grisamer fit le tour de la table en traînant la jambe, portant le précieux tome. Cora et Clarice étaient l'une en face de l'autre, la tête tournée vers Fuchsia qui tenait toujours Nannie Glu par le bras, et Salprune, sur la pointe des pieds, contemplait à travers une loupe qu'il avait tirée de sa poche les étamines d'une fleur blanche. Il n'avait guère besoin de se dresser sur la pointe des pieds, car la table n'était pas haute, ni le vase, ni même la fleur. Mais pencher le corps avec élégance au-dessus des pétales était l'une de ses attitudes favorites lorsqu'il contemplait les fleurs.

Grisamer était profondément choqué. Les commissures de ses lèvres se durcirent. Son vieux visage craquelé devint un étrange feu croisé de tics, et ses yeux de myope s'emplirent de désespoir. Alors qu'il essayait de poser le lourd volume devant la coupe baptismale, ses doigts le trahirent et lâchèrent prise. La reliure de cuir lui échappa des mains, et dégringolant avec le livre, Titus déchira le coin de l'une des pages dans lesquelles il avait été emmailloté. Ce fut son premier acte sacrilège. Il avait violé le livre du Baptême. La couronne de fer roula sur le sol.

« Oh ! mon pauvre cœur ! »

Agrippant le bras de Fuchsia, Nannie Glu poussa un cri aigu, puis s'approcha d'un pas mal assuré de l'enfant qui pleurait misérablement sur le sol.

De rage, Grisamer essayait de déchirer ses hardes, gémissant d'impuissance contre ses doigts ankylosés. Il était à la torture. La main blanche du carabin voltigea jusqu'à ses lèvres, et il se balança légèrement d'un pied sur l'autre avant de se tourner vers la dame d'Enfer.

« Ils sont comme du caoutchouc, ma chère comtesse, ha, ha, ha ! Les bébés sont en caoutchouc, oh oui ! Dire qu'ils sont élastiques est bien peu dire, ha, ha, ha ! Bien peu ! Ce n'est vraiment pas le mot. Oh ! mon Dieu, non ! Le petit bandit a bien rebondi, ha, ha, ha ! Le petit bandit a bien rebondi !

– De quoi parlez-vous donc, Saltrogne ? dit la comtesse.

– Je faisais allusion à votre fils, qui vient juste de tomber par terre.

– Tomber ? demanda la comtesse d'une voix bourrue. Où ?

– Par terre, ma chère comtesse, ha, ha, ha ! Littéralement par terre. Enfin, il y a quand même une ou deux pierres, le plancher de bois et une épaisseur de tapis entre la terre barbare et le petit bandit que vous entendez certainement hurler.

– C'est donc cela ! » dit la dame d'Enfer, dont les lèvres avaient l'air de siffler et sur lesquelles l'oiseau gris venait de picorer une miette de gâteau sec.

Lorsque Titus était tombé, Cora s'était précipitée à la droite de la comtesse. Elle leva sur sa belle-sœur un regard vide et fixe.

« Oui, dit-elle, c'est exactement ça. »

A gauche de Lady Gertrude, comme un double fantomatique, Clarice confirma les dires de sa sœur :

« C'est exactement ça, oui. »

Les deux sœurs se jetèrent un coup d'œil sournois derrière le dos de la comtesse.

Après avoir picoré le morceau de gâteau sur la bouche gonflée de la dame d'Enfer, l'oiseau gris vint se percher sur son doigt recourbé où il demeura aussi immobile qu'une sculpture. La comtesse abandonna les jumelles (qui se rapprochèrent immédiatement l'une de l'autre comme pour combler le vide créé par son départ) et se dirigea vers le lieu du drame.

Elle aperçut Grisamer qui recouvrait sa dignité, mais tremblait de tous ses membres sous ses oripeaux écarlates. Lord Tombal, conscient que cette situation n'était pas faite pour un homme, se tenait à l'écart, jetant des regards nerveux sur son fils. Il mordit l'embout de fer de sa badine à pommeau de jade. Ses yeux tristes erraient à travers la pièce mais revenaient toujours se poser sur l'enfant découronné qui pleurait dans les bras de sa nourrice.

La comtesse prit Titus des bras de Nannie Glu et se dirigea vers la baie vitrée.

En regardant sa mère, Fuchsia éprouva malgré elle une sorte de pitié pour le petit fardeau que la comtesse portait. Presque un élan de tendresse et de complicité, car, depuis qu'elle avait vu son frère déchirer les pages de sa prison, elle savait qu'il y avait dans la pièce un autre être désireux d'échapper au rituel grandiloquent de Gormenghast. Dans un brûlant accès de jalousie, elle avait imaginé que son frère serait un enfant magnifique. En le voyant, elle découvrit qu'il était loin d'être beau, et elle sentit son cœur fondre. Ses yeux où couvaient des éclairs eurent un instant l'expression que sa mère réservait exclusivement aux chats blancs et aux oiseaux.

La comtesse souleva Titus et examina son visage à la lumière de la fenêtre, en claquant de la langue à l'intention de l'oiseau gris. Puis elle retourna l'enfant et scruta sa nuque pendant de longues minutes.

« Apportez la couronne », dit-elle.

Le docteur Salprune s'approcha, les coudes levés, la couronne en équilibre entre ses doigts délicatement écartés.

« Dois-je le couronner dans la lumière? Ha, ha, ha! Dois-je littéralement le couronner? » demanda-t-il en découvrant ses dents terribles, gratifiant la comtesse de la même série de sourires dont il avait honoré Cora quelques minutes auparavant.

Titus avait cessé de pleurer. Il paraissait incroyablement frêle dans les bras gigantesques de sa mère. Il avait eu plus de peur que de mal et n'était plus secoué que par des sanglots intermittents.

« Posez-la sur sa tête », dit la comtesse.

Sans bouger le bas du corps, le docteur Salprune inclina le buste. Ses jambes paraissaient si maigres sous le tissu noir que, lorsqu'une brise légère se mit à souffler du jardin, l'étoffe du pantalon flotta et se gondola comme s'il n'avait pas eu de tibias. Il posa la couronne sur le petit crâne blanc comme une pomme de terre.

« Grisamer, dit-elle sans se retourner, venez ici. »

Grisamer leva la tête. Il avait ramassé le livre et essayait de recoller le parchemin déchiré, défroissant la page de son index tremblant.

« Allons, dépêchez-vous ! » dit la comtesse.

Il fit le tour de la table et se planta devant elle.

« Nous allons marcher un peu sur la pelouse, Grisamer puis vous finirez le baptême. Allons, cessez de trembler, vieil homme, ça fait du bruit. »

Grisamer s'inclina et, tout en pensant qu'interrompre le baptême de l'héritier direct était un sacrilège, il la suivit dehors, tandis qu'elle criait par-dessus son épaule :

« Suivez-moi, vous tous ! Tout le monde ! Même la valetaille ! »

Tout le monde sortit. Chacun choisit un couloir de gazon, et ils se promenèrent cérémonieusement d'un bout à l'autre de la pelouse pendant quarante minutes.

Ils réglèrent leur pas sur le pas majestueux de Grisamer. D'abord protégés par l'ombre des cèdres, ils poursuivirent leur périple sur la pelouse d'émeraude, silhouettes de plus en plus petites, semblables à des marionnettes se déplaçant en bon ordre le long des couloirs d'herbe.

Lord Tombal marchait à pas lents, la tête penchée. Fuchsia musardait. Le docteur Salprune minaudait. Les jumelles avançaient comme des automates. La démarche de Craclosse devint arachnéenne. Celle de Lenflure porcine.

La comtesse portait Titus dans ses bras et ne cessait d'imiter des cris d'oiseaux. Les sifflements de Lady Gertrude attirèrent bientôt d'étranges hôtes, venus de forêts inconnues, qui se mirent à voleter autour d'elle dans l'air doré.

Lorsqu'ils regagnèrent enfin la Chambre Froide, Grisamer était plus calme, quoique fatigué par la promenade.

Il leur indiqua leurs places, posa des mains inquiètes sur le volume déchiré, et s'adressa au demi-cercle qui lui faisait face.

Titus avait réintégré le tome, que Grisamer posa avec précaution sur la table.

« Je te mets là où tu dois être, Enfant-Héritier, dit-il, reprenant à l'endroit où ses doigts l'avaient trahi, Enfant-Héritier des rivières, de la tour des Silex, des niches noires sous les escaliers glacés et des pelouses inondées par le soleil d'été. Enfant-Héritier des vents de printemps soufflant des forêts où l'on déterre les racines de *Jarl*, et de la misère de l'automne qui flétrit pétales, plumes et écailles. De l'éclat blanc de l'hiver sur mille tourelles et de la torpeur de l'été entre les murs qui s'écroulent. Ecoute ! Ecoute avec l'humilité des princes, et comprends avec les antennes des fourmis. Ecoute, Enfant-Héritier, écoute et médite. Telles sont les merveilles qui te sont promises. »

Le vieux Maître du Rituel tendit ensuite Titus à sa mère, au-dessus de la table, et, creusant la paume de sa main, la plongea dans la coupe du baptême. Puis, de ses doigts ruisselants, il fit couler l'eau sur la tête de l'enfant, entre les pointes de la couronne, à l'endroit où le fer avait marqué la peau.

« Ton nom est TITUS dit Grisamer avec beaucoup de simplicité, TITUS, soixante-dix-septième comte d'Enfer, seigneur de Gormenghast. Seigneur des pierres froides et sacrées qui forment les murs gris de ta demeure ancestrale. Seigneur de cette terre, de cette terre obscure et sacrée qui nourrit les grands arbres de ton royaume. Seigneur des dogmes immémoriaux qui s'incarnent dans le rituel sacré de Gormenghast auquel je t'adjure d'être fidèle, je te voue au château de tes pères. Titus, sois fidèle. »

La comtesse rendit Titus à Grisamer, qui le passa à

Nannie Glu. Les fleurs embaumaient délicieusement la pièce. Après quelques instants de méditation, Grisamer fit signe que la collation pouvait commencer. Balançant quatre plats de friandises sur chacun de ses avant-bras, un autre plat dans chaque main, Lenflure fit le tour des invités. Puis il versa le vin dans les verres, pendant que Craclosse suivait Lord Tombal comme une ombre. Personne ne fit le moindre effort de conversation. Chacun resta où il était, mangeant silencieusement, contemplant les pelouses par la baie vitrée, un verre ou une friandise à la main. Seules les jumelles s'assirent dans un coin de la pièce, faisant des signes à Lenflure dès que leurs assiettes étaient vides. Longtemps elles commenteraient cet après-midi exaltant. Lord Tombal ne toucha à rien, et, lorsque Lenflure s'approcha de lui avec un plateau d'alouettes rôties, Craclosse lui fit signe de s'éloigner d'un geste rageur. Il vit les yeux porcins du chef briller de méchanceté, et rentra la tête dans ses clavicules.

Plus la journée avançait, plus Grisamer était anxieux. En tant que Maître du Rituel, il était responsable du déroulement de la cérémonie. Ayant évalué l'heure d'après la position du soleil, qu'une mince branche d'érable coupait en son milieu, il frappa des mains et se dirigea d'un pas traînant vers la porte.

Tout le monde devait maintenant se rassembler au milieu de la pièce et défiler devant Grisamer et Nannie Glu, qui portait Titus.

Chacun prit place. Lord Tombal se dirigea le premier vers la porte, levant ses yeux mélancoliques, et, lorsqu'il passa devant son fils, il prononça le nom « Titus » avec une solennité rêveuse. La comtesse le suivit lourdement.

« TITUS », mugit-elle en passant devant le nourrisson au visage ridé.

Tous suivirent à la queue leu leu : les jumelles bredouillèrent, car chacune voulut parler la première, et le docteur Salprune prononça le nom fatidique en montrant des dents aussi éblouissantes que des sabres de cavalerie lors d'une charge romantique. Embarrassée, Fuchsia contemplait les pointes de la couronne de son petit frère.

Lorsque chacun eut prononcé, avec l'intonation qui lui était propre, le mot qui clôturait la cérémonie, Nannie Glu se retrouva seule. Même Grisamer avait disparu dans le sillage de Craclosse.

Elle regarda avec nervosité la pièce vide et le soleil qui entrait par la grande baie vitrée.

Accablée de fatigue et d'émotion, elle se mit à pleurer. Le mugissement de la comtesse lui résonnait encore dans les oreilles. Elle avait l'air pathétique, ratatinée dans le grand fauteuil, une poupée couronnée dans les bras. Le satin vert de sa robe brillait d'un air moqueur dans la lumière de l'après-midi.

« Oh ! mon vieux cœur ! dit-elle en sanglotant, les larmes roulant sur ses joues minuscules, fripées comme deux vieilles poires. Mon pauvre, pauvre cœur ! Comme si c'était un crime de l'aimer... »

Nannie pressa le visage du bébé contre sa joue humide. Elle ferma douloureusement les yeux, les cils brillants de larmes et les lèvres tremblantes.

Revenue à pas feutrés, Fuchsia s'agenouilla et entoura le vieille nurse et l'enfant de ses bras vigoureux.

Nannie ouvrit ses yeux injectés de sang et se pencha en avant. Serrés l'un contre l'autre, ils firent bloc d'un seul cœur.

« *Je t'aime,* chuchota Fuchsia en levant ses yeux tristes. Je t'aime, je t'aime. »

Puis, tournant la tête vers la porte, elle cria vers la longue file de silhouettes qui venaient de disparaître :

« Vous l'avez fait pleurer, sales bêtes ! »

Finelame disparaît

Craclosse avait deux sujets de tourment. Le premier, c'était le duel à mort qu'il avait engagé avec le chef, et dont la première flambée avait laissé des stigmates sur cette montagne de chair pâle.

Plus encore que par le passé, il évitait soigneusement les corridors, les cours et les cloîtres où auraient pu se profiler les contours monstrueux de la silhouette de son ennemi. Tout en vaquant à ses occupations, Craclosse n'oubliait jamais que l'autre duelliste était dans le château, et il était hanté par l'idée qu'un plan infernal mûrissait dans la tête hydropique de Lenflure, un piège démoniaque qui tenait en un seul mot : *vengeance.*

Craclosse ne savait pas ce que le chef allait trouver ou inventer, mais il était constamment sur le qui-vive, tournant et retournant dans son crâne sombre toutes les possibilités imaginables. Il n'avait pas véritablement peur, mais vivait dans un état d'appréhension très voisin de l'angoisse.

Le second de ses tourments était la disparition de Finelame. Il avait bouclé le galopin deux semaines auparavant, et, lorsqu'il était revenu, douze heures plus tard, avec une cruche d'eau et un plat de pommes de terre, il avait trouvé la pièce vide. Depuis, plus la moindre trace de Finelame. Le sort du garçon n'intéressait que fort peu Craclosse, mais cette disparition extraordinaire le contrariait. Il se disait que, si l'apprenti était retourné dans la province fétide d'où il s'était échappé, il révélerait à Lenflure qu'ils s'étaient rencontrés et, déformant la vérité, lui raconterait qu'on l'avait enlevé et incarcéré pour une raison monstrueuse qu'il saurait bien inventer sur-le-champ.

En outre, Craclosse se rappelait que le garçon avait surpris les remarques que le comte d'Enfer avait faites au sujet de son fils, et qui pourraient nuire à la dignité de

Gormenghast si elles étaient colportées parmi la valetaille du château.

Quelle catastrophe si, à l'aube du nouveau règne, l'on venait à savoir que l'enfant était laid au point que Lord Tombal lui-même s'en affligeait ! Craclosse ne savait pas encore comment s'assurer du silence du garçon, mais il était urgent de remettre la main sur lui. Pendant ses heures de loisir, il avait fouillé chambre après chambre, balcon après balcon, sans trouver le moindre indice susceptible de le mettre sur une piste.

La nuit, couché devant la porte de son maître, il se réveillait en sursaut et se dressait comme un ressort sur le plancher glacial. Il voyait d'abord devant lui l'énorme face de Lenflure, encadrant indistinctement les deux petits yeux froids qui le fixaient comme deux vrilles impitoyables enfoncées dans les plis de chair. Il lançait en avant son crâne dur et tondu, et essuyait ses paumes moites sur l'étoffe de son vêtement. Puis le fantasme se dissolvait dans l'obscurité, et la pièce vide dans laquelle il avait vu Finelame pour la dernière fois apparaissait. Il se voyait faire le tour des murs en tâtant les panneaux, et arrivait enfin à la fenêtre pour contempler la muraille abrupte qui surplombait la cour de plusieurs centaines de pieds.

Ses jointures craquaient dans les ténèbres lorsqu'il allongeait de nouveau les jambes et se couchait devant la porte, avec la clef au goût de fer entre les dents.

Que s'était-il passé dans la chambre octogonale où Finelame s'était volatilisé ?

Lorsqu'il entendit la clef tourner, le garçon se précipita vers la porte, colla son œil au trou de la serrure et aperçut les pans de l'habit de Craclosse qui s'éloignait dans le couloir. Il entendit ses pas décroître à l'angle du passage, puis une porte claqua dans le lointain et ce fut le silence.

La plupart des gens se seraient acharnés sur la porte,

poussés par un instinct de fuite, irrationnel sans doute, mais irrésistible.

Finelame regarda fixement la poignée. Il avait entendu la clef tourner. Il fit donc ce que lui commandait la simple logique, et, renonçant à cette issue, il se pencha par la fenêtre et jeta un coup d'œil sur la muraille vertigineuse.

Son corps semblait difforme, mais il était difficile de dire exactement ce qui lui donnait cette apparence bossue. Chacun de ses membres était sain et robuste, et pourtant son corps semblait étrangement tordu. Son visage pâle comme de l'argile avait l'air d'un masque, à l'exception des yeux, petits, rouge sombre et très rapprochés l'un de l'autre, ce qui donnait à son regard un air d'extrême concentration.

Il portait la blouse rayée des marmitons, une tunique très ajustée, avec une calotte blanche sur le haut du crâne.

Contemplant calmement le précipice, il pinça les lèvres et ses yeux firent rapidement le tour de la cour carrée au-dessous de lui. Il quitta soudain la fenêtre, de ce pas pressé qui lui était particulier, et se mit à arpenter la pièce, comme s'il devait faire agir ses muscles en même temps que son cerveau. Puis il revint à la fenêtre. Un grand calme régnait partout. La lumière de l'après-midi commençait à pâlir dans le ciel, mais les tours et les toits qui s'encadraient dans le rectangle de la fenêtre avaient encore des teintes chaudes. Jetant par-dessus l'épaule un dernier regard sur les murs et le plafond de sa prison, il joignit les mains derrière le dos et porta son attention sur le châssis de la fenêtre. Il se pencha avec précaution sur le rebord et, le visage tourné vers le ciel, examina les pierres du mur au-dessus du linteau. Vingt pieds plus haut, la paroi aboutissait à un toit d'ardoises en pente. Ce toit se terminait par une longue arête horizontale, semblable à un éperon, derrière laquelle moutonnait l'ensemble des toitures de Gormenghast. Les vingt pieds qui le séparaient du toit semblaient à première vue impossibles à escalader, mais un examen plus attentif lui révéla que seule la première moitié de l'escalade était vraiment périlleuse, car les rares pierres irrégulières qui faisaient saillie n'offraient que des points d'appui précaires. Au-delà, un lierre à demi crevé, qui s'était incrusté dans les ardoises grises, laissait pendre un bras maigre et velu qui, s'il ne cassait pas net sous son poids, lui permettrait de grimper avec une facilité relative.

Finelame se dit qu'une fois sur la corniche, il pourrait sans trop de peine parcourir les toits extérieurs de tout le bâtiment central de Gormenghast.

Il examina de nouveau la première douzaine de pieds de paroi verticale et choisit ses appuis avec soin. L'expérience serait dangereuse. Plus il scrutait le mur de ses yeux intenses, moins le projet lui plaisait. Mais l'entreprise était *possible*, s'il se concentrait corps et âme. Il se laissa retomber dans la pièce silencieuse qui lui parut presque rassurante. Il pouvait choisir entre deux choses. Attendre le retour de Craclosse, qui essaierait sans doute de le renvoyer aux cuisines, ou bien tenter l'impossible escalade.

Il s'accroupit soudain, enleva ses chaussures et se les passa autour du cou après avoir noué les lacets. Il roula ses chaussettes, les fourra dans ses poches, et se leva.

Debout au centre de la pièce, il fit jouer ses doigts de pied, après quoi il écarta cruellement les dix doigts de ses mains afin de les dégourdir.

Il n'avait plus rien à attendre. Il s'agenouilla sur l'appui de la fenêtre, puis, se retournant lentement, se mit debout au bord du gouffre, la lumière du crépuscule jouant sur ses omoplates.

Une cour à fleur de ciel

Il se refusa à penser à la chute qui le guettait, et fixa résolument le premier appui. Il agrippa le linteau de la main gauche, et déplaça le pied droit jusqu'à une saillie de pierre autour de laquelle ses phalanges se vissèrent. Presque aussitôt, il se mit à suer. Ses doigts rampèrent sur la paroi et s'enfoncèrent dans une lézarde qu'il avait repérée. Se mordant la lèvre inférieure jusqu'à sentir le sang couler sur son menton, il risqua le genou gauche le long de la surface du mur. Cela lui prit peut-être une quinzaine de minutes, mais il lui sembla, tant son cœur battait à un rythme affolé, qu'il était cloué sur la paroi vertigineuse depuis un temps infini.

Par moments, il était tenté de tout abandonner, et il avait envie de se laisser tomber dans le vide pour mettre fin à sa fatigue et à ses souffrances. A d'autres moments, désespérément accroché aux saillies de pierre, il continuait son ascension dans une sorte de brouillard, se répétant un ou deux vers d'un poème depuis longtemps oublié.

Il avait les doigts gourds et ne pouvait plus maîtriser les tremblements de ses mains et de ses genoux, lorsqu'il sentit enfin les vrilles rugueuses du lierre lui chatouiller le visage.

Agrippant la liane de la main droite, ses pieds perdirent leurs appuis, et il se balança un moment dans le vide. Mais il ne lâcha pas prise. Faisant jouer des muscles insoupçonnés, les bras rompus, il se hissa douloureusement le long du lierre. La liane morte, noueuse et fragile, supporta l'épreuve, et seules quelques brindilles se rompirent sous son poids.

Dès qu'il se fut hissé sur le bord de la gouttière, Finelame se sentit défaillir, et il se mit à trembler de tous ses membres. Il demeura prostré une longue heure. Lorsqu'il releva la tête et se retrouva dans le monde désert des toits, il sourit. C'était un sourire plein de jeunesse, en harmonie avec ses dix-sept ans. Il illumina ses lèvres inexpressives et disparut aussitôt. De l'endroit où il était couché, à l'angle d'un toit d'ardoises chauffées par le soleil, il n'apercevait que des pans de ce nouveau monde perdu dans l'immensité du couchant. Il s'appuya sur les coudes et remarqua soudain que la gouttière contre laquelle ses pieds reposaient était sur le point de céder. Seul le métal rongé le séparait encore d'une chute interminable dans le vide. Sans perdre un instant, il se mit à ramper vers le sommet, se servant de ses pieds nus comme d'un levier, et écrasant de l'épaule la mousse qui tapissait le toit.

Le repos lui avait fait du bien, mais il eut la nausée en se hissant laborieusement sur les ardoises. La pente était plus longue qu'il ne l'avait cru. D'ailleurs, l'ensemble de l'architecture des toits – parapets, tours et corniches – se révéla de dimensions beaucoup plus importantes que ce qu'il avait pu deviner.

Lorsqu'il eut atteint l'arête du toit, Finelame s'assit à califourchon et reprit son souffle pour la seconde fois, entouré par de grands lacs de lumière déclinante.

L'arête sur laquelle il était assis décrivait une large courbe vers l'ouest, où elle était brisée par une tour. Il y avait trois autres tours et, au-delà, très loin sur la droite, la ligne des toits décrivait un demi-cercle coupé par une haute muraille latérale. Quelques marches permettaient d'accéder à la crête étroite de ce mur derrière lequel s'étendait un vaste rectangle qui dominait d'imposants lambeaux de toits et de tours entre lesquels se profilaient, dans le lointain, d'autres toits et d'autres tourelles.

Suivant la ligne des toits, les yeux de Finelame s'arrêtèrent enfin sur le parapet qui entourait ce rectangle. De l'endroit où il était, son œil ne pouvait embrasser cette étendue de dalles à fleur de ciel située au-dessus de lui et distante de plus d'une lieue. Mais, comme le corps même de Gormenghast s'élevait vers l'ouest, il se mit à ramper dans cette direction en suivant la courbe de l'arête.

Finelame mit un peu plus d'une heure avant d'arriver devant l'enceinte qui le séparait de l'arène en plein ciel. Pendant qu'il escaladait le parapet, les membres fourbus et douloureux, il ne se doutait pas qu'il allait voir, une fois franchis les derniers blocs de pierre, ce que personne n'avait vu depuis plus de quatre cents ans. Il parvint à passer la jambe au-dessus de la crête, et se hissa au sommet du mur. Tournant la tête avec lassitude pour voir quel allait être le prochain obstacle, il aperçut un désert de dalles grises qui s'étendait sur plus de mille mètres carrés.

Le mur d'enceinte sur lequel il était maintenant assis entourait complètement l'arène. Balançant les jambes au-dessus du parapet, Finelame se laissa tomber d'une hauteur de quatre pieds. Il atterrit sur les dalles et s'appuya contre le mur. Le bruit de sa chute dérangea un héron qui s'envola à l'autre bout du champ de pierres et disparut à lents coups d'ailes vers l'horizon des remparts. La lumière du couchant devenait violette, et, à l'exception de la minuscule silhouette de Finelame, la cour était déserte et les dalles froides reflétaient la couleur dominante du ciel. La mousse paraissait noire entre les interstices où les mauvaises herbes passaient leurs longues tiges increvables.

Ses yeux avides dévorèrent l'arène. Quel usage pourrait-il en faire? Depuis son évasion, ce lieu perdu était certainement l'atout majeur des cartes qu'il possédait. Il était incapable de dire pourquoi, quand ou comment lui serviraient les bribes de savoir qu'il accumulait. Il savait simplement que, en risquant sa vie, il venait de découvrir une cour monumentale, secrète et nue, invisible à force d'être exposée à la colère ou à la tendresse des éléments.

Ses genoux se dérobèrent, et il s'effondra contre le mur. Lorsqu'il se blottit dans un coin, à moitié mort de sommeil et de fatigue, le champ de pierres vira au mauve et le soleil disparut.

Sur les toits

La nuit tomba sur le château, sur les Bois d'Epines et la montagne de Gormenghast. Les longues tables des Habitants des Huttes furent englouties dans l'épaisseur d'une nuit sans étoiles. Les cactus et l'allée d'acacias que Nannie Glu avait parcourue, la vieille aubépine dans la cour des communs semblaient enrobés d'un suaire. Les ténèbres régnaient aux quatre coins de Gormenghast. Ténèbres qui frappaient silencieusement aux portes-fenêtres de la salle du Baptême et passaient leurs doigts impalpables à travers les feuilles du lierre qui étouffait la fenêtre de la dame d'Enfer. Une présence dont le corps vorace se pressait contre les murs devenus invisibles et qui avalait insatiablement toutes choses. Ténèbres au-dessus de la haute arène où flottaient des nuages impalpables, et au-dessus de Finelame dont le sommeil était coupé de brusques réveils, car il grelottait de froid dans sa veste rayée mieux faite pour l'atmosphère étouffante des cuisines que pour la fraîcheur de l'air nocturne.

Fixant en frissonnant le mur de nuit où ne clignotait qu'une mauvaise étoile, il se rappela soudain qu'il avait emporté sa pipe et qu'il lui restait un peu de tabac dans une boîte de fer-blanc, dans la poche arrière de son pantalon.

Il remplit le fourneau dans l'obscurité, tassant le tabac de son index sale, puis il alluma la pipe avec difficulté et sentit le goût de l'herbe sur sa langue. Il ne pouvait pas distinguer les volutes de fumée, mais le rougeoiement du tabac et la chaleur grandissante de la pipe le réconfortèrent. Il entoura le fourneau de ses mains maigres et, le menton dans les genoux, goûta les chaudes bouffées du tabac pendant que les minutes interminables s'écoulaient.

Lorsque la pipe s'éteignit enfin, il était trop réveillé et trop transi de froid pour pouvoir se rendormir. Il eut alors l'idée de faire à l'aveuglette le tour complet de la cour. Il posa sa casquette sur le parapet, et commença de tâtonner vers la droite, les doigts sur les aspérités de la pierre, à hauteur de l'épaule. D'abord, il compta ses pas dans l'espoir de tromper le temps en calculant la superficie des lieux, mais il progressait si lentement, et avec tant de mal, qu'il perdit bientôt le compte. Si ses souvenirs étaient exacts, il n'y avait pas d'obstacles sur sa route ni de brusques ruptures dans le parapet, mais les images qu'il gardait de son ascension et de l'arène à fleur de ciel se brouillaient dans une mémoire de plus en plus trompeuse avec cette nuit d'encre.

Il avançait avec des précautions infinies, certain qu'il allait heurter un mur ou tomber dans un gouffre. Il s'arrêtait un instant, puis reprenait sa marche centimètre par centimètre, pour découvrir que ses intuitions étaient fausses et qu'il pouvait continuer de progresser aveuglément à l'intérieur de ce rectangle indéfini, monotone et obscur.

Bien avant d'avoir atteint la moitié de la première ligne droite, il cherchait déjà sa casquette sur le parapet. Ne trouvant rien, il se rappela en un éclair qu'il n'était même pas arrivé au premier des quatre coins.

Il lui sembla qu'il marchait depuis des heures lorsque sa main buta sur l'angle du mur qui tournait à angle droit. Il lui faudrait encore rencontrer trois autres arêtes dans les ténèbres avant de retrouver sa casquette à tâtons.

Désespéré par le temps qui s'était écoulé depuis qu'il avait entrepris ce voyage d'aveugle, il se mit à sauter de pierre en pierre, avec une folle témérité. Il s'arrêta une ou deux fois le long du second mur, et se pencha au-dessus du parapet. Le vent commençait à souffler, et il se plaqua contre la pierre.

Il allait atteindre le troisième angle, quand le couvercle de ténèbres sembla se soulever. L'air lui parut plus léger, et il s'arrêta, avec la sensation que le bandeau qu'il avait sur les yeux se desserrait. Il s'appuya contre le mur et leva la tête. Le ciel était toujours noir, mais ce n'étaient plus les ténèbres opaques qu'il avait connues.

Il sentit plus qu'il ne les vit des masses en mouvement au-dessus de lui. Impossible de rien discerner, mais il y avait des forces qui voyageaient dans l'obscurité. Soudain, comme si le bandeau aveuglant qu'il gardait sur les yeux venait encore de se desserrer, Finelame perçut les formes indistinctes d'énormes nuages qui se suivaient en file indienne, porteurs d'un sinistre message.

Ce n'étaient pas, comme il le crut d'abord, les signes avant-coureurs de l'aube. Même s'il avait l'impression qu'un temps interminable s'était écoulé depuis qu'il avait franchi le parapet, il restait encore une bonne heure avant le jour. Finelame s'aperçut vite de sa méprise, car apparurent bientôt d'autres cohortes de nuages qui se déplaçaient dans le ciel à des hauteurs différentes. La première, la plus noire, était plus rapide que les autres. La cour de pierre était toujours invisible, mais Finelame pouvait à présent distinguer la forme de sa main.

Le voile gris tendu sur la face de la nuit se déchira, et un essaim de cristaux brûlants autour d'une langue de feu embrasa la dernière terrasse de nuages. A la hauteur de la lune, Finelame comprit qu'il était beaucoup plus tôt qu'il ne le pensait, et il fut surpris de constater que les nuages paraissaient maintenant immobiles, alors que les buissons d'étoiles et le mince croissant de lune voyageaient obliquement dans le ciel.

Ils couraient, ces joyaux rapides comme les nuages, mais animés d'un but précis. Des pointes de feu trouèrent un peu partout les grands haillons du ciel, et, lorsque le dernier nuage noir eut disparu du firmament, les mille petits soleils flottants cessèrent d'un seul coup de jaillir, et une nuit d'étoiles immobiles brilla fixement sur les dalles fantomatiques.

Maintenant que le ciel était peuplé de pierres jaunes, Finelame pouvait continuer d'avancer sans crainte, mais, plutôt que de traverser la cour, il préféra revenir à son point de départ en longeant le parapet. Alors, il ramassa sa casquette et se couvrit frileusement la tête.

Tout était bon pour lutter contre les attaques du froid. Il se sentait épuisé. Les épreuves de la veille et la nuit interminable avaient fini par saper son endurance. Tout se payait maintenant : l'enfer étouffant de la province avinée de Lenflure, l'horreur des Dédales de Pierre où il avait perdu conscience et où Craclosse l'avait découvert, le cauchemar de son ascension le long du mur et du toit d'ardoises, la longue marche, enfin, moins périlleuse mais tout aussi malaisée, dans l'enceinte gigantesque qu'il avait découverte et où il s'était évanoui pour la seconde fois de la journée.

Il était tellement exténué qu'il s'allongea et s'endormit aussitôt, malgré le froid, la tête nichée au creux des bras. Il fut réveillé par les tiraillements de son estomac qui criait famine, et par les rayons du soleil qui flambaient dans le ciel du matin.

Ses membres engourdis et douloureux étaient la preuve qu'il ne rêvait pas, mais les épreuves cruelles qu'il venait de traverser lui semblaient entourées d'un halo d'irréalité. Sous le soleil de cette matinée nouvelle, il avait l'impression de naître à un monde nouveau, d'avoir changé de vie. Seule la faim qui le tenaillait l'empêchait de se pencher joyeusement au-dessus du mur tiède qui dominait des centaines de tours, pour imaginer un avenir incroyable.

Les heures à venir ne promettaient guère de repos. La journée précédente l'avait épuisé, et celle qui s'annonçait allait être aussi terrible. Il devrait encore jouer les acrobates, mais, affamé et rompu de fatigue, il allait surtout endurer un véritable calvaire sous le soleil impitoyable.

Dès son réveil, il enjamba le parapet et se laissa tomber sur un long toit en pente au bout duquel il découvrit un petit escalier tournant creusé dans la pierre. Il s'y engagea et s'enfonça entre deux hautes murailles, mais un amoncellement de toits coniques le força à faire un long et périlleux détour.

Au bout d'une heure, il parvint enfin à contourner ces toits et, ivre de chaleur et de fatigue, aperçut devant lui un vaste panorama de ruines. Vues des toits, les façades de Gormenghast avaient l'air de montagnes à pic, hérissées de saillies, aux murs grêlés d'innombrables fenêtres anonymes. A la vue de ce paysage aussi désolé qu'un paysage lunaire, Finelame sentit son cœur s'arrêter de battre. Une soudaine nausée de désespoir l'envahit, et, tombant à genoux, il eut de violents haut-le-cœur.

Ses cheveux clairsemés, d'un blond filasse, étaient collés à son front comme avec de la glu. La transpiration les faisait paraître sombres, presque sépia, et les coins de sa bouche retombaient. Il avait des traits tellement semblables à ceux d'un masque que le moindre changement se remarquait immédiatement. Un vertige le saisit tandis qu'il était à genoux, mais il se maîtrisa, s'accroupit et repoussa les mèches humides sur son front.

Coiffé de ce toupet raide de sueur, le menton appuyé dans les mains, il commença de scruter la carte compliquée qui s'étendait à ses pieds avec l'application méthodique qu'il avait mise à étudier le mur au-dessus de la fenêtre de sa prison.

Malgré les morsures de la faim, il employa une heure à étudier minutieusement chaque angle et chaque surface. L'inspection terminée, il se détendit un instant et ferma les yeux. Puis il les fixa de nouveau sur certaine fenêtre qu'il avait découverte quelques minutes auparavant, dans un lointain précipice de pierre grise.

Silhouettes proches et lointaines

Qui peut dire combien de temps l'œil du vautour ou du lynx met à embrasser le paysage? Peut-être que l'inextricable confusion des distances et des formes s'imprime et s'ordonne en un éclair dans leurs prunelles, qui perçoivent le moindre détail en relation avec l'ensemble?

Il est possible que le faucon ne distingue sur le flanc des collines que les hautes herbes où gîtent lapins et mulots; qu'il ne voie jamais la totalité du paysage, mais, éclairées comme par une torche, les sentes où le gibier se glisse, alors que le territoire alentour n'est pour ses yeux jaunes qu'une pénombre nuageuse.

Que l'œil perçant et froid d'un rapace ou d'un carnassier balaie tout comme un phare ou s'aveugle sur sa proie, il est certain que l'œil humain, infiniment moins acéré, est incapable de saisir l'ensemble de ce qu'il perçoit, même s'il s'exerce une vie durant.

Le regard n'a pas de recul. S'y reflètent une mouche, une demoiselle ou un cheval avec une immédiateté violente qui exclut tout jugement. Et la mouche, le cheval ou la demoiselle sont reflétés avec un essaim de rêves et de hantises, car ce qui obsède le cœur flambe et transforme la vision, rejetant dans l'ombre l'essentiel de la vie.

Quand Finelame commença ses recherches, le panorama qui s'étendait dans le lointain n'était pour lui qu'un amas confus de façades et de toits, une brume de pierres et de maçonnerie. Peu à peu, les différents fragments de l'ensemble lui apparurent plus nettement, et, au bout d'un heure de concentration, il avait remarqué plusieurs détails frappants. Il vit d'abord un arbre qui sortait d'un mur, à environ un tiers du sommet. C'était un mur aride dénué de toute fenêtre, et le tronc de l'arbre dessinait un coude horizontal avant de s'épanouir en un inextricable labyrinthe de rameaux qui l'entouraient d'un halo brumeux de soleil. L'arbre était mort, mais comme il était exposé au sud, la violence des vents l'avait épargné, et, à en juger par l'harmonieuse beauté de sa silhouette de paon, il n'avait pas perdu un seul de ses rameaux desséchés.

Son ombre parfaite se projetait sur le mur inondé de soleil comme une gravure surnaturelle. Aussi fragile que du verre, et si vieux qu'il avait dû lancer sa première vrille avant que le mur lui-même fût achevé, cet arbre avait pourtant la grâce d'une jeune fille, et c'était la dentelle compliquée de son ombre que Finelame avait aperçue. Il n'avait d'abord pas compris ce qu'il voyait, puis la silhouette de l'arbre s'était détachée sur le fond lumineux de la façade.

C'est alors qu'il distingua deux formes qui se déplaçaient sur le tronc suspendu au-dessus du vide. Elles ne semblaient pas plus grandes que ces bouts de crayon que l'on jette parce qu'ils sont mal commodes à tenir. Ce devaient être des femmes, car, autant qu'il pouvait en juger, elles portaient deux robes pourpres identiques. A première vue, elles semblaient risquer leur vie en se promenant sur cette branche horizontale, au-dessus d'un précipice de plusieurs centaines de pieds. Mais, dès qu'on avait comparé leur taille à celle du tronc, il devenait évident qu'elles s'y promenaient comme sur un boulevard.

Il les observa comme elles se dirigeaient vers l'endroit où le tronc se divisait en trois, et, se protégeant les yeux de la main, il aperçut une table et deux chaises, où les femmes s'assirent l'une en face de l'autre. L'une paraissait occupée à servir le thé, mais l'autre se leva en hâte, revint vers le mur en trottinant sur la branche, et disparut soudain dans la façade.

Plissant les yeux, Finelame finit par découvrir une aspérité dans la pierre, et en conclut qu'il devait y avoir une ouverture juste au-dessous de l'endroit où le tronc sortait du mur.

Il ferma un instant les yeux pour se reposer, et il lui fallut plus d'une minute avant de retrouver l'arbre, perdu au milieu d'innombrables toits lointains. Lorsqu'il le localisa enfin, les deux silhouettes étaient de nouveau assises de chaque côté de la table. Au-dessous d'elles, flottaient les nuées transparentes du matin, tandis que l'arbre mort les dominait de son élégance flétrie et de ses dentelles fanées.

D'un coup d'œil, Finelame comprit qu'il lui serait impossible d'atteindre l'arbre ou la fenêtre, et il continua sa quête interminable.

Le scintillement d'une mare, pas plus grande qu'une pièce de monnaie, attira son regard, et il aperçut une tour dont la crête circulaire formait un bassin peu profond, à moitié rempli d'eau de pluie. Un animal se baignait dans cette piscine naturelle. Une jument blanche, sans doute, car un minuscule poulain, tout aussi blanc, nageait à ses côtés. Le sommet de la tour était littéralement crénelé de corbeaux. Finelame le comprit lorsqu'il vit un point noir s'envoler et se diriger vers lui, puis décrire un demi-cercle parfait en glissant silencieusement dans l'air, avant de revenir s'abattre au milieu de ses congénères.

Trente pieds au-dessous de lui, il vit soudain surgir une tête qui lui parut horriblement proche maintenant que ses yeux étaient habitués à mesurer les distances. Cette tête apparut à la base d'une faille noire, qui était en réalité une fenêtre trouant la paroi d'un mur à pic et ensoleillé. Elle n'avait ni châssis, ni rebord, ni rideaux, et semblait attendre d'être murée par une douzaine de blocs de pierre.

Dix mètres de vide séparaient le jeune homme du mur. Il se baissa dès qu'il vit la tête, et, caché derrière une tourelle, risqua un œil.

C'était une longue tête.

Une tronche grotesque, en lame de couteau, dont les traits auraient dû intenter un procès au burin irrespectueux de l'artiste qui les avait ciselés en toute hâte, sans aucun souci de symétrie. Le vandale avait certainement commencé par ciseler le nez, qui mangeait la trogne de haut en bas, du chaume gris des cheveux au chaume gris de la barbe, et s'étalait sans vergogne vers les yeux et la bouche qui ne savaient plus où se mettre. La bouche était plantée de guingois, découvrant à droite un sourire sinistre qui, plongeant vers le menton, se transformait à gauche en un pli sévère. Cette bouche s'était logée comme elle avait pu, tiraillée entre la pointe du menton et le monopole arrogant du nez, mais il était évident que, dans des conditions normales, elle eût été deux fois plus grande. A tout jamais fâchés avec le nez, les yeux étaient aussi petits que des billes, et perçaient le chaume gris des cheveux.

Perchée au bout d'un long cou aussi retors qu'un cou de tortue, cette tête émergeait du trou noir et béant de l'étroite fenêtre. Finelame l'observa qui se contorsionnait lentement, et il n'eût pas été surpris de la voir tomber dans le vide, comme un jouet, tant elle formait avec le cou un angle incroyable.

Fasciné, il vit la bouche s'ouvrir et une voix étrange, aussi profonde que la rumeur monstre de l'océan, s'éleva dans l'air du matin. C'était une voix complètement étrangère à ce visage. Les accents en étaient si mystérieux que Finelame ne saisit d'abord qu'une phrase sur trois, mais il se familiarisa rapidement avec les cadences et comprit qu'il était en train de dévisager un poète.

La longue tête récita un lent monologue en fixant le ciel d'un air méditatif. Puis elle se retourna, comme pour scruter l'intérieur sombre de la pièce qui se trouvait derrière elle.

Quand le poète se retourna, les vertèbres de son cou parcheminé se détachèrent comme des osselets dans les lumières et les ombres. Mais cela ne dura qu'un instant. La tête s'exposa de nouveau aux rayons du soleil, et les yeux fouillèrent rapidement l'espace dans toutes les directions avant de s'immobiliser. Le poète appuya la main contre le pic broussailleux de son menton, et se mit à réciter ces vers naïfs, tandis que son autre main se balançait rêveusement au-dessus du précipice en suivant le rythme du poème :

Viens flâner avec moi, Beauté,
Les dieux aiment ceux qui musardent
Sur la vieille rive déchiquetée
Où la rêverie se hasarde.
Si tu me suis de faille en faille
Tu chasseras les mauvais rêves,
Comme la faim qui me tenaille
Et torture mon âme, sans trêve.

Viens, ma Seule, mon Aimée,
Flâner sur les remparts d'Enfer,
La route est vite désolée
Pour qui flâne seul en son enfer.

J'ai musardé dans tous les cloîtres
De l'aile nord du château, la nuit,
Lorsque le ciel ouvrait ses huîtres
Sur les grosses perles de minuit,
Et sans pitié les ombres froides
M'ont glacé de peurs délicieuses.
J'ai marché sur les herbes roides,
Ma chère, à la saison pluvieuse.

Viens, ma Seule, mon Aimée,
Flâner sur les murailles d'Enfer,
La route peut être désolée
Pour qui flâne seul en son enfer.

J'ai rêvé dans les noires alcôves
Où ont dormi tous mes aïeux,
J'ai rêvé dans l'air bleu des caves.
Et dans le tronc des arbres creux.

Plus d'un voyageur sous la lune
Au coin d'un escalier tournant
Ou d'une froide voûte en ruine
A sursauté en me voyant.

Je t'attends, mon unique Aimée,
Ecoute mon pas! Il est d'Enfer!
La route est tellement désolée
Pour qui flâne seul en son enfer.

Viens, veux-tu flâner avec moi?
Veux-tu découvrir ces secrets
Que le doigt mystique entrevoit
Mais se garde de révéler?
Lorsque je suis seul mes visions
Se brouillent, car la solitude
Les auréole de dérision
Et gomme la splendeur à l'étude.

Viens, ô viens, ma Seule, mon Aimée,
Dans mon Gormenghast d'Enfer.
J'y suis seul, tout est désolé,
Je tourne en rond dans mon enfer!

A la fin de la seconde strophe, Finelame cessa d'écouter le poème. Il comprit que cette tête de gargouille cachait un cœur d'enfant, et se dit que le poète pourrait peut-être lui donner de quoi calmer sa faim et sa soif s'il manifestait sa présence. Mais il ne faudrait pas apparaître trop brusquement, car le poète, dont la voix psalmodiait toujours, était persuadé d'être seul, et risquerait de ne pas supporter le choc.

Que faire? Il eut soudain l'idée géniale de faire du bruit avant de se montrer, et, dans le silence qui suivit la dernière strophe, il toussa discrètement. L'effet fut foudroyant. Le visage redevint instantanément un masque sans vie. Pendant toute la durée du poème, cette trogne avait été illuminée par une sorte de beauté intérieure, par une rougeur qui avait enflammé la base du cou, gagnant de proche en proche la peau parcheminée, comme un coin de buvard trempé dans l'encre rouge.

Dans l'ouverture noire et béante, Finelame aperçut une courge écarlate dont les petits yeux en vrille scrutaient les alentours pour voir d'où venait la toux. Il se leva et s'inclina devant la courge affolée, dont il était séparé par un étroit boyau de vide.

Le poète disparut avant que Finelame pût ouvrir la bouche, et il se produisit un phénomène incroyable. Toutes sortes d'objets apparurent soudain entre les murs de la fenêtre, entassés l'un sur l'autre en une pyramide hétéroclite, dangereusement branlante.

Bordée de chaque côté par les arêtes de pierre, cette tour d'objets s'éleva fiévreusement jusqu'au sommet de la fenêtre. Finelame ne voyait pas les mains qui travaillaient avec une rapidité inouïe, mais seulement l'assortiment baroque qui sortait de l'ombre et composait dans le soleil une fantastique pagode dont le toit s'écroulait souvent. Un tapis vieil or glissa et descendit en flottant dans l'abîme. Finelame distingua nettement le motif qui le décorait, avant que le tapis soit happé par le gouffre. Trois lourds volumes tombèrent ensemble, pages bruissantes, et le jeune homme vit dégringoler un vieux fauteuil à haut dossier qui alla s'écraser au fond du précipice.

Finelame s'enfonça les ongles dans les paumes, pour se punir de l'échec qu'il venait de subir et se forcer, malgré sa déception, à poursuivre l'examen des toits. Il quitta des yeux la fenêtre et continua de passer au peigne fin, toits, murs et tours.

Loin sur la droite, il aperçut un dôme couvert de mousse, puis le damier vert et noir d'une haute façade. Des plantes s'étaient incrustées un peu partout dans les carreaux aux couleurs fanées, et une gigantesque lézarde éventrait le mur du haut en bas. Il aperçut des volutes de fumée entre les dalles d'une longue terrasse, puis une foule de nids de cigogne et un mur entièrement couvert de lézards d'émeraude.

Dans le lierre poussiéreux

Cette recherche harassante n'avait qu'un but : trouver un moyen de pénétrer dans le château. Sachant qu'il devait économiser ses forces, il avait déjà repéré plusieurs trajets, qui, chaque fois, s'étaient terminés au bord des toits ou au pied d'une muraille impossible à escalader. Il examina fenêtre après fenêtre, imaginant tous les trajets possibles, mais un obstacle majeur venait toujours déjouer ses plans. Au bout d'une heure, il découvrit enfin une haute fenêtre dans l'aile ouest. Il refit mentalement le voyage jusqu'à cette minuscule ouverture dans le mur lointain, et comprit qu'il pourrait l'atteindre, s'il avait de la chance et si ses forces ne le trahissaient pas.

Il était maintenant deux heures de l'après-midi et le soleil tapait dur. Finelame enleva sa tunique, l'abandonna derrière lui, et se mit en route d'un pas hésitant.

Les trois heures qui suivirent le firent amèrement regretter d'avoir eu l'idée saugrenue de quitter les cuisines. Sa faiblesse était telle qu'il aurait immédiatement accepté, si on le lui avait proposé, de revenir dans le monstrueux giron de Lenflure. Quand la lumière se mit à décliner, vingt-quatre heures après son évasion sur le toit d'ardoises qui dominait sa prison, il arriva au pied de la haute muraille au sommet de laquelle se trouvait la fenêtre qu'il avait repérée. Là, il se reposa un instant. Il se trouvait à peu près à mi-hauteur du mur, à deux cents pieds du sol comme de la fenêtre. Il ne s'était pas trompé en pensant que la façade était entièrement recouverte d'un vieux tapis de lierre. Il s'assit contre la muraille, le dos appuyé à l'énorme tige velue aussi épaisse que le tronc d'un arbre, et se retrouva sous l'abri spacieux du lierre. Il était à l'entrée d'un labyrinthe de feuilles poussiéreuses et comprit qu'il devrait grimper dans l'obscurité, car le feuillage uniforme était si touffu que la lumière n'y pénétrait pas. Mais les vrilles qui s'étaient aventurées dans tous les sens semblaient aussi solides que des branches, et il pourrait s'appuyer sur elles pour se reposer durant son ascension.

Sentant sa faiblesse augmenter de minute en minute, Finelame ne prolongea pas plus longtemps la pause. Crispant les lèvres, il s'approcha le plus près possible du mur, dans les ténèbres poussiéreuses du lierre, et commença de nouveau à grimper.

Le temps qu'il passa à jouer des pieds et des mains dans l'obscurité âcre et putride, asphyxié de poussière dans l'air confiné, lui parut un cauchemar interminable. Il avait l'impression de grimper depuis une éternité dans ces feuilles noires à l'odeur insidieuse, en s'accrochant à la tige velue, blessante et desséchée du lierre.

Parfois, la chaude lumière de fin d'après-midi se reflétait sur le feuillage, mais la plupart du temps Finelame se frayait un chemin dans le noir, les mains et les genoux en sang, les bras fourbus à force d'écarter l'inextricable réseau de fibres et d'arracher les vrilles qui lui écorchaient le visage et s'accrochaient à ses vêtements.

Il ne pouvait savoir que la fenêtre était toute proche. Plus que le temps, les distances avaient cessé d'avoir le moindre sens pour lui. Il s'aperçut soudain que le feuillage était tamisé de lumière et se rappela que le lierre semblait moins luxuriant aux alentours de la fenêtre.

Les branches hirsutes devenaient de plus en plus fragiles. Plusieurs cassèrent net sous son poids, et Finelame dut se raccrocher à l'une des grosses tiges poussiéreuses qui grimpaient le long du mur. Le feuillage l'abritait encore partiellement du soleil, mais il émergea bientôt en pleine lumière. Ses doigts ne trouvaient que difficilement des points d'appui entre les vrilles et la muraille. Il poursuivit l'escalade à la force des poignets, avec la sensation qu'il avait employé toute sa vie à grimper, et à endurer mille sortes de tortures. Un nuage rouge passa devant ses yeux, tandis que le sang lui martelait les tempes et que la sueur l'aveuglait.

Les dieux équivoques qui l'avaient déjà aidé en faisant pendre une liane au bord du toit de sa prison, vinrent de nouveau à son secours. Sa main heurta une tablette de pierre en saillie. C'était la base d'un appui de fenêtre grossièrement taillé. Finelame fit un dernier effort et, lâchant le lierre, agrippa la tablette du bout des doigts, les bras tendus à se rompre, les jambes pendant dans le vide comme un pantin de bois. Puis il se balança faiblement, et opéra un rétablissement sur la pierre. Emporté par son élan, il tomba dans un trou noir et atterrit sur le plancher du grenier secret de Fuchsia.

Le corps près de la fenêtre

L'après-midi qui suivit la naissance de son frère, Fuchsia boudait près de la fenêtre de sa chambre. Ses joues étaient rougies de pleurs et de colère et elle fixait la montagne de Gormenghast à travers un voile de larmes brûlantes.

Dépassée par les événements, Nannie Glu essayait en vain de la consoler. Fuchsia n'était pas venue se réfugier dans son giron, et les yeux de Nannie avaient une expression triste et résignée. Elle tordit ses petites mains ridées.

« Qu'est-ce qu'il y a, ma folie? Qu'est-ce que c'est, mon laideron? Dis-le-moi! Dis-le-moi tout de suite. Dis-le à ta vieille Nannie. Dis-lui ton gros chagrin. Oh! mon pauvre cœur! Dis-moi tout, ma secrète. Allez, viens... »

Fuchsia demeura aussi immobile qu'une statue de marbre noir. Seules, ses larmes continuèrent à couler. La vieille dame finit par s'en aller en trottinant et maugréant parce que personne ne lui répondait jamais, qu'elle avait de plus en plus mal au dos, mais qu'elle apporterait quand même un cake aux raisins à sa folie.

Quand Fuchsia entendit le bruit des pas de Nannie dans le couloir, elle la rejoignit précipitamment et l'embrassa avec fougue. Puis, pivotant sur les talons, elle descendit en courant plusieurs rampes d'escalier, s'empêtrant dans les plis de sa robe écarlate, traversa des salles désolées, et se retrouva en plein air, loin de l'ombre des murailles. Elle continua de courir sous les rayons du soleil couchant, longea le sacro-saint verger de Pentecôte, et grimpa à toute vitesse jusqu'à l'orée d'un petit bois de pins. Là, elle s'arrêta enfin de courir et, se frayant maladroitement un chemin à travers une pente de fougères, elle arriva devant un lac. Aucun cygne n'y nageait. Aucun héron n'y pêchait. Les arbres se reflétaient dans les eaux parfaitement immobiles, et on n'entendait pas un seul cri d'oiseau.

Fuchsia se laissa tomber de toute sa hauteur sur le sol, et se mit à mâchonner des brins d'herbe, fixant sur le lac des yeux encore brûlants de larmes.

« Je déteste les choses! Je déteste tout, même les petites choses! *Je hais le monde,* dit Fuchsia à haute voix, se soulevant sur les coudes, le visage tourné vers le ciel. Je vivrai *seule.* Toujours seule. Dans une maison ou dans un arbre. (Fuchsia commença à mâchonner un nouveau brin d'herbe.) Je vivrai seule, et un jour quelqu'un viendra. Viendra d'un autre monde. Quelqu'un de *différent,* qui tombera tout de suite amoureux de moi. Il verra que je vis seule et que je ne suis pas comme tous les horribles gens d'ici, et il sera content de m'avoir parce que je suis si sauvage. (Elle fut secouée par une nouvelle crise de larmes.) Il sera grand, plus grand que Craclosse, et aussi fort qu'un lion, avec des cheveux jaunes comme la crinière d'un lion, mais plus bouclés. Et il aura de grands pieds, parce que les miens le sont et que ça les fera paraître moins grands. Il sera plus intelligent que le docteur, et il portera une longue cape noire, et comme ça ma robe paraîtra plus flamboyante encore, il dira : " Lady Fuchsia. " Et je répondrai : " Oui, qu'est-ce que c'est ? " »

Elle s'assit et s'essuya le nez d'un revers de la main.

Le lac s'assombrissait. Pendant qu'elle regardait fixement l'eau immobile, Finelame commençait à escalader le lierre, et Nannie Glu racontait ses ennuis à Keda. Première nurse de l'unique héritier de Gormenghast, elle essayait désespérément de garder une certaine dignité, tout en brûlant de soulager son cœur de manière plus naturelle. Craclosse astiquait le heaume chamarré que le comte d'Enfer devait porter le premier soir après la naissance de son fils, et Lenflure aiguisait un couteau à découper sur une meule. Plié en deux au-dessus de la lame, il avait l'air d'un vieux traversin boursouflé, et faisait de grands efforts pour rendre le fil aussi tranchant que celui d'un rasoir. Ecrasée par cette masse blanche, la meule paraissait ridiculement petite. Le crissement de l'acier contre la pierre à aiguiser qui tournait à toute vitesse semblait enchanter Lenflure, car un pli de chair ne cessait de tressauter sur son visage.

Lorsque Fuchsia se leva et remonta le long de la colline de fougères, Finelame se trouvait à quarante pieds de la fenêtre, et arrachait les vieux nids de moineaux qui l'empêchaient de progresser dans le lierre poussiéreux.

Dès qu'elle atteignit le château, Fuchsia se dirigea vers sa chambre, tira le verrou de la porte, fourragea dans une vieille boîte en carton qui traînait dans un coin, et en sortit un fusain. S'approchant d'un pan de mur, elle resta un moment immobile, les yeux fixés sur le plâtre. Puis elle dessina un cœur qu'elle entoura des phrases suivantes : *Je suis Fuchsia. Je dois le rester. Je suis moi. N'aie pas peur. Un jour viendra.*

Elle eut soudain envie de son livre de poèmes illustrés, alluma une bougie, repoussa son lit et, après s'être faufilée derrière la porte, commença de monter l'escalier en spirale qui menait à son sanctuaire.

Elle grimpait rarement au grenier en fin d'après-midi, et, quand elle atteignit la dernière marche, elle fut un instant gênée par l'obscurité du débarras avant de s'engager dans l'étroit passage, la flamme de la bougie vacillant sur l'étrange monde d'objets hétéroclites entassés entre les murs. Puis, toujours auréolée de lumière pâle, elle traversa lentement la scène vide de son théâtre.

Elle savait qu'il y avait une provision de bougies de couleur dans son grenier secret. Elle les avait dénichées quelques semaines auparavant, et les avait rangées, oubliées, puis retrouvées. Elle fermerait la fenêtre et en allumerait trois. Cela ferait une illumination magnifique.

Elle grimpa l'échelle de la galerie, poussa la porte à un seul gond et entra dans la mansarde avec une joie sauvage.

Les longues bougies de couleur étaient près de la porte. Elle en alluma une à la flamme de la petite bougie blanche qu'elle tenait à la main, et se retourna pour la poser sur la table. Alors son cœur s'arrêta de battre : à l'autre bout de la pièce, il y avait un corps recroquevillé sous la fenêtre.

L'évanouissement de Finelame dura longtemps et, quand il reprit conscience, le crépuscule était tombé sur Gormenghast. Les objets qui l'entouraient se mirent à flotter dans les ténèbres de son esprit, puis se fixèrent progressivement et il les reconnut.

Il resta plusieurs minutes sans bouger. La fraîcheur de la pièce et l'immobilité de son corps lui permirent de remettre un semblant d'ordre dans ses idées. La pièce ne réveillait aucun souvenir en lui, mais il était incapable de se rappeler comment il était arrivé là. Sa gorge le brûlait et il sentait qu'un tigre lui lacérait l'estomac à coups de griffe.

Longtemps, il fixa une silhouette grotesque qui se tordait comme un homme ivre au centre de la pièce. C'était une apparition de cauchemar, mais, à peine sorti des limbes de l'évanouissement, Finelame se sentait seulement très faible, sans réaction. Dans la lumière imprécise du crépuscule, il lui était difficile de reconnaître la racine fantastique que Fuchsia avait ramenée des Bois d'Epines.

Il quitta la racine des yeux et aperçut les tableaux accrochés aux murs, mais il faisait trop sombre pour qu'il pût distinguer ce qu'ils représentaient.

Ses yeux errèrent autour de la pièce, retrouvant peu à peu leur acuité. Son corps était toujours inerte, mais il réussit à s'appuyer sur un coude. Il y avait une table au-dessus de lui. Il se mit péniblement à genoux et, agrippant le rebord, se souleva par degrés. La pièce se mit à tourner. Les tableaux furent pris de folie et, oscillant violemment, semblèrent s'éloigner sur les murs. Ses mains, crispées sur le rebord de la table, lui parurent les mains d'un autre. Seule une force occulte, l'ombre d'une perception, le reliait à elles.

Séparées du corps et du cerveau, ses mains tinrent bon. Quand le brouillard de ses yeux se dissipa, il aperçut les provisions que Fuchsia avait apportées la veille. Eparpillées sur la table, ces natures mortes semblaient extraordinairement réelles, et leur terrible proximité dissipa le chaos nébuleux qui régnait dans l'esprit de Finelame.

Deux poires ridées, la moitié d'un cake à l'anis, neuf dattes dans une vieille boîte en carton blanche, et une cruche de vin de pissenlit. A côté, il y avait un grand livre ouvert sur un poème illustré par une aquarelle gris et mauve. Dans l'état comateux où il se trouvait, Finelame crut que l'image était réelle et qu'il regardait le monde à la dérobée, caché dans les ombres d'une province voisine.

C'était lui le spectre. Les gris et les mauves de la page avaient toute l'épaisseur de la réalité. Il y avait trois hommes vêtus de gris qui portaient des fleurs mauves dans leurs cheveux aux boucles sombres et désordonnées. Ils étaient debout sur le front mélancolique d'une colline. Au-delà, s'étendait un paysage désolé de vieux ponts métalliques. Leurs pieds nus et leurs mains avaient des formes exquises, et ils semblaient écouter une étrange musique, car leurs yeux traversaient rêveusement la page, contemplant quelque chose que Finelame ne voyait pas, plus loin que les collines de Gormenghast et que les Bois d'Epines.

Les lettres cendrées qui composaient le poème, sur l'autre page du livre, lui parurent aussi vivantes. Fasciné par le magnétisme de tous les objets posés sur la table, Finelame oublia un instant la faim qui le taraudait et, bien qu'il ne fût sensible ni à la poésie ni à la peinture, lut d'une voix curieusement lente et concentrée le poème des trois vieillards perdus dans un monde mauve et gris :

Nous sommes
  Loin
Simples et seuls
  Là-bas
Sur les collines d'Halibut
Avec des expressions doucement folles
  Vieilles et belles,
Disent les créatures du ciel
  Qui passent
  Et meurent
La nuit lorsque les arbres morts
  Sarabandent et pleurent.
  Très seuls, très sensibles, et très tristes,
Très seuls, très sensibles, et très tristes...

Nous sommes tristes, loin,
Et seuls
Lorsque nous cheminons
Vers la mer violette
Avec des expressions
De jadis,
Doucement folles, étranges, belles
Oui, de jadis
Dans la Nuit des Nuits, quand le ciel
Charrie
Des haillons sur les arbres morts
Qui sarabandent et pleurent.

Très seuls, très sensibles, et très tristes,
Très seuls, très sensibles, et très tristes.

Finelame remarqua de petites marques de pouce sur le bord de la page. Elles lui semblèrent aussi importantes que les poèmes et les illustrations. La confusion avait disparu de son esprit. Tout devenait extraordinairement réel maintenant. La main qui reposait sur la table était de nouveau la sienne. Il oublia aussitôt le sens du poème, mais les mots étaient là, faits de lettres rondes et noires.

Il tendit la main, s'empara de l'une des poires, et remarqua qu'elle avait été touchée. Les dents de Fuchsia avaient laissé une double rangée de cratères miniatures sur la peau ridée. Il mordit avidement dans la chair pâle et décolorée, et ses dents se rejoignirent au centre secret du fruit – dans cette région obscure où, depuis la lointaine matinée de juin où les pétales de la fleur s'étaient éparpillés au vent, une lente maturation n'avait cessé de se développer jour et nuit.

Lorsqu'il mordit pour la seconde fois dans le fruit, une soudaine bouffée de faiblesse l'enveloppa de nouveau. Il se baissa avec précaution, le visage penché au-dessus de la table, et attendit de se sentir mieux pour continuer son repas clandestin. Le malaise passa. Relevant la tête, il aperçut le grand sofa aux courbes élégantes, vida la boîte en carton et fourra les dattes dans ses poches. Puis, le cake à l'anis dans une main, la cruche de vin de pissenlit dans l'autre, il suivit le bord de la table et franchit d'un pas incertain les quelques mètres qui le séparaient du divan, où il se laissa tomber brusquement, étendant l'une après l'autre ses jambes poussiéreuses sur le cuir rouge sombre.

A en juger par le poids, il s'était dit que la cruche devait être remplie d'eau, et n'avait pas vérifié son contenu. Quand il sentit le goût du vin sur sa langue, les forces lui revinrent soudain et il se redressa sur son séant, comme un ressuscité. Le vin fit merveille. En quelques minutes, ses propriétés toniques, combinées à celles du cake, des dattes et du reste de la seconde poire, le firent renaître à la vie.

Il se leva et fit le tour de la pièce, de sa démarche traînante si particulière. Les dents serrées, il se mit à siffloter, s'interrompant de temps à autre lorsque son regard s'attardait sur l'un ou l'autre tableau. La lumière baissait très rapidement. Finelame se dit que le vieux canapé n'était pas un endroit idéal pour passer la nuit, et il allait ouvrir la porte lorsqu'il entendit un bruit de pas.

Il resta pétrifié, la main toujours tendue vers la poignée. Puis il inclina la tête vers la gauche et écouta. Aucun doute possible. Quelqu'un approchait, était peut-être même dans la pièce voisine.

Finelame avança d'un pas, aussi silencieusement qu'un fantôme, et entrouvrit la porte. Risquant un œil dans l'ouverture, il aperçut quelque chose qui lui coupa le souffle.

La mansarde était exiguë, et il s'attendait plus ou moins à voir un grenier ayant à peu près les mêmes dimensions. Aussi, collant son œil dans l'entrebâillement de la porte, il éprouva un choc.

Il vit une silhouette qui se rapprochait de lui, et constata que son intuition l'avait trompé : non seulement la pièce adjacente était beaucoup plus grande, mais elle se trouvait *au-dessous* de la mansarde où il avait atterri.

La silhouette d'une jeune fille se déplaçait dans l'obscurité. La bougie qu'elle tenait à la main éclairait le corsage pourpre de sa robe. Elle foulait, avec assurance, un plancher qui semblait immense.

Finelame fut de nouveau envahi par le sentiment d'irréalité qu'il avait éprouvé au sortir de son évanouissement. Cette silhouette qui s'approchait de la rampe lui semblait sortir d'un rêve. Mais les bruits de pas étaient réels, et, lorsqu'il distingua la lèvre inférieure de la jeune fille, éclairée par la flamme de la bougie, il se sentit pris au piège.

Son esprit se mit à galoper. Les ombres vacillèrent sur le visage de l'inconnue et cela réveilla en lui un souvenir. Où avait-il vu ce visage ? Il réfléchit à toute allure. Pas de doute, des marches menaient jusqu'à la rampe. Elle allait entrer dans la pièce. Elle marchait d'un pas sûr, sans hésitation ni peur. Il avait dû pénétrer dans ses appartements. Que venait-elle faire là à cette heure ? Qui était-elle ? Il referma doucement la porte. Où avait-il vu cette robe rouge ? Il l'entendit monter les marches, et jeta un coup d'œil circulaire dans la pièce. Pas la moindre cachette. Il aperçut le livre sur la table. Son livre. Quelques miettes de cake à l'anis étaient éparpillées sur la nappe. Il se glissa sur la pointe des pieds jusqu'à la fenêtre, et le gouffre noir au fond duquel apparaissait le sommet des tours lui donna le vertige, réveillant les souvenirs de son ascension dans le lierre. Les pas étaient tout près maintenant, mais il ne cessait de se répéter : « Où ? Où ? Où ai-je vu cette robe rouge ? »

Il s'en souvint à l'instant où les pas s'arrêtèrent derrière la porte, et s'accroupit sous la fenêtre, couché en chien de fusil, le bras mollement étendu, simulant un nouvel évanouissement.

Il l'avait aperçue à travers le judas de la pièce octogonale. C'était Lady Fuchsia d'Enfer, la fille de Gormenghast. Finelame la revit folle de rage d'avoir eu un frère. Bouleversée, elle avait tourné le dos à son père, et s'était enfuie dans le corridor. Pas de sympathie à chercher de ce côté-là. Elle était aussi mal à l'aise que son père.

La porte s'ouvrit et la flamme d'une bougie vacilla. Les paupières mi-closes, Finelame la vit allumer deux longues bougies, et la mansarde s'illumina. Il l'entendit pivoter sur elle-même et avancer d'un pas. Puis ce fut le silence absolu. Il demeura sans bouger, le cou légèrement tordu, la tête renversée sur le tapis.

La fille était aussi immobile que lui. Dans le silence de mort qui suivit, il entendit les battements d'un cœur qui n'était pas le sien.

Un vase d'eau croupie

Ce fut comme si la foudre s'abattait sur l'esprit de Fuchsia. De même que la mort d'un être aimé vous laisse hébété, insensible aux flèches de la douleur, de même elle resta complètement paralysée, osant à peine croire ce qu'elle voyait.

Puis elle fut déchirée par des passions contradictoires. Son cœur se serra d'angoisse à l'idée que son secret avait été découvert, son coffret à merveilles pillé. Il lui semblait que son âme mise à nu avait été jetée en pâture à un monde qui ne la comprendrait jamais.

Derrière cette angoisse, il y avait la peur, et, derrière la peur, une certaine curiosité. Qui était-il? Etait-il mourant, ou en train de revenir à lui? Comment était-il arrivé là? Enfin, très loin derrière tout cela, il y avait une question pratique : quelle conduite adopter?

Incapable de faire un geste, Fuchsia sentit qu'un gigantesque incendie s'allumait en elle. Les flammes du brasier atteignirent leur zénith, puis déclinèrent et moururent, laissant parmi les cendres une blessure lancinante qu'aucun baume ne pourrait guérir.

Elle s'approcha du corps avec méfiance, tenant la bougie à bout de bras. Une goutte de cire brûlante lui tomba sur le poignet, provoquant un sursaut de panique. Encore deux pas prudents, et elle se pencha au-dessus du visage offert.

La flamme de la bougie éclaira le front bombé, les pommettes et la gorge de Finelame. Le cœur battant à tout rompre, Fuchsia remarqua un imperceptible mouvement de la pomme d'Adam du jeune homme. Il était vivant. La cire qui coulait le long de la bougie colorée brûla la main de Fuchsia. Il y avait un chandelier derrière le canapé, sur une étagère bancale. Elle eut l'idée d'aller le chercher, se redressa, et commença à battre en retraite. Sans oser quitter Finelame des yeux, elle recula pas à pas, posant théâtralement un pied derrière l'autre. Son mollet heurta le canapé et elle s'assit brusquement, comme si elle avait reçu un coup derrière les genoux. La bougie trembla dans sa main, projetant une lumière vacillante sur le visage du garçon. Elle avait fait du tapage en s'asseyant aussi brusquement, et il lui sembla que l'inconnu avait bougé. Elle pensa avoir été victime d'un simple jeu de lumière, mais scruta longtemps la silhouette immobile afin de s'en convaincre.

Repliant les jambes, elle finit par se mettre à genoux, tendit la main derrière elle, à l'aveuglette, et, après quelques tâtonnements, ses doigts trouvèrent le chandelier de fer.

Fuchsia enfonça aussitôt la bougie dans l'une des trois branches, se leva et posa le chandelier sur la table, près de son livre. Elle s'était dit qu'il fallait faire quelque chose pour la pauvre créature qui gisait sur le tapis. Elle s'en approcha de nouveau, horrifiée à l'idée d'être obligée de lui parler si elle arrivait à le ranimer. Parler à un étranger qui avait fait intrusion dans *son* grenier! Mais la perspective de le laisser là, alors qu'il était peut-être mourant, était plus terrifiante encore.

Oubliant sa peur, elle s'agenouilla maladroitement sur le plancher, et lui secoua l'épaule. Ses cheveux noirs lui tombaient sur les joues, et sa lèvre inférieure faisait une moue boudeuse. Elle s'arrêta un instant, gratta la cire qui lui collait aux doigts, et recommença à le secouer. Finelame se laissa faire, le corps parfaitement abandonné. Il avait décidé de prolonger encore un peu son séjour dans les limbes.

Fuchsia se rappela qu'elle avait vu un jour sa tante Cora s'évanouir, dans la grande salle de l'aile est. Son père avait donné l'ordre d'apporter un verre d'eau, et, après avoir vainement essayé de verser quelques gouttes de liquide dans la gorge de la créature inanimée, il lui avait balancé le contenu du verre en plein visage, ce qui avait eu un effet magique.

Fuchsia regarda autour d'elle s'il y avait de l'eau dans la pièce. Finelame avait laissé le vin de pissenlit près du sofa, mais la cruche était hors du champ de vision de Fuchsia, qui avait d'ailleurs oublié son existence. Ses yeux s'arrêtèrent sur un vase de cristal bleu, qu'elle avait rempli d'eau une semaine auparavant, quand elle avait trouvé une fleur de tournesol près des douves, au milieu d'un fouillis d'herbes et d'orties. C'était un énorme œil éthiopien, un capitule aussi grand que la main, jaune à souhait. La longue tige rugueuse avait été brisée, et le soleil décapité pendait dans les ivraies. Fuchsia avait arraché les fibres brisées à coups de dent, puis s'était enfuie vers le château, le capitule blessé dans les bras. Grimpant les escaliers quatre à quatre, elle avait traversé sa chambre en coup de vent, s'était engouffrée dans la spirale qui menait au grenier, et, une fois dans la mansarde, elle avait rempli d'eau le vase bleu et y avait plongé la tige velue. Puis elle s'était laissée tomber sur le sofa et avait parlé à la fleur, les yeux dans les yeux.

« Tournesol tout cassé, je t'ai trouvé. Bois un peu d'eau, comme ça tu ne mourras pas. Pas si vite, en tout cas. Mais, si tu meurs, je t'enterrerai. Je te creuserai une belle tombe, et je te coucherai dans la terre. Pentecôte me prêtera une pelle. Si tu ne meurs pas, tu peux rester ici. Moi, je dois m'en aller. »

Elle était redescendue dans sa chambre, avait trouvé Nannie Glu, mais ne lui avait pas parlé du tournesol.

La fleur était morte. Elle n'avait changé l'eau qu'une fois, et le tournesol était toujours dans le vase bleu, son capitule flétri au bout de la tige.

Dès qu'elle l'aperçut, Fuchsia se rappela qu'elle avait rempli le vase d'eau claire. Que l'eau eût pu s'évaporer ne lui effleura même pas l'esprit. De telles choses étaient complètement étrangères au monde de ses pensées.

Chaque fois que c'était possible, Finelame l'observait entre ses paupières, mais il ne put voir ce que Fuchsia faisait car la table faisait écran. Il l'entendit approcher et ferma les yeux, pensant qu'il était temps de revenir à lui en gémissant, car il commençait à avoir des crampes.

Fuchsia posa le tournesol par terre et se pencha sur lui. Au même instant, elle sentit une odeur désagréable. Il y avait quelque chose de répugnant dans cette pourriture. Elle renversa brusquement le vase et fut stupéfaite de voir, non une eau limpide, mais des paquets de boue gluante dégouliner comme une soupe verdâtre sur le visage du jeune homme.

L'effet fut foudroyant. Elle n'en fut pas surprise. Après tout, elle avait appliqué la recette : verser quelque chose d'humide sur le visage du malade.

Finelame reçut un choc désagréable. L'odeur nauséabonde de la vase lui emplit les narines. Il s'ébroua et cracha la fange qui lui était entrée dans la bouche. Voulant se débarbouiller en se frottant le visage avec sa manche, il ne réussit qu'à se faire un masque de boue verte derrière lequel couvait la flamme rouge sombre de ses yeux.

Du fard pour le clown

Finelame se dressa comme un diable et lança un regard furieux à Fuchsia qui fit un bond en arrière et s'accroupit sur les talons. Il marmonna des mots incompréhensibles, se sentant atteint non seulement dans sa dignité, mais dans son orgueil. Certes, il avait des passions, mais la ruse l'emportait de loin, et, même en cet instant de rage, il réussit à se dominer, sourit hideusement à travers son masque nauséabond, puis se leva avec peine.

Ses mains avaient la couleur du sang séché, car il s'était coupé dans les vrilles. Ses vêtements étaient déchirés, et le lierre avait laissé toutes sortes de brindilles sales dans sa chevelure en désordre. Se tenant aussi droit que possible, il fit une révérence à Fuchsia, qui s'était relevée au même instant.

« Lady Fuchsia d'Enfer », dit Finelame en s'inclinant.

Fuchsia le dévisagea avec raideur, et, les poings crispés, les pieds gauchement tournés vers l'intérieur, se pencha vers l'être hideux qui lui faisait face. Il n'était pas beaucoup plus grand qu'elle, mais certainement beaucoup plus intelligent.

Maintenant qu'il avait repris connaissance, elle le regardait avec horreur. Il n'était plus qu'un intrus ayant pénétré dans son domaine, et, avant qu'elle comprît ce qui lui arrivait, elle entendit une voix rauque s'échapper de ses propres lèvres :

« Qu'est-ce que vous voulez? Oh! qu'est-ce que vous voulez? C'est ma chambre. *Ma* chambre. »

Fuchsia se tordit les mains comme pour une prière. Mais elle ne priait pas, elle s'enfonçait les ongles dans la chair, et ses yeux étaient grands ouverts.

« Allez-vous-en, dit-elle. Sortez d'ici immédiatement. (Puis elle fut secouée par une véritable tempête.) Je vous hais! hurla-t-elle en trépignant. Je vous déteste d'être venu ici! Je vous déteste d'être dans mon grenier! »

Elle saisit à deux mains le bord de la table, qu'elle malmena.

L'esprit en feu, Finelame l'observait avec attention. Il était lui-même dépourvu d'imagination, mais avait immédiatement deviné qu'elle en avait à revendre et que leurs natures étaient absolument opposées. Fuchsia était une âme simple, mais qui possédait quelque chose qu'il n'aurait jamais. Un romantisme méprisable. Une manière de sentir les choses qui ne lui apporterait ni pouvoir ni richesses, mais l'empêcherait de mûrir et la confinerait dans le monde étranger de ses rêves. Pour gagner ses faveurs, il devait parler son propre langage.

Fuchsia était toujours près de la table, le cœur battant. Lorsqu'il vit que ses yeux semblaient chercher une arme dans la pièce, il leva la main, et, d'une voix dure et monocorde, qui contrastait avec le ton passionné et douloureux de Fuchsia, il dit :

« Aujourd'hui, j'ai vu une grande cour de pierre grise au milieu des nuages. Un champ immense. Personne n'y va jamais. Sauf un héron. Aujourd'hui, j'ai vu un arbre qui sortait d'un mur, et des gens qui marchaient sur l'arbre, loin au-dessus du sol. J'ai vu le visage d'un poète dans une fenêtre noire. Mais l'immense cour de pierre perdue dans les nuages est ce que vous auriez préféré. C'est un endroit merveilleux pour se distraire... et pour rêver. (Il enchaîna aussitôt, sentant qu'il serait dangereux de s'arrêter.) Aujourd'hui, j'ai vu un cheval nager au sommet d'une tour. J'ai vu un million de tours. Et des nuages, la nuit dernière. J'avais froid. Mon corps était comme de la glace. Je n'avais rien à manger et je ne pouvais pas dormir. »

Il retroussa les lèvres et fit un effort pour sourire.

« Et puis vous m'avez couvert d'un masque de fange verte. Maintenant, je suis là, et vous me détestez d'être là. Mais je n'ai pas d'autre endroit où aller. J'ai vu tant de choses. J'ai erré toute la nuit. Je me suis enfui (il chuchota ce mot d'un air dramatique) et j'ai eu la chance de découvrir ce champ de pierres dans les nuages. »

Il s'arrêta pour reprendre haleine, baissa la main, et scruta le visage de Fuchsia.

Elle était adossée à la table, les mains agrippées au rebord. C'était peut-être à cause de l'obscurité, mais il remarqua avec satisfaction qu'elle semblait ne plus le voir. Cela signifiait que les images qu'il avait évoquées commençaient à faire leur effet. S'il continuait à enflammer son imagination, elle resterait suspendue à ses lèvres, et il était assez intelligent pour deviner ce qui pouvait la séduire. Sa robe pourpre était un signe évident. Elle était romantique. C'était une âme naïve, une jeune rêveuse de quinze ans.

« Lady Fuchsia, dit-il en se prenant le front dans la main, je cherche un refuge car je suis un rebelle. Comme rêveur, aussi bien que comme homme d'action, je suis à votre service. J'ai grimpé pendant des heures, tenaillé par la faim et la soif, et, les pieds en sang, j'ai fait le tour de l'arène de pierre en rêvant de m'envoler dans les nuages.

– Allez-vous-en, laissez-moi tranquille », dit Fuchsia d'une voix lointaine, d'où la violence avait disparu.

Mais Finelame, aussi tenace qu'un furet, n'était pas homme à se laisser abattre.

« Où irai-je? Je partirais à l'instant même si je savais où aller. Je me suis déjà perdu pendant des heures dans d'interminables corridors. Donnez-moi un peu d'eau, que je puisse enlever cette vase horrible qui me couvre le visage. Laissez-moi me reposer quelques instants, et je m'en irai à jamais, très loin, vivre seul dans ce désert de pierres en plein ciel, là où les hérons bâtissent leurs nids. »

La voix de Fuchsia était si vague, si lointaine, que Finelame crut qu'elle n'avait pas écouté.

« Où est-ce? Qui êtes-vous? » chuchota-t-elle.

Il s'appuya contre la fenêtre, dans l'obscurité, et répondit immédiatement.

« Je m'appelle Finelame. Mais je ne peux pas vous dire où se trouve ce champ où les pierres ont froid dans les nuages. Je ne peux pas vous le dire. Pas encore.

– Qui êtes-vous? demanda de nouveau Fuchsia. Qui êtes-vous, et que faites-vous dans mon grenier?

– Je vous l'ai dit. Je suis Finelame et j'ai grimpé jusqu'à votre jolie mansarde. J'aime vos tableaux sur les murs, votre livre de poèmes, et votre abominable racine.

– Ma racine est belle! cria Fuchsia. Belle! Ne parlez pas de mes choses. Je vous déteste d'avoir parlé de mes choses. Ne les regardez pas. »

Elle se précipita vers la racine tordue dont le bois lisse brillait à la lumière de la bougie, et se mit résolument devant elle pour la cacher aux regards de Finelame, debout contre la fenêtre dans l'ombre vacillante.

Finelame sortit sa pipe d'armoise et se mit à sucer le tuyau. « Il ne faut pas se tromper d'amorce, pensa-t-il, pour ferrer ce drôle de poisson. »

« Comment êtes-vous arrivé jusqu'à mon grenier? demanda Fuchsia avec colère.

– J'ai grimpé. J'ai grimpé dans le lierre jusqu'à la fenêtre. Toute la journée.

– Eloignez-vous de la fenêtre, dit Fuchsia. Allez près de la porte. »

Surpris, Finelame obéit, mais le terrain lui paraissait plus solide. Il mit les mains dans les poches.

Fuchsia prit la bougie sur la table, et s'approcha gauchement de la fenêtre. Scrutant les ténèbres, elle tint la flamme tremblante au-dessus de l'abîme. Le gouffre qu'elle avait souvent contemplé de jour lui parut encore plus terrifiant.

« Vous devez être un bon grimpeur », dit-elle en se retournant brusquement.

Il y avait dans sa voix une touche d'admiration que Finelame ne manqua pas de remarquer.

« Oui, mais je vous en supplie, Lady Fuchsia, donnez-moi un peu d'eau. Je ne peux pas rester comme ça, il faut que je me nettoie le visage. Ensuite, si je ne peux pas rester ici, dites-moi où je pourrai dormir. Je n'ai pas fermé l'œil et je suis épuisé. Mais cette cour de pierre me hante. J'y retournerai dès que j'aurai pris un peu de repos. »

Il y eut un silence.

« Vous êtes habillé comme un cuisinier, dit Fuchsia d'un ton neutre.

– Je vais me débarrasser de ces oripeaux. Je me suis échappé de la cuisine. C'est un endroit que je déteste. Je veux être libre. Je n'y retournerai jamais.

– Etes-vous un *aventurier*? » demanda Fuchsia.

Il ne correspondait pas à l'idée qu'elle se faisait d'un aventurier, mais ses talents de grimpeur et son récit l'avaient beaucoup impressionnée.

Il n'y avait pas d'eau dans la mansarde. Si elle l'emmenait se débarbouiller dans sa chambre, elle serait obligée de lui faire traverser les deux autres greniers, et cette idée la révoltait. D'un autre côté, il ne pouvait éternellement rester dans son sanctuaire, et, à moins de redescendre le long du lierre, il n'y avait pas d'autre chemin pour atteindre l'escalier. Il ne verrait à peu près rien dans l'obscurité, alors que demain, tous ses secrets seraient exposés au grand jour.

« Lady Fuchsia, dites-moi où je pourrai trouver du travail? Voulez-vous me présenter à quelqu'un à qui je pourrai offrir mes services? Je ne suis pas un larbin, Votre Seigneurie, je suis un homme de caractère. Tout ce que je désire, c'est une entrevue. Mon intelligence fera le reste. »

Fuchsia le regarda bouche bée, puis elle fit la moue et dit :

« Qu'est-ce qui sent si mauvais?

– La fange dont vous m'avez inondé. C'est l'odeur de mon visage que vous sentez.

– Oh! » fit Fuchsia.

Elle prit de nouveau la bougie et ajouta : « Vous feriez mieux de me suivre. »

Finelame la suivit sur le balcon, puis descendit l'échelle. Fuchsia l'entendit trébucher dans l'obscurité, mais ne s'inquiéta pas de l'aider. Finelame suivait d'aussi près que possible la lumière de la bougie qu'il voyait vaciller, et, tandis que Fuchsia se glissait avec adresse au milieu des piles d'objets hétéroclites entassés dans le premier grenier, il rencontra maints obstacles imprévus. Une guirlande de coquillages pointus le gifla au visage, puis il heurta de plein fouet la jambe de girafe sous laquelle la jeune fille s'était faufilée, et s'arrêta net devant la garde d'une épée sur laquelle il faillit s'empaler.

Au moment où il atteignit l'escalier en spirale, Fuchsia avait déjà descendu la moitié des marches, et il s'engouffra dans l'obscurité en jurant. Il descendit longtemps dans le noir avant de sentir que l'air devenait moins confiné, et, à la fin de son ascension, il déboucha dans une chambre à coucher.

Fuchsia alluma les bougies d'une applique. Les volets n'étaient pas fermés et le ciel noir emplissait la fenêtre en losanges. Elle était en train de verser dans une cuvette l'eau dont Finelame avait un besoin si urgent. Il commençait à être indisposé par l'odeur et, en entrant dans la chambre, n'avait pu s'empêcher de porter à l'estomac ses mains osseuses, dans un accès de nausée. Il entendit l'eau couler dans la cuvette et inspira profondément. Consciente de sa présence, Fuchsia se retourna, broc en main, et fit déborder l'eau. Des mares brillantes se formèrent sur le plancher sombre, éclairé par la lampe.

« Voilà de l'eau, si c'est ce que vous voulez. »

Finelame s'avança rapidement vers la cuvette et se dénuda le torse. Malgré ses épaules maigres et bossues, il avait un air extraordinairement désinvolte dans la pénombre, tout près de Fuchsia.

« Et le savon? » demanda-t-il en plongeant les bras dans la cuvette.

L'eau était froide. Il frissonna, rentra la tête dans les épaules, et ses omoplates jaillirent à angle aigu.

« Lady Fuchsia, je n'arriverai jamais à enlever cette fange sans un morceau de savon et une brosse dure.

– Il y a des choses dans le tiroir, dit lentement Fuchsia. Dépêchez-vous de finir et allez-vous-en. Ce n'est pas votre chambre. C'est la mienne. Personne n'a le droit d'y entrer, sauf ma vieille nurse. Dépêchez-vous et partez.

– Oui, dit Finelame en fourrageant dans le tiroir, d'où il finit par extirper un morceau de savon. Mais n'oubliez pas que vous m'avez promis de me présenter à quelqu'un qui pourrait m'employer.

– Je ne vous ai rien promis. Comment osez-vous dire une chose pareille? Comment osez-vous! »

Alors Finelame eut une inspiration géniale. Comprenant qu'il était inutile de continuer à mentir, il plongea hardiment dans l'inconnu, et s'éloigna d'un bond de la cuvette, le visage couvert de mousse de savon. Essuyant la mousse qu'il avait sur la lèvre, il se dessina une bouche grotesque, puis prit l'attitude d'un clown et demeura parfaitement immobile pendant sept longues secondes, la main en cornet sur l'oreille.

Finelame ne savait pas comment cette idée lui était venue. Dès qu'il avait vu Fuchsia, il avait senti que pour gagner ses faveurs il lui faudrait trouver une idée en rapport avec le théâtre ou le mystère. Quelque chose de très simple et de très naïf, ce qui était difficile.

Les yeux écarquillés d'admiration, Fuchsia oublia de le haïr. Ce n'était pas lui qu'elle voyait, mais un clown grotesque, un être qu'elle aimait autant que sa racine, sa jambe de girafe, ou sa robe pourpre.

« Bravo! s'écria-t-elle en battant des mains. Bravo! Bravo! Bravo! Bravo! »

Elle bondit sur son lit, atterrit sur les genoux, et s'accrocha aux barreaux.

Un serpent se réveilla soudain entre les côtes de Finelame. Il comprit qu'il avait réussi, mais il devait absolument continuer à jouer son rôle.

Le visage enfariné de savon, il aperçut du coin de l'œil la silhouette de Fuchsia sur le lit. C'était à lui de jouer. Il ne savait pas grand-chose des clowns, simplement qu'ils faisaient des choses complètement loufoques avec le plus grand sérieux, et il avait deviné que Fuchsia adorait cela.

Finelame avait un don singulier. Il pouvait jouer n'importe quel rôle sans le sentir de l'intérieur. Son approche était entièrement cérébrale, mais il était presque impossible de s'en apercevoir, tant ses imitations étaient parfaites.

Il cessa de faire semblant d'écouter, mit les pieds en canard, et se dandina vers un coin de la chambre. S'arrêtant un instant, il prit une pose grotesque, la main sur l'oreille, puis se hâta vers son but. Il se baissa plusieurs fois, comme si sa main ne pouvait atteindre le sol, et après maints simulacres, s'empara d'un chiffon vert, puis revint en clopinant, de sa démarche de canard, les pieds écartés de manière extravagante.

Au comble de l'excitation, Fuchsia ne le quittait pas des yeux. Quand il commença à examiner les barreaux du lit, elle se mordit les jointures de la main droite. Découvrant des grains de poussière imaginaires sur les barreaux de fer, Finelame les frottait à grands coups de chiffon, puis reculait pour admirer son ouvrage, la tête inclinée de côté, les coins de sa grande bouche sombre affaissés avec un air d'angoisse comique. Puis il se concentrait de nouveau sur sa tâche, soufflant sur le fer qu'il astiquait comme un damné.

« Ce ne sont que des pitreries, pensa-t-il, mais ça marchera. » Il était incapable de se prendre au jeu, car il n'avait pas une âme d'artiste, mais de simulateur.

Il leva la main, et un cercle de peau sombre apparut au centre de son front, à la place des flocons de mousse qu'il avait enlevés. De l'index, il frappa trois coups sur la barre du lit, déposant trois monticules de mousse à intervalles réguliers, et se dandina d'un bout à l'autre de la barre, examinant successivement chaque monticule avec l'air de se demander lequel était le plus important. Puis il en fit disparaître deux. S'arrêtant devant le dernier, il lança la jambe en arrière avec une agilité de singe et atterrit face contre terre, présentant ses hommages aux pieds de Fuchsia.

La jeune fille était trop émerveillée pour pouvoir parler. Elle le regardait, fascinée, le cœur battant de joie.

Finelame se leva et lui fit une grimace. Ses dents mal plantées étincelèrent sous la lampe. Puis il se dirigea vers la cuvette et poursuivit ses ablutions avec une vigueur renouvelée.

Fuchsia s'agenouilla sur le lit pendant que le garçon se frottait le visage avec une vieille serviette crasseuse. Soudain, quelqu'un frappa à la porte, et on entendit la voix flûtée de Nannie Glu :

« Tu es là, ma conscience? Tu es là, mon bourreau? Réponds-moi, mon cher cœur? Es-tu là?

– Non, Nannie, non, je ne suis pas là! s'écria Fuchsia. *Pas maintenant.* Reviens tout à l'heure. Je serai là tout à l'heure, pas maintenant. (Elle s'élança jusqu'à la porte et colla la bouche au trou de la serrure.) Qu'est-ce que tu veux? Qu'est-ce que tu veux?

– Oh! mon vieux cœur! Qu'est-ce qu'il y a, ma conscience? Dis-moi ce qui se passe?

– Rien, Nannie, rien, dit Fuchsia d'une voix haletante. Qu'est-ce que tu veux? »

Nannie avait l'habitude des sautes d'humeur de Fuchsia. Elle se mordit les lèvres et répondit, après un silence :

« C'est le docteur, ma chérie. Il a un cadeau pour toi, mon bébé. Il veut que tu ailles chez lui, mon unique, et je suis venue te chercher. »

Finelame fit claquer la langue pour attirer l'attention de Fuchsia. Il était complètement débarbouillé, et s'évertuait à lui faire des signes. Pointant le pouce vers la porte, il fit oui de la tête, puis fit courir deux doigts le long de la cuvette, montrant clairement à Fuchsia qu'elle devait accepter de se rendre chez le docteur avec Nannie Glu.

« D'accord! cria Fuchsia. Mais je viendrai te chercher. Attends-moi dans ta chambre.

– Alors dépêche-toi, ma chérie, gémit la vieille nurse. Ne le fais pas attendre. »

Les pas de Nannie Glu s'éloignèrent dans le couloir.

« Qu'est-ce que c'est, son cadeau? » cria Fuchsia.

Mais la vieille femme était trop loin pour entendre.

Finelame était en train d'épousseter ses vêtements. Il avait soigneusement brossé ses cheveux filasse, qui ressemblaient à de l'herbe humide collée sur son grand front.

« Puis-je venir, moi aussi? »

Fuchsia tourna vivement les yeux vers lui.

« Pourquoi?

– Je ne peux pas rester dans votre chambre toute la nuit. »

L'argument sembla frapper Fuchsia.

« Bon, alors venez. Mais que va dire Nannie? Que va dire ma nurse?

– Laissez-moi faire, dit Finelame. Je m'occuperai d'elle. »

Fuchsia le détesta d'avoir dit cela, mais ne répondit pas.

« Bon, alors venez, répéta-t-elle. Sortez immédiatement de ma chambre. Qu'est-ce que vous attendez? »

Elle ouvrit le verrou, et Finelame la suivit comme une ombre jusqu'à la chambre de Nannie Glu.

La vue de l'étranger qui accompagnait sa Fuchsia troubla tellement Nannie Glu qu'elle fut, pendant plusieurs minutes, totalement incapable d'écouter la moindre bribe d'explication. Ses yeux effarés allaient de Fuchsia à l'intrus, et elle tirait sur sa lèvre inférieure avec une telle nervosité que Fuchsia comprit qu'il était inutile de rien expliquer. Ne sachant plus que faire, elle fut soulagée d'entendre la voix de Finelame.

« Madame, je m'appelle Finelame, et je vous prie d'excuser mon apparition soudaine à la porte de votre chambre. »

Il s'inclina profondément devant la vieille dame, sans la quitter du coin de l'œil. Nannie Glu fit trois pas incertains, et s'accrocha au bras de Fuchsia.

« Qu'est-ce qu'il dit ? Qu'est-ce qu'il dit ? Oh ! mon vieux cœur ! Qui est-ce, mon unique ? Qu'est-ce qu'il t'a fait ?

– Il vient lui aussi, dit Fuchsia en guise de réponse. Il veut voir le docteur Prune. Et le cadeau ? Tu sais ce qu'il veut me donner ? Allons-y, je suis fatiguée. Dépêche-toi, j'ai envie de me coucher. »

Dès que Fuchsia eut parlé de fatigue, Nannie Glu s'activa. Toujours accrochée au bras de Fuchsia, elle se dirigea vers la porte.

« Tu seras tout de suite au lit. Je te borderai et t'éteindrai la lampe comme je le fais toujours, mon démon. Demain, c'est moi qui te réveillerai, ma précieuse, et je t'apporterai ton petit déjeuner près du feu, ma fourbue. Ne t'inquiète pas. Tu ne resteras que quelques minutes chez le docteur. Seulement quelques minutes. »

Ils sortirent de la chambre, Nannie Glu jetant des coups d'œil pleins de suspicion sur le garçon aux épaules étroites qui les suivait d'un pas vif.

Ils descendirent en silence plusieurs rampes d'escalier, et parvinrent dans une grande salle. Des cottes de mailles pendaient aux murs, et de vieilles armes aussi rouillées qu'une haie d'automne étaient entassées dans les coins. Ce n'était pas un endroit où s'attarder, car un froid coupant montait du sol pavé, et des chapelets de moisissure recouvraient le fer et l'acier d'une couche de sueur glacée.

L'air gorgé d'humidité pénétra dans les narines de Finelame. Ses yeux firent rapidement le tour de la salle, s'arrêtant un instant sur les trophées, les armures et les panoplies lentement rongés par la rouille. Au milieu des armes empilées en désordre, il remarqua une élégante lame d'acier dont la pointe semblait emmanchée dans une sorte de fourreau. Mais il faisait trop sombre pour distinguer ce que c'était. L'image d'une canne-épée lui traversa l'esprit, réveillant soudain toute sa rapacité. Il n'était pas question de fourrager dans le tas de ferraille, car la vieille femme ne le quittait pas des yeux, mais il se jura de revenir dans cette salle d'armes glacée.

Ils sortirent par une porte située en face de l'escalier qui menait au centre de cette grande pièce glaciale, et se retrouvèrent à l'extrémité d'un couloir mal éclairé, aux murs couverts de gravures aux couleurs fanées. Il y en avait d'encadrées, mais pas une dont le verre fût intact. Nannie et Fuchsia, qui connaissaient par cœur le couloir, ne prêtèrent aucune attention aux murs lépreux et aux gravures jaunies qui représentaient avec force détails, mais sans imagination, les endroits les plus pittoresques de Gormenghast. Finelame passa le revers de sa manche sur une gravure couverte de poussière, et l'examina d'un œil critique. Il ne laissait jamais rien au hasard et recueillait la moindre information.

Une lourde porte barrait le corridor. Fuchsia l'ouvrit avec difficulté et l'obscurité se fit moins oppressante. Dehors, le ciel du soir était couleur d'ardoise et les nuages défilaient sous le regard d'une seule étoile.

« Oh! mon vieux cœur, qu'il est tard! » dit Nannie.

Elle scruta le ciel avec anxiété et s'adressa à Fuchsia d'un ton confidentiel, comme si elle avait peur que le firmament surprît ses paroles :

« Oh! qu'il est tard, mon unique, et ta mère qui m'attend... Je dois lui apporter quelque chose à boire, pauvre grande carcasse. Nous ne resterons pas longtemps, oh! non. »

Devant eux, s'étendait une vaste cour, à l'angle de laquelle se dressait une maison de trois étages reliée au corps du château par un arc-boutant. De jour, cette bâtisse contrastait étrangement avec la pierre grise de Gormenghast car elle était construite en grès rouge provenant d'une carrière qu'on n'avait jamais retrouvée.

Fuchsia se sentait très lasse. La journée avait été fertile en événements. Les dernières lueurs du jour pâlissaient à l'ouest, mais Fuchsia avait l'impression d'être au seuil d'une aube inconnue.

Nannie Glu lui serrant le bras, elles se dirigèrent vers la porte principale. La vieille femme s'arrêta brusquement. Comme chaque fois que les événements la dépassaient, elle se mit à tirer sur son petit bout de lèvre, puis tourna vers Fuchsia des yeux larmoyants. Elle allait dire quelque chose, quand un bruit de pas les fit se retourner. Une silhouette approchait dans le noir en cassant du bois sec.

« Qui est-ce? demanda Nannie Glu. Qui est-ce, ma toute seule? Oh! mon Dieu, qu'il fait noir!

– Ce n'est que Craclosse. Viens, je suis fatiguée. »

Mais une voix aboya dans les ténèbres.

« Qui? » grinça la voix de l'épouvantail.

Parfois inintelligible, l'idiome de Craclosse était loin d'être prolixe.

« Qu'est-ce que vous voulez, monsieur Craclosse? cria Nannie Glu avec un courage qui la surprit autant que Fuchsia.

– Glu? grinça de nouveau la voix. On vous cherche.

– Qui cherche-t-on? hurla Nannie, qui avait le sentiment que Craclosse était toujours trop brusque avec elle.

– Qui est avec vous? aboya Craclosse, maintenant à quelques mètres des deux femmes. Manque un. »

Fuchsia, qui savait interpréter le langage télégraphique du valet de son père, tourna aussitôt la tête, et fut surprise, peut-être un peu déçue, de constater que Finelame avait disparu.

Elle tendit la main et serra la vieille nurse contre elle.

« Manque un », répéta Craclosse en s'avançant.

Nannie Glu avait également remarqué la disparition du garçon.

« Où est-il? demanda-t-elle. Où est le vilain monstre? »

Fuchsia secoua la tête d'un air maussade. Elle se tourna brusquement vers Craclosse, dont les membres tentaculaires semblèrent reculer dans la nuit. La fatigue la rendait irritable, et elle passa sa colère sur le taciturne personnage.

« Va-t'en! Va-t'en! sanglota-t-elle. Qui t'a dit de venir, espèce d'épouvantail ambulant. Qu'est-ce qui t'a pris de crier "Qui est là?" Tu te crois important, alors que tu n'as plus que la peau et les os! Retourne chez mon père, à qui tu appartiens, et laisse-nous seules. »

A bout de nerfs, Fuchsia laissa échapper un sanglot déchirant. Saisissant Craclosse à bras-le-corps, elle appuya la tête contre la poitrine décharnée du serviteur, et se mit à pleurer à chaudes larmes. Craclosse garda les mains le long du corps. Il ne se serait jamais permis de toucher Lady Fuchsia, quel que fût le bien-fondé du motif. Même s'il occupait le premier rang dans la hiérarchie, il n'était après tout qu'un domestique.

« Laisse-nous, maintenant, je t'en prie, dit Fuchsia en se détournant.

– Lady Fuchsia, dit le valet après s'être gratté la nuque, Monseigneur veut la voir. »

Il désigna du menton la vieille nurse.

« Moi ? s'écria Nannie Glu, qui n'avait pas cessé de se mordiller les joues.

– Vous, dit Craclosse.

– Oh ! mon vieux cœur ! Quand ? Quand veut-il me voir ? Oh ! mes vieux os ! Que peut-il me vouloir ?

– Veut vous voir demain », répondit Craclosse, qui tourna les talons et disparut.

Quand le bruit de ses jointures cessa, elles se hâtèrent sans plus attendre vers l'entrée principale de la maison de grès rouge. Fuchsia frappa un coup avec le lourd marteau de la porte, puis essuya ses yeux humides sur la manche de sa robe. Dans la maison, quelqu'un jouait du violon. Fuchsia frappa de nouveau. Quelques minutes plus tard, la musique cessa. Des pas s'approchèrent, puis s'arrêtèrent derrière la porte. Un verrou fut tiré et la silhouette du docteur apparut en pleine lumière.

Il leur fit signe d'entrer, et allait refermer la porte, lorsqu'un garçon maigre se faufila prestement à l'intérieur.

« Bien ! Bien ! Bien ! Bien ! dit le docteur, qui enleva d'une pichenette un cheveu sur la manche de sa veste, avec un sourire éblouissant. Ma Fuchsia a amené un ami avec elle, je vois. Un ami, ou... (il haussa les sourcils) non ? »

Suivant le regard du docteur, les deux femmes se retournèrent et aperçurent Finelame derrière elles.

« A votre service, dit Finelame en s'inclinant, sans quitter des yeux le médecin.

– Ha, ha, ha ! mais je ne veux personne à mon service, dit le docteur Salprune en froissant ses longues mains blanches comme si c'étaient des écharpes de soie. J'aimerais peut-être avoir quelqu'un *dans* mon service. Peut-être. Mais je ne veux pas être harcelé, oh ! non. Je n'aurais bientôt plus de service si tous les jeunes gens d'avenir venaient s'entre-dévorer devant ma porte. J'aurais un service bancal, ha, ha, ha ! Complètement bancal !

– Il est venu, dit lentement Fuchsia, parce qu'il veut

travailler et qu'il est intelligent. C'est pour ça que je l'ai amené.

– Pas possible ! dit Salprune. J'ai toujours été fasciné par les gens qui veulent travailler. Ha ! ha ! C'est fatigant de les regarder, ha, ha, ha ! Très fatigant, mystérieusement fatigant ! Entrez, mes chères dames, entrez ! Ma chère, ma très chère madame Glu, vous rajeunissez de cent ans tous les jours. Par là, par là. Attention à cette chaise, ma chère Glu, attention, oh ! vous devez absolument regarder où vous mettez les pieds, ma chère dame. Attention, attention, vous devez faire *très* attention. Permettez-moi d'ouvrir cette porte, comme ça nous pourrons nous mettre à l'aise. Ha, ha, ha ! Bien, ma Fuchsia. Tu as compris. Soutiens-la, soutiens-la ! »

Les poussant devant lui comme un berger, sans cesser de rouler des yeux de méduse sur l'extraordinaire accoutrement de Finelame, le docteur arriva enfin dans son cabinet particulier et referma vivement la porte derrière lui. Fuchsia et Nannie Glu furent assises dans des fauteuils de style recouverts d'un tissu lie-de-vin. Perdue dans le fauteuil, la vieille nurse paraissait singulièrement petite. Finelame fut dirigé vers un siège de chêne à haut dossier, et le docteur s'occupa de sortir bouteilles et verres d'une armoire aménagée dans le mur.

« Fuchsia, ma chère enfant, dis-moi ce que tu veux ? De quoi as-tu envie ?

– Je ne veux rien, merci. J'ai sommeil, docteur Prune.

– Ha ! ha ! Ha ! ha ! Un stimulant, peut-être. Tu as besoin d'un petit coup de fouet, ma chérie. D'un petit cordial, ha, ha, ha ! avant de te retrouver au chaud sous ton édredon. Qu'en penses-tu ? C'est une bonne idée, non ?

– Je ne sais pas, dit Fuchsia.

– Ha ! ha ! Mais moi, je sais, je le sais bien », dit le docteur qui se mit à hennir.

Remontant ses manches, il dénuda ses poignets et, sautillant délicatement comme un oiseau, se dirigea vers la porte et tira un cordon de sonnette. Puis, après avoir soigneusement rabattu ses manchettes, il attendit sur la pointe des pieds, et ouvrit brusquement la porte dès qu'il entendit un bruit au-dehors. Un serviteur en livrée blanche, au teint basané, apparut, la main levée comme pour frapper le panneau.

Avant que le docteur eût ouvert la bouche, Nannie Glu se pencha en avant. Ses pieds n'atteignaient pas le sol et pendaient désespérément.

« C'est le vin de sureau que tu préfères, n'est-ce pas? chuchota-t-elle nerveusement à l'adresse de Fuchsia. Dis-le au docteur. Dis-le-lui tout de suite. Tu ne veux pas de stimulant, n'est-ce pas? »

A ces mots, le docteur inclina légèrement la tête, sans se retourner. Il se contenta d'agiter l'index sous le nez du domestique, et, d'une voix de crécelle, donna l'ordre de préparer une poudre et d'apporter une bouteille de vin de sureau.

Il ferma la porte et revint en dansant vers Fuchsia.

« Détends-toi, détends-toi, ma chérie. Laisse aller bras et jambes là où ils ont envie d'aller, mais pas trop loin, ha, ha, ha! pas *trop* loin. Imagine que tes muscles sont aussi mous que les tentacules d'une méduse, et tu pourras aller jusqu'aux Bois d'Epines et revenir sans même t'en apercevoir. »

Il fit un sourire étincelant, et les fils d'argent de son toupet de cheveux gris brillèrent sous l'éclairage puissant des lampes.

« Et vous, chère madame Glu, chère Nannie de notre Fuchsia, que prendrez-vous? Un petit porto? »

Nannie Glu passa la langue sur ses lèvres fripées, fit oui de la tête, mit la main devant sa bouche où errait un petit sourire niais, et suivit des yeux tous les mouvements du docteur, qui remplit un verre de porto et le lui apporta.

Elle prit le verre et inclina le buste d'une manière démodée, les jambes en équerre, car elle s'était enfoncée dans le fauteuil et avait l'air d'être assise sur un lit.

Le docteur était déjà revenu près de Fuchsia et se

penchait vers elle, les mains nouées sous le menton, dans une attitude qui lui était chère.

« J'ai quelque chose pour toi, ma chérie. Est-ce que ta nurse te l'a dit ? »

Ses yeux roulèrent sur le bord de ses verres, lui donnant un air de duplicité fantastique, particulièrement inquiétant pour qui voyait son visage pour la première fois.

Fuchsia se pencha en avant, les mains sur les appuis rembourrés du fauteuil lie-de-vin.

« Oui, docteur Prune, merci beaucoup. Qu'est-ce que c'est ? Qu'est-ce que c'est ?

– Ha, ha, ha ! Ha, ha, ha ! c'est quelque chose que tu pourras porter, ha, ha, ha ! Si tu l'aimes, et si ce n'est pas trop lourd. Je ne veux pas que tu te fractures la vertèbre cervicale, ma toute belle. Oh ! non, par tous les dieux de la santé, surtout pas ! Mais il faudra que tu fasses attention, n'est-ce pas ? Ha ! ha ! très attention.

– Oui, oui, dit Fuchsia.

– La naissance de ton petit frère t'a fait de la peine, je le sais, ha, ha, ha ! Je le sais », lui chuchota-t-il à l'oreille.

Ce murmure filtra entre la double rangée de dents du docteur, mais Finelame avait l'ouïe très fine.

« J'ai une pierre précieuse pour toi, ma chère enfant. Figure-toi que j'ai vu des diamants, oui des diamants dans tes beaux yeux quand tu es sortie en coup de vent de la chambre de ta mère. Aussi je vais te donner une pierre, un pendentif, peut-être moins brillant mais plus lourd, afin de contrebalancer l'éclat de tes larmes, si jamais la fontaine se remettait à jaillir. »

Les yeux de Salprune restèrent quelques instants immobiles. Il avait toujours les mains nouées sous le menton, et Fuchsia le dévisagea en silence.

« Merci, docteur Prune. »

Le médecin se redressa et on entendit son rire perlé : « Ha, ha, ha ! Ha, ha, ha ! » Puis il se pencha de nouveau, et chuchota :

« Aussi j'ai décidé de te donner une pierre précieuse qui vient d'un autre pays. »

Il mit la main dans sa poche, mais la garda à l'intérieur et jeta un coup d'œil par-dessus son épaule.

« Qui est cet ami aux yeux de feu, ma Fuchsia? Tu le connais bien? »

Fuchsia secoua la tête et fit la moue, en proie à une aversion instinctive. Le docteur cligna l'œil droit, qui devint énorme sous ses lunettes.

« Attendons encore un peu, dit-il, soulevant la paupière comme un monstre marin. Attendons que la nuit soit un peu plus avancée, que ses molaires soient cariées, ha, ha, ha! (Il se redressa.) ... à force d'engloutir le monde. Et alors... ha! ha!... et alors... »

Prenant de nouveau un air entendu, il fit un autre clin d'œil à Fuchsia et pivota sur les talons.

« A nous, maintenant. Que voulez-vous boire? Et, au nom de la haute couture, dites-moi ce que vous portez? »

Finelame se leva.

« Je porte ce que je suis obligé de porter, tant que je n'aurai pas trouvé de vêtements plus décents. Ces haillons, bien que réglementaires, sont aussi absurdes qu'insultants. Mais vous m'avez demandé, monsieur, ce que je prendrai. Eh bien, avec votre permission, je prendrai du brandy... »

La pauvre vieille Nannie avait les yeux rouges et brûlants. Elle regardait fixement le docteur pour voir ce qu'il allait répondre à ce discours ahurissant. Fuchsia n'avait rien écouté. Quelque chose à porter, avait-il dit. « Quelque chose de lourd sur ma poitrine. Une pierre. » Malgré sa fatigue, elle était envahie par une grande excitation. S'il planait dans des sphères supérieures, le docteur Salprune avait toujours été bon pour elle. Mais il ne lui avait encore jamais fait de cadeau. De quelle couleur était la pierre? De quelle couleur? De quelle couleur?

Le médecin fut sidéré par l'assurance du jeune

homme, mais il n'en laissa rien paraître, et sourit comme un crocodile.

« Si je ne me trompe pas, mon cher garçon, c'est bien une veste de cuisine, que vous portez là ?

– C'est bien une veste de cuisine, et je porte aussi un pantalon de cuisine, des chaussettes et des chaussures de cuisine. Et, avec votre permission, monsieur, j'ajouterai que je viens des cuisines, mais que je ne suis pas cuisinier.

– Qu'êtes-vous donc, alors ? demanda Salprune, en réunissant les extrémités de ses doigts. Qu'y a-t-il sous cette veste malodorante qui est un véritable défi à l'hygiène, même pour une veste des cuisines de Lenflure. Qu'êtes-vous donc, mon cher garçon ? Une énigme pour la science, ou un jeune homme bien né à la vue courte et aux idées brumeuses, ha, ha, ha !

– Ni l'un ni l'autre, docteur. J'ai autant d'idées que de problèmes, malheureusement.

– Non ? dit le docteur. Pas possible ! Unique, c'est absolument unique ! Buvez d'abord votre cognac. Vos problèmes se dissiperont peut-être dans les fumées de cet excellent narcotique, ha, ha, ha ! Se dissiperont imperceptiblement... », poursuivit-il en faisant voleter ses longs doigts aux ongles parfaits.

Il fut interrompu par un coup frappé à la porte, et s'écria d'une voix de fausset :

« Entrez, voyons ! Entrez, mon ami, qu'attendez-vous ? Presto, voyons, prestissimo ! »

La porte s'ouvrit, et le domestique entra, apportant sur un plateau une bouteille de vin de sureau et une petite boîte blanche en carton. Il posa bouteille et boîte sur la table, et se retira. Ce n'était pas ce qu'on appelle un domestique stylé : il avait posé la bouteille comme pour s'en débarrasser et fait claquer la porte derrière lui.

Finelame le remarqua. Ses yeux rencontrèrent de nouveau le regard du docteur, et haussant très légèrement les épaules, il leva railleusement les sourcils. Salprune apporta une bouteille de cognac, mais remplit d'abord un verre de vin de sureau qu'il donna à Fuchsia en s'inclinant.

« Bois, ma chère Fuchsia, à toutes les choses que tu aimes. *Je sais, je sais,* ajouta-t-il, les mains de nouveau nouées sous le menton. Bois en l'honneur de tout ce qui brille, étincelle, de tout ce qui a des couleurs vives. »

Fuchsia hocha la tête sans sourire, but une gorgée, puis leva gravement les yeux vers le docteur.

« C'est bon, dit-elle. J'aime le vin de sureau. Et toi, Nannie, tu aimes ce que tu bois ? »

Quand elle entendit son nom, Nannie Glu faillit renverser le porto sur le bras du fauteuil. Elle hocha vigoureusement la tête.

« Passons maintenant au cognac. Au brandy de maître...

– Finelame. Je m'appelle Finelame, monsieur.

– Finelame aux Multiples Problèmes, dit le docteur. Au fait, quels sont-ils ? Ma mémoire est un gruyère, une vraie tête de linotte. Demandez-moi le nom des vaisseaux sanguins qui irriguent d'est en ouest le bout de mon index quand je m'allonge face au soleil couchant, ou bien le pourcentage de calcaire dans les articulations d'une vieille fille modèle à partir de cinquante-sept ans, ha, ha, ha ! Ou même, mon cher garçon, demandez-moi de vous faire un graphique des pulsations du cœur des grenouilles deux minutes avant qu'elles meurent, et je vous répondrai immédiatement, ha, ha, ha ! Mais si vous me demandez de me souvenir exactement de vos problèmes, tels que vous me les avez exposés, il y a un instant, c'est le trou. Et pourquoi, maître Finelame, je vous le demande un peu, pourquoi ?

– Parce que je ne vous en ai pas parlé.

– C'est un argument, admit Salprune. Aucun doute, c'est un argument.

– Merci, monsieur.

– Mais vous *avez* des problèmes. »

Finelame prit le verre de cognac que le docteur avait rempli.

« J'ai des problèmes de tous ordres. Le plus immédiat est de vous impressionner par mes talents. – Que je sois capable de faire une remarque aussi peu orthodoxe est déjà un signe d'originalité. Je ne vous suis pas indispensable pour l'instant, mais laissez-moi passer une semaine sous votre toit, et je pourrai le devenir. Je pourrai vous rendre des services inestimables. Je vous parle sans détour, monsieur, et ce n'est pas sans intention. Ou je vous ennuie, ou vous avez déjà envie de me connaître davantage. J'ai dix-sept ans, mais est-ce que je parle comme un garçon de dix-sept ans? Est-ce que j'agis comme un garçon de dix-sept ans? Je suis intelligent et le sais. Aussi, je suis sûr que vous excuserez mon manque de diplomatie, car vous êtes un homme d'imagination. Tel est donc mon problème, monsieur. Vous impressionner par mes talents, que je m'empresserai de mettre entièrement à votre service si vous acceptez mon offre. »

Finelame leva son verre, et ajouta :

« Excusez mon audace, et à votre santé, monsieur. »

Le docteur avait écouté ce beau discours, le cognac à portée des lèvres, et, quand Finelame but une gorgée du sien, Salprune se laissa tomber sur une chaise et posa sur la table le verre auquel il n'avait pas touché.

« Bien, bien, bien, bien, dit-il enfin. Bien, bien, bien, bien, bien! Au nom du mystère, mon cher ami, vous êtes une énigme! Au nom de l'insolence, un maladroit! Ce n'est pas vrai, je rêve! C'est du délire! »

Il se mit à hennir doucement, mais fut vite incapable de contrôler son rire, qui, augmentant en volume et s'accélérant, devint une tempête de notes aiguës, incroyablement haut perchées. Qu'une telle soufflerie eût pour origine deux poumons comprimés dans une poitrine presque tubulaire, était difficilement imaginable. Le docteur se balança sur la chaise pendant une dizaine de minutes, sans se départir, même au plus fort de la tempête, d'une élégance théâtrale, puis il émit un sifflement semblable à un jet de vapeur et réussit enfin, après quelques ultimes soubresauts, à fixer l'objet de son hilarité.

« Mon cher garçon, c'est un prodige! Un miracle. Un prodigieux miracle. Il y a longtemps que mes poumons avaient besoin de cela.

– Alors j'ai déjà fait quelque chose pour vous », dit Finelame.

Et un sourire faux éclaira son visage.

Il avait profité de la crise de fou rire du médecin pour examiner la pièce et se servir un autre verre de cognac. Il avait remarqué les objets d'art, les riches tapis, les miroirs et les reliures coûteuses des volumes de la bibliothèque, puis, avait versé du porto dans le verre de Nannie Glu, et s'était risqué à faire un clin d'œil à Fuchsia. Mais, comme la jeune fille l'avait regardé d'un air absent, il avait fait semblant d'avoir une poussière dans l'œil.

Il avait examiné les étiquettes des bouteilles et l'année des crus, remarqué que la table était en noyer et que l'anneau que le docteur portait à la main droite avait la forme d'un serpent tenant dans la gueule une pépite d'or rouge.

Le rire du carabin l'avait d'abord surpris et mortifié, mais il redevint très vite le jeune homme froid et calculateur, auquel rien n'échappait. Finelame savait qu'il ne devait à aucun prix perdre sa bonne humeur. Il avait pris des risques en jouant les matamores, et la partie était encore loin d'être gagnée. Mais qui ne risque rien n'a rien.

Dès qu'il reprit haleine, Salprune but son cognac à petits coups. Le geste semblait délicat, mais Finelame fut surpris de voir que le verre se vidait avec une rapidité stupéfiante. L'alcool parut faire le plus grand bien au docteur, qui dévisagea le jeune homme.

« Maître Finelame, je dois admettre que vous m'intéressez. Oh! oui, j'irai jusque-là, ha, ha, ha! Vous m'intéressez. Mieux encore, vous me torturez, vous m'outragez délicieusement. Mais de là à vous voir rôder toute la journée chez moi, il y a un pas... un léger pas que votre intelligence supérieure ne peut manquer d'apercevoir.

– Je ne rôde jamais, monsieur. J'ai horreur de perdre mon temps. »

La voix de Fuchsia traversa lentement la pièce.

« Vous avez rôdé dans mon grenier. »

Puis, se penchant en avant, elle leva sur le docteur des yeux suppliants.

« Il a *grimpé* jusque-là, dit-elle. Il est intelligent. »

Elle se renversa dans le fauteuil et ajouta :

« Je suis fatiguée... Oh, docteur Prune, il est allé dans mon grenier secret. Personne n'y était allé avant lui. Ça m'ennuie, docteur Prune, ça me tourne dans la tête. »

Il y eut un silence.

« Il a grimpé jusque-là, répéta-t-elle.

– Il fallait bien que j'aille quelque part. J'ignorais que c'était votre grenier. Comment aurais-je pu le savoir? Je suis désolé, Votre Seigneurie. »

Elle ne répondit pas. Salprune les avait écoutés attentivement.

« Ha! ha! Ha! ha! Prends une pincée de cette poudre, ma Fuchsia », dit-il en apportant la boîte blanche.

Il souleva le couvercle, et en versa une pincée dans le verre qu'il remplit de nouveau de vin de sureau.

« Tu ne sentiras rien du tout, ma chère enfant. Avale ça, et tu seras aussi forte qu'un tigre des montagnes, ha! ha! Nannie Glu, vous emporterez la boîte avec vous. A prendre quatre fois par jour, mélangé à n'importe quelle boisson. Ça n'a aucun goût. C'est sans danger et extrêmement efficace. Vous n'oublierez pas, ma bonne dame, n'est-ce pas? La chère enfant a besoin d'un stimulant, et c'est le stimulant qu'il lui faut, ha, ha, ha! L'indispensable petit stimulant dont elle a besoin! »

Nannie prit la boîte sur laquelle était écrit : *Fuchsia. Une cuillerée à café quatre fois par jour.*

« Maître Finelame, reprit le docteur en inclinant la tête vers le jeune homme, est-ce bien la raison pour laquelle vous vouliez me voir? Est-ce pour cela que vous êtes venu me défier dans mon antre, sûr de faire fondre mon cœur comme une bougie pleurant des larmes de cire chaude sur le tapis?

– Oui, monsieur. J'ai demandé à Lady Fuchsia la permission de l'accompagner. Je lui ai dit : " Laissez-moi simplement exposer mon cas au docteur, et je suis certain du résultat. " »

Il y eut un silence, puis, d'un ton confidentiel, Finelame ajouta :

« Lorsque la modestie me prend, je me vois comme un homme de science, un chercheur, monsieur. Et lorsqu'elle m'étouffe, comme un pharmacien.

– Puis-je m'aventurer à vous demander si vous avez quelques connaissances en chimie? dit le docteur.

– Sous votre houlette, monsieur, j'apprendrai avec une rapidité qui vous étonnera.

– Quel petit monstre d'intelligence... dit le médecin, qui se versa un autre cognac et posa le verre sur la table avec un bruit sec. Quel diabolique petit monstre d'intelligence!

– J'espérais que vous le comprendriez, docteur. Mais tous les ambitieux n'ont-ils pas un côté monstrueux? Vous, monsieur, par exemple, pardonnez-moi, mais vous êtes un peu monstrueux.

– Mon pauvre ami, dit Salprune en se mettant à arpenter la pièce, il n'y a pas la moindre molécule d'ambition dans mon anatomie, aussi monstrueuse qu'elle puisse vous paraître, ha, ha, ha! »

Son rire fusa moins spontanément, et de manière moins incontrôlable.

« Mais il y en a eu, monsieur.

– Qu'est-ce qui vous fait penser cela?

– Cette pièce. Les meubles exquis que vous possédez. Ces reliures coûteuses. Vos verres de cristal. Votre violon. Vous ne pouvez pas avoir rassemblé tout cela sans ambition.

– Ce n'est pas de l'ambition, mon cher garçon, vous confondez. C'est la rencontre de deux choses souvent incompatibles, ha, ha, ha ! Le goût et l'argent !

– Le goût n'est-il pas un luxe que l'on cultive ? demanda Finelame.

– Que si ! Que si ! On a parfois certaines dispositions. On le sait, ha ! ha ! on s'essaie, et cela devient une chose que l'on cultive, comme vous l'avez justement remarqué.

– Une chose qui demande concentration et diligence, pas de doute.

– Mais oui, mais bien sûr, répondit le docteur en souriant, d'un ton beaucoup plus poli qu'amusé.

– Une telle diligence est synonyme d'ambition. D'ambition de parfaire votre goût. C'est à cette forme d'ambition que je faisais allusion, docteur. Je ne parlais pas de réussite, c'est un mot qui n'a pas de sens. Ne dit-on pas de ceux qui courent après la réussite qu'ils sont comme le lièvre et la tortue ?...

– Vous m'intéressez, dit Salprune. Mais j'aimerais parler à Lady Fuchsia en privé. Nous ne nous sommes pas beaucoup occupés d'elle, j'en ai peur. Nous l'avons un peu oubliée. Elle est seule dans le désert de ses rêves, il n'y a qu'à la regarder pour s'en apercevoir. »

Fuchsia était enfoncée dans le fauteuil, les jambes repliées et les yeux fermés.

« Voulez-vous avoir l'extrême obligeance de quitter la pièce pendant que je lui parle. Vous trouverez une chaise dans l'entrée, maître Finelame. Merci, mon cher garçon, c'est un geste qui vous honore. »

Finelame prit son verre de brandy et disparut aussitôt.

Salprune regarda la vieille nurse, puis la jeune fille. La bouche grande ouverte, Nannie Glu dormait à poings fermés. Fuchsia avait ouvert les yeux en entendant la porte se refermer derrière Finelame. Comme le médecin lui faisait signe d'approcher, elle écarquilla les yeux.

« J'ai attendu si longtemps, docteur Prune. Puis-je avoir ma pierre maintenant ?

– Tout de suite ! A l'instant ! A la seconde même ! Le nom de cette pierre ne te dira sans doute pas grand-chose, mais tu en prendras soin mieux que n'importe qui, j'en suis sûr. Tu étais si bouleversée, ma Fuchsia, quand tu nous a quittés, ton père et moi, courant comme un poney sauvage avec ta crinière noire et tes grands yeux faméliques... Tu étais si bouleversée que je me suis dit : " C'est pour ma Fuchsia ", bien que les poneys soient généralement indifférents à ce genre de choses, ha, ha, ha ! Mais pas toi, n'est-ce pas, pas toi ! Le docteur tira de sa poche une petite bourse de cuir souple. Sors la pierre toi-même. Tire sur cette petite chaîne. »

Fuchsia prit la bourse et en sortit un rubis qui étincela sous la lampe comme une larme de colère.

La pierre brûlait dans sa paume.

Fuchsia ne savait que faire. Elle ne se demanda même pas ce qu'il fallait dire. Le docteur Salprune comprenait ce qu'elle éprouvait. Elle referma les doigts sur la pierre et secoua Nannie Glu qui poussa un petit cri en se réveillant. Fuchsia se leva et l'entraîna jusqu'à la porte.

Avant que le docteur l'ouvrît, elle se retourna et lui sourit. C'était un sourire qui exprimait avec tant de douceur le charme subtil de sa nature sombre et rêveuse que la main de Salprune se crispa sur la poignée de la porte. Fuchsia ne l'avait encore jamais regardé comme ça. Pour lui, elle n'était qu'une petite fille plutôt laide vers qui il se sentait étrangement attiré. Mais il venait de s'apercevoir que, malgré la lenteur de son élocution et une naïveté parfois irritante, on ne pouvait plus la considérer comme une enfant.

Ils passèrent en silence devant la silhouette de Finelame, confortablement assis par terre sous une grande horloge sculptée. Au moment de le quitter, Nannie remercia le docteur d'une voix ensommeillée, en s'inclinant légèrement, la main dans celle de Fuchsia. Les doigts de Fuchsia se crispèrent sur la pierre sanglante et Salprune dit simplement :

« Au revoir, mes enfants. Bon retour. Faites de beaux rêves. Faites de beaux rêves. »

Une langue bien pendue

Le docteur retraversa le hall, ébloui par la nouvelle image de Fuchsia. Il avait complètement oublié l'existence de Finelame, et sursauta lorsqu'il entendit un bruit de pas derrière lui. Quelques instants plus tôt, Finelame avait lui-même été surpris en entendant des pas dans l'escalier, au-dessus de l'endroit où il s'était assis, à l'ombre des barreaux de la rampe.

Il rejoignit rapidement le médecin.

« J'ai bien peur d'être encore là », dit-il.

Puis il jeta un coup d'œil par-dessus son épaule et suivit le regard du docteur. En se retournant, il aperçut une dame qui descendait les trois dernières marches de l'escalier. Sa ressemblance avec le docteur Salprune était flagrante, mais elle avait une allure et des manières beaucoup plus rigides. Comme lui, elle était myope, mais portait des lunettes aux verres teintés, si bien qu'on ne savait jamais qui elle regardait, car son port de tête ne donnait qu'une indication hasardeuse.

La dame s'approcha d'eux.

« Qui est-ce? demanda-t-elle en tournant son visage vers Finelame.

– Ma chère, répondit le docteur, je vous présente maître Finelame en personne. Maître Finelame est arrivé ici précédé d'une formidable réputation et brûle que je me serve de son cerveau, non pour en faire de la marmelade, ou pour le conserver dans un bocal, comme vous pourriez le supposer, mais pour faire fonctionner et même bouillonner une matière grise exceptionnelle.

– Vient-il de monter à l'étage? demanda Mlle Irma Salprune. J'ai dit : " Vient-il de monter à l'étage? " »

Cette grande dame parlait très vite et répétait toutes ses questions, sans laisser à son interlocuteur le temps d'y répondre. Lorsqu'il était d'humeur badine, le docteur s'amusait parfois à essayer de la prendre de vitesse en plaçant une réponse entre la question initiale et l'écho vengeur.

« A l'étage, ma chère? répéta-t-il.

– J'ai dit " à l'étage ", il me semble, dit Irma d'un ton sec. Il me semble que j'ai dit " à l'étage ". Quelqu'un est-il monté à l'étage, il y a un quart d'heure? Etait-ce vous, Alfred, ou ce garçon, ou quelqu'un d'autre? Etes-vous monté, Alfred? J'ai dit : " Etes-vous monté, Alfred? "

– Du tout, répondit le docteur. Du tout, du tout! Nous n'avons pas bougé d'ici, n'est-ce pas? ajouta-t-il en se tournant vers Finelame.

– Je n'ai pas bougé d'ici », affirma Finelame.

Le docteur apprécia le calme et la clarté de la réponse du jeune homme.

Irma Salprune se raidit. Sa longue robe noire très ajustée mettait en relief l'aspect osseux de son anatomie, soulignant avec une emphase particulière la crête iliaque, le bassin, les omoplates et, sous certains éclairages, l'angle des côtes elles-mêmes. Elle avait un long cou, surmonté de la tête des Salprune, et ses cheveux, gris et raides comme ceux de son frère, étaient rassemblés en chignon sur le cou.

« Le domestique est-il sorti? Est-ce son jour de sortie? J'ai dit : " Est-ce le jour de sortie du domestique? " »

Comme elle semblait s'adresser à Finelame, le jeune homme répondit :

« Je ne suis pas au courant des dispositions que vous

avez prises, madame. Mais il était dans le cabinet du docteur, il y a quelques minutes. Je pense que c'est lui que vous avez dû entendre marcher devant la porte de votre chambre.

– Qui vous a dit que j'avais entendu des pas devant la porte de ma chambre ? dit Irma Salprune avec un peu moins de précipitation que d'habitude. Qui ?

– N'étiez-vous pas dans votre chambre, madame ?

– Et alors ? Et alors ?

– J'ai cru comprendre que vous aviez entendu quelqu'un marcher à l'étage, répondit prudemment Finelame. Si, comme vous le dites, vous étiez *dans* votre chambre, c'est que vous avez entendu des pas *dehors.* Voilà ce que j'essaie de vous faire comprendre, madame.

– Vous me semblez un peu trop bien renseigné. Je me trompe ? J'ai dit : " Je me trompe ? " »

Elle se pencha en avant et planta ses verres fumés devant le visage de Finelame.

« Je ne suis au courant de rien, madame.

– Au nom de tout ce qui est tortueux, ma chère Irma, qu'êtes-vous en train d'insinuer ?

– J'ai entendu des pas, c'est tout, répondit-elle. J'ai entendu des pas. »

Il y eut un silence, puis elle ajouta avec emphase :

« Des pieds.

– Irma, ma chère sœur, dit Salprune, j'ai deux choses à vous dire. La première, c'est que je ne vois pas pourquoi nous restons là, à grelotter dans ce vestibule inconfortable, alors qu'un courant d'air s'est déjà glissé sous la jambe droite de mon pantalon et me pince, oui me pince, douloureusement le grand fessier. La seconde, c'est que je ne comprends pas ce que vous avez contre les pieds. Les miens m'ont toujours paru singulièrement précieux, en particulier pour la marche. En fait, ha, ha, ha ! on peut presque se risquer à dire qu'ils ont été faits pour ça.

– Comme d'habitude, répondit Irma, votre frivolité

vous enivre. Vous êtes un cerveau, Alfred. Je ne l'ai jamais nié. Jamais. Mais un cerveau gâché par une insupportable frivolité. Je vous dis que quelqu'un rôdait à l'étage, et vous ne faites semblant de rien. Or il n'y avait personne, Alfred, comprenez-vous ce que je veux dire ?

– J'ai entendu quelque chose, moi aussi, répliqua Finelame. J'étais assis dans le vestibule, où le docteur m'avait demandé de patienter en attendant qu'il décide comment utiliser mes capacités, lorsque j'ai entendu quelque chose comme des bruits de pas à l'étage. J'ai été jeter un coup d'œil, mais il n'y avait personne, et je suis redescendu. »

Croyant le premier étage désert, Finelame n'avait pu s'empêcher d'aller fouiner. Mais il avait entendu des pas qui devaient être ceux d'Irma, et s'était empressé de redescendre en se laissant glisser sur la rampe.

« Vous entendez ce qu'il dit ? siffla l'irascible dame en suivant son frère avec une irritation croissante. Alfred, vous entendez ce qu'il dit ?

– Je l'entends, dit le docteur, je l'entends. C'est difficile à avaler. »

Finelame approcha un fauteuil pour Irma Salprune avec une déférence et une célérité qui la surprirent. Elle l'observa attentivement, la bouche un peu moins pincée, froissant les plis de sa robe noire autour de ses hanches lorsqu'elle s'enfonça dans le fauteuil.

« Finelame, dit-elle.

– A votre service, madame. Que puis-je faire pour vous ?

– Qu'est-ce que c'est que ces oripaux ? J'ai dit : " Qu'est-ce que c'est que ces oripaux, mon garçon ? "

– Je regrette infiniment d'avoir à porter devant vous des vêtements si contraires à ma nature délicate. Mais je n'attends que votre bon vouloir pour changer de tenue. Je m'efforcerai d'être prêt dès demain. Etre près de vous, madame, dans votre exquise robe de ténèbres...

– " Robe de ténèbres " est excellent, interrompit le

docteur qui leva sa main blanche et appuya le front contre ses doigts. Une " robe de ténèbres ", ha, ha, ha! quel sens de l'image! Quelle jolie formule!

– Vous l'avez interrompu, Alfred! J'ai dit : " Vous l'avez interrompu! " Je vous ferai préparer une tenue dès demain, Finelame. Vous serez là, je suppose? Où couchez-vous? Couche-t-il ici? Où habitez-vous? où habite-t-il, Alfred? Qu'avez-vous prévu? Rien, je suppose. Avez-vous fait quelque chose, Alfred? Avez-vous fait quelque chose?

– Quel genre de chose, Irma, ma chère? A quoi faites-vous allusion? J'ai fait toutes sortes de choses aujourd'hui. J'ai enlevé un calcul aussi gros qu'une pomme de terre. J'ai joué du violon en sourdine pendant qu'un arc-en-ciel brillait à travers la fenêtre du dispensaire. Je me suis plongé dans la lecture des poètes, dans l'abîme sans fond de leur douleur, ho, ho, ho! dans leurs océans de larmes où je me serais noyé si je n'avais pris la précaution de m'ancrer solidement à la terre! »

Irma savait exactement quand son frère allait se mettre à monologuer, et avait pris l'habitude de ne plus écouter un seul mot de ce qu'il disait. Elle semblait avoir complètement oublié les bruits de pas à l'étage. Elle observait Finelame qui lui servit un autre porto avec une galanterie et un à-propos qui étaient d'une technique parfaite.

« Vous souhaitez être employé, c'est bien cela?

– Je brûle d'être à votre service.

– Pourquoi? Dites-moi, pourquoi?

– J'ai toujours essayé d'équilibrer en moi l'intuition et la raison, madame. Mais, avec vous, c'est impossible, car mon désir de vous servir est si fort qu'il éclipse mes raisons, quoiqu'elles soient nombreuses. J'ai simplement l'intuition que le destin m'a appelé sous votre toit. Et c'est pourquoi, conclut-il avec un sourire cocasse, je ne peux vous donner de raisons.

– Mêlé à cette impulsion métaphysique, à cet appel de la destinée dont vous parlez avec une si éloquente modestie, dit le docteur, il y a sans doute le désir de saisir la première occasion d'échapper à Lenflure et aux tâches déplaisantes qu'il vous imposait ?

– C'est exact », dit Finelame.

Cette réponse directe enchanta le médecin qui, s'extirpant de son fauteuil, se versa un autre verre de cognac en souriant de toutes ses dents. Il était particulièrement séduit par le mélange de ruse et d'honnêteté qui caractérisait l'intelligence de Finelame. Il ne se doutait pas encore que cet amalgame était l'une des couches profondes de sa personnalité.

Salprune et sa sœur étaient ravis d'avoir rencontré un jeune homme intelligent, même s'il était des plus bizarres. Les personnes cultivées ne manquaient pas à Gormenghast, mais les Salprune les voyaient rarement à cette époque. La comtesse goûtait fort peu les plaisirs de la discussion, et le comte était généralement trop déprimé pour se laisser entraîner dans des sujets qu'il aurait pu débattre à l'infini avec sa dialectique rêveuse. Quant aux jumelles, il était impossible d'avoir avec elles la moindre conversation.

A part les domestiques, il y avait beaucoup d'autres personnes que le docteur voyait presque chaque jour en accomplissant ses obligations sociales ou professionnelles. Mais il était un peu lassé de leur commerce, et fut agréablement surpris de découvrir que, malgré sa jeunesse, Finelame avait l'esprit vif et savait jongler avec les mots.

Irma voyait moins de gens que son frère. Le compliment de Finelame à propos de sa robe lui avait fait plaisir, et elle était flattée par les attentions dont il l'entourait. Il avait, certes, un petit air misérable, mais elle s'occuperait de sa tenue. Les petits yeux brillants et rapprochés évoquaient des yeux de singe, mais elle commençait à s'y habituer, et il y avait quelque chose d'excitant dans la manière dont ils étaient fixés sur elle.

Le jeune homme ne la regardait pas seulement comme

on regarde une grande dame, plutôt comme une personne du sexe. Irma avait un esprit aigu, mais à la différence de son frère, superficiel. Elle sentit instinctivement que l'intelligence de Finelame s'apparentait à la sienne, avec une force de pénétration supérieure. Elle avait passé l'âge de chercher un mari. D'ailleurs, à supposer qu'un homme eût jamais pensé à elle sous ce jour, il lui eût fallu un courage presque surhumain pour oser aborder la question. Irma Salprune n'avait jamais rencontré cette perle rare, et tous ses admirateurs s'étaient prudemment retranchés derrière des compliments alambiqués.

Lorsque Irma avait entendu Finelame marcher derrière la porte de sa chambre, elle était dans un état voisin de la dépression nerveuse. Il arrive parfois que la rêverie vagabonde dans le passé en s'attardant sur les périodes les plus noires. Irma s'était laissé prendre au piège, et, aujourd'hui, elle avait cru toucher le fond. Après avoir rajusté ses lunettes avec irritation, elle s'était assise devant son miroir en se tordant les mains. Elle ne voulait pas savoir qu'elle avait un cou trop long, une bouche mince et dure, un nez infiniment trop pointu. Elle ne voyait que l'épaisse toison de cheveux gris soigneusement tirés qui lui descendaient très bas sur le cou en un chignon impeccablement noué, et faisait grand cas de la qualité de sa peau d'une blancheur de nacre. A ses yeux, ces deux merveilles la destinaient à être un objet de culte, une déesse adorée par des milliers d'admirateurs. Mais où était-elle cette foule? Où était celui qui s'extasierait devant la courbe savante de sa chevelure ou la nacre parfaite de son teint? La galanterie de Finelame lui avait passé un peu de baume sur le cœur.

Ils s'étaient maintenant assis. Le docteur n'aurait jamais osé prescrire à l'un de ses patients une dose de cognac comparable à celle qu'il venait d'avaler. Il parlait en s'accompagnant du geste, et semblait prendre plaisir à contempler les arabesques de ses doigts qui soulignaient délicatement ses propos.

Sa sœur avait également forcé sur le porto, et commençait à en ressentir les effets. Chaque fois que Finelame ouvrait la bouche, elle acquiesçait d'un brusque mouvement de tête, comme si elle partageait entièrement ses vues.

« Alfred, dit-elle, je vous parle. Vous m'entendez, Alfred? J'ai dit : " Vous m'entendez, Alfred? "

– Très distinctement, ha, ha, ha! ma chère sœur. J'entends votre voix résonner dans ma moyenne oreille. En fait, elle éclate dans mes deux oreilles et me perce doublement les tympans. Qu'y a-t-il, chair de ma chair?

– Nous le vêtirons de gris pâle.

– Qui donc, sang de mon sang? Qui vêtirons-nous d'un pourpoint de colombe?

– Qui? Comment pouvez-vous dire " qui "? Ce jeune homme, Alfred, ce jeune homme. Il prend la place de Boulette. Demain, je renvoie Boulette. Il a toujours été lent et maladroit. Vous êtes bien d'accord avec moi, Alfred? J'ai dit : " Vous êtes bien d'accord avec moi? "

– Je suis dans les nuages, os de mon os. Loin, loin dans les nuages. Je vous passe les rênes, Irma. Prenez-les, et fouette cocher, le monde vous attend... »

Finelame vit que la poire était mûre.

« Je suis sûr que je vous donnerai toute satisfaction, madame. Ma récompense sera de vous voir peut-être une fois encore, peut-être deux fois, dans cette robe sombre qui vous va si bien. J'ai remarqué une petite tache sur l'ourlet. Avec votre permission, je l'enlèverai demain. »

Puis, avec cette simplicité stupéfiante dont il truffait ses remarques il ajouta :

« Où puis-je dormir? »

Irma se leva d'un air guindé. Il y avait longtemps qu'elle n'avait pas fait autant d'efforts pour se montrer à la hauteur de sa réputation de grande dame. D'un geste singulièrement théâtral, elle lui fit signe de le suivre et ouvrit la marche vers la porte. Quelque part au creux de sa poitrine, un minuscule oiseau avait commencé à chanter.

« Partez-vous à jamais? s'écria le docteur, vautré au fond du fauteuil. Allez-vous m'abandonner dans une île déserte, ha, ha, ha! jusqu'à l'éternité?

– Ce soir, oui, répliqua la voix de sa sœur. Finelame vous verra demain matin. »

Le docteur bâilla en découvrant une dernière fois ses dents étincelantes, puis tomba dans un profond sommeil.

Irma conduisit Finelame jusqu'à une chambre du second étage. Le jeune homme remarqua que la chambre était simple, spacieuse et confortable.

« Je vous ferai appeler demain matin pour vous donner mes instructions. Vous m'entendez? Vous m'entendez?

– Avec grand plaisir, madame. »

Elle semblait juchée sur des échasses, tant elle faisait d'efforts pour rendre sa démarche attirante. La soie noire de sa robe brillait à la lumière des bougies, et froufroutait à chaque pas. Elle se retourna vers la porte et Finelame s'inclina, la tête respectueusement baissée jusqu'à ce qu'elle eût refermé la porte derrière elle.

Alors, il se dirigea rapidement vers la fenetre et l'ouvrit. Au-delà de la cour, le château s'élevait comme une montagne obscure dans la nuit. Il sentit la fraîcheur de l'air sur son front bombé. Les traits de son visage avaient gardé leur immobilité de masque, mais, tout au fond de lui-même, il était secoué par un rire silencieux.

Pendant que Nannie somnole

Laissons pour l'instant Finelame exercer ses multiples talents chez les Salprune. Tour à tour infirmier, homme à tout faire, majordome, invité de marque, il devint vite un rouage essentiel de la maisonnée. Jour après jour, ses manières insinuantes produisirent un effet plus insidieux, et il fit bientôt partie du *ménage**. Seul le cuisinier, qui était un vieux serviteur, le traitait comme un intrus. Il avait horreur des parvenus et nourrissait à son égard des soupçons à peine déguisés.

Le docteur s'aperçut que le garçon apprenait avec une grande facilité et, au bout de quelques semaines, il lui confia entièrement le travail du dispensaire. Les produits chimiques et les drogues exerçaient sur Finelame une fascination irrésistible et Salprune le trouva plus d'une fois en train de composer des potions de son invention.

Le fruit de tout cela serait une terrible tragédie.

A l'intérieur du château, le rituel continuait d'être scrupuleusement respecté, mais l'excitation qui avait suivi la naissance de Titus était encore perceptible. Comme elle l'avait annoncé, la comtesse n'avait tenu aucun compte de l'avis du médecin et s'était levée.

Elle se sentit très faible au début, mais fut tellement irritée de ne pouvoir saluer l'aurore comme elle en avait l'habitude, accompagnée du grand flot blanc de ses chats, qu'elle défia la lassitude de son corps.

Au cours des trois aubes qui avaient suivi la naissance de Titus, elle avait entendu ses chats l'appeler en miaulant depuis la pelouse située soixante pieds au-dessous de sa chambre. Clouée sur son lit, à la lumière vacillante des bougies, elle avait été envahie d'une terrible détresse

* En français dans le texte (N.D.T.).

et, dans sa nostalgie d'aller les rejoindre, son corps gigantesque s'était couvert de sueur.

La frustration qu'elle éprouvait était plus douloureuse encore que son état physique, et, sans le réconfort des oiseaux, elle aurait sombré dans le désespoir. La population toujours changeante de ses enfants à plumes fut le seul rayon de soleil dans les ténèbres de ces quelques jours qui lui parurent aussi longs que des mois.

La corneille blanche, si volage auparavant, devint le plus constant de ces visiteurs qui apparurent à travers le lierre de la fenêtre. La comtesse conversait avec l'oiseau une heure durant, le houspillant d'une voix profonde en le traitant de « *bandit* » ou de « *Maître Craie* ».

Toute la gent ailée vint lui rendre visite et la chambre résonnait de chants. Parfois, quand les oiseaux sentaient le besoin de se dégourdir les ailes, ils s'envolaient l'un après l'autre vers la fenêtre de lierre et, dans un désordre de plumes multicolores, menaient grand tapage autour de l'étroite ouverture comme s'ils attendaient leur tour pour prendre leur essor.

Il arrivait ainsi que la dame d'Enfer restât presque seule. Une fois, elle n'eut pour compagnons qu'un traquet et un vieux hibou.

Elle était maintenant suffisamment forte pour marcher et observer les ébats de ses protégés dans le ciel. Elle allait souvent s'asseoir sous une tonnelle, au bout de l'immense pelouse. Le soleil venait attiser le feu roux qui couvait dans ses boucles sombres, et faisait ressortir la pâleur de son visage et de son cou pendant qu'elle regardait la houle neigeuse des fourrures lovées à ses pieds.

Nannie s'était aperçue qu'elle avait de plus en plus besoin de l'aide de Keda, mais répugnait à se l'avouer. Il y avait en Keda un calme qui la dépassait. Elle s'efforçait en vain d'impressionner la jeune femme en faisant preuve d'une autorité qu'elle ne possédait pas, et se tenait constamment aux aguets pour essayer de la prendre en défaut. C'était une attitude si évidente et si pathétique que la fille des huttes d'argile ne s'en formalisait nullement. Même si la gouvernante cherchait à lui faire sentir ses distances, elle savait que la pauvre vieille serait à nouveau bientôt au bord des larmes, et viendrait se réfugier contre son épaule pour y enfouir une tête tremblante.

Keda avait nourri Titus en veillant tendrement sur lui, mais savait qu'elle devait retourner dans les huttes d'argile. Elle avait quitté son peuple soudainement, comme quelqu'un qui, appelé par la Providence, abandonne tout pour une vie nouvelle. Elle comprenait maintenant qu'il lui faudrait quitter le château dès que l'enfant n'aurait plus besoin d'elle. Elle commettrait une faute en restant, car ce n'était pas sans raison qu'elle avait si rapidement répondu à l'appel de Nannie Glu.

Jour après jour, de la fenêtre de la petite chambre qu'on lui avait donnée à côté de celle de la vieille nurse, elle regardait fixement la haute muraille du château qui lui cachait les huttes qu'elle avait toujours connues et où son cœur avait été si cruellement déchiré au cours de l'année écoulée.

L'enfant qu'elle avait perdu était le fils d'un vieux sculpteur au talent incomparable, et les lois d'airain de son peuple l'avaient obligée à l'épouser, car les sculpteurs dont le génie était unanimement reconnu avaient le droit, une fois dépassée la cinquantaine, de choisir une jeune fille pour épouse. Leur choix était irrévocable. Cette coutume immémoriale avait obligé Keda à devenir l'épouse de cet homme qui, bien qu'acariâtre et grossier, brûlait d'une vitalité qui défiait les années.

Il sculptait du matin au soir, jusqu'à ce que la lumière le trahît. Il examinait son œuvre de près, ou au contraire s'en éloignait un peu et s'accroupissait de manière grotesque, plissant les yeux dans la lumière du soleil. Puis il bondissait sur la statue, comme une bête sauvage prête à déchirer sa proie paralysée par la terreur. Mais, quand il atteignait la figurine, il passait sa grande main sur le bois avec la délicatesse d'un amant caressant les seins de sa maîtresse.

La cérémonie avait eu lieu sur la colline des mariages, au sud des Bois d'Epines. Seuls sur la colline, les époux avaient entendu la voix d'un ancien les appeler loin dans l'obscurité, et, selon la tradition, Keda avait pris les mains de son époux et posé les pieds sur les siens.

Trois mois plus tard, le sculpteur était mort. Laissant tomber burin et marteau, il avait brusquement porté les mains à son cœur et, retroussant les lèvres, s'était effondré sur le sol comme une outre dégonflée.

Keda se retrouva seule. Elle ne l'avait pas aimé, mais avait admiré la fièvre créatrice qui le consumait. Elle était libre à nouveau. Ou plutôt elle croyait l'être, car, le jour de sa mort, elle avait senti quelque chose bouger dans ses entrailles. Maintenant, presque un an plus tard, l'enfant reposait près du père, dans la terre sèche.

La terrible vieillesse qui s'abattait soudain sur les Habitants des Huttes n'avait pas encore ravagé les traits de Keda. Mais elle était si proche que la beauté révoltée de son visage lui lançait un défi, comme le cerf traqué fait face à la meute, les andouillers frémissants dans un dernier sursaut d'orgueil.

Une beauté étrange, fiévreuse, auréolait le visage des filles des huttes, un mois avant le ravage fatal. Jusqu'à cette heure tragique, leurs traits gardaient une innocence enfantine, une transparence de cristal qui ne laissait en rien présager l'avenir. Lorsque cette clarté commençait à s'obscurcir, comme une flamme souillée de fumée, une splendeur douloureuse incendiait le visage des femmes.

Assise dans la chambre de Nannie Glu, par un chaud après-midi, Keda donnait le sein à Titus. Elle se tourna vers la vieille nurse et annonça tranquillement :

« A la fin du mois, je retournerai dans les huttes; Titus est assez fort maintenant. Il n'a plus besoin de moi. »

La tête de Nannie dodelinait. Elle était toujours plus ou moins en train de somnoler, mais quand elle comprit le sens des paroles de Keda, elle ouvrit les yeux et se redressa brusquement.

« Non ! Non ! cria-t-elle d'une voix effrayée. Tu ne dois pas t'en aller ! C'est impossible ! Absolument impossible ! Oh ! Keda, tu sais combien je suis vieille... »

Elle traversa la pièce en courant et se pendit au bras de Keda. Puis, pour sauver les apparences, elle ajouta précipitamment :

« Je t'ai dit de ne pas l'appeler Titus. Il faut que tu dises " Lord Titus " ou " Monseigneur ". (Elle revint à ses ennuis avec une sorte de soulagement.) Tu ne peux pas partir ! C'est impossible !

– Je dois partir, dit Keda. J'ai mes raisons.

– Pourquoi ? Pourquoi ? Pourquoi ? cria Nannie à travers les larmes qui commençaient à inonder son visage infantile et ridé. Pourquoi dois-tu partir ? (Elle se mit à taper du pied, mais sa pantoufle minuscule ne fit aucun bruit.) Réponds-moi ! Réponds-moi ! Pourquoi m'abandonnes-tu ? dit-elle en tordant ses mains. Je le dirai à la comtesse. Je le dirai... »

Sans lui prêter la moindre attention, Keda passa Titus d'une épaule sur l'autre et il cessa de pleurer.

« Je suis sûre que vous saurez veiller sur lui. Et vous trouverez quelqu'un d'autre pour vous aider, quand vous ne pourrez plus vous en occuper toute seule.

– Mais l'autre ne sera pas comme toi, cria Nannie Glu d'une voix perçante, comme si elle en voulait à Keda d'être si compétente. Elle ne sera pas comme toi. Elle me brutalisera ! Il y en a qui brutalisent les vieilles femmes comme moi. Oh ! mon cœur ! Oh ! mon pauvre vieux cœur ! Que vais-je devenir ?

– Allons, dit Keda. Ce n'est pas si tragique.

– Si, ça l'est ! s'écria Nannie Glu d'un ton de nouveau autoritaire. Si, ça l'est ! Et même c'est pire. Bien pire. Tout le monde m'abandonne parce que je suis vieille.

– Vous devez trouver quelqu'un en qui vous ayez confiance. J'essaierai de vous aider.

– C'est vrai ? C'est vrai ? s'écria Nannie Glu, qui porta

la main à sa bouche, fixant la jeune femme de ses yeux bordés de rouge. Oh ! Keda, est-ce bien vrai ? Ils me font tout faire. La mère de Fuchsia me laisse tout sur le dos. C'est à peine si elle a regardé son petit prince, hein que c'est vrai ? Hein que c'est vrai ?

– Oui. Elle ne l'a pas regardé. Mais il est heureux. »

Elle leva l'enfant et le coucha dans son berceau. Il pleurnicha pour la forme, puis se mit à sucer son pouce avec satisfaction. Soudain, Nannie Glu agrippa de nouveau le bras de Keda.

« Tu ne m'as pas dit pourquoi ? Pourquoi tu m'abandonnes ? Tu ne me dis rien. Jamais. Je suppose que c'est parce que je n'en vaux pas la peine, parce que je ne compte pas ? Pourquoi ne me dis-tu rien ? Oh ! mon pauvre cœur, je suis trop vieille, c'est pour ça que personne ne me dit jamais rien...

– Je vais vous dire pourquoi il faut que je parte, dit Keda. Asseyez-vous et écoutez-moi. »

Nannie s'assit sur une chaise basse et joignit ses mains ridées.

« Raconte-moi tout », dit-elle.

Keda ne sut jamais pour quelle raison elle rompit le long silence qui faisait si intimement partie de sa nature. Se confier à un être qui pouvait à peine comprendre ce qu'elle disait lui donna l'impression de se parler à elle-même tout en soulageant son cœur d'un fardeau.

Elle s'assit sur le lit de la vieille femme, près du mur. Elle s'assit très droite, les mains sur les genoux, suivit des yeux un nuage qui errait paresseusement derrière la fenêtre, puis se tourna vers Nannie Glu.

« Le soir où vous êtes venue chercher une nourrice, dit Keda d'une voix calme, j'étais profondément troublée. C'était l'amour qui me troublait, et je suis toujours aussi tourmentée. J'avais peur de l'avenir, mon passé n'était que tristesse et dans le présent, vous aviez besoin de moi, et moi d'un refuge. Voilà pourquoi je suis venue. (Elle fit une pause.) Dans le village d'argile, deux hommes m'aimaient. Ils m'aimaient trop. D'une manière trop violente. »

Elle posa son regard sur Nannie Glu, mais c'est à peine si elle remarqua que les lèvres fanées de la vieille femme étaient pincées et qu'elle penchait la tête comme un moineau. Elle poursuivit, calmement :

« Mon mari était mort. C'était un Brillant Sculpteur, et il est mort en sculptant. Je m'asseyais à l'ombre de notre demeure, et le regardais sculpter la tête d'une dryade dont les traits devenaient jour après jour plus visibles. Il me semblait que son burin faisait surgir l'enfant des feuilles. Il ne se reposait jamais. Il luttait avec le bois qu'il regardait fixement et ne quittait pas son œuvre des yeux, ciselant la matière pour donner vie à sa dryade. Un soir, je sentis mon enfant bouger dans mon ventre. A cet instant précis, le cœur de mon mari s'arrêta de battre, et ses outils lui tombèrent des mains. Je me précipitai vers lui et m'agenouillai près de son corps. Son burin gisait dans la poussière. Au-dessus de nous, la dryade inachevée regardait rêveusement les Bois d'Epines, un gland de chêne entre les dents... On l'enterra, mon brutal époux, dans la longue vallée sablonneuse, la vallée des tombes où les nôtres sont toujours ensevelis. Les deux hommes qui m'aimaient, qui m'aiment encore, transportèrent son corps et le déposèrent dans la fosse qu'ils avaient creusée. Il y avait là une centaine d'hommes et une centaine de femmes. Mon mari était un sculpteur incomparable. Son corps fut recouvert de sable, et un nouveau tertre poussiéreux s'éleva dans la vallée silencieuse. Mes deux amants ne me quittèrent pas des yeux pendant les funérailles. Moi, je ne pouvais penser à celui que nous pleurions, je ne pouvais pas penser à la mort. Je ne pensais qu'à la vie, au mouvement de la vie, non à l'immobilité de la mort. Ces funérailles me semblaient absurdes, irréelles. Je n'arrivais pas à imaginer que la vie pût cesser. J'étais vivante, *vivante*. Deux hommes me dévoraient des yeux, de l'autre côté de la tombe. Je ne voyais que leurs ombres, car je n'osais lever la tête de peur de leur montrer ma joie. Mais je savais qu'ils me regardaient, et je savais que j'étais jeune. Ils étaient dans la force de l'âge. Leurs traits n'étaient pas encore ravagés par le fléau cruel auquel aucun de nous n'échappe. Ils étaient forts et jeunes. Lorsque mon mari vivait, j'avais évité de les rencontrer. L'un m'avait apporté des fleurs blanches cueillies dans les Bois d'Epines, l'autre une pierre sombre de la montagne de Gormenghast, mais je n'avais pas voulu les voir. Je sais reconnaître la tentation. Tout cela se passait il y a longtemps, et les choses sont changées maintenant. Mon enfant est mort, mes amants se haïssent. Lorsque vous êtes venue me chercher, mon cœur était déchiré car leur jalousie ne faisait que croître. C'est pour éviter que le sang ne soit versé que je vous ai accompagnée au château, en cette nuit terrible. »

Elle s'arrêta et replaça une boucle de cheveux qui lui était tombée sur le front. Elle ne regarda pas Nannie Glu, qui clignait des yeux et hochait la tête d'un air entendu.

« Où sont-ils maintenant ? Combien de fois ai-je rêvé d'eux ! Combien de fois, la tête sur l'oreiller, ai-je crié " Rantel ! ", que j'avais vu cueillir la Racine de Jarl, les cheveux en désordre sur les yeux... ou " Braigon ", que j'avais vu rêver dans la futaie ! Pourtant, je ne brûle plus qu'à moitié, une partie de mon être reste froide. Je ne suis pas, comme eux, noyée dans le fleuve haineux de l'Amour. Je ne peux que les regarder et les craindre, craindre la faim qui dévore leurs yeux. L'exaltation qui m'avait saisie près de la tombe a disparu. Maintenant, je suis lasse, lasse de la haine que j'ai éveillée. Lasse d'en être la cause et de ne pouvoir rien faire. Je sens la beauté me quitter, et la paix descendre sur moi, mais c'est trop tôt ! Beaucoup trop tôt ! (Keda leva la main et essuya les larmes qui coulaient lentement sur ses joues.) J'ai besoin d'amour... » murmura-t-elle.

Déconcertée d'en avoir tant dit, Keda se leva du lit et se tint debout, très droite, puis baissa les yeux vers

Nannie Glu. Sa solitude avait été si grande pendant son monologue qu'il lui sembla naturel de retrouver la vieille femme endormie. Elle se dirigea vers la fenêtre : la lumière de l'après-midi inondait les tours. Un oiseau voletait dans le lierre bruissant et, loin au-dessous d'elle, une voix interpella quelqu'un d'invisible. Puis le silence revint. Elle respira profondément et se pencha dans la lumière. Les mains appuyées sur le rebord de la fenêtre, elle laissa son regard errer sur les tours, mais ses yeux étaient inexorablement attirés par la haute muraille qui la séparait de son peuple, de son enfance et de ses passions.

Craclosse apporte un message

L'automne revint sur Gormenghast, comme un spectre réintégrant son antre. Son souffle pénétrait jusque dans les corridors oubliés, et le château s'était métamorphosé : il était devenu l'automne, et ses habitants, des ombres.

Emergeant au milieu des brumes, chaque pierre froide exhalait la saison. Les arbres aux formes torturées brûlaient près du lac sombre et leurs feuilles ruisselantes arrachées par le vent décrivaient des farandoles à travers les tours. Lovés sur eux-mêmes, les nuages se désagrégeaient lentement, ou rampaient lourdement dans la cour en plein ciel, se dissolvant en tentacules de brume qui se glissaient entre les tourelles et grimpaient le long des murs cachés.

Au sommet de la tour des Silex, les hiboux ululaient inhumainement dans les galeries de pierre, ou se laissaient tomber dans les ténèbres pleines de rafales pour rejoindre leurs terrains de chasse à grands coups d'ailes silencieux.

Fuchsia restait de moins en moins à l'intérieur du

château. Plus le temps devenait menaçant, plus elle prolongeait les longues marches qui étaient devenues sa distraction favorite. Elle retrouvait le plaisir qu'elle avait éprouvé plusieurs années auparavant, lorsqu'elle entraînait Nannie Glu dans d'interminables randonnées qui avaient semblé à la vieille femme aussi hasardeuses que gratuites. Mais Fuchsia n'avait plus besoin d'une compagne maintenant, et elle n'en désirait pas.

Revoyant les lieux sauvages qu'elle avait presque oubliés, elle éprouva un sentiment d'exaltation et de solitude. Ce mélange de douceur et d'amertume lui devint bientôt aussi nécessaire que l'atmosphère de son grenier. Sourcils froncés, elle observait les arbres qui changeaient de couleur, et remplissait ses poches de grandes feuilles dorées, de fougères rousses, et de toutes sortes d'objets ramassés dans les bois ou les rochers. Sa chambre se remplit de pierres aux formes étranges qui avaient séduit son imagination, de champignons semblables à des mains ou à des assiettes, de silex bizarrement taillés et de branches tordues.

Sachant qu'il était inutile de faire la moindre observation, Nannie Glu tirait sur sa lèvre en regardant Fuchsia vider ses poches. Chaque soir, de nouveaux trésors s'empilaient dans la chambre où il était devenu extrêmement difficile de circuler. Collées ou épinglées sur le mur, de grandes feuilles trônaient entre les dessins de Fuchsia, et le plancher de la chambre était jonché de trophées.

« N'en as-tu pas assez, ma chérie? » dit Nannie un soir où Fuchsia rentra tard et posa sur le lit une grosse pierre couverte de mousse.

La mousse était piquée de frondes de fougère et de fleurs blanches pas plus grosses que des moucherons.

Fuchsia n'avait pas entendu la question de la vieille dame, qui s'avança à pas menus jusqu'au bord du lit.

« N'en as-tu pas assez, ma folie? Oh! si, oh! je crois bien que si... Bien assez pour ta chambre, ma chérie.

Mon Dieu, que tu es sale ! Oh ! mon pauvre cœur, que tu es peu appétissante ! »

Fuchsia rejeta en arrière ses cheveux trempés qui retombèrent comme un monceau d'algues noires sur le col de sa cape. Elle fit des efforts désespérés pour dégrafer le bouton du col, et, lorsque la cape de velours tomba sur le sol, elle la poussa d'un coup de pied sous le lit.

Alors elle sembla voir Nannie Glu pour la première fois. Se penchant en avant, elle l'embrassa fougueusement sur le front, et des gouttes de pluie tombèrent sur les vêtements de la vieille nurse.

« Oh ! sale petite écervelée ! Quelle engeance... Oh ! mon pauvre cœur, comment as-tu pu ? (Elle perdit soudain le contrôle d'elle-même et se mit à taper du pied.) Sur mon satin noir, insolente petite peste dégoûlante et mouillée ! Oh ! ma pauvre robe ! Pourquoi ne peux-tu pas rester en place quand il y a de la boue et de la pluie ? Tu as toujours été méchante avec moi. Toujours, toujours !

– Ce n'est pas vrai », dit Fuchsia en serrant les poings.

La pauvre vieille nurse se mit à pleurer.

« Tu me crois ? dit Fuchsia. Tu me crois ?

– Je ne sais pas, je n'en sais rien, dit Nannie. Tout le monde est méchant avec moi, comment le saurais-je ?

– Alors je m'en vais », dit Fuchsia.

La gorge de Nannie se serra. Elle releva brusquement la tête.

« T'en aller ? s'écria-t-elle d'une voix plaintive. Non, non ! Tu ne dois pas t'en aller. »

Puis elle ajouta, le regard oscillant entre la curiosité et la peur :

« Partir où ? Où pourrais-tu aller, chérie ?

– Loin d'ici, dans un autre pays où les gens ne sauront pas qui je suis, et seront surpris d'apprendre que je suis Lady Fuchsia, où ils me traiteront bien, seront polis et me rendront hommage parfois. Où je continuerai à rapporter des feuilles, des cailloux brillants et des champignons des bois, quoi qu'ils pensent.

– Tu partirais loin de moi? dit Nannie d'une voix tellement mélancolique que Fuchsia la prit dans ses bras vigoureux.

– Ne pleure pas, ça te fait du mal. »

Nannie Glu leva de nouveau les yeux. Cette fois, ils étaient remplis d'amour pour son « enfant ». Malgré la tendresse qu'elle éprouvait, elle sentit qu'elle ne devait pas céder.

« Faut-il absolument que tu sortes sous la pluie et que tu continues à déchirer tes vêtements, ma folie? N'es-tu pas assez grande pour comprendre qu'on ne sort que lorsqu'il faut beau?

– J'aime l'automne, répondit très lentement Fuchsia. C'est pourquoi je sors par tous les temps. Je regarde.

– Ne peux-tu pas regarder par la fenêtre, ma précieuse? Tu resterais en même temps au chaud, bien que je ne voie pas tellement ce qu'il y a à regarder. Mais je ne suis qu'une pauvre vieille bête.

– Je sais ce que j'ai à faire, dit Fuchsia. Tu n'as pas besoin de te préoccuper. Je découvre des choses.

– Tu es une tête de mule, répondit Nannie Glu avec un brin de maussaderie. Je sais beaucoup de choses, oh! oui, beaucoup plus que tu ne crois! Mais je vais t'apporter ton thé tout de suite. Tu pourras le prendre près du feu, et j'amènerai mon petit trésor; il faut que je le réveille maintenant. Oh! mon Dieu, il y a tant de choses à faire! Oh! mon pauvre vieux cœur, je me demande combien de temps il va tenir! »

Elle suivit le regard de Fuchsia, et aperçut la grosse pierre posée sur le lit. Une tache humide s'étalait sur le couvre-pieds.

« Quelle sale petite peste! Pourquoi as-tu ramassé cette pierre? Pourquoi, ma chérie? Pour en *faire* quoi? Tu ne m'écoutes jamais! Tu ne grandis pas en sagesse, comme tu me l'as promis. Il n'y a plus personne pour m'aider maintenant, Keda est partie. C'est moi qui fais tout. (Nannie Glu s'essuya les yeux du revers de la main.) Change-toi. Enlève immédiatement ces chaussures pleines de boue. Autrement, tu n'auras rien du tout. »

La vieille femme tripota maladroitement la poignée, puis ouvrit la porte et s'éloigna dans le couloir en traînant les pieds, une main serrée sur la poitrine.

Fuchsia enleva ses chaussures sans défaire les lacets, se débarrassa de sa robe et s'en servit pour frotter sa chevelure humide devant le feu. Puis, s'enveloppant d'une couverture chaude, elle se laissa tomber dans un fauteuil près de l'âtre. Bercée par la douceur familière, les yeux mi-clos, elle fixa d'un air absent les flammes bondissantes.

Lorsque Nannie Glu revint avec le plateau de thé, chargé de scones, de pain, de beurre, d'œufs et d'un pot de miel, elle trouva Fuchsia endormie. Posant le plateau près du feu, elle se dirigea sur la pointe des pieds vers la porte, et réapparut moins d'une minute après avec Titus dans les bras. Il était habillé de blanc, ce qui faisait ressortir les couleurs de son visage. Pratiquement chauve à la naissance, son crâne s'ornait maintenant d'un toupet de cheveux aussi noirs que ceux de sa sœur.

Portant Titus, Nannie Glu s'assit en face de Fuchsia. Elle la regarda d'un air perplexe, en se demandant s'il valait mieux la réveiller tout de suite, ou la laisser dormir et refaire du thé. « Les scones aussi seront froids. Oh ! qu'elle est fatigante... » Un coup violent frappé à la porte résolut le problème. La vieille nurse sursauta, serra Titus contre son épaule, et Fuchsia se réveilla brusquement.

« Qui est-ce ? cria Nannie Glu. Qui est-ce ?

– Craclosse », répondit la voix du serviteur de Lord Tombal.

La porte s'entrouvrit et un visage osseux apparut dans la haute embrasure.

« Eh bien ? dit Nannie en secouant brusquement la tête. Eh bien, qu'est-ce que c'est ? »

Fuchsia leva les yeux vers l'étroite ouverture et aperçut les traits cadavériques.

« Pourquoi n'entres-tu pas? dit-elle.

– Pas invité », répondit-il d'une voix neutre.

Craclosse entra enfin dans la chambre, les genoux craquant à chaque pas. Ses yeux allèrent de Fuchsia à Nannie Glu, puis de Nannie Glu à Titus, s'attardèrent quelques instants sur le plateau de thé, et revinrent se poser sur Fuchsia, toujours enveloppée dans la couverture. Lorsqu'il rencontra le regard de Fuchsia, il leva mécaniquement la main droite et se servit de cette griffe pour se gratter la bosse qu'il avait sur le dos du crâne.

« Message du comte », dit-il.

Ses yeux se posèrent de nouveau sur le plateau.

« Il veut me voir? demanda Fuchsia.

– Lord Titus, dit Craclosse, dévorant des yeux thé, scones, pain, beurre, œufs et pot de miel.

– Vous avez dit qu'il veut voir Titus? » s'écria Nannie Glu dont les pieds essayaient en vain d'atteindre le sol.

Craclosse approuva comme un automate.

« M'a envoyé. Coin de la cour sous l'arche. Huit heures et demie, ajouta-t-il en s'essuyant les mains sur ses vêtements.

– Il veut voir mon petit roi, chuchota Nannie à Fuchsia qui, si elle n'éprouvait plus d'antipathie pour son frère, était loin de lui vouer un culte comme la vieille nurse.

– Il veut voir ma petite merveille.

– Pourquoi pas? » dit Craclosse.

Il ajouta : « Neuf heures. Bibliothèque », puis retomba dans son mutisme habituel.

« Oh! mon pauvre cœur! Ce n'est pas une heure pour lui, bredouilla Nannie Glu en serrant Titus contre elle.

– Craclosse, dit Fuchsia qui avait remarqué le plateau de thé, tu veux manger quelque chose. »

En guise de réponse, l'arachnéen serviteur se dirigea immédiatement vers une chaise qu'il avait repérée du coin de l'œil, et revint s'asseoir entre les deux femmes. Il sortit une montre au boîtier terni, lui lança un regard venimeux, comme à son plus mortel ennemi, et la replongea dans l'une des poches secrètes de son habit graisseux.

Nannie réussit à s'extirper de la chaise, et posa Titus sur un coussin, devant le feu. Elle apporta une tasse à Craclosse et commença à servir le thé. Ils restèrent un long moment silencieux, grignotant les scones et sirotant le thé. Chacun tendait la main vers le plateau posé sur le sol et se servait sans se préoccuper des autres. Les flammes dansaient allégrement dans l'âtre, tandis qu'au-dehors et dans les couloirs les courants d'air humides et glacés de l'automne vous transperçaient les os.

Craclosse consulta de nouveau sa montre. Il s'essuya la bouche d'un revers de la main et se leva. Ce faisant, il renversa une assiette posée à côté de sa chaise. Le bruit de la porcelaine brisée le fit sursauter, et il agrippa d'une main tremblante le dossier de la chaise. Titus fit la lippe, comme s'il allait se mettre à pleurer, puis oublia ce qui lui avait fait peur.

Fuchsia fut surprise de voir que Craclosse était si agité. Elle le connaissait depuis l'enfance. Il n'avait jamais montré le moindre signe de nervosité.

« Pourquoi trembles-tu? dit-elle. Je ne t'ai jamais vu trembler. »

Craclosse reprit ses esprits, se rassit brusquement et tourna vers Fuchsia un visage inexpressif.

« C'est la nuit, dit-il d'une voix blanche. Je ne dors pas, Lady Fuchsia. »

Il éclata d'un rire funèbre évoquant le grincement d'une lame de couteau sur un objet rouillé.

Il se redressa soudain, entrebâilla la porte avec précaution, et, après avoir scruté le couloir, disparut peu à peu par l'embrasure de la porte qui se referma avec un bruit sec.

« Neuf heures..., dit Nannie d'une voix tremblante. Pourquoi ton père veut-il voir mon petit roi à neuf heures? Qu'est-ce qu'il peut bien lui vouloir? »

Epuisée par sa longue journée dans les bois trempés, Fuchsia dormait de nouveau profondément, et la lumière rouge du foyer dansait sur son visage abandonné.

La bibliothèque

La bibliothèque du château était située dans l'aile est et se détachait comme une étroite péninsule de la masse grise des bâtiments principaux. A mi-chemin, la haute silhouette escarpée de la tour des Silex étendait sa souveraineté sur toutes les tours de Gormenghast.

Jadis, cette tour marquait les limites de l'aile est du château, mais les générations suivantes n'avaient cessé de bâtir. Agrandir cette aile était devenu une tradition, car, prenant pour exemple le Premier Caprice, plus d'un ancêtre de Lord Tombal avait donné libre cours à ses fantaisies architecturales les plus extravagantes. Certaines constructions ne prolongeaient même plus le corps du bâtiment, mais décrivaient des arabesques, ou jaillissaient à angle droit avant de rejoindre la veine principale de la pierre.

La plupart de ces édifices portaient la marque oppressante et lourde qui caractérisait la maçonnerie de Gormenghast, mais chacun avait sa personnalité propre. L'un d'entre eux était surplombé d'une énorme tête de lion sculptée dans la pierre et portant dans sa gueule le cadavre désarticulé d'un homme. Sur son corps étaient ciselés ces mots : *Il fut un ennemi d'Enfer.* Longeant cette construction, il y avait un vaste rectangle entièrement comblé de colonnes si rapprochées les unes des autres qu'il était difficile de se frayer un passage entre elles. Au-dessus de ces colonnades, à une hauteur de quarante pieds, s'étendaient des dalles de pierre qui formaient un toit plat recouvert de lierre. Cette étrange bâtisse n'avait certes jamais été d'aucune utilité, et sa forêt de piliers faisait rêver à une fantastique partie de cache-cache.

Bien d'autres constructions incarnaient les rêves excentriques qui avaient pris corps sur la terre inégale, à l'est du château, entre les masses touffues des conifères, mais la plupart des bâtiments avaient été construits en vue d'un but précis : salle des fêtes, observatoire ou musée. Il y avait aussi des salles de bal et des salles de concert entourées de galeries. Un édifice en ruine avait de toute évidence été une volière. Suspendus au bout de chaînes rouillées, des trapèzes se balançaient encore dans la pièce centrale, et le sol était jonché des coupelles où s'abreuvaient les oiseaux. Les clôtures s'étaient effondrées et, rougis par la rouille, les fils de fer se mêlaient aux mauvaises herbes qui avaient proliféré.

Excepté la bibliothèque, l'ensemble de l'aile est était, à partir de la tour des Silex, une longue procession de reliques oubliées, un Golgotha de maçonneries défilant entre des sapins lugubres dont les aiguilles cachaient le ciel.

La bibliothèque était encastrée entre deux bâtiments. L'un était couronné d'un dôme gris, et la façade de l'autre avait jadis été recouverte de plâtre. Ce plâtre s'était presque entièrement écaillé avec le temps, mais des lambeaux restaient çà et là accrochés à la pierre. Aux couleurs fanées des fragments, on devinait qu'une fresque avait autrefois orné la façade. Aucune porte, aucune fenêtre ne brisait la surface de pierre. Sur l'un des morceaux de plâtre qui avait victorieusement défié des centaines d'orages, on distinguait encore la partie inférieure d'un visage, mais le reste des vestiges était indéchiffrable.

La bibliothèque était moins haute que les deux bâtiments qui l'encadraient, mais elle était beaucoup plus vaste. Le sentier qui longeait l'aile est, tantôt s'enfonçait dans les bois, tantôt se rapprochait du kaléidoscope des murs abrités par l'ombre des sapins, pour décrire enfin un coude brusque qui menait à la porte sculptée. Le sentier se perdait dans les orties devant la moins imposante des portes de la bibliothèque. C'étaient pourtant ces trois marches profondément creusées dans la pierre que Lord Tombal empruntait toujours pour pénétrer dans son royaume. Il ne pouvait s'y rendre aussi souvent qu'il le souhaitait, car le cérémonial qu'il était obligé d'accomplir lui volait plusieurs heures chaque jour et l'empêchait de s'adonner à son unique passion : la lecture.

Malgré ses obligations, il avait l'habitude de se réfugier chaque soir dans sa retraite, quelle que fût l'heure, et d'y rester jusqu'à l'aube du lendemain.

Le soir où Lord Tombal demanda à Craclosse d'aller chercher Titus, il se trouva libre à sept heures. Assis dans un coin retiré de la bibliothèque, il était plongé dans une profonde rêverie.

Eclairée par un unique chandelier, la pièce était plongée dans l'obscurité. Les flammes des bougies n'illuminaient que les reliures des volumes alignés sur les étagères centrales des murs interminables. Une galerie de pierre faisait le tour de la bibliothèque, à environ quinze pieds du sol, et les livres continuaient de tapisser les murs, rayonnage sur rayonnage, comme ils tapissaient les rayons situés sous la galerie.

Au milieu de la pièce, une longue table était placée sous la lumière. Elle avait été taillée dans un seul bloc de marbre, noir comme de l'ébène, et sa surface polie réfléchissait trois des volumes les plus précieux de la collection du comte.

Lord Tombal avait posé sur ses genoux étroitement serrés un livre des essais de son grand-père, mais ne l'avait pas encore ouvert. Les bras inertes le long du corps, il avait la tête appuyée contre le dossier du fauteuil tapissé de velours. Il était habillé du costume gris qu'il portait toujours lorsqu'il se rendait à la bibliothèque. Hors des manches flottantes, ses mains délicates avaient la pâleur spectrale de l'albâtre. Il n'avait pas bougé depuis une heure, et la plus profonde mélancolie était inscrite dans toutes les lignes de son corps.

Il semblait être l'âme de la bibliothèque. Sa tristesse infestait l'air et se répandait tout autour de lui; la pièce entière était saturée de mélancolie. L'angoisse couvait lentement le long des galeries obscures. De chaque volume, jusque dans les rayonnages les plus reculés, semblait émaner une note tragique dont l'ensemble composait une fugue monumentale.

Il ne voyait plus la comtesse que dans les occasions dictées par le rituel de Gormenghast. Ils n'avaient jamais éprouvé ensemble aucune harmonie de corps ou d'esprit, et leur mariage, indispensable pour la lignée, n'avait jamais été heureux. Malgré son intelligence, qu'il savait être supérieure à celle de sa femme, il se méfiait de la forte vitalité de la comtesse. Ce n'était pas tant la vitalité de son corps qui l'effrayait que la passion aveugle qu'elle éprouvait pour certains aspects de la vie qui le laissaient parfaitement froid.

Leur amour avait été dépourvu de passion. Si la maison d'Enfer n'avait impérativement exigé un héritier mâle, ils auraient volontiers renoncé à cette union consommée par nécessité. Le comte n'avait presque pas vu Lady Gertrude pendant sa grossesse. Ce mariage raté l'avait sans nul doute affligé, mais, dans la sinistre forêt de sa mélancolie native, ce n'était qu'un arbre solitaire perdu dans la masse.

Le comte ne souffrait pas plus de cet éloignement que d'aucune chose tangible, car il était constamment miné par une impalpable tristesse.

Il y avait peu d'êtres avec lesquels il pût communiquer. Parmi ceux-ci, seul le Poète lui donnait quelque joie. Il rendait parfois visite à ce compagnon au visage en lame de couteau et s'intéressait quelques instants aux divagations abstraites qu'ils échangeaient. Mais le Poète était un idéaliste et ses envolées irritaient Lord Tombal; aussi ne se rencontraient-ils que rarement.

Les devoirs, que d'autres eussent trouvés fastidieux et

absurdes, procuraient à Lord Tombal un certain apaisement et la possibilité de s'évader de lui-même. Il se savait affligé d'une mélancolie chronique. Si ses journées n'avaient été remplies par le rituel, il aurait été obligé de faire un usage constant de ces drogues qui, déjà, minaient sa santé.

Assis dans son fauteuil à dossier de velours, il ruminait de nombreuses pensées. Comme un sombre esquif qui parcourt les vagues, son esprit s'attardait sur les philosophes et la poésie de la Mort, le sens des étoiles et la signification des rêves qui le hantaient au cours de ces heures de chlore précédant l'aube, quand le laudanum bâtissait dans sa tête un monde couleur de suif d'une terrifiante beauté.

Il ruminait depuis longtemps, et s'apprêtait à prendre une bougie posée sur une table pour aller chercher un livre mieux accordé à son humeur que les essais qu'il avait sur les genoux, quand une pensée, qui avait déjà hanté le cours de sa songerie, s'empara hardiment de lui. Cette pensée avait d'abord brouillé les questions qu'il s'était posées au sujet de la tradition et de la lignée. Maintenant, dépouillée de toute la gamme de son érudition, elle s'imposa à lui aussi nue que son fils Titus lorsqu'il le vit pour la première fois.

Pourtant, son humeur morose ne se dissipa point. Elle changea simplement de registre. Il se leva sans bruit, replaça le livre parmi les autres essais, et revint silencieusement vers la table.

« Où êtes-vous ? » dit-il.

Craclosse sortit immédiatement d'une encoignure ténébreuse.

« Quelle heure est-il? demanda le comte.

– Huit heures, monseigneur », répondit Craclosse après avoir consulté sa grosse montre.

La tête inclinée sur la poitrine, Lord Tombal arpenta la bibliothèque. Craclosse suivit des yeux son maître, qui finit par s'arrêter devant lui.

« Je voudrais voir mon fils. Vous direz à sa nurse

qu'elle me l'amène à neuf heures. Vous les conduirez à travers bois. Voilà, vous pouvez disposer. »

Craclosse tourna les talons et se fondit dans les ombres de la pièce où l'on entendit grincer ses jointures. Ecartant le rideau qui masquait la porte de chêne, il souleva le loquet, gravit les trois marches et disparut dans la nuit. Au-dessus de lui, les branches des sapins s'entrechoquaient en sifflant, et les craquements du bois lui écorchaient les tympans. Le ciel était couvert. Il se serait certainement perdu s'il n'avait fait ce trajet des milliers de fois, car l'obscurité était totale. Mais il devinait la présence de l'aile ouest, à sa droite. Il continua son chemin en maugréant.

« Pourquoi ce soir? Avait tout l'été pour voir son fils. Pensais qu'il l'avait oublié. Aurait dû voir l'enfant depuis longtemps. Qu'est-ce qui se passe? L'Héritier de Gormenghast à travers bois par une nuit froide. Folie! Danger! Peut en mourir. Mais le comte sait ce qu'il fait. Il sait. Je ne suis que son valet. Son premier valet. Personne d'autre ne peut s'en vanter. M'a choisi, MOI, Craclosse, parce qu'il a confiance en moi. N'a pas tort d'avoir confiance en moi, ha, ha, ha! Se demandent pourquoi.Tous. Ha! ha! Silencieux comme une tombe, voilà pourquoi. »

Comme il se rapprochait de la tour des Silex, les arbres s'espacèrent et quelques étoiles apparurent dans le ciel d'encre. Lorsqu'il atteignit le corps du château, les nuages ne cachaient plus que la moitié du ciel, et il pouvait distinguer des formes vagues dans l'obscurité. Soudain, il s'arrêta net. Son cœur fit un bond dans sa poitrine, et il rentra la tête dans ses épaules. Il lui fallut un moment avant de réaliser que la forme obèse qui crevait l'ombre devant lui était un massif de buis taillé, et non la silhouette démoniaque qui l'obsédait à chaque instant.

Il repartit à grandes enjambées et parvint enfin à une porte, sous un passage voûté. Quelque chose, il ne savait quoi, le retint de l'ouvrir pour s'engager dans l'escalier qui menait à la chambre de Nannie Glu. Certes, il y avait cette lumière qu'il voyait luire dans la cour des communs, à travers l'obscurité de la voûte. Qu'une lumière brûlât indistinctement derrière l'une des hautes fenêtres de la cuisine, cela n'avait en soi rien d'extraordinaire. A toute heure de la nuit, même si presque tout le personnel était allé se coucher dans les dortoirs du sous-sol, une veilleuse brûlait toujours dans le quartier des cuisines. C'était soit un apprenti à qui on avait infligé une corvée après sa journée de travail, soit des cuisiniers attelés à la préparation d'un plat spécial pour le lendemain.

L'étrange lueur verdâtre derrière l'étroite fenêtre attira néanmoins son œil, et, avant même de se rendre compte à quel point elle l'intriguait, il traversa la cour où, plus rapides que sa pensée, ses pieds l'avaient déjà mené.

Il s'arrêta deux fois en se disant que c'était une équipée inutile dans cette nuit glaciale. Mais le démon de la curiosité qui s'était emparé de lui ne le lâcha pas, faisant taire tous ses arguments.

Il ne pouvait discerner au juste de quelle pièce provenait ce carré de lumière verdâtre, qui avait quelque chose de sinistre. La cour était déserte. Seuls résonnaient les pas de Craclosse. La fenêtre était trop haute, même pour quelqu'un d'aussi grand que lui, mais il pouvait aisément l'atteindre du bout des doigts. Il se redit une fois encore : « Que fais-tu ? Perte de temps. Lord Tombal t'a dit d'aller chercher Nannie Glu et l'enfant. Qu'attends-tu ? Qu'est-ce que tu fabriques ? »

Mais son corps maigre avait de nouveau pris les devants, et il se surprit en train de rouler un tonneau vide qui se trouvait près du mur du cloître. La manœuvre était délicate dans l'obscurité. Il inclina le tonneau, le roula vers le carré de lumière et, faisant le moins de bruit possible, le plaça sous la fenêtre.

Se redressant, il leva la tête vers la lumière qui s'échappait comme une traînée de gaz et flottait autour de la fenêtre dans la brume de la nuit d'automne.

Le pied droit déjà posé sur le baril, il réfléchit qu'il allait apparaître en pleine lumière. La curiosité qu'il avait éprouvée sous la voûte était maintenant irrésistible. Il reposa le pied par terre, poussa le tonneau à droite de l'étroite fenêtre, et y grimpa avec une hâte qui lui fit peur. Il étendit les bras contre le mur aveugle, et ses doigts écartés comme les nervures d'un éventail se couvrirent de sueur tandis qu'il déplaçait précautionneusement la tête vers la gauche. Malgré les toiles d'araignée suspendues comme des hamacs pleins de mouches, Craclosse apercevait déjà les murs de pierre lisse à travers la vitre. Mais il lui fallait encore rapprocher la tête de la lumière pour que son regard pût plonger dans la pièce.

La lueur qui filtrait à travers la fenêtre faisait ressortir le crâne osseux de Craclosse, mais les orbites, les cheveux, la partie du visage comprise entre le nez et la lèvre inférieure, tout ce qui s'étendait sous le menton semblaient appartenir à la nuit. On eût dit un masque suspendu dans les ténèbres.

Ce masque se rapprocha centimètre par centimètre, et Craclosse vit enfin ce qu'il avait toujours su qu'il verrait. Il en avait été averti par ce sixième sens qui est celui de la destinée. La pièce était remplie de cette terrible clarté glauque qu'il avait vue briller dans la cour. La lampe qui pendait du plafond au centre de la pièce était recouverte d'un globe vert tilleul suspendu au bout d'une chaîne et l'éclat livide qu'elle répandait nimbait tous les objets d'un halo théâtral.

Craclosse n'accorda aucune attention aux quelques accessoires qui peuplaient cette scène de cauchemar. Il était fasciné par la silhouette obèse dont la présence lui donna la nausée. Il faillit dégringoler du tonneau et, replongeant la tête dans l'ombre, il posa son front brûlant contre les pierres froides du mur.

Dans la lumière blafarde

La curiosité l'emporta sur le vertige et la nausée. Intrigué par ce que le chef était en train de faire, Craclosse releva le front et se rapprocha de la fenêtre pour l'épier de nouveau.

La pièce lui parut vide, mais soudain il sursauta en découvrant que Lenflure était assis sur un banc contre le mur, immédiatement au-dessous de lui. Il n'était pas facile de l'espionner à travers la fenêtre encrassée de poussière et de toiles d'araignée, mais le dôme empâté du crâne de Lenflure et la blancheur de ses vêtements bouffis, macabrement éclairés par la lampe, lui parurent horriblement proches. Une délicieuse sensation d'horreur parcourut ses os. Il était fasciné par le crâne chauve et pulpeux du chef. Une mouche d'octobre se promenait sur ce dôme de peluche pâle dont la peau se contracta si violemment que la mouche s'envola. Rien d'autre ne bougea dans l'étendue chauve. Craclosse aperçut une meule contre le mur d'en face et, près de la meule, un tabouret. A sa droite, il vit deux boîtes séparées par une distance d'environ quatre pieds. A partir de ces points de repère, deux lignes grossièrement tracées à la craie traversaient parallèlement la pièce. Au voisinage du mur que Craclosse apercevait à gauche, le chemin de craie changeait brusquement de direction. Quelques mots avaient été griffonnés entre les lignes et une flèche indiquait le mur. L'écriture était difficile à déchiffrer. Craclosse se concentra et réussit à lire : *Vers le neuvième escalier*. Ces mots de craie lui causèrent un choc terrible, car le neuvième escalier était celui par lequel on accédait à la chambre de Lord Tombal. Il posa aussitôt les yeux sur la tête globuleuse au-dessous de lui. Rien ne bougeait, si ce n'est la légère vibration du souffle de Lenflure.

Craclosse regarda de nouveau vers la droite. Il comprit que les deux boîtes figuraient une porte ou une entrée donnant sur un passage qui obliquait ensuite vers le neuvième escalier. Ses yeux se concentrèrent sur un sac, qui n'avait pas tout de suite attiré son attention. Ce sac semblait représenter un corps couché en chien de fusil entre les deux boîtes. Alors Craclosse fut saisi d'épouvante par quelque chose dont il ne pouvait encore saisir toute la signification, mais qui le submergea d'horreur.

Un mouvement dans la pièce lui fit quitter le sac des yeux. Au-dessous de lui, la forme monstrueuse se déployait. Elle traversa la pièce et s'assit près de la meule, sous la lumière verdâtre qui souillait ses vêtements blancs. L'arme que le chef tenait dans sa main énorme paraissait ridiculement petite, mais Craclosse s'aperçut que c'était un couperet fantastiquement long.

Les pieds de Lenflure commencèrent d'actionner les pédales de la meule qui se mit à tourner. Il cracha trois ou quatre fois sur la pierre et, d'un mouvement rapide, y passa le couperet déjà aussi affilé qu'une lame de rasoir. Plié en deux sur la meule, il examinait le tranchant de la lame frissonnante et l'approchait de temps en temps de son oreille comme pour mieux percevoir le chant presque inaudible s'échappait de l'acier.

Puis il se remettait au travail et continuait d'affûter la lame pendant plusieurs minutes, avant d'écouter de nouveau le chant du couperet. Craclosse avait perdu contact avec la réalité et son esprit s'égara dans un rêve. Soudain, le chef se redressa et se dirigea vers la partie du mur où les lignes de craie indiquaient le chemin du neuvième escalier. Lenflure se déchaussa et leva pour la première fois son visage vers la lumière. Craclosse aperçut l'expression qui luisait sur les traits boursouflés. Les yeux avaient un éclat métallique et meurtrier, tandis que sur la bouche béatement ouverte errait un sourire niais.

Craclosse le vit alors se livrer à une danse extraordinaire, un grotesque rituel des jambes, et il lui fallut un certain temps pour comprendre que le chef, qui avançait lentement entre les lignes de craie, s'exerçait à marcher sur la pointe des pieds sans faire le moindre bruit. « A quel jeu joue-t-il? » se demanda-t-il en observant Lenflure qui avançait pas à pas d'un air de concentration douloureuse, la lame brillant dans sa main droite. Craclosse jeta un nouveau coup d'œil sur la flèche de craie. « Il a monté le neuvième escalier. Il a tourné à droite au bout du passage en ruine. Il n'y a plus aucune pièce à droite ou à gauche du corridor, je le sais bien. *Il approche de la Chambre.* »

Dans les ténèbres, Craclosse devint pâle comme la mort.

Les deux bornes ne pouvaient représenter autre chose que les montants de la porte de la chambre à coucher de Lord Tombal. Et quant au sac...

Il vit le chef s'approcher de lui, de ce moi symbolique couché en chien de fusil devant la porte du comte. La lenteur de l'approche devenait insupportable. Les semelles de Lenflure étaient très épaisses et, chaque fois qu'il posait le pied par terre, il penchait la tête de côté et, levant les yeux, écoutait de tout son lard le bruit de ses pas. A trois pieds du sac, il saisit le couperet à deux mains et, jambes écartées pour s'assurer le meilleur équilibre possible, glissa vers sa victime à petits pas rapides et silencieux. Il avait maintenant évalué la distance qui le séparait du symbole abhorré, paisiblement endormi. Craclosse ferma les yeux lorsqu'il vit la lame s'élever au-dessus de l'épaule épaissie par des nuages de graisse. L'acier étincela dans la lumière verte.

Lorsqu'il rouvrit les yeux, Abiatha Lenflure n'était plus à côté du sac. Il était revenu vers la flèche de craie et rampait de nouveau vers sa proie. Pétrifié d'horreur, Craclosse se posa une nouvelle question : comment Lenflure pouvait-il savoir qu'il dormait toujours le menton dans les genoux? Comment savait-il qu'il dormait toujours la tête tournée vers l'est? L'avait-il épié durant son sommeil? Il approcha une dernière fois son visage de la vitre. L'atroce répétition de l'arrivée du meurtrier, avançant vers le sac sur la pointe des pieds avec une lenteur inexorable, le bouleversa tellement qu'il sentit ses genoux se dérober, s'affaissa sur le tonneau, et passa la main sur son front. Il n'eut soudain plus qu'une idée : fuir. Fuir loin de ce rectangle de lumière verte, et de ces bâtiments qui abritaient un monstre. Abandonnant le baril, il trébucha dans les ténèbres brumeuses et, sans se retourner du côté de l'horreur, se dirigea vers la voûte.

Dès qu'il eut pénétré dans le bâtiment, il prit le grand escalier et, comme une mante religieuse, grimpa jusqu'à l'étage où se trouvait la chambre de Nannie Glu. Il mit longtemps avant d'arriver devant la porte de la nurse. Elle vivait dans l'aile ouest, à l'autre bout du bâtiment, et il dut faire de nombreux détours à travers salles et corridors.

Elle n'était pas dans sa chambre. Il se dirigea aussitôt vers celle de Lady Fuchsia et trouva la vieille femme assise près du feu, dans une attitude qu'il jugea très négligée pour quelqu'un qui avait l'honneur de se trouver en compagnie de la fille du comte.

Lorsque Craclosse frappa à la porte, le coup sec de ses jointures réveilla Fuchsia et fit sursauter la vieille Nannie. Mais auparavant, il était resté quelques minutes derrière les panneaux de bois, pour reprendre ses esprits. Il se revit en train de zébrer le visage de Lenflure avec les maillons de la chaîne, dans la salle du Baptême. Il lui semblait qu'une éternité s'était écoulée depuis qu'il avait frappé le chef. Il se remit à transpirer et s'essuya les mains sur ses vêtements avant d'entrer. Il avait la gorge complètement desséchée, et aperçut le plateau avant même de remarquer la présence de Lady Fuchsia et de la nurse. C'était ce qu'il lui fallait. Quelque chose à boire.

Son pas était plus ferme lorsqu'il sortit de la chambre. Il dit qu'il attendrait Nannie Glu et Titus sous la voûte pour les accompagner jusqu'à la bibliothèque, et referma la porte derrière lui.

Les jumelles réapparaissent

Au moment où Craclosse quittait la chambre de Fuchsia, Finelame repoussait sa chaise de la table des Salprune où, en compagnie du docteur et d'Irma, il venait de savourer un délicieux dîner : un poulet des plus tendres, arrosé d'une bouteille de vin fin. Le café était servi sur une petite table près du feu, et les convives se préparaient à s'installer dans des fauteuils confortables. Finelame se leva le premier. Il fit rapidement le tour de la table pour venir en aide à Irma. Elle était parfaitement capable de prendre soin d'elle-même (elle l'avait fait pendant des années), mais s'appuya sur le bras de Finelame.

Elle était enveloppée jusqu'aux chevilles de dentelle rouge foncé. Sa robe lui collait au corps comme une seconde peau, soulignant au lieu de les cacher les os pointus dont la nature l'avait dotée, et qui, chez la plupart des femmes, sont dissimulés par un ou deux bourrelets de graisse.

Elle avait les cheveux tirés en arrière d'une manière plus stricte encore que le soir où Finelame l'avait vue pour la première fois, et pas un seul cheveu ne dépassait du chignon gris, aussi dur qu'un galet, roulé en bas de la tresse qu'elle portait dans le cou.

Le docteur lui-même avait remarqué qu'elle consacrait de plus en plus de temps à sa toilette, qui était pourtant déjà un de ses soucis principaux. C'était un paradoxe qui enchantait l'esprit du médecin, car, malgré toute l'indulgence de ses yeux fraternels, il se rendait compte à quel point sa sœur était cruellement marquée par les traits familiaux. Comme elle tirait son fauteuil vers la cheminée, Finelame lui lâcha le bras et, repoussant du pied le fauteuil du docteur pendant que Salprune fermait les rideaux, il rapprocha le canapé du feu.

« Ils ne se rejoignent pas. J'ai dit : “ Ils ne se

rejoignent pas " », dit Irma Salprune en versant le café.

Qu'elle pût distinguer la moindre chose à travers ses lunettes noires était un mystère, qu'elle pût les voir se rejoindre ou non, une énigme.

Le docteur Salprune, qui s'apprêtait déjà à regagner son fauteuil sur le bras duquel fumait sa tasse de café, s'arrêta et croisa les mains sous le menton.

« A quoi faites-vous allusion, ma chère? Parlez-vous d'une rencontre entre deux esprits? Ha, ha, ha! d'âmes jumelles cherchant à se fondre l'une dans l'autre? Ha, ha! Ha, ha, ha! Ou faites-vous allusion à des matières plus terrestres? Eclairez-moi, mon amour.

– Ne me faites pas rire, Alfred. Regardez les rideaux. J'ai dit : " Regardez les rideaux. " »

Le docteur Salprune pivota sur lui-même.

« A mon avis, on dirait tout à fait des rideaux. En fait, ce sont des rideaux. Tous les deux. Un rideau à gauche, ma colombe, et un rideau à droite. Ha! ha! J'en suis absolument certain! »

Espérant que Finelame la regardait, Irma posa sa tasse de café.

« *Au milieu*. J'ai dit : " Que voyez-vous juste *au milieu?* " »

Les narines de son nez pointu frémirent, pressentant la victoire.

« Ils se consument de désir. Une fissure de nuit impalpable les sépare. Irma, ma chère sœur, il y a un vide.

– Faites-le *disparaître* », dit Irma en s'enfonçant dans le fauteuil.

Elle jeta un coup d'œil à Finelame, mais fut déçue : il n'avait manifestement pas écouté la conversation, confortablement calé dans le canapé, les jambes croisées, les mains en coupe autour de la tasse comme pour sentir la chaleur du café. A mille lieues de là, il regardait le feu d'un air absent.

Le docteur tira soigneusement les rideaux et s'assura

que la nuit ne pouvait plus entrer dans la pièce. A peine fut-il assis qu'une sonnerie discordante retentit à la porte d'entrée. Quelqu'un tirait sans interruption sur le cordon de sonnette, et le cuisinier dut se débarrasser de la pâte qui lui collait aux doigts, enlever son tablier, et courir vers la porte pour que cesse le tapage.

Deux voix de femmes parlaient en même temps.

« Un instant seulement, un instant seulement, disaient-elles. Nous ne faisons que passer... en regagnant nos appartements... Rien qu'un instant... Dites-lui que nous ne resterons pas... Nous ne resterons pas, bien sûr que non... Non, oh! non... Oui, oui... Une visite éclair... Un tout petit moment! »

Il était impossible qu'une seule personne pût articuler tant de mots en si peu de temps avec une telle simultanéité, mais on aurait juré que les deux voix se confondaient, tant leur débit était continu et leur timbre monocorde.

Salprune leva les bras au ciel et ses prunelles roulèrent derrière les verres convexes de ses lunettes.

Les voix que Finelame entendait dans le couloir lui étaient inconnues. Depuis qu'il était chez les Salprune, il avait profité de tous ses instants de liberté pour traquer le gros gibier de Gormenghast. Peu de secrets lui avaient échappé, car il avait un talent de nécrophage pour assimiler les bribes de savoir qu'il déterrait un peu partout, et mettait de côté, pour les utiliser à son avantage le moment venu.

Lorsque les jumelles, Cora et Clarice, pénétrèrent ensemble dans la pièce, il se demanda si le vin ne lui avait pas tourné la tête. Il ne les avait jamais vues auparavant, ni rien qui leur ressemblât. Elles étaient vêtues de leurs inévitables robes pourpres.

Le docteur Salprune s'inclina avec élégance.

« Excellences, dit-il, c'est un grand honneur. C'est même beaucoup plus qu'un grand honneur, ha, ha, ha! (Il poussa un hennissement de satisfaction.) Entrez, mesdames, je vous en prie, entrez. Irma, ma chère sœur, nous sommes doublement privilégiés. Pourquoi " doublement ", te demandes-tu, pourquoi " doublement "? Parce que, ma chère âme, elles sont venues *toutes les deux*, ha, ha, ha! Ensemble, oh! oui, tout ce qu'il y a de plus ensemble! »

Salprune, qui savait d'expérience que les jumelles ne comprenaient qu'un dixième de ce que l'on disait, se permit quelques libertés, mêlant à la flagornerie des astuces personnelles qu'il n'eût jamais osé employer avec quelqu'un d'autre.

Irma s'était avancée, la crête iliaque avantageusement reflétée par la lumière.

« Enchantée, Excellences. J'ai dit : " Absolument enchantée. " »

Elle esquissa une révérence, mais sa robe était trop étroite.

« Vous connaissez ma sœur, bien sûr, bien sûr, bien sûr. Voulez-vous une tasse de café? Evidemment oui. Ou une goutte de vin? Naturellement oui... ou préférez-vous autre chose? »

Le docteur et sa sœur s'aperçurent que ni Cora ni Clarice ne leur avaient accordé la moindre attention, alors qu'elles dévoraient Finelame des yeux. Elles avaicnt plus l'air d'un mur regardant un homme que d'un être humain regardant un mur.

Vêtu d'un habit noir de bonne coupe, Finelame s'avança vers les deux sœurs et s'inclina devant elles.

« Excellences, dit-il, je suis heureux d'avoir l'honneur d'être sous le même toit que vous. C'est une intimité que je n'oublierai jamais. Je suis votre humble serviteur », ajouta-t-il comme s'il terminait une lettre.

Clarice se tourna vers Cora, les yeux toujours fixés sur Finelame.

« Il dit qu'il est heureux d'être sous le même toit que nous, dit-elle.

– Sous le même toit, répondit l'écho. Ça le rend très heureux.

– Pourquoi ? demanda Clarice d'une voix sans timbre. Ça change quelque chose pour le toit ?

– Ça ne change rien. L'aspect du toit n'a aucune importance.

– J'aime les toits. Je les aime plus que tout parce qu'ils sont au-dessus des maisons qu'ils recouvrent, et Cora et moi aimons être au-dessus des choses parce que nous sommes faites pour le pouvoir. C'est pour ça que nous sommes folles des toits.

– C'est pour ça, reprit Cora. C'est exactement pour ça. Nous aimons tout ce qui est au-dessus d'autre chose, sauf quand c'est quelqu'un que nous n'aimons pas qui est au-dessus de nous ou de quelque chose que nous aimons. On ne nous permet pas de dominer, mais notre chambre domine tout. Elle est tout en haut du château, avec notre Arbre qui sort du mur, et qui est beaucoup plus important que tout ce que Gertrude possède.

– Oh ! oui, dit Clarice, beaucoup plus important que tout ce qu'elle a. Mais elle nous vole nos oiseaux. »

Elle tourna ses yeux vides vers Cora, et leurs regards se confondirent comme des reflets. Chacune vit peut-être passer l'ombre d'une expression sur le visage de l'autre, mais le regard le plus aiguisé n'eût pu surprendre le moindre tressaillement dans les muscles qui étaient censés gouverner ces visages sans vie. Cette allusion aux oiseaux volés les rapprocha l'une de l'autre, leurs épaules se touchèrent, et la douleur passa comme un courant électrique à travers leurs corps.

Le docteur Salprune avait en vain essayé de les piloter vers les fauteuils, près du feu. Elles avaient l'esprit fixé sur ce qui les préoccupait. La pièce et les autres personnes avaient cessé d'exister : elles ne pouvaient penser qu'à une seule chose à la fois.

Profitant de la première accalmie, le docteur, aidé par Irma, réussit à pousser les jumelles près du feu, et, dosant subtilement la force et la persuasion, il les installa dans les bergères. Finelame, qui s'était éclipsé, reparut avec une cafetière et deux tasses. Tant de galanterie enchanta Irma. Penchant la tête, elle retroussa le coin des lèvres avec l'innocence d'une sainte nitouche.

Dès qu'elles virent arriver le café, les jumelles décidèrent qu'elles n'en voulaient pas. Réglant sa conduite sur celle de l'autre, la première décida qu'elle, ou l'autre, ou les deux, ou ni l'une ni l'autre, ne boiraient la moindre goutte de café.

Voulaient-elles boire autre chose ? Cognac, sherry, brandy, liqueur, cerises à l'eau-de-vie... ?

Elles secouèrent la tête d'un air grave.

« Nous ne faisons que passer, dit Cora.

– Nous passions par ici, dit Clarice. Nous partons. »

Malgré leur refus de rien boire, elles ne paraissaient pas plus pressées de partir que de bavarder. Elles se contentèrent de rester assises, les yeux fixés sur Finelame.

Le docteur et sa sœur renoncèrent complètement à faire les frais de la conversation. Après un silence interminable, Cora se tourna vers Finelame.

« Jeune homme, dit-elle, que faites-vous là ?

– Oui, répondit l'écho, c'est ce que nous voulons savoir.

– Je voudrais, répondit Finelame en choisissant ses mots, je voudrais obtenir votre protection, Excellences. Votre très gracieuse protection. »

Les jumelles se consultèrent du regard, puis se tournèrent de nouveau vers Finelame.

« Répétez, dit Cora.

– Le tout, dit Clarice.

– Votre protection, Excellences. Votre très gracieuse protection. C'est tout ce que je désire.

– Eh bien, vous l'aurez », dit Clarice.

Pour la première fois, il y eut un flottement entre les deux sœurs.

« Pas encore, dit Cora. C'est trop tôt.

– Beaucoup trop tôt, renchérit Clarice. Beaucoup trop tôt pour lui accorder la moindre faveur. Comment s'appelle-t-il ? »

La question était adressée à Finelame.

« Il s'appelle Finelame », répondit le jeune homme.

Clarice se pencha en avant et murmura à l'oreille de Cora, assise de l'autre côté du foyer :

« Il s'appelle Finelame.

– Pourquoi pas ? dit sa sœur d'une voix sans timbre. Ça peut aller. »

L'esprit de Finelame bouillonnait d'idées et de projets. Ces deux femmes à moitié simples d'esprit étaient pour lui un don du ciel. Qu'elles fussent les sœurs de Lord Tombal avait une valeur stratégique extraordinaire. Elles dépassaient les Salprune, sinon dans l'ordre intellectuel, du moins dans l'ordre social, et cela seul importait. De toute façon, la réalisation de ses projets serait plus facile s'il avait affaire à des pantins.

Que l'une d'elles eût dit que son nom « Finelame » pouvait aller l'avait intrigué. Cela signifiait-il qu'elles désiraient le voir davantage ? Les choses en seraient considérablement simplifiées.

La flatterie, art auquel il excellait, lui parut la meilleure tactique à adopter pour l'instant. Plus tard, il aviserait. Mais une autre remarque des jumelles attira davantage son attention : elle concernait la dame d'Enfer.

La comtesse était apparemment la bête noire de ces deux créatures ridicules. Si l'on prenait la peine d'y réfléchir un peu, voilà qui offrait des possibilités intéressantes. Sous son masque froid de reptile, Finelame commençait à s'amuser.

Il retrouva en un éclair l'image de deux silhouettes menues, vêtues de ce même violet agressif. Dès qu'il avait vu les jumelles entrer dans la pièce, un écho s'était éveillé dans sa mémoire, mais le souvenir s'imposait maintenant à lui avec une force redoublée, et il se rappela le lieu où il avait aperçu leur double minuscule.

C'était au-dessus d'un gouffre, dans le lointain d'un vaste panorama de tours et de murs. Il les avait vues marcher sur le tronc d'un arbre mort, dans la lumière de l'été, sur le tronc d'un arbre qui surgissait à angle droit d'une haute muraille sans fenêtres.

Il comprenait maintenant pourquoi elles avaient dit : « Notre Arbre qui sort du mur et qui est beaucoup plus important que tout ce que Gertrude possède. » Alors Clarice avait ajouté : « Mais elle nous vole nos oiseaux. »

Qu'est-ce que cela voulait dire ? Il avait souvent épié la comtesse lorsqu'elle se promenait avec ses chats blancs ou ses oiseaux. Il y avait là un mystère à percer. Il ne faudrait rien laisser au hasard, et examiner chaque hypothèse avant de l'écarter.

Finelame réunit le bout des doigts et se pencha en avant.

« Excellences, dit-il, vivez-vous un roman d'amour avec la gent ailée ? Aimez-vous leur bec, leurs plumes, leur vol ?

– Quoi ? dit Cora.

– Aimez-vous les oiseaux, Excellences ? répéta Finelame avec plus de simplicité.

– Quoi ? » dit Clarice.

Finelame se félicita intérieurement. Si elles étaient idiotes à ce point, il pourrait en faire ce qu'il voudrait.

« Les oiseaux, dit-il en élevant la voix. Vous les aimez ?

– Quels oiseaux ? dit Cora. Pourquoi voulez-vous le savoir ?

– Nous n'étions pas en train de parler d'oiseaux, dit Clarice de manière inattendue. Nous les détestons.

– Ils sont d'une telle bêtise ! conclut Cora.

– D'une telle stupidité, reprit Clarice. Nous les détestons.

– *Qu'on se le dise ! Qu'on se le dise !* fit la voix de Salprune. Vous êtes perdues, hordes du ciel ! Perdus, célestes bataillons ! Le jour du grand massacre est arrivé. Vos chœurs ne feront plus vibrer le faîte des arbres, et seuls les nuages traverseront le bleu du ciel. (Le docteur se pencha et tapota le genou d'Irma.) Pas mal, dit-il dans un éclair de ses dents éblouissantes. Qu'en pensez-vous, ma belle évaporée ?

– Taisez-vous donc ! » dit Irma qui était assise sur le canapé, près de Finelame.

Consciente d'avoir bien peu montré les talents d'hôtesse dont elle était seule à savoir l'exceptionnelle qualité, elle dirigea ses lunettes noires sur Cora, puis sur Clarice, et essaya de s'adresser simultanément aux jumelles.

« Les oiseaux, dit-elle avec une pointe de défi dans la voix et le maintien, les oiseaux sont *esclaves* – ne trouvez-vous pas, mes chères Excellences ? J'ai dit : " Les oiseaux sont absolument *esclaves* de leurs œufs. " N'êtes-vous pas de mon avis ? J'ai dit : " N'êtes-vous pas de mon avis ? "

– Nous partons, dit Cora en se levant.

– Oui, nous sommes déjà restées trop longtemps. Beaucoup trop longtemps. Nous avons beaucoup de couture à faire. Nous sommes très douées pour la couture, toutes les deux.

– J'en suis convaincu, dit Finelame. Me ferez-vous l'honneur de me faire apprécier vos talents, au jour et à l'heure qui vous conviendront ?

– Nous faisons aussi de la broderie », dit Cora qui s'était levée et approchée de Finelame.

Clarice rejoignit sa sœur, et elles regardèrent toutes les deux Finelame.

« Nous faisons beaucoup de travaux d'aiguille, mais personne n'en sait rien. Personne ne s'intéresse à nous, vous comprenez ? Nous n'avons que deux domestiques. Autrefois...

– Deux, c'est tout, dit Cora. Nous en avions des centaines quand nous étions plus jeunes. Notre père nous en avait donné des centaines. Nous étions des personnes très... très...

– Très importantes, acheva Clarice. Oui, c'est exactement ça. Tombal était toujours si mélancolique, si morose, mais il jouait avec nous quelquefois, et nous faisions ce que nous voulions. Il ne veut même plus nous voir maintenant.

– Il se croit si intelligent, dit Cora.

– Mais il n'est pas plus intelligent que nous.

– Il l'est moins, dit Clarice.

– Gertrude aussi, dirent-elles presque au même instant.

– Elle a volé vos oiseaux, n'est-ce pas ? dit Finelame, clignant de l'œil à l'intention de Salprune.

– Comment le savez-vous ? demandèrent-elles en avançant vers lui d'un pas.

– Tout le monde le sait, Excellences. Tout le monde le sait au château », répliqua Finelame, cette fois-ci avec un clin d'œil pour Irma.

Les jumelles se prirent par la main et se serrèrent l'une contre l'autre. Les paroles de Finelame imprégnaient lentement leur matière grise, et elles en étaient très impressionnées. Elles qui pensaient que leur querelle était d'ordre privé ! Gertrude avait détourné les oiseaux de la Chambre des Racines qu'elles avaient si longuement et si soigneusement décorée, et tout le monde le savait ! Tout le monde !

Elles firent mine de quitter la pièce, et le docteur écarquilla les yeux. Il s'était presque endormi, le coude posé sur la table, la tête appuyée dans la main. Il se leva, mais ne put que recourber le petit doigt, dans un dernier sursaut d'élégance, car il était épuisé. Sa sœur était près de lui, les os craquant de partout, et ce fut Finelame qui ouvrit la porte aux jumelles et leur offrit de les raccompagner. Dans l'entrée, il prit sa cape accrochée à une patère, la fit voltiger avec panache et la boutonna sous le menton. La cape accentuait l'étroitesse de ses épaules et la maigreur de son corps.

Les tantes semblaient accepter sa présence, bien qu'elles fussent restées muettes lorsqu'il leur avait demandé la permission de les escorter jusqu'à leurs appartements.

Il leur fit traverser la cour avec une extraordinaire courtoisie.

« Vous avez dit que tout le monde le sait au château ? »

Quoique dépourvue de toute expression, la voix de Cora était si pathétique qu'elle ne pouvait qu'émouvoir. Mais Finelame avait un cœur de pierre.

« C'est ce que vous avez dit, répéta Clarice.

– Que pouvons-nous faire ? Nous ne pouvons pas montrer ce dont nous sommes capables, puisque nous ne sommes plus capables de rien, dit Clarice avec lucidité. Nous n'avons plus aucun pouvoir. Nous avions des centaines de domestiques, autrefois.

– Vous les aurez de nouveau, dit Finelame. Vous verrez. D'autres domestiques. Meilleurs. Plus fidèles. Je m'en occuperai. Ils travailleront pour vous sous *ma* direction. L'aile que vous habitez va revivre. Vous régnerez. Laissez-moi m'occuper de vos affaires, Excellences, et tout le monde dansera sur l'air que vous choisirez. Je vous garantis qu'on les fera valser...

– Mais que dira Gertrude ?

– Oui, que dira Gertrude ? demandèrent les deux voix blanches.

– J'en fais mon affaire. Je défendrai vos droits. Vous êtes Lady Cora et Lady Clarice, Lady Clarice et Lady Cora. Ne l'oubliez pas. Personne ne doit l'oublier.

– Personne, dit Cora.

– Personne ne doit oublier qui nous sommes, dit Clarice.

– Jamais, dit Cora.

– Ou nous ferons usage de notre puissance, dit Clarice.

– En attendant, je vais vous accompagner à vos chambres, Excellences. Il faut me faire confiance. Il ne faut répéter notre conversation à personne. Vous m'avez bien compris ?

– Et Gertrude nous rendra nos oiseaux. »

Finelame les prit par le bras, et leur fit monter l'escalier.

« Lady Cora, essayez de vous concentrer sur ce que je vous dis. Si vous m'écoutez, je restaurerai votre grandeur et vous retrouverez à Gormenghast la place que Lady Gertrude a usurpée.

– Oui.

– Oui. »

Les voix des jumelles étaient sans timbre, mais Finelame avait compris que c'étaient les mots, et non l'intonation, qui indiquaient la force de leurs réactions.

Il savait également quand il fallait s'arrêter. Dans l'art de la duperie et de l'ambition, cette discrétion est la marque du génie. Il savait qu'il serait dévoré par l'envie de franchir le seuil de leur porte pour voir comment leurs appartements étaient installés, et ce qu'était cette fameuse Chambre des Racines. Mais il savait aussi admirablement à quel moment il fallait jeter du lest. L'intellect des jumelles était presque paralysé, mais elles avaient du sang d'Enfer dans les veines, et le moindre faux pas pouvait ruiner un mois de stratégie.

Finelame prit congé en s'inclinant presque jusqu'à terre. Il rebroussa chemin dans le couloir lambrissé de chêne et, juste avant d'obliquer à gauche, jeta un coup d'œil vers la porte où il avait quitté les jumelles. Elles étaient toujours là, les yeux fixés sur lui, immobiles comme des mannequins de cire.

Il n'irait pas les voir le lendemain. C'était plus habile de les laisser seules une journée, mijotant dans une atmosphère d'inquiétude et de discussions oiseuses. Le soir, elles commenceraient à se sentir nerveuses, et auraient besoin de réconfort, mais il les ferait languir jusqu'au lendemain matin. En attendant, il essaierait d'obtenir le plus de renseignements possibles sur leurs goûts.

Une fois dans la cour, il décida de ne pas rentrer directement chez le docteur, mais de traverser les pelouses et de se promener le long des douves.

Les nuages avaient disparu du ciel où scintillaient cent mille étoiles.

Les pommes de pin

Le vent était tombé, mais était glacial, et Finelame, se félicitant d'avoir pris sa cape, remonta son col. Il n'avait pas l'allure d'un promeneur nocturne, mais de quelqu'un ayant un but précis. Il marchait de ce pas pressé qui lui était particulier, et cette démarche bizarre lui donnait l'air d'un espion chargé d'une mission secrète, ce qui cadrait parfaitement avec son personnage.

Il disparut sous les ténèbres de la voûte, puis réapparut dans la pénombre comme un vivant fragment d'obscurité se détachant du corps noir d'encre de la voûte.

Il longea longtemps les murs du château, se dirigeant toujours vers l'est. Il avait d'abord eu envie de faire un détour par les pelouses et les terrasses où la comtesse se promenait à l'aube, mais avait abandonné le projet. Maintenant qu'il avait commencé à marcher, il était enchanté de se promener sous les étoiles dans une solitude absolue. Les Salprune ne l'attendraient certainement pas, et d'ailleurs il avait la clef. Bien souvent, en rentrant d'une escapade nocturne, il se servait un dernier verre, et bourrait sa courte pipe d'armoise avec le tabac du docteur, avant d'aller se coucher.

Ou bien il passait une partie de la nuit dans le laboratoire et s'amusait à préparer des potions aux effets mortels. Les étagères où s'alignaient tous ces poisons et ces poudres si dangereuses le fascinaient.

Il avait rempli quatre tubes à essai d'une mixture foudroyante, et les avait emportés dans sa chambre. Il eut tôt fait d'assimiler les secrets que le docteur, dont le savoir était considérable, lui avait divulgués, et, sous sa direction, il avait distillé un certain nombre de potions inédites et mortelles, à partir de plantes vénéneuses trouvées dans le voisinage. Ces expériences procuraient au docteur une sorte de délassement professionnel.

Ou bien il se plongeait dans l'un des nombreux volumes de la bibliothèque du carabin. La passion du savoir le dévorait, mais toujours à des fins pratiques. Il lui fallait tout apprendre de manière à pouvoir affronter n'importe quelle situation. Avoir de sérieuses connaissances sur les sujets les plus divers, astronomie, métaphysique, histoire, chimie ou littérature, pourrait grandement servir sa cause. Emettre une opinion qui donnerait à penser qu'il étudiait la question depuis toujours lui serait d'un profit plus immédiat que des heures passées à battre la campagne en attendant que la conversation tombât sur un sujet qu'il connaissait déjà.

Il se vit au faîte du pouvoir. Il était non seulement doté d'un jugement rapide et original, mais d'une persévérance à toute épreuve. Tout en lisant, le soir, après le départ d'Irma et du docteur, il faisait briller la lame de la canne-épée qu'il avait repérée dans la salle d'armes glacée. Il avait été la chercher, une semaine plus tôt, dans le tas de vieilles armes rouillées. Lorsqu'il l'avait retirée, la lame était sale et n'avait aucun éclat, mais avec le zèle et la patience qui caractérisaient tout ce qu'il entreprenait, l'acier était maintenant devenu aussi brillant qu'un miroir. Il avait fureté pendant une heure avant de trouver le fourreau. La garde était un innocent pommeau qu'on enfonçait dans la canne d'un simple tour de poignet.

Il ne savait pas encore ce qu'il ferait en rentrant. Peut-être s'appliquerait-il à polir la lame de sa canne-épée en achevant la lecture d'un livre d'héraldique. Peut-être irait-il dans le laboratoire piler au mortier une poudre verte aussi légère qu'une plume et qui, mélangée à de l'huile rouge, servait à ses expériences. Ou bien, il serait trop fatigué pour faire autre chose que vider un dernier verre de cognac avant de monter se coucher. A vrai dire, il ne s'en préoccupait nullement. Tandis qu'il marchait d'un pas vif, il tournait et retournait dans son esprit non seulement toutes les remarques que les jumelles avaient faites au cours de la soirée, mais la série de questions qu'il comptait leur poser le surlendemain.

L'esprit fonctionnant comme une machine bien huilée, il imaginait attaques et parades, tout en sachant parfaitement que l'illogisme profond du cerveau des jumelles rendait la tâche extraordinairement difficile. Il travaillait sur un matériel brut doué d'un élément qui faisait défaut à des natures plus subtiles : l'imprévisible.

Il avait maintenant atteint l'extrême pointe est du corps de bâtiment central et apercevait à gauche les hautes murailles de l'aile ouest, émergeant du précipice couvert de lierre noir, dont la maçonnerie, exposée au soleil couchant, empêchait la lumière du soir de s'infiltrer dans les salles nord de Gormenghast. La tour des Silex se dressait comme une longue règle noire couronnée d'un ciel fourmillant d'étoiles.

En apercevant la tour, il se souvint qu'il n'avait jamais exploré les bâtiments qui, lui avait-on dit, se prolongeaient au-delà. Il était maintenant trop tard pour une telle expédition. Il avait résolu de faire un grand tour sur les pelouses desséchées, là où la marche était plus facile, lorsqu'il vit poindre une lumière. Jetant un coup d'œil autour de lui, il aperçut les formes noires de buissons rabougris. Il se tapit derrière un buisson et observa la lumière : elle provenait d'une lanterne qui se rapprochait. La silhouette allait probablement passer tout près de lui. Regardant par-dessus son épaule pour voir dans quelle direction elle progressait, Finelame comprit qu'il se trouvait exactement entre la lumière et la tour des Silex. Qui pouvait bien se rendre à la tour des Silex par cette nuit glaciale ? Cela piqua sa curiosité. Il s'enveloppa dans les plis de sa cape, les yeux seuls exposés à l'air de la nuit, puis, immobile comme un chat à l'affût, écouta le bruit des pas qui se rapprochaient.

Le corps de celui qui portait la lanterne ne s'était pas encore détaché sur le fond des ténèbres, mais, l'oreille aux auguets, Finelame entendait sa longue foulée régulière et grinçante. « Craclosse », se dit-il. Alors il perçut un autre son, plus étouffé, entre les craquements des jointures.

A l'instant où Finelame comprit qu'il s'agissait de petits pas courts et précipités, les silhouettes facilement reconnaissables de Craclosse et de Nannie Glu émergèrent de l'obscurité.

Le tic-tac des pas de Craclosse atteignit bientôt le buisson. Aussi immobile que les branchages sous lesquels il était tapi, Finelame vit passer au-dessus de lui la haute silhouette dégingandée du serviteur de Lord Tombal, et un cri perça la nuit. Finelame sentit un frisson lui parcourir l'épine dorsale, car il avait une peur panique du surnaturel. On eût dit le cri d'un oiseau, d'une mouette peut-être, mais il était trop proche pour que cela fût plausible. Aucun oiseau ne volait cette nuit et, d'ailleurs, les oiseaux ne chantaient jamais à une heure pareille. Il fut soulagé d'entendre Nannie Glu chuchoter nerveusement dans le noir :

« Là, là, mon tout seul... Il n'y en a plus pour longtemps, mon petit prince... Il n'y en a plus pour longtemps maintenant. Oh ! mon pauvre cœur ! Pourquoi veut-on le voir la nuit ? »

Elle sembla quitter des yeux le fardeau qu'elle portait, et lever la tête vers l'épouvantail qui avançait mécaniquement à ses côtés. Mais il n'y eut pas de réponse.

« Voilà qui devient intéressant, se dit Finelame. Glu, Craclosse et le petit prince en route vers la tour des Silex. »

Dès que l'obscurité les eut engloutis. Finelame se leva et, enveloppé dans le suaire de sa cape, fléchit les jambes pour les dégourdir. Puis, réglant son pas sur les genoux grinçants de Craclosse, il suivit silencieusement le groupe.

Lorsqu'ils arrivèrent à la bibliothèque, la pauvre Nannie Glu était complètement épuisée. Voyant qu'elle trébuchait sur le sol inégal et se prenait sans cesse les pieds dans les racines des pins et les plantes rampantes, Craclosse lui avait proposé à contrecœur de porter Titus, mais elle avait obstinément refusé.

L'air mordant avait achevé de réveiller Titus. Il ne pleurait pas, mais semblait tout à fait déconcerté par ce voyage dans le noir. Lorsque Craclosse frappa à la porte de la bibliothèque, il se mit à pleurnicher et à se débattre dans les bras de sa nurse.

Craclosse se retira dans le coin d'ombre qu'il avait l'habitude d'occuper, et où l'attendait sa chaise.

« Les voilà, comte », dit-il laconiquement.

Etant le premier serviteur de Lord Tombal, il se dispensait souvent de dire *monsieur le* Comte.

« Je vois, dit le comte d'Enfer en s'avançant vers Nannie. J'ai peur de vous avoir dérangée, nurse. Il fait froid dehors, je viens de sortir et d'aller chercher ceci pour lui. »

Il conduisit Nannie au bout de la grande table. Une vingtaine de pommes de pin étaient éparpillées sur le tapis, chaque écaille de bois creusant une facette d'ombre.

Nannie Glu tourna son visage las vers Lord Tombal, et, pour une fois, trouva le mot juste.

« Elles sont pour le petit lord, monsieur? Oh! je suis sûre qu'il les aimera, n'est-ce pas, mon tout seul?

– Posez-le au milieu des pommes de pin. Je veux vous parler, dit le comte. Asseyez-vous. »

Nannie Glu chercha un siège des yeux, mais, n'en trouvant aucun, tourna un regard pathétique vers le comte qui désigna le sol d'un air découragé. Titus s'amusait avec les pommes de pin qu'il tournait et retournait dans ses doigts avant de les sucer.

« C'est sans importance, dit Lord Tombal. Je les ai

lavées à l'eau de pluie. Asseyez-vous par terre, nurse, asseyez-vous par terre. »

Sans plus attendre, il s'assit sur le bord de la table, les jambes croisées devant lui, les mains appuyées contre la surface de marbre.

« D'abord, dit-il, je vous ai fait venir pour vous dire que j'ai décidé de réunir la famille ici, dans une semaine. Je désire que vous transmettiez mon invitation à tous ceux qu'elle concerne. Ils seront surpris, mais peu importe, ils viendront. Vous avertirez la comtesse, Fuchsia et Leurs Excellences Cora et Clarice. »

Pendant ce temps, Finelame avait silencieusement entrouvert la porte, et s'était faufilé dans un escalier qu'il avait trouvé immédiatement à sa gauche. Il avait grimpé sur la pointe des pieds jusqu'à une galerie de pierre qui faisait le tour du bâtiment. Par chance, cette galerie était plongée dans l'obscurité et, adossé aux rangées de livres qui tapissaient les murs, il observa ce qui se passait en bas en se frottant silencieusement les mains.

Il se demanda où était passé Craclosse. Autant qu'il pouvait en juger, il n'y avait d'autre issue que la porte principale, fermée à double tour par une barre et un verrou. Sans doute était-il comme lui, tapi dans l'ombre, assis sur une chaise ou debout dans une encoignure, mais, ne pouvant percer ce mystère, il se contenta de garder un silence absolu.

« Je les attendrai à huit heures du soir, Titus et les autres. Vous leur direz que j'ai décidé de réunir la famille en l'honneur de mon fils. »

Il prononça ces mots d'une voix mélodieuse et mélancolique. Incapable de supporter l'intolérable tristesse qui émanait du comte, Nannie Glu se mit à tordre ses mains ridées. Même Titus parut sensible aux ondes de tristesse qui accompagnaient les paroles lentes et précises de son père. Il en oublia les pommes de pin et se mit à pleurer.

« Vous vêtirez mon fils de sa robe de baptême et vous

apporterez la couronne de l'Héritier de Gormenghast. Le château n'aurait pas d'avenir sans Titus. Puisque vous êtes sa nurse, je dois vous demander d'instiller dans ses veines l'amour de sa terre natale et de son héritage, ainsi que le respect des lois, écrites ou non écrites qui régissent le berceau de ses pères... Je leur parlerai, bien que cela trouble la paix de mon esprit. Je leur parlerai de toutes ces choses et de beaucoup d'autres encore. Titus sera honoré et fêté la semaine prochaine. Je réglerai les moindres détails de la réunion avec le Maître du Rituel.

– Mais il n'a que deux mois, le pauvre petit..., coupa Nannie d'une voix sanglotante.

– Il n'y a pas de temps à perdre, répondit le comte. Mais dites-moi, pauvre vieille nurse, pourquoi pleurez-vous des larmes si amères ? C'est l'automne. Les feuilles tombent des arbres comme des sanglots brûlants. Le vent hurle. Pourquoi imitez-vous le vent et les feuilles ? »

Elle tourna vers lui ses yeux voilés. Sa bouche trembla.

« Je suis si fatiguée, monsieur.

– Eh bien, couchez-vous donc, pauvre vieille, dit Lord Tombal. La marche a dû vous sembler longue. Couchez-vous. »

Mais de s'allonger sur le dos au milieu de la bibliothèque monumentale, tandis que le comte d'Enfer laissait tomber au-dessus d'elle des paroles qu'elle ne comprenait pas, ne réconforta guère Nannie Glu.

Elle prit Titus contre elle et contempla le plafond, les joues inondées de larmes qui coulaient dans sa petite bouche desséchée. L'enfant était glacé et commençait à frissonner.

« Montrez-moi mon fils, dit le comte d'une voix lente. Mon fils Titus. Est-il vrai qu'il est laid ? »

Nannie Glu se leva péniblement, et tint Titus à bout de bras.

« Il n'est pas laid, monseigneur, dit Nannie d'une voix tremblante. C'est un beau petit trésor.

– Laissez-moi le regarder. Tenez-le bien, nurse, et tournez-le vers la lumière. ah ! il s'est arrangé, dit Lord Tombal. Quel âge a-t-il ?

– Presque trois mois. Oh ! mon pauvre vieux cœur ! Il a déjà presque trois mois.

– Très bien, pauvre vieille, en voilà assez. J'ai trop parlé ce soir. C'est tout, nurse : je voulais voir mon fils et vous demander de faire part de mon invitation à la famille. Je les attendrai à huit heures ici, la semaine prochaine. Les Salprune n'ont qu'à venir aussi, j'en parlerai moi-même à Grisamer. Vous avez compris ?

– Oui, monsieur, dit Nannie qui se hâtait déjà vers la porte. Je le leur dirai, monsieur. Oh ! mon pauvre cœur, que je suis fatiguée !

– Craclosse ! dit Lord Tombal. Ramenez la nurse à sa chambre. Ce n'est pas la peine de revenir ce soir. Dans quatre heures je serai parti. Préparez ma chambre et n'oubliez pas d'allumer la lampe sur ma table de nuit. Vous pouvez disposer. »

Craclosse, émergeant de l'ombre, hocha la tête, ralluma la mèche de la lanterne et suivit Nannie Glu dehors, à la lumière des étoiles. Cette fois-ci, ne prêtant aucune attention aux protestations de la vieille femme, il lui arracha Titus des bras et le déposant avec précaution dans l'une des vastes poches de sa jaquette, il souleva la minuscule Nannie qui se débattait, la prit dans ses bras et se dirigea vers le château d'un pas solennel.

Finelame, qui leur emboîta le pas, était si profondément absorbé par ses pensées qu'il en oublia bientôt de les suivre.

Allumant une bougie, Lord Tombal monta l'escalier près de la porte, s'engagea le long de la galerie de bois et parvint enfin devant un rayon de livres couverts de poussière. Il souffla sur le pollen gris accumulé sur le dos parcheminé de l'un des volumes et, de l'index, le fit basculer hors du rayonnage. Il feuilleta quelques instants les premières pages, rebroussa chemin dans la galerie, et redescendit l'escalier.

Une fois revenu au cœur de son antre, il se renversa dans son fauteuil et laissa retomber sa tête sur sa poitrine. Il tenait toujours le livre à la main. Sous la fière arcade sourcilière, son regard triste erra tout autour de la pièce et s'arrêta enfin sur les pommes de pin éparpillées par terre.

Lord Tombal sentit monter en lui une soudaine bouffée de colère. Quel enfantillage d'avoir récolté ces pommes de pin ! Titus n'en avait pas retiré le moindre plaisir.

Il est étrange de constater que les hommes d'une intelligence exceptionnelle conservent parfois quelque chose d'infantile. Ce n'étaient pas les pommes de pin elles-mêmes qui irritaient le comte, mais le fait qu'elles symbolisaient tous ses échecs. Il jeta rageusement son livre, et le reprit aussitôt, aplanissant les pages de ses mains tremblantes. Il était trop fier et trop mélancolique pour assouplir ses manières. De la paternité, il ne connaîtrait jamais que le nom, et ne cesserait de se confiner dans la solitude. Il avait déjà fait plus qu'il ne s'en croyait capable. Au cours de la réunion projetée, il boirait à la santé de l'héritier de Gormenghast, il boirait à l'Avenir, à Titus, son fils unique. C'était tout.

Il se renfonça dans le fauteuil, mais fut incapable de lire.

Keda et Rantel

Lorsque Keda retrouva les siens, la pluie ruisselait sur les cactus. Le vent soufflait de l'ouest, et, au-dessus des lisières imprécises des Bois d'Epines, la gueule du ciel était bourrée de vieux haillons. Keda resta un moment debout à contempler la pluie oblique qui tombait des bords déchiquetés des nuages sur les lisières déchiquetées des bois. Le soleil couchant était caché par des ombres opaques, et il ne subsistait plus qu'une faible réverbération dans le ciel vide.

Elle était habituée à cette lumière pâle où elle avait toujours vécu. C'était la pâleur de l'arrière-automne, si vivante dans sa mémoire. Elle n'avait rien en commun avec les ombres qui l'avaient tant oppressée à l'intérieur des murs de Gormenghast. Ici, elle était de nouveau *dehors*. Délivrée, elle leva les bras vers le ciel.

« Je suis libre, dit-elle. Je suis de nouveau chez moi. »

A peine eut-elle prononcé ces paroles qu'elle comprit qu'il n'en était rien. Oui, elle était revenue dans les huttes d'argile où elle était née, et près d'elle, comme un vieil ami, se dressait le corps décharné du cactus. Mais les autres, les compagnons de son enfance, où étaient-ils? Vers qui pourrait-elle se tourner? Elle ne prétendait pas trouver un confident, mais souhaitait simplement se réfugier chez quelqu'un qui ne lui poserait pas de question et à qui elle n'en poserait aucune.

Mais qui? La réponse qu'elle craignait surgit aussitôt : il y avait les deux hommes.

La peur qui l'avait saisie s'apaisa soudain et son cœur s'emplit d'une mystérieuse allégresse. Les nuages du ciel commençaient à s'éloigner, et ceux qui l'avaient tant oppressée se déchirèrent d'un seul coup, la laissant animée d'une exaltation et d'un courage inexplicables. Elle reprit sa marche dans le crépuscule, et, après avoir dépassé les tables et les bancs abandonnés, encore humides de pluie, qui brillaient d'un éclat étrange à la nuit tombante, elle parvint enfin à la périphérie du village d'argile.

A première vue, on eût dit que les sentiers étaient déserts. Hautes d'environ huit pieds, les huttes se faisaient face de chaque côté de ces sentiers aussi étroits que des ravins, et leurs toits se touchaient presque. Le dédale des ruelles n'était pas plongé dans l'obscurité car les habitants avaient coutume de suspendre des lanternes à la porte de leurs demeures et de les allumer dès le coucher du soleil.

Keda obliqua plusieurs fois avant de rencontrer le premier signe de vie. Un chien, de cette race naine que l'on voyait si souvent errer dans les chemins de boue du village, dépassa Keda en courant sur ses pattes galeuses et se frotta contre le mur. Elle eut un léger sourire : depuis l'enfance, on lui avait appris à mépriser ces maigres détrousseurs de charognes, mais elle n'éprouvait aucun dégoût à le voir rôder furtivement près d'elle. Dans le bonheur soudain qui l'avait envahie, ce chien galeux lui sembla faire partie d'elle-même, de la paix et de l'amour qui embrassaient la moindre créature. Le roquet s'était arrêté à quelques mètres et, assis sur ses flancs maigres, se grattait une plaie derrière l'oreille. Keda sentit son cœur éclater. L'amour qui l'irradiait était tellement universel qu'il transfigurait la moindre chose simplement parce qu'elle *existait*. Tout devenait autre : bien, mal, pauvreté, richesse, laideur, beauté, et jusqu'à la gale de ce petit roquet jaune.

Elle connaissait si bien ces ruelles que l'obscurité ne la gênait pas. A cette heure, il n'y avait jamais personne dans les chemins de boue. La plupart des habitants étaient blottis près de l'âtre, autour d'un feu de racines. Keda le savait et c'est pourquoi elle avait quitté le château très tard pour rentrer au village. Les habitants avaient une autre coutume : lorsqu'ils se rencontraient la nuit, ils devaient s'approcher de la lampe la plus proche pour exposer leurs traits à la lumière, et continuer leur chemin une fois qu'ils s'étaient reconnus. Les visages restaient le plus souvent de marbre, car il était rare que deux amis se reconnussent. Les rivalités entre les familles et les différentes écoles de sculpture étaient impitoyables, et il arrivait souvent que chacun rencontrât son plus mortel ennemi dans un face à face silencieux à la lumière des lanternes suspendues au-dessus des portes.

Mais la coutume était rigoureusement observée : chacun fixait l'autre dans les yeux, puis passait son chemin.

Keda avait tout d'abord espéré rentrer chez elle, dans la hutte qui lui appartenait, maintenant que le vieux sculpteur était mort, sans rencontrer personne ni devoir exposer son visage. Mais, maintenant, il lui serait égal d'être reconnue. La beauté dont elle rayonnait était plus aiguë que le fil d'une épée, et la protégeait contre les jalousies, les commérages, les haines secrètes et les calomnies qu'elle avait autrefois redoutés.

« Que m'est-il arrivé? » se demandait-elle. Surprise et fascinée, elle fut consciente qu'une étrange exaltation s'était emparée de sa nature paisible. Le moment tant redouté – où les problèmes qu'elle avait fuis en se réfugiant au château l'envelopperaient de nouveau d'un impénétrable brouillard – s'était transformé en une soirée bruissante de feuilles et de feu, en une nuit de murmures.

Marchant toujours, elle entendait monter les voix derrière les portes de bois grossièrement taillées. Elle parvint enfin à la longue allée qui menait directement à l'enceinte extérieure de Gormenghast. Moins étroite que les autres, large de neuf à douze pieds, cette rue était le rendez-vous quotidien des Brillants Sculpteurs. Les anciens avaient l'habitude de s'asseoir devant le seuil, les vieilles femmes d'y faire leurs courses en traînant la jambe, et les enfants jouaient sous la grande muraille dont l'ombre s'allongeait à mesure que le soir tombait, envahissant peu à peu la longue ruelle où l'on commençait d'allumer les lampes. Les habitants plaçaient généralement une sculpture sur les toits plats des huttes. Au soleil couchant, les sculptures exposées à l'est flamboyaient, tandis que celles de l'ouest se découpaient en noir sur le fond lumineux du ciel, dans un contraste d'angles aigus et de courbes qui enchantait ce peuple d'artistes.

Ces sculptures sur les toits étaient maintenant noyées dans l'ombre, au-dessus de lampes, et Keda, qui s'en était souvenue en marchant, essayait en vain d'en apercevoir une contre le ciel.

Sa maison ne se trouvait pas dans cette allée, mais à l'angle d'un petit square d'argile où seuls les plus vénérés des Brillants Sculpteurs avaient le droit de s'installer. Au centre du square s'élevait l'orgueil des habitants, une sculpture haute de quatorze pieds, ciselée plusieurs siècles auparavant par un artiste dont le Peuple du Dehors ne possédait que cette œuvre unique. Il en existait d'autres de la même main, mais elles étaient à l'intérieur des murs, enfermées dans la galerie des Brillantes Sculptures. On n'était pas très sûr de l'identité de cet artiste, mais qu'il fût le meilleur était indiscutable. La statue, qui représentait un cheval et son cavalier, était repeinte chaque année avec les couleurs d'origine. L'énorme bloc de bois stylisé dominait le square sombre. Le cheval était d'un gris sans mélange et la courbe de son cou rejeté en arrière imprimait son mouvement à la tête dont les naseaux étaient tournés vers le ciel. Les torsades de la crinière blanche fumaient comme de l'écume sur l'encolure, et jusque sur les genoux du cavalier, drapé dans une cape noire constellée d'étoiles écarlates. Il se tenait très droit, mais ses bras et ses mains, qui pendaient le long des hanches, contrastaient violemment avec la vitalité du cou gris et musclé du cheval. Le burin avait accentué les angles du visage du cavalier, blanc comme les volutes de la crinière. Seules les lèvres pâles, couleur de corail, et la chevelure châtaine, donnaient un peu de vie à ce masque cadavérique. Les mères amenaient parfois leurs plus intraitables galopins devant cette sculpture, et les menaçaient des foudres du cavalier s'ils refusaient de se tenir tranquilles. Les enfants en avaient une peur affreuse, tandis qu'aux yeux des parents cette sculpture était un chef-d'œuvre de vie et de beauté formelle. Elle possédait en outre cet extraordinaire pouvoir d'envoûtement qui était pour eux le signe de la perfection.

Keda songeait à cette statue en s'approchant du

tournant qui menait au square d'argile, quand elle fut surprise par un bruit de pas derrière elle. La route était déserte. Quelques lampes brillaient faiblement sur les seuils, mais aucune forme n'avait encore surgi. Loin sur la gauche, au-delà du square, elle entendit l'aboi d'un chien. Alors, en écoutant ces pas qui la poursuivaient, elle entendit résonner les siens.

Elle était à quelques mètres d'une lanterne. Si elle passait sous cette lumière avant que l'inconnu l'eût rejointe, il lui faudrait marcher à ses côtés dans les ténèbres, jusqu'à la prochaine lampe, où devrait se dérouler le face à face rituel. Pour éviter cette attente, Keda ralentit. Quel qu'il fût, l'inconnu pourrait ainsi la rejoindre plus vite avant de continuer son chemin.

Elle s'arrêta sur le seuil et attendit. Cela n'avait rien d'extraordinaire. Ceux qui s'approchaient des lampes le faisaient généralement par politesse. Elle se plaça exactement sous la flamme. Son visage apparaîtrait en pleine lumière lorsqu'elle se retournerait, et elle pourrait facilement voir celui de l'inconnu.

Les rayons qui tombaient sur ses cheveux les faisaient paraître blonds comme l'orge. Malgré ses formes généreuses, son corps paraissait mince et droit, et le feu subtil qui la consumait donnait à son regard quelque chose de magnétique.

Il y avait quelque chose d'électrique et d'irréel dans l'air. « Pourtant, songeait Keda, c'est peut-être le présent qui est réel et mon passé qui n'est qu'un rêve absurde. » Ces pas qui se rapprochaient dans l'obscurité, il y avait longtemps qu'elle les avait prévus. Il lui semblait avoir déjà vécu cette nuit qu'elle pressentait inoubliable. Elle savait que lorsque les pas s'arrêteraient, et qu'elle se retournerait vers l'inconnu, elle verrait le visage de Rantel, le plus fougueux et le plus sombre de ses deux amants.

Elle se retourna : il était là.

Sous la lumière, la nuit impénétrable les enfermait dans un espace clos comme une chambre.

Keda sourit et ses lèvres charnues s'entrouvrirent avec tendresse. Son regard erra sur le visage de Rantel, sur sa tignasse noire, sur le front volontaire et les yeux pleins d'ombres plantés dans les siens. Elle regarda les hautes pommettes et les lignes du visage qui s'effilait jusqu'au menton. La bouche orgueilleuse, les larges épaules. Alors elle sentit palpiter dans son sein un mélange de force et de faiblesse. Le sang se mit à battre si violemment dans ses veines qu'elle se dit qu'elle devait ou mourir, ou renaître à la vie dans une explosion de feuilles et de fleurs. Ce n'était pas la passion charnelle qu'elle éprouvait avec le plus de force, mais une exultation sauvage, un désir d'être consumée par la vie, et, au centre de cette vie dont elle pressentait à peine la richesse, il y avait l'amour, l'amour d'un homme. Elle n'était pas amoureuse de Rantel : il n'était que l'image de l'amour débordant qu'elle avait à donner.

Il avança d'un pas dans la lumière. Elle ne vit plus son visage, seulement les mèches désordonnées de ses cheveux qui avaient un éclat métallique.

« Keda... », murmura-t-il.

Elle lui prit la main.

« Je suis revenue. »

Il sentit la proximité de son corps et la prit aux épaules.

« Tu es revenue, répéta-t-il machinalement. Ah ! Keda, est-ce toi ? Toi qui es partie et que j'ai attendue chaque soir... (Les mains de Rantel tremblèrent sur les épaules de Keda.) Toi qui es partie.

– Tu m'as suivie ? demanda Keda. Pourquoi ne m'as-tu pas parlé près des rochers ?

– J'en avais envie, mais je n'ai pas pu.

– Pourquoi ?

– Quittons la lumière et je te dirai pourquoi, dit-il enfin. Où allons-nous ?

– Où ? Où veux-tu que j'aille, sinon dans la maison de mon époux ? »

Ils marchèrent lentement.

« Je vais te le dire, dit soudain Rantel. Je t'ai suivie pour savoir où tu allais. Quand j'ai compris que tu n'allais pas chez Braigon, je t'ai rattrapée.

– Chez Braigon ? Oh ! Rantel, tu es toujours aussi malheureux...

– C'est plus fort que moi, Keda, je n'y peux rien. »

Ils atteignirent le square.

« Nous sommes venus ici pour rien, dit Rantel qui s'arrêta dans l'obscurité. Tu m'entends, Keda ? Pour rien. Je dois te dire maintenant une chose douloureuse, Keda. »

Rien de ce qu'il pouvait dire n'arrivait à faire taire la voix qui chantait dans le cœur de la jeune femme : « Je suis avec toi, Keda ! Je suis la *vie* ! O Keda, Keda, je suis avec toi ! »

Mais elle demanda, d'une voix étrangère à son moi réel :

« Pourquoi sommes-nous venus pour rien ?

– Je t'ai suivie, et je t'ai accompagnée jusqu'ici, mais ta maison, Keda, la maison où ton mari sculptait, ne t'appartient plus. Tu ne peux rien y faire : quand tu nous as quittés, les anciens se sont réunis, les Vieux Sculpteurs, et ils ont donné ta maison à l'un des leurs. Ils disent que depuis la mort de ton mari tu n'es plus digne de vivre dans le square du Cavalier noir.

– Qu'ont-ils fait de ses sculptures ? »

Rantel tarda à répondre. Sa respiration devint plus rapide et il se passa la main sur le front.

« Je vais te le dire, reprit-il. O ! flammes, pourquoi suis-je si lent – si *lent* ? Pendant que je faisais le guet dans les rochers, espérant chaque soir que tu reviendrais, Braigon a forcé la porte de ta maison, et trouvé les anciens en train de se partager tes sculptures. Ils disaient de toi : " Elle ne reviendra pas. C'est une mauvaise femme. Les sculptures seront laissées à l'abandon, rongées par les vers de bois. " Alors Braigon a sorti son couteau et enfermé les vieillards dans un réduit sous l'escalier. Puis il a fait douze voyages pour transporter les sculptures dans sa propre maison, où il les a cachées, dit-il, jusqu'à ce que tu reviennes. Et moi, Keda, que puis-je faire pour toi ? O ! Keda, que puis-je faire ?

– Serre-moi contre toi, dit-elle. D'où vient cette musique ? »

Dans le silence, ils entendirent la voix d'un instrument.

« Keda... »

Il la serra contre lui, le visage enfoui dans ses cheveux. Keda entendit battre le cœur de Rantel. La musique cessa soudain, et le rideau de silence et de nuit les enveloppa de nouveau.

Rantel parla enfin :

« Il faut que tu sois mienne, Keda. C'est une question de vie ou de mort pour moi. Appartiens-moi et je vivrai. Je suis un sculpteur. J'arracherai au bois une œuvre glorieuse, le symbole de mon amour. Une œuvre bondissante, immobile en plein vol. Une sculpture pourpre avec des mains aussi douces que les fleurs, et des pieds qui se mêlent à la terre rugueuse, car ce sera son corps qui bondira. Les yeux verront toutes choses et seront violets comme la frange des éclairs de printemps, et je graverai ton nom sur sa poitrine – Keda, Keda, Keda –, trois fois, car je suis fou d'amour. »

Ses mains fraîches caressèrent le front de Rantel, puis descendirent le long des hautes pommettes jusqu'à ses lèvres.

Au bout d'un moment, Rantel murmura :

« Tu pleures ?

– De joie, dit-elle.

– Keda...

– Oui...

– Peux-tu supporter des nouvelles terribles ?

– Rien ne peut plus me blesser, dit Keda. Je ne suis plus celle que tu as connue. Je suis vivante.

– La loi qui t'a forcée à te marier, Keda, peut de nouveau te plier sous son joug. Il y a quelqu'un d'autre.

J'ai entendu dire qu'il t'attendait, Keda, qu'il attendait ton retour. Mais je le tuerai si tu me le demandes. »

Elle sentit le corps de Rantel se raidir.

« Dois-je le tuer? dit-il d'une voix rauque.

– Ne parle pas de mort, dit Keda. Je ne lui appartiendrai pas. Emmène-moi dans ta maison. (Il semblait à Keda que c'étaient les paroles d'une autre, prononcées d'une voix claire, différente de la sienne.) Emmène-moi avec toi. Il ne voudra plus de moi lorsqu'il saura que nous nous sommes aimés. On m'a pris ma maison, où pourrai-je dormir ce soir, sinon chez toi? Avec toi, car je suis heureuse pour la première fois. Tout me paraît limpide, ce soir, le bien et le mal, le vrai et le faux. Je n'ai plus peur, l'angoisse m'a quittée. Et toi, as-tu peur?

– Je n'ai pas peur! s'écria Rantel dans les ténèbres. Pas si nous nous aimons.

– Mon amour embrasse tout, dit Keda. Tout. Taisons-nous. »

Sans un mot, il l'emmena loin du square, à travers un dédale de ruelles désertes, et ils se trouvèrent enfin devant la porte d'une maison, au pied du mur du château.

La pièce où ils entrèrent était froide, mais, en moins d'une minute, Rantel alluma un feu dans le foyer creusé à même le sol, et la lumière des flammes se mit à danser contre les murs. Le sol d'argile était recouvert de ces litières d'herbe que l'on trouvait dans toutes les huttes.

« La jeunesse va bientôt nous quitter, dit Keda. Mais ce soir nous sommes jeunes et la nuit nous appartient. Le fléau qui frappe notre peuple va s'abattre sur nous. Dans un an, peut-être deux. Mais pas maintenant, Rantel, PAS MAINTENANT. Ce soir, la vie nous comble de tous ses dons. Comme tu as vite allumé le feu! Oh! Rantel, qu'il est beau! Serre-moi encore contre toi... »

Rantel la prit dans ses bras. Il y eut un tapotement à la fenêtre, mais ils ne bougèrent pas. Ils écoutèrent le bruit augmenter jusqu'à ce que la vitre grossièrement encastrée dans les murs d'argile se mît à résonner comme un tambour. La pluie soudaine redoubla et ils entendirent bientôt les premiers gémissements du vent.

Les heures passèrent. Etendus sur les planches basses, Keda et Rantel reposaient devant le feu, éblouis par la force de leur amour.

Lorsque Keda s'éveilla, elle demeura quelques instants immobile. Elle sentait le bras de Rantel sur son corps. Il avait posé la main sur son sein, comme un enfant. Soulevant le bras de son amant, elle se dégagea lentement, lui prit la main et la posa doucement sur le sol. Puis elle se leva et se dirigea vers la porte. Dès les premiers pas, elle fut traversée par un éclair de joie : elle se sentait toujours invulnérable. Elle souleva le loquet et ouvrit la porte d'un seul coup. Elle savait que ses yeux allaient rencontrer le mur d'enceinte de Gormenghast, comme une falaise abrupte à moins d'un jet de pierre. Le mur était là, mais il y avait autre chose. Du plus loin qu'elle pût se souvenir, cette muraille avait toujours été un symbole de puissance, d'austérité, de protection, le symbole d'une permanence sans commencement ni fin. Elle lui avait vu tant de visages : tantôt s'écailler au soleil, blanche de poussière et grouillante de lézards, tantôt se couvrir de petites fleurs roses et bleues qui, en avril, étendaient leur brume colorée sur la surface de ses pierres tièdes.

Elle avait vu saillies et arêtes se glacer de givre et de stalactites où les flocons de neige se posaient avec douceur. Et quand le mur était englouti par les ténèbres de la nuit, ces flaques de neige ressemblaient à d'immenses étoiles suspendues.

Eclairée par le soleil de l'arrière-automne, la muraille avait aujourd'hui un air de fête avec lequel Keda se sentait en harmonie. Parcourant des yeux la surface étincelante, lavée par la pluie torrentielle, elle aperçut l'ombre d'un homme assis au pied du mur. Il était occupé à tailler en pointe une branche qu'il tenait à la main. C'était Braigon. Il avait levé les yeux quand elle avait ouvert la porte, mais elle n'avait pas crié. Elle n'éprouvait aucun sentiment de peur ni de honte, et se contenta de le regarder calmement, joyeusement, comme un homme assis, occupé à tailler une branche au pied d'un mur inondé de soleil. Un homme qu'elle avait envie de revoir depuis longtemps.

Mais Braigon ne se levait pas. Elle se dirigea vers la muraille et s'assit près de lui. Il avait une tête et un corps massifs, carrés, donnant une impression de puissance et d'énergie. Son visage était encadré par une forêt de boucles.

« Depuis combien de temps es-tu là, Braigon, assis au soleil avec cette branche ?

– Pas longtemps.

– Pourquoi es-tu venu ?

– Pour te voir.

– Comment as-tu fait pour savoir que j'étais de retour ?

– Je ne pouvais plus sculpter.

– Plus sculpter ?

– Je ne voyais plus ce que je faisais. Je ne voyais que ton visage surgir dans le bois que je travaillais. »

Keda soupira douloureusement et porta les mains à sa poitrine.

« Alors tu es venu ?

– Pas tout de suite. Je savais que Rantel te verrait sortir de l'Enceinte Extérieure. Il se cache toutes les nuits dans les rochers pour t'attendre. Je savais qu'il serait avec toi. Mais ce matin, je suis venu lui demander où tu étais, où tu avais passé la nuit, car je savais que les anciens t'avaient pris ta maison, selon la loi du Square de Boue. Lorsque je suis arrivé, il y a une heure, j'ai vu le spectre de ton visage sur la porte, et c'était un visage heureux. Aussi, j'ai attendu ici. Tu es heureuse, Keda ?

– Oui.

– Au château, tu avais peur de revenir. Mais maintenant que tu es ici, tu n'as plus peur. Et je sais pourquoi : c'est parce que tu es amoureuse. Tu l'aimes, Keda?

– Je ne sais pas. Je ne comprends pas. Je marche dans les nuages, Braigon. Je ne peux pas dire si c'est lui que j'aime, ou si c'est le monde, l'air et la pluie de la nuit dernière, les passions qui s'ouvraient comme des fleurs, faisant éclater la gangue des bourgeons. Oh! Braigon, je ne sais pas. Si j'aime Rantel, alors je t'aime aussi. Pendant que je regarde ta main, ton front et tes lèvres qui bougent à peine, c'est toi que j'aime. J'aime le calme avec lequel tu as maîtrisé ta colère et ta jalousie avant de venir me trouver ici. Oh! Braigon, la manière dont tu t'es assis tout seul, taillant une branche en m'attendant, sans crainte, acceptant tout... Je ne comprends pas bien moi-même ce qui m'est arrivé. (Elle s'appuya contre le mur, et la lumière blanche du matin éclaira son visage.) Ai-je *tellement* changé? demanda-t-elle.

– Tu as brisé tes chaînes : tu es libre.

– Braigon! s'écria-t-elle en se tordant les mains, c'est toi... c'est *toi* que j'aime. Je souffre à cause de toi et de Rantel, mais la souffrance me rend heureuse. Je dois te dire la vérité, Braigon. Je suis amoureuse de tout. Du monde entier et même de la souffrance, car je suis détachée de tout. Quelque chose m'est arrivé, et je suis pure... pure. Mais je t'aime, Braigon, plus que tout au monde. C'est *toi* que j'aime. »

Comme s'il n'avait pas entendu, il joua distraitement avec la branche qu'il tenait dans sa main et regarda Keda.

Sa lourde nuque toujours appuyée contre la muraille, il tourna légèrement la tête vers elle, les yeux mi-clos.

« Je t'attendrai cette nuit, Keda. La combe dans les Bois d'Epines, tu te souviens?

– Je t'y retrouverai. »

En même temps que la réponse de Keda, une lame d'acier siffla entre leurs têtes et se brisa net contre la muraille.

Tremblant de colère, Rantel était devant eux.

« J'ai un autre couteau, dit-il d'une voix si basse qu'ils l'entendirent à peine. Il est un peu plus long, et la lame sera plus affilée ce soir quand je vous rencontrerai à la combe. C'est la pleine lune, cette nuit. Keda ! O ! Keda ! As-tu oublié ? »

Braigon se leva, protégeant Keda du rempart de son corps. La jeune femme avait fermé les yeux. Son visage était absolument dénué d'expression.

« Je n'y peux rien, dit-elle. Je n'y peux rien. Je suis heureuse. »

Braigon était juste en face de son rival. Sans quitter son ennemi des yeux, il dit à Keda, derrière lui :

« Il a raison. Je le rencontrerai au coucher du soleil. L'un de nous deux te reviendra.

– Non, non, non, non ! » cria Keda en se prenant la tête dans les mains.

Mais elle savait qu'il devait en être ainsi. Soudain calmée, elle s'appuya de nouveau contre le mur, la tête penchée, le visage à demi voilé par les boucles de ses cheveux.

Les deux hommes la quittèrent. Ils savaient qu'ils ne pouvaient rester près d'elle en ce jour terrible. Ils devaient fourbir leurs armes. Rantel rentra dans sa hutte, et en ressortit quelques instants plus tard, enveloppé d'une cape. Il s'approcha de Keda.

« Je ne comprends pas ton amour », dit-il.

Elle leva les yeux. Il tenait la tête très droite, et ses cheveux étaient comme un buisson noir.

Elle ne répondit pas. Elle ne voyait que sa force, ses pommettes saillantes, et ses yeux brûlants. Elle ne voyait que sa jeunesse.

« C'est à cause de moi, dit-elle. C'est moi qui dois mourir. Et je *mourrai.* Bientôt je mourrai... mais aujourd'hui, que se passe-t-il aujourd'hui ? Je n'éprouve ni peur, ni haine, et l'angoisse et la mort me sont étrangères. Pardonne-moi. (Elle se tourna vers lui et prit la main qui tenait le poignard.) Je ne sais pas. Je ne comprends pas. Je crois que nous ne pouvons rien faire... »

Elle lâcha sa main. Il s'éloigna en longeant la haute muraille, et elle le perdit de vue lorsqu'il obliqua vers la droite.

Braigon était déjà parti. Les yeux de Keda se voilèrent.

« Keda, se dit-elle à haute voix, Keda, nous y sommes, c'est la tragédie. »

Mais ses paroles vaines planèrent dans l'air vide du matin. Elle serra les poings, car aucune angoisse ne lui étreignait le cœur. L'oiseau éclatant était toujours dans sa poitrine, et il chantait... et il chantait.

La chambre des Racines

« Ça suffit pour aujourd'hui, dit Lady Cora en posant sa broderie sur une table à côté de son fauteuil.

– Mais tu n'as fait que trois points, Cora », dit Lady Clarice, tirant une bonne longueur de fil.

Cora tourna les yeux d'un air soupçonneux.

« Tu m'épiais, n'est-ce pas?

– J'en avais le droit. La broderie n'a rien de secret. »

Clarice hocha la tête. Cora n'était pas convaincue et se mit à frotter ses genoux d'un air maussade.

« J'ai terminé, moi aussi, reprit Clarice, brisant le silence. J'ai fait la moitié d'un pétale. C'est bien assez pour aujourd'hui. Est-ce que c'est l'heure du thé?

– Pourquoi veux-tu toujours savoir l'heure? " C'est l'heure du petit déjeuner, Cora? " ... " C'est l'heure du dîner, Cora? "... " C'est l'heure du thé, Cora? "... A chaque instant, tu veux savoir l'heure. Tu n'as pas encore compris que l'heure n'a *aucune* importance?

– Si on a faim, elle en a, objecta Clarice.

– Non. Rien n'a d'importance, même si on a faim.

– Si. Je le *sais.*

– Clarice d'Enfer, dit Cora d'une voix sévère, en se redressant dans son fauteuil, tu en sais *trop.* »

Clarice ne répondit pas, mais se mordit mollement la lèvre inférieure.

« D'habitude, nous brodons beaucoup plus longtemps, n'est-ce pas Cora ? Nous brodons pendant des heures et des heures en bavardant, mais nous n'avons pas bavardé aujourd'hui, n'est-ce pas, Cora ?

– Non.

– Pourquoi ?

– Je ne sais pas. Parce que nous n'en avons pas eu envie, je suppose. Que tu es sotte ! »

Clarice se leva, lissa le satin pourpre de sa robe, et regarda Cora d'un air moqueur.

« *Moi,* je sais pourquoi nous n'avons pas parlé.

– Tu n'en sais rien du tout.

– Si, dit Clarice. *Moi,* je sais. »

Cora renifla, puis, dans un bruissement de jupes, se dirigea vers un long miroir accroché au mur et rajusta une épingle dans ses cheveux.

« Tu n'en sais rien », répéta-t-elle lorsqu'elle sentit que le silence avait duré assez longtemps.

Elle regarda sa sœur dans le miroir, au-dessus du reflet de sa propre épaule. Depuis quarante-neuf ans, elle s'était habituée à ce phénomène terrifiant qui avait lieu dans le miroir : un visage surgissait à côté du sien, un peu plus petit, il est vrai, car sa sœur était légèrement en retrait, mais atrocement semblable.

Les lèvres de l'autre visage s'ouvrirent, et elle entendit la voix de Clarice, derrière elle :

« Si, je *sais.* J'ai deviné à quoi tu pensais. C'est facile.

– Tu *crois* que tu as deviné, mais je sais que ce n'est pas vrai, car je sais exactement tout ce que tu crois que j'ai pensé... »

La logique de cette réponse ne fit pas grande impression sur Clarice, qui reprit après un court silence :

« Tu veux que je te dise à quoi tu as pensé ?

– Fais comme tu veux. Ça m'est égal. Eh bien ? Je t'écoute.

– Je ne sais pas si j'ai envie de te le dire maintenant, dit Clarice. Je crois que je vais le garder pour moi, bien que ce soit *évident.* (Clarice appuya avec emphase sur le mot « évident ».) Ce n'est pas encore l'heure du thé ? Je sonne la cloche, Cora ? Quel dommage qu'on ne puisse pas le prendre dans l'arbre, il y a trop de vent.

– Tu pensais à ce jeune Finelame », dit Cora qui s'était glissée à côté de sa sœur et la contemplait de tout près.

Elle eut l'impression d'avoir repris l'avantage sur la pauvre Clarice en renouvelant de manière si astucieuse le sujet de la conversation.

« Toi aussi, dit Clarice. Je le savais depuis longtemps. Je me trompe ?

– Non, dit Cora. C'est vrai. J'y pensais depuis longtemps. Nous le savons toutes les deux, maintenant. »

Le feu projetait irrévérencieusement les ombres des jumelles sur le plafond et les murs où étaient accrochés des échantillons de leurs broderies d'art. La pièce avait de belles proportions, environ trente pieds sur vingt. En face de l'entrée donnant sur le couloir, une petite porte voûtée menait à la chambre des Racines. Deux grandes fenêtres aux vitres en losange encadraient la voûte, et aux deux extrémités de la pièce (dont un mur abritait l'âtre) s'ouvraient des portes étroites, l'une donnant sur la cuisine et les chambres des deux domestiques, l'autre sur la salle à manger et la chambre à coucher jaune canari des jumelles.

« Il a dit qu'il nous élèverait sur les cimes, dit Clarice. Tu l'as entendu, n'est-ce pas ?

– Je ne suis pas sourde, dit Cora.

– Il a dit que nous n'étions pas assez honorées, et que nous devions nous rappeler qui nous sommes. Nous sommes Lady Clarice et Cora d'Enfer. Voilà qui nous sommes.

– Cora et Clarice, corrigea sa sœur. Cora et Clarice de Gormenghast.

– Mais personne ne tremble devant nous. Il a dit qu'il les ferait trembler.

– Qu'il les ferait quoi, chérie? »

Rassurée d'avoir découvert que leurs pensées étaient identiques, Cora commençait à se détendre.

« Qu'il les ferait trembler. C'est ce qu'ils devraient faire, tu ne trouves pas, Cora?

– Oui, mais ils ne tremblent pas.

– Non, pas du tout. Pourtant, j'ai essayé ce matin.

– Quoi, chérie?

– Pourtant, j'ai essayé ce matin, répéta Clarice.

– Essayé quoi? demanda Cora d'un ton protecteur.

– Tu te rappelles quand j'ai dit " Excuse-moi cinq minutes "?

– Oui. (Cora s'assit et sortit de sa poitrine plate un mouchoir minuscule imbibé de parfum.) Et alors?

– Et alors, je ne suis pas du tout allée dans la salle de bains, dit Clarice en s'asseyant soudain d'un air guindé. Tu sais ce que j'ai fait? J'ai pris de l'encre. De l'encre *noire.*

– Pour quoi faire?

– Je ne vais pas te le dire tout de suite, ce n'est pas encore le moment, dit pompeusement Clarice, les narines frémissantes comme celles d'un mustang. J'ai versé l'encre dans un broc. Il y en avait beaucoup. Puis je me suis répété ce que nous nous disons tout le temps : Gertrude n'est pas meilleure que nous, elle n'a pas une goutte de sang d'Enfer dans les veines, elle n'a que du sang ordinaire qui ne vaut rien du tout. Ma décision était prise. Je ne t'ai rien dit parce que tu aurais pu m'interdire de le faire, et je ne sais d'ailleurs pas pourquoi je te le dis maintenant : tu vas peut-être penser que j'ai eu tort, mais, comme c'est fait, tu peux penser ce que tu veux, n'est-ce pas, chérie?

– Je ne sais pas encore, dit Cora d'un air passablement maussade.

– Eh bien, je savais que Gertrude devait être dans le grand vestibule à neuf heures pour verser de l'huile sur les sept mendiants les plus affreux des huttes d'argile. A neuf heures, j'étais à la porte du vestibule avec mon broc d'encre, et j'ai marché sur Gertrude, mais tout a raté parce qu'elle portait une robe noire.

– Qu'est-ce que tu veux dire? demanda Cora.

– Eh bien, je voulais renverser l'encre sur sa robe...

– *Fantastique*, dit Cora. Tu l'as fait?

– Oui, mais ça ne s'est pas vu à cause de la robe noire. Elle non plus ne m'a pas vue parce qu'elle parlait à un sansonnet.

– Un de *nos* sansonnets, dit Cora.

– Oui, un des oiseaux qu'elle nous a volés. Mais les autres m'ont vue. Ils étaient bouche bée. Ils ont admiré mon esprit de décision, mais comme Gertrude n'a rien vu, tout est à recommencer. Alors, je n'ai pas su quoi faire. J'ai eu peur, je suis rentrée en courant, et maintenant, il ne me reste plus qu'à laver le broc. »

Elle se leva pour réaliser son projet, lorsqu'un coup discret fut frappé à la porte. Elles recevaient peu de visites et, pendant quelques instants, furent trop agitées pour pouvoir dire « Entrez ».

Cora fut la première à ouvrir la bouche, et sa voix sans timbre retentit plus fort qu'elle ne s'y attendait.

« Entrez! »

Clarice était près d'elle. Leurs épaules se touchaient, et elles tendaient le cou comme si elles se penchaient à une fenêtre.

La porte s'ouvrit et Finelame entra, une belle canne au pommeau brillant sous le bras. Il ne quittait plus cette canne-épée volée, qu'il entretenait avec grand soin. Il était vêtu de noir, comme à son habitude, mais portait une chaîne en or autour du cou. Il avait enduit de graisse ses maigres cheveux couleur de sable, et les avait ramenés en une large mèche sur son front pâle.

Il ferma la porte derrière lui, et, d'un geste plein d'élégance, serra sa canne sous le bras et s'inclina.

« Excellences, dit-il, il est certain que m'introduire ainsi dans votre intimité sans m'être fait annoncer autrement que par quelques coups indiscrètement frappés à votre porte serait la dernière des insolences si je n'avais de graves nouvelles à vous annoncer.

– Qui est mort ? dit Cora.

– Gertrude ? répéta Clarice comme un écho.

– Personne n'est mort, dit Finelame en s'avançant. Je vous dirai les faits dans quelques minutes. Mais d'abord, mes chères Excellences, j'aimerais avoir le grand honneur de pouvoir admirer vos broderies. Me permettez-vous de les voir ? »

Il les regarda tour à tour d'un air interrogateur.

« Il en avait déjà parlé chez les Salprune, murmura Clarice à sa sœur. Il avait déjà dit qu'il voulait voir nos broderies. »

Clarice était fermement convaincue qu'il lui suffisait de chuchoter (même à voix haute) pour que personne d'autre que sa sœur l'entendît.

« J'ai entendu ce qu'il a dit, répliqua Cora. Je ne suis pas aveugle, non ?

– Que voulez-vous voir d'abord ? dit Clarice. Notre ouvrage, la chambre des Racines, ou l'Arbre ?

– Si je ne me trompe pas, dit Finelame, les créations de votre aiguille couvrent les murs qui nous entourent. Je viens de les apercevoir dans un éclair que je serais charmé de prolonger en les examinant de plus près, avant d'avoir l'honneur de visiter votre chambre des Racines.

– Il a dit " les créations de notre aiguille ", murmura Clarice de la même voix blanche et forte qui remplit la pièce.

– Naturellement, dit sa sœur qui, haussant de nouveau les épaules, tourna la tête vers Finelame et le gratifia d'un sourire de hareng saur, comme pour le prendre à témoin qu'elle et lui étaient incapables de faire des commentaires aussi *évidents.*

– Avant tout, mesdames, dit Finelame en posant sur la table sa canne qui dissimulait une arme redoutable, puis-je vous demander, en toute innocence, pourquoi vous avez eu la désagréable obligation de me prier d'entrer? Votre valet de pied a dû perdre la tête. Pourquoi n'était-il pas à votre porte pour s'enquérir de l'identité des visiteurs et venir vous demander si vous désiriez les recevoir? Pardonnez ma curiosité, mes chères Excellences, mais où est votre valet de pied? Voulez-vous que j'aille lui dire deux mots? »

Les deux sœurs se dévisagèrent, puis regardèrent le jeune homme. Clarice avoua enfin :

« Nous n'avons pas de valet de pied. »

Finelame, qui avait fait mine de s'éloigner pour aller à sa recherche, pivota sur lui-même et recula d'un pas, comme frappé de stupeur.

« Pas de valet de pied! dit-il en dirigeant les yeux sur Cora.

Elle secoua la tête.

« Seulement une vieille femme qui sent mauvais. Pas le moindre valet de pied. »

Finelame s'approcha de la table et, posant les mains dessus, regarda fixement dans le vide.

« Leurs Excellences Cora et Clarice d'Enfer n'ont pas de valet de pied. Clarice et Cora de Gormenghast n'ont qu'une vieille femme qui sent mauvais. Où sont leurs domestiques? Où est leur suite, leur cortège? »

Puis, d'une voix à peine plus haute qu'un murmure :

« Je vais m'en occuper. Ça ne peut plus durer. (Il se redressa et fit claquer la langue.) Et maintenant, reprit-il d'une voix enjouée, les œuvres d'art nous attendent... »

Tandis qu'ils faisaient le tour des murs, les graines de révolte que Finelame avait semées chez les Salprune commencèrent à germer. Il observait les jumelles du coin de l'œil, tout en louant leurs ouvrages... Il était évident qu'elles éprouvaient un plaisir intense à montrer leurs broderies, mais que la question qu'il avait soulevée ne cessait de leur tourner dans la tête.

« Nous avons tout fait de la main gauche, n'est-ce pas, Cora ? dit Clarice, en désignant un horrible lapin vert et rouge fait de points compliqués.

– Oui, dit Cora, ça nous a pris du temps car nous avons tout fait de la main gauche. (Elle se tourna vers Finelame.) Nous ne pouvons plus nous servir du bras droit, vous savez. Il est mort.

– Ah ! oui, Excellence ? dit Finelame. Comment est-ce possible ?

– Pas seulement le bras droit, renchérit Clarice, mais tout le côté droit, et aussi la jambe gauche. C'est pourquoi nous sommes si raides. Nous avons eu des crises d'épilepsie, mais nos broderies n'en sont que plus habiles.

– Et plus belles, ajouta Cora.

– Je ne puis qu'acquiescer, dit Finelame.

– Mais personne ne les voit, dit Clarice. On nous laisse toutes seules. Personne ne nous demande notre avis sur rien. Gertrude ne fait pas attention à nous, et Tombal non plus. Tu sais ce que nous devrions avoir, n'est-ce pas, Cora ?

– Oui, dit sa sœur. Je le sais.

– Alors ? dit Clarice. Dis-le. Dis-le.

– Le Pouvoir, dit Cora.

– Exactement. Le Pouvoir, c'est cela que nous voulons. (Clarice tourna les yeux vers Finelame, lissant sa robe pourpre et brillante.) Je les aimais bien », dit-elle.

Se demandant à quoi elle pouvait bien faire allusion, Finelame inclina la tête de côté comme s'il réfléchissait à la justesse de sa remarque, lorsque la voix de Cora (au timbre aussi plat que le corps d'une plie) demanda :

« Tu aimais bien *quoi* ?

– Mes convulsions, répondit Clarice d'un ton convaincu. Lorsque mon bras a commencé à mourir. Tu te rappelles, Cora, nos *premières* crises ? Je les aimais bien... »

Dans un froissement de jupes, Cora vint se planter devant sa sœur, et la menaça de son index :

« Clarice d'Enfer, il y a longtemps que nous avons épuisé ce sujet-*là*. Nous étions en train de parler du Pouvoir. Pourquoi n'es-tu pas capable de suivre une conversation ? Tu perds toujours le fil, je l'ai remarqué.

– Et la chambre des Racines ? demanda Finelame avec une gaieté affectée. Pourquoi l'appelle-t-on ainsi ? Cela m'intrigue.

– Vous ne *savez* pas ? dirent-elles ensemble.

– Il ne sait pas, reprit Clarice. Tu vois combien on nous a oubliées. Il ne sait rien de notre chambre des Racines. »

Finelame ne resta pas longtemps dans l'ignorance. Les deux marionnettes pourpres l'entraînèrent dans l'étroit passage voûté, au bout duquel se trouvait une porte massive dont les gonds auraient eu besoin d'un demi-litre d'huile chacun. Cora l'ouvrit et, suivie de sa sœur, pénétra dans la chambre des Racines. Finelame franchit le seuil à son tour, et sa curiosité fut comblée.

Le nom de la pièce était peut-être insolite, mais il lui convenait parfaitement. C'était bien une chambre de racines, où un inextricable réseau de tentacules se tordaient, s'enroulaient, se mêlaient, se séparaient et s'entrelaçaient de nouveau, à tel point que même les yeux perçants de Finelame n'arrivaient pas à en discerner l'origine.

Il finit par comprendre que les racines les plus épaisses convergeaient vers une ouverture étroite, à l'extrémité de la pièce, à travers laquelle le ciel laissait pleuvoir sa lumière terne et grise.

Il semblait impossible que l'on pût traverser ce labyrinthe, et Finelame fut stupéfait de voir les jumelles s'y engager avec aisance. Il leur avait fallu des années de tâtonnements avant de découvrir les chemins qui menaient à la fenêtre. Elles s'y penchaient à présent et regardaient le crépuscule.

Finelame essaya de les suivre, mais eut tôt fait de se perdre dans le labyrinthe. De toutes parts, il était cerné par un écheveau de bras et de griffes étranges, immobiles mais aussi vivants que des serpents.

Pourtant, les racines étaient mortes. La pièce avait dû autrefois être remplie de terre, mais les lianes suspendues dans les hauteurs ne pouvaient plus que griffer l'air. Comme si ce spectacle n'était pas assez stupéfiant, Finelame remarqua que les vrilles de toutes les racines avaient été *peintes à la main*. Chaque nœud, chaque ramification, avait une couleur particulière, et il semblait que sept troncs colorés en jaune, rouge, vert, violet, bleu pâle, corail et orange avaient forcé leurs branches sans feuilles à travers la fenêtre. Ce travail de peinture avait dû nécessiter une concentration et une minutie extrêmes, sans parler des difficultés presque surhumaines qu'il avait fallu endurer en déterminant, dans cet inextricable labyrinthe de racines, quelle vrille provenait de quel rameau, quel rameau de quelle branche, et quelle branche de quel tronc, car il avait été impossible de les peindre avant d'en avoir découvert la source.

Les jumelles s'étaient dit que les oiseaux choisiraient de se poser sur les racines dont la teinte était la plus proche de celle de leur plumage, ou qu'ils bâtiraient leur nid sur celles qui avaient une couleur complémentaire de la leur.

Les deux sœurs avaient mis trois ans à peindre les racines, et, quand tout fut achevé, elles ne purent que constater leur échec et l'envolée de leurs espoirs. Les jumelles ne s'étaient jamais complètement remises de cette humiliation. La pièce en elle-même leur procurait un certain plaisir, mais que les oiseaux ne s'en approchent jamais, qu'ils ne s'y perchent pas et n'y bâtissent pas le moindre nid était une plaie qui ne cessait de s'ulcérer dans ce qui leur restait de cervelle.

Cette déception cuisante fut compensée par l'orgueil

de posséder cette chambre de racines. Et non seulement les Racines, mais l'Arbre lui-même, dont la haute ramure était autrefois nourrie de sève, et qui se couvrait en avril d'une floraison de pousses d'émeraude. C'était cet arbre qui leur donnait le plus de joie et leur rendait la dignité que tout le monde leur refusait.

Elles détachèrent les yeux des branches et cherchèrent Finelame du regard. Il était toujours prisonnier dans le labyrinthe.

« Pouvez-vous m'aider, mes chères Excellences? cria-t-il en cherchant à les voir à travers un écheveau de fibres pourpres.

– Pourquoi ne venez-vous pas à la fenêtre? dit Clarice.

– Il ne trouve pas le chemin, dit Cora.

– Je ne vois pas pourquoi il ne le trouve pas...

– Parce qu'il ne le trouve pas. Va lui montrer.

– Faut-il qu'il soit bête! » dit Clarice, marchant à travers les murs de racines qui paraissaient s'ouvrir et se refermer derrière elle.

Elle passa sans s'arrêter devant Finelame, qui se hâta sur ses talons jusqu'à la fenêtre. C'était le seul endroit où il y avait un peu d'espace, car les sept rameaux qui s'étaient frayé un chemin à travers cette ouverture se projetaient dans la pièce sur une longueur d'environ quatre pieds avant de commencer à se diviser à l'infini. Près de la fenêtre, quelques marches menaient à une petite plate-forme aménagée sur les lianes épaisses et horizontales.

« Regardez dehors : vous Le verrez », dit Cora dès que Finelame l'eut rejointe.

Finelame gravit les quelques marches et vit le grand tronc de l'arbre qui se déployait dans l'espace avant de s'élancer verticalement à une grande hauteur. Au premier coup d'œil, il reconnut l'arbre qui l'avait tant intrigué du haut des toits, à un mille environ de la terrasse de pierre en plein ciel.

Les silhouettes qui lui avaient semblé se balancer

dangereusement au-dessus du vide marchaient en réalité sur un boulevard, car la partie supérieure du tronc était une surface plane et, même là où l'arbre commençait à s'élever et à étaler sa ramure, il y avait suffisamment de place pour dix à douze personnes.

« Pour un arbre, c'est un *arbre,* dit Finelame. Je lui présente mes compliments. Est-il mort depuis que vous l'avez découvert ?

– Bien sûr, dit Clarice.

– Nous ne sommes pas si vieilles que ça », dit Cora.

C'était la première plaisanterie qu'elle faisait depuis plus d'un an. Elle essaya de sourire, mais les muscles de son visage, si peu exercés, restèrent parfaitement immobiles.

« Pas si vieilles que quoi ? demanda Clarice.

– Tu ne comprends rien, dit Cora. Tu es beaucoup moins intelligente que moi. Je l'ai déjà remarqué. »

Rêves de gloire

« Je veux du thé », dit Clarice.

Ouvrant la marche, elle refit son miraculeux parcours, suivie comme une ombre par Finelame, tandis que Cora choisissait un autre chemin. Par rapport à la chambre des Racines, le salon était une pièce relativement banale. La vieille femme avait allumé les bougies et, lorsque le trio s'assit devant le feu, Finelame demanda la permission de fumer. Cora et Clarice se consultèrent du regard, puis hochèrent gravement la tête. Alors Finelame bourra sa pipe et l'alluma avec une braise.

Ils faisaient cercle autour des flammes, Finelame trônant dans le fauteuil du milieu. Lorsque Clarice tira sur un cordon de sonnette près du mur, une porte s'ouvrit à leur droite et une vieille femme noiraude, aux jambes courtes et aux sourcils broussailleux, pénétra dans la pièce.

« Le thé, je suppose », dit-elle d'une voix caverneuse qui paraissait provenir de l'étage du dessous.

A la vue de Finelame, elle essuya son vilain nez du revers de la main, et disparut en claquant la porte derrière elle. Les tapisseries voletèrent dans le courant d'air, et retombèrent mollement contre les murs.

« C'est trop fort! dit Finelame. Comment pouvez-vous supporter cela?

– Supporter quoi? dit Clarice.

– Vous n'allez pas me dire, Excellences, que vous vous êtes résignées à être traitées avec une telle insolence? Cela ne vous fait rien de voir vos privilèges héréditaires bafoués par une vieille femme de chambre qui vous claque la porte au nez et vous parle comme si vous étiez vous-mêmes à son misérable niveau? Comment le sang d'Enfer qui coule dans vos veines d'un flot si fier et si impétueux peut-il ne pas se révolter? Pourquoi n'est-il pas en train de bouillonner d'une rage écarlate? (Il s'arrêta un instant et se pencha en avant.) C'est Gertrude, la femme de votre frère, qui a volé vos oiseaux. C'est à cause d'elle que l'œuvre que vous avez accomplie avec tant d'amour dans la chambre des Racines est un fiasco. Même votre Arbre est oublié. Personne ne m'en a jamais parlé. Et pourquoi, je vous le demande? Parce que vous, et tout ce qui vous appartient, a été négligé, jeté aux oubliettes. Il reste bien peu de membres de votre noble et ancienne famille à Gormenghast pour accomplir les rites immémoriaux, et vous, qui pourriez le faire avec tellement plus de conscience que d'autres, vous êtes traitées comme les dernières des dernières. »

Les jumelles avaient les yeux fixés sur Finelame. Dès qu'il se tut, elles se regardèrent. Il avait peut-être parlé un peu vite pour elles, mais le venin commençait malgré tout à faire son effet. C'était la première fois qu'elles entendaient leurs propres griefs dans la bouche d'un autre.

La vieille femme aux jambes courtes revint avec un plateau qu'elle posa devant eux sans aucune déférence. Avant de quitter la pièce, elle se retourna, regarda fixement le visiteur, puis s'essuya de nouveau le nez du revers de sa grosse main.

Quand elle eut disparu, Finelame, se tournant tantôt vers Cora, tantôt vers Clarice, les scruta d'un regard intense et leur dit :

« Croyez-vous à l'honneur? Excellences, répondez-moi, croyez-vous à l'honneur? »

Elles inclinèrent mécaniquement la tête.

« Croyez-vous que l'injustice doive régner sur le château? »

Elles secouèrent la tête.

« Croyez-vous que les choses doivent continuer ainsi, sans que l'injustice soit châtiée comme elle le mérite? »

Clarice, qui avait légèrement perdu pied à la dernière question, attendit que Cora eût fait un signe de tête pour calquer son attitude sur la sienne.

« En d'autres termes, dit Finelame, vous pensez qu'il faut *faire* quelque chose. Qu'il faut écraser la tyrannie. »

Elles approuvèrent de nouveau, et Clarice se sentit très fière de ne pas s'être trompée une seule fois dans ses hochements de tête.

« Avez-vous une idée? demanda Finelame. Un plan à suggérer? »

Elles firent non de la tête.

« En ce cas, dit Finelame, étendant et croisant les jambes devant lui, en ce cas, Excellences, permettez-moi de vous faire une suggestion. »

De la façon la plus flatteuse, il se tourna de nouveau vers chacune d'elles pour obtenir leur consentement. Raides comme des piquets, elles approuvèrent gravement l'une après l'autre.

Le thé et les scones refroidissaient, mais personne ne s'en souciait.

Finelame se leva et s'adossa à la cheminée pour pouvoir surveiller les deux sœurs en même temps.

« Gracieuses Excellences, dit-il, j'ai reçu des informations du plus vif intérêt. Des informations qui ont trait au problème déplaisant qu'il nous faut discuter. Je vous demanderai d'écouter très attentivement toutes les deux, mais d'abord, permettez-moi de vous poser une question : qui règne sur Gormenghast ? Qui, malgré l'autorité dont il est investi, laisse les fabuleuses traditions du château s'en aller à la dérive, oubliant que le sang de la lignée coule dans les veines de ses propres sœurs et qu'elles doivent être honorées, et même – le dirai-je ? – oui, adulées ? Qui est cet homme ?

– Gertrude, répondirent-elles.

– Allons, allons ! dit Finelame en fronçant les sourcils. Qui ose oublier ses propres sœurs ? Excellences, qui est cet homme ?

– Tombal, dit Cora.

– Tombal », dit Clarice.

Bien que n'en laissant rien paraître, elles étaient maintenant dans un tel état d'agitation qu'elles avaient oublié toute prudence, prêtes à gober tout ce que Finelame leur disait.

« Lord Tombal, dit Finelame, qui fit une pause avant de poursuivre : Si vous n'étiez pas ses sœurs, et s'il ne s'agissait pas de la famille, comment oserais-je vous parler ainsi du maître de Gormenghast ? Mais il est de mon devoir d'être franc. Lady Gertrude vous a bafouées, mais qui peut réparer le tort qu'elle vous a fait ? Qui en a le pouvoir, sinon votre frère ? Je ferai tout ce qui me sera possible pour vous rendre votre rang et redonner à l'aile sud le faste qu'elle a perdu, mais souvenez-vous qu'il faudra compter avec l'égoïsme de votre frère.

– C'est *vrai*, qu'il est égoïste, dit Clarice.

– Et comment ! dit Cora. Un vrai monstre d'égoïsme. Que faut-il faire ? Dites-le-nous. Dites-le-nous !

– Dans tout combat, dit Finelame, qu'il s'agisse de jouer au soldat ou de jouer au plus fin, l'essentiel est de prendre l'initiative et de frapper un grand coup.

– Oui, dit Cora, qui avait atteint le bord du fauteuil et, imitée par Clarice, lissait frénétiquement ses genoux d'héliotrope.

– Mais il faut savoir *où* frapper, dit Finelame, et il est de la plus élémentaire prudence de frapper au point le plus vulnérable. Cependant, attention ! il ne faut pas faire les choses à moitié. C'est tout ou rien.

– Tout ou rien, répéta Clarice.

– Et maintenant, dites-moi, mesdames, quelle est la passion de votre frère ? »

Elles continuèrent de lisser frénétiquement leurs genoux.

« N'est-ce pas la littérature ? N'a-t-il pas la passion des livres ? »

Elles acquiescèrent.

« Il est très intelligent, dit Cora.

– Mais il a tout lu dans les livres. »

Finelame sauta sur l'occasion :

« Exactement. S'il perdait ses livres, je crois qu'il serait perdu. Le centre de sa vie serait détruit, et il ne serait plus qu'une coquille vide. Telles que je vois les choses, Excellences, c'est contre la bibliothèque qu'il faut frapper le premier coup... Vos droits doivent être respectés, ajouta-t-il avec chaleur. Ce n'est que justice que vos droits soient respectés. (D'un air dramatique, il fit un pas en avant vers Cora.) Lady Cora d'Enfer, n'êtes-vous pas de cet avis ? »

Cora était tellement excitée qu'elle était toujours assise à l'extrême bord du fauteuil. Elle se leva et hocha si vigoureusement la tête que ses cheveux s'ébouriffèrent.

Interrogée à son tour, Clarice suivit l'exemple de sa sœur. Finelame ralluma sa pipe avec une braise et s'accouda quelques instants contre le manteau de la cheminée, envoyant des volutes de fumée à travers ses lèvres minces.

« Excellences, vous m'avez beaucoup aidé, dit-il enfin, tirant sur sa courte pipe en observant un rond de fumée qui s'élevait vers le plafond. Vous êtes prêtes, j'en suis sûr, à défendre l'honneur de votre cause et à m'aider dans la lutte que j'ai entreprise pour votre délivrance. »

Aux mouvements de leurs corps guindés, il comprit qu'elles étaient prêtes à tout.

« En ce cas, il s'agit de savoir ce que nous allons faire des livres de votre frère afin de le mettre devant ses responsabilités. Quel est à votre avis le meilleur moyen de détruire une biliothèque pleine de livres? Vous y êtes-vous rendues dernièrement, Excellences? »

Elles secouèrent la tête.

« Comment procéderiez-vous, Lady Cora? Quelle méthode adopteriez-vous pour détruire une centaine de milliers de livres? »

Finelame ôta la pipe de ses lèvres, et fixa intensément Cora.

« Je les brûlerais », dit-elle.

C'était exactement ce qu'il voulait entendre. Mais il secoua la tête.

« Trop difficile. Avec quoi pourrions-nous les brûler?

– Avec du feu, dit Clarice.

– Mais comment mettre le feu, Lady Clarice? dit Finelame en feignant la perplexité.

– Avec de la paille, dit Cora.

– C'est une idée, acquiesça Finelame en se caressant le menton. C'est même une bonne idée que *vous* avez eue là. Croyez-vous que la paille brûlera assez vite?

– Mais oui, mais oui, dit Clarice. C'est beau, un feu de paille.

– Justement. Il faudrait beaucoup de paille pour brûler les livres et je doute que le feu prenne assez vite.

– Pourquoi se presser? dit Cora.

– Il faut que ce soit vite fait, dit Finelame; sinon, quelque serviteur trop zélé éteindra les flammes.

– J'adore les incendies, dit Clarice.

– Mais vous ne voulez tout de même pas que nous mettions le feu à la bibliothèque de Tombal? »

Finelame avait prévu que, tôt ou tard, l'une ou l'autre aurait des remords, et il avait encore un atout dans sa manche.

« Lady Cora, il y a des moments où l'on doit se faire violence. Il ne faut pas se cacher la tête sous l'aile, mais regarder la situation en face. Nous sommes en train d'écrire une page d'histoire, nous ne devons faiblir à aucun prix. Vous vous souvenez sans doute que je vous ai dit que j'apportais des nouvelles? Oui? Eh bien, je vais maintenant vous révéler ce que j'ai entendu dire. Ne perdez pas votre sang-froid, rappelez-vous qui vous êtes. Je vais m'occuper de vos intérêts, n'ayez crainte, mais pour l'instant asseyez-vous, s'il vous plaît, et écoutez-moi avec attention... Je vais vous mettre au courant du dernier scandale que l'on raconte en bas : " *Elles* n'ont pas été invitées ", voilà ce que tout le monde répète. " *Elles* n'ont pas été invitées. "

– Invitées à quoi? dit Clarice.

– Invitées où? dit Cora.

– A la Grande Réunion que votre frère organise. Il veut fêter le premier anniversaire de votre neveu Titus, et tous les détails en seront discutés à la Réunion. Toutes les personnalités de Gormenghast sont invitées, même les Salprune. C'est la première fois depuis des années que votre frère se lance dans les mondanités, et réunit tous les membres de sa famille. On dit qu'il souhaite parler de beaucoup de choses concernant Titus, et, à mon avis, cette réunion est d'une importance capitale. Personne ne connaît les projets de Lord Tombal, mais on croit savoir qu'il veut faire accélérer les préparatifs de l'anniversaire de son fils... Je n'ose affirmer que vous ne serez pas invitées à cette cérémonie, mais, si j'en crois les rumeurs selon lesquelles vous avez toujours été mises au rancart comme deux vieilles grolles, je crois que c'est bien improbable... Vous voyez que je n'ai pas perdu mon temps. J'ai prêté l'oreille à tous les bruits afin de me faire une idée exacte de la situation. Et, un jour, mes efforts seront récompensés – quand je vous verrai, mes chères Excellences, chacune à l'extrémité d'une table devant une foule d'invités de marque, quand les verres s'entrechoqueront et que les applaudissements fuseront chaque fois que vous ouvrirez la bouche, alors je me féliciterai d'avoir été le premier à déployer des trésors d'imagination pour m'atteler sans relâche à la tâche enivrante de votre réhabilitation... Pourquoi n'avez-vous pas été invitées à la fête ? Pourquoi ? De quel droit êtes-vous ainsi bafouées ? Même la valetaille des cuisines vous tourne en dérision ! »

Finelame s'arrêta et vit que ses paroles avaient produit un effet prodigieux. Clarice s'était glissée dans le fauteuil de Cora, où elles étaient toutes les deux assises, raides comme des piquets.

« Lorsque vous avez suggéré avec tant de perspicacité que la seule solution était de détruire l'encombrante bibliothèque de votre frère, j'ai tout de suite senti que vous aviez raison. Seul un tel coup d'éclat peut vous permettre de relever la tête et d'effacer la tache qui souille votre blason. Vous avez eu une idée géniale, et je vous supplie, Excellences, d'agir conformément à votre honneur et à votre fierté. Vous n'êtes pas vieilles, Excellences, oh ! non, mais êtes-vous jeunes ? J'aimerais pouvoir penser que ce qui vous reste d'années à vivre sera rempli de jours enchanteurs et de nuits romantiques. En sera-t-il ainsi ? Franchirons-nous le pas pour que justice soit faite ? Oui ou non, Excellences, oui ou non ? »

Elles se levèrent ensemble.

« Oui. Nous voulons le Pouvoir.

– Nous voulons nos domestiques, nous voulons la justice, nous voulons tout, dit lentement Cora d'une voix sans timbre où l'on percevait pourtant le courant d'une excitation souterraine.

– Et des nuits romantiques, dit Clarice. Ce sera merveilleux. Oui, oui. Brûlons-la ! Brûlons-la ! (Elle poursuivit d'une voix forte, comme si un moteur haletait dans sa poitrine plate) Brûlons-la! Brûlons-la! Brûlons-la!

– Quand? dit Cora. Quand pourrons-nous la brûler? »

Finelame leva la main pour les calmer, mais elles n'y prêtèrent aucune attention. Penchées en avant, elles criaient en se tenant les mains, de leurs terribles voix mortes :

« Brûlons-la! Brûlons-la! Brûlons-la! Brûlons-la! Brûlons-la! »

Elles crièrent jusqu'à épuisement. Finelame ne broncha pas sous l'assaut, mais comprit pourquoi les jumelles étaient tenues à l'écart de la vie du château. Il savait qu'elles étaient idiotes, mais pas à ce point.

Il changea soudain de ton.

« Asseyez-vous! ordonna-t-il. Toutes les deux! »

Elles obéirent immédiatement. Le ton péremptoire de son ordre les sidéra, mais Finelame vit qu'il les tenait complètement en son pouvoir. Il fut un instant tenté d'user de son autorité, mais il continua de leur parler avec douceur : il fallait avant tout pour une raison qu'il était seul à connaître, brûler la bibliothèque. Après cela, avec l'emprise morbide qu'il exerçait sur les jumelles, il pourrait se payer le luxe d'un peu de repos et jouir de la dictature qu'il exercerait sur l'aile sud.

« Dans six jours, Excellences, dit-il en jouant avec sa chaîne en or, la veille de la Grande Réunion à laquelle vous n'avez pas été invitées, la bibliothèque sera vide et le feu la rasera jusqu'au sol. Je préparerai les brûlots et vous donnerai tous les détails plus tard. Mais, quand l'heure sonnera, vous allumerez la mèche à mon signal et vous reviendrez immédiatement ici.

– Nous ne pourrons pas la regarder brûler? demanda Cora.

– Oui, dit Clarice, nous ne pourrons pas?

– Vous la regarderez brûler de votre Arbre. Voulez-vous être découvertes?

– Non! dirent-elles. Non! Non!

– Alors vous verrez l'incendie de votre Arbre, où vous serez en sécurité. Je resterai dans les bois pour veiller à ce que tout aille bien. Vous avez compris ?

– Oui, dirent-elles. Et alors nous aurons le Pouvoir, n'est-ce pas ? »

L'ironie inconsciente des jumelles fit grimacer Finelame, mais il dit :

« Oui, Excellences, vous aurez le Pouvoir. »

S'approchant d'elles, il leur baisa le bout des doigts à tour de rôle, prit sa canne-épée sur la table et se dirigea rapidement vers la porte. Il les salua sur le seuil et ajouta :

« Tout ceci est entre nous, n'est-ce pas ? Un secret que personne ne connaîtra jamais ?

– Oui, dirent-elles. C'est un secret. Entre nous.

– Je reviendrai d'ici un jour ou deux et vous donnerai tous les détails. Il faut que votre honneur soit sauf. »

Sans leur dire bonsoir, il ouvrit la porte et disparut dans les ténèbres.

Préparatifs d'incendie

Prétextant une chose ou une autre, Finelame ne reparut pas chez les Salprune pendant près de deux jours. Il fit mille choses pendant ce court laps de temps, mais ses trois voyages clandestins à la bibliothèque furent le centre de toutes ses actions. Le plus difficile était de traverser sans être vu l'espace découvert jusqu'à la lisière des sapins. Sous les arbres, le danger était moins grand. Il était parfaitement conscient qu'il serait désastreux qu'on le vît rôder autour de la bibliothèque si peu de temps avant l'incendie, et commença par reconnaître le terrain. Tapi dans les ombres de l'aile sud, il attendit le moment propice pour filer comme un éclair à travers les jardins envahis de mauvaises herbes et gagner les champs qui bordaient les conifères. Après une heure de travail acharné, il réussit à forcer la serrure de la porte de la bibliothèque avec un fil de fer, et pénétra dans la pièce silencieuse. Il avait besoin de visiter les lieux. La bibliothèque déserte semblait appartenir à un autre monde. De nuit, elle était sinistre, mais on n'y sentait pas le vide qui hantait les heures du jour. Finelame sentit le poids du silence tandis qu'il arpentait la pièce en étudiant le meilleur moyen de la faire flamber.

Il ne négligea aucun détail et possédait son sujet à fond lorsqu'il quitta la bibliothèque. Il lui faudrait des mètres et des mètres de tissu imbibé de pétrole, dissimulés derrière les volumes qui tapissaient les murs d'un bout à l'autre de la pièce. Ensuite, la mèche devrait grimper le long de l'escalier, tout autour de la galerie. Installer le cordon (qu'il ne serait pas facile de se procurer sans éveiller les soupçons) était un travail de longue haleine qu'il accomplirait au petit jour, dès le départ de Lord Tombal pour le château.

La seconde fois qu'il se cacha dans les pins, il était minuit, et il titubait sous le poids d'un énorme fardeau. Il avait volé des tas de chiffons et un bidon de pétrole. En attendant que Lord Tombal quitte la bibliothèque, il se mit à nouer bout à bout les bandes de tissu et confectionna un cordon long d'au moins quarante pieds.

Lorsqu'il vit enfin le comte sortir par la porte latérale et que le bruit de ses pas lents et mélancoliques diminua sur le sentier menant à la tour des Silex, Finelame se leva et s'étira.

A son grand agacement, crocheter la serrure lui prit encore plus de temps que la première fois, et il était quatre heures du matin quand la porte s'ouvrit enfin.

Par chance, les matins d'automne étaient sombres et il avait encore trois bonnes heures devant lui. Ayant remarqué qu'on ne voyait aucune lumière de l'extérieur, il alluma la lampe au centre de la pièce.

Finelame était extraordinairement méthodique : deux

heures plus tard, il faisait le tour de la bibliothèque d'un air satisfait. Il ne restait aucune trace de son travail, à part l'extrémité des quatre cordons qui pendaient mollement à côté de la porte principale dont on ne se servait jamais. Ces mèches étaient la queue des serpents de tissu qui s'enroulaient autour de la galerie. Sur le point de se remettre au travail, il s'arrêta un instant, conscient que l'odeur du pétrole dont il avait imbibé les chiffons était légèrement perceptible.

Concentrant toute son attention sur ces quatre bouts de tissu, il tressa une corde dont il noua l'extrémité. D'une manière ou d'une autre, cette mèche devrait communiquer avec l'extérieur. Il n'était pas question de forer un trou dans le mur à travers les panneaux de chêne des rayonnages. La seule possibilité était de percer sous le marteau de la porte un trou discret qui serait caché par l'ombre de la poignée. Par chance, il y avait un lutrin près de l'entrée. Ses trois pieds grossièrement sculptés soutenaient un pupitre aussi large qu'une petite table. Ce lutrin inutilisé était juste en face de la porte principale et, en le déplaçant un peu vers la droite, le cordon se fondait dans l'obscurité. De même qu'on pouvait sentir l'odeur de pétrole, de même la mèche n'était pas absolument invisible, mais c'était un risque à courir.

Finelame avait apporté les outils nécessaires et, malgré l'épaisseur du chêne, parvint à percer un trou en moins d'une demi-heure, puis faufila la mèche au travers et enleva la sciure qui était tombée sur le sol.

Commençant à sentir les effets de la fatigue, il fit néanmoins une dernière fois le tour de la bibliothèque avant d'éteindre la lampe et de sortir par la porte latérale. Dès qu'il fut à l'air libre, il longea le mur de droite jusqu'à la porte principale. Cette entrée n'avait pas été utilisée depuis des années, et les marches étaient recouvertes d'un océan glacé d'orties et d'ivraies géantes. Il se fraya un passage à travers les orties et aperçut l'extrémité de la mèche qui pendait de l'autre côté du trou foré dans le chêne. Elle brillait vaguement, blanche et recourbée comme un doigt mort. Ouvrant un canif, il se servit de la lame acérée pour couper le cordon presque au ras de la porte, et planta un petit clou dans l'étoffe avec le manche de son couteau pour que l'extrémité ne glisse pas à l'intérieur.

Ayant accompli le programme qu'il s'était fixé pour la nuit, Finelame cacha le bidon de pétrole dans les bois et revint chez les Salprune. Il regagna immédiatement sa chambre, s'écroula tout habillé sur le lit, et sombra dans un sommeil profond.

Sa troisième expédition à la bibliothèque (la seconde effectuée en plein jour) avait un tout autre but. L'idée puérile de brûler le sanctuaire de Lord Tombal était, on peut s'en douter, loin de l'enthousiasmer. En un sens, il trouvait cela consternant. Il n'avait aucun remords, mais la destruction, sous toutes ses formes, lui répugnait. Enfin, la destruction de tout objet inanimé, car il n'avait pas les mêmes scrupules pour les êtres vivants. Mais tout objet bien fait, quel qu'il soit, une épée, une montre, un livre, lui inspirait un intérêt passionné. Il aimait les mécanismes ingénieux et les choses bien finies, et enrageait à l'idée de détruire tant de volumes si admirablement reliés et imprimés avec une telle minutie. Ce n'est qu'après avoir mûri le projet au point de ne plus pouvoir reculer qu'il s'y consacra corps et âme. Que les jumelles allument la mèche de leurs propres mains, c'était évidemment le point délicat de la manœuvre. Mais le risque était largement compensé par les avantages qu'il retirerait à être le seul témoin de leur acte.

Les tantes seraient à mille lieues de se douter qu'elles mettaient le feu à une bibliothèque remplie de monde et que la nuit de l'incendie était celle de la Grande Réunion à laquelle Finelame leur avait dit qu'elles n'étaient pas invitées. Le jeune homme avait arrêté Nannie Glu, en route vers les appartements des jumelles, et avait prétendu lui épargner de la fatigue en se chargeant lui-même du message. La vieille dame refusa d'abord de dévoiler l'objet de sa mission, mais il finit par lui tirer les vers du nez, et promit d'aller annoncer aux jumelles qu'elles étaient invitées. Il fit semblant de se diriger vers leurs appartements, mais revint sur ses pas et arriva chez les Salprune à temps pour déjeuner. Ce fut le lendemain matin qu'il annonça aux jumelles qu'elles n'avaient *pas* été invitées.

Une fois que Cora et Clarice auraient allumé le bout de la mèche, et que les flammes commenceraient à se propager dans la bibliothèque, ce serait à lui de jouer et de se démener comme une anguille au bout d'une ligne.

Finelame pensait que sauver des flammes deux générations de la maison d'Enfer lui serait fort utile, et qu'il pourrait établir son quartier général dans l'aile sud, car Leurs Excellences Cora et Clarice ramperaient devant lui, terrifiées à l'idée que leur culpabilité puisse être découverte.

Tout de suite après le sauvetage, on se poserait la question de savoir comment le feu avait pris. Sur ce point, il n'en saurait pas plus long que les autres, et dirait qu'il avait aperçu des lueurs rougeoyantes dans le ciel en se promenant le long de l'aile sud. Les Salprune confirmeraient qu'il avait l'habitude de faire un tour au crépuscule, et les jumelles auraient regagné leur chambre avant que la nouvelle de l'incendie ait pu atteindre le château.

La troisième visite de Finelame à la bibliothèque avait pour but de mettre au point les sauvetages. L'une des premières choses à faire serait de fermer la porte et de faire disparaître la clef dès que tous les invités seraient entrés. Comme Lord Tombal avait l'habitude de laisser la clef sur la porte jusqu'à l'aube, l'entreprise ne présentait aucune difficulté. Plus tard, la question de savoir *qui* avait tourné la clef et *comment* elle avait disparu se poserait certainement, mais avec un alibi solidement établi, et en prévenant les Salprune qu'il ferait une promenade ce soir-là, il n'y avait aucune raison pour qu'il fût soupçonné plus qu'un autre. Quant aux complications secondaires qui ne manqueraient pas de surgir, il les envisagerait en leur temps.

Le problème immédiat était de trouver un moyen de sauver la famille d'Enfer d'une façon à la fois dépourvue de danger pour lui-même et pourtant suffisamment spectaculaire pour obtenir le maximum d'admiration et de gratitude.

Il n'avait pas grand choix. Bien sûr, il pouvait, d'un effort apparemment surhumain, forcer l'une des deux portes à la dernière seconde, ou briser la grande lucarne du toit, mais ce serait trop difficile et trop dangereux. Il ne restait que l'unique fenêtre, à quinze pieds du sol.

Finelame se décida pour la fenêtre et examina une à une toutes les possibilités de sauvetage. Il fallait avant tout que son acte apparût comme le résultat d'une inspiration soudaine. Peu importait qu'il fût suspecté, quoique cela lui semblât improbable. L'essentiel était que rien ne devait paraître *prémédité*.

La fenêtre aux vitres épaisses avait environ quatre pieds sur quatre et se trouvait au-dessus de la grande porte.

Mais comment les prisonniers pourraient-ils atteindre la fenêtre, et comment ferait-il pour escalader le mur extérieur et briser la vitre ?

Il ne devait à aucun prix apporter avec lui quelque objet de secours providentiel, mais donner l'impression d'avoir trouvé quelque chose dehors, près de la bibliothèque ou dans les pins. Une échelle, par exemple, éveillerait immédiatement les soupçons, et pourtant, il serait bien obligé d'avoir recours à un objet de ce genre. Il lui vint soudain à l'esprit qu'un petit arbre ferait parfaitement l'affaire, et il se mit à en chercher un qui eût la taille convenable. Beaucoup de pins avaient été abattus lorsqu'on avait construit la bibliothèque et les bâtiments adjacents, et étaient à moitié enfouis dans l'épais tapis d'aiguilles. Finelame tomba très vite sur ce qu'il cherchait : un pin long de douze à quinze pieds dont la plupart des branches avaient été cassées près du tronc, laissant des sortes d'échelons qui avaient jusqu'à un pied de long.

« Voilà exactement ce qu'il me faut », murmura-t-il.

Il eut du mal à trouver un autre arbre semblable, mais finit par le découvrir dans une combe humide couverte de fougères. Il traîna le tronc jusqu'au mur extérieur et appuya les deux pins contre la porte principale, sous l'unique fenêtre. Essuyant la sueur qui ruisselait sur son front, il se mit à grimper en cassant les branches qui seraient trop fragiles pour supporter le poids de la comtesse, de loin le plus lourd des prisonniers. Finelame fit disparaître les branches et, satisfait de voir que les « échelles » seraient à la fois utiles et parfaitement naturelles, il les traîna jusqu'à la lisière du bois et les abandonna au milieu d'autres troncs abattus. Puis il se mit en quête d'un objet avec lequel briser la vitre. Au pied du bâtiment voisin, des blocs de maçonnerie couverts de mousse étaient tombés des murs, et il en transporta plusieurs non loin des « échelles ». Si, plus tard, on lui demandait des explications, et qu'il eût à justifier la présence si opportune des échelles et des blocs de maçonnerie, il pourrait toujours désigner le tas de pierres à demi cachées et les troncs abattus.

Finelame ferma les yeux et essaya d'imaginer la scène. Il se vit en train de faire des efforts désespérés pour ouvrir les portes, frappant les panneaux et tournant frénétiquement les lourdes poignées. Il s'entendit crier : « Il y a quelqu'un là-dedans? », et perçut les cris étouffés à l'intérieur. Peut-être hurlerait-il : « Où est la clef? Où est la clef? », ou quelques encouragements comme : « Ne vous inquiétez pas, je vais vous tirer de là. » Puis il bondirait vers la grande porte, et donnerait encore quelques coups d'épaule contre les panneaux en vociférant, avant de traîner les échelles sous la fenêtre, car les flammes commenceraient alors à faire rage.

Ou bien il ne ferait rien de tout cela : il apparaîtrait

simplement au moment voulu, comme un ange descendu du ciel. Finelame grimaça un sourire.

Ce n'était pas possible de gagner du temps et d'économiser des forces en dressant les échelles contre le mur dès que le dernier invité serait entré dans la bibliothèque, car les jumelles les verraient en allumant la mèche. Or il était essentiel qu'elles ignorent tout de ses préparatifs et ne puissent soupçonner que la bibliothèque était pleine de monde.

Il fit donc un troisième voyage, força de nouveau la porte latérale, et examina son œuvre. Lord Tombal s'était rendu à la bibliothèque la veille, comme à son habitude, mais n'avait apparemment rien découvert. Le grand lutrin était à la place où Finelame l'avait laissé, masquant le marteau de la porte principale, sous lequel la mèche était tendue comme une corde raide, sur une longueur de deux pieds, jusqu'à l'extrémité des rayonnages. L'odeur n'était plus discernable, car le pétrole s'évaporait, mais les chiffons avaient été suffisamment imbibés pour s'enflammer rapidement.

Avant de partir, Finelame choisit une demi-douzaine de volumes sur les étagères les moins visibles. Il les cacha dans le bois de pins et revint les chercher la nuit suivante. Il les avait dissimulés sous les aiguilles, à l'abri de la pluie, dans le tronc pourri d'un mélèze mort. Trois des volumes avaient de merveilleuses reliures de parchemin enluminées d'or. Les autres étaient également des œuvres d'art, et une fois rentré chez les Salprune, il fut irrité d'être obligé de les recouvrir de papier marron et de gratter la couronne de la maison d'Enfer sur les pages de garde.

Quand il eut terminé sa besogne, Finelame rendit de nouveau visite aux tantes, et leur fit répéter leur rôle d'incendiaires. Il ne dirait pas aux Salprune qu'il allait faire une promenade, mais qu'il rendait visite aux jumelles. Comme cela, elles confirmeraient son alibi (il leur faudrait de toute façon aller jusqu'à la bibliothèque et revenir sans que leur vieille bonne s'en aperçoive) et leur histoire coïnciderait avec celle du docteur.

Il leur avait fait répéter au moins une douzaine de fois : « Nous n'avons pas quitté nos chambres. Nous n'avons pas quitté nos chambres. » Elles finirent par en être tellement persuadées qu'on aurait juré qu'elles se souvenaient de l'avenir !

La grotte

Cela se produisit le jour de la seconde expédition de Finelame à la bibliothèque. Il était sur le chemin du retour, à la lisière du bois de pins, attendant le moment de s'élancer sans être vu en terrain découvert, lorsqu'il aperçut soudain une silhouette lointaine qui se dirigeait vers la montagne de Gormenghast.

L'air vif et la silhouette qu'il avait reconnue l'incitèrent à changer de direction et à s'éloigner d'un pas rapide, aussi léger que celui d'un oiseau. La minuscule silhouette en robe écarlate se détachait dans le paysage sombre comme un rubis sur une ardoise. Ni le soleil d'été ni, à plus forte raison, la lumière automnale n'arrivaient à adoucir le caractère lugubre de la région qui entourait Gormenghast. On eût dit que le château se prolongeait dans le paysage déchiqueté, et un poids étranger écrasait ces vastes étendues souvent balayées par les vents.

A l'horizon, s'élevait la montagne de Gormenghast, éternelle et sinistre, qu'un pouvoir magique semblait avoir soulevée de terre pour maudire tous ceux qui la contemplaient. La base de la montagne semblait péniblement émerger d'un rideau d'arbres à quelques milles à peine du château, mais il fallait en réalité une journée de cheval pour y parvenir. Même aux plus beaux jours de l'été, lorsque le reste du ciel était pur, le pic demeurait caché dans les nuages, et il n'était pas rare de voir la lumière du soleil baigner les alentours et les pentes les moins élevées, tandis que la tempête faisait rage sur les hauteurs, et qu'une pluie noire et oblique enveloppait le corps hideux de la montagne et en noyait le sommet.

Aujourd'hui, pourtant, aucun nuage ne voilait le ciel au-dessus du pic. Lorsque Fuchsia eut achevé de déjeuner, elle regarda le paysage par la fenêtre de sa chambre, et demanda :

« Où sont les nuages?

– Quels nuages? dit la vieille nurse, qui se tenait derrière elle, berçant Titus dans ses bras. Quels nuages, ma folie?

– Il y a presque toujours des nuages autour du sommet de la montagne.

– Il n'y en a pas, ma chérie?

– Non, dit-elle. Dis-moi pourquoi? »

Fuchsia savait que Nannie Glu était d'une ignorance à peu près totale, mais elle ne pouvait se défaire de la longue habitude de lui poser des questions. Elle n'avait pas découvert sans tristesse que les adultes n'en savent pas nécessairement plus long que les enfants, et elle aurait voulu que Nannie Glu continuât de la consoler et de lui prodiguer de sages conseils. Mais Fuchsia grandissait et comprenait peu à peu combien sa vieille nurse était faible et inefficace. Non qu'elle l'aimât avec moins de loyale affection : s'il l'avait fallu, elle aurait défendu cette vieille petite chose ridée jusqu'à son dernier souffle. Mais elle se sentait de plus en plus seule, sans personne à qui confier ses nouveaux enthousiasmes, ses peurs soudaines, ses projets et ses histoires.

« Je crois que je vais aller faire un tour.

– Encore? dit Nannie Glu, qui cessa un instant de bercer Titus. Tu sors tout le temps maintenant. Pourquoi veux-tu toujours me quitter?

– Ce n'est pas ça, dit Fuchsia. J'ai envie de me promener et de réfléchir, c'est tout. Je n'ai pas du tout envie de te quitter, tu le sais bien.

– Je n'en sais rien, dit Nannie Glu, le visage crispé. Tout ce que je sais, c'est que tu n'es pas sortie de tout l'été, n'est-ce pas, ma chérie? Et maintenant qu'il fait froid et qu'il y a du vent, tu es tous les jours dehors à courir et à attraper du mal. Oh! mon pauvre cœur! Pourquoi? Pourquoi *tous* les jours? »

Fuchsia enfonça les mains dans les grandes poches de sa robe écarlate.

Elle avait abandonné son grenier pour les marais lugubres et les rochers des alentours de Gormenghast. S'était-elle soudain lassée du grenier qui avait été son univers? Non, ce n'était pas cela; mais quelque chose avait changé depuis la nuit affreuse où elle avait découvert Finelame étendu sous la fenêtre obscure. Le sanctuaire n'était plus inviolé, secret, mystérieux. Ce n'était plus un monde fabuleux, mais une partie du château qui avait perdu sa magie. Le théâtre d'ombres était mort, et il lui devint insupportable d'y retourner. La dernière fois qu'elle avait grimpé l'escalier en spirale et respiré l'atmosphère moisie et familière de son royaume, Fuchsia avait ressenti une telle nostalgie de tout ce qu'il avait représenté qu'elle avait tourné le dos aux rayons de poussière qui dansaient sur les choses autrefois tant aimées, l'orgue recouvert de toiles d'araignée et les mille trésors entassés dans le débarras, et elle était redescendue en trébuchant sur les marches avec un sentiment d'irrémédiable désolation. Ses yeux se voilèrent à ce souvenir, et elle serra les poings au creux de ses grandes poches.

« Oui, je suis beaucoup sortie. Tu te sens abandonnée? Ce n'est vraiment pas la peine, tu sais bien que je t'aime. Tu le *sais,* n'est-ce pas? »

Fuchsia fit la lippe et fronça les sourcils pour retenir ses larmes. Elle se sentait si seule que les larmes n'étaient jamais bien loin. Ses parents ne lui ayant jamais témoigné ni méchanceté ni tendresse, seulement de l'indifférence, Fuchsia ne savait pas que c'était l'affection qui lui manquait.

Il en avait toujours été ainsi, et, pour compenser ce

manque, elle s'était inventé des histoires sur son avenir, déversant son amour sur les objets du grenier, ou, plus récemment, sur ce qu'elle avait découvert dans les bois et la campagne sauvage.

« Tu le sais, n'est-ce pas ? » répéta Fuchsia.

Nannie berça Titus avec plus de conviction qu'il n'était nécessaire, et pinça les lèvres, pour faire comprendre à Fuchsia que l'enfant était endormi et qu'elle parlait trop fort.

Fuchsia s'approcha de la vieille nurse et examina son frère. Son aversion du début avait complètement disparu, mais, bien que la petite créature aux yeux lilas n'eût fait vibrer en elle aucune corde affective, Fuchsia s'était habituée à sa présence dans le château, et consentait parfois à jouer gravement avec lui pendant une demi-heure.

Les yeux de Nannie suivirent ceux de Fuchsia.

« Mon petit roi, dit-elle en hochant la tête. C'est mon petit roi.

– Pourquoi l'aimes-tu ?

– Pourquoi je l'aime ! Oh ! mon pauvre, mon faible cœur ! Pourquoi je l'aime, petite idiote ? Comment peux-tu me demander une chose pareille ? Tu entends, mon petit roi ? Comment *peut*-on ne pas t'aimer ? Pauvre petit innocent ! C'est toi le prochain maître, hein mon trésor ? C'est toi le tout prochain. Tu as entendu ce qu'a dit ta méchante sœur, hein ? Allons, retourne dans ton berceau maintenant. Il faut dormir et faire de beaux rêves.

– Tu me parlais comme ça, quand j'étais petite ? demanda Fuchsia.

– Bien sûr que je te parlais comme ça. Ne fais pas la sotte. Oh ! quelle peste tu es ! J'espère que tu vas ranger ta chambre aujourd'hui ? »

Nannie clopina vers la porte avec son précieux fardeau. Chaque jour, elle posait la même question sans attendre de réponse, sachant bien que, de toute façon, ce serait à elle de ranger ce désordre insensé.

Fuchsia se tourna de nouveau vers la fenêtre pour

contempler la montagne dont les moindres contours étaient depuis longtemps gravés dans son esprit.

Entre le château et la montagne de Gormenghast, s'étendaient des friches désertiques, coupées par endroits de grands marais où les échassiers se promenaient gravement à travers les roseaux. Le vent apportait le cri aigu des courlis et des vanneaux. Les poules d'eau élevaient leurs petits et barbotaient dans les roseaux. A l'est de la montagne de Gormenghast, légèrement en retrait, s'étendait la masse noire et ondulante des Bois d'Epines. A l'ouest, les terres étaient çà et là coupées d'arbres maigres courbés par le vent.

Entre cette région désolée et le bois de pins qui entourait l'aile ouest du château, la pente sombre d'un plateau s'élevait sur environ deux cents pieds. C'était une immense table de rochers noirs et verdâtres, déchiquetés et désertiques. Au-delà de ces escarpements glacés, la rivière serpentait au pied de la montagne, alimentant les marécages où vivait le gibier d'eau.

De sa fenêtre, Fuchsia apercevait trois méandres de la rivière. Cet après-midi, les eaux qui s'étendaient au centre et à droite étaient obscurcies par le reflet de la montagne, et celles qui s'en allaient à l'ouest derrière le plateau rocheux formaient un ruban livide, aveugle et terne, qui, réfléchissant le ciel opaque, ressemblait à un bras mutilé.

Fuchsia quitta brusquement la fenêtre, claqua la porte et dévala les escaliers, trébuchant maladroitement sur les dernières marches, avant de s'engager dans le labyrinthe des couloirs et d'émerger hors d'haleine dans la pâle lumière du soleil.

L'air glacé la prit à la gorge, et elle serra les poings jusqu'à enfoncer les ongles dans sa chair. Puis elle se mit en route. Elle marchait depuis une heure quand un bruit de pas la fit se retourner, et elle aperçut Finelame. Fuchsia ne l'avait pas revu depuis la soirée chez les Salprune, ni jamais si nettement qu'aujourd'hui où il s'approchait d'elle à travers l'automne. Dès qu'il se vit observé, il s'arrêta et cria :

« Lady Fuchsia! Puis-je me promener avec vous? »

Contrastant avec sa silhouette étrange, impénétrable, le paysage lointain semblait proche et familier. Jamais elle ne pourrait s'en passer, car c'était comme son propre corps qui s'étendait à l'horizon : Gormenghast, la longue silhouette crénelée de sa demeure, murailles et tours grêlées d'innombrables fenêtres, était la toile de fond sur laquelle se découpait avec violence la silhouette de l'intrus, dominant de la tête la plus haute tour.

« Qu'est-ce que vous voulez? » dit-elle.

Un vent léger s'était levé derrière les Bois d'Epines, plaquant la robe de Fuchsia et révélant les formes de son jeune corps et de ses cuisses.

« Lady Fuchsia! cria Finelame dans le vent. Attendez-moi, je vais vous le dire. »

Il s'approcha rapidement et atteignit la pente de rochers sur laquelle elle se trouvait.

« J'aimerais que vous me fassiez connaître cette région : les marais et la montagne de Gormenghast. Personne ne m'en a jamais parlé. Vous connaissez ce pays. Vous le comprenez. (Il remplit de nouveau ses poumons.) Moi, je suis très ignorant. »

Il était maintenant tout près d'elle.

« Me permettrez-vous de vous accompagner parfois dans vos promenades? Vous voudrez bien y réfléchir? »

Fuchsia s'éloigna.

« Vous rentrez, Lady Fuchsia? Puis-je vous raccompagner?

– Ce n'est pas cela que vous êtes venu me demander, dit lentement Fuchsia, qui commençait à trembler dans le vent glacé.

– Si, dit Finelame. J'aimerais tant que vous me parliez de la nature.

– Je ne connais rien à la nature, dit Fuchsia, commençant à descendre du rocher. Je ne la comprends pas. Je me contente de la regarder. Qui vous a dit que je connaissais la nature ? Qui raconte ces mensonges ?

– Personne. Je pensais que vous deviez connaître et comprendre ce que vous aimez tant. Je vous ai souvent vue revenir au château avec un chargement de nouveaux trésors. Et puis, vous avez *l'air* de comprendre...

– J'ai *l'air* de comprendre ? dit Fuchsia, étonnée. Ce n'est pas possible. Je ne comprends rien aux choses compliquées.

– C'est par intuition que vous savez les choses. Vous n'avez pas besoin de livres, ni de tout ce qui s'ensuit. Vous n'avez qu'à regarder les choses pour les comprendre... Le vent se lève, Lady Fuchsia, il devient plus fort et plus froid. Rentrons. »

Finelame remonta son col et, lui ayant arraché la permission de la raccompagner, il commença de descendre les rochers gris à côté de Fuchsia. Ils n'avaient pas atteint la moitié de la pente que la pluie se mit à tomber. La lumière d'automne était maintenant voilée par un ciel mouvant où s'effilochaient des nuages.

« Attention où vous posez le pied, Lady Fuchsia ! » dit soudain Finelame.

Fuchsia s'arrêta, jetant par-dessus l'épaule un coup d'œil rapide sur son compagnon dont elle semblait avoir oublié l'existence. Elle ouvrit la bouche pour parler, lorsqu'un lointain roulement de tonnerre se répercuta parmi les rochers. Elle leva la tête et regarda le ciel. Un nuage noir avançait inexorablement vers eux, déversant des torrents de pluie sombre.

Il serait bientôt au-dessus de leurs têtes, et Fuchsia se souvint du lointain après-midi où, comme aujourd'hui, elle avait été surprise par l'orage. C'était l'une des rares occasions où la comtesse l'avait emmenée se promener. Ces randonnées étaient toujours silencieuses. Fuchsia se rappelait combien elle avait désiré se libérer de la présence imposante de la dame d'Enfer, et, en même temps, combien elle avait envié son énorme mère qui avait le don de moduler de longs trilles pour attirer les oiseaux sauvages qui venaient se percher sur ses bras, sa tête et ses épaules.

Mais ce qui l'avait surtout frappée ce jour-là, c'était que la comtesse, au lieu de regagner le château, avait continué son chemin sous l'orage vers les sombres terrasses de rochers qu'elle descendait à présent avec Finelame. La dame d'Enfer s'était engagée dans un ravin étroit et avait disparu derrière une gigantesque dalle inclinée contre la paroi. Fuchsia l'avait suivie, mais, au lieu de retrouver sa mère à l'abri contre la falaise, elle avait été stupéfaite de découvrir l'entrée d'une grotte. Au fond du boyau glacé, la comtesse était assise sur le sol, appuyée contre la paroi de roc, comme une statue colossale.

Sans échanger un mot, elles avaient attendu que l'orage épuise sa fureur et que descende du ciel une pluie lente comme un remords. En se rappelant la grotte, Fuchsia frissonna de la tête aux pieds, mais elle se retourna vers Finelame.

« Suivez-moi, si vous voulez. Je connais une grotte. »

La pluie tombait maintenant à verse sur l'escarpement, et elle se mit à courir sur les rochers gris et glissants, Finelame sur ses talons.

Avant de s'engager le long de la pente abrupte, elle se retourna pour voir s'il la suivait toujours, et son pied glissa sur une dalle. Elle tomba de toute sa hauteur, le visage, l'épaule et la jambe frappant la pierre avec une telle force qu'elle faillit perdre connaissance. Elle chercha à se relever et sentit une douleur cuisante au visage. Finelame était déjà près d'elle. Il se trouvait à une douzaine de mètres lorsqu'elle était tombée, mais il se laissa glisser comme un serpent le long de la pente et s'agenouilla près d'elle en un éclair. Il vit tout de suite que la blessure au visage était superficielle. De ses doigts maigres et nerveux, il palpa l'épaule et la jambe de Fuchsia et constata qu'elle n'avait aucune fracture. Il la couvrit de sa cape, et scruta le ravin. La pluie balayait les rochers et lui fouettait le visage. A travers le déluge, il aperçut au bas de la pente abrupte un énorme rocher calé contre les pierres, et devina que c'était vers cet abri que Fuchsia avait couru, car le ravin était barré, quarante pieds plus loin, par une infranchissable paroi de granit.

Fuchsia essaya de s'asseoir, mais son épaule lui faisait trop mal.

« Ne bougez pas ! » cria Finelame à travers le rideau de pluie qui les séparait.

Puis il pointa le doigt vers la grande dalle inclinée contre le rocher.

« C'est là que vous vouliez aller ?

– Il y a une grotte derrière, murmura-t-elle. Aidez-moi à me lever. Je peux aller jusque-là.

– Certainement pas », dit Finelame.

Il s'agenouilla près d'elle et la souleva doucement, les muscles durcis par l'effort. Avec mille précautions, il parvint à se relever en la soulevant dans ses bras minces et nerveux jusqu'à hauteur de sa poitrine. Puis, descendant pas à pas entre les énormes blocs ruisselants de pluie, il s'approcha de la grotte. D'innombrables flaques d'eau, fouettées par la pluie, s'étaient formées entre les rochers.

Fuchsia ne protesta pas, sachant qu'elle n'aurait jamais pu effectuer toute seule cette périlleuse descente. Mais, au contact des bras qui l'enveloppaient et de ce corps si proche, elle ressentit quelque chose qu'elle n'osa pas s'avouer. A travers les mèches épaisses et désordonnées de sa chevelure trempée, elle apercevait ce visage aigu, pâle et sournois, aux yeux perçants, incandescents, fixés sur les rochers, au front bombé et aux pommettes luisantes, à la bouche comme un trait impassible.

C'était Finelame. Il la tenait en son pouvoir. Ses bras minces et ses doigts nerveux la tenaient aux épaules et aux cuisses. Elle sentait les muscles aussi durs que des barres de métal. C'était bien le jeune homme qu'elle avait surpris dans son grenier. L'aventurier qui avait grimpé le long du lierre infranchissable et découvert une arène de pierre en plein ciel. Il avait dit qu'elle comprenait la nature. Il voulait qu'elle lui apprenne des choses. Mais que pouvait-il apprendre d'elle, lui qui avait l'art des merveilleux discours? Elle devait se tenir sur ses gardes. Il était intelligent. Il n'y avait pas de mal à être intelligent. Le docteur Salprune l'était, et elle l'aimait beaucoup. Elle souhaita désespérément être intelligente.

Il se faufila avec précaution entre la paroi rocheuse et le dôme de pierre, et soudain ils se trouvèrent dans la lumière diffuse de la grotte. Le sol était sec et la rumeur assourdissante de la pluie au-dehors semblait venir d'un autre monde.

Finelame la posa doucement sur le sol, et l'aida à s'adosser contre le mur, à un endroit où la pierre était lisse. Puis il enleva sa chemise et, après l'avoir tordue pour en exprimer le plus d'eau possible, il se mit à la déchirer en lanières étroites. Malgré la douleur, Fuchsia le regardait, fascinée. Elle avait l'impression d'observer un être fabuleux dont les gestes indifférents, durs et rapides, obéissaient à des lois inconnues. Son cœur était révolté par cette précision froide, mais elle commençait à éprouver une sorte d'admiration maussade pour cette nature si étrangère à son propre tempérament.

La grotte avait environ quinze pieds de profondeur. La voûte plongeait jusqu'au sol et l'on ne pouvait se tenir debout qu'au voisinage de l'entrée. Près de la voûte, la paroi rocheuse était érodée et la pierre plus ou moins déchiquetée.

L'imagination pouvait s'amuser à découvrir parmi ces dessins compliqués une innombrable armée de goules ou de visages séraphiques, selon l'humeur du moment.

Les recoins de la grotte était plongés dans les ténèbres, mais une faible lumière filtrait sous la dalle qui masquait l'entrée, permettant à Finelame et à Fuchsia de se voir.

Lorsqu'il eut fini de déchirer sa chemise en bandes régulières, Finelame s'agenouilla près d'elle, lui banda la tête et étancha le sang qui coulait obstinément de sa blessure à la jambe. Ce fut moins facile pour le bras, et elle dut permettre à Finelame de lui dénuder l'épaule pour qu'il puisse nettoyer la plaie.

Elle l'observait tandis qu'il tamponnait attentivement la blessure. La douleur fulgurante du choc s'était transformée en élancements sourds, et elle se mordait les lèvres pour ne pas pleurer. Dans la pénombre, les yeux de Finelame brûlaient dans son visage pâle, et il était nu jusqu'à la taille. Qu'est-ce qui déformait ses épaules? Elles étaient hautes et solides, mais, comme le reste de son corps, elles semblaient bizarrement raides et contractées. Il avait la poitrine étroite et musclée.

Il enleva lentement le tampon de chiffons de l'épaule de Fuchsia, examinant la plaie pour voir si elle saignait toujours.

« Ne bougez pas. Gardez le bras aussi immobile que possible. Vous avez toujours mal?

– Ça va, dit Fuchsia.

– Pas la peine d'être héroïque, dit-il en s'asseyant sur les talons. Ce n'est pas un jeu. Je veux savoir *exactement* à quel point vous souffrez... pas si vous êtes courageuse ou non. Je le sais déjà. Qu'est-ce qui vous fait le plus mal?

– Ma jambe, dit Fuchsia. Ça me donne envie de vomir. Et puis j'ai froid. Maintenant, vous savez tout. »

Leurs regards se croisèrent dans la pénombre.

Finelame se redressa.

« Je vais vous quitter, dit-il. Sinon, vous allez mourir de froid. Je ne peux pas vous ramener tout seul au château. J'irai chercher la vieille Prune et une civière. Vous serez bien, ici. Je pars tout de suite. Nous serons de retour dans une demi-heure. Je sais aller vite quand il le faut.

– Finelame », dit Fuchsia.

Il s'agenouilla aussitôt.

« Qu'y a-t-il? demanda-t-il d'une voix très douce.

– Vous m'avez beaucoup aidée.

– Pas beaucoup », répondit-il, la main tout près de la sienne.

Le silence qui suivit devenait ridicule, et il se leva. Il avait senti en elle quelque chose de moins froid, et préféra ne pas brusquer les choses.

« Il faut que je parte. Vous allez trembler comme une feuille si je ne me dépêche pas. Ne bougez pas du tout. »

Il la couvrit de son manteau et franchit l'espace qui le séparait de l'entrée de la grotte.

Il hésita un instant avant de plonger dans les tornades de pluie qui inondaient le ravin. Fuchsia vit la silhouette mince et voûtée disparaître tout d'un coup, et elle resta immobile, comme il le lui avait ordonné, écoutant le martèlement de la pluie.

Ce n'était pas pour rien que Finelame s'était vanté d'être rapide. Avec une incroyable agilité, il bondit de pierre en pierre jusqu'à la crête du ravin et, preste comme un derviche, dévala les escarpements du roc. Pourtant, il ne commettait aucune imprudence, calculant d'avance où il allait poser le pied.

Il laissa enfin les rochers derrière lui, et le château émergea d'un rideau de pluie.

Son irruption chez les Salprune fut absolument dramatique. Irma, qui ne connaissait de l'anatomie masculine que ce qui dépasse du col et des manchettes, poussa un cri strident et ne tomba dans les bras de son frère que pour se ruer hors de la pièce dans un tourbillon de soie noire. Elle monta précipitamment dans sa chambre en faisant gémir toutes les marches de l'escalier, et sa porte claqua si fort que, dans toutes les pièces du bas, les tableaux valsèrent sur les murs.

Le docteur Salprune tournoyait autour de Finelame, la tête tellement rejetée en arrière qu'un abîme insondable s'ouvrait, au risque de faire craquer ses vertèbres cervicales, entre sa pomme d'Adam et le bouton de nacre de son faux col. Comme un cobra prêt à frapper, les sourcils relevés d'un air interrogatif et railleur, il souriait à Finelame en découvrant ses dents éblouissantes qui reflétaient la lumière des lampes avec un éclat artificiel.

Il était plongé dans un étonnement qui le ravissait. La vue du jeune homme trempé et à demi nu le remplissait à la fois de dégoût et de joie. A intervalles réguliers, ils entendaient d'extraordinaires gémissements venant de l'étage supérieur.

Lorsque le docteur connut la raison de l'apparition du jeune homme, il ne perdit pas de temps. Finelame lui expliqua en quelques mots ce qui s'était passé, et quelques minutes suffirent au carabin pour préparer sa trousse et convoquer le chef, qu'il envoya chercher une civière et deux hommes.

Finelame en avait profité pour se changer et courir jusqu'au château prévenir Nannie Glu d'allumer le feu, de préparer le lit de Fuchsia et une boisson chaude, la laissant dans un état de prostration qu'il avait fait empirer en lui chatouillant les côtes avec sans-gêne, quand il avait bondi hors de la chambre.

En arrivant dans la cour, il aperçut le docteur qui sortait de son jardin accompagné des deux brancardiers. Salprune tenait son parapluie au-dessus d'un monceau de couvertures sous lequel il avait caché sa trousse.

Dès qu'il les eut rejoints, Finelame leur indiqua le chemin et dit qu'il allait prendre les devants afin de pouvoir les diriger du haut des rochers. Il prit une couverture, la cacha sous sa cape, et disparut dans la pluie qui commençait à se calmer. Une fois seul, il se mit à bondir de joie. La vie était drôle. *Tellement* drôle. Même l'averse lui était venue en aide en rendant la roche glissante. « Tout peut servir, pensa-t-il. Tout. » Et il fit claquer ses doigts, tandis qu'il courait en riant sous la pluie.

Lorsque Fuchsia se réveilla, elle vit les reflets du feu danser sur le plafond et Nannie Glu assise à son chevet.

« Où est Finelame ?

– Qui, ma précieuse ? Oh ! ma pauvre mignonne ! (Nannie Glu tapota la main de Fuchsia qu'elle tenait depuis plus d'une heure.) Qu'est-ce que c'est, mon unique ? De quoi as-tu besoin, ma folie ? Oh ! mon pauvre cœur. Tu m'as presque tuée, ma chérie. Presque achevée. Là, là. Ne bouge pas, le docteur va revenir bientôt. Oh ! mon pauvre, mon faible cœur ! »

Les larmes ruisselaient sur son vieux visage terrifié.

« Nannie, dit Fuchsia, où est Finelame ?

– L'affreux voyou ? demanda Nannie. Qu'est-ce que tu lui veux, ma précieuse ? Tu ne veux pas le voir, n'est-ce pas ? Oh ! non, tu n'as que faire de ce garçon. Qu'est-ce que c'est, mon unique ? Tu veux le voir ?

– Oh ! non ! non ! dit Fuchsia. Non, je ne veux pas. Je suis si fatiguée. Tu es là ?

– Qu'est-ce que c'est, mon unique ?

– Rien, rien. Je me demande où il est. »

Couteaux sous la lune

La lune montait inexorablement au zénith, flétrissant toutes les ombres, et Rantel, qui s'approchait de la combe à la lisière des Bois d'Epines, marchait dans la mare que formait son ombre.

Le sommet des bois reflétait le disque lumineux dans un lacis phosphorescent de branches qui ondoyait jusqu'aux premières pentes de la montagne de Gormenghast. Tout autour de ce dais sinistre, le bois était muré par d'impénétrables ténèbres. On ne distinguait rien de ce qui flottait dans la brume glaciale au-dessus des dernières branches. Ce n'était qu'une façade d'obscurité mouvante.

Les pics se détachaient impitoyablement au clair de lune, brillant d'une froideur mortelle. Les distances n'avaient plus aucun sens. La voûte scintillante de la forêt moutonnait à l'infini, mais les étendues les plus lointaines semblaient brusquement se rapprocher avec violence à cause de la proximité terrifiante du mont au pied duquel elles grouillaient. La montagne n'était ni proche ni lointaine, elle surgissait, énorme et désolée, dans l'orbite du regard. La combe elle-même était une coupe de lumière. Chaque brin d'herbe était visible, et les quelques pierres éparses se découpaient si nettement qu'on se souvenait de leurs formes particulières, chacune brillant dans sa propre mare d'encre.

Rantel s'arrêta au bord de la combe, et contempla l'herbe devant lui, la tête et le corps semblables à une mosaïque noire et livide. Sa cape le serrait étroitement et les rayons de lune jouaient sur les plis de l'étoffe. Il était aussi immobile qu'une statue, mais un bruit le fit tressaillir, et il aperçut Braigon de l'autre côté de la clairière.

Ils descendirent ensemble dans la combe, enlevèrent leurs capes, délacèrent leurs lourdes chaussures, et se dévêtirent complètement. Rantel lança ses vêtements sur l'herbe, Braigon plia les siens et les posa sur un bloc de pierre. Il vit que Rantel tâtait le tranchant de sa lame dont l'éclat dansait au clair de lune comme un éclat de verre.

Ils ne dirent pas un mot, éprouvant l'herbe glissante de leurs pieds nus.

Puis ils se firent face. Braigon assura sa prise autour du manche de corne. Aucun d'eux ne voyait l'expression du visage de l'autre. Leurs traits se perdaient dans l'ombre du front, et seuls leurs cheveux en désordre accrochaient la lumière. Ils plièrent les jarrets et commencèrent à se rapprocher l'un de l'autre, les muscles roulant dans leurs dos.

Avec Keda pour enjeu, ils se mirent à tourner, se rapprochant et s'éloignant tour à tour en une série de feintes et d'assauts, parant chaque fois les coups d'un brusque mouvement de l'avant-bras.

Lorsque Rantel sculptait, c'était avec une fougue meurtrière, comme si le bois était son ennemi. Il l'attaquait au ciseau et au burin, taillant la chair jusqu'à ce que la forme qu'il avait en tête cédât à la violence. Il mettait cette même fougue à combattre, corps et âme n'ayant plus qu'un seul but : tuer l'homme qui tournait autour de lui. Il ne pensait même plus à Keda maintenant.

Il suivait des yeux le moindre mouvement du corps, des pieds agiles et de la lame bondissante de Braigon. Il vit que son adversaire était touché à l'épaule et qu'un filet de sang coulait sur son bras gauche. Rantel avait la meilleure allonge, mais, lorsque son couteau jaillissait comme un trait vers la gorge ou la poitrine offertes, l'avant-bras de Braigon détournait toujours le coup et Rantel faisait un bond de côté pour se mettre hors d'atteinte. Ils recommençaient alors à tourner et à se rapprocher l'un de l'autre, épaules et bras luisant d'un éclat irréel.

Braigon se demandait où était Keda. Il se demanda si elle connaîtrait jamais le bonheur lorsque Rantel ou lui serait tué. Si elle pourrait oublier qu'elle était la femme d'un meurtrier. Si ce duel était le refus d'une vérité limpide. Il avait l'image vivante de Keda devant les yeux, mais son corps luisant continuait à se déplacer comme un automate, détournant la lame meurtrière et attaquant son adversaire en une série de bottes rapides qui faisaient jaillir le sang sur les flancs de Rantel.

Il suivait des yeux le réseau des muscles sous la peau de l'homme qui lui faisait face. Il ne luttait pas seulement contre un ennemi qui attendait la seconde d'inattention où lui porter un coup mortel, il poignardait un chef-d'œuvre, une sculpture vivante, un miracle d'ombre et de lumière. Une grande vague de dégoût submergea

Braigon, et il sentit le poids écœurant du couteau dans sa main. Pourtant, son corps se battait toujours comme un automate.

Autour d'eux, l'herbe était piétinée. Au centre de la combe, la rosée était remplacée par une grande tache sombre et irrégulière à l'intérieur de laquelle ils jouaient au jeu de la vie et de la mort. Mais ce cercle d'herbe piétinée était pâle en comparaison de leurs ombres, qui bougeaient lorsqu'ils bougeaient, bondissaient lorsqu'ils bondissaient, se livrant un duel fantôme.

Ils avaient les cheveux collés par la sueur et perdaient des forces à cause de leurs nombreuses blessures. Mais ni l'un ni l'autre ne pouvait risquer une pause.

Le silence de la nuit était absolu. Au loin, le clair de lune couvrait de givre les murailles du château. A l'est, les roseaux étaient immobiles sur l'étendue diaphane des marais. Le corps des deux hommes ruisselait de sang et la lumière brillait impitoyablement sur leur chair blessée d'où la vie coulait sans cesse en longues traînées chaudes et humides. Une brume de faiblesse entourait leur nudité, et ils se battaient comme les personnages d'un rêve.

Keda sortit brutalement de sa transe et se mit à courir vers les Bois d'Epines, sans cape dans la grande nuit phosphorescente, les cheveux se dénouant à mesure qu'elle grimpait la pente qui bordait la combe. Sa douleur augmentait à chaque pas. La force surnaturelle qui l'habitait avait disparu. La gloire s'était évanouie, et il ne lui restait plus qu'une inquiétude mortelle.

Comme elle approchait du bord de la combe, elle entendit – faible rumeur dans l'immensité de la nuit – le halètement des deux hommes, et reprit un instant espoir : ils étaient encore vivants.

D'un bond, elle fut sur la crête et les aperçut, jarrets pliés, tournant l'un autour de l'autre au clair de lune. Le cri qu'elle allait pousser s'étrangla dans sa gorge à la vue du sang qui les couvrait, et elle tomba à genoux.

Braigon l'aperçut, et son bras affaibli retrouva toute sa

force. Vif comme l'éclair, il écarta le poignard de Rantel d'un revers de la main gauche et, comme s'il était l'ombre même de son ennemi, lui plongea sa lame dans la poitrine.

Dès qu'il eut frappé, il retira la dague. Rantel s'écroula et Braigon jeta sa lame au loin.

Il ne se retourna pas vers Keda, mais resta immobile, le visage dans les mains. Keda ne ressentait rien. Les coins de sa bouche se relevèrent. Le moment de l'horreur n'était pas encore venu. Cela n'avait aucune réalité – pas encore. Elle vit Rantel se soulever sur le bras gauche, et chercher son couteau à tâtons dans la rosée. La vie s'en allait par la blessure qui coulait de sa poitrine. Keda le vit rassembler ce qui lui restait de forces pour armer son bras droit et lancer le couteau d'un geste brusque. La lame siffla et alla se planter dans la gorge d'une statue. Les bras de Braigon retombèrent comme des poids morts. Il fit un ou deux pas chancelants, la dague plantée jusqu'à la garde dans la gorge, puis vacilla et s'écroula sans vie sur le corps de son meurtrier.

Encore un jour

« L'égalité, dit Finelame, tout est là. C'est le principe essentiel d'où rayonnent les idées constructives, et qui permet de les exécuter sans préjugés. Une égalité absolue : de condition, d'argent, de pouvoir. »

Du bout de sa canne-épée, il délogea une pierre sous les feuilles trempées et la fit rouler dans le sous-bois.

Feignant la plus profonde surprise, il avait arrêté Fuchsia au passage, un soir où elle rentrait en coupant à travers le bois de pins. C'était la veille du jour fatal de l'incendie. Le lendemain, il n'aurait guère le temps de s'amuser. Tout était prévu jusque dans les moindres détails. Les jumelles connaissaient leur rôle par cœur, et Finelame était à peu près sûr de pouvoir compter sur elles. Après s'être longuement prélassé dans son bain chez les Salprune, il avait, ce soir, consacré plus de temps que d'habitude à sa toilette, plaquant avec grand soin ses rares cheveux filasse sur son front bombé, et s'admirant sous tous les angles dans les trois miroirs qu'il avait installés sur une table, près de la fenêtre.

Il quitta la maison en faisant quelques moulinets avec la canne-épée qui tournoyait dans sa main comme les rayons d'une roue. Serait-il sage de passer rapidement chez les jumelles ? Il ne devait pas les exciter, car elles étaient comme à la veille d'un examen et risquaient tout d'un coup de tout oublier. Mais, s'il ne faisait aucune allusion directe à l'événement du lendemain et se contentait de les encourager habilement, cela les aiderait sans doute à passer une bonne nuit. Il était essentiel qu'elles dorment bien et ne restent pas assises au bord du lit à se regarder, bouche bée, dans le blanc des yeux, toute la nuit.

Il décida de leur faire une courte visite, puis de faire une promenade à travers bois, où il était à peu près sûr de rencontrer Fuchsia, qui avait pris l'habitude de rêver pendant des heures sous un pin, dans ce qu'elle imaginait être une clairière secrète.

Sa décision prise, Finelame traversa rapidement la cour. Une lumière indécise filtrait à travers les nuages, et les arcades de la cour projetaient des ombres qui devenaient plus intenses lorsque les nuages passaient sous le soleil. Finelame frissonna en entrant dans l'ombre du château.

Arrivé à la porte des jumelles, il frappa et entra sans attendre. Un feu brûlait dans la cheminée, et il se dirigea vers l'âtre, suivi du regard par Cora et Clarice qui tordirent leurs longs cous poudrés. Elles le dévisageaient par-dessus le dossier en tapisserie du canapé tiré près de l'âtre, et leurs cous ne se détordirent que lorsqu'il vint se camper devant la cheminée, les mains derrière le dos.

« Excellences, dit-il en les fixant à tour de rôle d'un regard magnétique, Excellences, comment allez-vous? Mais pourquoi vous le demander? Vous avez l'air radieuses. Lady Clarice, je vous ai rarement vue aussi belle, bien que votre sœur refuse de se laisser éclipser, n'est-ce pas, Lady Cora? Vous êtes plus virginale que jamais, et c'est un délice d'être de nouveau en votre compagnie. »

Les jumelles le regardaient en se trémoussant, mais leur visage était toujours dénué de toute expression.

Après un long silence durant lequel Finelame se réchauffa les mains aux flammes, Cora dit :

« Voulez-vous dire que je suis époustouflante?

– Ce n'est pas ce qu'il a dit, coupa la voix blanche de Clarice.

– Epoustouflante, dit Finelame, est un mot du dictionnaire. Nous sommes tous prisonniers du dictionnaire. Nous nous contentons de faire travailler les forçats de cette vaste prison aux murs de papier, les petits mots imprimés noir sur blanc, alors que nous avons un besoin urgent de mots nouveaux, de sons nouveaux, d'effets nouveaux. En langage aussi mort que la rime des poètes, Excellences, vous *êtes* époustouflantes, mais que ne puis-je inventer un son flambant neuf pour vous communiquer ce que je ressens à vous voir, assises l'une près de l'autre devant le feu, dans votre splendeur pourpre! Mais non, c'est impossible. La vie est trop éphémère pour les onomatopées. Le poids des mots morts m'étouffe, et je ne puis trouver aucun son qui exprime ce que je ressens.

– Essayez, dit Clarice. Nous n'avons rien à faire. »

Elle lissa l'étoffe brillante de sa robe de ses longs doigts sans vie.

« Impossible, répondit le jeune homme en se frottant le menton. Absolument impossible. Croyez seulement à mon admiration pour votre beauté qui sera un jour reconnue dans tout le château. En attendant, préservez la dignité et le silencieux pouvoir qui dorment dans vos seins jumeaux.

– Oui, oui, dit Cora, nous les préserverons. Dans notre sein, n'est-ce pas, Clarice? Notre pouvoir silencieux?

– Oui, le pouvoir que nous avons, dit Clarice. Mais nous n'en avons pas beaucoup.

– Il vous revient! s'écria Finelame. Il arrive à grands pas! Vous êtes du sang. Qui d'autre que vous pourrait tenir le sceptre? Mais, seules, vous ne pourrez réussir. Pendant des années vous avez courbé le dos sous les insultes. Ah! avec quelle patience vous avez souffert! Avec quelle patience! Mais ces mauvais jours sont passés. Qui peut vous aider? (Il avança d'un pas vers elles, et s'inclina.) Qui peut vous rendre votre rang? Qui vous fera monter sur vos trônes étincelants? »

Les jumelles s'enlacèrent, fixant sur Finelame un visage bicéphale au milieu duquel brillaient quatre prunelles identiques. Il aurait pu tout aussi bien y en avoir quarante, ou quatre cents. C'était par hasard qu'il n'y en avait que quatre dans cette longue fresque pétrifiée dont le thème obsessionnel était à jamais des yeux, des yeux, encore des yeux.

« Debout », dit Finelame en élevant la voix.

Elles se levèrent gauchement et se dressèrent devant lui. Finelame éprouva un plaisir mauvais à constater son pouvoir.

« Avancez d'un pas. »

Elles avancèrent d'un pas, toujours enlacées.

« Vous m'avez entendu? Vous avez entendu ma question? Qui va vous faire monter sur vos trônes?

– Des trônes, dit Cora dans un murmure. Nos trônes.

– Des trônes d'or, dit Clarice. C'est ce que nous voulons.

– C'est ce que vous aurez. Un trône d'or pour Lady Cora, un trône d'or pour Lady Clarice. Qui vous les donnera? »

Tendant les mains, Finelame les prit par le coude et, comme pour les emboîter l'une dans l'autre, les attira contre lui. Il n'était jamais allé aussi loin, mais sentit qu'il pouvait se permettre cette familiarité car elles étaient devenues de l'argile entre ses mains. La terrifiante proximité des deux visages identiques lui fit rejeter la tête en arrière.

« Qui vous donnera les trônes, la puissance et la gloire? Qui? »

Leurs bouches s'ouvrirent ensemble.

« Vous. C'est *vous* qui nous les donnerez. Finelame nous les donnera. »

Clarice tendit le cou derrière celui de sa sœur et, comme si elle confiait un secret à Finelame, murmura :

« Nous allons brûler tous les livres de Tombal. Toute sa bibliothèque idiote. C'est nous qui le ferons – Cora et moi. Tout est prêt.

– Oui, dit Finelame. Tout est prêt. »

La tête de Clarice reprit sa position normale et se balança au-dessus de son cou comme une chose morte en haut d'une colonne, mais celle de Cora s'avança aussitôt, comme pour prendre la place de l'autre et ne pas perdre le rythme. De la même voix sans timbre, elle reprit les confidences là où sa sœur les avait laissées.

« Tout ce que nous avons à faire est de faire ce qu'on nous a dit de faire. (Elle allongea le cou.) C'est enfantin. Nous allons vers la grande porte, nous trouvons deux bouts de tissu qui dépassent, et alors...

– Et alors nous y mettons le feu », coupa Clarice d'une voix si forte que Finelame ferma les yeux.

Puis elle ajouta, d'un ton caverneux :

« Nous allons le faire *maintenant*. C'est facile.

– Maintenant? dit Finelame. Oh non, pas maintenant. Nous avons décidé que ce serait pour demain, n'est-ce pas? Demain soir.

– Je veux le faire *maintenant*. Pas toi, Cora?

– Non. »

Clarice se mordit gravement les doigts.

« Tu as peur. Peur d'un petit feu de rien du tout. Tu devrais avoir plus de fierté que ça, Cora. Moi, j'en ai, malgré ma nature extraordinairement chiche.

– Tu veux dire extraordinairement *riche,* rectifia sa sœur. Que tu es bête ! Quelle ignorance ! Quand je pense que le même sang coule dans nos veines ! J'ai honte de notre ressemblance. J'ai honte, et j'en aurai toujours honte, *voilà* ! »

Du coude, Finelame balaya un beau vase vert qui se trouvait sur la cheminée. Il obtint immédiatement l'effet escompté. Le fil du dialogue se brisa en même temps que le vase, et les quatre prunelles se portèrent sur les fragments qui jonchaient le sol.

« C'est un signe ! murmura-t-il d'une voix basse et vibrante. Un présage ! Un symbole ! Le cercle est bouclé. Un ange a parlé. »

Les jumelles le regardaient bouche bée.

« Vous voyez ce vase de porcelaine en miettes ? Vous le *voyez* ? »

Elles approuvèrent.

« Ce n'est rien d'autre que le *Régime,* renversé pour toujours. La tyrannie de Gertrude. Le cœur de pierre de Tombal. L'ignorance, la méchanceté, la cruauté barbare de la maison d'Enfer... détruites à jamais. C'est le signe que votre heure est venue. Rendez grâces, Excellences, l'ère de votre splendeur est arrivée...

– Quand ? dit Cora. Bientôt ?

– Pourquoi pas ce soir ? » dit Clarice.

Elle haussa sa voix de deux tons.

« Pourquoi pas ce soir ?

– Il y a d'abord un petit détail à mettre au point, dit Finelame. Un petit problème à régler. C'est simple. Très simple. Mais il faut une grande intelligence pour y arriver. »

Il craqua une allumette.

Dans les quatre pupilles des quatre prunelles, les

quatre reflets d'une flamme unique se mirent à danser, à danser.

« Le feu! dirent-elles. Nous savons ce qu'il faut faire. Nous savons tout, tout, tout!

– Alors au lit, dit vivement le jeune homme. Au lit, au lit, au lit... »

D'une main aussi molle que du mastic, Clarice se gratta distraitement la poitrine.

« Bon, dit-elle. Bonne nuit. »

Elle se dirigea vers la chambre à coucher, et se mit à déboutonner sa robe.

« Je me retire moi aussi, dit Cora. Bonne nuit. »

Elle se mit également à dégrafer sa robe, et la porte de la chambre n'était pas encore refermée qu'elle était déjà à moitié dévêtue de sa pourpre.

Finelame remplit sa poche de noisettes qu'il trouva dans une coupe de porcelaine, sortit de la chambre et descendit vers la cour. Il ne comptait pas faire la moindre allusion à l'incendie, mais, ayant trouvé les tantes beaucoup plus calmes qu'il ne le pensait, il eut une confiance accrue dans le rôle élémentaire qu'elles devaient jouer le lendemain soir.

Il bourra sa pipe en descendant l'escalier de pierre, et, une fois dans la lumière du crépuscule, il se sentit d'humeur joyeuse et se dirigea en chantonnant vers le bois de pins, faisant de grands moulinets avec sa canne-épée.

Il trouva Fuchsia et réussit à entamer la conversation, bien qu'il lui fût plus difficile de lui parler qu'à toute autre personne. Il lui demanda d'abord, avec une certaine sincérité, si elle s'était remise du choc. Elle avait la joue enflammée et boitait bas car sa jambe la faisait beaucoup souffrir. Le docteur la lui avait bandée avec soin, et avait instamment prié Nannie Glu de ne pas laisser sortir Fuchsia pendant plusieurs jours, mais elle avait pris le large dès que la vieille nurse était sortie de la pièce. Elle avait gribouillé sur le mur qu'elle l'aimait tendrement, mais comme Nannie ne regardait jamais le mur, le message resterait lettre morte.

Finelame prit rapidement la mesure de Fuchsia et, lorsqu'ils atteignirent la lisière du bois, il parlait librement de tout ce qui lui passait par la tête, non seulement pour lui donner l'impression qu'il était quelqu'un d'extraordinairement brillant, mais aussi pour le simple plaisir de la conversation, car il était d'excellente humeur.

Fuchsia boitillant à côté de lui, ils sortirent du bois dans la lumière du couchant, et Finelame s'arrêta un instant pour attraper un lucane posé sur l'écorce d'un pin.

Fuchsia continua lentement de marcher, regrettant de ne pas être seule.

« Il ne devrait y avoir ni riches ni pauvres, ni forts ni faibles, dit Finelame en arrachant méthodiquement les pattes du cerf-volant, une par une, tandis qu'il parlait. L'égalité, c'est l'essentiel. L'égalité, c'est *tout.* (Il jeta l'insecte mutilé.) Etes-vous de mon avis, Lady Fuchsia ?

– Je n'en sais rien et ça m'est égal, dit Fuchsia.

– Mais ne trouvez-vous pas injuste que certains n'aient rien à manger alors que d'autres gaspillent la nourriture ? Ne trouvez-vous pas injuste que les uns doivent trimer toute leur vie pour gagner un peu d'argent, tandis que d'autres ne font rien et se prélassent dans le luxe ? Ne trouvez-vous pas que les hommes courageux devraient être appréciés à leur juste valeur et récompensés, au lieu d'être traités de la même manière que les lâches ? Les hommes qui grimpent au sommet des montagnes ou plongent au fond des mers, qui explorent des jungles pleines de fièvres ou risquent leur vie en s'aventurant dans les flammes pour sauver quelques malheureux ?

– Je n'en sais rien, répéta Fuchsia. Le monde devrait être juste, sans doute. Mais je n'y connais pas grand-chose.

– Si, dit Finelame. Lorsque vous dites : " Le monde

devrait être juste ", vous exprimez parfaitement ma pensée. Les choses *doivent* être justes. Pourquoi ne le sont-elles pas ? A cause de l'ambition, de la cruauté, de la course effrénée au pouvoir. C'est à cela qu'il faut mettre fin.

– Eh bien, pourquoi ne le faites-vous pas ? » dit Fuchsia d'une voix lointaine.

Elle regardait le soleil éclabousser de sang la tour des Silex, et un nuage qui descendait petit à petit, comme un linge trempé, derrière la cour envahie par les ombres.

« C'est bien ce que je vais faire, dit Finelame avec une telle assurance que Fuchsia tourna les yeux vers lui.

– Vous ? Vous allez mettre fin à l'ambition, à la cruauté et à tout ça ? Oh ! non, je ne crois pas. Vous êtes très intelligent, mais je ne crois pas que vous soyez capable d'une chose pareille. »

L'espace d'un instant, Finelame fut déconcerté. Il s'était imaginé que sa remarque serait sans réplique, une constatation évidente et limpide sur laquelle Fuchsia aurait longtemps médité.

« Il a presque disparu, dit Fuchsia tandis que Finelame réfléchissait à la manière de lui en imposer.

– Qu'est-ce qui a presque disparu ? »

Il suivit le regard de Fuchsia et vit que le cercle du soleil était déchiqueté par les tours.

« Oh ! vous parlez de la vieille tarte à la mélasse. Oui, il va faire froid très vite, maintenant.

– La tarte à la mélasse ? dit Fuchsia. C'est comme ça que vous l'appelez ? Vous ne devriez pas. Ce n'est pas très respectueux. »

Avec de grands yeux perplexes, elle regarda la lumière qui agonisait dans le ciel. Puis elle sourit pour la première fois.

« Vous donnez souvent des surnoms aux choses ?

– Parfois, dit Finelame. J'ai une nature insolente.

– Aux gens, aussi ?

– Ça m'est arrivé.

– Vous m'en avez donné un, à moi ? »

Finelame mordilla le bout de sa canne-épée, et leva ses sourcils couleur de paille.

« Non. Je pense toujours à vous comme à Lady Fuchsia.

– Et ma mère, vous lui avez donné un surnom ?

– Votre mère ? Oui.

– Comment l'appelez-vous ?

– Le vieux Tas de Chiffons », dit Finelame.

Fuchsia écarquilla les yeux et s'arrêta de nouveau.

« Allez-vous-en, dit-elle.

– Ce n'est pas chic. Après tout, c'est *vous* qui me l'avez demandé.

– Comment appelez-vous mon père, alors ? Non, je ne veux pas le savoir, dit Fuchsia d'une voix haletante. Je vous trouve cruel, vous qui prétendez mettre fin à la cruauté. Dites-moi d'autres noms. Est-ce qu'ils sont *tous* méchants ? Et drôles ?

– Une autre fois, dit Finelame qui commençait à se sentir gelé. Le froid n'est pas bon pour vos blessures. Vous ne deviez pas sortir aujourd'hui. Salprune vous croit au lit. Il avait l'air très préoccupé à votre sujet. »

Ils continuèrent en silence et, lorsqu'ils atteignirent le château, la nuit était tombée.

Interlude

La journée du lendemain débuta lugubrement. Le soleil ne trouait que par intermittence le labyrinthe des nuages, flottant dans la lumière grise comme une lune de papier pâle. De lents voiles ternes descendaient imperceptiblement sur Gormenghast, déposant une buée moite sur les innombrables fenêtres. La montagne apparaissait et disparaissait sans cesse sous la brume qui glissait le long des pentes. Mais à mesure que la matinée avançait les voiles se levèrent, et, en fin d'après-midi, les nuages se dispersèrent enfin, faisant place à un ciel aussi pur que la gorge d'un lis, d'une beauté si diaphane que Fuchsia, les yeux plongés dans les profondeurs secrètes et glacées, se mit à froisser la tige de la fleur qu'elle tenait à la main.

Lorsqu'elle détourna la tête, ce fut pour rencontrer le regard pathétique de Nannie Glu. Prise de pitié, Fuchsia serra la petite chose ridée dans ses bras, avec une telle fougue qu'elle faillit l'étouffer.

Le souffle coupé, le corps meurtri par la démonstration trop exubérante de Fuchsia, Nannie grimpa sur une chaise et sentit la moutarde lui monter au nez.

« Comment *oses*-tu ? Comment *oses*-tu ! balbutia-t-elle en agitant son poing minuscule autour du visage ébahi de Fuchsia. Comment *oses*-tu me brutaliser et me faire mal et m'écraser et me faire souffrir, espèce de sale petite peste ! *Toi* ! Toi qui me dois tout, que j'ai lavée, habillée, coiffée, cajolée, nourrie depuis que tu es au berceau. Toi... toi... »

La vieille femme éclata en sanglots, le corps tremblant sous sa robe noire comme un jouet à ressorts. Elle lâcha le dossier de la chaise, écrasa ses petits poings sur ses yeux rougis de larmes et, oubliant où elle était, se serait précipitée vers la porte si Fuchsia n'avait bondi à temps pour l'empêcher de tomber.

Fuchsia la prit dans ses bras et l'étendit sur le lit.

« Je t'ai vraiment fait très mal ? »

Etendue sur la courtepointe comme une vieille poupée de satin noir, Nannie Glu fit la moue et attendit que Fuchsia, assise au bord du lit, pose la main à portée de la sienne. Ses doigts rampèrent lentement sur l'édredon, et, le visage soudain déformé par la méchanceté, elle frappa la main de Fuchsia avec toute la force dont elle était capable. Retombant sur les oreillers après cette petite vengeance, elle observa Fuchsia, une lueur de triomphe dans ses yeux humides.

Ayant à peine remarqué la malicieuse petite tape,

Fuchsia se pencha vers la vieille dame et se laissa cajoler un moment.

« Il est l'heure de t'habiller, dit Nannie Glu. Il ne faut pas que tu sois en retard à la Réunion de ton père. C'est toujours une chose ou une autre. " Fais ceci, fais cela. " Dans l'état où est mon cœur, je me demande comment tout ça finira. Qu'est-ce que tu vas mettre aujourd'hui? Quelle robe ira le mieux à une vilaine petite peste?

– Tu viens aussi, n'est-ce pas? demanda Fuchsia.

– Quel numéro tu fais! dit la vieille dame d'une voix aiguë, en se laissant glisser du lit. Si je viens! C'est moi qui porte mon PETIT ROI, grosse bête!

– Comment! Titus vient aussi?

– Quelle *ignorance*! " Comment! Titus vient aussi? " (Nannie Glu eut un sourire de pitié.) Ma pauvre, pauvre enfant, quelle question! »

La vieille femme gloussa d'un rire peu convaincant, puis, d'un air excité, posa ses mains sur les genoux de Fuchsia.

« Bien sûr qu'il vient. C'est *pour* lui que tout le monde se réunit. C'est au sujet du Déjeuner d'Anniversaire.

– Qui d'autre vient, Nannie? »

La vieille nurse commença à compter sur ses doigts.

« Eh bien, il y aura ton père, commença-t-elle, joignant le bout des doigts et levant les yeux au plafond. D'abord, évidemment, il y aura ton père... »

Tandis qu'elle parlait, Lord Tombal regagnait sa chambre après avoir accompli un rite bisannuel. Il avait ouvert l'armoire de l'armurerie et, avec la dague traditionnelle que Grisamer sortait pour l'occasion, il avait inscrit une demi-lune qui, ajoutée à la longue série de demi-lunes semblables, était la sept cent trente-septième à être gravée dans le panneau de fer. Selon la personnalité des défunts comtes de Gormenghast, les demi-lunes étaient inscrites avec précision ou négligence. On ne savait plus ce que signifiait ce rite, car les archives avaient disparu, mais quoique inintelligible la cérémonie n'en était pas moins sacrée.

Le vieux Grisamer avait très soigneusement refermé à clef la porte de l'armoire, affreuse et vide, et il eût pleinement joui de l'accomplissement du rituel si quelques poils de sa barbe ne s'étaient malencontreusement glissés dans la serrure au moment où il la refermait. Impossible de tirer, car la barbe était solidement prise et la douleur qu'il éprouvait au menton lui avait fait monter les larmes dans les yeux. Retirer la clef, et les poils avec elle, serait contraire au rituel, car il était écrit qu'elle devait rester vingt-trois heures dans la serrure, sous la garde vigilante d'un domestique vêtu de jaune. La seule chose à faire était de couper les poils avec le couteau, et le vieillard s'y résigna enfin, après quoi il mit le feu aux boucles grises qui formaient une sorte de frange autour de la clef. Les poils grésillèrent quelques instants, puis Grisamer se retourna, confus, pour constater que le comte était déjà parti.

Lorsque Lord Tombal entra dans sa chambre, il trouva Craclosse en train de préparer le costume noir qu'il portait d'habitude. Le comte avait envie, ce soir, de s'habiller avec plus de recherche. Depuis qu'il avait conçu le projet du Petit Déjeuner d'Anniversaire en l'honneur de son fils, il était d'humeur imperceptiblement moins morose. Il était conscient de ressentir un certain plaisir à l'idée d'avoir un fils. A la naissance de Titus, Lord Tombal touchait le fond de l'abîme, et, bien qu'il fût encore en proie aux affres de la mélancolie, sa tristesse était mitigée par l'intérêt croissant qu'il portait à son fils, non en tant que personne, mais comme symbole de l'Avenir. Il avait le pressentiment que son règne touchait à sa fin, et penser à son fils lui procurait à la fois un sentiment de plaisir et de stabilité parmi les miasmes de ses songeries.

Il réalisait maintenant l'ampleur du cauchemar qui l'avait inconsciemment hanté : la terreur que la lignée d'Enfer s'éteigne avec *lui*. L'angoisse d'avoir trahi le château de ses pères et, pourrissant au fond du sépulcre, d'entendre les générations futures murmurer, en montrant du doigt sa tombe, la dernière d'une longue séric de monuments décolorés : « La lignée s'est éteinte avec lui. Il n'a pas eu de fils. »

Lord Tombal songeait à tout cela tandis que Craclosse l'aidait silencieusement à s'habiller. Accrochant à son col une broche de pierres précieuses, il soupira, et au sein de l'océan tragique de ce soupir se fit entendre le murmure d'une vague moins amère. Puis, tandis qu'il regardait distraitement Craclosse dans le miroir, une seconde vague de plaisir l'envahit, car il eut la soudaine vision de ses livres, rayon sur rayon de volumes, rayon sur inestimable rayon de pensées somptueusement ou sévèrement reliées, selon les genres, en or, vert, sépia, rose ou noir, philosophie et fiction, aventures et voyages, et puis les romans picaresques, les récits d'Arabie et les sciences, les essais, la poésie et le théâtre.

Le comte sentait qu'il pourrait retrouver tout cela, habiter de nouveau le monde des mots avec, au fond de sa mélancolie, un soulagement qu'il n'avait encore jamais connu.

« *Ensuite,* dit Nannie Glu en comptant sur ses doigts, il y a ta mère, bien sûr. Ton père et ta mère. Cela fait deux. ».

Lady Gertrude ne songeait pas plus à changer de robe qu'à se préparer pour la Réunion.

Elle était assise dans sa chambre, et ses pieds largement écartés semblaient à jamais ancrés dans le plancher. Les coudes appuyés sur les genoux entre lesquels sa robe pendait en faisant de grands plis, elle tenait un livre broché, aux pages cornées et salies de taches de café, et lisait tout haut, d'une voix profonde qui couvrait les ronronnements d'une centaine de chats. Il y en avait partout, plus blancs que la cire qui coulait du candélabre sur la table couverte de grains de mil, plus blancs que les oreillers du lit. Assis sur l'édredon, la table, les armoires, le divan, ils remplissaient la pièce d'une moisson immaculée, pâle comme la mort, mais la plus belle gerbe se trouvait aux pieds de la comtesse. Les fins visages aux pupilles lumineuses étaient tendus vers le sien, et on n'entendait que la vibration qui s'échappait de leurs gorges. La voix de la comtesse fendait comme un navire cette marée de ronronnements.

Chaque fois qu'elle arrivait à la fin de la page de droite, ses yeux faisaient tendrement le tour de la pièce, emportant l'image de ses bien-aimés.

Puis ils se posaient de nouveau sur le livre, et l'énorme visage de la dame d'Enfer rayonnait d'un émerveillement enfantin. En lisant, elle revivait toute l'histoire, la vieille histoire qu'elle leur avait si souvent racontée.

« Alors la porte se ferma et le loquet cliqueta, mais le prince aux yeux d'étoiles et à la bouche en croissant de lune n'en eut cure car il était jeune et fort, et quoiqu'il ne fût pas beau, il avait entendu bien des portes se fermer et bien des loquets cliqueter avant celui-ci, et il ne fut pas effrayé ! Il aurait certainement eu peur s'il avait su *qui* avait fermé la porte. C'était le Nain aux dents de cuivre et aux oreilles à l'envers, plus terrible que la plus terrible des créatures à la robe mouchetée.

« Dès que le prince eut fini de se brosser les cheveux... »

Pendant que la comtesse tournait la page, Nannie Glu levait le troisième et le quatrième doigt de la main gauche.

« Il y aura aussi le docteur Salprune et Mlle Irma, ma chérie. Ils sont toujours invités partout. Je me demande bien pourquoi, car ils ne sont pas de la famille. Mais ils sont toujours là. Oh ! pauvre de moi ! C'est toujours moi qui dois les supporter, toujours moi qui dois tout faire. Il va falloir que je te quitte bientôt, ma folie, pour rafraîchir la mémoire de ta mère qui va encore crier jusqu'à me rendre nerveuse. Mais il faut que j'y aille car elle a sûrement oublié. C'est *toujours* pareil. Alors le docteur et Mlle Irma cela fait deux personne de plus, et deux et deux font quatre. (Nannie Glu reprit haleine.) Je n'aime pas le docteur Salprune, mon bébé. Je trouve qu'il fait trop le fier. Je me sens toute petite et stupide à côté de lui, alors que je ne le suis pas. Mais il est toujours invité, même quand son laideron vaniteux de sœur ne l'est pas. Cette fois-ci elle a été invitée, si bien qu'ils seront là tous les deux. Tu resteras près de moi, hein, ma folie ? Parce qu'il faut que je m'occupe de mon petit roi. Oh ! mon cher cœur ! Je ne suis pas bien. Pas bien, pas bien du tout. Et personne ne s'en soucie, pas même toi. (Sa main ridée agrippa celle de Fuchsia.) Tu t'occuperas de moi ?

– Oui, dit Fuchsia. Mais j'aime bien le docteur. »

Fuchsia souleva le bord de son matelas de plume et fourragea dessous jusqu'à ce qu'elle trouve une petite boîte. Elle tourna le dos à la vieille dame, attacha quelque chose autour de son cou et, quand elle se retourna, le feu solide d'un énorme rubis brillait sur sa gorge.

« Tu dois le porter *aujourd'hui* ! s'écria Nannie. Aujourd'hui, aujourd'hui, vilaine peste, quand tout le monde sera là. Tu seras aussi jolie qu'un agneau en fleur, mon ingrate.

– Non, Nannie. Ce n'est pas comme ça que je le porterai. Pas un jour comme aujourd'hui. Seulement quand je serai seule ou quand je rencontrerai un homme qui me plaira. »

Pendant ce temps, le docteur se prélassait dans un bain chaud parfumé de sels bleus. La baignoire était en marbre veiné, et suffisamment grande pour qu'il pût s'y allonger complètement. Seul son visage d'oiseau émergeait de la surface parfumée de l'eau. Il avait les cheveux constellés de bulles de savon et, dans les yeux, une lueur de malice indescriptible. Son visage et son cou étaient rose vif, comme tout frais sortis d'une fabrique de celluloïd.

Au bout de la baignoire, l'un de ses pieds émergeait des profondeurs. Il le contemplait d'un air railleur, la tête tellement inclinée de côté qu'il avait de l'eau dans l'oreille.

« Jolie pied! s'écria-t-il. Cinq doigts de pied dans la botte et Dieu sait quoi dans la hotte! »

Il se redressa, secoua la tête pour se déboucher l'oreille et se mit à barboter dans l'eau, les yeux clos et la bouche ouverte, les dents scintillant comme des éclairs à travers la vapeur du bain.

Inspirant à pleins poumons (ce qui est une façon de parler vu l'étroitesse de sa poitrine), un sourire sardonique illuminant son visage rose, le docteur poussa un hennissement si perçant qu'Irma, assise à la table de son boudoir, bondit sur ses pieds, éparpillant sur le tapis une collection d'épingles à cheveux. Il y avait trois heures qu'elle faisait sa toilette, sans parler du préambule : l'heure et demie consacrée au bain; et, tandis qu'elle se précipitait vers la porte, une ride barrant son front poudré, elle n'avait pas tant l'air de s'être lavée que celui d'avoir été pelée, ou plumée. Et pourtant, elle était propre, oh! oui, propre et nette, aussi nette qu'une tranche de lard.

« Que diable vous arrive-t-il? J'ai dit : " Que diable vous arrive-t-il, Bernard? " cria-t-elle par le trou de la serrure.

– C'est vous, mon amour? C'est vous? dit faiblement Salprune à travers la porte.

– Qui voulez-vous que ce soit d'*autre*? J'ai dit : " Qui voulez-vous que ce soit d'*autre*? " » hurla-t-elle, tellement corsetée de satin noir qu'elle devait se pencher à angle droit pour coller la bouche au trou de la serrure.

Le rire aigu, insupportable de son frère retentit.

« Ha, ha, ha ! qui d'autre, en effet ? Voyons, réfléchissons un peu. Ce pourrait être la déesse de la lune, mais c'est peu probable, ha, ha, ha ! Ou bien un avaleur de sabres qui aurait besoin de mes services professionnels, ha ! ha ! voilà qui est *moins* improbable... Au fait, dites-moi, belle plante, serait-il possible que vous avaliez des sabres depuis des années sans me le dire ? Ha, ha, ha ! ou je me trompe ? (Sa voix s'éleva.) Des années entières, et des sabres entiers pendus chez le fripier où vous les achetiez pour votre long gosier ! »

Fatiguée de tendre l'oreille, Irma finit par crier, avec colère :

« Je suppose que vous savez que vous allez être en retard. J'ai dit : " Je suppose que vous "...

– Qu'une joyeuse peste vous emporte, ô sang de mon sang ! coupa la voix de fausset. Qu'est-ce que le temps, sœurette aux traits semblables aux miens, dont tu parles avec tant de servilité ? Serions-nous esclaves du soleil, ce faux plat d'or pour attrape-nigaud, ou de sa sœur, ce stupide cercle d'argent ? Maudite soit leur dictature ridicule ! Qu'en pensez-vous, Irma, mon Irma tout enveloppée de rumeurs, Irma à l'incandescente tumeur ? »

Tandis qu'il roucoulait joyeusement, sa sœur se redressa de toute sa taille dans un froufrou de soie, palpitant des narines comme une bête de race. Son frère l'agaçait, et, lorsqu'elle se rassit devant sa coiffeuse, elle s'évertua à faire de petits bruits distingués en passant pour la centième fois sa houppette de poudre sur son long cou immaculé.

« Il y aura aussi Grisamer, dit Nannie Glu. Il sera là parce qu'il sait tout, ma précieuse. Il sait dans quel ordre il faut faire les choses, quand il faut *commencer,* et quand il faut *finir.*

– Il n'y aura personne d'autre, demanda Fuchsia.

– Ne me bouscule pas, répondit la vieille nurse qui plissa ses lèvres comme un pruneau fripé. Tu ne peux pas me laisser souffler une minute. Oui, ça fait cinq, toi, six, et mon petit roi, sept...

– Et toi ça fait huit, dit Fuchsia. Donc c'est toi qui piques.

– Qui piques quoi, ma folie ?

– Rien », dit Fuchsia.

Tandis que, dans différentes parties du château, ces huit personnes se préparaient à se rendre à la bibliothèque, les jumelles, assises toutes raides sur le canapé, regardaient Finelame déboucher une bouteille poussiéreuse. Il l'avait fermement calée entre ses pieds et, penché sur le goulot noir où le tire-bouchon était déjà profondément enfoncé, il retira le bouchon de la longue gorge de cormoran.

Il posa le bouchon intact sur la cheminée, se servit un peu de vin dans un verre et, fronçant ses sourcils pâles, il le goûta d'un air critique.

Penchées en avant, les mains sur les genoux, les tantes ne perdaient pas un seul de ses mouvements.

Finelame sortit de sa poche l'un des mouchoirs de soie du docteur et s'essuya la bouche. Puis il leva le verre de vin vers la lumière et en étudia longuement la transparence.

« Qu'est-ce qui ne va pas, dit lentement Clarice.

– Il est empoisonné ? dit Cora.

– Qui l'a empoisonné ?

– Gertrude. Elle nous tuerait, si elle pouvait.

– Mais elle ne peut pas.

– C'est pourquoi nous allons prendre le pouvoir.

– Et retrouver notre orgueil.

– Aujourd'hui.

– Oui, *aujourd'hui.* »

Elles se prirent les mains.

« C'est un bon cru, Excellences. Un excellent cru. Je l'ai choisi moi-même, car je sais que vous allez l'apprécier à sa juste valeur. Il n'est pas empoisonné, mes très chères. Gertrude vous a empoisonné la vie, mais elle n'a pas empoisonné cette bouteille de vin. Puis-je vous en offrir un verre à chacune afin que nous buvions à notre réussite ?

– Oui, oui, dit Cora. Maintenant. »

Finelame remplit les verres.

« Levez-vous », dit-il.

Les jumelles pourpres se levèrent ensemble, et comme Finelame s'apprêtait à porter un toast, la main droite tenant le verre à hauteur du menton, la gauche plongée au fond de sa poche, la voix blanche de Cora s'éleva :

« Allons boire ce verre sur notre Arbre, dit-elle. Il fait si beau dehors. Sur notre Arbre. »

Bouche bée, Clarice se tourna vers sa sœur, les yeux aussi dénués d'expression que des champignons.

« Oui, allons dehors. Sur notre Arbre. »

Loin d'être irrité, Finelame trouva l'idée divertissante. Après tout, c'était un jour important pour lui. Il avait travaillé dur pour que tout fût prêt, et savait que son avenir dépendait de la réussite de son plan. Il ne s'agissait pas de se féliciter avant que la bibliothèque fût en cendres, mais il sentit que quelques instants de détente ne pourraient que leur faire du bien avant le travail qui les attendait.

Porter un toast sur les branches de l'arbre mort séduisait à la fois son sens du drame, du ridicule et de l'à-propos.

Quelques minutes plus tard, ils traversèrent la chambre des Racines, se suivirent en file indienne sur le tronc horizontal, et s'assirent autour de la table, Finelame entre les jumelles.

L'air du crépuscule qui les enveloppait était immobile. Les tantes n'avaient visiblement pas peur de la chute vertigineuse. Elles n'y pensaient jamais. Finelame jouissait pleinement de la situation, mais n'en évitait pas moins de regarder le gouffre terrifiant qui s'ouvrait au-dessous de lui. Il décida de ne pas abuser de la bouteille. Dans la chaude lumière, les trois verres brillaient d'un feu incandescent sur la table de bois. Le mur ensoleillé les surplombait de trente pieds. Il était aveugle de la base au sommet, à l'exception du tronc latéral de cet arbre mort qui le traversait à mi-hauteur, et de l'ombre exquisément dessinée des branches.

Finelame se leva et fixa les yeux sur une vrille.

« D'abord, mes chères Excellences, permettez-moi de boire à votre santé. A votre inébranlable résolution et à la foi que vous avez dans vos propres destinées. A votre courage. Votre intelligence. Votre beauté. (Il leva son verre.) Je bois », dit-il, et il avala une gorgée.

Au même instant, Clarice porta le verre à ses lèvres, mais Cora la poussa du coude.

« Pas encore, dit-elle.

– Ensuite, je porte un toast à l'Avenir. Et d'abord à l'avenir immédiat. A la tâche que nous nous sommes proposé de mener à bien aujourd'hui. A sa réussite, et aux Beaux Jours qui en résulteront. Au retour de votre Pouvoir et de votre Gloire. Mesdames, à l'Avenir ! »

Cora, Clarice et Finelame levèrent leurs verres dans la lumière chaude. Le coude de Cora heurta celui de sa sœur, et le verre de Clarice roula sur la table, puis sur l'arbre, avant de tomber dans le vide où les rayons du soleil couchant le firent étinceler un instant.

L'incendie

C'était Lord Tombal qui avait eu l'idée de la Réunion, mais lorsque les invités arrivèrent dans la bibliothèque tous les yeux se tournèrent vers Grisamer. Sa connaissance encyclopédique du rituel faisait autorité, et il était le maître de toutes les cérémonies. Debout près de la table de marbre, il était rempli de son importance, car il était le plus vieux et, à son avis, le plus sage.

Des vêtements élégants engendrent sans doute un

sentiment de bien-être, mais être drapé, comme Grisamer, dans de sacro-saints haillons écarlates, c'est vivre dans un monde triomphal, sans rapport avec le prix ni la coupe du vêtement, et se sentir digne d'un rang qu'aucune richesse ne peut acheter.

Grisamer savait qu'à sa demande les garde-robes de Gormenghast s'ouvriraient toutes grandes. Mais il ne le voulait pas. Il avait fait d'inextricables nœuds dans sa barbe poivre et sel, et son visage ancestral, froissé comme un parchemin, luisait dans la lumière du soir qui tombait de la haute fenêtre.

Craclosse avait réussi à trouver cinq fauteuils, qu'il aligna devant la table. Titus sur les genoux, Nannie s'assit à la place d'honneur. Lord Tombal s'assit à sa droite, Lady Gertrude à sa gauche. Chacun d'eux prit une attitude caractéristique. Le comte avait le coude droit appuyé sur le bras du fauteuil et le menton perdu dans la paume de sa main. La dame d'Enfer avait fait disparaître le fauteuil sous sa masse. A sa droite, le docteur avait croisé ses longues jambes et attendait les événements, un sourire frivole sur les lèvres. A l'autre bout de la rangée, le pelvis d'Irma était un bon pied en arrière d'une perpendiculaire, thorax-cou-tête, tremblante d'excitation. Fuchsia n'avait heureusement pas de fauteuil et se tenait derrière eux, les mains dans le dos, tordant entre ses doigts un petit mouchoir vert. Elle vit le vieux Grisamer avancer d'un pas, et se demanda ce qu'on devait éprouver quand on était si vieux et si ridé.

« Je me demande si je serai un jour aussi vieille que lui, pensa-t-elle. Une vieille pomme ridée, plus vieille que ma mère, et même que Nannie. » Elle fixa la masse noire du dos de sa mère. « Qui n'est pas vieux ici ? Personne. Seul ce garçon sans lignage. Ça me serait plutôt égal, mais il est si différent de moi. Trop intelligent pour moi. Et il n'est pas vraiment jeune. Pas comme j'aimerais que soient mes amis. »

Elle parcourut des yeux la rangée de têtes. L'une

après l'autre : de vieilles têtes qui ne comprenaient pas. Son regard se posa enfin sur Irma.

« Elle aussi est sans lignage, se dit Fuchsia, et son cou est bien trop propre. C'est le cou le plus long, le plus mince et le plus drôle que j'aie jamais vu. Je me demande si elle n'est pas une girafe blanche. Une girafe blanche déguisée. »

L'esprit de Fuchsia vola vers la jambe de girafe du grenier. « C'est peut-être la sienne », pensa-t-elle. L'idée lui parut si drôle qu'elle ne put se retenir de pouffer.

Grisamer, qui avait levé sa vieille main pour avertir qu'il allait commencer, sursauta et la foudroya du regard. Nannie Glu serra Titus contre elle, et attendit la suite, l'oreille tendue. Lord Tombal ne bougea pas d'un pouce, mais ouvrit lentement un œil. Comme si le rire étouffé de Fuchsia avait été un signal, Lady Gertrude cria à Craclosse, qui était derrière la porte de la bibliothèque :

« Ouvrez la porte et laissez entrer cet oiseau ! Vous attendez quoi ? »

Elle siffla comme un ventriloque. Une fauvette des bois ondula dans l'air sombre étouffant de la bibliothèque, et vint se poser sur son doigt.

Irma tressaillit, mais elle était trop bien élevée pour se retourner, et laissa au docteur le soin de faire signe à Fuchsia. Il cligna des paupières avec un à-propos exquis sous le verre convexe de ses lunettes, l'œil gauche s'ouvrant et se refermant comme une huître au fond de l'eau.

Troublé par cet appel incongru et par la présence de la fauvette qui se promenait sur le bras de Lady Gertrude, Grisamer releva la tête et tripota sa barbe en y faisant des nœuds coulants.

Sa voix rauque et chevrotante se perdit dans la bibliothèque où ils étaient tous rassemblés, entre les hautes murailles de livres où d'autres mondes étaient enfermés vivants dans le réseau de millions de virgules, de points-virgules, de points, de traits d'union et d'autres symboles.

« Nous sommes réunis dans cette antique bibliothèque, dit Grisamer, à la demande de Lord Tombal, soixante-seizième comte de la maison de Gormenghast et seigneur des terres qui s'étendent de toutes parts, au nord vers les landes désertiques, au sud vers les marais salants, à l'est vers les sables mouvants et la mer étale, à l'ouest vers les crêtes des rochers sans fin. »

Cela fut dit d'un trait, d'une voix faible et monotone. Grisamer s'arrêta pour tousser, puis, reprenant son souffle, poursuivit d'une voix mécanique :

« Nous sommes réunis en ce dix-septième jour d'octobre pour écouter ce que le comte va nous dire. La lune de ce mois est ascendante et la rivière poissonneuse. Les hiboux de la tour des Silex chassent leurs proies comme autrefois, et il est juste que le comte, en ce dix-septième jour d'un mois d'automne, expose le sujet qui le préoccupe. Les devoirs sacrés qu'il n'a jamais hésité à accomplir sont pour l'heure terminés, ce qui est normal car nous entrons maintenant dans la sixième heure du jour... Moi, Grisamer, en tant que Maître du Rituel, Gardien des Documents, et Confident de la famille, je déclare que le soixante-seizième comte peut vous parler sans enfeindre en aucune manière les lois de Gormenghast. Mais, monseigneur, et vous, très révérée comtesse, ajouta Grisamer de sa voix traînante, tous ceux qui sont ici réunis savent que c'est vers l'enfant qui occupe la place d'honneur, que c'est vers Lord Titus que se tourneront nos pensées cet après-midi. Ce n'est un secret pour personne. (Grisamer fut secoué par une horrible quinte de toux.) C'est vers Lord Titus », dit-il en fixant l'enfant d'un regard embrumé.

Puis, élevant la voix, il répéta avec irritation :

« C'est vers Lord Titus. »

Nannie comprit soudain que le vieillard lui faisait signe, et qu'elle devait lever l'enfant à bout de bras, comme une pièce de musée ou un objet à mettre aux enchères. A l'exception du docteur, personne ne regarda l'enfant lorsqu'elle accomplit cet exploit. Salprune faillit croquer la nurse, le moutard et le reste d'un sourire si dévorant que Nannie leva l'épaule et ramena immédiatement Titus contre sa poitrine plate.

« Je vais vous tourner le dos et frapper quatre fois sur la table, dit Grisamer. Glu y posera l'enfant, et Lord Tombal... »

Il fut pris d'une quinte de toux plus violente que jamais. Au même instant, le cou d'Irma trembla légèrement et, suivant l'exemple de Grisamer, elle toussota cinq fois, comme toussote une dame. Elle tourna la tête vers la comtesse pour s'excuser, le front plissé en signe de mécontentement, mais s'aperçut que Lady Gertrude n'avait pas remarqué ses excuses muettes. Ses narines frémirent. L'odeur dominante de la bibliothèque était celle du cuir moisi. Irma n'en avait perçu aucune autre, mais ses narines hypersensibles venaient de détecter quelque chose.

Grisamer mit un certain temps à se remettre. Il finit par se redresser et répéta :

« Glu portera l'enfant jusqu'à la table. Lord Tombal, précédé de son valet, voudra bien avancer lentement et, quand il sera juste derrière moi, me touchera la nuque de l'index de sa main gauche... A ce signal, Glu et moi-même nous nous retirerons. Lord Tombal fera le tour de la table sur laquelle Glu aura posé le bébé, et nous fera face.

– Tu as faim, mon amour? Tu n'as pas trouvé de graines, c'est ça? »

La grosse voix retentit si soudainement, suivant de si près les accents chevrotants de Grisamer, que chacun se sentit personnellement concerné. Tournant la tête, ils s'aperçurent que la comtesse dialoguait avec la fauvette des bois. On ne put savoir si la fauvette répondit, car Irma se remit à toussoter sèchement, avec de moins en moins de distinction, et fut bientôt imitée par le docteur et Nannie Glu, qui remplirent la pièce de bruit.

Effrayé, l'oiseau se mit à voleter. En route vers la table, Lord Tombal s'arrêta et se retourna avec agacement vers la rangée de silhouettes bruyantes. Une légère odeur de fumée, pour la première fois perceptible, lui fit lever la tête et humer l'air avec une lenteur empreinte de mélancolie. Au même instant, Fuchsia sentit des picotements dans la gorge. Elle jeta un coup d'œil dans la pièce et fronça les narines. La fumée, bien qu'encore invisible, s'infiltrait régulièrement dans la bibliothèque.

Salprune s'était levé. La bouche cocassement tordue, il inclina la tête de côté et, joignant ses mains blanches, se permit un coup d'œil rapide tout autour de la pièce.

La comtesse était toujours assise.

« Qu'est-ce qui vous prend, Salprune ? demanda-t-elle d'une voix forte, sans même lever la tête vers lui.

– Ce qui me prend ? répondit le docteur, qui sourit de plus belle, mais garda les yeux en alerte. C'est une question d'atmosphère, madame la comtesse. Si j'osais, pour autant que je puisse en juger si *vite*, ha, ha, ha ! je dirais que c'est une question d'atmosphère qui s'épaissit, ha, ha, ha !

– De la fumée, coupa brusquement la comtesse. Qu'est-ce qui vous prend ? Vous n'avez jamais senti de fumée ?

– Souvent, madame, souvent, répondit le docteur. Mais jamais, permettez-moi de vous le dire, jamais *ici.* »

La comtesse marmonna quelque chose et se cala plus profondément dans le fauteuil.

« Il n'y a jamais de fumée ici », dit Lord Tombal.

Il tourna la tête vers la porte et éleva légèrement la voix :

« Craclosse ! »

L'interminable valet émergea des ombres comme une araignée.

« Ouvrez la porte », dit Lord Tombal d'une voix cassante.

Tandis que l'araignée tournait les talons et retournait à sa toile, le comte fit un pas vers le vieux Grisamer, plié en deux sur la table par une terrible quinte de toux. Il le prit par le coude, fit signe à Fuchsia qui traversa la salle et soutint le vieillard de l'autre côté, et le groupe se dirigea vers la porte dans le sillage de Craclosse.

La dame d'Enfer restait assise, pareille à une montagne, et observait le petit oiseau.

Les verres épais de ses lunettes au-dessus des sourcils, le docteur Salprune s'essuyait les yeux. Il était sur le qui-vive et, dès qu'il eut rajusté ses lunettes, grimaça un sourire à chacun. Son regard s'attarda un instant sur sa sœur, qui s'acharnait à réduire en lambeaux un mouchoir de soie crème richement brodé. On ne voyait pas les yeux d'Irma, cachés derrière les verres fumés des lentilles, mais la ligne mince, humide, tombante des lèvres et le frémissement du nez pointu indiquaient qu'ils papillotaient en larmoyant et embuaient l'intérieur des verres.

Le docteur joignit le bout des doigts, puis, écartant les fines extrémités de ses index, les observa quelques instants tourner l'un autour de l'autre. Dirigeant les yeux vers le fond de la salle, il aperçut le comte et sa fille qui se dirigeaient vers la porte de la bibliothèque en soutenant le vieillard. Quelqu'un – probablement Craclosse – faisait du tapage en luttant avec la lourde poignée de fer.

La fumée gagnait de proche en proche. Se demandant pourquoi diable la porte n'avait pas encore été ouverte, le docteur se mit à scruter la pièce pour essayer de localiser la source des volutes de plus en plus épaisses. Passant devant Nannie Glu, il vit qu'elle avait enlevé Titus de la table de marbre et le tenait serré contre elle, emmitouflé dans des langes qui le cachaient complètement. Des pleurs étouffés s'échappaient du paquet de langes. La petite bouche ridée de Nannie était grande ouverte. La fumée piquante faisait larmoyer ses yeux, plus rouges encore que d'habitude, mais elle était aussi immobile qu'une statue.

« Ma très chère dame, dit le docteur Salprunc, pivotant sur un talon au moment de la dépasser, ma très chère et brave Glu, portez votre minuscule trésor jusqu'à la porte qui, pour une raison trop subtile à comprendre, reste fermée. Pourquoi ? Au nom des courants d'air, je n'en sais rien. Mais c'est ainsi. Elle est fermée. Ne vous découragez pas, ma chère Glu, portez votre fardeau près de cette soi-disant porte et collez sa tête d'épingle au trou de la serrure, qui elle, est sûrement toujours OUVERTE ! Vous n'arriverez sûrement pas à faire passer le bébé à travers, mais vous donnerez de l'air aux poumons de votre petit lord. »

Nannie Glu n'avait jamais su interpréter les longues phrases du docteur, surtout lorsqu'elles lui parvenaient à travers un voile de fumée. Elle comprit seulement qu'elle devait essayer de faire passer Titus par le trou de la serrure, et battit en retraite.

« Non ! Non ! Non ! » cria-t-elle en serrant le bébé dans ses maigres bras.

Le docteur Salprune roula des yeux vers la comtesse. Elle paraissait avoir enfin pris conscience de l'état de la bibliothèque, et se préparait à se lever en rassemblant de grands flots de draperie autour d'elle, avec une lenteur délibérée.

La porte était de plus en plus violemment secouée, mais, s'ajoutant aux ombres qui rampaient partout, la fumée empêchait de voir ce qui se passait.

« Glu, dit le docteur en s'avançant vers elle, allez immédiatement à la porte, en femme intelligente que vous êtes !

– Non ! Non ! » hurla la naine d'une voix si bête que le docteur Salprune, après avoir sorti un mouchoir de sa poche, la souleva et la prit sous le bras.

Enveloppant la taille de Nannie Glu, le mouchoir empêchait les vêtements de la nurse d'entrer en contact avec ceux du docteur. Comme des brindilles noires maltraitées par le vent, les jambes de la vieille femme gesticulèrent quelques instants, puis s'immobilisèrent.

Avant d'atteindre la porte, ils virent Lord Tombal sortir de la fumée.

« La porte est verrouillée de l'extérieur, murmura-t-il entre deux quintes de toux.

– Verrouillée ? demanda Salprune. Verrouillée, monseigneur ? Au nom de tout ce qu'il y a de perfide, voilà qui est intriguant ! Très intriguant. Peut-être même trop intriguant. Qu'en penses-tu, Fuchsia, mon blé en herbe ? Hein ? Ha ! ha ! Faisons marcher nos cellules grises, c'est le moment ou jamais. Par tout ce qui est cérébral, c'est le moment ou jamais ! Peut-on la briser, dit-il en se tournant vers Lord Tombal. La fracturer, monseigneur, lui donner l'assaut à coups de boulets, de bélier et autres délicieux instruments de torture ?

– Trop épaisse, Salprune, répondit Lord Tombal. Quatre pouces de chêne. »

Sa voix lente contrastait étrangement avec le babil rapide, éjaculatoire de Salprune.

Grisamer était assis près de la porte, où il toussait comme si son vieux corps allait se disloquer d'un moment à l'autre.

« Pas de clef pour l'autre porte, poursuivit lentement Lord Tombal. On ne s'en sert jamais. Et la fenêtre ? »

Une lueur d'inquiétude passa pour la première fois sur son visage ascétique. Il se dirigea rapidement vers les rayonnages les plus proches et caressa du bout des doigts les reliures de ses livres. Puis il se retourna avec une vivacité dont il n'était pas coutumier.

« Où la fumée est-elle la plus épaisse ? »

La voix de Salprune sortit de la brume :

« J'ai cherché son origine, monseigneur, mais elle est si épaisse partout que c'est très difficile à dire. Par tous les culs-de-basse-fosse, diaboliquement difficile ! Mais je cherche, ha, ha, ha ! Je cherche. »

Il se mit à rouler des trilles comme un oiseau, puis sa voix perça de nouveau le rideau de fumée.

« Fuchsia chérie! cria-t-il. Ça va? »

Fuchsia avait très peur. Elle avala sa salive avec effort avant de crier à son tour :

« Oui! Oui, docteur Prune.

– Glu! hurla le docteur, mettez Titus près du trou de la serrure... Fuchsia, surveille-la.

– Oui », murmura Fuchsia, qui partit à la recherche de Nannie Glu.

Un cri perçant retentit alors dans la pièce.

Irma avait déchiré le mouchoir de soie crème en si petits morceaux qu'il n'en restait plus rien, et ses mains étant réduites à l'inaction, elle perdit son sang-froid. Elle essaya de s'empêcher de crier en s'enfonçant les ongles dans la chair, mais la terreur fut la plus forte. Oubliant tout ce qu'elle avait appris sur la bonne éducation et les manières des dames, elle se dressa sur la pointe des pieds, les mains crispées sur les cuisses, et un hurlement à glacer le sang d'un ara sortit de sa gorge de cygne.

Une énorme masse tangua dans la fumée, à quelques pas de Lord Tombal, qui aperçut les contours vagues du buste de sa femme. Il se raidit de tous ses membres, car la tête était apparue à l'instant même où Irma avait hurlé. Le timbre de sa voix détonnait tellement avec les proportions de la tête que Lord Tombal frémit d'horreur, comme devant un ventriloque terrifiant. Les sens simultanément assaillis dans des directions différentes, il fut épouvanté par l'idée que Gertrude avait perdu contrôle au point de pousser un cri strident, incompatible avec cette corde de violoncelle un peu lâche qu'elle avait dans la gorge. Il comprit immédiatement que ce n'était *pas* Gertrude qui avait crié, mais l'idée même qu'elle ait pu le faire le rendit malade, et il se dit en un éclair que Gertrude était une femme sèche, au caractère autoritaire, mais qu'il serait affreux de la voir changer.

La tache confuse de la tête de la comtesse changea de direction et il vit le vaste profil vacillant s'éloigner peu à peu, pénétrer dans les épaisses ténèbres de fumée, guidé par l'étoile filante du hurlement d'Irma.

Lord Tombal serra les poings. Les jointures nouées devinrent exsangues et s'agitèrent dans l'air enfumé comme dix yeux de craie, entre la tête et les mains du comte.

Le sang commençait à lui marteler les tempes, et de grosses gouttes de sueur perlaient sur son vaste front blanc.

Il se mordit la lèvre inférieure, les sourcils froncés comme s'il méditait sur quelque problème abstrait. Il savait que personne ne pouvait le voir, car la fumée était presque opaque à présent, mais il s'observait. Il remarqua que ses bras et son corps avaient une raideur excessive. Il découvrit que ses doigts dramatiquement écartés évoquaient un histrion donnant l'alerte. Il devait se contrôler, s'il voulait essayer d'organiser les choses dans la salle enfumée. Il attendit le moment de se reprendre, et s'aperçut qu'il menait un combat désespéré contre lui-même. Il avait du sang sur la langue, et s'était mordu le poignet. Ses mains se livraient un combat mortel, et il eut l'impression que leur étreinte meurtrière et fratricide durait un siècle. Pourtant, la panique n'avait duré que quelques instants, car le hurlement d'Irma lui chantait encore aux oreilles lorsqu'il put desserrer les mains.

Salprune avait rejoint sa sœur et l'avait trouvée prête à pousser un nouveau hurlement. Aussi courtois que d'habitude, le docteur avait pourtant dans ses yeux de poisson quelque chose qui ressemblait à de la décision. Il comprit d'un coup d'œil qu'essayer de raisonner sa sœur équivaudrait à peu près à vouloir christianiser un vautour. Elle se tenait sur la pointe des pieds, les poumons dilatés. Il gifla de sa longue main blanche le long visage blanc, et l'air contenu dans les poumons d'Irma lui sortit par la bouche, les oreilles et le nez. Cela fit un bruit de galets roulés vers la mer dans la nuit noire.

Il la traîna rapidement à travers la pièce, les talons raclant le sol, et, après avoir exploré la fumée d'un pied délicat, il finit par trouver un fauteuil où l'asseoir.

« Irma! lui cria-t-il dans l'oreille, Irma, mon lait tourné, mon humiliant petit plâtre blanc, ne bougez plus! Alfred s'occupera du reste. Vous m'entendez? Soyez sage à présent! Sang de mon sang, restez tranquille, voyons! »

Irma était immobile comme une morte. Seuls ses yeux exprimaient un étonnement profond.

Salprune allait faire un nouvel effort pour essayer de découvrir l'origine de la fumée, lorsque la voix de Fuchsia domina les quintes de toux qu'on entendait résonner aux quatre coins de la bibliothèque.

« Docteur Prune! Docteur Prune! Vite! Vite, docteur Prune! »

Le docteur rabattit élégamment ses manchettes sur ses poignets, essaya en vain de bomber le torse, puis se dirigea au pas de course vers la porte où Fuchsia, Nannie Glu et Titus avaient été vus pour la dernière fois. Lorsqu'il estima avoir franchi l'obstacle des meubles, à mi-chemin de la porte, Salprune accéléra l'allure, augmentant non seulement la longueur mais la hauteur de ses enjambées, de sorte qu'il parut caracoler dans l'air. Il entra brutalement en collision avec quelque chose qui lui sembla être un énorme traversin dressé.

Après avoir éloigné son visage des draperies à odeur de suif qui pendaient autour de lui comme des rideaux, il tendit la main avec précaution et frissonna de la sentir entrer en contact avec de grands doigts.

« Saltrogne? fit l'énorme voix. C'est vous, Saltrogne? »

La bouche de la comtesse s'ouvrait et se refermait à moins d'un pouce de son oreille gauche.

Le carabin gesticulait avec éloquence, mais c'était peine perdue dans la fumée.

« C'est lui, dit-il. Ou plutôt non, c'est Salprune, ajouta-t-il encore plus rapidement que d'habitude. Salprune est plus correct que Saltrogne, ha, ha, ha! Même dans le noir.

– Où est Fuchsia? » dit la comtesse.

Le docteur sentit qu'elle lui agrippait l'épaule.

« Près de la porte, répondit-il, impatient de se libérer des griffes de la comtesse, moins inquiet de la toux et des ténèbres que de l'état dans lequel serait l'étoffe qui lui moulait élégamment l'épaule lorsque la dame d'Enfer aurait fini de la triturer. J'allais à sa rencontre quand nous nous sommes rencontrés, ha, ha, ha! comment dirai-je... d'une manière si palpable, si inévitablement palpable!

– Du calme, petit père! Du calme! dit Lady Gertrude en desserrant son étreinte. Allez la chercher. Ramenez-la ici – et brisez une vitre, Saltrogne, brisez une vitre. »

Le docteur fila comme l'éclair. Lorsqu'il estima être à quelques pas de la porte, il se mit à roucouler.

« Tu es là, Fuchsia? »

Fuchsia était à ses pieds, et il tressaillit en entendant la voix de la jeune fille monter par saccades à travers la fumée.

« Elle est malade. Très malade. Vite, docteur Prune, vite! Faites quelque chose pour elle. »

Le docteur sentit qu'on lui empoignait les genoux.

« Elle est ici, docteur Prune. Je la soutiens. »

Salprune releva son pantalon et s'agenouilla aussitôt. L'atmosphère semblait plus vibrante dans cette partie de la pièce, mais ce n'était certainement pas dû au peu d'air qui entrait par le trou de la serrure. La toux était terrible à entendre. Celle de Fuchsia était profonde et haletante, mais le continuel toussotement presque imperceptible de Nannie Glu inquiéta davantage le médecin. Il chercha à tâtons la vieille nurse et la trouva sur les genoux de Fuchsia. Il glissa la main sur sa poitrine de poussin et sentit que son cœur battait à peine. Une odeur de moisi dans les ténèbres, à sa gauche, puis la toux la plus sèche qu'il eût jamais entendue, comme provoquée par de la poussière de brique, lui révélèrent la présence de Craclosse qui battait l'air comme un épouvantail avec un gros volume arraché au rayon le plus proche. Le vide laissé dans la rangée invisible s'était aussitôt rempli de tourbillons de fumée – une niche étroite et longue remplie de noirceur suffocante, une carie affreuse dans une rangée de dents de sagesse en cuir.

« Craclosse, dit le docteur, vous m'entendez, Craclosse ? Où est la plus grande fenêtre de la pièce, mon bon ami ? Vite, où est-elle ?

– Mur nord, répondit Craclosse. Très haut.

– Allez briser la vitre. Allez-y tout de suite.

– Pas de galerie, dit Craclosse. Impossible à atteindre.

– Ne discutez pas ! Faites marcher vos cellules grises. Vous connaissez la pièce. Trouvez un projectile, mon bon Craclosse, trouvez un projectile, et cassez un carreau. De l'oxygène pour Mme Glu. Elle en a besoin, vous ne trouvez pas ? Par tous les zéphyrs, oui ! Va l'aider, Fuchsia. Trouvez la fenêtre et brisez la vitre. Si vous n'avez pas d'autres projectiles, lancez Irma, ha, ha, ha ! N'aie pas peur, Fuchsia. Après tout, la fumée n'est que de la fumée : elle ne cache pas de crocodiles, oh ! non, ni aucun monstre tropical. Dépêchez-vous, maintenant. Trouvez un moyen quelconque de briser cette vitre et de laisser entrer l'air de la nuit pendant que je m'occupe de la chère Glu et de Titus, ha, ha, ha ! Oh ! oui, mon Dieu, oh ! oui ! »

Craclosse saisit le bras de Fuchsia, et ils s'éloignèrent dans l'obscurité.

Salprune fit ce qu'il put pour secourir Nannie Glu. Employant une thérapeutique plus morale que scientifique, il la convainquit que tout serait fini en un rien de temps, s'assura que Titus pouvait respirer, malgré les langes qui l'emmitouflaient, puis s'assit sur les talons et tourna la tête, frappé par une idée soudaine.

« Fuchsia ! cria-t-il, essaie de trouver ton père et demande-lui de lancer sa badine de jade contre la fenêtre. »

Lord Tombal, qui venait de maîtriser un nouvel accès de panique et s'était presque fendu la lèvre inférieure, répondit d'une voix merveilleusement assurée dès que le docteur eut fini de gazouiller son message.

« Où êtes-vous, Craclosse ? demanda-t-il.

– Ici, répondit Craclosse, quelques pas derrière le comte.

– Approchez-vous de la table. »

Craclosse et Fuchsia s'avancèrent vers la table, qu'ils cherchèrent à tâtons.

« Vous y êtes ?

– Oui, père, dit Fuchsia. Nous sommes là tous les deux.

– C'est toi, Fuchsia ? dit la voix de la comtesse.

– Oui, dit Fuchsia. Vous n'avez rien ?

– As-tu vu la fauvette ? répondit sa mère. La fauvette ?

– Non », dit Fuchsia.

La fumée lui piquait les yeux, et les ténèbres la terrifiaient. Comme son père, elle avait étouffé les hurlements qui montaient dans sa gorge.

La voix de Salprune retentit de nouveau à l'autre bout de la pièce.

« Au diable la fauvette et toute la gent ailée ! Avez-vous trouvé des projectiles, Craclosse ?

– Venez ici, vous, Saltrogne... », commença la comtesse, mais elle ne put continuer car ses poumons se remplirent de volutes noires.

Les respirations devinrent sifflantes et, pendant quelques instants, personne ne fut capable d'articuler un mot. Enfin, on distingua la voix de Lord Tombal :

« Sur la table..., murmura-t-il, le presse-papiers... de cuivre... sur la table. Vite... Fuchsia... Craclosse... cherchez-le. Vous l'avez trouvé... un presse-papiers... en cuivre. »

Les mains de Fuchsia rencontrèrent presque tout de suite le lourd objet de cuivre, et au même instant la place fut éclairée par une langue de feu qui jaillit au milieu des livres, à droite de la porte inutilisée. Elle mourut presque aussitôt, se retirant comme une langue de vipère, puis s'élança de nouveau et monta en spirale, balançant à droite et à gauche sa tête écarlate qui lécha les reliures richement dorées des volumes. Cette fois, elle ne mourut pas, mais des myriades de tentacules grésillants s'enroulèrent autour du cuir, tandis que les titres des volumes brillaient d'une gloire éphémère. Fuchsia ne les oublia jamais, ces quelques titres éclatants dans la première flambée de la mort.

Il y eut un silence terrible, puis, avec un cri rauque, Craclosse se précipita vers les rayonnages à gauche de la porte principale. Le feu avait enflammé un paquet de linge qui gisait sur le sol. Ce n'est que lorsque Craclosse l'eut ramassé et déposé sur la table qu'ils se souvinrent avec horreur de l'octogénaire oublié : le paquet, c'était Grisamer. Le docteur l'examina, mais il lui fut difficile de dire s'il était vivant ou non.

Pendant que Salprune essayait de ranimer le vieillard étendu sur la table de marbre dans ses haillons écarlates, Lord Tombal, Fuchsia et Craclosse prenaient position sous la fenêtre, que l'on distinguait avec une clarté croissante. Le comte fut le premier à lancer le presse-papiers de cuivre, mais ce fut un échec lamentable, preuve finale (s'il était besoin) qu'il n'était pas un homme d'action et s'était conduit avec sagesse en consacrant sa vie aux livres. Puis Craclosse tenta sa chance. Malgré l'avantage de sa taille, il ne réussit pas mieux que le comte, car le calcium s'était traîtreusement déposé dans ses articulations et il avait les coudes complètement rouillés.

Pendant ce temps, Fuchsia avait commencé à grimper le long des rayonnages qui s'élevaient jusqu'à environ cinq pieds de la fenêtre. Tout en grimpant avec peine, les yeux ruisselants et le cœur battant à grands coups, elle précipitait les livres à terre afin de trouver des points d'appui. C'était une ascension périlleuse : les étagères étaient verticales et le bois ciré n'offrait que des prises glissantes.

La comtesse était montée jusqu'à la galerie, où elle

avait trouvé la fauvette affolée, battant des ailes dans un coin sombre. Arrachant une mèche de ses cheveux roux, elle avait soigneusement lié les ailes de l'oiseau. Puis, après avoir caressé de la joue le cœur palpitant de la fauvette, elle l'avait glissée dans l'encolure de sa robe et lui avait permis de descendre dans la grotte obscure de sa vaste poitrine, entre les deux mamelles gigantesques, où elle pourrait oublier la terreur des flammes et reposer dans le nid des nids, plus doux que la mousse, inviolé et tièdement irrigué d'un sang langoureux.

Lorsque Salprune fut certain que Grisamer était mort, il prit l'un des lambeaux écarlates qui traînaient sur la table de marbre, tombant des vieilles épaules, et en couvrit les yeux du Maître du Rituel.

Puis il tourna la tête et examina les flammes. Elles avaient gagné du terrain et couvraient environ le quart du mur est. La chaleur devenait insupportable. Ensuite, il chercha des yeux la porte qui avait été si mystérieusement fermée, et aperçut Nannie Glu, portant Titus dans ses bras, accroupie près du trou de la serrure. C'était le seul endroit possible pour eux.

Si l'unique fenêtre pouvait être brisée et une sorte d'échafaudage dressé dessous, ils auraient peut-être encore une chance de s'échapper à temps. Comment feraient-ils pour redescendre de l'autre côté, c'était une autre paire de manches. Une corde, peut-être. Mais où trouver une corde ? Et où trouver de quoi construire un échafaudage ?

Essayant désespérément de trouver quelque chose d'utilisable, Salprune regarda autour de lui. Irma était étendue de tout son long sur le sol. Elle se contorsionnait comme une anguille qu'on vient de couper en deux et qui garde encore quelques idées personnelles sur les contorsions. Sa belle jupe collante était toute chiffonnée sur les cuisses. Ses ongles vernis labouraient le plancher d'un mouvement convulsif. « Laissons-la se tortiller comme un ver, se dit-il rapidement. Je m'occuperai d'elle plus tard, pauvre chose. »

Il se retourna vers Fuchsia, qui avait presque atteint le sommet des rayonnages et tendait une main tremblante vers la badine à pommeau de jade de son père.

« Tiens bon, Fuchsia, mon enfant... »

Fuchsia perçut vaguement la voix du docteur qui montait vers elle. Un instant, la tête lui tourna et sa main droite, agrippée à l'étagère glissante, faillit lâcher prise. Le voile qu'elle avait devant les yeux se dissipa lentement. Il ne lui était pas facile de balancer la canne de la main gauche, mais elle tendit le bras en arrière pour lancer à la volée le pommeau de jade contre la vitre.

Penchée sur la balustrade de la galerie, la comtesse l'observait en toussant. Entre chaque séisme, elle baissait les yeux et, écartant de l'index l'encolure de sa robe, elle sifflait entre ses dents pour réconforter l'oiseau blotti entre ses seins.

Lord Tombal fixait sa fille sur le mur, au milieu des livres qui dansaient dans la lumière rouge. Les mains du comte avaient repris leur lutte impitoyable, mais son menton délicat était tendu en avant et, dans les yeux mélancoliques, la panique avait fait place à une peur raisonnable chez un homme exposé à un tel péril. Sa maison de livres était en flammes. Sa vie était menacée, et il ne faisait pas un geste. Son esprit sensible avait cessé de fonctionner : il s'était depuis trop longtemps exercé à monter et descendre les gammes philosophiques d'un monde d'abstraction. L'intrusion soudaine de l'univers de l'action avait brisé son ressort. Le rituel que son corps avait accompli pendant cinquante années ne l'avait aucunement préparé à l'inattendu. Il observait Fuchsia, fasciné comme en rêve, tandis que ses mains nouées continuaient à lutter.

Craclosse et Salprune se tenaient juste au-dessous de Fuchsia, qui avait failli lâcher prise.

Lorsqu'elle leva le bras, ils s'écartèrent un peu sur la droite pour éviter les éclats de verre qui risquaient de tomber à l'intérieur.

Fuchsia fixa la fenêtre qu'elle allait essayer de briser,

et ses yeux rencontrèrent un visage encadré d'obscurité, à quelques pas du sien. Il luisait de sueur à la lumière de l'incendie et les flammes qui bondissaient dans la bibliothèque projetaient des ombres rouges sur ses traits. Ses yeux rejetaient l'air blafard comme deux narines et ressemblaient à des tunnels étroits d'où coulait l'air de la nuit.

Et des chevaux les ramenèrent

Dès que Fuchsia reconnut le visage de Finelame, elle laissa échapper la badine, sa main sans force lâcha prise sur l'étagère, et elle tomba en arrière, les cheveux flottants et le corps cambré comme si elle avait reçu un coup.

Craclosse et le docteur firent un bond en avant et réussirent à amortir sa chute. Un instant plus tard, la vitre vola en éclats et la voix de Finelame cria d'en haut :

« Ne vous affolez pas! Je vais faire descendre une échelle. Pas de panique! Surtout, pas de panique! »

Tous les yeux se tournèrent de Fuchsia vers la fenêtre. Dès que la vitre éclata, Salprune protégea Fuchsia en faisant écran de son corps. Le verre brisé ruissela autour d'eux. Un projectile rasa la tête du docteur et se brisa à ses pieds, mais seul Craclosse fut légèrement blessé au poignet.

« Tenez bon! continua Finelame d'une voix animée qui paraissait singulièrement naturelle. Ne restez pas si près, je vais encore casser du verre. »

Ils s'éloignèrent de la fenêtre et l'observèrent en train de nettoyer le cadre en brisant avec un silex les derniers éclats tranchants. Derrière eux, la pièce était une fournaise. Ils avaient le visage ruisselant de sueur, et leurs vêtements étaient presque des torches.

Debout sur les branches latérales de l'échelle de pin, Finelame commença à lutter avec l'autre échelle improvisée qu'il avait dressée près de lui. Ce n'était pas un travail facile. Bandant les muscles de son dos et de ses bras, il souleva peu à peu la longue perche par-dessus son épaule, gardant l'équilibre à grand-peine. Autant qu'il pouvait en juger, l'état de la bibliothèque était suffisamment alarmant pour que le sauvetage fût vraiment spectaculaire. Il dégagea la perche de son épaule et réussit à la faire passer à travers la fenêtre brisée. C'était non seulement un exploit difficile et dangereux, debout comme il l'était en équilibre sur les branches épointées, mais les échelons grossièrement taillés dans le pin qu'il était en train de hisser s'accrochaient à ses vêtements et butaient contre le bord de la fenêtre chaque fois qu'il essayait de glisser le long monstre de résine dans la bibliothèque enflammée.

Il réussit à vaincre ce double obstacle, et le fût d'un pin long de quinze pieds commença de descendre dans l'air enfumé, se balança un instant et atterrit avec fracas devant les prisonniers. Finelame maintenait le haut de la perche, et les plus légers parmi les invités du comte auraient pu grimper tout de suite. Mais Salprune déplaça légèrement la base de l'arbre vers la gauche et le fit pivoter de manière à placer dans l'axe les branches les plus solides.

La tête et les épaules de Finelame étaient maintenant bien visibles à travers la fenêtre. Il fouilla des yeux la fumée rougeâtre. « Beau travail », se dit-il, puis il cria : « Content de vous avoir trouvés! J'arrive! »

Tout réussissait à merveille. Mais il n'y avait pas de temps à perdre. Ce n'était pas encore le moment de chanter victoire. Il s'aperçut que les lattes du plancher avaient pris feu et qu'un serpent de flamme se glissait sous la table.

« L'Héritier de Gormenghast! s'écria Finelame. Où est Lord Titus? Où est Lord Titus? »

Salprune avait déjà rejoint Nannie Glu, qui s'était

effondrée sur l'enfant. Il les prit dans ses bras et revint en courant vers l'échelle. Tout le monde, y compris la comtesse, était au pied du pin. Tout le monde sauf Grisamer, dont les hardes brûlaient lentement. Fuchsia avait traîné Irma par les talons. La sœur du docteur ressemblait à une épave rejetée par la tempête. Finelame, qui s'était faufilé par la fenêtre, se trouvait au tiers de l'échelle et, quand Salprune lui passa Titus, il remonta à reculons et disparut en un éclair.

Il posa le bébé au milieu des fougères au pied du mur de la bibliothèque, et escalada l'échelle extérieure pour aller chercher la vieille nurse. Le corps minuscule de Nannie était presque aussi léger que Titus, et Salprune la fit passer par la fenêtre comme une poupée.

Finelame déposa Nannie à côté de Titus, et revint immédiatement à la fenêtre. C'était maintenant le tour d'Irma, et les difficultés commencèrent. Dès qu'on la toucha, elle se mit à ruer, ruinant ainsi trente années d'efforts et de maintien. Elle n'était plus une dame, et ne pourrait jamais plus l'être car ses pieds d'un blanc si pur n'étaient faits que d'argile. Profitant de l'avantage d'avoir un long cou, elle se remit à hurler, mais ses cris étaient moins perçants, car les volutes de fumée qui remplissaient sa gorge avaient ramolli ses cordes vocales. Il fallait agir d'urgence. A mi-hauteur du pin, Finelame se laissa tomber sur le plancher de la bibliothèque. Il suggéra d'attacher Irma et, aidé du docteur, commença d'arracher des morceaux de sa robe. Ils lui lièrent bras et jambes et lui fourrèrent dans la bouche ce qui restait d'étoffe. Aidés par Craclosse et Fuchsia, ils hissèrent sur l'échelle ce colis récalcitrant, et Finelame, enjambant la fenêtre, le tira dans l'air de la nuit. Une fois dehors, la pauvre Irma fut traitée avec encore moins de décorum. Le garçon aux hautes épaules la fit descendre à toute allure, veillant seulement à se qu'elle ne se rompît pas plus d'os qu'il n'était nécessaire. En fait, elle ne s'en fractura aucun, mais sa chair incomparablement blanche fut meurtrie d'ecchymoses violettes.

Finelame avait aligné trois corps parmi les fougères froides. Il remonta et entendit la voix de Fuchsia.

« Non, je ne veux pas. C'est à *vous*, maintenant. Jc vous en supplie, c'est à *vous*...

– Tais-toi, répondit la comtesse. Ne perds pas de temps. Fais ce que je te dis, ma fille ! Tout de suite !

– Non, mère, non...

– Ma chère Fuchsia, dit Salprune, tu seras dehors en deux temps trois échelles, ha, ha, ha ! Cela en économisera une, ma gitane ! Dépêche-toi maintenant.

– Ne reste pas là à bayer aux corneilles ! » dit la comtesse.

Fuchsia jeta un coup d'œil sur le médecin. Il paraissait si différent de ce qu'il était d'ordinaire, le front moite et les yeux aveuglés de sueur.

« Grimpe ! dit Salprune. Allez, allez ! »

Fuchsia se tourna vers l'échelle et, après un ou deux faux pas, disparut par la fenêtre.

« Très bien, ma chérie ! cria le docteur. Va vite retrouver Nannie ! Et maintenant... et maintenant, Votre Seigneurie, c'est à vous. »

La comtesse commença son ascension, brisant à chaque pas les branches qui servaient de barreaux, mais il y avait quelque chose d'inéluctable dans le mouvement de son corps.

Mue par une force plus obstinée que celle de la vie, elle se hissa laborieusement jusqu'à la fenêtre, les flammes de l'incendie rougeoyant sur sa robe noire. Il n'y avait personne de l'autre côté pour l'aider, car Finelame était dans la bibliothèque. Pourtant, malgré ses contorsions et la gaucherie de sa sortie – la dernière vision qu'ils eurent d'elle fut celle de son arrière-train disparaissant interminablement dans la nuit – elle ne fut jamais ridicule, gardant une dignité sereine qui inspirait une sorte de respect religieux.

Il ne restait que Lord Tombal, Salprune, Craclosse et Finelame.

Salprune et Finelame se tournèrent rapidement vers le

comte pour lui faire signe de suivre sa femme, mais Lord Tombal avait disparu. Le temps pressait, car les flammes crépitaient autour d'eux. Mélangée à l'odeur de fumée, on sentait l'odeur du cuir qui brûlait. Le comte ne pouvait pas être loin, à moins qu'il eût pénétré dans les flammes. Ils le trouvèrent près de l'échelle, dans un renfoncement plus ou moins protégé de la fournaise. Il caressait du bout des doigts les reliures dorées des œuvres complètes des dramaturges martroviens, et le sourire qui errait sur son visage glaça le cœur des trois hommes. Même Finelame fut touché par ce sourire, et il observa le comte avec gêne, sous ses sourcils couleur de sable. De minces filets de salive commençaient à engluer les coins de la bouche sensible de Lord Tombal. C'était le rictus d'un animal mort, quand la gueule se rétracte vers les oreilles et découvre les dents.

« Prenez-les, prenez vos livres, monseigneur, et venez, venez vite! dit brusquement Finelame. Lesquels voulez-vous? »

Lord Tombal se retourna vers eux. Il se raidit, dans un effort surhumain pour immobiliser les mains le long de ses hanches, et se dirigea immédiatement vers l'échelle de pin.

« Je suis désolé de vous avoir fait attendre... », dit-il, et il se mit à grimper rapidement.

Lorsqu'il fut de l'autre côté de la fenêtre, ils l'entendirent répéter, comme pour lui-même : « Je suis désolé de vous avoir fait attendre. » Puis il eut un petit rire sec, semblable au rire d'un fantôme.

Il n'était plus temps de faire des courbettes, car ils avaient le souffle brûlant du feu sur les talons, et la pièce commençait à se soulever autour d'eux. Pourtant, Finelame parvint à se maîtriser.

Dès que Craclosse et le docteur eurent disparu, il grimpa comme un chat, et s'assit à califourchon sur la fenêtre avant de redescendre de l'autre côté. Sur le fond noir de la nuit d'automne, il ressemblait à une statue blafarde, aux yeux semblables à des grenats étincelants dans la lumière rouge.

« Beau travail, murmura-t-il pour la deuxième fois. Très beau travail. » Puis il glissa l'autre jambe par-dessus le rebord de la haute fenêtre, et cria : « Il ne reste plus personne ?

– Grisamer, dit Salprune d'une voix flûtée, mais sans timbre. Il reste Grisamer. »

Finelame se laissa glisser le long de la perche.

« Mort ? demanda-t-il.

– Oui », dit Salprune.

Personne ne dit mot.

Dès que les yeux de Finelame furent habitués à l'obscurité, il remarqua que le sol autour de la comtesse était d'un blanc mat. C'était un sol mouvant, et il mit quelques instants à comprendre que les chats blancs s'étendaient comme une marée aux pieds de Lady Gertrude.

Aussitôt que sa mère l'eut rejointe, Fuchsia se mit à courir vers le château, butant en gémissant sur les racines des arbres. Le temps qu'elle mit à atteindre les bâtiments principaux lui parut une éternité. Malgré sa fatigue, elle réussit à trouver trois palefreniers, leur ordonna de seller des chevaux et de se rendre immédiatement à la bibliothèque. Fuchsia fut hissée sur un cheval et se mit à pleurer, brisée par le choc, ses larmes traçant des sillons saumâtres sur la rude crinière de sa monture.

Quand les sauveteurs parvinrent à la bibliothèque, le petit groupe s'était déjà mis en route. Craclosse portait Irma sur l'épaule, Salprune portait Nannie Glu dans ses bras, Titus partageait le nid de la fauvette dans le sein de la comtesse, et Finelame accompagnait Lord Tombal, guidant le comte dans le sillage des autres, en le tenant respectueusement par le coude.

A l'arrivée des chevaux, la procession était pratiquement immobile. Chacun se hissa sur une monture. Les palefreniers, qui tenaient les brides, se retournaient parfois et jetaient des regards effarés sur la grande tache de lumière qui dansait et saignait dans la nuit, comme une blessure palpitante entre les squelettes noirs des pins.

Ils revinrent lentement. Une foule de serviteurs accourus à leur rencontre bordait le sentier, muette d'horreur. L'incendie n'avait pas été visible du château, car le toit de la bibliothèque ne s'était pas effondré et l'unique fenêtre était cachée par les arbres. Mais, à l'arrivée de Fuchsia, la nouvelle s'était répandue comme une traînée de poudre. La nuit qui avait commencé si tragiquement chavira dans les fumées, et l'aube s'ouvrit à l'est comme une fleur glacée sur les décombres de l'unique refuge de Lord Tombal. Sur les étagères calcinées, s'alignaient les livres gris et noirs, cadavres de pensées couverts de cendres. La table de marbre décoloré trônait toujours au milieu de la pièce, et le squelette de Grisamer reposait sur le marbre. La chair et les rides avaient disparu et la toux s'était éteinte à jamais.

Le chef laisse une carte de visite

Les vents lugubres qui soufflent entre la fin de l'automne et le début de l'hiver avaient arraché les dernières feuilles qui se balançaient encore dans les coins les plus abrités des Bois d'Epines. Ailleurs, les branches des arbres étaient nues depuis des semaines, mais la saison froide avait cessé de pleurer et, du bûcher roux des feuilles, jaillit une voix étrangère aux larmes. Un souffle violent emplit l'air et commença de se propager à travers Gormenghast. La mort de la sève, du soleil et des chants d'oiseaux donna naissance à une vie nouvelle, à une vie-dans-la-mort qui combla le vide de la nature.

Le vent portait toujours la plainte de novembre, mais, à mesure que les nuits succédaient aux nuits, la longue note traînante faisait de moins en moins partie de la musique nouvelle qui montait à l'assaut des remparts, et berçait ceux qui dormaient ou essayaient de dormir dans le château. Les ténèbres résonnaient de passions de plus en plus menaçantes, haine, colère, douleur, et les voix de meute de la vengeance.

Un soir, plusieurs semaines après l'incendie, environ une heure avant minuit, Craclosse prit sa faction devant la chambre de Lord Tombal. Bien qu'habitué aux lattes froides du plancher, son seul lit depuis des années, il sentit, en cette nuit de novembre, un frisson pénétrer dans ses os pierreux et une douleur lancinante lui cisailla les jambes. Le vent sifflait et hurlait partout dans le château. Des courants d'air glacés balayaient le couloir et Craclosse entendait le bruit des portes qui s'ouvraient et se fermaient dans les étages. Il était capable de deviner l'approche d'un courant d'air depuis les remparts nord du château, car il connaissait le gémissement de chaque porte claquant dans le lointain : les bruits devenaient de plus en plus forts, puis les lourds rideaux moisis suspendus au bout du couloir, quarante pieds plus loin, se soulevaient en mugissant et la dernière porte se mettait à torturer son unique gond rouillé. Craclosse savait qu'il allait être transpercé par la lance glacée d'un nouveau courant d'air.

« Me fais vieux », murmura-t-il en se frottant les cuisses et en se recroquevillant comme un porte-bois devant la porte.

Il avait dormi profondément l'hiver dernier, quand la neige était tombée en couches épaisses sur Gormenghast. Il se rappelait avec dégoût comment elle tapissait les fenêtres et collait aux vitres, menaçant de les faire éclater, et d'envahir le château d'une écume sanglante lorsque le soleil se couchait sur la montagne.

Ce souvenir le troubla, et il comprit obscurément que la raison pour laquelle le froid l'affectait de plus en plus durant ces nuits désolées n'avait rien à voir avec l'âge. Son corps était endurci au point de ressembler davantage à du bois qu'à de la chair et du sang. La nuit, il est vrai, était particulièrement glaciale, houleuse et bruyante, mais, quatre nuits plus tôt, il n'y avait pas eu le moindre souffle de vent, et il avait été secoué de frissons.

« Me fais vieux », grinça-t-il de nouveau entre ses longues dents jaunes.

Mais il savait qu'il mentait. Aucun froid au monde ne pouvait le faire frissonner de cette façon : il avait les cuisses et les avant-bras douloureux, car ses poils se hérissaient comme des barbelés jusqu'à sa nuque. Avait-il peur? Oui, comme le commun des mortels, mais la sensation qu'il éprouvait était très différente de celle des autres hommes. Il n'avait pas peur des ténèbres, des portes qui claquaient au loin, des hurlements du vent. Il avait passé toute sa vie dans la pénombre d'un monde sinistre.

Craclosse se retourna de façon à commander des yeux la cage de l'escalier, bien qu'il fît trop sombre pour distinguer les dernières marches. Il fit craquer l'une après l'autre les jointures de sa main gauche, mais c'est à peine s'il entendit leur bruit sec, car une nouvelle rafale de l'ouragan secoua toutes les fenêtres et les portes se mirent à claquer dans les ténèbres. Il avait peur, depuis des semaines. Pourtant, c'était loin d'être un lâche : il y avait quelque chose de dur, de tenace en lui. Une sorte d'obstination qui jugulait sa panique.

La tempête sembla soudain atteindre son paroxysme, puis se calma d'un seul coup; mais le silence ne dura que quelques secondes. Changeant de tactique, l'ouragan attaqua d'un autre côté, déversant des bataillons de grêle et de pluie sur les murs du château, avec une violence meurtrière.

Pendant les quelques instants de silence entre les deux bouffées de tempête, Craclosse s'était dressé comme un ressort, tous les muscles glacés. Serrant le poing contre sa bouche, il avait introduit de force une jointure entre ses dents pour les empêcher de claquer et, les yeux fixés sur l'escalier noir, avait distinctement entendu un son à la fois proche et lointain, horriblement clair. Dans cet hiatus de silence, les bruits du château étaient devenus impossibles à localiser, et une souris grignotant sous le plancher pouvait aussi bien se trouver à quelques pas que plusieurs salles plus loin.

Le son que Craclosse entendait était celui d'un couteau qu'on aiguisait soigneusement. A quelle distance, il était incapable de le dire. C'était un son dans le vide, une chose abstraite, et pourtant le fil chantait d'une façon intolérablement aiguë, comme si la lame était aiguisée à moins d'un pouce de son oreille.

Le nombre de fois qu'elle passa et repassa sur la pierre est sans importance. Pour Craclosse, le frottement de l'acier sur la meule sembla durer la nuit entière. L'aube aurait pu poindre et le surprendre en train d'écouter. En réalité, le bruit ne dura que quelques instants, et, quand la seconde rafale surgit contre les murs du château, Craclosse était à quatre pattes, pointant la tête en direction du grincement, la bouche déformée par un rictus.

La tempête fit rage toute la nuit, mais, accroupi devant la porte de son maître, il n'entendit plus l'horrible grincement.

Lorsque l'aube parut, couvrant la noirceur des terres d'un voile de pollen gris, Craclosse avait les yeux ouverts, le menton agressivement posé dans ses poignets, les mains pendant comme des poids morts au-dessus de ses genoux relevés. L'air s'éclaircit lentement. Etirant l'un après l'autre ses membres pleins de courbatures, Craclosse se leva avec raideur, et rentra la tête dans ses épaules. Puis il prit la clef de fer qu'il avait entre ses dents, et la laissa tomber dans la poche de sa veste.

En sept pas lents, il atteignit la cage de l'escalier, et plongea les yeux dans ce puits glacial. Les marches semblaient descendre à l'infini. Parcourant du regard la spirale, il remarqua un petit objet ovale posé au centre d'un des paliers, environ quarante pieds plus bas. Craclosse tourna la tête vers la porte de Lord Tombal.

Le ciel avait épuisé sa fureur et le silence régnait.

Il descendit, la main sur la rampe, réveillant les échos tapis à tous les étages.

Quand il atteignit le palier, une fine lance de lumière traversa une fenêtre au levant, et fit danser une tache claire contre le mur, à quelques pas de l'endroit où il se trouvait. Ce filet de lumière accentuait les ombres, et Craclosse dut tâtonner pour trouver l'objet. Il prit dans ses mains calleuses cette chose molle et répugnante, et sentit une odeur qui l'écœura, mais il lui était impossible de voir ce que c'était car sa main projetait une ombre sur le losange lumineux du mur. Alors, il éleva l'objet vers le rayon de soleil et vit une minuscule pâtisserie décorée avec un luxe inouï. Les bords de la friandise étaient admirablement ouvragés : une chaîne en faisait le tour, chaque maillon incrusté d'une frêle substance couleur de corail, encerclant une petite arène de sucre glacé, vert jade, dans laquelle la lettre « L » se tordait comme un serpent de crème.

Où l'on déterre Brigantin

Epuisé par une journée de rituel, où il avait fait trois fois l'ascension de la tour des Silex par l'escalier de pierre, pour poser un verre de vin sur un coffret d'armoise placé au sommet d'une tourelle bleue, le comte se retira dans sa chambre dès qu'il eut accompli ses devoirs, et prit une dose de laudanum plus forte que celle dont il avait l'habitude. Il apportait au travail de la journée une ferveur sans pareille. L'attention qu'il donnait au moindre détail, la compréhension minutieuse et l'application avec lesquelles il accomplissait ces cérémonies monotones, prouvaient clairement que sa vie avait pris un nouveau tournant.

La perte de sa bibliothèque avait été un coup terrible, mais il n'avait pas encore enduré le pire. Sous le coup de la tragédie, il avait compris d'instinct que son seul espoir de salut était de ne jamais y penser, et de s'adonner corps et âme au rituel quotidien. Pourtant, à mesure que les semaines passaient, il lui était de plus en plus difficile de chasser de son esprit l'horreur de cette nuit. Les livres qu'il aimait, non seulement pour leur contenu mais pour eux-mêmes, pour la qualité de leur papier et leur typographie, surgissaient devant ses yeux en lui rappelant qu'il ne pourrait jamais plus les feuilleter ni les lire. Ses livres étaient en cendres, et en cendres les pensées qu'ils contenaient, mais ce qui était le plus douloureux, c'était d'avoir perdu le seul refuge où il méditait pendant des heures, porté sur les ailes silencieuses de la rêverie. Pas un jour ne passait sans qu'il fût hanté par l'image d'un volume particulier, ou d'une série de volumes dont la place exacte sur le mur était à jamais gravée dans sa mémoire. Afin d'échapper à ce vide cruel, Lord Tombal fit un effort surhumain pour fixer son attention sur les cérémonies qu'il devait accomplir chaque jour. Il n'avait pas essayé de sauver un seul volume des rayonnages. Même lorsque les flammes bondissaient autour de lui, il savait que chaque phrase échappée au feu serait amère comme du fiel, et l'aiguillon d'une torture sans fin. Mieux valait avoir ce trou béant dans le cœur que d'être nargué par un seul volume. Pourtant, à mesure que les jours passaient, le comte sentait ses forces l'abandonner.

Peu après la mort de Grisamer, Gormenghast se souvint que le vieux bibliothécaire avait un fils, et des recherches furent entreprises sur-le-champ. On mit très longtemps à découvrir sa silhouette assoupie dans le coin d'une chambre au plafond très bas. Il fallait se plier en deux pour pénétrer dans la pièce par une porte de noyer d'une saleté repoussante. Après avoir courbé les épaules sous le linteau pourrissant, il était impossible de se redresser : le plafond s'était affaissé à hauteur du linteau, sauf au centre de la chambre où il se renflait comme un ventre en décomposition, noir de mouches. La pièce était éclairée par un unique soupirail, et les envoyés de Gormenghast furent d'abord incapables de distinguer s'il y avait quelqu'un. Ce n'est qu'après avoir trébuché contre une table aux pieds sciés à mi-hauteur qu'ils découvrirent Brigantin, le fils du vieux Grisamer, couché sur un matelas de paille. Les serviteurs furent épouvantés par la ressemblance entre le fils et le père défunt. Mais, lorsqu'ils remarquèrent que le vieillard couché sur le dos, les yeux fermés, n'avait qu'une jambe et que cette jambe unique était atrophiée, ils éprouvèrent un tel soulagement qu'ils se redressèrent, se cognèrent la tête contre le plafond, et se retrouvèrent à quatre pattes sur le plancher. Brigantin les observait. Soulevant le pilon de sa jambe atrophiée, il en frappa le matelas avec irritation, faisant voler un nuage de poussière.

« Qu'est-ce que vous voulez ? »

Sa voix était aussi sèche que celle de son père, mais plus forte que ce qu'une différence d'âge de vingt ans eût laissé croire. Brigantin avait soixante-quatorze ans.

Le serviteur le plus proche se leva péniblement, toucha le plafond des omoplates et, la tête écrasée contre la poitrine, dévisagea Brigantin d'un air stupide, bouche bée. L'autre valet, un être courtaud et fruste, caché par l'homme aux lèvres molles, répondit sottement du fond des ombres :

« Il est mort.

– De qui parlez-vous, imbécile ? dit l'irritable septuagénaire, qui se souleva sur le coude et fit voler d'un coup de pilon un nouveau nuage de poussière.

– Votre père, répondit la bouche molle avec l'empressement de qui apporte une bonne nouvelle.

– Comment ? cria Brigantin dont la colère montait.

Comment ? Quand ? Ne restez pas là à me regarder comme des mulets puants...

– Hier, répondirent-ils. Brûlé vif dans la bibliothèque. Ne reste que les os.

– Les détails ! hurla Brigantin, moulinant du moignon, en faisant comme son père d'inextricables nœuds dans sa barbe. Les détails, têtes de lard ! Dehors ! Fichez-moi le camp d'ici, maudits imbéciles ! »

Fourrageant dans l'obscurité, il trouva sa béquille et se leva en prenant appui sur sa jambe atrophiée. Elle était si courte qu'il se dirigea vers la porte sans avoir besoin de baisser la tête pour éviter le plafond. Il avait environ la moitié de la taille des serviteurs accroupis, mais passa entre les deux silhouettes comme un furieux petit nuage de haillons, et se glissa sous la porte basse à la manière dont les enfants s'engouffrent sous une table pour émerger triomphalement, la tête en l'air, de l'autre côté.

Les serviteurs entendirent le bruit de sa béquille qui frappait le sol du couloir, alternant avec celui de sa jambe atrophiée. La première chose à faire était de prendre possession des appartements de son père et des innombrables clefs, puis de trouver et de revêtir la toile de sac écarlate qui avait été prévue pour lui le jour où Grisamer mourrait, enfin d'avertir le comte qu'il était instruit de ses fonctions, car il les avait étudiées depuis cinquante-quatre ans, ne s'accordant que quelques instants pour dormir ou contempler une tache de moisissure à l'endroit où le plafond de la chambre était renflé comme un ventre.

Brigantin se montra tout de suite d'une efficacité intransigeante. Le bruit de sa béquille devint le signe d'une activité fiévreuse. On aurait juré qu'approchait une lettre dure, inflexible de la loi d'Enfer – la lettre d'airain de la tradition.

Ce fut une bénédiction pour le comte, car, avec un homme aussi intraitable sur l'étiquette, il était impossible d'accomplir le travail quotidien sans une répétition sérieuse chaque matin. Brigantin insistait pour que Lord

Tombal apprît par cœur tous les discours à prononcer au cours de la journée et connût les moindres détails des cérémonies.

Cela occupait le comte pendant de longues heures, et l'empêchait de penser. Mais, à mesure que les semaines passaient, le choc qu'il avait subi commençait à faire son effet, et l'insomnie rendait chaque nuit plus terrible que la précédente.

Les narcotiques étaient impuissants à l'aider. Quand, après avoir pris une dose à assommer un bœuf, il sombrait enfin dans le noir, son sommeil était rempli de formes monstrueuses qui le hantaient au réveil, d'ailes gigantesques et puantes s'agitant autour de sa tête et infectant sa chambre de chauds relents de plumes pourrissantes. Sa mélancolie habituelle se transformait de jour en jour en quelque chose de plus sinistre, et, par moments, un sourire plus affreux que les plus sombres linéaments de la douleur profanait le masque funèbre de son visage décomposé.

Une étrange lumière traversait son regard glacial, comme si la lune se reflétait dans ses prunelles agrandies; ses lèvres s'ouvraient, et l'entaille de sa bouche se relevait très haut, dessinant une courbe profonde.

Finelame avait prévu que, tôt ou tard, la folie s'emparerait du comte, et l'intransigeante et efficace apparition de Brigantin le contraria. Il avait projeté de reprendre les fonctions du vieux Grisamer, car personne d'autre au château ne pouvait comprendre les multiples facettes du rituel. Si ce béquillard qui connaissait par cœur les moindres lois n'avait déjà été dans la place, l'autorité de ses nouvelles fonctions aurait non seulement permis à Finelame d'avoir mainmise sur le comte, mais de pénétrer peu à peu jusqu'au cœur secret de Gormenghast. Sa puissance aurait centuplé. Mais il n'avait pas compté avec les principes millénaires qui rendaient la forteresse inexpugnable. Les postes clefs se transmettaient de père en fils, ou de compagnon à compagnon, et l'initié était lié par le secret. Des siècles d'expérience avaient veillé à ce qu'il n'y eût pas le moindre accroc dans le flot régulier et complexe des coutumes immémoriales.

Personne n'avait entendu parler de Brigantin depuis plus de soixante ans, mais, à la mort du vieux Grisamer, Brigantin apparut sur la scène poussiéreuse, et le lent spectacle de Gormenghast continua de se jouer parmi les ombres.

Malgré cette déconvenue, Finelame avait tiré le maximum de son rôle de sauveteur. Craclosse le traitait avec un respect muet. Il n'avait jamais su quelle conduite adopter avec Finelame et, quand ils s'étaient rencontrés, un mois plus tôt devant la porte du jardin des Salprune, Craclosse avait reculé comme si ce gamin énigmatique tiré à quatre épingles avait été un fantôme. Dans son esprit, le jeune Finelame faisait figure d'apparition. D'une manière incompréhensible, la vie du comte, de Lady Gertrude, de Titus et de Fuchsia avait été sauvée par ce garnement qu'il regardait avec une antipathie mêlée d'une sorte de crainte religieuse et d'un brin d'admiration. Pourtant, il n'était pas devenu moins intransigeant, et il répugnait à traiter d'égal à égal un apprenti des cuisines de Lenflure.

Brigantin était également une pilule amère à avaler, mais Craclosse comprit tout de suite que le vieillard était un homme intègre et obstinément attaché à la tradition.

Moins attirée par l'art raffiné de la procédure, Fuchsia détestait le vieillard et s'enfuyait à son approche – sans aucune raison particulière, mais avec la haine de la jeunesse pour l'autorité dévolue à l'âge.

A mesure que les jours passaient, elle se surprit à guetter le son de la béquille frappant rageusement le sol, comme une série de détonations.

Premières répercussions

Incapable de concilier l'héroïsme de Finelame avec le visage qu'elle avait aperçu derrière la fenêtre avant de tomber, Fuchsia commença à traiter le jeune homme avec de moins en moins d'assurance. Elle admirait son ingéniosité, ses diableries, la parole qui coulait si facilement de ses lèvres, alors qu'elle-même avait tant de difficultés. Elle admirait sa froide efficacité et la haïssait, s'étonnait de sa vivacité et de sa confiance en lui. Plus elle le voyait, plus elle reconnaissait qu'il avait une nature à la fois plus fine et plus vive que la sienne. La nuit, son pâle visage aux yeux rapprochés lui apparaissait sans cesse, et elle se réveillait en sursaut en se rappelant comment il leur avait sauvé la vie. Fuchsia l'observait avec attention, mais n'arrivait pas à le comprendre. Finelame était devenu un personnage important, un rouage essentiel dans la vie centralisée du château. Il s'était insinué avec une telle subtilité chez tous ceux qui avaient un rôle à jouer que, lorsqu'il fit irruption sur la scène pour sauver la famille de la bibliothèque en feu, cet acte de courage fit converger sur lui tous les feux de la rampe.

Il habitait toujours chez les Salprune, mais espérait secrètement s'installer dans une grande chambre spacieuse, avec une fenêtre qui laissait pénétrer le soleil du matin. Cette pièce se trouvait dans l'aile sud, au même étage que les appartements des jumelles. Il avait peu de raisons de rester chez le docteur, qui ne semblait pas assez conscient de son nouveau statut et lui posait des questions sur le sauvetage : comment il avait trouvé le pin déjà abattu et émondé, et divers autres détails auxquels il ne lui était pas difficile de répondre. Finelame avait une réponse prête pour toutes les questions possibles et imaginables, mais celles de Salprune étaient désagréablement perspicaces. Le carabin avait fait son temps. Il lui avait servi de marchepied, mais le moment était venu d'avoir une chambre, ou un appartement, dans le château même afin de surveiller les choses de plus près.

Depuis l'incendie, Salprune semblait avoir perdu sa voix. Lorsqu'il ouvrait la bouche, on entendait toujours le débit rapide et léger d'une flûte, mais, s'il passait des heures dans le fauteuil du salon, souriant à tous ceux qu'il apercevait, dans un éclair de dents plus éblouissant que jamais, il y avait quelque chose de méditatif dans ses grands yeux, roulant d'un bord à l'autre des verres épais de ses lunettes. Irma, qu'on avait été obligé d'attacher sur son lit, et à qui on tirait une pinte de sang un mardi sur deux, avait maintenant la permission de descendre l'après-midi. Elle restait tristement assise, déchirant des draps de calicot qu'on apportait chaque matin près de son fauteuil. C'était une sorte de calmant et elle passait des heures à ce gaspillage monotone et bruyant, ruminant sans cesse le fait qu'elle n'était plus une dame.

Nannie Glu était encore très malade. Fuchsia faisait tout ce qu'elle pouvait pour sa nurse. Elle avait transporté le lit de la vieille dame dans sa propre chambre, car Nannie avait très peur du noir, qu'elle associait à la fumée.

Titus semblait le moins affecté par l'incendie. Ses yeux restèrent quelque temps injectés de sang, et il attrapa un gros rhume, mais Salprune le prit chez lui tant qu'il fut enrhumé.

Les os du vieux Grisamer avaient été enlevés de la table de marbre, au milieu des décombres et des livres en cendres.

On avait confié à Craclosse le soin d'aller chercher les restes du bibliothécaire, et de les ramener dans la cour des domestiques où l'on fabriquait un cercueil avec de vieilles caisses. L'interminable valet vit tout de suite que le squelette calciné serait difficile à transporter. La tête ne tenait plus très bien. Craclosse se gratta pensivement le crâne et décida de porter dans ses bras ces reliques cliquetantes, comme un bébé. C'était plus respectueux, et cela diminuait le risque de casse.

Ce soir-là, tandis qu'il revenait à travers bois, la pluie se mit à tomber avant qu'il eût atteint la lisière, et à mi-chemin de la friche qui séparait les pins de Gormenghast, la pluie coulait à flots sur les os et le crâne qu'il portait dans ses bras, l'eau bouillonnant dans les orbites. Craclosse avait les vêtements trempés, et l'eau giclait dans ses bottes. Quand il arriva près du château, il pleuvait tellement qu'il n'y voyait pas à dix mètres. Un bruit le fit soudain tressaillir, mais il n'eut pas le temps de se retourner. Une douleur aiguë lui transperça le crâne et, s'affalant sur les genoux, il lâcha le squelette et s'évanouit sur le sol détrempé. Il ne put dire s'il avait perdu conscience une minute ou une heure, mais la pluie tombait encore à verse lorsqu'il revint à lui. Il se toucha la nuque, et sa grande main calleuse sentit une bosse de la grosseur d'un œuf de cane. La douleur était lancinante et lui traversait le cerveau de part en part.

Il se souvint du squelette et se mit péniblement à genoux. Encore étourdi, il distingua vaguement le contour luisant des os, mais, quand le coton qu'il avait sur les yeux se dissipa, il constata que la tête avait disparu.

Les funérailles de Grisamer

Brigantin officia aux funérailles de son père. Il n'était pas question d'ensevelir les os sans le crâne. Il était certes regrettable que le crâne enseveli ne fût pas le bon, mais le corps devait absolument être entier avant de reposer en terre. Craclosse avait raconté sa mésaventure, et la bosse derrière l'oreille gauche attestait sa véracité. Le lâche agresseur avait disparu sans laisser la moindre trace, et personne n'arrivait à imaginer le motif d'un acte si cruel et si gratuit. Deux jours passèrent en vaines recherches. Il fut impossible de retrouver l'ornement manquant. A la tête d'un groupe de palefreniers, Finelame insista pour visiter les caves à vin. Il y avait tant de niches et de recoins que c'était, selon lui, un endroit idéal pour cacher un crâne. Il y avait longtemps qu'il désirait connaître l'étendue de ces voûtes. Les fouilles à la bougie à travers un labyrinthe de celliers et de couloirs humides bordés de bouteilles poussiéreuses infirmèrent sa théorie, et, quand toutes les patrouilles furent revenues les mains vides, il fut décidé que les os seraient ensevelis le lendemain soir, avec ou sans tête.

Comme il était sacrilège de déterrer un corps du cimetière des domestiques, Brigantin décida qu'un crâne de veau ferait l'affaire. Lenflure fournit le veau, et le crâne bouilli et débarrassé de sa chair fut séché et verni. Comme l'heure des funérailles approchait, et qu'il n'y avait toujours pas trace du crâne originel, Brigantin envoya Craclosse chercher des flots de ruban bleu dans la chambre de Nannie Glu. Le crâne de veau était presque parfait : posé de biais, il paraissait moins grand, et ne détonnait pas trop avec les proportions du squelette. En tout cas, le vieillard serait complet à défaut d'être homogène, et avec une tête, il pourrait être enterré en grande pompe.

Quand la foule fut rassemblée près du cercueil, immobile et silencieuse autour de la tranchée rectangulaire creusée dans le cimetière des Vertueux, Brigantin fit signe à Lord Tombal d'avancer. Le comte devait attacher le crâne de veau à la dernière vertèbre du vieux Grisamer à l'aide d'un ruban bleu que Nannie Glu avait trouvé au fond d'une corbeille à tissus. C'était rendre honneur au vieillard. Brigantin était satisfait et faisait des nœuds dans sa barbe d'un air méditatif. Il était impossible de savoir s'il respectait scrupuleusement d'obscurs addenda de la loi d'Enfer, ou s'il trouvait une consolation dans les rubans, mais il s'était procuré des flots d'étoffes de différentes couleurs et il avait parsemé le squelette de son père de cocardes adroitement nouées autour des os, qui semblaient attendre ces décorations.

Lorsque le comte en eut fini avec le crâne de veau, Brigantin se pencha au-dessus du cercueil et admira l'effet. Il y avait de quoi être fier. Le crâne était un peu grand, mais dans le ton. La lumière du crépuscule l'éclairait admirablement, et la texture de l'os produisait un effet particulièrement réussi.

Le comte était silencieux, debout à quelques pas de la foule. Brigantin fit le tour de sa béquille en sautillant, et dévisagea les deux hommes qui avaient porté le cercueil. Un éclair dans ses yeux froids les fit avancer près de la tombe.

« Clouez le cercueil ! » cria-t-il.

Prenant appui sur sa jambe atrophiée, il sautilla de nouveau autour de sa béquille, dont l'embout enfoncé dans la terre molle faisait gargouiller des mottes boueuses.

Debout à côté de la silhouette montagneuse de sa mère, Fuchsia le haïssait de toutes ses forces. Elle commençait à détester tout ce qui était vieux. Quel était le mot contre lequel Finelame pestait chaque fois qu'il la rencontrait ? Il en parlait toujours comme d'une chose odieuse. L'autorité, c'était cela. Elle détourna les yeux de l'unijambiste, et regarda distraitement la rangée de visages qui contemplaient, bouche bée, les croque-morts en train de clouer les planches. Tous les visages lui semblèrent horribles. Sa mère dominait la foule, le regard perdu dans le vide, comme si elle ne voyait rien. Un sourire commençait à se dessiner sur le visage de son père, un sourire inconscient, incontrôlable, que Fuchsia ne lui avait jamais vu. Elle se prit la tête dans les mains, et se sentit envahie par un sentiment d'irréalité. Peut-être que tout cela n'était pas vrai, qu'elle était entourée de gens pleins d'amour et resplendissants de beauté, et qu'elle les voyait depuis toujours à travers un mauvais rêve. Baissant les mains, elle rencontra la silhouette de Finelame, bras croisés, de l'autre côté de la tombe. La tête légèrement inclinée de côté comme celle d'un oiseau, il haussa les sourcils d'un air moqueur, et les coins de sa bouche se tordirent. Fuchsia fit un petit geste involontaire, un signe de reconnaissance, plein d'amitié et de tendresse. Fuchsia ne savait pas que sa main avait bougé. Elle savait seulement que la silhouette de l'autre côté de la tombe était jeune.

Finelame était étrange et peu attirant, avec ses hautes épaules et son grand front bombé. Mais il était svelte, et jeune. Oh! oui, c'était cela! Il n'appartenait pas au vieux monde intolérant de Brigantin, il était léger comme la vie. Il n'y avait rien en lui qui l'attirât, rien qu'elle aimât, sauf sa jeunesse et son courage. Il avait sauvé Nannie Glu de l'incendie. Il avait sauvé le docteur Prune de l'incendie... et il l'avait sauvée, elle aussi. Qu'avait-il fait de sa canne-épée? Il en était tellement entiché qu'il l'emportait partout où il allait.

On jetait des pelletées de terre dans la tombe où le cercueil délabré avait été descendu. Quand la fosse fut comblée, Brigantin inspecta le rectangle de terre fraîchement remuée. Il n'avait pas été facile de creuser une fosse dans ce bourbier. La terre collait aux pelles, et Brigantin s'était emporté contre les fossoyeurs. En équilibre sur sa béquille, il se mit à égaliser la tombe en grattant du pied les mottes d'argile. Le cortège se dispersait. Fuchsia s'éloigna d'un pas traînant, et se retrouva à l'extrême droite de la foule qui revenait vers le château.

« Puis-je vous accompagner? demanda Finelame en se glissant près d'elle.

– Oui, dit Fuchsia. Bien sûr. »

Elle n'avait jamais désiré sa compagnie, et fut surprise d'avoir accepté. Finelame lui jeta un coup d'œil, sortit sa pipe d'armoise et l'alluma.

« Pas tout à fait mon genre, Lady Fuchsia, dit-il.

– Quoi?

– La terre à la terre, les cendres aux cendres, et tout le baratin.

– Je crois que ce n'est le genre de personne, répondit-elle. Je n'aime pas l'idée de la mort.

– Parce que vous êtes jeune, répondit Finelame. C'est bon pour la vieille barbe qui officiait... Il n'en a plus pour longtemps, ce vieux trompe-la-mort.

– J'aime que vous soyez irrespectueux parfois, dit précipitamment Fuchsia. Pourquoi faut-il être respectueux envers des vieillards qui n'ont aucune considération pour vous ?

– C'est leur dada, dit Finelame. Ils ont absolument besoin d'être encensés. Où seraient-ils sans cela ? Finis. Oubliés. Balancés. Ils n'ont rien d'autre que leur grand âge, et sont jaloux de notre jeunesse.

– C'est vrai ? dit Fuchsia, les yeux écarquillés. Vous croyez qu'ils sont jaloux ? Vous le croyez vraiment ?

– Il n'y a pas l'ombre d'un doute, dit Finelame. Ils veulent nous emprisonner et nous obliger à vivre comme eux. Ils nous méprisent et nous font trimer pour eux. Tous les vieux sont pareils.

– Nannie Glu n'est pas comme ça, dit Fuchsia.

– C'est une exception, répondit Finelame en toussant bizarrement, la main devant la bouche. C'est l'exception qui confirme la règle. »

Ils firent quelques pas en silence. Les contours du château se profilaient au-dessus d'eux, et ils marchaient dans l'ombre d'une tour.

« Où est votre canne-épée ? demanda Fuchsia. Vous êtes perdu sans elle. Vous ne savez que faire de vos mains. »

Finelame eut un large sourire. C'était une nouvelle Fuchsia. Plus animée... Mais était-ce vraiment de l'animation, ou la fatigue nerveuse qui donnait à sa voix ce timbre inhabituel ?

« Ma canne-épée, dit-il. Ma chère petite canne-épée. J'ai dû la laisser dans le râtelier d'armes.

– Pourquoi ? demanda Fuchsia. Vous ne l'aimez plus ?

– Oh ! que si ! Que si ! répondit Finelame avec une

emphase comique. Je l'adore, mais j'ai bien fait de la laisser, car vous savez ce que j'en aurais fait ?

– Quoi ?

– J'aurais percé les entrailles de Brigantin. Tout doucement, ici, et puis là, et puis surtout, jusqu'à ce que le vieil épouvantail se mette à hurler comme un chat écorché. Je l'aurais laissé cracher tout le venin de ses poumons noirs, puis je l'aurais pendu à une branche par la jambe pour mettre le feu à sa barbe. Vous voyez que j'ai bien fait de ne pas prendre ma canne-épée, n'est-ce pas ? »

Lorsqu'il se tourna vers Fuchsia, la jeune fille avait disparu.

Il la vit faire des bonds étranges à travers la brume, mais il lui fut impossible de savoir si elle courait pour le plaisir, ou pour se débarrasser de lui.

Les jumelles s'impatientent

Environ une semaine après les funérailles de Grisamer, ou, pour être plus précis, de ce qui restait du Grisamer d'autrefois, affublé d'une tête de veau et de quelques rubans, Finelame rendit visite aux jumelles pour choisir un appartement dans l'aile sud, au même étage que celui qu'elles occupaient. Depuis l'incendie, leur vanité ne connaissait plus de bornes, et elles étaient devenues gênantes. Ayant accompli leur tâche, elles désiraient savoir quand elles entreraient en possession de leurs biens. Pourquoi l'aile sud ne résonnait-elle pas de faste et de splendeur ? Pourquoi les corridors étaient-ils toujours poussiéreux et déserts ? Avaient-elles incendié pour rien la bibliothèque de leur frère ? Où étaient trônes et couronnes d'or ? Les jumelles posaient les mêmes questions chaque fois que Finelame venait leur rendre visite, et il lui était de plus en plus difficile de les convaincre que leur pénitence touchait à sa fin.

Elles avaient toujours l'air impassible. Leurs visages figés ne laissaient pas deviner ce qui se passait sous leurs traits identiques, mais, aux mouvements presque imperceptibles de leurs doigts mous, Finelame avait appris à discerner leur degré d'émotion, et à deviner ce qui leur passait dans la tête. Il y avait quelque chose d'inquiétant dans ces doigts blancs qui bougeaient simultanément, indiquant que, quelque part dans les deux têtes, la pensée s'était mise en route à la même allure et sur le même chemin étroit.

Les promesses miroitantes dont Finelame s'était servi pour appâter son cruel hameçon avaient produit un effet foudroyant. Les jumelles s'imaginaient maîtresses de l'aile sud. Cela devenait une obsession, et elles ne parlaient de rien d'autre. Leurs visages plats étaient toujours aussi expressifs que des dalles poudrées, mais, dans l'ivresse de la victoire, leurs doigts étaient devenus plus souples. Finelame payait les conséquences de son plan : il avait tellement vanté leur génie que les jumelles étaient persuadées qu'elles, et elles seules, avaient eu l'audace de mettre le feu à la bibliothèque. Il avait été nécessaire de les gonfler à bloc, mais, maintenant qu'elles n'étaient plus utiles à rien, il devenait de plus en plus difficile de juguler l'inflation de leur orgueil. Inventant une excuse ou une autre, Finelame réussit pourtant à les persuader qu'il ne fallait rien précipiter si elles voulaient monter sur leurs trônes jumeaux. Une telle affaire devait être mûrie de longue date, et il fallait allier la prudence à la ruse. Leur position devait s'améliorer progressivement, grâce à des victoires partielles qui n'attireraient pas l'attention, jusqu'au jour où, devant le château stupéfait, l'aide sud proclamerait sa gloire légitime. Ayant espéré un changement immédiat, Cora et Clarice étaient amèrement déçues. Finelame avait beau leur expliquer que leur puissance devait avoir des fondements solides, elles se remettaient à maugréer dès qu'il était parti, et chaque visite remuait le fer dans la plaie.

Cet après-midi-là, il arrêta net leurs réclamations puériles dès qu'il entra dans la chambre.

« Ça y est! s'écria-t-il. Tout est en route! »

Il avait levé la main gauche pour les faire taire et, dans la main droite, tenait un rouleau de papier. Les jumelles étaient collées l'une contre l'autre, le cou tendu en avant.

« J'ai commandé vos trônes, poursuivit-il, lorsque les voix sans timbre s'arrêtèrent de caqueter. Ils sont fabriqués en secret, mais, comme j'ai insisté pour qu'ils soient frappés dans l'or le plus pur, ils ne seront pas prêts tout de suite. L'orfèvre, un artiste incomparable, m'a envoyé ces trois projets; et c'est à vous, Excellences, de choisir. Je ne doute pas de votre choix car, bien que les trois modèles soient des chefs-d'œuvre d'art, votre goût, votre sens des proportions, votre compréhension des moindres détails vous feront certainement choisir celui qui, je crois, n'a pas son pareil parmi les trônes du monde. »

Finelame avait évidemment fait les dessins lui-même. Il y avait passé beaucoup plus de temps que prévu car il s'était pris au jeu. Si, à l'aube de ce même matin, le docteur ou sa sœur avaient eu la curiosité d'entrouvrir la porte de sa chambre, ils auraient trouvé le garçon aux épaules étroites plongé dans un travail absorbant. Il était penché sur une table où étaient soigneusement alignés compas, rapporteurs et équerre, et son crayon superbement taillé courait le long d'une règle avec une froide précision.

Devant les yeux écarquillés des tantes, il déroula les dessins en les manipulant avec adresse, car il voulait en prendre soin. Ses mains étaient propres, ses doigts curieusement effilés et ses ongles un peu plus longs que la normale.

Cora et Clarice le rejoignirent d'un bond. Leurs visages étaient aussi dépourvus d'expression que deux planches d'anatomie. Trônes et tantes se dévisagèrent d'un air étincelant.

« Je suis certain de celui que vous choisirez, car il est unique dans l'histoire des trônes d'or. Choisissez, Excellences, choisissez ! »

Les jumelles pointèrent simultanément le doigt vers le plus grand des trois dessins, qui remplissait presque toute la page.

« Comme vous avez *raison* ! dit Finelame. Comme vous avez *raison* ! C'était le seul choix possible. Je verrai l'orfèvre demain et lui ferai part de votre sélection.

– Je veux le mien très vite, dit Clarice.

– Moi aussi, dit Cora, très vite.

– Je croyais vous avoir expliqué, dit Finelame en les prenant par le coude, je croyais vous avoir expliqué qu'un trône martelé d'or n'est pas une chose qui se fait en un jour. Cet orfèvre est un homme de métier, un artiste. Voulez-vous qu'il réduise votre gloire à néant en vous envoyant deux mauvais sièges vaguement dorés ? Voulez-vous, par votre impatience, être de nouveau la risée du château ? Ou préférez-vous que Gertrude et les autres, bouche bée de jalousie, contemplent sur leurs trônes les deux reines pourpres que vous êtes ?... Tout doit être exceptionnel. Vous m'avez confié le soin de vous élever jusqu'au rang qui est le vôtre. Vous devez me faire confiance. Quand l'heure sera venue, nous frapperons. En attendant, nous devons faire de ces appartements quelque chose d'unique à Gormenghast.

– Oui, dit Cora. Nous devons en faire des merveilles. Les pièces doivent être des merveilles.

– Des merveilles, dit Clarice. Comme nous. Les pièces doivent être aussi merveilleuses que nous. (Sa bouche s'ouvrit, s'affaissant soudain comme si la mâchoire inférieure était paralysée.) Nous sommes les seules à en être vraiment dignes. Personne ne doit l'oublier, n'est-ce pas, Cora ?

– Personne, dit Cora. Absolument personne.

– C'est tout à fait vrai, dit Finelame, et votre premier

devoir sera de repeindre la chambre des Racines. (Il leur jeta un coup d'œil sagace.) Les racines doivent être repeintes. Toutes, même les plus petites, car il n'y a pas d'autre pièce à Gormenghast qui soit aussi splendidement remplie de racines. *Vos* racines. Les racines de *votre* arbre. »

Il remarqua avec surprise que les jumelles ne l'écoutaient pas. Chacune avait appuyé les mains sur le long cylindre qui servait de poitrine à l'autre.

« Il nous a obligées à le faire, disaient-elles. Il nous a obligées à brûler les livres de notre cher Tombal. Les livres de notre cher Tombal... »

Pénombre

Le comte et Fuchsia étaient assis deux cents pieds plus bas, et à plus d'un mille de l'aile sud, où Finelame promettait un trône aux jumelles. Lord Tombal était adossé au tronc d'un pin et contemplait sa fille d'un air méditatif. Un sourire glissait comme un serpent sur ses lèvres au dessin autrefois si pur. Il avait les pieds couverts d'aiguilles de pin, et autour de son corps mince ondulait un matelas froid et sombre, piqué d'épaisses fougères qui courbaient la tête, et de champignons aux chapeaux cendrés recouverts d'une pellicule glutineuse.

Une obscurité blafarde remplissait le vallon. La voûte de branches avait tant d'épaisseur qu'elle était imperméable aux pluies les plus torrentielles. Le goutte-à-goutte régulier de la pluie prise dans le filet des branches n'atteignait le tapis d'aiguilles que plusieurs heures après le début des plus violents orages. Pourtant, la lumière du jour s'infiltrait dans la clairière par les cimes des arbres situés à l'est, où se trouvait la carcasse de la bibliothèque. Entre la clairière et le sentier qui courait devant la ruine, le rideau d'arbres était tout aussi épais, mais n'avait que trente ou quarante mètres de profondeur.

« Combien d'étagères as-tu construites? demanda le comte avec un sourire sinistre.

– Sept, père », dit Fuchsia.

Elle avait les yeux écarquillés et ses mains tremblaient.

« Encore trois, ma fille... encore trois étagères et nous remettrons les volumes en place.

– Oui, père. »

Ramassant une petite branche, Fuchsia traça trois longues lignes au-dessus des sept déjà inscrites sur le sol d'aiguilles, entre son père et elle.

« C'est bien, c'est très bien, fit la voix mélancolique. Maintenant nous avons de la place pour les poètes soniens. Les livres sont prêts, petite fille? »

Fuchsia leva rapidement la tête, et regarda fixement son père. Il ne lui avait jamais parlé comme ça. C'était la première fois qu'elle entendait cette note de tendresse dans sa voix. Glacée d'horreur par la folie qu'elle sentait monter en lui, elle s'était néanmoins rapprochée du comte, mue par une compassion qu'elle n'avait jamais éprouvée. Elle se sentit brusquement inondée d'une tendresse brûlante pour l'homme tassé dont la longue main pâle reposait sur les genoux, et dont la voix semblait si pensive.

« Oui, père, les livres sont prêts, répondit-elle. Voulez-vous que je les mette sur les étagères? »

Elle se retourna vers le tas de pommes de pin qu'ils avaient rassemblées.

« Oui, je suis prêt, répondit-il après une pause remplie par le silence de la forêt. Mais pose-les un par un. Un par un. Nous remplirons trois rayonnages ce soir. Trois de mes précieux rayonnages.

– Oui, père. »

Le silence des grands pins était apaisant comme un baume.

« Fuchsia?

– Quoi, père ?
– Tu es ma fille.
– Oui.
– Et il y a Titus. Il sera comte de Gormenghast, n'est-ce pas ?
– Oui, père.
– Quand je serai mort. Mais est-ce que je te connais, Fuchsia ? Est-ce que je te connais ?
– Je ne sais pas, répondit-elle d'une voix plus forte, car elle avait perçu la détresse de son père. Nous ne nous connaissons pas beaucoup, je suppose. »
Elle sentit un nouvel élan d'amour. Le sourire dément rendait incongrues toutes les remarques du comte, car il parlait avec une tendre modération, mais il avait cessé de la terrifier. Au cours de sa brève existence, elle avait vu des choses si étranges que, malgré la mystérieuse horreur de ce sourire glissant comme un serpent, la soudaine rupture des barrières qui les avaient toujours séparés lui permit de dominer sa frayeur. Pour la première fois de sa vie, elle sentit qu'elle avait un père. Un père à elle. Qu'importait que le malheureux devînt fou ? Il était à elle.
« Mes livres..., dit-il.
– Ils sont ici, père. Voulez-vous que je garnisse la première étagère ?
– Avec les poètes soniens, Fuchsia.
– Oui. »
Elle prit une pomme de pin et la plaça à l'extrémité de la ligne tracée sur le sol. Le comte l'observa avec une grande attention.
« C'est Andrema, le poète lyrique, l'amant dont la plume palpitante était pleine de lueurs bleues, comme un ongle meurtri. Ses vers, Fuchsia, ses vers s'ouvrent comme des fleurs de cristal, et au centre, entre les pétales fragiles, il y a une mare d'indigo transparente, immense comme le destin. Sa voix sonne juste, c'est une cloche qui sonne clairement dans la nuit de notre confusion. Mais une telle clarté est la clarté d'une

profondeur insondable... d'une profondeur d'où le chant intarissable jaillit à jamais, Fuchsia... à jamais. Andrema... c'est Andrema. »

Les yeux fixés sur la pomme de pin que Fuchsia avait posée au bord de la première étagère, le comte ouvrit plus largement la bouche, et un cri monstrueux, mi-hurlement, mi-rire, secoua soudain la cime des pins.

Fuchsia se raidit et son visage devint d'une blancheur de craie. Les derniers échos du hurlement s'étaient perdus dans la forêt, mais le comte avait toujours la bouche ouverte. Il était accroupi, les genoux entre les mains. La gorge serrée, Fuchsia essaya désespérément de dire quelque chose. Son père avait les yeux fixés sur elle et la regardait lutter. Ses lèvres se rejoignirent enfin et ses yeux retrouvèrent la douceur mélancolique que Fuchsia avait découverte si tard. Elle prit une autre pomme de pin et fit le geste de la placer à côté d'Andrema.

« Père, voulez-vous que je continue à m'occuper de la bibliothèque ? » balbutia-t-elle.

Mais le comte ne l'entendait pas. Ses yeux ne la voyaient plus. Fuchsia jeta la pomme de pin, et s'approcha de lui.

« Qu'avez-vous ? dit-elle. Oh, père ! Père ! Qu'avez-vous ?

– Je ne suis pas ton père, répondit-il. N'as-tu donc jamais entendu parler de moi ? »

Il grimaça, et ses yeux noirs s'agrandirent. Dans chaque prunelle brûlait une étoile, et, à mesure que les étoiles grandissaient, ses doigts se recourbaient comme des griffes.

« Je vis dans la tour des Silex, cria-t-il. Je suis le hibou de la mort. »

Un toit de roseaux

Suivant le sentier crevé d'ornières et envahi de mauvaises herbes, Keda ne perdait pas de vue l'aiguille rocheuse qu'elle voyait s'élever comme un doigt blasphématoire dans le ciel de l'ouest, depuis sept longues journées. Ce roc avait été pour elle comme une présence qui, tant sous la lumière de la lune que sous les rayons du soleil, avait un air sinistre, un rayonnement maléfique.

Entre le sentier et la chaîne de montagnes, s'étendaient des marécages où le ciel se reflétait paresseusement dans les mares brillantes. Parfois, un éclat plus pâle indiquait un bourbier d'eau trouble, où les couleurs se dissolvaient en vapeurs paresseuses. Une étendue de joncs miroitait, chaque épée bordée d'un filet rouge, et la surface de l'une de plus grandes mares reflétait non seulement le ciel de feu, mais le doigt macabre du rocher qui plongeait à travers l'eau stagnante.

A droite de la jeune femme, s'étendait une pente boisée d'arbres difformes. L'extérieur des branches était encore éclairé, mais l'éclat du soleil couchant faiblissait, et la lumière n'irisait plus que les rameaux.

L'ombre de Keda s'allongeait à mesure qu'elle avançait, s'estompant peu à peu sur la terre fardée de rouge. Le sol devenait un ruban d'ocre indéfinissable, dont les teintes chaudes se figeaient peu à peu, et Keda marcha bientôt dans un chemin de cendres grises et froides.

Depuis deux jours, elle sentait le souffle de la montagne sur son épaule et l'inextricable fouillis d'arbres qui couvrait la pente semblait tendre vers elle des tentacules rabougris. Ces caricatures d'arbres la lorgnaient d'un air méchant, chacun agitant une menace particulière dans des poings velus qui resurgissaient avec une désespérante monotonie, à chaque instant de son interminable voyage.

Cette monotonie commençait à ressembler à un rêve à la fois limpide et terrifiant, et Keda avait l'impression que son corps et son âme étaient envahis par un mur de végétation sans fin. Ces deux derniers jours, pourtant, elle avait vu des plaines d'hiver sur la gauche, et cette perspective avait remplacé la paroi abrupte et grise du canyon sur laquelle ses yeux avaient si longtemps buté, sans apercevoir le moindre signe de vie, sauf quelques charognards perchés sur des saillies de roc. A bout de forces, Keda les avait ignorés, mais les oiseaux avaient suivi des yeux sa marche trébuchante dans le ravin, les serres meurtrières agrippées aux anfractuosités du roc, le cou chauve rentré dans les ailes, au-dessus de leurs ventres faméliques.

Elle avait vu la neige s'étendre comme un long tapis gris, car le soleil ne pénétrait jamais jusqu'au fond du canyon. Le chemin avait enfin tourné à droite, et, soudain assaillie de lumière, elle avait fait quelques pas en titubant avant de tomber à genoux comme pour rendre grâces. Quand elle avait relevé la tête, la lumière blonde était descendue sur elle avec une grande douceur.

Keda était très lasse, et avançait machinalement sans savoir ce qu'elle faisait. Ses cheveux pendaient sur son visage, et son lourd manteau taché de boue était couvert de bardanes et de ronces. Dans sa main droite, elle serrait la courroie de la besace suspendue à son épaule. Il n'y avait plus de nourriture dans la besace, mais deux objets beaucoup plus étranges.

Avant de quitter les huttes d'argile, la nuit où ses deux amants s'étaient entre-tués sous le cercle omniscient de la lune, Keda était revenue chez elle, comme en transes, et avait emporté toute la nourriture qu'elle avait pu trouver. Puis, d'un pas de somnambule, elle s'était dirigée vers les ateliers de Braigon et de Rantel, et avait pris une sculpture en mémoire d'eux, avant de s'enfuir, la tête en feu, dans le petit matin vide. Lorsque l'aube avait paru comme une blessure dans le ciel, elle s'était effondrée à la limite des marais, et avait dormi toute la journée, les sculptures serrées dans ses bras, invisible au milieu des hautes herbes au goût de sel éclairées par lc soleil. Cela se passait il y a très longtemps. Combien de temps? Keda n'en avait plus aucune idée. Elle avait traversé bien des régions, et reçu sa nourriture de bien des mains, en échange de divers travaux. Longtemps, elle avait gardé les troupeaux d'un homme dont le berger avait attrapé la maladie des moutons et était mort, un agneau dans les bras. Elle avait travaillé sur une longue péniche avec une femme qui, la nuit venue, poussait des cris de loutre en nageant dans les roseaux. Voyageant de province en province, elle avait tissé des claies de noisetier et fabriqué de grands filets pour la pêche en eau douce.

Mais la lassitude était venue, avec une sensation de nausée à l'aube. Elle devait toujours partir, mais ses trophées brûlants ne la quittaient jamais : son aigle blanc, son cerf jaune.

A présent, elle n'était plus capable de travailler, et une force inexorable la poussait à revenir vers les huttes.

Elle trébuchait toujours sous le flanc horriblement déchiqueté de la haute montagne. Le ciel avait perdu toute couleur, et le doigt impie n'était plus qu'un soupçon de roc sombre fondu dans le crépuscule. Le couchant qui paraissait éternel avait flamboyé puis s'était éteint, passant du feu aux cendres avec une rapidité démoniaque.

Keda marchait dans l'obscurité, voyant à peine où elle posait le pied. Elle savait qu'il lui fallait dormir, car les forces qui lui restaient s'épuisaient rapidement. Ce n'était pas la peur de passer la nuit seule au milieu de formes menaçantes qui l'empêchait de se blottir au pied de la montagne. Les dernières nuits avaient été très pénibles. Les mains de l'air glacé avaient impitoyablement caressé son corps, mais ce n'était pas pour cela qu'elle continuait de marcher entraînée par le poids trop lourd de son corps.

Ce n'était pas non plus à cause des arbres qui lui

suçaient le sang de l'épaule droite. Elle était saturée d'horreur, et son imagination était trop lasse pour remplir son esprit d'images macabres. Elle marchait toujours, car elle avait entendu une voix. Au bord de l'épuisement, elle n'avait pas compris que la voix mystérieuse sortait de ses propres lèvres.

Elle s'était retournée car la voix semblait parler à côté d'elle. « Ne t'arrête pas. Ce soir tu auras un toit de roseaux. » Surprise, elle avait continué son chemin, puis la voix intérieure avait repris : « Le vieil homme, Keda, le vieil homme brun. Il ne faut pas t'arrêter. »

Elle n'avait pas eu peur. Le surnaturel était chose normale chez les Habitants des Huttes. Dix heures plus tard, titubant dans les ténèbres, les mots dansaient toujours dans sa tête, et, quand une torche vacilla soudain sur la route, éparpillant des braises rouges, elle gémit de fatigue et de soulagement, et s'écroula dans les bras de l'ermite brun.

A partir de cet instant, Keda ignora ce qui lui arriva. Elle se réveilla, étendue sur un matelas d'aiguilles de pin tièdes et sèches, entourée par les murs de bois d'une cabane. Elle ne leva pas tout de suite les yeux. Les mots qu'elle avait entendus sur la route lui résonnaient encore aux oreilles, et elle savait ce qu'elle allait voir. Lorsqu'elle leva enfin la tête vers le toit de roseaux, elle se souvint du vieil homme et se tourna vers une porte dans le mur. A moitié assoupie dans l'air surchargé par la senteur des aiguilles de pin, elle vit la porte s'ouvrir, et une silhouette apparut. C'était comme si l'automne se tenait près d'elle, ou un chêne puissant, frisé de feuilles tenaces. Le vieillard était aussi brun qu'une écorce, mais avec quelque chose de brillant, comme la flamme d'une lanterne aux verres sépia. Sa chevelure et sa barbe hirsutes ressemblaient à l'herbe des pampas. Sa peau avait la couleur du sable, et ses vêtements pendaient autour de lui comme le feuillage d'une branche. C'était une symphonie de brun. Tout était brun, l'homme, l'arbre et le paysage étaient bruns.

Il s'approcha d'elle. Ses pieds nus ne faisaient aucun bruit sur le sol que les plantes rampantes avaient envahi de leurs vrilles vertes.

Keda s'appuya sur le coude.

La cime rugueuse du chêne bougea, et l'une des branches lui fit signe de s'allonger. Keda s'étendit de nouveau sur le matelas d'aiguilles. Les yeux fixés sur lui, elle se sentit enveloppée d'une paix semblable à un nuage, et comprit qu'elle pouvait absolument compter sur cet étrange compagnon.

Traversant le sol de terre battue de son pas lent et glissant, il ouvrit les volets, et la pâle lumière du nord entra par une fenêtre carrée. Il quitta la pièce où Keda resta étendue, l'esprit plus clair à mesure que les minutes s'écoulaient. Elle reposait sur un lit de sangle, large et bas. Deux bûches soutenaient les longues planches, à un pied seulement du sol. Son corps fatigué semblait flotter dans les vagues d'aiguilles de pin. Même ses pieds douloureux paraissaient flotter. La douleur des meurtrissures récoltées un peu partout dans ses vagabondages était une douleur flottante, impersonnelle, presque agréable. Le père brun avait étendu sur elle trois couvertures rugueuses. Déplaçant sa main droite sous les couvertures pour le simple plaisir de la sentir bouger indépendamment de la masse fatiguée de son corps, Keda sentit quelque chose de dur. Elle était trop lasse pour se demander ce que c'était, mais sortit machinalement l'objet. L'aigle blanc.

« Braigon... », murmura-t-elle, et avec ce nom un flot d'images hallucinantes lui revinrent. Elle tâtonna pour trouver le cerf de bois, serra les sculptures contre son corps tiède et, après les souvenirs torturants, une émotion, proche de celle qu'elle avait éprouvée la nuit où elle s'était allongée près de Rantel, commença de l'inonder. Faiblement d'abord, puis de plus en plus fort, son cœur se mit à chanter comme un oiseau sauvage. Elle fut soudain soulevée par une brusque nausée, mais l'oiseau continua de siffler son chant sauvage.

Fièvre

La lumière qui éclairait la fenêtre du nord était pâle et froide, mais Keda savait que le soleil brillait, et que le ciel d'hiver était sans nuages. Elle n'avait aucune idée de l'heure, ni si c'était le soir ou le matin. Le vieil homme posa un bol de soupe près de son lit. Elle désirait lui parler, mais pas tout de suite. Avec lui, il n'y avait besoin de rien dire, et elle se sentait encore enveloppée par le silence comme par un sortilège. Son corps lui semblait étrangement flottant, léger et doux comme un lis blessé.

Keda caressait du bout des doigts le bois lisse des sculptures, tandis que la fatigue abandonnait lentement ses membres, à mesure que les minutes s'égrenaient sous la lumière qui emplissait la pièce de blancheur. De temps en temps, elle se soulevait et trempait la cuiller d'argile dans le potage, sentant de nouveau bondir la vie après chaque lampée. Lorsqu'elle eut vidé le bol, elle se tourna sur le côté, les membres parcourus par le frémissement de la sève qui se remettait à circuler de plus en plus fort.

Prenant conscience qu'elle était propre, elle réussit, malgré sa faiblesse, à écarter les couvertures et s'aperçut que son corps était entièrement débarrassé de la poussière des derniers jours de voyage. Il n'y avait plus aucune trace du cauchemar sur elle, la souillure avait disparu. Son corps était seulement marqué par les longues éraflures des épines, et les bleus de meurtrissures.

Keda essaya de se lever, mais faillit tomber. Inspirant profondément, elle réussit à se mettre debout, et se dirigea lentement vers la fenêtre. Devant elle, s'étendait une petite clairière où poussait une herbe grise et drue. L'ombre d'un arbre traversait la clairière et, à moitié plongée dans l'ombre, une chèvre blanche balançait d'un air méditatif sa tête étroite et sensible. Un peu plus loin, sur la gauche, elle apercevait la bouche d'un puits. Au bout de la clairière, une ruine sans toit et noire de mousse cachait un bosquet d'ormes dépouillés, où piaillait une volée d'étourneaux. Au-delà du bosquet, c'était un champ pierreux, et, au-delà du champ, une forêt s'élançait sur une pente couronnée de blocs erratiques. Elle détourna les yeux, et son regard rencontra la chèvre blanche, qui était sortie de l'ombre. Ses boucles de poils blancs, sa barbe neigeuse, ses longues cornes et ses grands yeux jaunes la faisaient ressembler à un jouet exquisément ciselé.

Keda contempla longtemps la scène. Elle voyait très distinctement la maison sans toit, l'ombre du pin, les collines et le treillis des vignes, mais tout cela ressemblait aux images confuses du réveil. Plus réel lui semblait le chant de l'oiseau dans sa poitrine, défiant la mémoire de ses amants et la lassitude de ses entrailles.

La vieillesse qui était son héritage, et le fléau de son peuple, avait déjà commencé ses ravages. L'inévitable malédiction s'était abattue sur elle avant la mort de son premier enfant enterré au-delà de la grande muraille, pillant lentement son visage jusqu'à ne laisser que l'ombre de sa beauté.

Keda quitta la fenêtre et, s'enveloppant d'une couverture, ouvrit la porte de la chambre. Elle entra dans une pièce aux proportions sensiblement égales. Une grande table recouverte d'une nappe rouge sombre en occupait le centre. Au-delà de la table, trois marches descendaient dans la terre battue, et les outils de jardinage du vieillard, ses pots de fleurs et ses bois peints étaient remisés dans le coin le plus éloigné. La pièce était vide. Keda sortit lentement dans la clairière ensoleillée.

La chèvre blanche la regarda s'approcher, et fit quelques pas vers elle sur ses pattes légères, levant très haut la tête. Keda continua d'avancer, et prit conscience qu'elle entendait de l'eau couler. Le soleil était à peu près à mi-chemin entre le zénith et l'horizon, mais Keda ne pouvait savoir si c'était le matin ou l'après-midi, car il était impossible de voir si le soleil montait de l'est ou plongeait à l'ouest. Tout était calme. Le soleil semblait épinglé à jamais, comme un disque de papier jaune collé dans le ciel bleu pâle de l'hiver.

Ignorant l'heure, elle se dirigea vers le bruit de l'eau, passa devant la maison sans toit, sur la gauche, et se sentit glacée par l'ombre du mur.

Descendant le long d'un talus de fougères, elle aperçut presque immédiatement le ruisseau. Un peu plus loin, près des ronces desséchées du bord, s'étendait un gué de lierres lisses et usées, creusées depuis des siècles par l'empreinte d'innombrables pas. Au-delà du gué, une jument grise buvait dans le courant. Sa crinière lui tombait sur les yeux et flottait à la surface de l'eau. Plus loin, il y avait une autre jument à la robe pommelée, et plus loin que la jument pommelée, à l'endroit où le ruisseau faisait un coude sur la droite et s'enfonçait sous un mur de plantes, un cheval dont la robe était pareille à du velours noir. Ils étaient tous les trois immobiles et absorbés, crinières traînant dans l'eau, pattes plongées jusqu'aux genoux dans le courant plein de murmures. Keda savait que, si elle faisait quelques pas sur la rive pour voir où le ruisseau s'enfonçait, elle verrait les chevaux qui buvaient s'éloigner dans les marécages comme des échos successifs, des échos de couleur changeante, les pattes profondément enfoncées dans l'eau, à la crinière traînante, et à la gorge altérée.

Elle sentit soudain le froid. Les chevaux levèrent la tête et la regardèrent fixement. Le courant sembla s'immobiliser, tandis qu'elle entendait sa propre voix.

« Keda, disait-elle, ta vie est terminée. Tes amants sont morts. Ton enfant et son père ensevelis. Et toi aussi tu es morte. Seul l'oiseau chante toujours dans ta poitrine. Que dit l'oiseau de lumière? Que tout est accompli? La beauté va bientôt disparaître. D'une seconde à l'autre, Keda, la beauté va déserter le ciel et la terre et les membres et les yeux et la poitrine et la force des hommes et la graine et la sève et le bourgeon et l'écume et la fleur, car tout est fini pour toi. Tu mettras ton enfant au monde, après tu sauras ce qu'il te reste à faire. »

Sur les pierres du gué, elle aperçut son image reflétée dans l'eau transparente. Son visage était devenu très vieux. La malédiction de son peuple s'était abattue sur elle. Seuls ses yeux, comme des yeux de gazelle, défiaient le fléau qui donnait à ses traits l'aspect d'une ruine. Elle regarda longuement, puis porta les mains à son cœur, où l'oiseau criait, criait de joie.

« C'est fini ! chantait le bec. C'est seulement pour l'enfant que tu attends. Tout le reste est accompli, et tu n'en as plus besoin. »

Keda leva la tête, et ouvrit les yeux vers le ciel, où une crécerelle volait sur place. Son cœur se mit à battre de plus en plus fort. Autour d'elle, l'air s'épaissit et ses yeux se couvrirent de ténèbres. Le cri joyeux de l'oiseau continuait toujours. *C'est fini ! C'est fini ! C'est fini !*

Le ciel redevint clair. L'ermite était près d'elle et, quand Keda se tourna vers lui, il fit un signe de tête et la ramena à la cabane, où elle se coucha, épuisée, sur le lit d'aiguilles de pin.

Le soleil et la lune s'étaient introduits de force sous ses paupières et remplissaient sa tête d'images tourbillonnantes. Les cactus des huttes d'argile gravitaient autour des tourelles de Gormenghast, qui flottaient autour de la lune. Des têtes se précipitaient vers elle, d'abord simples têtes d'épingles dans un horizon infiniment lointain, puis grossissant de manière intolérable devant ses yeux. Elle voyait le visage de son mari défunt, le visage de Nannie Glu et celui de Fuchsia, ceux de Braigon, de Craclosse et de la comtesse, le visage de Rantel et le sourire dévorant du docteur. Elle sentit quelque chose contre ses lèvres. C'était le bord d'une tasse, et une voix lui donna l'ordre de boire.

« Oh ! Père... » s'écria-t-elle.

Il la repoussa doucement sur l'oreiller.

« Il y a un oiseau qui chante, dit-elle.

– Qu'est-ce qu'il chante ? demanda le vieillard.

– Il crie de joie. Il est heureux pour moi, car tout sera bientôt fini. Je le ferai après ma délivrance, ô Père... après ma délivrance.

– Qu'est-ce que tu feras ? »

Keda regarda fixement le toit de roseaux.

« Je le ferai..., murmura-t-elle, avec une corde, ou dans l'eau profonde, ou avec une dague... ou avec une dague. »

Adieu

De longs jours s'écoulèrent avant que Keda eût repris assez de forces pour partir à cheval vers les huttes d'argile. Dévorée par la fièvre, elle serait certainement morte sans les soins que le vieillard lui avait prodigués. Durant d'interminables nuits, les digues de sa conscience se rompirent, libérant des flots de paroles et d'images décuplées par une imagination délirante.

Le vieil homme restait assis près d'elle, la barbe dans son poing noueux, ses yeux bruns fixés sur le visage palpitant, et en mettant bout à bout les fragments de son délire, il réussit à reconstituer l'histoire de ses amours et de ses craintes. Il avait ramassé de grandes feuilles humides et glacées, en forme de sabot, qu'il plaçait sur le front de la malade. En quelques minutes, la feuille devenait chaude sur son front brûlant. Chaque fois qu'il pouvait la laisser seule, il préparait les herbes dont il la nourrissait, et confectionnait les potions qui finirent par vaincre sa fièvre et ses cauchemars.

Les jours passant, il commençait à la connaître mieux, à la manière silencieuse des arbres tutélaires. Ils n'avaient pas besoin de mots pour se comprendre. Keda lui prenait la main, et éprouvait une grande joie à contempler la tête auguste et chenue, les yeux bruns, la barbe et le corps noueux du vieillard assis près d'elle.

Pourtant, malgré la paix qu'elle éprouvait en sa présence, Keda sentait avec une force croissante qu'elle devait retourner parmi les siens.

La fièvre était tombée depuis longtemps lorsque le vieil homme lui permit de se lever, mais il voyait qu'elle se tourmentait. Elle fut bientôt assez forte pour faire de courtes promenades autour de la cabane. L'ermite lui donnait le bras, et l'emmenait jusqu'au bosquet d'ormes, ou vers les collines couvertes d'herbe pâle.

Depuis le début, leur amitié avait été placée sous le signe du silence et, trois mois ayant passé depuis l'après-midi où elle s'était réveillée sous le toit de roseaux, ils ne se parlaient guère que pour faciliter les tâches domestiques. Cette communion dans le silence, qu'ils avaient tout de suite adoptée, comme langage commun, devenait de jour en jour plus forte, car chacun savait que l'autre le comprenait.

L'ermite savait que Keda devait partir, et Keda savait qu'il ne le lui permettrait pas tant qu'elle serait si faible. Ils regardèrent ensemble s'écouler les jours du printemps. Keda l'accompagnait lorsqu'il allait traire la chèvre blanche, et le vieillard, appuyé contre le mur comme un chêne, la regardait remuer la soupe au-dessus du foyer de pierres, ou gratter l'argile collée à la pelle avant de la remettre en place à la tombée du jour, dans le coin où étaient remisés les quelques outils de jardinage.

Un soir, en rentrant d'une longue promenade, ils s'arrêtèrent en haut d'une colline, et se tournèrent vers l'ouest avant de redescendre dans les ombres qui entouraient la hutte.

Le ciel était une surface d'albâtre enflammée de vert, et, pendant qu'ils contemplaient le couchant, l'étoile du soir brilla soudain comme une pointe de feu.

L'horizon des arbres déchiquetés rappela à Keda le terrible voyage qui l'avait menée jusqu'à la cabane de l'ermite, jusqu'à cette halte lumineuse au crépuscule d'une promenade. Elle revit les branches qui essayaient de planter leurs griffes dans son épaule, et le doigt de roc impie qui la narguait. Irrésistiblement attirés par la ligne noire des arbres, ses yeux s'arrêtèrent sur un minuscule pan de ciel encadré de noir par le feuillage. Il était si petit que Keda aurait été incapable de le retrouver si elle l'avait quitté des yeux une seconde.

Une myriade de lueurs microscopiques perforait l'horizon des cimes. Ce n'était pas un hasard si ses yeux étaient fascinés par cette échancrure que traversait une écharde de flammes vertes. Même à cette distance, Keda reconnut instantanément le doigt de roc emprisonné de feuillage noir.

« Que signifie-t-il, père, ce mince et terrible rocher?

– S'il te semble terrible, Keda, cela veut dire que ta mort est proche. Il signifie la réalisation de ton avenir. Pour moi, il n'est pas encore terrible, bien qu'il ait changé. Dans ma jeunesse, il était le pinacle de tout amour, mais il se transforme à mesure que les jours passent.

– Je n'ai pas peur », dit Keda.

Ils firent demi-tour, commencèrent à descendre les collines et, quand ils ouvrirent la porte de la cabane, il faisait noir. Keda alluma la lampe, ils s'assirent l'un en face de l'autre à la table et conversèrent longtemps en silence. Puis les lèvres de Keda remuèrent, et elle dit tout haut :

« Non, je n'ai pas peur. C'est moi qui choisis mon destin. »

L'ermite leva sa tête rugueuse. A la lueur de la lampe, ses yeux semblaient des puits de lumière brune.

« L'enfant viendra me trouver quand le moment sera venu, dit-il. Je ne bougerai pas d'ici.

– Ce sont les sculpteurs, dit Keda. Ce sont eux. (Elle porta inconsciemment la main sur son cœur, et ses doigts tremblèrent un instant, comme égarés.) Deux hommes sont morts pour moi. Je reviens chez les

Brillants Sculpteurs avec leur sang sur mes mains et un enfant illégitime. Ils me rejetteront... mais cela m'est égal. Mon oiseau chante toujours... toujours... Et j'aurai ma récompense, ô Père, dans le cimetière des réprouvés, j'aurai ma récompense : le profond, profond silence que personne ne pourra briser. »

Les ombres vacillaient, disparaissant furtivement lorsque la flamme s'immobilisait.

« Il n'y en a plus pour longtemps, dit-il. Dans quelques jours, tu pourras commencer ton voyage.

– La jument grise, dit Keda. Comment vous la rendrai-je, père?

– Elle reviendra seule. Renvoie-la quand elle sera près des huttes. Elle reviendra. »

Keda lâcha le bras du vieil homme et se dirigea vers sa chambre. Toute la nuit, la voix d'un vent léger cria dans les roseaux : *Bientôt, bientôt, bientôt...*

Le cinquième jour, il l'aida à monter sur la couverture rugueuse qui servait de selle. Sur le large dos de la jument, étaient accrochées deux corbeilles de pain et d'autres provisions. Le sentier filait au nord de la cabane. Avant que la jument s'éloigne, Keda se retourna pour contempler la scène : le champ pierreux au-delà des grands arbres, la maison sans toit, les collines d'herbe pâle à l'ouest, et les bois lointains derrière les collines. Elle regarda une dernière fois la clairière ébouriffée, le puits et l'arbre avec sa grande ombre portée, une dernière fois la chèvre à la tête neigeuse, assise avec une patte frêle et blanche repliée contre son cœur.

« Tu ne souffriras pas, car la souffrance ne peut plus t'atteindre. Tu n'entendras plus leurs voix. Tu mettras ton enfant au monde, et, quand le moment sera venu, tu en finiras avec le monde. »

Keda tourna les yeux vers lui.

« Je suis heureuse, père. Je suis heureuse. Je sais ce qu'il faut faire. »

La jument grise pénétra dans l'obscurité des arbres et, d'un pas étrangement sûr, tourna vers l'est le long d'un sentier vert bordé par des talus de fougères. Les mains posées sur les genoux, Keda était assise très droite, tandis que la jument la rapprochait à chaque pas de Gormenghast et des taudis des Brillants Sculpteurs.

Très tôt un matin

Le printemps est arrivé, puis reparti, et l'été bat son plein.

Ce matin est celui du Petit Déjeuner rituel, de la cérémonie préparée en l'honneur de Titus, qui a un an aujourd'hui. Une table magnifique a été dressée à l'extrémité nord du réfectoire. On a retiré les tables et les bancs des domestiques, et un désert de salles froides s'étend vers le sud, entre une allée de piliers à la perspective décroissante. C'est dans cette salle à manger que le comte grignote un toast à huit heures chaque matin – dans cette salle où le plafond pullule de chérubins écaillés, de trompettes et de nuages, où les hauts murs suintent d'humidité et où les dalles soupirent à chaque pas.

A l'extrémité nord de cette province glacée, la vaisselle d'or des comtes d'Enfer, étalée sur la table d'un noir de jais, semble couver des flammes. L'argenterie est parcourue de lueurs bleues. Les serviettes sont des colombes blanches prêtes à s'envoler. La grande salle est vide, et on n'y entend aucun bruit à part les gouttes de pluie tombant une à une d'une tache sombre dans la caverne du plafond. Il pleut depuis l'aube et, au milieu de l'allée de pierre bordée de colonnes, un petit lac reflète vaguement un fragment de ciel où quelques chérubins dorment au cœur d'un nuage moisi. La pluie du dehors assombrit le nuage peint, les gouttes s'accrochant paresseusement au plafond avant de tomber dans la flaque d'eau qui luit dans la pénombre.

Lenflure vient de se retirer dans ses quartiers humides, après avoir jeté un regard professionnel sur la tâble de cérémonie. Il est content de son œuvre et, arrivant à la cuisine, ses lèvres épaisses grimacent de satisfaction. Il reste encore deux heures avant l'aube.

Avant de pousser la porte de la Grande Cuisine, il s'arrête et écoute, l'oreille collée à la cloison. Il espère entendre la voix d'un apprenti, n'importe lequel, cela n'a pas d'importance, car il a ordonné le silence jusqu'à son retour. Les petites créatures en uniforme ont été alignées sur deux rangs. Il y en a deux qui se chamaillent et on entend le murmure de leurs voix aiguës.

Lenflure porte son plus bel uniforme. C'est un habit d'une splendeur exceptionnelle, toque et tunique en soie écrue. Pliant son corps en deux, il entrouvre la porte, l'œil collé à la fente. Les plis de soie brillante qui enveloppent sa panse sifflent comme des vagues lointaines et sinistres, avec des murmures de chat fantôme en train de se pourlécher monstrueusement les babines. L'œil qui brille dans la fente de la porte semble détaché du reste du corps. Il n'a nul besoin de la tête volumineuse, des masses de graisse qui ondulent jusqu'à la fourche, ni des jambes molles et courtes, aussi épaisses que deux troncs. Il est vivant, cet œil, aussi rapide qu'une vipère, et veiné de stries sanglantes. Quel besoin a-t-il de tout ce triste amas d'argile, de ces nuages blancs qui pèsent une tonne, pendant qu'il fait le tour de la pièce comme une bille de glace injectée de sang, enchâssée dans les plis de graisse? Il dévore maintenant la double file des maigres apprentis, comme un calmar prêt à avaler une créature des profondeurs. Buvant des yeux les jeunes garçons, le chef sent un frisson sensuel lui parcourir la moelle, car il sait que son pouvoir est absolu. Il a vu et entendu les deux garçons se houspiller. Ils ne chuchotent plus maintenant, mais brandissent leurs petits poings cruels. Ils lui ont désobéi. Il essuie l'une sur l'autre ses mains chaudes, et passe la langue sur ses lèvres épaisses. Son œil ne les quitte pas, Roitelet et Marouette. Ils sont parfaits. Alors comme ça, ils se disputaient, les sales petits moucherons? Quelle merveille! Quel à propos! Cela lui épargnera la peine d'inventer une raison pour punir une brochette de leurs congénères.

Le chef ouvre la porte et la double rangée se fige.

S'essuyant les mains sur ses fesses couvertes de soie, il s'approche d'eux et les couvre d'un nuage menaçant.

« Marouette, dit-il d'une voix qui ressemble au sifflement des roseaux, il y a de la place pour toi, Marouette, dans l'ombre de ma panse. Amène-moi l'autre ange bouclé, il y a de la place pour lui aussi, j'en suis sûr. »

Les deux garçons s'avancent en claquant des dents, fascinés.

« Vous étiez en train de parler, n'est-ce pas? Vous étiez même plus bavards que ne le sont maintenant vos dents. Je me trompe? Non? Alors venez plus près. Je serais très contrarié de devoir aller vous chercher. Vous ne voulez pas me contrarier, n'est-ce pas? Répondez-moi, maître Marouette? Et vous, maître Roitelet? Vous ne voulez pas me contrarier, n'est-ce pas? »

Il n'attend pas la réponse, mais se met à bâiller. Son visage se dilate avec une expression lubrique, découvrant des régions secrètes en comparaison desquelles la plus secrète nudité n'est qu'un mannequin de modiste. A la fin du bâillement, ses mains jaillissent sans le moindre avertissement, saisissent les deux malheureux par les oreilles et les soulèvent comme des fétus de paille.

Personne ne saura jamais ce que le chef aurait fait d'eux. A l'instant même où les deux apprentis se balancent devant sa gorge, une cloche fêlée se met à sonner dans l'air surchargé de vapeur. Il est très rare qu'on entende cette cloche. La corde à laquelle elle est suspendue disparaît par un trou dans le plafond de la Grande Cuisine, serpentant secrètement à travers les chevrons de ces régions obscures qui remâchent de la poussière entre le plafond des pièces du rez-de-chaussée et le plancher du premier étage. Après maints autres relais, elle finit par sortir d'un mur dans la chambre de Lord Tombal. Il est rarissime que le comte d'Enfer convoque le chef, et la cloche de fer qui se balance furieusement au-dessus de la tête des marmitons secoue la poussière de quatre saisons.

Le visage de Lenflure change dès que résonne cette cloche oubliée. Les plis de graisse se redistribuent sur-le-champ, transformant la féminité avide et méchante de ses traits en une flagornerie qui suinte par tous les pores. Mais cela ne dure qu'un moment, le temps que ses oreilles boivent le son de fer. Laissant choir Marouette et Roitelet sur les dalles de pierre, il se précipite hors de la pièce, et ses pieds plats sucent le sol comme du porridge.

Sans réduire l'allure de ses succulentes enjambées, il écarte comme un nageur quiconque se trouve sur son passage, et poursuit sa route vers la chambre de Lord Tombal, le front et les joues de plus en plus moites à mesure qu'il approche de la porte sacrée.

Avant de frapper, il s'essuie le visage d'un revers de manche et écoute, l'oreille collée au panneau. Il n'entend rien et cogne avec force contre la porte, sachant d'expérience que ses jointures ne font pas le moindre bruit, tellement les os sont bourrelés de graisse. Le heurt n'est qu'un faible floc. Cela ne le surprend pas, et, fouillant à contrecœur dans sa poche, il extrait une pièce avec laquelle il frappe timidement contre le panneau. Au lieu de la voix lente, triste et autoritaire de son maître, il est glacé d'horreur par le ululement d'un hibou. Ebranlé par le cri mélancolique, il se tamponne le visage, et frappe de nouveau avec la pièce.

Cette fois, il n'y a pas de doute : le ululement aigu et prolongé est un ordre. Il lui faut entrer.

Jetant un coup d'œil circulaire autour de lui, Lenflure est sur le point de filer, car il tremble comme de la gélatine. Mais il entend le cric-cric-cric régulier des genoux de Craclosse qui s'approche dans l'ombre derrière lui. Puis il entend un autre bruit. Une course gauche et fougueuse qui couvre le staccato des articulations de Craclosse. Quand le chef tourne la tête, les flammes rouges de la robe de Fuchsia embrasent les ténèbres. Sa main vole sur la poignée et elle ouvre brusquement la porte, sans un instant d'hésitation ni un regard pour Lenflure. Les boyaux aussi noués que ceux d'une carcasse de bœuf assaillie par une armée de vers, le chef regarde par-dessus l'épaule de Fuchsia. Le spectacle le fait reculer d'un pas, ce qui lui donne le temps de surveiller l'approche de Craclosse. Détournant les yeux du spectacle, il pousse légèrement vers la droite la masse de son corps, et barre la route au squelette ambulant.

La haine qu'éprouve Lenflure pour le valet de Lord Tombal le ronge comme un ulcère, et son unique désir est de mettre un point final à la vie de l'être décharné qui lui a laissé des marques cuisantes sur le visage, le jour du baptême.

Craclosse a devant lui le dos voûté et l'arrière-train montagneux du chef. Il est impatient de voir ce que veut son maître, dont il a entendu le coup de sonnette, et n'est pas d'humeur à se laisser arrêter par un obstacle, fût-ce la terrifiante masse blanche du chef. S'il y a des nuits et des nuits qu'il ne dort plus, car il sait parfaitement que Lenflure veut le tuer pendant son sommeil, la matérialisation du cauchemar qui le hante le laisse froid et, allongeant son cou de tortue, il darde sa tête revêche et siffle entre ses dents jaunies.

Les yeux de Lenflure rencontrent ceux de son ennemi, et les quatre prunelles s'enflamment d'une haine infernale. Si la chair, le corps et les os des deux protagonistes s'étaient subitement volatilisés, les deux paires d'yeux suspendues dans le couloir sombre devant la porte du comte seraient devenues aussi incandescentes qu'une planète tant la haine les consume. Tournoyant en cercles de plus en plus étroits, elles se seraient fondues en un seul globe grésillant de fureur qui, hurlant dans l'air froid du corridor, sous les innombrables voûtes et jusque dans les passages sans fin de Gormenghast, aurait laissé une traînée sanglante derrière lui, avant de retrouver les corps aveugles et les orbites terrifiées.

Un instant, les deux hommes restent parfaitement immobiles. Le sifflement venimeux vient de cesser, et Craclosse n'a pas encore repris haleine. Brûlant d'envie d'arriver jusqu'à son maître, il crève l'abdomen ballonné du chef en levant un genou pointu comme une écharde. Le corps de Lenflure se plie en deux, et ses bras se referment devant lui comme des griffes. Son visage crispé de douleur est livide, et le col de son uniforme blanc paraît gris. Il se redresse au moment où Craclosse se prépare à passer devant lui en le bousculant d'un coup d'épaule, mais ils sont tous les deux cloués sur place par un cri plus affreux que le précédent, le long cri douloureux du hibou de la mort, et ils entendent la voix de Fuchsia, plus forte que les larmes et la terreur.

« Père! Père! Ne criez plus, je prendrai soin de vous. Regardez-moi, père! Oh! regardez-moi! Je sais ce que vous désirez. J'ai compris, père. *Je sais.* Je vous conduirai là où vous voulez aller quand il fera sombre. Mais regardez-moi, père, je vous en supplie, regardez-moi... »

Le comte ne veut pas la regarder. Il est assis en boule sur le manteau de la cheminée sculptée, la tête rentrée dans les épaules. Agrippées au marbre de la cheminée, les mains de Fuchsia tremblent. Tout son corps est tendu vers lui, mais elle n'ose pas le toucher. Les années de silence et la réserve glacée qui ont toujours caractérisé leurs relations se dressent comme un mur entre eux. Ce mur avait semblé se crevasser, et l'amour se dégeler à travers les lézardes, mais il vient de se refermer au moment critique, et Fuchsia n'ose pas le toucher. Elle n'ose pas non plus admettre que son père est possédé.

Il ne répond pas. Fuchsia tombe à genoux et se met à pleurer. Mais elle n'a pas de larmes dans les yeux. Son corps est secoué de sanglots, au pied de la cheminée où Lord Tombal est perché, mais aucune larme ne la soulage, et sa gorge est serrée d'angoisse. Elle devient très vieille pendant ces interminables secondes, elle vieillit d'une manière que beaucoup d'hommes et de femmes ne comprendront jamais.

Crispant les poings, Craclosse pénètre dans la chambre, les poils hérissés comme des barbelés sur sa chair squelettique. Quelque chose s'est effondré en lui. Son indéfectible loyauté envers le comte et à la maison d'Enfer est affectée par ce spectacle horrible. Lenflure a dû éprouver le même sentiment. Ils fixent le comte, et, sur leurs deux visages, c'est la même émotion traduite en deux langues qui s'ignorent.

Le comte est vêtu de noir. Recourbées comme des griffes, ses longues mains fines et blanches pendent sur ses genoux, entre lesquels le menton est fiché comme un coin dans les poignets. Mais ce sont ses yeux qui glacent jusqu'à la moelle ceux qui le regardent, car ils sont devenus circulaires. Le sourire qui flottait sur ses lèvres, lorsque Fuchsia était près de lui dans le bois de pins, a disparu à jamais. Sa bouche a perdu toute expression.

Soudain une voix sort de cette bouche. Une voix très calme :

« Chef !

– Monseigneur ? dit Lenflure, en tremblant de la tête aux pieds.

– Combien de souricières avez-vous dans la Grande Cuisine ? »

Les yeux de Lenflure roulent à droite et à gauche. Sa bouche s'ouvre, mais il n'en sort aucun son.

« Allons, chef, vous devez bien connaître le nombre de pièges qui sont posés chaque nuit... ou êtes-vous devenu négligent ? »

Lenflure serre ses mains boulottes, qui tremblent tandis que ses doigts se chevauchent machinalement.

« Monsieur..., dit Lenflure, il doit y avoir quarante pièges dans la Grande Cuisine... quarante souricières, monseigneur.

– Combien y en avait-il de prises à cinq heures du matin ? Répondez-moi.

– Les pièges étaient tous pleins, monseigneur. Tous, sauf un.

– Les a-t-on données aux chats?

– Les... les chats, mon...

– J'ai dit : " Les a-t-on données aux chats? " répéta tristement Lord Tombal.

– Pas encore, dit le chef, pas encore.

– Alors apportez-m'en une... apportez-m'en une grosse... immédiatement! »

Les lèvres humides de Lenflure remuent avec peine.

« Une grosse. Oui, monseigneur... une... grosse. »

Il sort de la chambre, et la voix poursuit :

« Allez me chercher des brindilles, monsieur Craclosse. Tout de suite. Des brindilles de toutes les tailles, vous comprenez? Arrachées à des branches de plus en plus petites. Prenez tout ce que vous trouverez, car je dois m'habituer à leurs formes, et les entrelacer avec autant d'habileté que les autres, bien que nous soyons de piètres bâtisseurs. Qu'attendez-vous, monsieur Craclosse?... »

Les yeux de Craclosse n'ont pas été capables de soutenir le regard métamorphosé de son maître, mais il se force à les relever. Il ne reconnaît aucune des expressions du comte. La bouche pourrait aussi bien ne pas être là. Le nez s'est recourbé, et deux lunes se reflètent dans les yeux circulaires.

Craclosse cueille Fuchsia d'un geste brusque, et la balance sur sa haute épaule. Puis il titube vers la porte, et file bientôt dans les corridors.

« Laisse-moi! Il ne faut pas que je le quitte! » crie Fuchsia d'une voix haletante.

Craclosse se contente de pousser un grognement et continue de marcher à grands pas.

Fuchsia essaie d'abord de se débattre, mais la terrible scène l'a tellement bouleversée qu'elle n'a plus de forces, et elle s'abandonne sur l'épaule du serviteur, sans savoir où il l'emmène. Craclosse ne le sait pas davantage. Ils sortent dans le petit jour de la cour Est, et Fuchsia relève la tête.

« Craclosse, dit-elle, nous devons immédiatement aller chercher le docteur Prune. Je peux marcher maintenant. Je t'en prie, Craclosse, pose-moi. Vite, vite. Il n'y a pas une seconde à perdre! »

Craclosse la fait glisser de son épaule, et elle se laisse tomber sur le sol. Fuchsia a aperçu la maison du docteur à l'angle de la cour. Elle ne comprend pas pourquoi elle n'a pas pensé à lui plus tôt, se met à courir et, dès qu'elle atteint la porte, frappe furieusement avec le marteau. Le soleil commence à se lever sur les marécages, et illumine la gouttière qui descend le long d'une corniche de la maison du docteur. Les coups redoublent à la porte, et les rayons éclairent la tête remarquable de Salprune lui-même, qui apparaît comme un somnambule à une haute fenêtre. Il ne voit pas qui se tient dans les ombres, au-dessous de lui, mais s'écrie :

« Au nom de la discrétion et de tous ceux qui dorment, cessez de maltraiter cette porte! Que diable se passe-t-il?... Répondez-moi. Je répète, répondez-moi! Est-ce que la peste s'est abattue sur Gormenghast – ou faut-il poser les forceps? Est-ce un retour offensif de la gale nocturne, ou une simple rupture de l'aorte? Est-ce que le malade délire?... Est-il gras ou maigre?... Ivre ou fou?... Est-il... »

Le docteur ne peut s'empêcher de bâiller, et Fuchsia saute immédiatement sur l'occasion.

« Oui, oh! oui! Venez vite, docteur Prune! Laissez-moi vous raconter. Oh! je vous en supplie, laissez-moi vous raconter!

– Fuchsia! s'écrie la voix aiguë, comme si elle se parlait à elle-même. Fuchsia! »

Et la fenêtre descend avec fracas.

Le temps de Craclosse s'approche de la jeune fille, la porte s'ouvre brusquement sur le docteur Salprune en pyjama à fleurs.

« Assieds-toi, ma furie, assieds-toi! s'écrie Salprune.

Que diable se passe-t-il? Raconte tout à ta vieille Prune.

– C'est père, dit Fuchsia en pleurant de soulagement. Il ne va pas bien, docteur Prune. Père ne va pas bien du tout... Oh! docteur Prune, il est un hibou noir, à présent... Aidez-le, docteur! Aidez-le! »

Le carabin ne répond pas. Il tourne sa tête rose, intelligente et hypersensible, vers Craclosse qui approuve et avance d'un pas en faisant grincer l'articulation d'un genou. L'arachnéen serviteur fait un nouveau signe de tête et remue la mâchoire.

« Hibou, dit-il. Veut des souris!... Veut des brindilles : ulule sur la cheminée! Devenu fou.

– Non! s'écrie Fuchsia. Il est malade, docteur Prune. C'est tout. Sa bibliothèque a brûlé. Tous ses beaux livres ont brûlé, et il est tombé malade. Mais il n'est pas fou. Il parle si calmement. Oh! docteur Prune, qu'allez-vous faire?

– L'as-tu laissé dans sa chambre? demanda le médecin, soudain devenu un autre homme.

Fuchsia incline son visage mouillé de larmes.

« Reste ici », dit-il tranquillement.

Il s'éclipse quelques instants et réapparaît en robe de chambre et pantoufles vert tilleul, une sacoche à la main.

« Fuchsia chérie, envoie-moi Finelame dans la chambre de ton père. Il comprend vite et pourra peut-être m'aider. Craclosse, faites ce que vous avez à faire. Le Déjeuner doit absolument avoir lieu, vous le savez. Allons, ma gitane, la mort ou la gloire! »

Et, avec le plus aigu et le plus fou des trilles, il disparaît à travers la porte.

Le comte change de couleur

La lumière du matin devient plus vive, et l'heure de la cérémonie approche. Complètement affolé, Craclosse erre dans les labyrinthes de pierre éclairés par les bougies, où il sait que personne ne viendra le déranger. Il a été ramasser les brindilles, les a jetées avec dégoût, puis les a ramassées de nouveau, car la seule pensée de désobéir à son maître est presque aussi terrible que le souvenir de l'être assis sur la cheminée. De désespoir, il a fini par les écraser entre ses doigts noueux, déchaînant un orage minuscule sous les arbres, car ses jointures ont craqué en même temps que le bois sec. Il est revenu à grands pas vers le château et promène son inquiétude dans les Dédales de Pierre. Il y règne un froid glacial, mais son front est perlé de sueur, et dans chaque perle se reflète la flamme d'une bougie.

Nannie Glu est dans la chambre de la comtesse, qui empile mèche sur mèche sa chevelure de rouille, comme si elle était en train de construire un château. Nannie regarde de temps en temps la montagne assise devant le miroir, mais son attention est irrésistiblement attirée par un objet sur le lit. Cet objet est enveloppé d'un carré de velours lavande, sur lequel on a épinglé des clochettes de porcelaine. L'extrémité d'une chaîne en or est attachée au centre de ce qui est devenu une momie de velours, d'un diamètre d'environ dix-huit pouces pour une longueur de trois pieds et demi. A l'autre extrémité de la chaîne, une épée est posée sur le lit, à côté du rouleau couleur de lavande. L'acier de la lame est bleu-noir, et la lettre « E » est gravée sur le pommeau. L'épée est attachée à la chaîne en or par un bout de ficelle.

Nannie Glu passe un tampon de poudre sur quelque chose qui remue dans l'ombre, à une extrémité du rouleau, puis regarde autour d'elle d'un air effaré. Il lui est difficile de voir ce qu'elle fait, tant l'ombre est épaisse dans la chambre de la comtesse. Ses yeux bordés de rouge errent dans l'obscurité, puis elle se penche sur Titus, en se tirant la lèvre. Elle regarde de nouveau la comtesse qui, lasse de se coiffer, a abandonné l'édifice. Sa chevelure ressemble à la construction qu'un architecte fou, mort en cours de route, a laissée en plan et que personne n'a jamais su comment achever. Nannie Glu s'éloigne du lit en sautillant et se dirige vers la table, sous le candélabre. Elle arrache une bougie fichée dans la cire au milieu des grains de mil et, après l'avoir allumée à une pyramide de suif qui dégouline, elle revient vers la momie de lavande, qui a commencé à se tortiller sur le lit.

La flamme vacillante accentue le tremblement de sa main quand elle élève la bougie au-dessus de la tête de Titus, qui a les yeux grands ouverts. Voyant la lumière, il commence à faire la moue, et le cœur de la terre tressaille d'amour, car il est au bord des larmes.

Il se tord dans l'affreux carcan, et l'une des clochettes tinte doucement.

« Glu ? » dit la comtesse d'une voix enrouée.

Nannie est légère comme une plume. La voix de Lady Gertrude la fait sauter en l'air. Elle retombe douloureusement sur ses chevilles maigres, mais ne crie pas. Elle se mord la lèvre inférieure, et ses yeux s'embrument. Elle se demande quelle bévue elle a pu commettre. Aucune, mais Nannie se sent toujours coupable lorsqu'elle est avec la comtesse. Cela est dû au fait qu'elle irrite la dame d'Enfer, et qu'elle le sait. Aussi, c'est d'une petite voix tremblante qu'elle bégaie :

« Oui, madame la comtesse... oui, madame... oui ? »

La comtesse ne tourne pas la tête pour parler, mais regarde derrière elle, dans le miroir fêlé, les coudes appuyés sur la table, le menton dans les mains.

« Est-ce que l'enfant est prêt ?

– Oui, à l'instant, à l'instant, madame la comtesse. Il

est prêt, ce tout petit, Dieu le bénisse, Votre Seigneurie... oui, oui...

– Est-ce que l'épée est fixée?

– Oui, oui, l'épée, l'... »

Elle est sur le point de dire « l'horrible épée noire », mais s'arrête à temps. Qui est-elle, en effet, pour dire ce qu'elle pense du rituel?

« Mais c'est si *chaud* pour lui, ajoute-t-elle précipitamment, tout ce velours, c'est si chaud pour son petit corps... (Un sourire niais fait trembler ses lèvres ridées.) Mais c'est très joli, bien sûr. »

La comtesse se tourne lentement sur sa chaise.

« Glu, dit-elle. Venez ici, Glu. »

Le cœur battant la chamade, la vieille femme contourne le lit en trottinant, et s'arrête à côté de la coiffeuse, les mains nouées sur sa poitrine plate, les yeux écarquillés.

« Est-ce que vous ne savez toujours pas répondre aux questions les plus simples? » demande très lentement la comtesse.

Nannie secoue la tête, puis deux taches rouges apparaissent soudain sur ses joues.

« Je *sais* répondre aux questions, je *sais*! » s'écrie-t-elle avec une véhémence qui l'étonne elle-même.

La comtesse ne semble pas l'avoir entendue.

« Essayez de répondre à celle-ci », murmure-t-elle.

Nannie incline la tête et écoute, semblable à un oiseau gris.

« Vous m'écoutez, Glu? »

Nannie incline la tête, comme paralysée.

« Où avez-vous rencontré ce jeune homme? (Il y a un instant de silence.) Ce Finelame, ajoute la comtesse.

– Il y a longtemps », dit Nannie.

Elle ferme les yeux et attend la prochaine question, enchantée de la réponse qu'elle vient de donner.

« Je vous ai demandé *où* : où et non pas *quand* vous l'aviez rencontré », tonne la voix.

Nannie Glu essaie de rassembler ses idées. Où?... Mon

Dieu, où était-ce? C'était il y a longtemps... Elle se rappelle soudain qu'il est apparu avec Fuchsia à la porte de sa chambre.

« Avec Fuchsia... Oh! vi... vi... c'était avec ma Fuchsia, madame.

– D'où sort-il? Répondez-moi, Glu, ensuite vous finirez de me coiffer.

– Je n'en sais rien... rien du tout... On ne me l'a jamais dit. Oh! mon pauvre cœur, non... »

D'où ce garçon pouvait-il bien sortir? Elle n'en sait rien et scrute la masse sombre au-dessus d'elle.

Lady Gertrude essuie lentement la paume de sa main sur son front.

« Vous n'avez pas changé, Nannie Glu. Votre intelligence est toujours aussi brillante. »

Nannie se met à pleurer, souhaitant désespérément être intelligente.

« Inutile de pleurer, dit la comtesse. Inutile. Mes oiseaux ne pleurent pas. Enfin, presque jamais. Etiez-vous là le jour de l'incendie? »

Le mot « incendie » est terrible pour Nannie Glu. Elle se tord les mains, ses yeux larmoyants s'affolent et ses lèvres tremblent, car elle voit en imagination les grandes flammes bondir autour d'elle.

« Au travail, Nannie Glu. Montez sur une chaise et achevez de me coiffer. »

Nannie se retourne pour trouver une chaise. La chambre a un air de naufrage. Les murs rouges sont sinistres à la lumière des bougies. Elle trottine entre des stalactites de suif, des caisses et de vieux sofas. La comtesse siffle, et, en quelques secondes, la chambre est remplie de battements d'ailes. Le temps que Nannie Glu traîne une chaise près de la coiffeuse et monte dessus, la dame d'Enfer est en grande conversation avec une pie. Nannie a horreur des oiseaux et ne comprend pas qu'une comtesse de la maison d'Enfer puisse converser avec eux. Mais, à plus de soixante-dix ans, elle commence à s'y habituer. Penchée sur les boucles de la comtesse, elle travaille d'arrache-pied dans la forêt hirsute, car la lumière est mauvaise.

« Doucement, chéri, doucement », dit la voix grave au-dessous de la vieille femme.

Le vieux corps de Nannie tressaille. Elle n'a jamais entendu la comtesse lui parler de cette façon. Jetant un coup d'œil par-dessus l'épaule monumentale, elle s'aperçoit avec désespoir que la dame d'Enfer s'adresse à un pinson blessé.

« Donc, c'est Fuchsia qui l'a rencontré la première ? » demande la comtesse en caressant du doigt la gorge du pinson.

Effrayée comme toujours lorsque quelqu'un parle, Nannie Glu tripote le mouchoir rouge qu'elle a dans la main.

« Qui ? Oh ! de qui parlez-vous... madame la comtesse ?... Oh ! vi, elle est très obéissante, Fuchsia est une bonne fille, oh ! vi, vi... »

La comtesse se lève comme un monument, balayant du coude plusieurs objets placés sur la coiffeuse. Elle entend des sanglots et tourne la tête vers le rouleau de lavande.

« Allez-vous-en, Glu. Allez-vous-en, et prenez-le avec vous. Fuchsia est-elle prête ?

– Vi... oh ! mon pauvre cœur, vi... Fuchsia est prête, vi, tout à fait prête. Elle attend dans sa chambre. Oh ! vi, elle est...

– La Collation va bientôt commencer », dit la comtesse, quittant des yeux une pendule de cuivre pour regarder son rejeton. Très bientôt.

Nannie, qui a arraché Titus à la forteresse du lit, s'arrête devant la porte avant de s'engager en trottinant dans le couloir que l'aube éclaire. Elle jette dans la chambre un regard triomphant, et un petit sourire pathétique illumine les coins de sa bouche fripée.

« *Sa* Collation, murmure-t-elle. Oh ! mon Dieu, mon cœur ! Sa *première* Collation. »

Fuchsia a enfin trouvé Finelame, qui venait d'aller rendre visite aux jumelles. Elle s'est heurtée à lui au coin de l'escalier. Finelame est habillé avec soin : il n'y a pas un grain de poussière sur ses hautes épaules. Ses ongles sont taillés, ses cheveux lissés sur son front pâle. Il est surpris de voir Fuchsia, mais ne le montre pas, haussant simplement les sourcils d'un air respectueusement interrogateur.

« Vous êtes très matinale, Lady Fuchsia. »

Le cœur battant d'avoir monté l'escalier en courant, Fuchsia a d'abord le souffle coupé.

« Le docteur Prune vous demande », balbutie-t-elle.

« Pourquoi moi? » se demande le jeune homme. Mais il dit à haute voix :

« Où est-il?

– Dans la chambre de mon père. »

Finelame passe lentement sa langue sur ses lèvres.

« Votre père est malade?

– Oui, oh! oui, très malade. »

Finelame détourne la tête, car les muscles du visage sont tendus à l'extrême. Un instant, il met bas le masque, puis tourne vers Fuchsia un visage recomposé.

« Tout ce qui est en mon pouvoir, je le ferai », dit-il.

Il bondit soudain devant elle avec une agilité incroyable et, dévalant d'un seul coup les quatre premières marches, disparaît dans l'escalier de pierre qui mène à la chambre du comte.

Il n'a pas vu le docteur depuis un certain temps. Leurs relations sont un peu tendues depuis qu'il a quitté son service, mais, en pénétrant dans la chambre du comte, il s'aperçoit que ce n'est ni le temps ni le lieu de ressasser de vieilles querelles.

En robe de chambre vert tilleul, Salprune passe et repasse devant le manteau de cheminée comme un chat à l'affût. Il ne quitte pas des yeux Lord Tombal. Le comte est toujours sur la cheminée et observe le carabin, les prunelles dilatées.

Au bruit que fait Finelame en ouvrant la porte, ses yeux circulaires bougent un instant et regardent fixement par-dessus l'épaule du médecin. Salprune ne commet pas l'erreur de tourner la tête. Derrière les verres grossissants de ses lunettes, son regard ne cille pas, et l'espièglerie a disparu de son visage bizarrement allongé.

Il y a longtemps qu'il attend ce moment. Bondissant comme une cavale, il arrache le comte de son perchoir, et ses mains blanches lui clouent les bras le long du corps. Finelame rejoint le docteur en un éclair. Ensemble, ils portent le corps sacro-saint sur le lit, et l'allongent sur le ventre. Lord Tombal ne s'est pas débattu, il n'a poussé qu'un cri étouffé.

Finelame retient d'une seule main la sombre silhouette qui ne fait aucun mouvement pour s'échapper. D'un coup sec, le docteur enfonce une aiguille dans le poignet du comte, et lui injecte une drogue si puissante que, lorsqu'ils retournent le malade, Finelame est stupéfait de voir que le visage est devenu d'un vert terreux. Les yeux ont changé aussi, ce sont de nouveau les yeux humains, mélancoliques, que le château connaît si bien. La courbure des doigts a disparu, les mains ne sont plus des griffes.

« Ayez la bonté de tirer le store », dit le docteur, qui se redresse de toute sa taille à côté du lit et remet la seringue dans son étui d'argent.

Cela fait, il joint ses mains blanches et se tapote l'extrémité des doigts d'un air pensif. Dans la pénombre du store, le visage du comte a une couleur moins terrible.

« Vous avez été rapide, docteur. (Finelame se balance d'un pied sur l'autre.) Qu'allez-vous faire maintenant ? »

Il fait claquer sa langue d'un air songeur en attendant la réponse de Salprune.

« De quelle drogue vous êtes-vous servi, docteur ?

– Mon cher garçon, je ne suis pas d'humeur à répondre à vos questions, dit Salprune en le gratifiant d'un sourire éblouissant, mais triste. Pas du tout d'humeur.

– Et le Déjeuner ? reprend Finelame sans se démonter.

– Le comte *assistera* au Déjeuner.

– Vraiment ? dit le jeune homme, en scrutant le visage du malade. Et cette couleur ?

– Dans une demi-heure, la peau aura repris une teinte normale. Il sera là... Maintenant, allez me chercher Craclosse, de l'eau bouillante et une serviette. Il faut le laver et l'habiller. Dépêchez-vous. »

Avant de quitter la chambre, Finelame se penche sur Lord Tombal, en sifflant silencieusement entre ses dents. Les yeux du comte sont fermés, et son visage est empreint d'un calme qu'il ne connaît plus depuis des années.

Une pommette sanglante

Finelame a quelque difficulté à trouver Craclosse, mais finit par le rencontrer dans la chambre des Chats, au lumineux tapis bleu qu'ils ont foulé ensemble dans des circonstances bien différentes, une année auparavant. Craclosse vient de ressortir des Dédales de Pierre, et a l'air d'un mort vivant, avec l'écheveau de toiles d'araignée sale qui pend sur son épaule. Quand il aperçoit Finelame, ses lèvres se retroussent comme celles d'un loup.

« Qu'est-ce que tu veux ?

– Comment va Craclosse ? » répond Finelame.

La foule des chats trône sur un énorme canapé dont les montants sculptés de nervures d'or s'élèvent comme deux vagues suspendues dans l'air du soir, prêtes à retomber dans leur creux d'écume blanche. Les chats ne font aucun bruit et sont parfaitement immobiles.

« Le comte vous demande », poursuit Finelame, ravi de l'embarras de Craclosse.

Il ne sait pas si le valet de Lord Tombal connaît la nouvelle.

Lorsqu'il entend que son maître le demande, Craclosse lance en avant son corps dégingandé, mais s'arrête net après la première enjambée, et dévisage d'un air soupçonneux le jeune homme vêtu de drap noir.

Soudain, sans mesurer la conséquence de son acte, Finelame étire ses paupières entre le pouce et l'index, imitant à la perfection les yeux du comte. Il veut savoir si le squelette ambulant a vu le comte pendant sa crise de folie. S'il ne l'a pas vu, faire des yeux de hibou ne signifiera rien pour lui. Mais, en ce début de matinée, Finelame commet l'une de ses rares erreurs.

Devant cette insulte, le visage de Craclosse rougit de colère. Poussant un cri rauque, il titube jusqu'au canapé, sa main osseuse rafle un chat sur la montagne de neige, et il l'envoie à toute volée contre son bourreau. A cet instant, une femme à la silhouette massive, enveloppée d'un manteau, pénètre dans la pièce. Lancé au visage de Finelame, le projectile vivant tend une patte immaculée et, au moment où le jeune homme esquive de la tête, les griffes tracent cinq sillons sanglants sur sa joue, au-dessous de l'œil droit.

La pièce devient un concert de miaulements aigus. Envahissant murs et meubles, la marée blanche tourbillonne autour du tapis bleu à la vitesse de la lumière, comme un gigantesque maelström. Le sang qui ruisselle le long du cou de Finelame est aussi chaud que du thé. La main qu'il a levée devant son visage pour essayer de parer le coup touche sa joue lorsqu'il recule d'un pas, et le bout de ses doigts est trempé de sang. Le chat s'est écrasé contre le mur, près de la porte par laquelle la troisième personne vient d'entrer. Il est retombé sur ses pattes, à moitié assommé, un lambeau de peau olivâtre dans les griffes. Il aperçoit la silhouette au-dessus de lui, rampe en gémissant jusqu'aux pieds de la visiteuse et, d'un bond de tigre, saute jusqu'au creux des seins monumentaux où il reste blotti, ses yeux jaunes brillant comme des lunes au-dessus de son poil neigeux.

Craclosse détache les yeux de Finelame. Il a jubilé en voyant le sang gicler sur la joue du parvenu, mais il ne jubile plus à présent. Il regarde la comtesse d'Enfer d'un air hébété.

Son visage imposant a viré au rouge sombre et son regard est impitoyable. La raison de la querelle entre Craclosse et le jeune Finelame ne l'intéresse pas. Elle ne voit qu'une chose : l'un de ses chats blancs a été précipité contre le mur, et il souffre.

Craclosse attend le verdict. Sa tête osseuse est immobile, ses mains pendent gauchement le long de son corps. Il comprend qu'il a commis un crime, et, tandis que la comtesse approche, tout s'écroule : le monde de Gormenghast – sa sécurité, son amour, sa fidélité à la maison d'Enfer, son dévouement, tout s'écroule.

Elle arrive devant lui, et sa présence rend l'air presque irrespirable.

« J'ai envie de l'écraser, de lui briser les os », dit-elle d'une voix rauque et voilée.

Il relève la tête. Le chat blanc est devant lui. Il a le poil hérissé et son dos ressemble à un tertre d'herbe coupante et blanche.

La comtesse se remet à parler, mais d'une voix si étranglée que Craclosse n'arrive pas à comprendre ce qu'elle dit. Une bribe de phrase lui parvient enfin.

« Vous n'existez plus. Plus du tout. Vous êtes fini. »

Sa main, qui caresse doucement le corps du chat blanc, tremble avec une violence incontrôlable.

« Je ne veux plus vous voir, dit-elle. Gormenghast ne veut plus vous voir. »

Les mots sortent avec peine de son vaste gosier.

« Vous êtes fini... fini. »

Soudain sa voix se dénoue.

« Sale cuistre! Brute épaisse! Imbécile! Dehors! Dehors! Le château vous chasse. *Partez!* rugit-elle, la main sur la poitrine du chat. Vos longs os me rendent malade. »

Craclosse redresse sa petite tête osseuse. Il n'arrive pas à comprendre ce qui s'est passé. Il sait seulement que c'est quelque chose de terrible, car l'angoisse qu'il ressent est presque ouatée. La lumière du matin s'est mise à danser à travers la fenêtre et un reflet verdâtre joue sur les épaules de son habit graisseux. Un mouchoir trempé de sang sur le visage, Finelame l'observe en tapotant du bout des ongles le coin d'une table. Il ne peut s'empêcher de sentir l'étrange beauté qui émane de la tête du vieux serviteur. Il a été si rapide, tout à l'heure, songe-t-il. Rapide comme l'éclair. Voilà une chose intéressante à se rappeler : utiliser les chats comme projectiles.

Les petits yeux de Craclosse font le tour de la pièce. Derrière la comtesse, le sol est grouillant et blanc. On dirait l'écume apaisée d'une marée tropicale, dont le flot monte et descend sur le tapis d'azur. Sentant qu'il voit la scène pour la dernière fois, il se retourne pour partir, mais pense soudain au Déjeuner, et entend avec surprise le son fêlé de sa propre voix :

« Déjeuner. »

La comtesse sait que le serviteur en titre de son mari doit y assister. Eût-il tué tous les chats blancs du monde, il doit assister à la collation donnée en l'honneur de Titus, futur soixante-dix-septième comte de Gormenghast. C'est fondamental.

La comtesse fait un lent détour dans la pièce, s'empare d'un lourd tisonnier de fer près de la cheminée, et se dirige vers la fenêtre. Elle balance le bras droit d'un mouvement pendulaire, et la vitre explose comme une flaque sous le sabot d'une jument de trait. On entend une bruyante cascade de verre sur les dalles, à l'extérieur de la fenêtre, puis c'est le silence.

Tournant le dos à la pièce, la dame d'Enfer regarde

l'étoile de verre brisé. Devant elle, s'étend la pelouse verte. Elle observe le soleil qui se lève derrière les cèdres lointains. C'est le jour du Déjeuner de son fils.

« Vous avez une semaine, dit-elle en tournant la tête. Puis vous quitterez ces murs. On trouvera un serviteur pour le comte. »

Finelame dresse l'oreille, et ses ongles cessent un instant de tambouriner sur la table. Comme il reprend son manège, une crécerelle traverse l'étoile de verre et vient se poser sur l'épaule de la comtesse. Elle grimace lorsque les serres de l'oiseau se referment, mais son regard s'adoucit.

En trois pas d'araignée, Craclosse se glisse jusqu'à la porte qui donne sur les Dédales de Pierre. Il fouille dans sa poche pour trouver la clef, et fait jouer le pêne de la serrure. Il a besoin de reprendre ses esprits avant de revenir près du comte, et il s'engouffre dans les ombres du labyrinthe dont il a fait sa demeure.

Pour la première fois, la comtesse se souvient de la présence de Finelame. Elle tourne lentement les yeux vers l'endroit où il se tenait, mais Finelame a disparu. Elle ne le trouve nulle part dans la chambre.

Une cloche carillonne dans le couloir derrière la chambre des Chats, annonçant que le Déjeuner est imminent.

Des gouttes d'eau lui éclaboussent la main. Elle se retourne et voit le ciel rougeâtre, couvert de nuages menaçants. La lumière quitte soudain la pelouse et les cèdres.

Retournant vers la chambre du comte, Finelame s'arrête un moment dans l'escalier et, d'une fenêtre, regarde la pluie qui commence à tomber. Elle descend du ciel en longues lignes droites, apparemment immobiles, comme un million de cordes de harpe tendues entre ciel et terre. En quittant la fenêtre, il entend le premier grondement du tonnerre d'été.

La comtesse l'entend en regardant par la fenêtre étoilée. Salprune l'entend en aidant le comte à se mettre debout, près du lit. Le comte doit également l'avoir entendu, car il avance d'un pas vers le centre de la chambre. Il est parfaitement maître de lui, et a son visage de toujours.

« Etait-ce le tonnerre, docteur ? »

Le docteur l'observe. Il observe ses moindres gestes avec une grande attention. Mais il est presque impossible de deviner avec quel soin il étudie son malade, car sa bouche intelligente s'ouvre avec sa gaieté habituelle.

« C'était le tonnerre, monseigneur. Un grondement prodigieux. Attendons les accords martiaux qui vont suivre une telle ouverture ! Ha, ha, ha !

– Qu'est-ce qui vous a fait venir, docteur ? Je n'ai pas souvenir de vous avoir mandé.

– Cela n'a rien d'extraordinaire, monseigneur. Vous ne m'avez pas fait appeler. J'ai été convoqué il y a quelques minutes, et je vous ai trouvé évanoui, ce qui est regrettable, mais peut arriver à tout le monde. Par contre, poursuit le médecin en se caressant le menton, je me demande pourquoi vous vous êtes évanoui. Est-ce qu'il faisait très chaud dans la chambre ? »

Le comte s'approche du docteur.

« Salprune, dit-il, je ne m'évanouis jamais.

– Monseigneur, quand je suis entré dans cette chambre, vous étiez en syncope.

– Pourquoi me serais-je évanoui ? Je ne m'évanouis jamais, Salprune.

– Pouvez-vous vous rappeler ce que vous faisiez avant de perdre connaissance ? »

Le comte détourne les yeux. Il se sent soudain très las, et s'assoit sur le bord du lit.

« Je ne me souviens de rien, Salprune. Absolument de rien, à part ceci : j'avais le désir ardent de faire quelque chose. Quoi ? je ne sais pas. Il me semble que c'était il y a un mois.

– Je veux vous le dire, explique Salprune. Vous étiez en train de vous préparer pour le Déjeuner de votre fils. Le temps presse. Vous ne voulez pas être en retard. La perspective de la cérémonie vous surexcite, et vos nerfs craquent. Le " désir " ardent dont vous vous souvenez vaguement est celui d'être auprès de votre fils, qui a un an.

– Quand le Déjeuner en l'honneur de mon fils a-t-il lieu ?

– Dans une demi-heure. Ou, pour être précis, dans vingt-huit minutes.

– Voulez-vous dire que c'est *ce matin* ? »

Une expression d'angoisse est apparue sur le visage de lord Tombal.

« Ce matin entre tous les matins, passés, présents, et à venir, béni soit le tonnerre dans son cœur qui gronde ! Non, non, Monseigneur, ne vous levez pas encore. (Lord Tombal a essayé de se mettre debout.) Un peu de patience, et vous jouerez votre partition comme un stradivarius hors pair. Le Déjeuner ne sera pas remis, oh non ! Il vous reste vingt-sept longues minutes, mille six cent vingt secondes pour vous préparer, et Craclosse ne doit plus être loin. »

Craclosse n'est pas loin : il est derrière la porte. Il n'a fait que traverser les Dédales de Pierre, et il est monté jusqu'à la chambre de son maître par un passage obscur, connu de lui seul. Pourtant, il n'a qu'un instant d'avance sur Finelame, qui se glisse devant lui au moment où il ouvre la porte.

Finelame et le domestique sont stupéfaits de constater que Lord Tombal est de nouveau mélancoliquement lui-même. Craclosse s'approche du comte d'un pas traînant, et tombe à genoux devant lui. C'est une impulsion incontrôlable : ses genoux s'écrasent gauchement sur le sol. La main pâle et délicate du comte se pose un instant sur les épaules de l'épouvantail, mais il dit simplement :

« Mon habit de cérémonie en velours, Craclosse. Faites le plus vite possible. Mon habit de velours et ma broche à l'oiseau d'opale. »

Craclosse se relève rapidement. Il est le serviteur en

titre du comte. C'est lui qui va sortir les vêtements de cérémonie, et préparer le comte pour le Grand Déjeuner donné en l'honneur de son fils unique. Ce misérable Finelame n'a rien à faire dans la chambre de Lord Tombal. Le docteur non plus, d'ailleurs.

La main sur la garde-robe, il tourne la tête avec un bruit grinçant.

« C'est *moi* qui m'occupe de tout, docteur. »

Ses yeux vont de Salprune à Finelame, et il retrousse les lèvres avec une expression de mépris et de dégoût.

Le docteur remarque cette expression.

« Très juste. Très, très, très juste ! La santé du comte se rétablit de minute en minute, et il semblerait qu'on n'a plus besoin de nous ! Au nom du tact et de la discrétion, j'en suis même absolument sûr, ha, ha, ha ! Oh ! mon Dieu, oui ! Venez, Finelame. Venez. A propos, que fait tout ce sang sur votre visage ? Jouez-vous au pirate, ou avez-vous fait chambre commune avec un tigre ? Ha, ha, ha ! Mais vous me raconterez ça plus tard, mon cher garçon, vous me raconterez ça plus tard. »

Le docteur commence à pousser Finelame hors de la chambre, mais Finelame déteste jouer le rôle d'un mouton.

« Après vous, docteur », dit-il, insistant pour que Salprune sorte le premier.

Avant de fermer la porte, il se retourne et s'adresse au comte sur un ton confidentiel :

« Je veillerai à ce que tout soit prêt. Laissez-moi faire, monseigneur... A plus tard, Craclosse. Allons, docteur, en route. »

La porte se referme.

Les jumelles se regardent

Assises l'une en face de l'autre depuis plus d'une heure, les jumelles n'ont pratiquement pas fait un geste et se regardent dans le blanc des yeux. Seule la vanité peut expliquer une telle attitude, et il se trouve que c'est bien de la Vanité, rien que de la Vanité. Sachant que leurs traits sont identiques, qu'elles y ont appliqué la même quantité de poudre, et qu'elles ont passé le même temps à se coiffer, elles sont absolument certaines que chaque visage est le miroir de l'autre. Elles sont parées de leurs plus beaux habits de pourpre. La couleur est si violente qu'un œil normalement sensible ne pourrait la supporter.

« Clarice, dit enfin Cora, tourne ta jolie tête vers la droite pour que je voie de quoi j'ai l'air *de profil.*

– Pourquoi ? dit Clarice. Pour quoi faire ?

– Pourquoi pas ? J'ai le droit de *savoir.*

– Moi aussi.

– Ne sois pas stupide !

– Bon, mais...

– Fais ce que je te dis. Je ferai la même chose pour toi.

– Comme ça je verrai à quoi ressemble mon profil.

– Nous le verrons toutes les deux, pas seulement toi.

– C'est bien ce que j'ai dit : toutes les deux.

– Alors ? Qu'est-ce que tu as ?

– Rien.

– Eh bien ?

– Eh bien, quoi ?

– Eh bien, vas-y, tourne ta jolie tête...

– Maintenant ?

– Oui. Nous n'attendons rien, n'est-ce pas ?

– Seulement le Déjeuner. Mais ce n'est pas pour tout de suite.

– Pourquoi ?
– Parce que je viens d'entendre la cloche sonner dans le corridor.
– Moi aussi. Ça veut dire que nous avons le temps.
– Tourne la tête, Cora. Je veux regarder mon profil.
– Très bien. Pendant combien de temps, Clarice ?
– Longtemps.
– Seulement si tu le fais longtemps pour moi.
– Que tu es sotte ! C'est impossible.
– Pourquoi ?
– Parce qu'il passe.
– Qui passe, chérie ?
– Le temps.
– Non, nous avons beaucoup de passe-temps.
– Oui, des milliers et des milliers de merveilleux passe-temps.
– Tu veux dire devant nous, Clarice ?
– Oui, devant nous.
– Quand nous aurons nos trônes ?
– Comment le sais-tu ?
– C'est à ça que tu pensais, non ? Pourquoi essaies-tu de me tromper ?
– Je n'essaie pas. Je voulais simplement savoir.
– Eh bien, maintenant tu le sais.
– Je sais quoi ?
– Tu le sais, c'est tout. Je ne vais pas approfondir.
– Pourquoi ?
– Parce que tu ne vois pas les choses aussi profondément que moi. Tu n'as jamais pu me suivre.
– Je n'ai jamais *essayé*. Ça n'en vaut pas la peine, je suppose. Je sais quand les choses en valent la peine.
– Je voudrais bien savoir quand ?
– Quand quoi ?
– Quand elles en valent la peine ?
– Quand tu t'achètes quelque chose avec ton or, cela en vaut la peine.
– Sauf si tu n'en as pas *envie*, Clarice. Tu oublies toujours ça. Pourquoi faut-il que tu sois si distraite ? »

Suit un long silence au cours duquel elles étudient mutuellement leurs visages.

« Ils nous regarderont, tu sais, dit Cora d'une voix neutre. On nous regardera pendant le Déjeuner.

– Parce que nous sommes du sang, dit Clarice. Voilà pourquoi.

– C'est pour ça que nous planons au-dessus d'eux.

– Deux quoi ?

– De tout le monde, bien sûr.

– Nous ne planons pas encore au-dessus de tout le monde.

– Mais c'est pour bientôt.

– Quand le garçon intelligent nous le dira. Il peut tout faire.

– Tout. Absolument tout. Il me l'a dit.

– Moi aussi. Ne crois pas qu'il ne parle qu'à toi, ce n'est pas vrai.

– Ne me fais pas dire ce que je n'ai pas dit.

– Tu étais sur le point...

– Quel point ?

– Sur le point de te porter aux nues.

– Oh ! oui, oui. Nous serons portées aux nues quand la moisson sera mûre.

– Mûre et riche.

– Oui, bien sûr.

– Bien sûr. »

Elles font une autre pause. Le timbre de leurs voix est tellement dépourvu d'expression que, lorsqu'elles s'interrompent, le silence ne paraît pas être une chose nouvelle dans la pièce, mais le prolongement autrement nuancé de leurs voix neutres.

« Tourne la tête, Cora. On me regardera au Déjeuner, et je veux savoir à quoi ressemble mon profil. Je veux savoir ce qu'on regarde quand on me regarde de profil. Tourne la tête pour moi, j'en ferai autant pour toi tout à l'heure. »

Cora tord son cou blanc vers la gauche.

« Plus, dit Clarice.

– Plus quoi ?
– Je vois encore l'autre œil. »
Cora se tord davantage le cou, et un peu de poudre tombe.
« Très bien, Cora. Ne bouge plus. Surtout ne bouge plus. Oh ! Cora (la voix est toujours aussi neutre) je suis *parfaite* ! »
Elle applaudit sans gaieté, même ses paumes rendent un son mort.
Comme si ce bruit était un signal, la porte s'ouvre et Finelame entre rapidement dans la chambre. Il a un pansement sur la joue. Les jumelles se lèvent et glissent vers lui épaule contre épaule.
Il les regarde des pieds à la tête, sort sa pipe et gratte une allumette. La flamme brûle un instant dans sa main. Un instant seulement, car Cora a levé le bras, et, d'un geste de somnambule, elle étouffe la flamme.
« Que diable fabriquez-vous ? » s'écrie Finelame, perdant pour une fois le contrôle de lui-même.
Il est vrai qu'il y a de quoi : assister, dans la même matinée, à la métamorphose d'un comte en hibou sur un manteau de cheminée, et avoir la moitié du visage arrachée par un chat, sont des aventures capables d'ébranler le sang-froid de n'importe qui.
« Pas de feu, dit Cora. Nous ne faisons plus de feu.
– Nous n'aimons plus les feux. Non. Plus du tout.
– Plus depuis que nous... »
Finelame intervient, car il sait le tour que viennent de prendre leurs pensées. Ce n'est pas le moment, juste avant la cérémonie, qu'elles se mettent à ressasser des souvenirs.
« Vous êtes attendues ! Toute la table brûle d'impatience de vous voir. Venez, belles jumelles. Laissez-moi vous escorter au moins une partie du chemin. Vous avez l'air des plus séduisantes... Qu'est-ce qui a pu vous retenir ? Etes-vous prêtes ? »
Les jumelles font signe que oui.
« Puis-je avoir l'honneur de vous donner le bras droit,

Lady Cora? Et vous, Lady Clarice, ma chère, voulez-vous prendre le gauche... ? »

Arrondissant les coudes, Finelame attend que les jumelles se séparent, et lui prennent le bras.

« Le droit est plus important que le gauche, dit Clarice. Pourquoi est-ce toi qui le prends?

– Pourquoi pas?

– Je suis aussi belle que toi.

– Mais pas aussi intelligente, n'est-ce pas, chérie?

– Si, mais tu es ma favorite.

– C'est parce que je suis séduisante. Il vient de le dire.

– Il a dit que *nous* étions séduisantes.

– C'était pour être poli avec toi, tu n'as pas compris?

– Mes chères Excellences, intervient Finelame, taisez-vous, je vous en prie! Qui est maître de vos destinées? A qui avez-vous promis de faire confiance et d'obéir?

– A vous, répondent-elles ensemble.

– Je vous considère comme égales, et je veux que vous vous considériez de même, car, quand vos trônes arriveront, ils seront également glorieux. Maintenant, voulez-vous me prendre le bras, s'il vous plaît? »

Cora et Clarice prennent chacune un bras. La porte a été laissée ouverte, et ils font leur sortie, le jeune homme mince vêtu de noir marchant entre les deux corps raides des jumelles pourpres qui ne cessent de se contempler par-dessus sa tête. Ils s'éloignent dans la longue perspective du corridor, et, longtemps après que les ombres ont englouti le noir et le pourpre, on voit leurs profils identiques flotter dans la pénombre comme deux dessins pâles, dans un face à face qui se prolonge jusqu'à la dernière parcelle de lumière.

Sombre anniversaire

Brigantin ignore complètement que des événements graves se sont déroulés au château, en ce matin historique. Il sait, bien sûr, que le comte est dans un état de santé critique depuis l'incendie de la bibliothèque. Mais il ne sait rien de sa terrible métamorphose sur la cheminée. Depuis l'aube, il étudie les moindres détails du rituel qu'il faudra observer au cours du Déjeuner. Tandis qu'il clopine vers la salle à manger, sa béquille résonnant d'une façon menaçante sur les dalles, il mâchonne des poils de barbe qui se rebiquent et lui entrent dans la bouche, et marmonne d'un air irrité.

Il habite toujours la chambre poussiéreuse, basse de plafond, qu'il occupe depuis plus de soixante ans. Ses nouvelles responsabilités l'obligent à interroger domestiques et officiels, mais il n'a pas songé à s'installer dans l'un des appartements qui sont à sa disposition, s'il le désire. Ceux qui viennent le voir pour lui demander conseil ou attendre ses ordres sont obligés de se contorsionner pour franchir le seuil de la cabane à lapins où ils marchent pliés en deux, mais cela ne produit pas le moindre effet sur lui. Brigantin ne se soucie pas du confort d'autrui.

Approchant de la salle à manger en compagnie de Nannie Glu, qui porte Titus, Fuchsia entend le bruit sec de la béquille de Brigantin sur les dalles. En temps normal, ce bruit l'aurait terrifiée, mais la scène tragique à laquelle elle vient d'assister l'a remplie d'angoisse, et elle est tourmentée par un pressentiment qui chasse toute autre crainte. Elle est vêtue de l'immémoriale robe écarlate dont se pare la fille aînée de la maison d'Enfer au baptême d'un garçon. Autour du cou, elle porte ce qu'on appelle le Collier de l'Aînée, un collier de colombes en grès blanc sculptées par le dix-septième comte de

Gormenghast, et enfilées sur un cordon d'herbe tressée.

Enfermé dans le rouleau de velours lilas, l'enfant ne fait aucun bruit. Fuchsia porte l'épée noire au côté, mais la chaîne en or est toujours attachée à Titus. Au comble de l'excitation, les yeux de Nannie Glu vont de Fuchsia au paquet qu'elle tient dans ses bras, et elle ne cesse de mordre ses lèvres ridées en avançant à petits pas dans sa plus belle robe sépia.

« Nous ne serons pas en retard, hein, ma folie? Oh! non, il ne faut pas que nous soyons en retard, n'est-ce pas? (Son œil se faufile à l'intérieur de l'extrémité du rouleau.) Dieu le bénisse, il est si sage malgré ces affreux roulements de tonnerre... Il est sage comme une image, vi. »

Fuchsia ne l'entend pas. Elle vit un interminable cauchemar. Vers qui se tourner? Qui interroger? « Le docteur Prune, le docteur Prune..., se dit-elle. Il me dira. Il saura que je peux le guérir. Que moi seule peux le guérir. »

Ils tournent à l'angle d'un corridor, et aperçoivent la porte de la salle à manger, à moitié cachée par Lenflure, la main sur la poignée de cuivre. Le chef leur ouvre rapidement, et ils pénètrent dans la pièce. Tout le monde est déjà là. C'est plus une coïncidence qu'autre chose, mais le cérémonial est ainsi parfaitement respecté, car Titus est non seulement l'invité, mais l'*hôte* d'honneur, puisqu'il est l'Héritier de Gormenghast et que, ayant bravé le cycle de quatre saisons, il pénètre aujourd'hui dans son Royaume.

Fuchsia monte les sept marches de bois qui mènent à l'estrade où est dressée la longue table. Loin sur sa droite, s'étend la grande salle pleine d'échos où la flaque d'eau alimentée par les gouttes de pluie qui tombent du plafond devient une véritable mare sur les dalles. La pluie qui tombe toujours à torrents et tambourine contre le plafond sert de fond sonore à tout ce qui se passe. Tendant la main droite, Fuchsia aide Nannie Glu à gravir les deux dernières marches. La longue table est plongée dans un silence absolu. Tout le monde a tourné la tête vers Nannie et son précieux fardeau. Dès que la vieille femme est à peu près d'aplomb sur l'estrade, la compagnie se lève, et on entend les pieds de chaise racler les planches; Fuchsia a l'impression que d'impénétrables forêts se sont dressées devant elle, peuplant l'air de formes vagues, inconnues et monstrueuses. Mais ces images d'un monde étranger restent passagères, car sa sensibilité est dominée par l'angoisse qu'elle éprouve pour son père.

Lorsqu'elle l'aperçoit en levant la tête, elle est brusquement saisie par une émotion indéfinissable. Pas une seconde elle n'a pensé qu'il pourrait assister au Déjeuner, mais que le docteur resterait près de lui dans sa chambre. La dernière image qu'elle a gardée de lui est si terrible que le voir dans une atmosphère si différente lui donne une bouffée d'espoir – l'espoir que tout cela n'est qu'un rêve, qu'elle n'est jamais entrée dans sa chambre, qu'il n'a jamais posé sur elle, du haut de la cheminée, d'impitoyables prunelles rondes. Il a l'air si doux, si triste, si maigre. Elle voit se dessiner un faible sourire de bienvenue sur ses lèvres.

Lenflure, qui les a suivies, installe Nannie Glu dans un fauteuil sur le dossier duquel sont peints ces mots : POUR UN SERVITEUR. Devant elle, sur la table, un coussin est posé au milieu d'un demi-cercle d'espace libre. En s'asseyant, Nannie Glu voit que son menton est au niveau de la table, et elle fait un gros effort pour soulever le paquet de velours lilas et le poser sur le coussin. A sa gauche, Gertrude d'Enfer. La vieille dame lui jette un coup d'œil craintif. Elle contemple un vaste espace ténébreux, car les vêtements noirs de la comtesse semblent sans fin. Elle lève un peu la tête, encore des ténèbres. Plus haut, toujours des ténèbres. Elle finit par renverser complètement la tête et croit distinguer, près de l'endroit où sa vision se perd, une lueur rousse dans la nuit. Dire qu'une heure plus tôt elle a aidé à coiffer ces boucles qui semblent essuyer les chérubins pâlis du plafond !

A sa droite, le comte. Il est appuyé contre le dossier de son fauteuil, d'un air indifférent et las, mais sourit toujours tristement à sa fille, assise de l'autre côté de la table, en face de sa mère. A droite et à gauche de Fuchsia, sont respectivement assis Irma Salprune et son frère. Le docteur et Fuchsia se tiennent par le petit doigt sous la table. Cora est assise en face du comte, son frère, et à gauche de la comtesse. Clarice est en face d'Irma. Entre le bout de table que préside Lenflure et l'endroit où sont assis Cora et le comte, un jambon succulent, d'une taille énorme, est éclairé par une bougie. Le chef vient de se munir d'un couteau à découper et il est en train d'accomplir les devoirs de sa charge. A l'autre bout de la table, Brigantin enrage sur une chaise surélevée.

Les convives mangent par à-coups, chaque fois qu'ils ont cinq minutes entre les interminables formalités du rituel compliqué que Brigantin fait respecter aux instants voulus. Lassants au dernier degré pour les convives, il serait à peine moins ennuyeux pour le lecteur d'énumérer tous les détails contenus dans le catalogue où est consigné le rituel du Déjeuner. Cela a commencé par le bris du vase placé au centre de la table, dont les fragments ont été rassemblés en deux tas, l'un aux pieds, l'autre à la tête de Titus, et s'est terminé par l'extraordinaire spectacle de Brigantin piétinant la table sur toute sa longueur (comme s'il piétinait symboliquement le pouvoir dont il était investi en tant que gardien des lois sacrées de Gormenghast), allant et venant sept fois au milieu des débris du repas tandis que la table de chêne tremble sous les coups rageurs de sa jambe de bois.

Personne ne le sait à la longue table : ils ne sont pas neuf sur l'estrade, mais dix. Pendant tout le repas, ils ont été dix.

Le dixième, c'est Finelame. Tard dans l'après-midi, la

veille, dans le chaud nuage de poussière soulevé par les coups de balai dont les échos se sont évanouis, il s'est rapidement glissé vers l'estrade, portant un rouleau d'étoffe noire et une sorte de filet sous le bras. S'étant assuré qu'il n'y a personne, il a déroulé le drap, gravi les marches en bois de l'estrade, et disparu en un éclair sous la table.

Pendant quelques instants, on entend des grattements, et des bruits métalliques, puis il y a deux minutes d'activité intense. Finelame est partisan d'un travail rapide, surtout s'il s'agit de nuire. Quand il aura réapparu enfin et se sera épousseté soigneusement, un œil indiscret aura pu remarquer que, s'il porte toujours le gros rouleau de drap, il s'est débarrassé du filet. Si cet observateur imaginaire avait jeté un simple coup d'œil sous la table, il n'aurait rien vu d'extraordinaire, mais, en se donnant la peine de ramper et de lever la tête, il aurait aperçu un confortable hamac suspendu au centre du « plafond » de chêne.

C'est dans ce hamac que Finelame est étendu dans la pénombre, entouré par un panorama de dix-sept jambes dont une de bois. Seize, plus exactement, car Fuchsia a replié une jambe sous elle. Finelame a rapidement semé les jumelles en descendant vers la salle à manger, et il a réussi à se glisser le premier dans la pièce. La surface de chêne de la table est tout près de son visage. Sa curiosité n'est pas satisfaite, car le spectacle n'est qu'une suite de pantomimes invisibles, qui se déroulent au-dessus de lui. Il n'y a aucune conversation et le repas lui semble interminable. Il n'entend que la voix sèche et didactique de Brigantin qui débite les formules légendaires dont l'origine se perd dans la nuit des temps, l'exaspérant toussotement d'Irma persuadée qu'une dame s'excuse toujours ainsi, et les petits craquements de la chaise de Fuchsia qui ne cesse de bouger. Parfois, la comtesse grommelle quelque chose que personne n'entend sauf Nannie, dont les chevilles se frottent alors nerveusement l'une contre l'autre. Ses pieds pendent loin au-dessus du sol, et Finelame a très envie de les lui tirer.

Finelame comprend qu'il n'apprendra rien, et, comme il lui est impossible de sortir de sa cachette, il se met à passer en revue les événements du château, analysant en détail les avantages de sa position.

A part Lord Tombal et Titus, dont le monde se limite au blanc et au noir, au sommeil et au lait, la compagnie ne peut guère que rêvasser, car la conversation est inexistante, et les chances de manger ce somptueux déjeuner pratiquement nulles, puisque personne ne fait circuler les plats. Ainsi l'humeur des convives s'assombrit au milieu du gaspillage. La vieille voix sèche au bout de la table a un pouvoir presque hypnotique, même en cette heure matinale, et, tandis que les esprits s'égarent, la pluie continue de tambouriner avec force contre le haut plafond et de tomber goutte à goutte dans la mare lointaine, au centre du réfectoire.

Personne n'écoute Brigantin. La pluie tambourine à jamais. Sa voix est dans les ténèbres, les ténèbres dans sa voix, et tout cela est sans fin.

Les rêveries

Rêverie de Cora

... et il fait si froid, froid aux mains et aux pieds mais j'ai de plus jolies mains que Clarice qui les pique avec sa broderie la sotte j'espère que les siennes sont froides aussi mais je voudrais que celles de Gertrude soient plus froides que la glace des endroits les plus horriblement froids c'est un tas de graisse et d'orgueil elle est beaucoup trop grosse j'aimerais que ses gros seins soient complètement gelés quand nous aurons le pouvoir nous le lui dirons Clarice et moi il est si intelligent beaucoup plus intelligent que tout le reste du château il a commandé nos trônes nous serons comme deux reines mais je m'assiérai plus haut que Clarice je me demande bien où il est Gertrude est stupide elle pense que j'ai peur d'elle c'est vrai mais elle ne le sait pas je voudrais qu'elle soit morte pour voir son vilain gros corps dans un cercueil le pauvre Tombal a tellement changé c'est cette horrible femme avec ses gros seins et ses cheveux carotte on dirait un navet mais moi je suis du sang il fait si froid ici j'ai froid aux mains et aux pieds Clarice aussi sûrement mais elle est si lente elle a l'air si bête avec sa bouche ouverte pas comme moi ma bouche n'est pas ouverte si elle est ouverte mais je viens de la fermer il faut que j'aie un visage absolument parfait quand je monterai sur le trône et que l'aile ouest resplendira de gloire je me demande pourquoi le feu était si grand je ne comprends pas nous sommes faites pour être dans les ténèbres peut-être qu'un jour je bannirai Finelame quand il aura tout fait pour nous peut-être pas je ne le sais pas encore il faut attendre et voir s'il est vraiment de bonne famille comme nous c'est sûrement un domestique mais il est si intelligent et il me traite parfois avec tous les égards dus à mon rang c'est normal je suis Lady Cora de Gormenghast c'est moi il n'y a que ma sœur et moi qui occupions ce rang mais elle n'a pas du tout le même caractère que moi c'est elle qui doit me demander conseil il fait si froid et Brigantin est si long et si assommant mais je vais lui faire signe d'incliner légèrement la tête pour lui montrer qu'il remplit convenablement son rôle pas bien mais convenablement avec sa voix et sa béquille que c'est stupide d'avoir ce morceau de bois à la place de jambe je ferais peut-être bien de regarder sa béquille pour qu'il me voie comme ça il se rappellera qui je suis et de quel sang le pauvre Tombal a l'air de quoi avec sa bouche qui tombe pendant qu'il la regarde la pauvre fille elle a l'air morte de peur pauvre Fuchsia elle est trop bête et trop jeune pour comprendre quoi que ce soit on pourrait lui apprendre mais elle ne vient jamais nous voir c'est sûrement à cause de sa mère cette femme est d'une cruauté elle a dû la dresser contre nous je commence à avoir l'estomac dans les talons mais personne ne me passera rien car le petit docteur qui glousse est endormi ou presque et Lenflure ne fait jamais attention à moi ni personne d'ailleurs sauf le garçon qui est si intelligent...

Il y a un bruit sourd sur la table, plus loin que le docteur, à la droite de Cora.

Rêverie d'Alfred Salprune

... il n'en a pas pour longtemps c'est sûr je ne peux pas continuer à lui injecter de l'hydrophondoramischromatica tiré du frêne toutes les cinq heures ou presque il va falloir rapprocher les doses sa bouche retombe déjà le diable l'emporte c'est hurlant de vérité par tout ce qui est macabre la drogue va le liquider si je n'y vais pas doucement Dieu seul sait ce qui arrivera s'il se remet à faire le hibou il faut être prêt à tout moi en tout cas car les autres n'ont pas ce genre de responsabilités ils ont assez à faire avec le rituel et n'ont jamais vu un cas de ce genre un transfert si désagréablement évident car la dépersonnalisation est définitive mais ce n'est rien en comparaison du ululement qui n'est pas du ressort de la science c'est l'incendie qui a tout déclenché il n'y a pas de doute oh! non pas le moindre doute auparavant ce n'était que de la mélancolie Dieu merci au nom des poudres des fioles et du saint onguent j'ai tout ce qu'il faut et deviné la dose qu'il lui fallait il doit absolument se recoucher dès la fin du Déjeuner et avoir quelqu'un dans sa chambre près de lui chaque fois que je devrai m'absenter pour aller m'alimenter dans le fond on pourrait me les apporter dans sa chambre c'est une meilleure idée Fuchsia pourrait peut-être s'en charger mais le spectacle de son père risque d'être trop pour elle pauvre cher cœur on ne peut encore rien dire il faut être très prudent elle a l'air si triste la pauvre chérie elle me tient si tristement le doigt je préférerais qu'elle le serre de désespoir ce serait plus symptomatique il faut absolument que j'essaie de la réconforter mais au nom du tact que dire à une fille intelligente et sensible qui a vu son père ululer comme un hibou sur un manteau de cheminée ne nous emballons pas il faut être très très prudent Irma pourrait peut-être lui préparer une chambre à la maison on verra les heures qui viennent seront déterminantes restons sur le qui-vive car la comtesse n'est d'aucune utilité elle a l'esprit dans les nuages Irma est toujours Irma l'inénarrable Irma *ad æternam* laissons-la où elle est Finelame est une énigme pour moi bien que je commence à avoir des doutes sa présence m'amuse de moins en moins il y a quelque chose de maléfique qui émane de lui je n'ai aucune preuve bien sûr il est évident qu'il ne pense qu'à lui et à lui seul mais qui n'est pas comme ça je l'aurai à l'œil et me passerai de lui si je peux mais un cerveau est un cerveau et le bougre en a un dont je me servirai bientôt non au nom de l'intuition non et non je m'occuperai moi-même de tout voyons voyons il y a des années que ma vieille carcasse n'a pas eu un pressentiment aussi fort il faut attendre et voir l'attente ne sera pas longue et j'espère que le spectacle ne s'éternisera pas c'est tout ce qu'il y a de plus malsain par tout ce qui fleurit dans un vallon d'avril tout ce qu'il y a de plus ce n'est pas le moment de butiner tiens tiens ma petite gitane me serre le doigt pourquoi la bouche du comte est en train de retomber ça y est ça recommence...

Il y a un bruit sourd sur la table, à côté de lui...

Rêverie de Fuchsia

... que puis-je faire mon Dieu que puis-je faire il est si malade et pâle comme le visage brisé qu'il a et si seul mais il va mieux que tout à l'heure j'en suis malade oh non il ne faut pas que je me laisse aller pas que je pense aux yeux qui m'aidera oh qui voudrait m'aider regarde-le Fuchsia sois courageuse regarde-le maintenant il va beaucoup mieux ici à table il est si près de moi mon père et si triste pourquoi sourit-il comme ça oh! mon Dieu qui le sauvera qui me sauvera père qui aura le pouvoir de nous aider de ne pas me laisser deviner mais de m'expliquer ce que je peux comprendre il va mieux maintenant beaucoup mieux que oh! Fuchsia sois courageuse la rondeur des yeux a disparu c'est fini non n'y pense surtout pas pourquoi étaient-ils ronds ronds et jaunes je ne comprends pas oh dites-le-moi mes arbres dites-le-moi mes rochers car Nannie ne saura pas mon cher docteur il faut absolument que vous me le disiez je vous le demanderai quand nous serons seuls vite oh! vite que cet horrible Déjeuner finisse et je prendrai soin de lui parce que j'ai compris la tour était là la tour était au-dessus de ses longues rangées de livres ses livres le matin son ombre tombait sur la bibliothèque toujours toujours père chéri la tour des Silex où vivent les hiboux oh non je ne comprends pas mais je sais père chéri laissez-moi vous réconforter vous ne serez plus jamais comme ça jamais jamais jamais je serai votre sentinelle pour toujours votre sentinelle pour toujours et je ne parlerai plus aux autres jamais seulement à vous cher homme pâle et personne ne s'approchera de vous sauf peut-être le docteur quand vous aurez besoin de lui mais seulement quand vous en aurez besoin et je vous apporterai toutes sortes de fleurs de toutes les couleurs et des cailloux brillants qui ressemblent à des grenouilles et des fougères et toutes les choses merveilleuses que je pourrai trouver je vous apporterai des livres et vous ferai la lecture toute la journée et toute la nuit sans jamais vous dire si je suis fatiguée nous irons nous promener ensemble quand vous irez mieux et vous serez heureux heureux oh! mon Dieu si c'était vrai triste visage maigre brisé tellement pâle je ne laisserai personne d'autre ni ma mère ni personne ni Finelame non non pas lui il est trop dur intelligent mais pas comme vous qui êtes plus intelligent mais bon lui vous soûle de phrases intelligentes qui font mal je vois sa bouche sa bouche oh! docteur Prune vite le noir il s'en va très loin et la voix docteur Prune vite la voix de Brigantin s'éloigne je ne vois plus rien non non oh c'est noir mon docteur Prune le noir ça tourne... ça tourne...

Des rideaux de ténèbres se referment sur l'esprit de Fuchsia, et les formes de sa mère, de Nannie, de Clarice et du comte s'éloignent en flottant comme des points brillants, tandis que la voix de Brigantin, comme l'écho d'un écho, continue d'ânonner. Fuchsia ne sent plus le doigt du docteur dans sa paume. Il lui semble qu'elle tient un doigt d'air. Une dernière vague de ténèbres la submerge, et sa tête sombre, tombe en avant et frappe la table avec un bruit sourd.

Rêverie d'Irma Salprune

... je voudrais bien savoir à quoi m'a servi de passer un si long moment dans mon bain et de m'être préparée pour eux de façon si exquise car mon cou d'une blancheur de cygne est le plus parfait de Gormenghast je voudrais avoir le nez un peu moins pointu mais il est satiné comme le reste de ma peau de velours blanc je suppose que c'est dommage d'être obligée de porter des lunettes à lentilles noires mais je suis absolument catégorique ma peau est blanche comme neige d'abord parce que je l'aperçois vaguement dans la glace lorsque j'enlève mes lunettes bien que cela me fasse mal aux yeux ensuite parce que mon papier à lettres est parfaitement blanc et que lorsque je remets mes lunettes pour me regarder dans la glace et comparer la blancheur du papier à celle de ma peau et de ma gorge la feuille que je tiens près de mon visage et ma peau sont du même gris perle alors que tout ce que me renvoie le miroir autour de moi est plus sombre et très souvent noir mais à quoi ça sert d'avoir du papier à lettres à bords gaufrés personne ne nous écrit j'ai reçu des lettres lorsque j'étais plus jeune non que je sois moins fascinante après tout je suis toujours vierge mais il y avait Sanchagrin qui a vécu tellement d'aventures excitantes en sauvant les gens du péché il était fou de moi et m'a écrit trois lettres sur du papier de soie malheureusement sa plume était passée à travers et il m'était difficile de lire les passages passionnés où il m'avouait son amour en fait je n'ai pas pu les lire du tout et je lui ai écrit pour lui demander d'essayer de se les rappeler et de m'envoyer une quatrième lettre avec seulement les phrases d'amour et de passion que je n'avais pas pu lire dans les trois premières mais il ne m'a pas répondu je suis sûre que c'est parce que je lui demandais dans mon dernier billet d'écrire plus doucement sur le papier de soie ou d'utiliser du papier à lettres ordinaire c'est pour ça qu'il est devenu timide pauvre Sanchagrin il était stupide et ensorcelant je m'en souviendrai toujours il a complètement disparu de la circulation et je suis toujours vierge personne pour me faire tendrement la cour toucher le bout de mes doigts de neige et peut-être même m'effleurer la hanche qui jaillit si magnifiquement Finelame l'a dit le soir où Alfred a été appelé pour retirer une mouche de l'œil de la Glu cette vieille bonne femme il a toujours été parfait avec moi dieu le bénisse j'ai eu le cœur brisé de le voir si malheureux le jour où il nous a quittés je ne le vois plus jamais maintenant c'est dommage qu'il ne soit pas un peu plus vieux et un peu plus grand chaque fois qu'il me parle son œil se pose sur moi d'une manière si respectueuse mais je sais qu'il remarque la beauté de ma peau et de ma chevelure et la courbe tellement excitante de mes hanches je ne souhaite pas qu'il soit différent mais je me sens toute drôle car je suis sous le charme qu'est-ce que l'âge l'âge n'est rien les années qui passent ne sont rien les hommes sont ridicules ils ne savent pas ce qu'est une femme délicate c'est cruel de vieillir pas possible que quarante ans aient passé comme ça sans que je me marie je ne comprends pas pourquoi quand je fais une toilette qui dure des heures mais il n'y a personne oh je suis si seule dans ce vide avec Alfred qui peut être si stupide parfois c'est un cerveau mais il ne me comprend pas dès que je lui parle il s'endort comme à présent pourquoi reste-t-il à regarder le comte dans le blanc des yeux ça n'en vaut pas la peine c'est vrai qu'il a un air vraiment bizarre aujourd'hui mon Dieu qu'il fait froid dans cette grande salle vide et glacée elle est horrible c'est bien la peine qu'elle soit célèbre si personne ne parle et s'il n'y a pas un seul homme pour regarder les gracieux mouvements de ma gorge vivement que je sois rentrée à la maison je pourrai finir mon livre et il ne fera pas si froid peut-être que j'écrirai un mot à Finelame pour l'inviter à dîner oui je ferai ça Alfred m'a dit qu'il ne serait pas là demain soir et...

Ses pensées sont interrompues par un bruit sourd sur la gauche.

Rêverie de Lady Clarice

Ses pensées ont été absolument identiques à celles de sa sœur, sauf sur un point. Pour le découvrir, il suffit de remplacer le nom de Cora par le sien dans la rêverie de celle-ci.

Rêverie de Gertrude, comtesse de Gormenghast

... en tout cas le vieux Grisamer aurait mis plus longtemps que celui-ci ce ne sera pas long je vais retrouver mon chat blanc maudit soit ce damné squelette ambulant j'ai laissé assez d'eau dans la cuvette pour le bain des corbeaux et je pourrai soigner l'aile de la maubèche dès que je sortirai d'ici et que mon chat blanc sera réconforté mais cet imbécile a encore une douzaine de pages à lire Dieu merci je n'ai pas ce genre de corvée et n'aurai pas d'autre enfant oh non Gormenghast avait besoin d'un héritier il est là quand mon fils sera plus grand je lui apprendrai à vivre sa vie propre autant qu'il est possible pour quelqu'un dont le cœur sera de jour en jour plus pavé de pierres grises le secret est d'oublier complètement l'apparence et de vivre en soi-même Tombal s'y est mal pris à quoi bon avoir des milliers de livres si vos journées sont comme des nids de corbeau dont chaque brindille est une épine qui vous rappelle une corvée j'apprendrai à mon fils à siffler les oiseaux du ciel sur son poignet je ne l'ai jamais appris à Fuchsia parce que je voulais garder le secret pour le garçon si j'ai le temps avant qu'il ait douze ans et qu'il fasse une belle fin d'après-midi où je pourrai l'emmener jusqu'à l'étang aussi vert que ma bague de malachite sertie d'argent pour voir les hoche-queue-qui-se-gobemouche en construisant leurs nids doux et gris avec des ailes de phalène et des brins de rosée mais comment savoir s'il sera observateur et fera attention aux oiseaux car Fuchsia m'a déçue avant d'avoir cinq ans elle fourrait les fleurs dans les vases avec tant de maladresse et cassait les tiges qu'elle aimait c'est pour mon fils que je garde mes secrets il ne sert à rien de les enseigner à une fille mais il ne m'apportera rien avant longtemps je n'en veux pas dans ma chambre avant qu'il ait cinq ans et puisse assimiler tout ce que je lui dirai sur les oiseaux du ciel et la manière de se libérer l'esprit des devoirs qu'il devra accomplir jour après jour jusqu'à ce qu'il meure à Gormenghast comme tous ses aïeux et soit enterré dans le caveau d'Enfer je lui apprendrai le secret du silence et à s'en aller tout seul au milieu des oiseaux des chats blancs et des animaux sans se soucier des hommes en accomplissant fidèlement ses devoirs légendaires comme l'a toujours fait son père dont la bibliothèque a brûlé avec le vieux Grisamer je n'ai aucune idée de la manière dont le feu a pris mais le jeune Finelame s'est trouvé bien rapidement sur les lieux bien qu'il nous ait sauvés je ne l'aime pas et ne l'aimerai jamais avec son petit corps ridicule et ses manières obséquieuses il faut s'en débarrasser car c'est une bête nuisible Fuchsia ne doit pas le voir elle n'a rien à faire avec une créature aussi ignoble vulgaire et délurée elle parle beaucoup trop souvent avec Salprune je l'ai vue lui parler deux fois le mois dernier il n'est pas du sang et quant au meurtrier diabolique qui a si gravement blessé mon pauvre chat sans défense que les autres gloires blanches auront la fièvre aux heures noires de la nuit et ressentiront sa douleur quand il sera blotti dans mes bras Craclosse s'est perdu en commettant cette folie et il sera banni quoi qu'en dise Tombal dont le visage a changé ce soir et déjà commencé à changer les trois fois où je l'ai vu après l'incendie de ses livres je vais dire au docteur de ne pas le quitter d'une semelle car j'ai le pressentiment qu'il va mourir il est heureux que Titus soit né la lignée d'Enfer ne s'éteindra pas par ma faute elle est sans fin sans fin rien ne finira jamais je lui parlerai de l'honneur des siens et de son héritage et lui apprendrai à garder les yeux penchés au-dessus du nid tressé et à observer les saisons qui passent et le bruit des gosiers de plumes...

Il y a un bruit sourd sur la table devant elle. La comtesse cesse de fixer la nappe et lève lentement les yeux.

Rêverie de Nannie Glu

... vi vi vi tout ça est merveilleux tout est si grand oh mon pauvre cœur tout ce beau déjeuner auquel personne ne touche et mon petit trésor au milieu de l'argenterie Dieu bénisse son petit cœur il n'a pas pleuré une seule fois pas une seule fois mon petit friand avec tout le monde autour de lui et qui pense à lui car c'est son déjeuner à mon bijou Nannie te racontera tout quand tu seras un grand garçon oh mon pauvre cœur comme je serai vieille à ce moment-là et comme il fait froid heureusement que j'ai enveloppé le petit garçon dans sa couverture sous tous ces oripeaux lilas vi vi il ne faut pas qu'il éternue oh! non il doit rester tranquille malgré le froid je suis gelée et sa mère à côté de moi est si grande et si lourde que je ne compte pas personne ne fait attention à moi personne ne m'aime sauf ma folie chérie mais même elle m'oublie quelquefois et les autres ne pensent jamais à moi sauf quand ils ont besoin que je fasse quelque chose pour eux oh mon pauvre cœur j'ai tout à faire et je ne suis plus jeune je n'ai plus les forces que j'avais et je me fatigue vite même Fuchsia ne se rappelle jamais que je me fatigue je suis déjà fatiguée d'être restée si longtemps dans le froid si loin au-dessous de l'énorme comtesse qui ne regarde même pas son petit garçon qui est si sage je ne crois pas qu'elle puisse jamais l'aimer comme je l'aime oh mon pauvre cœur heureusement que la comtesse ne peut pas m'entendre mais elle arrive à deviner quand je pense du mal d'elle elle est si silencieuse et lorsqu'elle me regarde je ne sais que faire ni où aller je me sens toute petite et faible comme à présent mon Dieu qu'il fait froid j'aurais cent fois préféré prendre mon petit déjeuner près du feu dans ma petite chambre plutôt que de voir toute cette nourriture qui refroidit bien que tout cela soit pour mon petit garçon Dieu le bénisse je veillerai sur lui tant qu'il restera de la force dans mes pauvres os pour en faire un beau garçon et apprendre à Fuchsia à prendre soin de lui elle l'aime de plus en plus elle ne tient pas à le porter dans ses bras comme moi heureusement ma folie tu pourrais le laisser tomber tu es si maladroite oh mon pauvre cœur si jamais il tombait et se tuait non non il ne faut jamais qu'elle le porte elle ne sait pas comment on porte un bébé qui est au milieu de la table elle ne le regarde pas plus que sa mère ni aucun des autres elle a les yeux fixés sur son père la vilaine avec ce visage sombre et si triste pourquoi mon Dieu pourquoi elle doit tout me dire absolument tout sans rien me cacher elle est pâle comme une morte c'est stupide d'avoir du chagrin à son âge quand on n'a rien à faire et que j'ai tout sur mes vieilles épaules qu'elle est bête pourquoi a-t-elle de la peine elle n'est qu'une enfant Dieu la bénisse...

Nannie sursaute en entendant un bruit sourd sur la table, presque en face d'elle.

Rêverie de Tombal, soixante-seizième comte de Gormenghast

... et il n'y aura plus que ténèbres aucune autre couleur et les lumières seront étouffées et les bruits de mes rêves étranglés dans le plumage épais et doux où mes pensées se couchent dans un suaire de plumes innombrables car ils ont toujours été là ils sont là depuis si longtemps dans la gorge froide et creuse de la tour le temps n'existe pas pour les hiboux dont je suis le fils les grands hiboux dont je serai l'enfant timide et le disciple qui me feront oublier toutes choses et m'emporteront loin dans les ténèbres immémoriales où je rejoindrai mes ancêtres d'Enfer et ma peine disparaîtra et mes rêves et mes pensées et jusqu'à mon souvenir alors mes volumes cesseront d'exister et les poètes s'en iront quittant à jamais la tour gigantesque qui culminait jour et nuit au-dessus de mes pensées ils s'en iront les grands écrivains qui depuis des siècles hantaient le vélin des pages et dont les paroles dormaient ou circulaient entre ces reliures qui ne sont plus ma blessure s'est refermée pour toujours car le désir et le rêve se sont envolés le cycle est achevé je ne désire plus que les serres de la tour et la soudaine clameur des plumes la fin et la mort et l'oubli de tout je sens monter la dernière houle ma gorge se raidit et devient ronde ronde comme la tour des Silex et mes doigts se recourbent se plantent dans l'obscurité pleine de griffes comme des aiguilles dans du velours les ténèbres me tardent où je serai requis par les puissances et où tout prendra fin... prendra fin... et dans mon néant marche une flamme car il est entré dans la longue lignée il avance et sur le rameau mort la branche d'Enfer il y a une feuille verte Titus fruit de mes lombes et il n'y aura pas de fin les pierres grises ne s'écrouleront jamais et jamais les hautes tours que balaient les rafales de pluie et les lois de mon peuple subsisteront à jamais tandis que dans la tour mon spectre partira en chasse avec les grands rôdeurs du crépuscule le flot de mon sang tari les marteaux de la fièvre calmés qui sont-ils qui sont-ils si loin de moi et pourtant si grands si lointains et si grands Fuchsia ma fille crépusculaire apporte-moi des branches et un mulot des pâturages gris...

Çà et là

Les pensées de Lenflure tournaient autour d'une seule chose : tuer Craclosse de ses mains. L'heure avait sonné. Il s'était exercé dans l'art de marcher sans bruit et était parvenu à une sorte de perfection. Il n'entendait même plus ses propres pas et sa masse se déplaçait sur le sol aussi silencieusement qu'un nuage dans les ténèbres. Son couperet était tellement aiguisé que la lame bourdonnait comme un moucheron lorsqu'il la plaçait contre son oreille fongiforme. La nuit serait certainement très noire et il irait déposer une petite gaufrette rose en haut du dernier escalier, à moins de vingt pieds de son ennemi. Ecoutant le bruit monotone de la pluie, il se tourna vers le lac qui s'étendait sur les dalles froides, au fond de la salle à manger. Les yeux dans le vague, il fixa sans la voir l'image brouillée des chérubins du plafond qui se reflétaient dans le miroir gris acier de l'eau. Il ferait ce qu'il avait à faire dans la nuit de demain. Tandis qu'il promenait entre ses lèvres une langue de la taille d'une carotte, ses yeux quittèrent la flaque d'eau et se posèrent sur Craclosse. On pouvait lire à livre ouvert sur le visage du chef, et, levant la tête derrière son maître, Craclosse saisit une lueur démoniaque dans son regard.

Il savait l'attaque imminente. Les trois dernières petites friandises colorées avaient été déposées sur des marches de plus en plus proches. Lenflure essayait de lui user les nerfs. Il y avait de nombreuses nuits que Craclosse ne dormait pas, mais il était prêt. N'ayant pas oublié le couperet sous la lumière verte, il avait déniché une vieille épée dans l'armurerie, en avait enlevé la rouille et l'avait affûtée dans les labyrinthes de pierre. Comparée au fil du couperet de Lenflure, l'épée était émoussée, mais c'était une arme suffisamment meurtrière. Dans les yeux du chef, Craclosse lisait que la rencontre était imminente. Elle aurait lieu dans la semaine. Impossible de savoir quand. Peut-être cette nuit même. Ou n'importe laquelle des sept nuits suivantes.

Il savait que Lenflure ne pourrait le voir avant d'être pratiquement sur lui, devant la porte du comte. Mais il avait un autre atout dans son jeu : le chef ne pouvait pas deviner qu'il avait été percé à jour, et ignorait probablement que la comtesse l'avait banni des murs du château. Gertrude aurait l'œil sur la porte de Lord Tombal, mais il pourrait revenir la nuit et suivre le monstre quand il s'engagerait dans l'escalier pour accomplir sa vengeance.

Tel était son plan : rester caché chaque nuit dans le cloître jusqu'au moment où l'énorme masse passerait furtivement près de lui et commencerait à gravir les marches. Craclosse ne savait pas encore où ni quand il frapperait. Il savait seulement qu'il devait éloigner l'ennemi de la porte de son maître malade et que le combat mortel aurait lieu dans quelque partie éloignée du château, dans la salle des Araignées, peut-être... ou sous les poutres du grenier, ou même sur les remparts. Ses pensées furent interrompues par un bruit sourd. Fuchsia tomba en avant, et il vit le docteur se jeter d'un bond et s'emparer d'un verre, tout en passant la main gauche autour de l'épaule de Fuchsia.

Sur la table, le jeune Titus se mit à gigoter et à se débattre, puis il poussa un petit cri perçant, renversa le vase de fleurs, et ses mains commencèrent à déchirer le velours lilas, sous les yeux consternés de la pauvre Nannie Glu.

Finelame entend le bruit sourd au-dessus de lui, et, d'après les contorsions variées de la double haie de jambes qui l'entourent, devine à peu près ce qui se passe. Il n'y en a que deux parfaitement immobiles : celles de Gertrude. La jambe de Fuchsia (l'autre est toujours repliée) a glissé de côté sur le plancher et les jambes de Nannie font des efforts désespérés pour toucher le sol. Serrées l'une contre l'autre, celles de Lord Tombal se balancent lentement d'un mouvement de pendule, tandis que les jumelles marchent sur les flots. Les jambes du docteur sont tendues comme deux fils à plomb, et celles d'Irma ont signé un pacte suicidaire : chacune étrangle l'autre dans une étreinte de lierre.

Doux et plats comme des limandes, les pieds de Lenflure vont et viennent d'un mouvement caressant, comme les ventouses d'une pieuvre sur un tapis.

Craclosse frotte rapidement contre son tibia, juste au-dessus de la cheville, le bout crevassé de l'une de ses chaussures, puis Finelame aperçoit ses jambes qui font le tour de la table vers la chaise de Fuchsia, et il entend ses jointures craquer à chaque pas.

Pendant le court instant où le hurlement de Titus couvre les aboiements de Brigantin, Salprune tamponne le visage de Fuchsia avec une serviette mouillée, et lui pose doucement la tête entre les genoux.

Les accalmies entre les cris de Titus témoignent que Brigantin n'a pas une seule seconde cessé ses fonctions. Au lieu du silence monotone de la pluie, on entend la voix éraillée du vieux bibliothécaire qui bredouille.

Mais il a presque fini. Il est en train de refermer les tomes, et l'extrémité de sa jambe atrophiée, qui, depuis l'évanouissement de Fuchsia et les hurlements de Titus, gratte furieusement le sol comme si elle avait des dents au lieu d'avoir des doigts et ronge horriblement le plancher de chêne, se prépare maintenant à hisser Brigantin sur le siège du fauteuil.

Une fois à bord du navire, il lui faut parcourir sept fois de bout en bout la longue table étroite sans se soucier de la porcelaine et des couverts d'or, des verres de cristal, des vins et des mets, sans se préoccuper de rien car rien ne doit le préoccuper. Nannie Glu n'a que le temps d'arracher l'enfant à la béquille ravageuse de l'infirme. Envoûté par la tradition, Brigantin ne se connaît plus : le bout ferré de sa béquille fait hurler le chêne ciré au milieu des débris de porcelaine et de cristal. Un faible glouglou, suivi d'un giclement, indique que sa jambe infirme s'est enfoncée jusqu'à la cheville dans une jatte de porridge tiède, mais dans l'exercice de ses fonctions rien ne peut l'arrêter.

Après avoir donné à Craclosse l'ordre d'escorter Lord Tombal jusqu'à sa chambre, le docteur Salprune est parti en chancelant, portant Fuchsia dans ses bras. Bizarrement, la comtesse a pris Titus à Nannie Glu. Elle est descendue de l'estrade et se promène d'un pas lourd sur les dalles froides, le petit garçon sur l'épaule.

« Allons, allons, dit-elle. Pas la peine de pleurer. Pas maintenant. Pas à un an. Attends d'en avoir trois. Doucement, doucement, quand tu seras plus grand je te montrerai où vivent les oiseaux, allons, sois sage maintenant, sois... Glu!... Glu! mugit-elle soudain. Emmenez-le. »

Le comte et Craclosse ont disparu. Lenflure s'est éclipsé après avoir jeté un regard ébahi sur la table, où l'infirme ratatiné piétine le petit déjeuner exquis qu'il a préparé.

Cora et Clarice restent seules à observer Brigantin, la bouche ouverte et les pupilles tellement dilatées que ces cavernes envahissent complètement leurs visages qui se fondent dans les ténèbres et l'absence. Elles sont toujours assises, raides comme des piquets sous leurs robes droites, et suivent tous les mouvements du vieillard, ne détournant les yeux que lorsqu'un bruit terrible les force à regarder le dernier ornement qui vient d'être brisé.

Défiant le soleil qui monte, l'obscurité s'est épaissie dans la grande salle. Il y a un suaire de nuages sur le château, sur les dents cariées de la montagne et sur les terres trempées de Gormenghast, d'un bout à l'autre de l'horizon.

Enfermés dans les ombres de la salle, sous les nuages qui passent, Brigantin et les jumelles ne sont plus éclairés que par une seule bougie. Toutes les autres ont coulé, et, dans l'immense réfectoire voûté, ces trois-là (l'irascible marionnette en haillons rouges et les deux poupées mécaniques vêtues de pourpre, chacune assise à une extrémité de la table) paraissent incroyablement menus. La flamme vacillante de la bougie fait danser de minuscules parcelles de couleur sur leurs vêtements, et le verre brisé jette de temps en temps un éclat de diamant. Près de la porte des domestiques, au bout de la perspective noire des colonnes de pierre, l'estrade où se découle la scène ne paraît pas plus grande qu'un domino.

Brigantin est en train d'achever son septième voyage, lorsque la bougie se met à vaciller dangereusement, et, après un dernier sursaut, elle sombre brusquement dans une mare de suif. La salle est plongée dans une obscurité complète, sauf à l'endroit où les contours du lac tranchent sur les ténèbres environnantes. Au bord de cette obscurité brillante de pluie, une fourmi nage désespérément pour sauver sa vie, mais ses forces faiblissent de minute en minute dans quatre impitoyables centimètres d'eau. Un hurlement retentit dans le lointain, près de la haute table, puis un autre, et on entend le bruit d'une chaise qui tombe sur les dalles de pierre et la voix de Brigantin qui jure.

Finelame a vu les jambes disparaître par la porte, et, sachant à qui elles appartiennent, il s'est glissé silencieusement hors du hamac. Il avance à tâtons vers la porte et la fait claquer violemment, comme s'il venait de pénétrer dans la pièce.

« Eh! là-bas! Que se passe-t-il? Vous avez des ennuis? »

En entendant sa voix, les jumelles se mettent à crier au secours, tandis que Brigantin vocifère :

« De la lumière! De la lumière! Va chercher une bougie, imbécile! Qu'est-ce que tu attends? (Sa voix devient sifflante et sa béquille gratte la table.) De la lumière! Chien galeux! De la lumière! Le diable t'étripe! »

Finelame, qui est horriblement déçu, et s'est ennuyé pendant une heure et demie, jubile en entendant ces cris.

« Voilà, j'arrive! »

Il sort dans le couloir d'un pas dansant, et revient armé d'une lanterne. Il aide Brigantin à descendre de la table. Sans un mot de remerciement, le vieillard descend péniblement les marches et se dirige vers la porte. Il ne cesse de jurer entre ses dents, et la lumière de la lanterne projette un éclat sombre sur ses haillons rouges. Observant l'horrible nabot qui s'éloigne, Finelame hausse ses maigres épaules, et étouffe un bâillement de rire. De chaque côté de lui, Cora et Clarice respirent bruyamment, et leurs poitrines plates montent et descendent comme des écoutilles. Elles ne le quittent pas des yeux tandis qu'il leur fait franchir la porte, et les escorte le long des corridors jusqu'à leurs appartements. Les fenêtres sont ruisselantes de pluie. Le toit résonne comme un tambourin.

« Mesdames, dit Finelame, je crois qu'une tasse de café chaud nous ferait du bien. Qu'en pensez-vous? »

Présage

Vers le soir, le ciel lourd changea d'aspect, et, peu de temps avant le coucher du soleil, un vent d'ouest emporta la pluie en balayant les masses de nuages. La plus grande partie de la journée avait été remplie par toutes sortes de cérémonies rituelles, à la fois à l'intérieur du château et sous la pluie battante. Elles s'étaient terminées en apothéose par le pèlerinage des quarante-trois jardiniers, Pentecôte en tête, jusqu'à la montagne de Gormenghast et retour. Pendant toute la durée du pèlerinage, les jardiniers devaient méditer sur la gloire de la maison d'Enfer, particulièrement sur le fait que son dernier membre était âgé de douze mois, sujet d'une importance capitale, mais qu'ils devaient certainement avoir épuisé après les premiers kilomètres dans les sentiers détrempés et rocailleux des vallonnements.

A huit heures du soir, Brigantin était étendu sur son matelas sale, complètement épuisé et secoué comme son père par des quintes de toux d'une véhémence horrible, et il revivait avec une amère satisfaction cette journée de rituel presque ininterrompu. Il avait été dommage que

Lord Tombal n'ait pu assister aux trois dernières cérémonies, mais un article de la loi justifiait l'absence du comte en cas de maladie grave. Suçant tranquillement sa barbe sans tripoter sa jambe infirme, il observait une araignée en train de griffonner sur le plafond. Le spectacle lui déplaisait, mais ne l'irritait pas.

Fuchsia avait rapidement repris connaissance, et elle avait tenu courageusement son rôle dans toutes les cérémonies, portant son frère chaque fois que la vieille Nannie se sentait lasse. Salprune était resté au chevet de son malade et ne l'avait laissé que très tard à la garde de Craclosse.

Une indescriptible atmosphère d'attente régnait à Gormenghast. Loin d'être une consécration, l'anniversaire de Titus semblait avoir mis en branle des forces obscures qui s'insinuaient dans le cœur des habitants du château. Chez certains, cette sensation indéfinissable était aiguisée par des problèmes personnels. Craclosse et Lenflure étaient au bord de la violence. Lord Tombal frôlait la folie, et Fuchsia ne valait guère mieux, rongée de crainte et d'angoisse par la tragédie paternelle. Elle aussi attendait. Tout le monde attendait. Salprune était continuellement sur le pied de guerre, et la comtesse, à laquelle il avait donné un diagnostic embarrassé, mais qui avait presque tout deviné, restait cloîtrée dans sa chambre, recevant toutes les heures les bulletins de santé de son mari. Même Cora et Clarice sentaient que la vie monotone du château n'était plus comme avant, et elles aussi se prenaient à attendre, silencieusement assises dans leurs appartements. Irma passait le plus clair de son temps dans son bain, obsédée par une idée nouvelle, une idée choquante qui la terrifiait. Il y avait quelque chose de changé dans la maison d'Enfer. Quelque chose de changé, mais quoi? « Impossible! J'ai dit : “ impossible! ” », se répétait-elle au milieu de la mousse parfumée, mais elle n'arrivait pas à se convaincre. Cette idée circulait sournoisement dans Gormenghast, ne se manifestant guère que par un sentiment de malaise.

Seule Irma avait mis le doigt dessus. Les autres comptaient avec angoisse les minutes qui les séparaient du moment où la tempête allait se déchaîner sur leurs têtes. Pourtant, derrière leurs ennuis, leurs craintes et leurs espoirs, c'était l'intuition vague d'un *changement*, la plus abominable de toutes les hérésies.

Quelques minutes avant le coucher du soleil, le ciel au-dessus du château était un flot de lumière. Le vent était tombé et les nuages avaient disparu. On avait peine à croire qu'une journée qui avait commencé dans la tempête, et où la pluie n'avait cessé de faire rage, fût couronnée par un crépuscule si doré. C'était encore l'anniversaire de Titus. Une brume laiteuse et rose drapait innocemment la montagne, faisant mentir ses flancs déchiquetés. Les marécages se déployaient vers le nord en grandes nappes tranquilles ponctuées de joncs. Le château était devenu une statue blafarde envahie çà et là par d'immenses étendues de lierre dont les feuilles ourlées de gouttes brillaient comme des diamants.

Au-delà de la muraille, les huttes reprenaient lentement la couleur blanchâtre de l'argile dont l'humidité s'évaporait sous l'effet des derniers rayons du soleil. Les vieux cactus fumaient imperceptiblement, et, sous le plus grand d'entre eux, il y avait une femme à cheval dans la lumière déclinante.

Pendant un long moment, ni la femme ni sa monture ne semblèrent faire le moindre mouvement. La femme avait un visage sombre, et sa chevelure tombait en désordre sur ses épaules. Dans la lumière pâle, on lisait sur son visage un triomphe douloureux et une extrême solitude. Elle se pencha légèrement en avant, et murmura quelque chose à l'oreille du cheval qui se mit à gratter la terre du sabot. Puis, avec de grandes précautions, elle se laissa glisser le long du flanc gris et humide. Elle défit le nœud du panier attaché à la selle, et s'approcha lentement de la tête du cheval. Passant les doigts dans la crinière emmêlée et ruisselante, elle caressa le front dur de la bête.

« Va, maintenant, dit-elle. Retourne chez le père brun, va lui dire que je suis bien arrivée. »

Elle repoussa la longue tête humide et grise d'un geste doux, mais résolu. Le cheval lui tourna le dos, la pluie bouillonnant et formant des flaques dorées pleines de ciel dans les empreintes de ses sabots. Il fit quelques pas et se retourna vers elle, puis, dressant très haut sa tête, il secoua sa crinière et l'air se remplit d'une nuée de perles. Il s'éloigna d'elle soudain, sans ralentir sa course ni faire le moindre écart sur le chemin du retour. La femme le regarda s'éloigner dans les collines, apparaissant et disparaissant au gré des ondulations, jusqu'à ce qu'il ne fût plus qu'un point minuscule. Elle l'aperçut pour la dernière fois au moment où il allait gravir la crête derrière laquelle s'étendait la plaine invisible. Son cœur se mit à battre rapidement, car le cheval fit demi-tour et resta un moment immobile. Puis il leva de nouveau la tête et se mit à reculer pas à pas, lui faisant face au bout de l'horizon qui engloutit enfin sa crinière grise.

Elle se tourna vers les huttes d'argile qui s'étendaient à ses pieds, dans le crépuscule rose-rouge. La foule qui avait commencé à se rassembler la montrait du doigt.

Enveloppé dans la lumière chaude, entre chien et loup, le pauvre amas de huttes avait quelque chose de diaphane, et elle sentit son cœur défaillir d'amour à mesure que mille souvenirs se réveillaient. Elle savait que les rues étroites étaient des ports d'amertume, que l'orgueil et la jalousie étaient adossés comme des spectres à la porte de tous les sculpteurs, mais, l'espace d'un instant, elle ne vit que la lumière du soir tombant sur les scènes de son enfance, et ce fut avec un sursaut qu'elle s'arracha à la rêverie, en remarquant combien la foule avait grossi. Elle savait que cela se passerait ainsi, que la lumière du soir serait douce, et la terre miroitante de pluie. Elle éprouva la sensation irrésistible de revivre une scène déjà vécue. Elle savait qu'elle serait accueillie avec hostilité, prévention, peut-être même avec violence, mais elle n'avait pas peur. Ils pourraient faire d'elle ce qu'ils voudraient : cela n'avait plus d'importance. Elle avait déjà tout enduré. C'était une vieille histoire qui se perdait dans les limbes de sa mémoire.

Elle porta la main à son front, et repoussa une mèche de cheveux noirs et froids collés contre sa joue. Des mots se formèrent silencieusement sur ses lèvres : « Je mettrai mon enfant au monde. Alors je serai de nouveau moi-même et tout sera accompli. » Ses pupilles se dilatèrent. « Tu seras libre. Dès le premier jour tu seras libéré de moi, comme je le serai de toi, et bientôt, ah! très bientôt, je suivrai le chemin qui plonge dans les ténèbres. »

Elle joignit les mains et se dirigea lentement vers les huttes. A sa droite, le haut mur d'enceinte était devenu plus froid et, à l'intérieur, les ombres le recouvraient d'un manteau. Dans les profondeurs du château, Titus poussa soudain un cri déchirant et se démena dans les bras de sa vieille nurse avec une force terrible. L'enfant se mit à remuer comme un fou dans le sein de Keda et, soulevant la paupière, la nuit laissa briller l'étoile du soir sur Gormenghast.

Craclosse se prépare

Le cycle de douze mois était achevé, et Titus venait d'entrer dans sa deuxième année – une année qui, à peine entamée, allait être le théâtre d'un déchaînement de violence dans l'air empoisonné de Gormenghast.

Titus était tout à fait en dehors de cette atmosphère de méfiance et d'agitation. Les événements de son enfance pèseront lourd dans la balance, mais il ne gardera aucun souvenir précis de ces journées.

Il commençait à peine à marcher, et Nanni Glu observait d'un air grognon ses efforts pour garder un équilibre instable.

« Pourquoi ne veut-il pas sourire? pleurnichait-elle. Pourquoi mon petit roi ne veut-il jamais sourire? »

Le bruit de la béquille de Brigantin résonnait dans les corridors déserts, accompagné par le bruit de sa jambe infirme, et ses haillons de toile rouge voltigeaient en brusques rafales lorsqu'il proférait ses édits comme des jurons.

La roue du rituel tournait lugubrement. Le ferment du cœur, dans ces murs, était tourné en dérision par chaque ombre dormante. Pas plus hautes que la flamme d'une bougie, les passions étaient soufflées par le bâillement du temps, car Gormenghast, immense et sombre, écrase toutes choses. L'été était accablant, plein de reflets métalliques. Ce poids impalpable n'était pas vraiment *dans* le ciel, c'était comme si le ciel avait disparu, remplacé par une atmosphère saturée de gris et de bleu. Le soleil avait beau se refléter sur les pierres, les champs et les eaux, il semblait, cet été-là, n'être qu'un disque sans rayons, un cercle maladif et lointain, brûlant lourdement dans l'air chaud.

Les vents d'automne et d'hiver, la pluie cinglante et même le froid avaient, malgré la cruauté des saisons, une voix mélancolique qui ressemblait à celle du cœur. Leurs colères étaient proches des colères humaines et leurs cris semblables aux cris des hommes.

Rien à voir avec cet été à l'œil morne et jaune, à la chair molle hersée par la chaleur, flottant avec monotonie jour après jour.

Au bord de la rivière, le maigre filet d'eau empestait, et des myriades d'insectes venus de mondes oubliés tournoyaient au-dessus de l'écume croupissante en criblant l'air de cris aussi imperceptibles que des pointes d'aiguille.

Des crapauds éructaient dans la vase verte. Les crêtes de la montagne de Gormenghast se reflétaient au cœur de la rivière. Ces grandes stalagmites se désintégraient lentement à la surface de l'eau, mais leur image résistait à cette ruine passagère. De l'autre côté de la rivière, un grand champ d'herbe maigre et de poussière grise semblait assommé par la chaleur entre ses murets de silex.

Un petit cheval pommelé, monté par un homme revêtu d'une cape, faisait voler des nuages de poussière.

Tous les cinq pas, chaque fois que le cheval levait l'antérieur gauche, le cavalier se dressait sur les étriers et posait la tête entre les oreilles de sa monture. Ils suivaient le cours sinueux de la rivière, les champs ondulant et disparaissant dans une brume de chaleur. Cheval pommelé et cavalier en cape paraissaient très petits. A l'extrême nord, la tour des Silex flottait dans la brume comme une règle de celluloïd. On aurait dit une aquarelle oubliée dehors, et aux couleurs délavées par une averse.

Partout, on avait le sentiment de la distance, une sensation de lointain, de détachement. Ce qu'on aurait pu toucher en tendant le bras semblait à des lieues, absorbé par le corps gris-bleu de l'air chargé de pollen, au-dessus duquel flottait le cercle inhumain. L'été s'était vautré sur les toits de Gormenghast comme une chose inerte et malade prenant la forme de ce qu'elle épousait. La maçonnerie suintait dans un silence horrible. Les marronniers étaient blancs de poussière, et laissaient pendre d'innombrables mains géantes aux poignets brisés.

Ce qui restait d'eau dans les douves était comme une soupe épaisse. Les rats traversaient avec peine, sans pouvoir nager partout. Des taches d'eau noirâtre bouillonnaient dans la croûte insalubre à l'endroit où leurs pattes avaient brisé la surface verte.

La poussière s'était installée sur les arbres et tapissait les cours. Les pas laissaient des empreintes profondes, qui attendaient longtemps avant d'être effacées par un coup de vent. Il y en avait de toutes les tailles, celles du docteur, de Fuchsia, de la comtesse, de Lenflure. Elles se croisaient et se recroisaient comme si elles avaient été imprimées en même temps. Pourtant, des heures, des jours, parfois des semaines, les séparaient.

Le soir, de fabuleuses chauves-souris rôdaient en louvoyant silencieusement dans les ténèbres chaudes.

Titus grandissait.

Quatre jours s'étaient écoulés depuis le Sombre Anniversaire. Il y avait un an et quatre jours que Titus était né dans la chambre remplie de cire et de grains de mil. La comtesse ne voulait voir personne. De l'aube au coucher du soleil, elle ne cessait de ruminer, et ses pensées roulaient comme d'énormes galets qu'elle alignait devant elle et dont elle changeait l'ordre tout en méditant sur l'Incendie. De sa fenêtre, Lady Gertrude observait les silhouettes qui passaient d'un œil critique et songeur. Finelame passait de temps en temps tandis qu'elle était assise à sa fenêtre. Son mari était au bord de la folie. Elle ne l'avait jamais aimé et, même à présent, n'éprouvait aucune tendresse pour lui. La tendresse de son cœur n'était éveillée que par les oiseaux et les chats blancs. Pourtant, depuis la maladie de Lord Tombal, le respect instinctif qu'elle éprouvait pour la tradition qu'il incarnait s'était encore renforcé, et elle se sentait pénétrée d'orgueil d'avoir assuré la descendance de la lignée.

Sur son ordre, Craclosse avait été banni des murs du château. Bien qu'elle ne songeât pas plus à le rappeler qu'à cesser de soigner le chat qu'il avait blessé, elle avait conscience d'avoir arraché une partie de Gormenghast, comme si l'une des tours de l'horizon familier avait été abattue. Craclosse était parti... mais pas encore complètement.

Banni le jour de l'anniversaire de Titus, il était revenu les cinq nuits suivantes en se glissant parmi les ombres.

Se fondant comme un phasme dans la nuit d'été parsemée d'étoiles, il s'était faufilé sans hésitation jusqu'au cœur de la grande île de pierre que les comtes d'Enfer avaient élue pour demeure. Il connaissait par cœur criques et promontoires, falaises à pic et rochers croulants, et n'avait qu'à se plaquer contre le roc pour devenir complètement invisible. Il avait attendu dans la chaleur étouffante, à la lisière des Bois d'Epines, et, les cinq dernières nuits, il s'était introduit dans le château pour gagner l'aile ouest par une brèche dans le mur. L'exil lui avait donné l'impression d'être une main coupée du bras qu'elle était habituée à servir. Une main coupée du corps où le cœur bat toujours. Il était encore trop tôt pour qu'il ressentît toute l'horreur de la situation. Les orties brûlantes n'avaient pas eu le temps de fustiger la plaie à vif. Sa blessure était un trou béant que remplissait une solitude immunisée contre la douleur.

Sa fidélité au château était trop profonde pour qu'il la mît en doute : la ligne brisée des tours était tout ce que son cœur possédait. Assis sous une saillie rocheuse, à la lisière de la forêt, il contemplait l'horizon crénelé, les genoux remontés jusqu'au menton. Près de lui, la longue épée affûtée. Le soleil déclinait. Encore trois heures et il serait en route, pour la sixième fois depuis son exil, vers le cloître qu'il connaissait depuis sa jeunesse. Vers le cloître plongé dans l'ombre, au nord duquel se trouvait l'entrée d'un escalier donnant sur les caves à vin et les cuisines. Mille souvenirs étaient attachés à ce cloître. Des événements brusques, une idée qui avait réussi ou avorté, se mêlaient aux souvenirs de sa jeunesse, et même de son enfance, car une image vivement colorée de rouge, d'or et de gris éclairait de temps en temps les voûtes de son crâne sombre. Il ne se rappelait pas qui le tenait par la main, mais revoyait nettement le géant qui les avait arrêtés, lui et son gardien, entre deux arcades. Le géant vêtu d'or (car c'en était un aux yeux de l'enfant) lui avait donné une pomme, dans l'air soudain rempli de lumière, et Craclosse n'avait jamais lâché ce globe pourpre qui demeurait aussi vivant dans son premier souvenir que les longs cheveux gris sur le front et les épaules du géant.

Il avait peu de souvenirs aussi lumineux. Ses premières années avaient été dures, douloureuses et monotones. Craintes, peines et privations étaient associées aux images du passé. Sous les arcades où il allait bientôt se rendre, il avait subi sarcasmes et insultes, et même des violences auxquelles il n'avait pu opposer qu'un silence menaçant. Mais c'était également sous ces arcades qu'il avait éprouvé la plus grande joie de sa vie. Il s'était appuyé là, contre le quatrième pilier, en sortant du bureau de Lord Tombal. Il avait reçu une convocation inattendue et venait d'être nommé serviteur en titre du comte, qui avait apprécié son comportement taciturne et silencieux, et l'en récompensait. Il s'était appuyé là, le cœur battant à tout rompre. Il se rappela qu'il avait eu un moment de faiblesse, souhaitant un ami à qui faire partager sa joie. Mais il y avait longtemps de cela. Avec un clappement de langue, il chassa tous ces souvenirs.

Une lune gibbeuse se levait. La terre et les arbres étaient marbrés de taches noires et blanches, dont les reflets nacrés se déplaçaient lentement. Une brume impalpable et brillante comme une huître passait au-dessus de lui. Il leva la tête vers la lune, sur les arbres, et lui lança un mauvais regard. Ce n'était pas le moment de briller. Il la maudit, mais son juron parut dérisoire à côté des craquements sinistres de ses jambes qui se dépliaient.

Craclosse passa le pouce le long du fil de l'épée, puis défit un paquet informe à côté de lui. Il n'avait pas oublié d'emporter quelques provisions du château, et fit un dernier repas avec ce qui en restait. Le pain était sec, mais, après une journée d'abstinence, il lui sembla délicieux accompagné de fromage et de mûres cueillies dans les bois, et il ne laissa que quelques miettes sur son pantalon noir. Il ne savait pas quand il prendrait son prochain repas, ni comment il pourrait se le procurer, mais, à la dernière bouchée de mûres, il eut le pressentiment qu'il y aurait un drame d'ici là.

Il se dit que c'était peut-être la lune, qui lui jouait un tour. Au cours des cinq minutes précédentes, l'obscurité avait été totale. D'épais nuages lui avaient procuré une couverture parfaite lorsqu'il s'était mis en route vers le château. Habitué à l'adversité, il lui sembla presque normal que la nature fût son ennemie, et il y vit le signe que l'heure était proche.

Craclosse se leva lentement et fouilla sous un tas de fougères, d'où il sortit de grandes bandes d'étoffe au clair de lune. Il se livra alors à une occupation très particulière. Il s'accroupit et, avec l'application d'un enfant, se mit à enrouler la toile autour de ses genoux, faisant d'innombrables tours et serrant davantage au-dessus et au-dessous de l'articulation qui se retrouva bandée sur une épaisseur de cinq pouces. Il était si scrupuleux que ce travail lui prit presque une heure. Il rajusta plusieurs fois les bandages, desserrant longuement la toile pour pouvoir plier plus facilement les genoux.

Finalement, tout fut prêt. Il se mit debout, fit un pas en avant, puis un autre, comme s'il écoutait quelque chose. N'y avait-il aucun bruit ? Il fit encore trois pas, le cou tendu, l'oreille aux aguets. Que venait-il d'entendre ? C'était comme si une pendule assourdie avait tictaqué trois fois, puis s'était arrêtée. Le tic-tac semblait infiniment lointain. Comme il lui restait quelques bandes de tissu, Craclosse rajouta un demi-pouce d'épaisseur à la toile qui emmitouflait ses genoux. Lorsqu'il fit un nouvel essai, le silence était absolu.

Les énormes bandages le gênaient relativement peu. Il avait des jambes aussi longues que des échasses, et la moindre flexion des genoux suffisait à provoquer une détonation.

Le clair de lune tendait une moustiquaire blanche sur la voûte des Bois d'Epines. L'air chaud était lourd, et il se faisait tard quand il se mit en route vers le château. En marchant rapidement, il lui faudrait une heure pour arriver au cloître. La longue épée brillait dans sa main, et les coins de sa bouche sans lèvres étaient tachés par le jus rouge des mûres.

Il laissa derrière lui les arbres et les pentes, où les buissons de genévriers rabougris étaient tapis dans les ténèbres comme des animaux prêts à bondir. Il longea la rivière. Une brume moite en épousait le lit sinueux, étreignant comme une amante son corps vibrant de coassements, car les grenouilles s'en donnaient à cœur joie dans l'air de la nuit. La lune flottait derrière des guirlandes de miasmes, le ventre bombé dans ce miroir déformant. Empoisonné par la journée caniculaire, l'air était aussi fétide que dans un espace clos. Les pieds de Craclosse s'enfonçaient jusqu'aux chevilles dans la rosée froide, et il avait l'impression de marcher dans sa propre sueur.

A chaque pas, il devenait plus conscient de se rapprocher de quelque chose d'horrible; l'image du cloître dansait devant ses yeux, et son cœur battait à grands coups. Le front barré d'un pli, il poursuivit sa marche à grands pas.

Il arriva sous l'enceinte extérieure du château. La muraille semblait s'effriter sous la lune, et le long des fissures où s'accrochaient des colonies de lézards, elle brillait.

Il passa sous une arcade. Le lierre qui la tapissait avait poussé sans entrave et obstruait presque complètement le passage. Baissant la tête, Craclosse se fraya un chemin à travers une fissure au centre du feuillage. Les terres de Gormenghast qui devant lui s'étendaient sinistrement lui parurent à la fois ouvertes et hostiles, comme un visage familier qui prendrait soudain, après des années, une expression complètement inconnue.

En se fondant le plus souvent possible dans les ombres, Craclosse progressa rapidement sur le sol inégal, en direction du quartier des domestiques. Il foulait la terre interdite, commettant un crime à chaque pas, puisqu'il était excommunié par la comtesse.

A mesure qu'il se rapprochait du cloître, sa silhouette anguleuse se faisait plus furtive. De temps en temps, il s'arrêtait pour plier rapidement les genoux, plusieurs fois de suite. Aucun bruit. Alors il se remettait en marche, l'épée à la main. Soudain, avant même de s'en rendre compte, il se retrouva dans le quartier des domestiques, longeant le mur en direction du cloître. Moins d'une minute plus tard, sa silhouette était fondue dans l'ombre charbonneuse de la troisième colonne, où il avait attendu si patiemment pendant cinq nuits sans lune.

Le sang coule à minuit

L'atmosphère de la nuit bruissait de vie. Une vie rendue plus palpable par la torpeur de l'air des effroyables étés de Gormenghast. Le jour, la chaleur tombait comme du plomb. La nuit, les chambres étaient souillées de vomissements. Aucune fuite possible. L'été faisait un siège en règle.

Adossé contre le pilier de pierre, Craclosse attendait, laissant vagabonder ses pensées. Il se revit fustigeant le visage bouffi, le jour du Baptême, puis se souvint de l'horrible sac que le chef pourfendait en répétant le meurtre qu'il préméditait, de la débauche dans la Grande Cuisine, des ululements épouvantables du comte sur le manteau de la cheminée, et de mille attitudes de son bourreau dont le visage lui apparaissait dans l'obscurité comme une masse putride.

Il était fatigué d'avoir l'oreille aux aguets, et les muscles du cou lui faisaient mal. Il n'avait pas bougé depuis plus d'une heure, ne se permettant que quelques mouvements de tête. Soudain, il lui sembla que quelque chose avait changé. Il avait fermé les yeux un instant et, en les ouvrant, venait de percevoir une différence dans l'air. La chaleur se faisait-elle plus lourde? Sa chemise déchirée lui collait aux épaules et au ventre. Ce n'était pas la chaleur : l'obscurité régnait partout. La cour était du même noir d'encre que le suaire d'ombres qui l'enveloppait. Des nuages voilaient la lune. Même la lame brillante de l'épée resta invisible lorsqu'il la tendit à l'endroit où jouait le clair de lune.

Cela vint à l'improviste. Une lumière plus éclatante que celle du soleil. Un coup de rasoir étincelant. L'éclair révéla non seulement les moindres détails de la maçonnerie, illuminant colonnes et tours, arbres, brins d'herbe et cailloux, mais il parut les créer de rien, dans un flamboyant tour de magie. Avant, il n'y avait rien. Rien que le néant premier. Puis toute une création surgit dans la gloire d'une lumière aveuglante, tandis qu'un fantastique torrent de feu électrisait le ciel.

Craclosse eut l'impression que cette lumière nue durait une éternité. Mais le ciel referma sa paupière noire et brûlante, et l'atmosphère étouffante fut secouée par un coup de tonnerre qui lui donna la chair de poule. Cela ressemblait à un hoquet de mammouth, un grondement prolongé qui s'éteignit à regret. Alors la nuit perdit tout contrôle. Son corps engrossé de nuages se fendit d'un horizon à l'autre, et l'air devint un rideau de pluie si torrentielle que Craclosse entendit les branches des arbres se briser au milieu d'un rugissement d'écume.

Craclosse était protégé de la pluie par la voûte du cloître, et il ne lui était plus nécessaire de garder une position aussi incommode. Le peu de bruit qu'il ferait serait inaudible maintenant que la pluie sifflait et tambourinait, ruisselant le long des flancs et battant le dos massif de Gormenghast, bouillonnant et giclant dans chaque lézarde, pénétrant dans les niches où s'était amoncelée la poussière.

Il lui fallait redoubler d'attention, car il était peu probable qu'il pût discerner les pas du chef sur le fond sonore de la pluie. Soudain, son cœur se mit à battre à grands coups : contre toute attente, une faible lumière perça l'obscurité, sur la gauche, puis le halo indistinct se déplaça dans la nuit. C'était un rai de lumière vertical qui semblait flotter tout seul. L'invisible porteur de la lanterne octogonale avait fermé tous les volets sauf un.

Les doigts de Craclosse étreignirent le pommeau de l'épée. La lanterne passa devant lui, puis s'éloigna, et le haut du corps énorme de Lenflure se profila un instant dans le halo jaune. C'était un volume très simple, qui ressemblait à un dôme noir sans sommet. Lenflure devait baisser la tête comme un taureau, ce qui semblait à peine croyable, tant l'espace compris entre ses clavicules et son menton était lardé d'innombrables rouleaux de graisse.

Craclosse attendit que la silhouette se fût éloignée d'une douzaine de mètres pour lui emboîter le pas. Alors commença le premier épisode : celui de la filature. Si jamais homme en fila un autre, Craclosse fila Lenflure. La souplesse n'était pas son fort, mais même ses os anguleux s'effilèrent.

La longueur des membres et la forme des articulations, les mouvements de la tête, des pieds et des mains de l'arachnéen serviteur semblaient avoir été destinés à cette opération. Inconscient des allures de phasme que prenait son corps, il suivait le dôme rampant. Car Lenflure croyait également être sur les traces de sa victime. Elle ne se trouvait pas deux étages au-dessus, comme il le supposait, mais il se déplaçait aussi furtivement que possible. Au sommet du premier escalier, il poserait avec précaution la lanterne près du mur, car la longue file de bougies commençait, projetant à intervalles réguliers des cercles de lumière pâle autour des niches creusées dans les murs. Il se mit à grimper.

Si Craclosse se fondait dans les ténèbres comme un phasme, Lenflure s'y insinuait. Son corps usurpait sournoisement l'espace, se glissait comme un limier de volume d'air en volume d'air, traversant sans bruit chaque tranche de ténèbres, l'ignoble ventre lent précédant le cheminement horriblement calculé des jambes agiles et torses.

Craclosse ne voyait pas les pieds de Lenflure, seulement la silhouette du dôme. A la manière dont le chef se déplaçait, il comprit qu'il montait une marche à la fois, le pied droit précédant toujours l'autre limande sur la marche. Il montait en silence, avec une lenteur saccadée, à la manière des enfants, des infirmes ou des femmes obèses. Craclosse le vit tourner à l'angle de l'escalier, et attendit qu'il eût atteint le premier palier. Puis il le suivit, grimpant cinq marches à la fois.

En atteignant le haut du premier escalier, il risqua un œil à l'angle du mur et vit bien autre chose que la silhouette de son ennemi : il vit l'énorme masse tout entière, éclairée par la lumière de deux bougies. Le couloir était étroit à cet endroit. Quarante ou cinquante pieds plus loin, le palier s'élargissait et prenait les dimensions d'un vestibule, d'où s'élançait l'escalier menant au corridor de Lord Tombal.

Lenflure était parfaitement immobile, mais ses bras bougeaient, et il semblait parler à quelqu'un. D'abord, Craclosse ne comprit pas ce qu'il faisait, puis il entendit la voix du chef qui disait : « Mais oui, mon joli, tu seras bientôt rouge et poisseux », et, lorsque la masse indistincte se tourna avec difficulté dans le couloir étroit, il aperçut le reflet de l'acier, bientôt suivi d'une partie du manche et de la gueule meurtrière du hachoir. Lenflure berçait le couperet, et le tenait dans ses bras comme s'il lui donnait le sein.

« Oh ! le beau petit mignon qui va être tout rouge et tout poisseux, dit de nouveau la voix aussi onctueuse que de la mousse, c'est lui qu'on essuiera avec un joli petit mouchoir bien propre, hein, mon mignon ? Un joli mouchoir de soie pour lui, hein ? Un joli mouchoir pour être bien propre et aller faire dodo ? Quoi, tu ne dis rien ? Tu sais pourtant ce que papa t'a appris ? Oh ! oui, il le sait, papa lui a bien appris sa leçon. C'est un petit bébé bien, bien sage, un amour de petit couperet aussi vif que l'argent. »

Craclosse entendit alors un bruit répugnant, le pet d'un animal ignoble : Lenflure était en train de rire.

Craclosse était habitué aux bas-fonds, mais il ne put se contenir. Tombant sur ses genoux rembourrés, il vomit silencieusement.

Il se leva en essuyant la sueur qui coulait sur son front, et risqua de nouveau un œil à l'angle du mur. Lenflure avait atteint l'endroit où le couloir s'élargissait, au pied du second escalier. Bien que moins intense, le bruit de la pluie était toujours là. Même assourdi, il donnait l'impression d'un poids extravagant. Le château semblait s'être réduit à la dimension d'un crâne, à l'intérieur duquel une citerne d'eau se vidait rapidement. Déjà, le parc était inondé : l'eau bouillonnait dans les creux et les dépressions presque aussi profondes que des vallées, et le flux débordait en lacs sombres dont le volume doublait ou triplait.

Une sorte d'intimité s'était établie entre tout ce qui était debout, couché, agenouillé, rangé, caché, exposé, préparé, animé ou inanimé entre les murs du château. Bien que séparés par des murs épais, les êtres ne pouvaient s'empêcher de se sentir *proches* les uns des autres, ou d'une pendule, d'une rampe, d'un pilier, d'un livre ou d'un bras de chemise. Craclosse avait l'impression horrible *d'être* sa propre épaule ou sa propre main. La liquéfaction d'un continent de ciel avait emprisonné ceux qui étaient à l'abri de tout, sauf du bruit de la tempête, en leur donnant le sentiment étrange d'une *hyperréalité* où l'espace était aboli.

Il était impossible de dormir entre ces murs sombres, au milieu des sifflements du vent. Hommes et femmes reposaient sur leurs lits, les yeux grands ouverts, conscients que tout le château était éveillé. Ils se voyaient et sentaient leurs présences, non seulement à cause du vase-clos de la pluie, mais de l'atmosphère de suspicion qui avait tout empoisonné, comme si un changement se préparait dans un monde où le changement était un crime.

Craclosse avait vu juste en comptant sur le caractère renfermé de la comtesse : elle n'avait parlé de son bannissement à personne, bien que le chat souffrît toujours au creux de sa prodigieuse poitrine.

Lorsqu'il fit glisser ses pieds mous comme du porridge dans le couloir mal éclairé de Lord Tombal, Lenflure ignorait que l'obscurité n'abritait pas le moindre grincement d'os. Immédiatement devant la porte, l'ombre était impénétrable. Sur la gauche, une haute fenêtre avait été brisée par la tempête, et, en haut de l'escalier, des débris de verre luisaient faiblement à la lueur d'une bougie.

La tension était presque insupportable, mais, après avoir grimpé le deuxième escalier, Craclosse éprouva un malin plaisir à voir la croupe de son ennemi qui se dandinait dans l'obscurité, persuadé de toucher au but.

Il y avait une sorte d'alcôve dans le couloir, près de la cage de l'escalier. Craclosse l'atteignit en deux enjambées. De là, il pourrait surveiller l'obscurité. Il était inutile de suivre Lenflure jusqu'à la porte de la chambre du comte. Il attendrait son retour. Comment le chef pourrait-il ajuster son coup dans le noir? Il tendrait le bras en tâtonnant jusqu'à ce que le couperet touche le panneau, puis reculerait lentement d'un pas, et lèverait son arme. Alors, un ver dansant une gigue délirante dans sa tête, il abaisserait d'un seul coup le couperet de la guillotine, l'énorme hachoir dont il avait aiguisé la lame au point de faire hurler le fil sur la meule. Pendant que ces images défilaient à l'intérieur du crâne sombre de Craclosse, le chef passait aux actes, et à l'instant où Craclosse imagina la chute du couperet, le couperet tomba.

Il sentit le plancher se soulever sous ses pieds. Une vague de bois parcourut le couloir d'un bout à l'autre, et finit par se briser contre une falaise de plâtre. C'est l'ondulation du plancher qui lui fit comprendre que le chef avait frappé, car au même instant, un formidable coup de tonnerre emporta tous les autres bruits.

Lenflure avait abaissé la lame froide avec une telle concentration que l'atroce volupté d'avoir accompli sa tâche lui engourdit momentanément l'esprit. Lorsqu'il essaya de retirer le couperet dont le tranchant était emprisonné, il comprit que quelque chose n'allait pas. Il avait prévu que la lame fendrait comme du beurre le corps prostré au-dessous de lui, mais pas si facilement, pas avec une *aisance* aussi *fluide.* Etait-il possible qu'il eût aiguisé le couperet au point d'avoir tué sans le savoir, à la manière de la faux meurtrière qui passe aveuglément dans l'herbe haute ? Le chef ne s'était pas donné la peine de toucher du bout de l'orteil le corps endormi : il n'avait pas pensé une seconde que celui qui couchait là, nuit après nuit, depuis plus de douze ans, pût être ailleurs. Et puis, cela aurait risqué de réveiller le grand escogriffe. Que s'était-il passé ? L'explosion de jouissance si longtemps attendue s'était évanouie. Le couperet était difficile à déplacer. Peut-être s'était-il planté entre les côtes. Centimètre par centimètre, Lenflure glissa les mains le long du manche, courbant les genoux et le tronc en déplaçant par vagues des montagnes de lard. De plus en plus impatients de toucher le cadavre, ses doigts descendaient inexorablement. Il devait avoir les mains tout près du plancher maintenant, mais il savait combien le sens des distances était faussé dans l'obscurité. Soudain, ses doigts rencontrèrent l'acier. Glissant avidement les paumes de chaque côté de la lame, il émit un sifflement de fureur. Ses doigts cessèrent de voltiger sur le manche et, comme si son ennemi était derrière lui, il se retourna de toute sa masse et fouilla des yeux le couloir jusqu'à l'escalier mal éclairé. Il semblait n'y avoir personne. Après avoir soigneusement examiné le couloir, il se retourna vers le couperet et l'arracha d'un geste brusque.

Il resta quelques instants à tripoter l'arme inutile, et Craclosse en profita pour se glisser vers une tapisserie derrière laquelle il pourrait tendre une meilleure embuscade. Il était hors du cercle lumineux des bougies, mais la foudre frappa de nouveau. Un éclair bleuâtre traversa la fenêtre brisée et illumina le couloir. Craclosse et Lenflure s'aperçurent au même instant. Dans la lumière bleuâtre, ils ressemblaient à des silhouettes de carton. Le chef avait une allure extraordinaire. Un caricaturiste semblait avoir découpé l'énorme silhouette bleu électrique dans un carré de papier de la taille d'un drap. Les quelques secondes où brilla l'éclair, ses doigts et ses pouces ressemblèrent à des saucisses d'un bleu vif furieusement enroulées autour du couperet.

Craclosse donnait également l'impression d'être une marionnette sans épaisseur. En l'apercevant, Lenflure fut moins saisi d'horreur qu'envahi par une nouvelle bouffée de haine. Comment ! il avait esquinté la lame amoureusement affilée du hachoir en faisant craquer les os des planches, et ce qui aurait dû être un Craclosse coupé en deux se tenait là, devant lui, *recollé*, comme un mauvais acteur campé sur le devant de la scène ! La vivante image de son erreur le mit hors de lui, et une sueur horrible sortit de ses pores.

Ils ne s'étaient pas plus tôt aperçus que les ténèbres retombèrent, comme le rideau sur la scène du premier acte. Tout avait changé. Il ne s'agissait plus de se dissimuler, mais de déployer des trésors de ruse et d'astuce. Ils avaient tous les deux compris qu'il fallait prendre l'initiative et profiter de l'effet de surprise, mais, pour quelques instants au moins, ils étaient à égalité.

Depuis le début, Craclosse avait projeté d'entraîner le chef loin de la porte de Lord Tombal, si possible de l'attirer à l'étage supérieur où, entre maints piliers soutenant le toit pourri, au milieu des madriers et des poutres effondrées, moisissait la salle des Araignées. A l'extrémité de la salle, une fenêtre donnait sur une immense terrasse de pierre bordée d'un parapet de tourelles à pic. Craclosse s'était dit que, en s'emparant de la bougie qui éclairait l'escalier, il arriverait sûrement à entraîner son ennemi là-haut. Les ténèbres retombèrent et il allait passer à l'action, lorsque la porte de la chambre de Lord Tombal s'ouvrit, et le comte, une lampe à la main, sortit dans le couloir. Il semblait flotter en marchant. Une longue pèlerine lui tombait jusqu'aux chevilles, cachant complètement ses jambes. Les yeux fixés droit devant lui, il semblait le symbole vivant du chagrin.

S'aplatissant autant qu'il put contre le mur, Lenflure s'aperçut que le comte marchait en dormant. Un instant, Craclosse eut l'avantage de voir à la fois Lord Tombal et le chef, sans lui-même être vu. Où son maître allait-il? Lenflure hésita sur la conduite à tenir, et le comte parvint à la hauteur de Craclosse. C'était une occasion inespérée d'entraîner le chef sans craindre d'être frappé par-derrière. Se glissant devant Lord Tombal, Craclosse se mit à reculer pas à pas, fixant la masse sombre du cuisinier par-dessus l'épaule du comte. Il savait que sa tête serait éclairée par la lampe de Lord Tombal, alors que celle de Lenflure resterait dans l'ombre, mais le chef n'en tirerait pas grand avantage car, en l'attaquant, il réveillerait le comte de Gormenghast.

Reculant pas à pas, Craclosse ne put, malgré tous ses efforts, garder les yeux fixés sur l'énorme cuisinier. La proximité du visage du comte, dans le halo de lumière, attirait inévitablement son regard. Les yeux circulaires étaient ouverts et vitreux. Il y avait des filets de sang aux coins de la bouche, et la peau était d'une pâleur mortelle.

Lenflure avait réduit la distance qui le séparait du comte. Craclosse et le chef se regardaient fixement par-dessus l'épaule de leur maître. Individuellement, le jour et la nuit les séparaient, mais ils avançaient tous les trois d'un même pas, comme un bloc compact.

Sans ménagement pour la tête qui le portait, l'œil de Craclosse sembla sortir de l'orbite et se risqua par-dessus son épaule. La procession n'était plus qu'à quelques pas de l'escalier et l'ascension du troisième étage commença lentement. Montant à reculons, le guide faisait face à l'escalier, la main gauche sur la rampe de fer. L'épée brillait dans sa main droite, car des bougies brûlaient à chaque palier dans tous les escaliers de Gormenghast.

Lorsque Craclosse atteignit la dernière marche, il vit que le comte s'était arrêté, imité par l'escargot monstrueux qui rampait derrière lui.

De la pénombre sortit une voix douce, une voix d'une inexprimable désolation. La lampe à huile allait bientôt s'éteindre dans la main presque invisible. Les yeux transperçaient Craclosse, transperçaient le mur sombre, fixant un horizon de pluie sans fin.

« Adieu, disait la voix. Tout revient au même. Pourquoi briser le cœur qui n'a jamais battu d'amour ? Nous ne savons pas, ma fille chérie. Il y a un voile, et c'est si loin, si loin, ma fille crépusculaire. Ah ! non, pas cette longue étagère... pas celle-là. C'est le travail de toute une vie que les flammes dévorent. Tout revient au même. Adieu... adieu. »

Le comte gravit encore une marche. Ses yeux étaient devenus plus circulaires.

« Ils me prendront avec eux. Leur demeure est froide, mais ils me prendront avec eux. Leur tour est peut-être crénelée d'amour. Chaque silex est peut-être une stance froide, un enchantement bleu. Chaque plume, une merveille : penne, encre, et vélin. Chaque serre, un flamboiement de gloire ! (Son murmure se fit infiniment mélancolique.) Du sang, du sang et du sang pour vous, mes duvets, tout, tout est pour vous, j'arrive avec mon nid de branches cassées. Elle n'a jamais été mienne. Ses cheveux, des fougères rouges. Elle n'a jamais été mienne. Des souris, des souris. Les tours s'écroulent. Les flammes essaiment. Pas d'abeille plus diligente que la flamme agile. Et tout est fini. Adieu... adieu. Gel et fièvre à jamais confondus, ô vieil amant lassé, sois calme, tout est fini ! Silence, et que ta volonté soit faite. La lune toujours. Tu les trouveras à l'entrée des garennes. De grandes ailes viendront battre en silence. Un grand vol silencieux... Dieu. Tout est un. Tout est un. Tout est un. »

Il avait atteint le palier. Un instant, Craclosse pensa qu'il allait traverser le couloir en direction d'une pièce dont la porte battait au vent, mais il tourna à gauche. Craclosse aurait pu (cela lui aurait même procuré un avantage certain) faire volte-face et filer vers la salle des Araignées, car Lord Tombal flottait lentement comme un rêve, barrant la route à Lenflure. Mais la simple idée de laisser son maître endormi avec l'énorme sangsue sur les talons le fit reculer d'horreur, et il continua sa fantastique retraite.

Ils étaient à peu près à mi-chemin de la salle des Araignées lorsque le comte, surprenant à la fois Craclosse et Lenflure, tourna soudain à gauche, et s'engouffra dans un ténébreux boyau de pierre. Ils le perdirent presque immédiatement de vue car l'artère tournait encore sur la gauche, et la lampe du comte s'était éteinte. Sa disparition avait été si soudaine qu'aucun des deux ennemis ne songea à profiter de l'espace vide pour bondir sur l'autre, et frapper dans la faible lumière. C'était dans cette région que dormaient les Laveurs Gris. Un peu plus loin, un lustre mal en point était suspendu au plafond. Craclosse se retourna brusquement, et se mit à courir vers cette lumière. Pensant que le squelette ambulant était pris de panique, le chef, qui avait soif de sang et dont le désir frustré était aussi rouge qu'une plaquemine, le poursuivit à pas horriblement agiles malgré les ventouses de ses pieds plats.

Craclosse ratissa les dalles à toute allure, mais n'avait guère plus de neuf pieds d'avance sur Lenflure lorqu'il pénétra dans la salle des Araignées.

Sans perdre un instant, il passa par-dessus trois poutres effondrées, comme un coureur d'obstacles maladroit aux jambes fantastiquement longues. Il se retourna lorsqu'il atteignit le centre de la pièce, et constata que la silhouette de son ennemi s'encadrait déjà dans la porte. Ils étaient tellement absorbés par leur jeu de ruse et de mort qu'ils ne furent pas étonnés d'y voir clair dans une salle qui était normalement un repaire de ténèbres. Ce n'était pas le moment de s'étonner. Ils ne s'étaient même pas rendu compte que la tempête avait épuisé sa furie, et ne faisait plus que gronder dans le lointain. Les nuages avaient déserté le tiers du ciel, où brillait une lune gibbeuse, très proche et très blanche. Sa lumière laiteuse se répandait à travers le mur éventré, à l'extrémité de la salle des Araignées. Au-delà de la brèche, elle dansait et brillait sur l'eau chuintante, qui avait formé de grands lacs emprisonnés au milieu des toits. La pluie frappait la surface de l'eau de fils d'argent, faisant gicler des gerbes étincelantes. La salle elle-même était un dessin à l'encre de Chine peuplé de mille reflets soyeux, du gris tourterelle à l'argenté. Elle était depuis longtemps livrée à l'abandon. Poutres et madriers s'étaient effondrés un peu partout, jonchant le sol ou barrant l'espace. Entre les poutres, comme les mailles plus ou moins resserrées d'un impalpable filet tendu dans toutes les directions depuis le plafond de l'étage supérieur (la plus grande partie de la charpente s'était écroulée), plongées dans le noir, luisant dans la pénombre, ou enflammées comme une lèpre transparente par les rayons de la lune, les innombrables toiles d'araignée remplissaient l'air.

Craclosse s'était frayé un chemin jusqu'au centre de la pièce à travers une véritable forêt de toiles, et, tout en observant la silhouette du chef encadrée dans l'entrée, il leva la main gauche et arracha les filaments vaporeux qui lui couvraient la bouche et les yeux. Même dans les grandes niches d'ombres où la lumière de la lune ne pouvait pénétrer, l'obscurité était cisaillée de points lumineux qui semblaient changer de place à tout instant. Le moindre mouvement de tête provoquait une soudaine révulsion dans les ténèbres qui se peuplaient de fils brillants, détachés de leur toile, comme dissociés, apparaissant et disparaissant dans le miracle de l'instant.

Mais que leur importait une telle fugacité? Pour eux,

les toiles d'araignée étaient des écrans protecteurs ou meurtriers, des paravents ou des pièges, le visage de la vie ou de la mort. Environ à mi-chemin entre Craclosse et le corps indistinct de Lenflure, brillaient les fils d'une toile d'araignée dont le périmètre était violemment secoué. La pointe du mamelon gauche de Lenflure était exactement au centre de la toile. L'espace, entre les fils scintillants et le chef, semblait un abîme d'une profondeur prodigieuse qui reléguait Lenflure dans un autre monde. La salle des Araignées se dilatait et se contractait, respirant au rythme de la lune, et l'œil était trompé par le jeu des reflets sur les fils mouvants qui se déployaient sans cesse, faussant complètement le sens des distances.

Lenflure ne s'éternisa pas près de la porte. Il y resta le temps de se faire une idée du bouge dans lequel l'échalas avait choisi d'abriter ses longs os. Suant de méchanceté, le chef n'était pas aveuglé au point de sous-estimer son ennemi. Il n'avait pas été attiré là sans raison. Ce n'était pas lui qui avait choisi le champ de bataille. Il tourna les yeux à droite et à gauche, le couperet en équilibre devant lui, remarqua les poutres poussiéreuses et à moitié pourries, effondrées çà et là, et l'immense filet de toiles d'araignée. A son idée, elles ne le désavantageaient pas plus que l'homme qu'il avait l'intention de couper en deux.

Craclosse n'avait pas choisi la salle des Araignées pour une raison précise. Il s'était peut-être inconsciemment imaginé qu'il se faufilerait avec plus d'agilité entre les toiles et les poutres. Mais il en doutait maintenant qu'il avait vu avec quelle rapidité le chef l'avait suivi. Pourtant, ayant réussi à attirer l'ennemi dans un lieu de son choix, il sentait que c'était lui qui avait l'initiative. C'était comme s'il avait une *pensée* d'avance sur le chef.

Tenant la longue épée devant lui, il observa l'approche de l'énorme créature. L'œil fixé sur Craclosse, balançant la tête comme un serpent pour mieux voir, Lenflure se frayait un chemin à coups de hachoir entre les toiles d'araignée. Il s'arrêta et, sans quitter Craclosse des yeux, enleva les filaments qui recouvraient la lame et le manche de son arme.

Il reprit sa marche en avant, déblayant le terrain devant lui en faisant de grands moulinets avec le hachoir et franchissant avec précaution l'obstacle des poutres. Il sembla sur le point de s'arrêter de nouveau pour nettoyer la lame, mais changea d'idée et continua, comme s'il n'y avait plus aucun obstacle sur sa route. Il semblait avoir décidé que nettoyer son arme et se nettoyer lui-même à chaque instant au cours de ce duel à mort étaient une mauvaise tactique, voire une insulte à la chance.

De même que ni les nuées de mouches, ni le soleil aveuglant, ni l'obstacle des vagues n'empêchent les pirates pataugeant dans les brûlants hauts-fonds de se porter des coups mortels, de même les poutres à demi effondrées, les reflets trompeurs du clair de lune et les moustiquaires brillantes devenaient pour eux des obstacles insignifiants. Il fallait les ignorer, oublier qu'elles chatouillaient le visage et se collaient sur la bouche et sur les yeux. Il fallait comprendre que si les fils brillants pendaient comme des guirlandes tropicales, coiffant l'acier nu entre l'épée et la main, la main et le coude, le coude et le corps, cela n'empêchait nullement les membres d'être aussi libres qu'auparavant. La vitesse du hachoir tournoyant ne serait en rien retardée. Le secret, c'était de les *ignorer.*

A mesure que Lenflure avançait à pas silencieux et agiles, il devenait plus semblable à un veau marin glissant au milieu des algues grises des profondeurs. Entrant soudain dans un rayon de lune, sa silhouette prit feu au milieu d'un réseau de fils, et il devint une monstrueuse araignée au centre de la toile, le regard perçant le miroir de mailles.

Tout son être était concentré sur l'idée du meurtre. Il n'y avait dans son esprit pas la moindre place pour autre chose. Sa face énorme, semblable à un jambon, le démangeait comme si elle était assaillie par une nuée de moustiques. Mais le cerveau ne recevait plus les messages des nerfs : la mort avait bourré le crâne jusqu'à la gueule.

Craclosse ne le quittait pas des yeux. Son long dos était penché en avant comme le tronc incliné d'un conifère. Il avait la tête baissée, comme s'il allait s'en servir à la façon d'un bélier, et ses genoux rembourrés étaient légèrement ployés. Les bandes de toile étaient à présent inutiles, mais il n'avait pas eu le temps de les dérouler. Le chef était à moins de sept pieds de lui. Une poutre à demi effondrée les séparait. Environ deux mètres à gauche de Lenflure, l'extrémité de la poutre était enfoncée dans la poussière, mais, à droite, le squelette d'une vieille malle de fer la soutenait à peu près au milieu, et elle s'élevait à trois pieds du sol sous une nuée de toiles d'araignée pleines de mouches.

Lenflure se dirigea vers le support de cette poutre, plongeant jusqu'aux genoux dans le clair de lune tissé de fils lumineux et souples. Ses traces étaient nettement visibles. De la porte à la poutre, il avait laissé derrière lui un sillon de rêve, un canyon encaissé entre deux murailles de toiles d'araignée. Debout derrière la vieille malle, il aurait presque pu toucher son ennemi en tendant le bras armé du couperet. Entre eux, l'air s'était un peu éclairci. Ils n'avaient jamais été aussi proches l'un de l'autre, en cette nuit de tempête. Une proximité terrible, presque palpable, scellée par la haine. Ils avaient exactement le même but, mais quoi d'autre en commun ? Rien que la salle des Araignées, les poutres, les toiles brillantes, les jeux de la lune pailletée, et le tambourinement de la pluie dans les oreilles.

A tout autre moment, le chef eût fait de l'esprit, et accablé de sarcasmes la longue silhouette à moitié accroupie devant lui. Mais maintenant que le sang allait couler, peu lui importait d'exaspérer son ennemi. Son esprit s'exercerait d'une manière plus concrète. Il brillerait – mais d'un trait d'acier. Un trait qui serait l'insulte finale, à moins que Craclosse, avec le corps coupé en deux, ne fût encore capable de distinguer une insulte d'une côtelette.

Ils restèrent un moment à se balancer sur la pointe des pieds. Tenant son épée devant lui, Craclosse se déplaça lentement le long de la poutre, vers la gauche, où le terrain lui semblait plus favorable. Suivant des yeux chaque mouvement de son corps, Lenflure s'aperçut qu'il serait dangereux de rester où il était, car une véritable forêt de toiles d'araignée lui bouchait la vue. En un éclair, il fit un pas de côté sur la gauche, et tourna les yeux dans la même direction. Craclosse se glissa immédiatement vers lui, les yeux perçant le suaire de toiles qui lui recouvrait à demi le visage. Il avait la tête juste au-dessus de la plus basse extrémité de la poutre. Lenflure n'eut pas à se repentir d'avoir jeté un coup d'œil sur la gauche. L'autre extrémité de la poutre était le premier allié qu'il rencontrait dans cette salle semée d'obstacles. Quand il regarda de nouveau son maigre ennemi, ses grosses lèvres se tordirent. Que l'obscène contraction des muscles pût être qualifiée de « sourire », il l'ignorait et ne s'en souciait pas. Craclosse était accroupi à l'endroit exact où il souhaitait l'attirer. Il avait le menton tendu en avant d'une manière caractéristique, et semblait n'avoir pris cette habitude que pour le bon plaisir du chef. Il n'y avait pas de temps à perdre. Lenflure était à trois pieds de la catapulte lorsqu'il bondit. Un instant, il y eut une telle masse de chair et de sang dans l'air qu'une étoile changea de couleur sous les anneaux de Saturne. Le chef ne retomba pas sur ses pieds. Il n'en avait pas eu l'intention. L'essentiel était de faire porter tout le poids de son corps contre la tête du madrier. En retombant, il donna un formidable coup de bas-ventre à la catapulte, et l'autre extrémité de la poutre bondit comme une chose vivante, frappant Craclosse sous le menton. L'épouvantail fut soulevé de toute sa hauteur et s'effondra comme un poids mort sur le sol.

Le chef se releva avec des gestes grotesques, tant il avait hâte d'atteindre le corps de sa victime. Craclosse était étendu sur le sol, et sa veste remontée jusqu'aux aisselles découvrait son flanc maigre. Lenflure éleva le couperet. Il y avait tellement longtemps qu'il attendait cela. Des mois et des mois. Il leva les yeux vers la lame encrassée de toiles d'araignée. La paupière gauche de Craclosse se mit à battre. L'instant d'après, il avait les yeux fixés sur le chef, et l'observait entre ses cils, encore à moitié assommé et paralysé d'horreur. Le couperet était prêt à s'abattre, mais il vit que Lenflure examinait la lame d'un air perplexe, en haussant les sourcils. Il entendit la voix spongieuse pour la seconde fois de la nuit.

« Veux-tu que je te fasse ta toilette, mon amour? disait la voix, comme si elle était sûre de la réponse du brutal chérubin d'acier. Un brin de toilette, juste avant le dîner? C'est une bonne idée, hein? Le bon bain chaud est prêt, mais il faut d'abord que tu enlèves tous ces vêtements sales. Oui, oui, ma fleur bleue, je vais te baigner, mais laisse-moi t'essuyer la figure, je veux qu'elle soit aussi bleue que de l'encre, mon amour, avant que tu prennes ton biberon. (Il tenait la fine tête de métal contre son cœur.) J'ai juste ce qu'il faut pour les petits gourmands, ma beauté. Un bon grog avant d'aller au lit. »

Craclosse entendit des gargouillements de rire dans l'estomac du chef, qui commençait à nettoyer le couperet. La lune éclairait son flanc prostré, mais il avait le torse et la tête perdus dans les ombres. Observant la masse du chef au-dessus de lui, il vit que Lenflure avait presque fini d'essuyer la lame, et son attention fut attirée par la partie supérieure du visage de son ennemi. Elle était voilée, comme le bas du visage et tout le reste du corps, par d'innombrables toiles d'araignée, mais il semblait y avoir quelque chose de plus au-dessus de l'oreille gauche. Habitué au chatouillement des fils, et aux mille démangeaisons de la peau, Lenflure ne s'était pas aperçu qu'une araignée avait élu domicile sur son œil droit. Il avait attribué le flou de sa vision au voile épais qui lui recouvrait la tête. De l'endroit où il était étendu, Craclosse voyait distinctement l'insecte. Puis il aperçut le message du destin : la femelle de l'araignée. Elle était sortie du nid de toiles grises sur l'oreille gauche du chef, et avançait lentement en déplaçant ses longues pattes maigres. Etait-elle à la recherche de son mâle ? Si c'était le cas, elle témoignait d'un sens de l'orientation remarquable, car elle se dirigeait droit vers lui.

Lenflure était en train de passer la main sur le plat de son arme. Elle était nue, prête à servir. Posant ses grosses lèvres sur la lame, il baisa l'acier éclairé par la lune. Puis il recula d'un pas et prit le hachoir à deux mains, serrant convulsivement le long manche au-dessus de sa tête baissée. Il resta un instant en équilibre sur la pointe des pieds, et se retrouva soudain complètement aveugle. L'araignée femelle venait de s'installer sur son œil gauche, enchantée par le roulis du globe qu'elle recouvrait. Depuis qu'il avait aperçu l'insecte, Craclosse attendait cet instant. Il lui semblait être couché là depuis au moins une heure, attendant le bon vouloir du couperet meurtrier. C'était l'occasion ou jamais : saisissant l'épée qui était tombée à côté de lui, il roula rapidement sous le ventre du chef, hors de portée du hachoir.

Suant de rage d'être à nouveau frustré de son triomphe, Lenflure n'en croyait pas moins que Craclosse était toujours à ses pieds, et, s'il avait abaissé la lame, il est probable que Craclosse n'en eût pas réchappé. Mais, après tout le mal qu'il s'était donné, un triomphe aveugle était une bien piètre fin. Devant la porte de Lord Tombal, c'était différent. Le couloir était plongé dans les ténèbres. Mais, avec ce clair de lune magnifique, il semblait hors de question d'être victime du caprice d'une araignée.

Il abaissa le couperet contre sa poitrine et, de la main

droite, arracha les insectes qui avaient élu domicile sur ses paupières. Il levait de nouveau son arme lorsqu'il s'aperçut que sa victime avait disparu. Pivotant sur lui-même, il ressentit une douleur cuisante dans la fesse gauche et une sensation de brûlure sur le côté de la tête. Hurlant comme un porc qu'on égorge, il se retourna brusquement, et porta la main à l'endroit où aurait dû se trouver son oreille. Envolée ! Craclosse l'avait tranchée, et elle se balançait à l'autre bout de la pièce, un pied au-dessus du sol, dans un hamac de toiles d'araignée, avec une langueur à faire pâlir d'envie le plus voluptueux sybarite.

Un rayon de lune tomba sur le lobe maculé, mais se retira discrètement, et l'oreille disparut avec tact dans les ténèbres. Craclosse avait frappé d'estoc et de taille. Le second coup avait manqué le crâne, mais fait couler le sang. En fait, le sang coulait déjà abondamment sur la fesse de Lenflure. Une île rouge avait imbibé l'étoffe qui couvrait le postérieur du chef, et gagnait de proche en proche, sur l'immensité du tissu blanc. Les contours de l'île changeaient sans cesse, mais, quand l'écho du hurlement de Lenflure se tut, elle ressemblait à s'y méprendre à l'aile renversée d'un ange.

Ces blessures n'étaient que des banderilles. Il fallait saper les fondations et briser au moins un ou deux piliers pour avoir une chance de voir s'effondrer l'énorme tour. Que le chef saignât comme un goret ne prouvait rien. Il avait tellement de sang qu'il aurait pu ranimer une armée entière, et refroidir les canons avec le reste. Placés bout à bout, ses vaisseaux sanguins auraient pu grimper comme de la vigne vierge sur toute la hauteur de la tour des Silex et redescendre à mi-chemin de l'autre côté, de sorte qu'un vampire s'y fût trouvé à l'aise.

Quoi qu'il en soit, il était blessé. La méchanceté froide et calculatrice s'était transformée en une haine convulsive. Bouillonnant de rage, Lenflure fonça droit entre les toiles d'araignée, fauchant l'air d'un long coup de hachoir en direction de Craclosse. Il s'était déplacé avec une vitesse surprenante, mais, trompé par les fils brillants qui flottaient au clair de lune, il avait mal évalué la distance, et le coup était parti trop tôt. Sinon, il est probable que tout aurait été fini, et qu'il ne lui serait plus resté qu'à se débarrasser du corps. L'acier siffla horriblement aux oreilles de Craclosse, et il sentit ses cheveux se hérisser. Contre-attaquant presque sur-le-champ, il frappa le chef qui avait un instant perdu l'équilibre et atteignit le gras d'une épaule aussi dodue qu'un traversin.

Alors les choses allèrent très vite, comme si tout ce qui s'était déjà passé n'était qu'un simple préambule. L'épaule cuisante de douleur, Lenflure reprit l'équilibre après son coup manqué. Sachant qu'avec le couperet tendu il avait une allonge supérieure, il saisit l'arme par l'extrême bout du manche et imprima à son corps un mouvement giratoire, ses pieds tournant de plus en plus vite sous son ventre monstrueux. C'était une sorte de pas de danse compliqué, mais le chef n'était pas un simple derviche tourneur : il était lancé à fond vers une cible, et le couperet tendu devant lui sifflait en décrivant des cercles meurtriers. Ce qui restait de toiles d'araignée au centre de la pièce était impitoyablement fauché par ce gigantesque cyclone, où jouaient des reflets de lune. Fasciné d'horreur, Craclosse observait l'hydre tournoyante. La tête du chef apparaissait et disparaissait à une telle vitesse qu'il semblait avoir cent visages et, entre chaque visage, venait s'encadrer la nuque épaisse. Le sifflement de l'acier était de plus en plus proche. Craclosse ne pouvait espérer trouver une faille dans le cercle vrombissant, et, même s'il supportait le choc, il n'avait pas une allonge suffisante pour frapper. Il recula et s'aperçut qu'il allait se trouver acculé dans un angle de la pièce. Lenflure fondait sur lui à la manière d'un cauchemar. Il avait l'esprit en ébullition, mais la perfection de ses ronds de jambe et l'arc éblouissant de l'acier avaient quelque chose d'extatique. Ils étaient si parfaits qu'ils semblaient détachés de tout, et il était difficile d'imaginer comment la grande toupie blanche pourrait s'arrêter.

Soudain, Craclosse eut une idée. Comme pour se protéger de la faux menaçante, il recula jusqu'à sentir l'angle des deux murs contre son dos courbé. Ayant ainsi choisi d'être acculé, car il aurait pu bondir jusqu'au rideau de pluie qu'il voyait tomber devant l'ouverture éclairée par la lune, il se redressa de toute sa taille, le dos collé dans l'angle, et attendit.

Le couperet faucheur se rapprochait de plus en plus. La tête de Lenflure tournoyait comme une toupie et, à chaque révolution, Craclosse apercevait les petits yeux injectés de sang fixés sur lui, comme deux boules de haine. Le chef était tellement aveuglé par son obsession meurtrière qu'il avait l'esprit comme paralysé, et ce que Craclosse avait espéré se produisit. La toupie arriva trop près du mur, et l'arc d'acier ne put réduire son rayon. Le chef vit soudain les murs bondir à sa rencontre et, comme les deux extrémités du hachoir s'enfonçaient dans l'angle de plâtre, il sentit soudain une douleur cuisante dans ses paumes et ses avant-bras. Il venait de décapiter une partie du mur croulant. Craclosse, qui tenait toujours son épée contre lui, la pointe posée à côté de l'embout de sa chaussure, n'occupait pas une position idéale pour recevoir la masse du chef sur lui. L'arrêt du mouvement giratoire et meurtrier avait été si brutal que Lenflure perdit les commandes du moteur qui le propulsait, et son corps, toutes bielles coulées, s'effondra en avant comme une baudruche crevée. Si Craclosse n'avait pas été si maigre, et s'il ne s'était pas littéralement collé au mur, il aurait certainement été asphyxié. Les vêtements de Lenflure, moites et salis de toiles d'araignée, pesaient contre son visage, et il arrivait péniblement à respirer. Il ne pouvait rien faire, les bras collés le long du corps, le visage écrasé. Les effets du choc commençaient à se dissiper, et, comme s'il recouvrait soudain la mémoire, le chef se souleva en titubant. Craclosse, toujours empêtré de la longue épée inutile à si faible distance, réussit à se glisser le long du mur de gauche, puis se retourna et se fendit en visant les côtes de Lenflure, mais le chef évita involontairement le coup en zigzaguant comme un homme ivre. Il avait tant tournoyé qu'il avait encore le vertige, et il se mit à décrire de grands huit chancelants, tanguant d'un bord à l'autre de la salle des Araignées. Cela lui servit dans l'instant, car il constituait une cible mouvante, impossible à toucher.

Craclosse attendit. Une douleur terrible lui perçait la nuque. Cela avait commencé dès qu'il n'avait plus senti les effets du choc qu'il avait reçu sur la mâchoire. Il souhaita ardemment que tout fût fini, car il était horriblement las.

Dès que la pièce cessa de tanguer autour de lui, Lenflure s'assura qu'il tenait bien sur ses jambes, et traversa la salle avec une détermination meurtrière. La lame frustrée tremblait d'impatience dans sa main. Le bruit de ses pas sur le plancher fit sursauter Craclosse, qui jeta un coup d'œil rapide vers la brèche. La pluie avait cessé. Mis à part le murmure mélancolique du goutte-à-goutte de Gormenghast, un grand silence régnait.

Craclosse avait eu le pressentiment soudain que rien de décisif, qu'aucun coup mortel ne serait porté dans la salle des Araignées. Sans cette conviction, il eût attaqué le chef pendant que Lenflure se remettait de son étourdissement, appuyé contre le chambranle de la porte, au fond de la salle. Il se contenta de rester dans le clair de lune, silhouette décharnée aux genoux rendus cagneux par les gros bandages d'étoffe, et attendit le chef en se frottant douloureusement le cou de ses longs doigts osseux. L'assaut se déclencha à l'improviste. D'un seul coup, Lenflure fut sur lui, brandissant le couperet et laissant une traînée rouge dans son sillage, car il avait l'épaule et le côté gauche de la tête dégoulinants de sang. A l'endroit où s'ouvrait la brèche, le plancher se terminait par un rebord haut de six pouces. Trois pieds plus bas, une grande terrasse rectangulaire s'étendait entre les toits. Cette nuit, on ne voyait pas la différence de niveau, car un grand lac d'eau de pluie clapotait contre les planches poussiéreuses de la salle. Pour un étranger, ce lac semblait très profond. Craclosse franchit le linteau à reculons et, de l'autre côté, son pied fit jaillir une fontaine d'écume jaune citron. Quelques instants plus tard, ses longues jambes d'araignée marchaient à reculons dans une eau aussi chaude que du thé. Malgré le déluge de pluie, l'air était toujours aussi oppressant. L'affreuse chaleur lourde empoisonnait l'atmosphère.

Alors ce fut l'horreur. Lancé comme une balle, Lenflure se prit le pied dans le rebord de l'ouverture et, incapable de freiner son élan, s'effondra dans l'eau chaude comme une avalanche. Le couperet lui échappa et, tournoyant au clair de lune, tomba comme un trait de flamme dans le silence doré du lac. Lenflure était tombé sur le ventre, et se débattait comme un monstre marin pour essayer de se relever. Craclosse l'atteignit à l'instant où le chef, d'une titanesque contorsion du buste, réussit à trouver un point d'appui. Mais son pied glissa aussitôt et il retomba sur le dos, et continua de flotter en se débattant, cinglant l'eau des bras et des jambes au milieu des remous qui se propageaient dans toutes les directions jusqu'aux bords lointains du lac. Un instant, il réussit à respirer, mais lui seul aurait pu dire si cela en valait vraiment la peine, car il aperçut en même temps la sombre silhouette de son ennemi au-dessus de lui, bras levés, étreignant à deux mains la garde de l'épée dont la pointe était dirigée vers la base de ses côtes. L'eau devint rouge autour de lui, et ses yeux, comme deux billes vitreuses, roulèrent au clair de lune lorsque l'épée s'enfonça profondément. Craclosse ne prit pas la peine de la retirer. Elle resta plantée comme un mât d'acier dont les voiles tombées sur le pont auraient été agitées de frissons et de soubresauts d'une turbulence sinistre, indépendants des vents et des marées. En haut du mât pirate, dans la garde de l'épée aussi ronde qu'un nid de corbeau, ne claironnait aucune vigie. Appuyé contre le mur extérieur de la salle des Araignées, Craclosse avait de l'eau jusqu'aux genoux. Les yeux mi-clos, il observait les derniers spasmes de l'agonie, quand un bruit vers le haut lui donna la chair de poule. Il tourna la tête et aperçut un visage – un visage qui souriait dans la lumière argentée, tout au fond de la salle obscure. Les yeux étaient circulaires, la bouche s'ouvrait lentement, et, lorsque la grande nappe blanche du silence lunaire tomba comme pour toujours, le cri perçant du hibou aux serres mortelles la déchira de bout en bout comme du calicot.

Disparus

Craclosse n'oublia jamais ce qui suivit, et, pendant des années, le cauchemar revint le hanter presque chaque jour. Cela ressemblait à un mauvais rêve qui fondait sur lui à l'improviste et le forçait à revivre les heures qui suivirent la mort de Lenflure. Les heures d'une monstrueuse horloge sur le cadran de laquelle la peau du chef était tendue comme un tambour, et dont les aiguilles poisseuses de sang marquaient un temps hypnotique qui s'écoulait en d'interminables minutes emportant Craclosse.

A la fenêtre, le comte était éveillé. Tenant sa badine de jade à la main, il était descendu dans le lac de pluie. Lorsqu'il l'avait poussé du bout de sa badine, le corps s'était tordu et redressé dans un spasme, comme si le chef était vivant et voulait regarder la lune. Le comte lui avait fermé les yeux, couvrant de leurs pétales de chair les deux globes injectés de sang.

« Monsieur Craclosse, dit Lord Tombal.

– Monseigneur ? répondit le valet d'une voix rauque.

– Vous ne m'avez pas répondu quand je vous ai salué. »

Craclosse ne comprit pas ce que son maître voulait dire. Salué ? Le comte ne lui avait pas dit un mot. Puis il se rappela le cri du hibou, et frémit.

Du bout de sa badine, Lord Tombal tapota la garde de l'épée toujours plantée comme un mât.

« Pensez-vous qu'ils le trouveront à leur goût ? dit-il en ouvrant lentement les lèvres. Nous allons leur en faire cadeau. C'est la moindre des choses. »

Du cauchemar qui suivit, il suffit de dire que, après de longues heures d'efforts, ils réussirent à traîner le corps jusqu'au pied de la tour des Silex. Ils le firent passer à travers une brèche dans les remparts, par laquelle le lac se vidait. Lenflure avait dévalé une cascade étincelante au clair de lune et, deux cents pieds plus bas, ils avaient retrouvé son corps glougloutant comme une outre dégonflée sur le gravier trempé. Après s'être procuré un crochet et une corde pour traîner le corps, ils s'étaient enfin mis en route vers la tour.

Le silence était terrible. Le clair de lune, comme une gelée blanche au-dessus de la tour des Silex. La carcasse de la bibliothèque brillait dans le lointain, au bout de la longue file de salles en ruine, de pavillons et d'édifices couronnés de dômes croulants. A leur droite, la masse illuminée des conifères était rayée de lignes noires, et ils marchaient au milieu des pommes de pin qui ressemblaient à des sculptures d'ivoire scellées à la terre pâle par leurs ombres.

Ce qui jadis avait été Lenflure étincelait.

Puis le comte avait dit :

« Craclosse, mon heure est venue. Ne restez pas ici, monsieur Craclosse. Il faut que vous partiez. L'heure de ma réincarnation est venue. Je dois rester seul avec lui. Votre gloire est de l'avoir tué. La mienne sera de le *leur* apporter. Adieu, ma vie commence. Adieu... adieu. »

Il s'était éloigné, tenant toujours la corde d'une main, et Craclosse s'était mis à courir vers le château, le corps secoué de frissons. Il parcourut une faible distance et, quand il s'arrêta, le comte était au pied de la tour, traînant l'innommable chose brillante derrière lui.

Quelques instants plus tard, il avait disparu dans l'ouverture rongée par le temps, et l'outre crevée ondula en glissant sur les trois marches vaguement éclairées par la lune.

Tout se mit à tourner : la tour, les pins, le cadavre, la lune et même l'inhumain hurlement de douleur qui jaillit de la gorge de la tour et se répercuta dans la nuit – pas le cri d'un hibou, mais celui d'un homme sur le point de mourir. Ivre de fatigue, le maigre serviteur ne put en supporter l'écho prolongé et s'effondra soudain sans connaissance, tandis que le ciel de la tour devenait blanc de hiboux. Leurs corps éclairés par la lune tournoyaient autour de l'entrée où, dans un grand désordre de plumes, le festin avait commencé, becs et serres lacérant avec une même férocité les deux chairs si dissemblables.

Les roses étaient des pierres

Seul dans les Bois d'Epines, lui-même semblable à une branche toujours en mouvement au milieu des arbres profondément enracinés, Craclosse se déplaçait rapidement et le bruit de ses genoux devenait de jour en jour plus familier aux oiseaux et aux lièvres.

Il se déplaçait comme un homme traqué, silhouette striée de soleil aux endroits où la futaie se clairsemait et aussi noire que les ombres là où le soleil ne pénétrait jamais. Il avait si longtemps dormi dans le couloir froid et obscur qu'il se sentit d'abord chétif et nu, sans défense contre la lumière qui le réveillait dès l'aube et ces ombres du crépuscule où il essayait de s'endormir. La nature, semblait-il, était aussi immense que Gormenghast. Mais avec le temps, il apprit à découvrir les raccourcis secrets des collines et des bois, des rochers et des marécages, à suivre les détours du fleuve et de ses affluents pleins d'herbes flottantes. La plaie était toujours à vif, mais il songeait moins au monde qu'il avait perdu, car il était obligé de faire appel à toutes les ressources de son ingéniosité pour survivre. Jour après jour, il apprit à connaître ce monde nouveau. Il était très fier des deux grottes qu'il avait découvertes sur les flancs de la montagne de Gormenghast. Il avait enlevé les rochers et les fouillis de lianes, puis avait construit foyers et tables de pierre, lits de feuillage et clôtures pour décourager les renards. La première se trouvait au sud, à la frontière du pays inexploré. Chaque fois qu'il y entrait, sa blessure se ravivait, car il y avait la montagne entière entre la grotte et le lointain château. Plus petite, la seconde était située sur le flanc nord, et d'accès plus facile par les nuits pluvieuses. Sa demeure principale était une cabane qu'il avait construite dans une clairière des Bois d'Epines. Craclosse était fier de son adresse à prendre les lapins au collet, et à lancer l'épervier dont il avait si patiemment tressé les mailles avec des fibres de racines particulièrement résistantes. Il lui était doux de goûter le poisson qu'il préparait et mangeait seul à l'ombre de la cabane. Les longues soirées ressemblaient à des éternités dorées. Seuls un battement d'ailles, le cri d'un oiseau de passage brisaient de temps en temps le silence de l'air étouffant. Un ruisseau presque à sec coulait devant le seuil de sa porte, et se perdait dans les ombres du sous-bois, vers le sud. L'amour qu'il éprouvait pour cette clairière perdue grandissait à mesure que se développait l'instinct sylvestre qui avait toujours dû être latent en lui. Il avait désormais le sentiment de posséder quelque chose qui était vraiment à lui, cette hutte qu'il avait construite de ses mains. Etait-ce de la rébellion? Il ne pouvait le dire. Au crépuscule, il s'asseyait devant la porte de la cabane, le menton dans les genoux, et, les mains croisées sur ses coudes décharnés, méditait (d'un air sombre, eût probablement pensé un étranger) en regardant les ombres s'allonger lentement devant lui. Toute l'histoire de Gormenghast, telle qu'il l'avait vécue, avait commencé à défiler devant ses yeux. Le souvenir de Fuchsia, maintenant qu'il ne la voyait plus, était particulièrement douloureux, et il n'aurait jamais imaginé qu'elle pourrait lui manquer autant.

Devenant de plus en plus adroit à mesure que les semaines passaient, il ne guettait plus les lapins pendant une demi-journée entière à l'entrée des garennes, une massue à la main, et ne n'obstinait plus à pêcher pendant des heures dans les herbiers déserts. Il pouvait consacrer une grande partie de son temps à aménager la cabane en vue de l'automne et de l'inévitable hiver, à explorer toujours plus loin, et à méditer dans le soleil couchant. C'était le plus souvent à ces moments-là que le cauchemar revenait le hanter. La forme d'un nuage dans le ciel – aussi bien qu'un scarabée rouge – n'importe quoi pouvait réveiller l'horreur, et il enfonçait ses ongles dans ses paumes quand les souvenirs du meurtre et de la fin atroce de son maître venaient danser dans son cerveau.

Presque tous les jours, il escaladait les contreforts de la montagne, ou se frayait un chemin jusqu'à la lisière des Bois d'Epines pour voir la longue ligne brisée de l'épine dorsale de Gormenghast. Parfois, la solitude lui faisait croire qu'il n'y avait d'autre réalité que la forêt, et il se mettait à courir comme un épouvantail jusqu'à la lisière des bois, assailli d'une crainte soudaine : Gormenghast n'existait pas. Tout cela n'était qu'un rêve, il était sans feu ni lieu, seule créature vivante dans un cauchemar de branches sans fin.

La vue de l'horizon crénelé, si intimement mêlé à ses premiers souvenirs, le rassurait. Il était banni et abandonné de tous, mais ce qui avait été le but et l'orgueil de sa vie était là. Ce n'était pas un rêve ni une fable, mais aussi réelle que la main qui protégeait ses yeux : l'immémoriale réalité des pierres où vivaient, mouraient et refleurissaient les bourgeons de la longue branche d'Enfer.

Un soir, après avoir scruté l'horizon du château jusqu'à la masse brillante des huttes d'argile, il se leva et entreprit le voyage de retour vers la clairière. Changeant soudain d'avis, il rebroussa chemin sur une centaine de pas et plongea brusquement vers la gauche, s'engageant avec une rapidité incroyable dans ce qui avait l'air d'une impénétrable vallée d'épines. Le fouillis d'arbres rabougris se clairsemait rapidement, et les feuilles flétries par la sécheresse ne tenaient aux branches fragiles comme du verre qu'en raison de la fraîcheur tardive communiquée aux racines par la brusque tempête qui s'était déchaînée le soir du meurtre. Maintenant, le profil de la vallée se distinguait plus nettement et, quand Craclosse eut franchi la dernière barrière d'épines, des pentes cendrées apparurent à droite et à gauche, couvertes d'herbe lisse et molle comme des cheveux. Pas un seul brin de cette herbe pâle n'était dressé, et il n'y avait pas un souffle de vent. Il s'allongea sur le dos, les jambes à demi repliées (en action ou au repos, il fallait toujours qu'il y eût un angle en quelque endroit de sa carcasse osseuse), dans l'herbe chaude d'une pente, et regarda vaguement les jeux de la lumière sur les tiges par-dessus le creux de son bras tendu.

Il ne se reposa pas longtemps, car il souhaitait arriver à la grotte nord avant la nuit. Il n'y était pas allé depuis un certain temps, et il avait cédé avec un plaisir sombre à cette brusque lubie. Le soleil était déjà très loin du zénith, suspendu dans la brume quelques degrés au-dessus de l'horizon.

Depuis la grotte nord, on avait une vue peu commune. Cette vue inspirait à Craclosse un sentiment inconnu qui, pensait-il, devait être du plaisir. L'étrange et nouvelle existence qu'il menait dans cette immense contrée, si différente des corridors et des salles, des bibliothèques incendiées et des cuisines humides, lui faisait découvrir de plus en plus de choses. Il sentait monter en lui des sensations nouvelles et, non sans espérer que ce n'était pas une hérésie, il voyait son intérêt s'éveiller à autre chose qu'au rituel et à l'obéissance : à l'infinie variété des écorces et des plantes, à la diversité des poissons, des oiseaux et des pierres. Il n'était pas homme à saluer la beauté d'un flot de paroles exubérantes. Il ne lui était même jamais venu à l'idée qu'elle pût avoir une valeur en soi. Son plaisir avait quelque chose d'austère et de pratique. Et pourtant, il y avait autre chose. Lorsqu'un rayon de soleil tombait sur une étendue sombre, il levait les yeux vers le ciel pour voir par quelle fissure la lumière s'était glissée. Quand il l'avait localisée, ses yeux revenaient se poser sur les rayons, mais il contemplait longtemps les jeux de lumière. Il ne les supposait pas dignes de la moindre attention, et s'imaginait qu'il était devenu un peu fou pour perdre son temps de manière si inutile. Les jours passant, il s'était surpris en train d'aller et venir au milieu des solitudes pour pouvoir surprendre les écureuils dans les chênes à midi, le retour des corneilles, ou la tombée du jour du haut d'un point de vue secret.

Ce soir, il avait envie de voir les rochers noirs contre le soleil couchant.

Il lui fallut encore une heure de marche pour atteindre la grotte, et il était fatigué lorsqu'il enleva sa chemise en haillons, et s'adossa à la paroi fraîche, à l'extérieur de la grotte. Il arriva juste à temps. Le plat d'or roulait déjà vers la pointe du plus gros rocher, à l'extrême nord de la montagne de Gormenghast. Autour, le ciel était vieux rose, transparent comme de l'albâtre, mais d'une carnation somptueuse. C'était une chair de femme ou de fruit, pleine et extraordinairement douce. Le vieux globe rouge n'en était pas à son premier clin d'œil, et le couchant portait en lui la splendeur archaïque de tous les couchants de la terre.

Parcourant du regard les flancs escarpés du rocher,

qui surplombait un ravin en forme de cœur où la rare végétation était plongée dans une mer d'ombre, il sentit plutôt qu'il ne le vit (car ses pensées étaient encore voilées de noir) un brusque changement dans l'air. Il leva la tête, et remarqua que le rose du ciel était en train de foncer. Devant lui, l'espace changea de couleur, comme si toutes les choses avaient attendu cette nuance particulière du ciel pour accentuer la différence de leurs teintes. Comme sous un coup de baguette magique, le monde fut soudain inondé de couleurs, le soleil immuablement doré tranchant sur les formes vaporeuses qu'il avait embellies.

Craclosse commença à délacer ses chaussures. Derrière lui, dans l'ouverture béante et noire de la grotte qu'il avait balayée, tournoyaient un million de moucherons couleur de crevette. Libérant son talon, il remarqua que la pointe du rocher rongeait le soleil et en avait presque atteint le centre. Il appuya sa tête osseuse contre la pierre, et tous les fils de cuivre de la barbe qui avait envahi son visage se mirent à briller, tandis qu'il observait la pointe du rocher qui semblait monter dans le soleil comme une flèche empennée de noir.

Mais, en ce soir d'été, ce n'était pas le soleil enchaîné dans sa course implacable qui représentait le mieux l'image du destin. Une silhouette minuscule se déplaçait dans le formidable crépuscule de la montagne.

A travers elle, la terre entière sanglotait. L'astre sombra en elle : les couleurs s'éteignirent, étouffées par une rosée de mort, et les oiseaux sauvages qu'elle avait dans la poitrine grimpèrent dans sa gorge et se rassemblèrent sans un chant, serrés les uns contre les autres, ailes impatientes de prendre leur essor vers ces régions où tout prend fin.

Craclosse eut l'impression que le silence de sa solitude avait été brisé, et que ses sens empiétaient sur leurs provinces respectives. Apercevant quelque chose de la taille d'un « i » qui se déplaçait contre l'immense assiette jaune, il lui sembla sortir d'un rêve. Même à cette distance, il savait que c'était une forme humaine, mais il n'était pas en son pouvoir de reconnaître Keda. Il sentit qu'il allait être témoin d'un événement grave, et ne put s'empêcher de se mettre à genoux. L'une après l'autre, les minutes s'écoulèrent, et il se raidit. La silhouette minuscule, infiniment lointaine, traversait le soleil en direction du rebord noir du rocher. Il l'observait avec impuissance, la mâchoire tendue en avant. Une sueur froide couvrit son front osseux. Il se savait en présence de la Douleur, témoin d'un acte trop personnel et trop secret pour qu'on eût le droit de le voir. En même temps, la figurine avait quelque chose d'impersonnel. Elle incarnait toute la douleur du monde, marchant pour la dernière fois dans le flot du temps.

Elle avançait lentement. La montée l'avait fatiguée, et il n'y avait pas longtemps qu'elle avait mis au monde l'enfant d'albâtre, la fille surnaturelle qui avait effrayé les sculpteurs. C'était comme si Keda était détachée du monde, merveilleusement seule et transfigurée dans la brume rose-rouge des hauteurs. Elle s'arrêta au bord de l'à-pic qui plongeait dans les ombres. Au bout d'un moment, elle tourna la tête vers Gormenghast et les huttes qui flottaient dans la brume tiède. Celles-ci paraissaient irréelles, si loin, si étrangères. Mortes pour elle, à jamais. Pourtant, elle tourna la tête à cause de l'enfant.

Le profil de son visage paraissait sans limites. Attachées à une lanière nouée autour du cou, les fières sculptures de ses amants couvraient ses seins. Au bord de la vieillesse, son visage avait la même périlleuse beauté que l'arête du précipice où elle se tenait, dernier lambeau de terre ferme où la couleur venait s'évanouir, ultime frange du tapis de roses noires qui s'étendait derrière elle. Les roses étaient des pierres entre lesquelles une unique fougère poussait. La plante était à côté des pieds de Keda. A quelle hauteur...? Mille mètres? Alors elle devait avoir la tête perdue dans les étoiles lointaines. Comme tout était loin! Si loin que Craclosse ne put voir qu'elle avait tourné la tête, étincelle vivante dans le soleil couchant.

Il était toujours à genoux, recueilli comme un témoin.

Elle était enveloppée d'espace, et le monde gisait à ses pieds. Tout s'estompait. La lune parut soudain à l'est, ternissant le rose du ciel, et s'obscurcissant dans le cœur de Keda à mesure qu'elle devenait plus lumineuse. Keda était prête.

Elle écarta les cheveux qu'elle avait sur les yeux et les joues. Son dos était droit comme la nuit, sa chevelure pendante aussi immobile que l'ombre d'un puits. Ses mains brunes pressèrent les sculptures contre sa poitrine. Un sourire commença de flotter sur ses lèvres, et, haussant légèrement les sourcils, elle avança d'un pas dans l'air sombre, entraînant dans sa chute les fabuleux reflets de la lune et du soleil.

Brigantin et Finelame

L'inexplicable disparition de Lord Tombal et de Lenflure, c'était, bien sûr, le fardeau qui pesait sur Gormenghast, le problème qui préoccupait tous les esprits, du plus humble marmiton à la compagne du comte. L'énigme était absolue, car on ignorait l'endroit où se terrait Craclosse.

Le problème demeurait insoluble. Les longs corridors bourdonnaient de rumeurs. Il était impensable que deux êtres aussi dissemblables fussent partis ensemble. Partis? Où donc? Il n'y avait rien hors de Gormenghast. Pour la même raison, il était également impensable qu'ils fussent partis chacun de leur côté.

La dame d'Enfer, Fuchsia et le docteur avaient naturellement associé la disparition du comte à sa maladie, et des recherches minutieuses avaient été organisées sous la direction de Finelame. On ne trouva pas le moindre indice, mais Finelame en profita pour fureter dans des chambres et des salles qu'il avait depuis longtemps envie d'explorer en vue de sa nouvelle installation.

Le neuvième jour, Brigantin décida d'arrêter des recherches qui allaient non seulement contre son tempérament, mais contre celui de tous les habitants de cette forêt pétrifiée aux innombrables labyrinthes de pierre.

L'idée que le chef de la maison pût abandonner sa charge pendant une heure était déjà blasphématoire. Qu'il eût *disparu* dépassait l'imagination. Quelle que fût la cause de sa désertion, il n'y avait pas deux manières de l'expliquer : le comte était un renégat, non seulement aux yeux de Brigantin, mais, plus ou moins nettement, aux yeux de tous.

Il était évident qu'il fallait faire des recherches, mais tout le monde pensait que trouver le comte provoquerait une situation si pénible et si délicate qu'il valait peut-être mieux que sa disparition restât un mystère.

L'horreur avec laquelle Brigantin avait appris la nouvelle avait maintenant, à la fin du neuvième jour, fait place à une haine implacable pour tout ce qu'il associait à la personnalité de son ancien maître, la vénération qu'il éprouvait pour le comte en tant que descendant de la lignée contrastant avec le mépris qu'il portait à l'homme lui-même. Tombal s'était comporté comme un traître. Il n'avait aucune excuse. Sa maladie? Quelle importance? Même malade, le sang d'Enfer continuait à couler dans ses veines.

Les premiers jours qui suivirent la funeste nouvelle, il arpenta le château comme un monstre, injuriant tous ceux qui se trouvaient sur son passage, fouillant pièce après pièce en frappant les traînards à coups de béquille.

Sa seule consolation était de savoir que Titus, dès l'enfance, serait complètement sous sa tutelle, et il ressassait cette idée en faisant tourner sa langue râpeuse.

Il avait été frappé par la manière dont Finelame avait organisé les recherches, au cours desquelles il avait été forcé de côtoyer le jeune homme. Il n'y avait aucune sympathie entre eux, mais l'ancien commençait malgré lui à éprouver un certain respect pour ce garçon méthodique et rapide. Finelame le remarqua tout de suite et joua la carte à fond. Le jour où, sur l'ordre de Brigantin, les recherches cessèrent, le jeune homme fut convoqué dans la salle des Documents. Il trouva Brigantin en haillons, assis sur un siège à haut dossier, une multitude de livres et de parchemins éparpillés devant lui sur une table de pierre. Il semblait que la barbe pleine de nœuds était assise sur la pierre entre les deux mains ridées. Brigantin avait le menton tellement projeté en avant que sa gorge distendue paraissait composée de deux longueurs de corde, d'une série de cordons, et d'une quantité de ficelles. Comme son père, il avait un visage inimaginablement ridé, à tel point que ses yeux et sa bouche disparaissaient presque complètement lorsqu'ils étaient fermés. Sa béquille était appuyée contre la table de pierre.

« Vous m'avez appelé ? » demanda Finelame, de la porte.

Brigantin leva des yeux brûlants et fous de rage, tandis qu'un feu croisé de rides faisait tomber les coins de sa bouche.

« Viens ici, toi ! » aboya-t-il.

Finelame s'approcha rapidement de la table, d'une démarche curieusement louvoyante. Il n'y avait pas de tapis, et ses pas firent craquer le plancher.

Il s'arrêta en face du vieillard, de l'autre côté de la table, et inclina légèrement la tête.

« La chasse est finie, tu m'entends ? Fais rentrer les chiens. »

Il cracha par-dessus l'épaule, et Finelame s'inclina.

« Assez de bêtises ! aboya la vieille voix. Corbleu, nous en avons assez vu ! »

Il commença de se gratter à travers une horrible déchirure dans ses haillons écarlates. Il y eut un moment de silence pendant cette opération, et Finelame en profita pour déplacer le poids de son corps d'une jambe sur l'autre.

« Où penses-tu t'en aller comme ça ? Reste tranquille, sale petit rat ! Au nom de la mère que j'ai enterrée cul par-dessus tête, serre les fesses, mon garçon, serre les fesses ! »

Les poils autour de sa bouche étaient gluants de salive tandis qu'il tripotait sa béquille sur la table de pierre.

Finelame se mordillait les lèvres. Il observait chaque mouvement du vieillard en face de lui, espérant découvrir un défaut dans l'armure.

Assis, Brigantin pouvait passer pour un vieillard de taille à peu près normale, mais même Finelame reçut un choc quand il le vit descendre de la chaise à haut dossier sur laquelle il avait péniblement grimpé, lever le bras pour attraper sa béquille, et clopiner bruyamment autour de la table ronde, le menton au niveau du rebord.

Pour un garçon de dix-sept ans, Finelame était lui-même plutôt petit, et si le Maître du Rituel avait avancé la tête de quelques centimètres vers le jeune homme, son nez barbelé de poils se serait enfoui juste au-dessus du nombril, ce pivot pour l'œil d'un dessinateur, cette relique dont personne ne sait apprécier l'importance, sauf l'énorme chef défunt qui s'en servait comme salière au petit déjeuner, chaque fois qu'il avait envie de déguster des œufs à la coque au lit.

Finelame se retrouva en train de dévisager une petite boule de rides levée vers lui. Sur ce terrain plissé, deux yeux brûlaient. Contrastant avec la peau sèche, couleur de sable, ils paraissaient ridiculement liquides, et c'était subir le supplice de l'eau que de les regarder. Noyant toute innocence, ils clapotaient contre le bord des paupières où il n'y avait pas le moindre cil.

Brigantin avait fait le tour de la table à une vitesse telle que Finelame fut surpris de le voir apparaître tout d'un coup sous son nez. Le bruit sourd de la béquille et le craquement de la semelle cessèrent soudain. Dans le silence qui suivit, un petit craquement solitaire prit des proportions énormes. C'était le pied de Brigantin. Il l'avait déplacé sans bouger sa béquille pour s'assurer un meilleur équilibre. La concentration qui se lisait sur le visage du vieillard était trop intense pour qu'on pût la supporter longtemps. Finelame l'examina rapidement. Il n'y avait que deux conclusions possibles : ou bien la chair et la passion étaient fondues dans ce visage sous l'action d'une chimie dont le vieux avait le secret, ou bien tous les autres visages qu'il lui connaissait n'étaient que des masques – des masques de matière en soi, opaques au souffle de l'esprit. La tête du vieux tyran était exactement modelée sur sa sensibilité. Toute son âme était sur son visage.

Finelame était trop près de cette âme nue et austère, brûlant dans les orbites humides sous le front érodé par le temps.

Il lui était impossible de bouger sans provoquer, ou plus exactement sans faire *monter* la colère de ce dieu parcheminé. Il ferma les yeux et se passa la langue sur une carie. Soudain, un double sifflement déchira l'air. Apparemment lassé de contempler le visage du jeune homme par-dessous, Brigantin venait de loger deux crachats sur les paupières fermées de Finelame.

« Ouvre-les! cria la voix éraillée. Ouvre-les, fils de rat et de chienne en chaleur! »

Finelame regarda avec étonnement le septuagénaire se balancer sur sa jambe unique, béquille dressée au-dessus de la tête. L'arme n'était pas dirigée contre lui, mais tournoyait dangereusement sur sa poignée. Elle s'abattit sur la table, soulevant un nuage de poussière au milieu des livres. Une mite voleta à travers la poussière.

Quand le nuage se dissipa, Finelame avait la tête tournée par-dessus l'épaule, et ses petits yeux rouges étaient mi-clos. Il entendit la voix de Brigantin :

« Tu peux rappeler les chiens ! Corbleu, il est temps ! La comédie a assez duré. Neuf jours de perdus ! Par les pierres, neuf jours ! Neuf ! Tu m'entends, queue de furet ? Tu m'entends ? »

Finelame esquissa un salut, haussant légèrement les sourcils pour montrer que ses tympans avaient parfaitement enregistré les ordres. S'il avait été plus savant dans l'art du mime, il aurait fait comprendre au vieillard, par quelque subtile inclination du corps, qu'il avait des bourdonnements d'oreille.

Il n'eut pas à achever son salut, car Brigantin gratifia livres et parchemins d'un autre coup de béquille, et la poussière s'éleva de nouveau. Comme une marée soulevée par la lune, le flot de ses yeux était maintenant captivé par la table de pierre, abandonnant Finelame sur la grève.

Finelame essuya les crachats sur ses paupières avec l'un des mouchoirs de soie du docteur Salprune.

« Qu'est-ce que c'est que ces livres, mon garçon ? hurla Brigantin, replaçant sa béquille sous son aisselle. Par les rides de ma peau, dis-moi ce que c'est ?

– La Loi », répondit Finelame.

En quatre coups de béquille, le vieillard fut de nouveau sous son nez, l'inondant du regard brûlant de ses yeux humides.

« Par les forces occultes, c'est la vérité ! dit-il en s'éclaircissant la voix. Cesse de regarder dans le vide. Qu'est-ce que la Loi ? Réponds-moi, salopard ! »

Finelame répondit sans réfléchir, mais l'hameçon de ses reparties était toujours appâté d'astuce.

« Le Destin, monsieur. Le Destin. »

On peut juger la réponse vague, banale et nébuleuse. C'était pourtant la *bonne* réponse, et Finelame le savait. Le vieillard ne connaissait qu'une seule vertu : l'obéissance à la tradition. Le destin de la lignée d'Enfer. La loi de Gormenghast. Aucun membre de la famille en chair et en os n'éveillait en lui la loyauté qu'il éprouvait pour la Famille, au sens abstrait du terme – le symbole. Que le grand fleuve sombre de la lignée poursuivît indéfiniment son cours, sans jamais sortir du lit de la terre sacrée, était son unique souci.

Qu'on le retrouvât un jour, mort ou vif, le soixante-seizième comte avait perdu le droit d'être enterré au milieu des tombes de ses ancêtres. Brigantin avait passé la journée à étudier des volumes et des volumes de rituel, à la recherche d'un précédent. Il mit tant de zèle à compiler les tables mentionnant la procédure à adopter quand survenait une catastrophe imprévisible, qu'il finit par trouver un cas de disparition analogue à celle de Lord Tombal : le quatorzième comte d'Enfer avait disparu en laissant un héritier en bas âge. Les recherches n'avaient duré que neuf jours, après quoi l'enfant avait été proclamé comte légitime, debout sur un radeau de branches de marronnier mis à flot sur le lac, une pierre dans la main droite, un rameau de lierre dans la gauche, et un collier de coquilles d'escargot autour du cou. Couchés, assis, ou à califourchon sur les branches, proches parents et invités avaient assisté à la cérémonie cachés derrière le feuillage des arbres qui bordaient le lac.

Des centaines d'années plus tard, il fallait de nouveau tout organiser, et c'était Brigantin qui régnait en maître sur le rituel. C'était à lui de donner des ordres. Ce vieux corps infirme était le microcosme de Gormenghast.

« Furet, dit-il, en levant les yeux sur Finelame, ta réponse est bonne. Corbleu, c'est bien le Destin ! Quel est ton nom de salaud, mon enfant ?

– Finelame, monsieur.

– Age ?

– Dix-sept ans.

– Ça existe encore les fleurs en bouton, les oiseaux tombés du nid ? Dix-sept ans... »

Il sortit une langue flétrie entre ses lèvres sèches et

fripées. Cela aurait pu aussi bien être une semelle de chaussure.

« Dix-sept ans..., répéta-t-il avec une incrédulité venant de si loin que le ton de sa voix étonna le jeune homme, qui n'avait jamais entendu pareille intonation sortir de la vieille gorge. Saloperie de rides ! Répète-moi ça, mon poussin...

– Dix-sept ans », dit Finelame.

Brigantin se perdit dans une sorte de transe. Des nuages d'un bleu de craie (le voile de la cataracte) lui recouvrirent les orbites de sombres sargasses : il semblait essayer de se rappeler les jours capiteux de son adolescence. La naissance du monde, du printemps sur l'ubac du temps.

Soudain, il revint à lui et se mit à jurer, secouant ses omoplates comme pour se débarrasser de miasmes contagieux et tournant autour de sa béquille dont l'embout grinça sur le parquet nu.

« Ecoute ça, mon garçon, dit-il quand il s'arrêta. Il y a du pain sur la planche. Un radeau à construire, corbleu, un radeau fait de branches de marronnier, et pas d'autres. La procession. La course. Les cavaliers montant à cru pour un sac plein d'or. Le barbecue dans la salle de Pierre. Le diable m'emporte, mon garçon, rappelle les chiens !

– Oui, monsieur, dit Finelame. Dois-je leur dire de rentrer chez eux ?

– Hein ? marmonna Brigantin. Quoi ?

– Je disais : " Dois-je leur dire de rentrer chez eux ? " » répéta Finelame.

Les cordes vocales gargouillèrent une réponse affirmative, et Finelame fit un pas vers la porte.

« Pas encore, imbécile ! Pas encore ! Qui est ton maître ? »

Finelame réfléchit un instant.

« Je ne suis vraiment au service de personne. J'essaie de me rendre utile – çà et là.

– Ah ! oui, ma broutille ? " Çà et là ", n'est-ce pas ? Je

vois clair dans ton jeu, têtard, je vois tes os et ta cervelle. Tu es un joli petit rat, mais le " çà et là ", c'est fini pour toi. Désormais, tu resteras ici! (Le vieillard frappa le sol d'un coup de béquille.) *Ici,* ajouta-t-il dans un accès de véhémence. Près de *moi.* Tu pourras m'être utile. Très utile. »

Il se gratta l'aisselle par une déchirure dans ses haillons.

« Quel sera mon salaire? demanda Finelame en mettant les mains dans les poches.

– Ton *entretien,* insolent petit garçon! Ton *entretien*! Que veux-tu de plus? Diable, mon enfant, tu n'as donc aucune fierté? Le gîte, le couvert, et l'honneur d'étudier le rituel. Ton *entretien,* maudit rat, et les secrets d'Enfer. Comment imagines-tu pouvoir me servir, sinon en apprenant le Métier de fer? Corbleu, je n'ai pas de fils! Es-tu prêt?

– Je ne l'ai jamais été davantage », répondit le garçon aux hautes épaules.

Au bord du lac de Gormenghast

De petites bouffées d'air frais soufflaient capricieusement à travers les grands arbres qui entouraient le lac. Elles semblaient étrangères à la chaleur lourde de la saison, tant elles étaient en dehors du corps stérile de l'air, perforant mystérieusement l'humidité étouffante de l'été qui se refermait sur elles comme une couverture brûlante. La nappe de chaleur s'ouvrait et se refermait comme une valve, laissant passer un flot de rémiges bleues.

Adouci par la brise légère, l'air de ce jour d'été devenait moins irrespirable. Les feuilles roussies craquaient l'une contre l'autre, et les fouillis de vesces bruissaient en baissant la tête. La surface du lac était rayée d'ombres tremblantes qui voilaient ou faisaient scintiller des millions de piqûres d'épingle aux reflets de diamants.

Sur la pente sud, il y avait une remise, et les arbres descendaient jusqu'au bord de l'eau. Par une ouverture entre le haut berceau de branches, on apercevait une façade lointaine du château de Gormenghast, écaillée par le soleil, qui ressemblait à une gravure pâle dans le cadre noir des feuilles.

Un oiseau plongea et raya rapidement la surface de l'eau, laissant une traînée de vers luisants sur le lac immobile. Un chapelet de gouttes d'eau s'échappa de la poitrine de l'oiseau qui montait dans l'air brûlant au-dessus des arbres, et l'une d'elles resta un instant accrochée à une feuille de chêne vert. Comme une larme de titan, elle fit exploser l'été. Feuilles, lac, ciel, remise, s'y reflétèrent dans la chaleur dansante. La minuscule broderie du feuillage et des rameaux y frissonna une seconde, tandis que les rémiges bleues disparaissaient. Puis la larme glissa, s'arrondit comme une perle et devint un long pendentif où les images déformées des hautes façades en ruine, grêlées de fenêtres anonymes, et du lierre qui recouvrait l'aile sud d'une immense main noire, tremblèrent sur le bord de la feuille de chêne vert.

La larme tomba enfin, mais en gardant prisonnières les feuilles du lierre lointain, et une microscopique fenêtre entourée d'épines d'où un visage contemplait l'été.

Lorsque les eaux s'agitaient, les arbres s'y reflétaient comme des accordéons, l'image des branches craquantes redevenant lentement immobile entre chaque bouffée de brise. Mais il y avait un endroit où l'air ne pénétrait jamais. Un grand mur en ruine, adossé à un hallier, abritait une crique peu profonde, où l'eau fumait et où grouillait les têtards.

Cette crique, qui baignait l'échancrure nord-est du lac, était située sur la rive opposée, en face de la remise et du château, d'où soufflait la brise. D'est en ouest (de la remise à la crique), s'étendait la partie la plus étroite du lac, mais les rives nord et sud étaient relativement proches l'une de l'autre. Celle du sud était en grande partie rongée par une forêt de conifères, cèdres et pins allant jusqu'à pousser dans l'eau. Le long de la rive nord s'étendait une grève de sable gris qui se perdait parmi des sureaux et des bosquets de bouleaux.

Près de l'eau, sur le sable de cette rive, était étendue une immense couverture rouille au centre de laquelle trônait Nannie Glu. Couchée sur le dos près de la vieille nurse, la tête tournée sur le côté, Fuchsia se protégeait les yeux du soleil en les couvrant de son avant-bras. Titus, en chemise jaune, trottinait sur le sable chaud. Ses cheveux avaient poussé et foncé. Ils étaient tout à fait raides, mais leur épaisseur et leur poids compensaient l'absence de boucles. Ils lui tombaient sur les épaules comme une ombre noire, et une lourde frange barrait son front.

Comme si quelque chose de très important lui était venu à l'esprit, il s'arrêta un instant sur ses jambes vacillantes, et tourna la tête vers Nannie Glu. Ses yeux étaient d'un violet incomparable sous ses sourcils froncés, et il y avait un mélange de pathétique, de ridicule et de sagesse dans l'expression de son visage de pomme reinette. Une touche de suffisance, suivie d'un soupçon de majesté, vint s'y ajouter quand il perdit l'équilibre et se retrouva brusquement assis sur son derrière. Soudain, son air flegmatique disparut et il fut tout impétuosité. Propulsé par une jambe, et pagayant jusqu'aux poignets dans le sable fin, il se mit à ramper sans se soucier de l'autre jambe, qui semblait s'être retirée du jeu et traînait paresseusement derrière lui. A aucun moment le moindre sourire n'éclaira ses lèvres.

Lorsqu'il eut atteint la couverture rouille, il s'assit tranquillement à côté de Nannie Glu et examina la chaussure de la vieille dame, le coude sur le genou et le menton dans la main. Pour un enfant de moins de dix-huit mois, c'était une pose étrangement adulte.

« Oh ! mon pauvre cœur ! Quelle allure il a..., dit la voix frêle de Nannie Glu. Comme si je ne m'étais pas éreintée à l'aimer et à le faire sourire ! Souffrant mort et martyre, usée jusqu'à la moelle des os, et puis ceci, et puis cela, et puis le jour, et puis la nuit... tout ça pour un petit trésor qui ne sourit même pas et qui regarde sa vieille Nannie, qui connaît toutes les lubies des bébés, comme s'il en savait plus long qu'elle... Oh ! mon pauvre vieux cœur, et comme récompense, j'ai sa méchante sœur qui ne fait que passer ses nerfs sur mon dos... »

Fuchsia s'appuya sur le coude, et regarda la sombre masse des conifères sur la rive opposée du lac. Ses yeux n'étaient plus rouges : elle avait tellement pleuré ces derniers temps qu'elle semblait avoir épuisé tout le sel des larmes. Elle avait le regard de quelqu'un qui a combattu victorieusement des bataillons entiers de larmes.

« Qu'est-ce que tu as dit ?

– Voilà ! Voilà ! dit Nannie Glu, d'un ton soudain irrité. Elle n'écoute jamais. Se donne des airs, maintenant. Plus de temps à perdre pour écouter une vieille femme qui n'en a plus pour longtemps à vivre...

– Je ne t'ai pas entendue, dit Fuchsia.

– Tu *n'essaies* jamais. C'est pour ça. Tu *n'essaies* jamais. C'est comme si je n'étais pas là. »

Fuchsia avait fini par se lasser des remontrances irritées et larmoyantes de la vieille nurse. Son regard quitta la frange des pins, et se posa sur son frère, qui tripotait une boucle de sa chaussure.

« Cette brise est bien agréable, en tout cas. »

Oubliant qu'elle était en train de réprimander Fuchsia, Nannie tendit brusquement son visage ridé et soucieux vers la jeune fille.

« Quoi donc, ma folie chérie ? »

Puis, se rappelant que sa « folie » était en disgrâce pour une raison qu'elle avait oubliée, elle pinça les lèvres, et prit un air aussi hautain que ridicule, comme pour dire : « Ce n'est pas parce que je t'ai appelée " ma folie chérie " qu'il faut croire que tout est pardonné. »

Fuchsia la fixa d'un air triste et maussade.

« J'ai dit que la brise était bien agréable. »

Nannie Glu était incapable de feindre longtemps la dignité. Elle voulut donner une petite tape à Fuchsia, mais elle avait le bras trop court et roula sur le côté. S'appuyant sur la couverture, Fuchsia remit la petite chose en place, comme un ornement, laissant exprès son bras à portée de la vieille dame, dont elle connaissait les réactions par cœur. En effet, dès que Nannie Glu eut défroissé les plis de sa jupe et remis son chapeau aux raisins de verre, elle donna une tape légère sur le bras de Fuchsia.

« Qu'est-ce que tu as dit à propos de la brise, chérie ? Rien d'intéressant, je suppose, comme d'habitude...

– J'ai dit qu'elle était agréable.

– Oui, dit Nannie après réflexion. C'est *vrai.* C'est vrai, mon unique, mais elle ne me fait pas me sentir plus jeune. Elle me caresse seulement la peau.

– Eh bien, c'est mieux que rien, non ?

– Mais ce n'est pas *assez,* espèce de raisonneuse, ce n'est pas *assez* quand il y a tant à faire. Avec ta terrible mère qui est tout le temps en colère contre moi, comme si j'étais responsable de la disparition de ton pauvre père et de tous les ennuis à la cuisine. Comme si j'étais responsable, *moi* ! »

En entendant parler de son père, Fuchsia ferma les yeux.

Elle-même avait cherché, cherché. Elle avait terriblement mûri ces dernières semaines. Son cœur avait été déchiré de passions jusqu'alors inconnues. Peur du surnaturel, de l'horreur qu'elle avait vue en face, peur de la folie et de la violence qu'elle soupçonnait. Cela l'avait rendue plus mûre, plus calme, plus fine. Ayant perdu le peu d'amour qu'elle avait, elle s'était sentie complètement abandonnée et avait touché le fond de la douleur.

Alors elle avait lutté contre elle-même. Elle s'était raidie, et sentait maintenant l'éveil d'une vague fierté : celle de son héritage. En disparaissant, son père avait renforcé un lien dans la chaîne immémoriale. Elle pleurait sa perte. Son cœur était lourd et douloureux. Mais, tout au fond d'elle-même, elle sentait pour la première fois le profil montagneux de la lignée. Elle n'était plus libre, plus simplement Fuchsia, mais Lady Fuchsia d'Enfer. Tout cela était encore un nuage inquiétant, magnifique et indécis. Quelque chose qui la travaillait obscurément et lui faisait un peu peur. Elle cessa soudain d'être une toute jeune fille, ne gardant qu'une certaine gaucherie d'élocution et de geste. Son esprit et son cœur étaient plus mûrs. Toutes les choses, autrefois si claires, lui semblaient plongées dans une brume confuse. La voix de Nannie, qui regardait vaguement le lac, s'éleva de nouveau.

« Comme si je pouvais empêcher tous ces ennuis, et les gens d'être méchants et de s'occuper d'autre chose que de leurs affaires. Oh! mon pauvre vieux cœur! Comme si tout était *ma* faute...

– Personne ne dit que c'est ta faute. Tu crois toujours que les gens t'en veulent. Cela n'a rien à voir avec toi.

– Non, n'est-ce pas? Oh! ma folie chérie, cela n'a rien à voir, n'est-ce pas? (Elle cessa de contempler le lac, et ses yeux perdirent – pas beaucoup – leur air vague.) Qu'est-ce qui n'a rien à voir, chérie?

– C'est sans importance, dit Fuchsia. Regarde Titus. »

Désapprouvant la réponse de Fuchsia, Nannie tourna la tête et vit le petit bonhomme en chemise jaune se lever, quitter solennellement la couverture rouille, et traverser le sable chaud, les mains serrées devant lui.

« Tu ne vas pas nous quitter, toi aussi! s'écria Nannie Glu. Nous pouvons nous passer de cet horrible gros Lenflure, mais pas de notre petit roi. Nous pouvons nous passer de M. Craclosse et... »

Fuchsia se dressa sur les genoux.

« Non! Non! Ne dis pas de choses aussi affreuses. Ne parle pas de ça. Jamais. Cher Craclosse... mais tu ne peux pas comprendre. Ce n'est pas bien. Oh! mon Dieu, que leur est-il arrivé? »

Elle retomba sur les talons, la lèvre inférieure tremblante, sachant qu'elle ne devait pas laisser les remarques étourdies de la vieille nurse toucher la plaie à vif.

Nannie Glu la regardait, les yeux écarquillés, quand une voix les fit sursauter. Elles se retournèrent et aperçurent deux hautes silhouettes qui approchaient à travers les arbres. Un homme et, était-ce possible? – oui – une femme. Avec une ombrelle. Non que cette seconde silhouette eût quelque chose de masculin, même sans ombrelle. Loin de là. Cette démarche ondulante était extraordinairement féminine. Le long cou ressemblait sans vergogne à celui de son frère, et, s'il n'avait été en grande partie dissimulé sous les lunettes noires, le visage aurait commis la même indiscrétion. La grande différence se situait au niveau du pelvis. Le docteur (car c'était Salprune) avait autant de hanches qu'une anguille dressée sur la pointe de sa queue, alors qu'Irma, en robe de soie blanche, s'était manifestement donné la peine d'exhiber à leur pire avantage (elle avait la taille ridiculement serrée) une paire de hanches capables de balancer sur leur plateau osseux tout le bric-à-brac d'une armoire de kleptomane.

« La cime du matin pour vous, mes chéries, gazouilla le docteur, et quand je dis la cime, je veux dire la fine pointe limpide qui siège dans l'éther, ha, ha, ha! »

Fuchsia était contente de voir le docteur. En dépit de son verbiage inutile, elle l'aimait bien.

Irma, qui n'était guère sortie depuis le jour funeste où elle s'était déshonorée dans la bibliothèque en flammes, faisait tous ses efforts pour redevenir une dame. Une dame déchue, peut-être, mais une dame, et ses efforts étaient tellement visibles qu'ils en devenaient pathétiques. De plus en plus décolletées, ses robes laissaient apparaître d'incomparables étendues de peau laiteuse, et sa conversation était plus que jamais agrémentée par le jeu provocant de la grande cloche de ses hanches. Elles se balançaient avec le désir évident de *sonner*, et carillonnaient presque en accompagnant de leurs « huit » langoureux (vus à vol d'oiseau, et en coupe transversale) l'aigre voix de crécelle qui réglait le ballet. Si elles avaient réussi à sonner, on aurait plus probablement entendu une contrebasse, ou un glas, qu'un carillon.

Son long nez pointu était dirigé vers Fuchsia.

« Chère enfant, appréciez-vous l'effet de cette brise enjôleuse? J'ai dit : " chère enfant, appréciez-vous l'effet de cette brise enjôleuse? " Bien entendu. Irréfutablement. J'ai dit " irréfutablement ". Il n'y a pas le moindre doute. »

Elle sourit, mais d'un sourire sans gaieté. Les muscles de son visage se contentèrent de se tourner dans la direction indiquée, sans participer à la joie du sourire, à supposer qu'il y en eût.

« Tut, tut! » dit son frère sur un ton qui laissait entendre qu'il était inutile de répondre aux remarques conventionnelles de sa sœur.

Il s'assit près de Fuchsia et la gratifia du sourire éblouissant d'un crocodile, fier de montrer des dents en or.

« Je suis contente que vous soyez venu », dit Fuchsia.

Il lui tapota amicalement le genou du bout de ses doigts nerveux, puis se tourna vers Nannie.

« Madame Glu, dit-il en appuyant sur le « madame » avec une emphase particulière, comme s'il s'agissait d'un préfixe unique, madame Glu, comment allez-vous? Comment va votre circulation, incalculablement chère et précieuse petite dame? Comment va votre circulation? Allons, allons, dites-le à votre médecin. »

Nannie se rapprocha un peu de Fuchsia, qui était assise entre eux, et regarda le docteur par-dessus l'épaule de la jeune fille.

« Calme, monsieur... calme, je crois, merci, monsieur.

– Ha! ha! dit Salprune, caressant son menton imberbe. Une circulation calme, n'est-ce pas? Ha! ha! t-r-è-s- b-i-e-n. T-r-è-s b-i-e-n. Musardant paresseusement d'une colline à l'autre, sans doute. Errant à l'aventure entre les bosquets d'os, baignant les muscles et donnant à votre cher vieux corps toute la bonne nourriture dont il a besoin. Madame Glu, je suis *si* heureux. Mais *vous*, en vous-même, comment vous sentez-vous? Charnellement parlant, êtes-vous en paix? Depuis la chère racine de vos cheveux gris jusqu'à la plante de vos petits pieds, êtes-vous en paix?

– Qu'est-ce qu'il veut dire, chérie? demanda la pauvre Nannie en s'accrochant au bras de Fuchsia. Oh! mon pauvre cœur, qu'est-ce que le docteur veut dire?

– Il veut savoir si tu te sens bien ou non », dit Fuchsia.

Nannie tourna ses yeux bordés de rouge vers l'homme imberbe, à la tignasse en bataille, et dont les prunelles nageaient comme deux méduses derrière les verres des lunettes.

« Allons, allons, ma chère madame Glu, je ne vais pas vous manger. Oh! mon Dieu, non. Pas même sur canapé, avec un peu de sel et de poivre. Ne vous inquiétez pas. Vous avez été malade, oh! oui – depuis le sinistre. Ma chère dame, vous avez été malade – très malade, c'est très naturel. Est-ce que vous allez *mieux* – voilà ce que votre docteur veut savoir – est-ce que vous allez mieux? »

Nannie ouvrit sa petite bouche ridée.

« Ça va, ça vient, monsieur, dit-elle, et parfois je perds la tête. »

Elle tourna très vite la tête vers Fuchsia, comme pour s'assurer qu'elle était toujours là, et les raisins de verre tintèrent sur le chapeau.

Le docteur Salprune sortit un grand mouchoir de soie, et commença à s'éponger le front. Avec beaucoup de difficulté, sans doute à cause des baleines de corset et autres accessoires, Irma avait réussi à s'asseoir sur la couverture, au milieu d'un tas de grincements de poulies, de manivelles, de câbles et de crochets. Elle n'approuvait pas le fait de s'asseoir par terre, mais, lasse de les regarder d'en haut, elle avait décidé d'oublier quelques instants qu'elle était une dame. Elle observait Titus en se disant : « Si cet enfant était à moi, je lui couperais les cheveux. Il faut penser à son rang. »

« Et en quoi consiste ce " va-et-vient "? dit le docteur en remettant le mouchoir de soie dans sa poche. Est-ce votre cœur qui subit les fluctuations de la marée – ou vos nerfs – ou votre foie, Dieu vous bénisse! – ou une lassitude générale du corps?

– Je me fatigue, dit Nannie Glu. Je me fatigue tellement, monsieur. J'ai *tout* à faire. »

La pauvre vieille dame commença à trembler.

« Fuchsia, dit le docteur, passe me voir ce soir. Je te donnerai un fortifiant que tu lui feras prendre tous les jours. Par tout ce qui est immortel, il le faut absolument! Balsamine et duvet de cygne, Fuchsia chérie, compresse de cygne et duvet d'eider. Elle doit en prendre tous les jours : le sirop pour les nerfs, et des doigts frais comme des tombes pour son vieux, vieux front.

– Ridicule, dit Irma. J'ai dit " ridicule ", Bernard.

– Mais, poursuivit le docteur sans prêter attention à ce que disait sa sœur, mais voilà Titus. Vêtu d'un lambeau arraché au soleil lui-même, ha, ha, ha! Qu'il est grand! Mais, par Dieu, qu'il est grave! (Il émit une série de petits gloussements.) Le grand jour approche, n'est-ce pas?

– Vous voulez parler du Sacre? dit Fuchsia.

– Pas moins, dit Salprune, la tête inclinée de côté.

– Oui. C'est dans quatre jours. On est en train de construire le radeau. (Elle ajouta soudain, comme si elle ne pouvait plus retenir le fardeau de ses pensées) : Oh! docteur Prune, il faut que je vous parle. Je peux vous voir bientôt? Bientôt? N'employez pas de grands mots avec moi quand nous serons seuls, cher docteur, comme vous le faites parfois, car je suis... parce que j'ai... comment dire, parce que j'ai des ennuis, docteur Prune. »

De son long index blanc, Salprune commença à tracer des signes dans le sable d'un air langoureux. Se demandant pourquoi il ne répondait pas, Fuchsia baissa les yeux et vit qu'il avait écrit :

« Ce soir 9 heures Chambre Froide. »

A l'instant où sa longue main effaçait le message, ils furent soudain conscients d'une présence derrière eux et, en se retournant, aperçurent les jumelles, les deux tantes interchangeables, debout dans la chaleur comme des sculptures pourpres.

Le docteur se leva d'un bond agile, et inclina devant elles son corps de roseau.

Elles ne prêtèrent pas la moindre attention à son geste galant, les yeux fixés en direction de Titus qui était tranquillement assis au bord du lac.

Un grand drap semblait descendre au zénith jusqu'à la grève de sable où il était assis. La chaleur avait complètement transformé la perspective, soulevant le lac sur sa rive sablonneuse et la pente de conifères dont les ombres assommées de soleil se gondolaient en trois tons de vert. Un ciel bleu, lourd et morne, montant jusqu'à l'horizon de la vue, se découpait en dents de scie au sommet de la forêt peinte. Titus était assis au pied de la scène, devant le rideau que la nature avait tendu, minuscule silhouette en chemise jaune, le menton de nouveau dans la main.

Mal à l'aise de sentir ses deux tantes juste derrière elle, Fuchsia leur jetait des regards obliques. On avait l'impression que les deux effigies au visage et aux mains de craie, revêtues de la pourpre impériale, étaient plantées là pour jamais. Nannie Glu ignorait toujours leur présence. Saisie d'une soudaine et sotte envie de bavarder, elle oublia sa timidité et rompit le silence en s'adressant au docteur qui était toujours debout.

« Excusez-moi, docteur, dit-elle, éberluée de montrer tant d'audace, mais voyez-vous, j'ai toujours été du genre énergique, monsieur. J'ai toujours été comme ça. Quand j'étais une petite fille, je n'arrêtais pas. " Que va-t-elle *encore* faire ? " disait-on toujours. Toujours.

– Je n'en doute pas », dit le docteur.

Il se rassit sur la couverture et se tourna vers Nannie Glu, les sourcils levés, un air d'incrédulité totale sur son visage rose et absorbé.

Nannie Glu se sentit encouragée. C'était la première fois qu'elle avait un auditeur aussi passionné. Il y avait de grandes chances pour que les jumelles restent clouées sur place encore au moins une demi-heure, et le docteur s'était dit que poireauter sur ses jambes élégantes serait aussi épuisant que contraire à son amour-propre, qui, bien que d'un genre spécial, n'en était pas moins chatouilleux. Elles n'avaient pas répondu à son geste. Il est vrai qu'elles ne l'avaient pas remarqué – mais ce n'était pas sa faute.

« Au diable ces deux vieilles folles aussi plates que des affiches ! gazouilla-t-il intérieurement. Par tout ce qui a une âme, le dernier corps dont j'ai fait l'autopsie était plus vivant que ces deux gargouilles en train de faire des cabrioles... »

Extérieurement, le docteur était littéralement suspendu aux lèvres de Nannie Glu.

« Et ça a toujours été pareil, disait-elle d'une voix chevrotante. Toujours la même chose. De la *responservibilité* tout le temps, docteur. Et je ne suis plus une petite fille.

– Non, bien sûr que non. Par tout ce qui a le nez fin, vous parlez noblement, madame Glu – très noblement..., dit Salprune, en se demandant en même temps s'il aurait assez de place pour la mettre dans sa mallette noire sans enlever les fioles de médicaments.

– C'est que nous ne sommes plus *tout* jeunes, monsieur. »

Salprune réfléchit longuement à ce point. Puis il secoua la tête.

« Ce que vous dites a le son de la vérité. C'est une cloche qui cloche ! Pimpon, mon cœur fait pimpon ! Mais dites-moi, madame Glu, de la manière concise qui vous est propre, parlez-moi de M. Glu... Je suis peut-être indiscret ? Non, non, ce n'est pas possible. Tu sais quelque chose, toi, Fuchsia ? Moi, je nage complètement. C'est bizarre, mais, pour moi, M. Glu c'est l'océan, les grands fonds. Je me trompe ? Peu importe. Pour dire les choses brutalement : Y a-t-il eu un... Non, non ! Un peu de *finesse*, s'il vous plaît. Qui était... Non, non ! C'est grossier, vraiment grossier. Pardonnez-moi. Très chère madame, avez-vous de M. Glu un quelconque... Bonté divine ! Il y a des années que je vous connais, et voilà que cette énigme vient me torturer, me pigeonner comme une colombe sur le gril. Il y a du pigeon sous cette cloche, ha, ha, ha ! Quel casse-tête ! Tu ne trouves pas, ma chérie ? »

Il se tourna vers Fuchsia.

Elle ne put s'empêcher de sourire, mais garda la main de la vieille nurse dans la sienne.

« Quand as-tu épousé M. Glu, Nannie ? » demanda-t-elle.

Salprune poussa un soupir.

« L'approche directe, murmura-t-il. Le bon angle. Dieu garde mon âme tortueuse, prenons de la graine... prenons de la graine. »

Depuis la pointe de son coccyx minuscule, Nannie Glu se raidit de fierté sous l'énorme chapeau aux raisins de verre.

« C'est M. Glu qui m'a épousée, dit-elle d'une petite voix aiguë. (Elle s'arrêta, sûre d'avoir produit son effet, puis ajouta, comme si ça lui revenait à l'esprit :) Il est mort le soir même... ce n'est pas étonnant.

– Juste Ciel ! Un homme à la fois vivant, mort, et entre

les deux. Par tout ce qui est énigmatique, ma chère, ma très chère madame Glu, expliquez-moi ce que vous voulez dire, s'écria le docteur d'une voix si haut perchée qu'un oiseau quitta bruyamment le feuillage d'un arbre derrière eux, et s'envola vers l'ouest.

– Il a eu une attaque, dit Nannie Glu.

– Nous avons – eu – des attaques – nous aussi », dit une voix.

Ils avaient complètement oublié l'existence des jumelles. Ils se retournèrent tous les trois en sursautant, mais pas assez vite pour voir quelle bouche s'était ouverte.

Clarice reprit la litanie :

« Toutes les deux, en même temps. C'est merveilleux.

– Non, dit Cora. Tu oublies combien c'est devenu ennuyeux.

– Oh! *ça*... Ça n'a jamais eu d'importance pour moi. C'est seulement quand nous n'avons plus rien pu faire du côté gauche que j'ai trouvé ça un peu ennuyeux.

– C'est ce que j'ai dit, non?

– Oh! non, pas du tout.

– Clarice d'Enfer, dit Cora, ne te fais pas plus grande que tu n'es!

– Qu'est-ce que tu veux dire? » demanda Clarice en levant les yeux d'un air inquiet.

Cora se tourna vers le docteur pour la première fois.

« Elle est ignorante, dit-elle d'une voix blanche. Elle ne comprend pas les sémaphores. »

Nannie ne put s'empêcher de corriger Lady Cora. L'attention du docteur l'avait rendue intarissable. Pourtant, un petit sourire nerveux apparut sur ses lèvres lorsqu'elle dit :

« Vous vous trompez, Lady Cora. Ce n'est pas " sémaphores ", c'est " métaphores ". »

Nannie était si fière de son savoir que le sourire s'attarda au coin de ses lèvres fripées. Puis elle s'aperçut que les tantes la regardaient fixement.

« Servante, dit Cora. Servante...

– Oui, madame. Oui, oui, madame, dit Nannie Glu en se levant avec effort.

– Servante... », répéta Clarice, qui avait plutôt pris plaisir à ce qui s'était passé.

Cora se tourna vers sa sœur :

« Tu n'as pas besoin de dire quelque chose.

– Pourquoi ?

– Parce que ce n'est pas à toi qu'elle a désobéi, sotte !

– Mais je veux la punir, moi aussi, dit Clarice.

– Pourquoi ?

– Parce qu'il y a longtemps que je n'ai pas donné de punition... Et toi ?

– Tu n'en as *jamais* donné, dit Cora.

– Oh ! que si !

– A qui ?

– Peu importe à qui. J'ai donné des punitions, c'est tout.

– Tout quoi ?

– Toute la punition.

– Tu veux dire comme celle de notre frère ?

– Je ne sais pas. Tu crois qu'il faut la brûler, *elle* ? »

Fuchsia s'était levée d'un bond. Gifler ses tantes ou même les toucher l'aurait rendue malade. Elle avait les mains tremblantes, et il était difficile de deviner ce qu'elle allait faire.

La phrase « Tu crois qu'il faut la brûler, *elle* ? » s'installa paresseusement dans le cerveau du docteur Salprune, qui était presque vide. La ridicule petite expression qui sommeillait sur une case fut vite expulsée par l'intrus, et, depuis le « T » de la tête jusqu'au « e » de la queue, le long mille-pattes s'étendit de tout son long sur la case, pour faire un petit somme. Chaque lettre fit un clin d'œil avant de s'endormir, et la phrase entière croisa deux fois les doigts pour conjurer le mauvais sort, car son sommeil était compté : le propriétaire de la case (et de toute la maison d'os) pouvait à n'importe quel moment cueillir les phrases qui avaient eu l'imprudence de s'assoupir au beau milieu de son cerveau, voire dans les plus obscurs recoins de ses cellules grises. Il n'y avait pas de paix véritable. Le poing dans les dents, Nannie Glu essayait de retenir ses larmes.

Irma regardait fixement dans la direction opposée. Les dames restaient étrangères aux « situations ». Elles devaient *ignorer complètement* qu'il se passait quelque chose. Elle se rappelait parfaitement cela. C'était la leçon Sept. Elle arqua triomphalement les narines, et réussit à se convaincre qu'elle n'avait pas l'oreille aux aguets.

Sentant le moment venu, le docteur Salprune bondit sur ses pieds et se balança comme une baguette de saule fichée en terre. De sa tête frémissante et délicieusement effeuillée sortit un cri bizarre, suivi d'une série de trilles qui ne peuvent être rendus que par le « Ha-ha-ha-ha-ha-ha-ha-ha-ha-ha-ha-ha-ha-ha-ha-ha-ha-ha-ha-ha-ha-ha » de la convention littéraire, et se terminèrent par :

« Titus ! Par tout ce qui est infiniment petit... Dieu me garde, mais il a été mangé par un requin ! »

Il serait difficile de dire laquelle des cinq têtes se tourna le plus rapidement. Nannie Glu eut sans doute une fraction de seconde de retard sur les autres. Son cou n'avait plus la souplesse d'antan, et toute exclamation, même dramatique et la touchant au cœur de ses préoccupations, mettait un certain temps à percer la brume confuse de son cerveau minuscule.

Pourtant, le mot « Titus » trouva immédiatement un raccourci à travers les cellules. Le cœur de la vieille dame bondit, et elle trottinait vers la rive, avant même que son corps en eût reçu l'ordre par les voies habituelles.

Elle ne perdit pas de temps à se demander s'il était possible qu'il y eût un requin dans la nappe d'eau douce étalée devant elle. Ni si le docteur aurait parlé avec autant de légèreté de la mort du seul héritier mâle. Ni ce qu'elle pourrait faire si le requin avait avalé Titus. Elle ne savait qu'une chose : courir vers l'endroit où elle l'avait vu pour la dernière fois.

Elle n'y voyait plus très clair, et parcourut la moitié du chemin avant de l'apercevoir. Cela ne l'apaisa pas pour autant, et elle continua de courir. Il n'était pas *encore* dévoré, mais risquait de l'être d'une seconde à l'autre, et, quand elle le prit enfin dans ses bras, Titus fut submergé par un bain de larmes.

Elle revint en chancelant avec son fardeau, et jeta un dernier coup d'œil craintif sur l'eau miroitante, le cœur battant à tout rompre.

Sans mesurer tous les ravages de sa petite plaisanterie, Salprune avait commencé par suivre Nannie Glu en sautillant sur la pointe des pieds, puis il s'était arrêté. Puisqu'il y *avait* un requin, ce serait la gloire de la vieille nurse d'avoir déjoué son plan monstrueux. A condition qu'elle n'eût pas un arrêt du cœur. C'était la seule inquiétude du carabin, dont la diversion avait parfaitement réussi. Il n'était plus question de la querelle, et Nannie Glu avait échappé aux punitions ridicules des jumelles, complètement dépassées par les événements.

« Je l'ai vu », dit Cora.

Pour ne pas être en reste, Clarice avait également vu le requin. Ni l'une ni l'autre n'étaient très intéressées.

Fuchsia se tourna vers le docteur, au moment où Nannie s'assit, hors d'haleine, sur la couverture rouille, laissant glisser Titus à côté d'elle :

« Vous n'auriez pas dû faire ça, docteur Prune. Mais Dieu, que c'était drôle! Vous avez vu la tête de Mlle Irma? (Elle eut un petit rire nerveux, sans joie.) Oh! Docteur Prune, je n'aurais pas dû dire ça – c'est votre sœur...

– A peine..., dit le docteur, qui approcha les dents de l'oreille de Fuchsia et murmura : Elle est persuadée qu'elle est une dame. (Son sourire s'accentua, menaçant soudain d'avaler le lac.) Oh! mon Dieu, pauvre chose! Elle fait de tels efforts, et plus elle essaie, moins elle réussit. Ha, ha, ha! Crois-moi, ma Fuchsia, les vraies dames ne se demandent jamais si elles le sont ou pas. Bon sang ne saurait mentir, c'est vrai. Irma a le même que le mien, ha, ha, ha! mais ce n'est pas le sang qui compte. C'est l'équilibre, ma gitane, l'équilibre qui fait les dames – l'équilibre, plus un déluge de tolérance. Mais, Dieu me damne, voilà que je foule les rives du sérieux! Tut, si ce n'est pas vrai! »

Ils étaient maintenant tous assis sur la couverture, composant un groupe d'une noblesse imposante. Les petites bouffées de vent passaient toujours à travers le bois, ridant la surface du lac. Derrière eux, les branches des arbres se frottaient les unes contre les autres, et les feuilles, comme un million de langues hérétiques, conspiraient d'une voix rauque.

Fuchsia allait demander ce que signifiait cet « équilibre », lorsque son œil fut attiré par un mouvement dans les arbres, à l'extrémité la plus éloignée du lac. Quelques instants plus tard, elle aperçut une colonne qui se frayait un chemin vers le rivage. Les silhouettes se dirigeaient vers le nord, apparaissant et disparaissant entre les grands cèdres qui poussaient dans l'eau.

A l'exception de celui qui dirigeait la colonne, les hommes portaient des cordes et des branches d'arbres sur les épaules, et paraissaient plutôt vieux, car ils marchaient d'un pas lourd. C'était les Constructeurs du Radeau qui, le jour traditionnel, suivaient le chemin traditionnel menant à la crique traditionnelle – cette échancrure d'eau adossée au mur croulant et au hallier, couverte d'un voile de chaleur. La colonne allait bientôt semer la panique parmi les têtards, les vairons et tout le menu fretin du haut-fond tiède.

On ne pouvait avoir le moindre doute sur l'identité de celui qui marchait en tête. Impossible de ne pas reconnaître cette démarche agile, traînante et oblique, cette silhouette à l'allure horriblement délibérée qui semblait à la fois flairer une piste et ne pas toucher le sol, au pas glissant, qui n'était ni celui de la marche ni celui de la course.

Fuchsia l'observait, fascinée. Ce n'était pas souvent que Finelame était vu sans le savoir. Suivant le regard de Fuchsia, le docteur reconnut également le jeune homme. Son front rose s'embruma. Il avait beaucoup réfléchi ces derniers temps : à l'étrange, impénétrable, jeune homme, et au mystérieux Incendie. Il y avait eu, depuis peu, une véritable moisson d'énigmes, qui auraient certainement diverti le docteur Salprune si elles n'avaient eu un caractère si tragique. L'inattendu contribuait à rompre l'interminable rituel de la procédure. Mais Mort et Disparition n'étaient pas des friandises pour un palais blasé. Impossibles à avaler, elles avaient un goût amer comme la bile.

Bien que le docteur, avec un esprit tout personnel, eût des opinions complètement hétérodoxes concernant certains aspects de la vie du château (des opinions trop libres pour pouvoir s'exprimer dans un lieu où la trame sombre du passé était synonyme du réseau de veines qui irriguait le corps des habitants), il faisait vraiment partie de Gormenghast, et n'était marginal que dans la mesure où son esprit, travaillant de manière très large, aboutissait à des synthèses dont la clarté et la précision n'étaient souvent pas loin de l'hérésie. Mais cela ne signifiait pas qu'il se considérât comme supérieur. Oh ! non. Il ne l'était pas. Seule la foi du charbonnier est vraiment pure, si obscurci que soit le cerveau. Les scintillantes conclusions du carabin pouvaient être de la plus belle eau, il n'en avait pas moins l'esprit faussé par le manque de foi dans la valeur des rites, même les plus futiles. Mais il n'était pas un étranger, et les tragédies qui s'étaient produites avaient touché un nerf à vif. Ses manières dégagées et sottes étaient trompeuses. Tandis qu'il bavardait, gazouillait, sautillait en faisant de l'esprit et des manières, avec une affectation grotesque, les yeux roulant derrière les verres grossissants de ses lunettes comme un savon au fond d'une baignoire, il avait souvent l'esprit ailleurs et, ces jours-ci, bien occupé. Il essayait de mettre bout à bout les bribes d'information dont il disposait, les inspectant sous tel angle ou l'angle opposé, ou bien d'en bas ou bien d'en haut, tandis qu'il parlait ou faisait semblant d'écouter, de jour comme de nuit et le soir, un verre de liqueur à portée de la main, Irma assise dans le fauteuil en face.

Il jeta un coup d'œil à Fuchsia pour être sûr qu'elle avait reconnu la lointaine silhouette, et fut surpris par l'expression de son visage. Elle avait l'air absorbé et embarrassé, et ses lèvres étaient entrouvertes comme sous le coup d'une légère émotion. Le crocodile de silhouettes épousait maintenant la courbe du lac, sur leur gauche. La procession s'arrêta, et Finelame s'éloigna des serviteurs, en direction du rivage. Il leur avait sûrement donné un ordre, car ils s'assirent tous au milieu des pins, et le regardèrent ôter ses vêtements, puis enfoncer la pointe de sa canne-épée dans la vase de la rive. Même de si loin, on pouvait voir que ses épaules étaient hautes et voûtées.

« Par tout ce qui est public, dit Salprune, il semble que nous ayons un nouvel officiel! l'augure des bords du lac, du sang frais dans l'été pour les quarante années à venir. Le rideau se lève sur l'enfant prodige, ha, ha, ha! Que fait-il maintenant? »

Fuchsia venait de sursauter, car Finelame avait plongé dans le lac. Il leur avait fait signe de la main juste avant de plonger bien qu'il fût difficile de savoir, à cette distance, si c'était vers eux qu'il avait tourné les yeux.

« Qu'ai-je entendu? dit Irma en faisant pivoter son cou admirablement bien huilé. J'ai dit : " Qu'ai-je entendu? " Bernard. On aurait cru un *plouf*! Vous m'entendez, Bernard? J'ai dit : " On aurait cru un *plouf.* "

– Voilà pourquoi, dit le docteur.

– Voilà pourquoi? Que voulez-vous dire, Bernard, par " Voilà pourquoi "? Vous êtes si fatigant. J'ai dit : " Vous êtes si fatigant. " Voilà pourquoi *quoi*?

– Mais pourquoi ça ressemblait à un plouf, mon papillon.

– Mais *pourquoi*? Oh! Seigneur, faites que j'aie un frère normal! Au nom du Ciel, Bernard, dites-moi pourquoi ce-bruit-ressemblait-à-un-plouf?

– Mais parce qu'il se trouve que c'en était un, ma plume de paon. C'était un pur, un authentique plouf. Ha, ha, ha! un pur plouf!

– Oh! s'écria Nannie Glu en tiraillant sur sa lèvre inférieure, ce n'était pas le requin, n'est-ce pas, docteur? Oh! mon pauvre cœur, monsieur! C'était le requin?

– Quelle sottise! dit Irma. Que vous êtes donc sotte, ma pauvre femme! Des requins dans le lac de Gormenghast! Quelle idée! »

Les yeux de Fuchsia étaient fixés sur Finelame. C'était un excellent nageur et il avait déjà traversé la moitié du lac. On voyait le mouvement régulier de ses bras blancs et minces qui formaient un angle obtus à hauteur des coudes.

« J'aperçois quelqu'un..., dit la voix de Cora.

– Où? dit Clarice.

– Dans l'eau.

– Quoi! Dans le lac?

– Evidemment, idiote, c'est la seule eau qu'il y ait!

– Ce n'est pas vrai.

– En tout cas, c'est la seule eau qu'il y ait près de nous.

– Ah! oui, une eau *comme ça*.

– Tu le vois?

– Je n'ai pas encore regardé.

– Eh bien, regarde!

– Maintenant?

– Oui, maintenant.

– Oh!... je vois un homme. Tu vois un homme?

– Je viens de t'en parler. Evidemment que je le vois.

– Il nage vers moi.

– Pourquoi vers toi? Ce pourrait être aussi bien vers moi.

– Pourquoi?

– Parce que nous sommes identiques.

– C'est notre gloire.
– *Et* notre orgueil. Ne l'oublie pas.
– Non, je ne l'oublierai pas. »

Elles gardèrent les yeux fixés sur le nageur qui approchait. Il avait le visage presque tout le temps plongé dans l'eau, ne sortant la tête que pour respirer sur le côté, et les jumelles ne se doutaient pas une seconde que c'était Finelame.

« Clarice, dit Cora.
– Oui.
– Nous sommes les seules dames présentes, n'est-ce pas ?
– Oui. Pourquoi ?
– Descendons vers le rivage. Comme ça, lorsqu'il arrivera, nous pourrons nous pavaner devant lui.
– Ça fait mal ? demanda Clarice.
– Pourquoi ignores-tu complètement le sens des expressions ? dit Cora en tournant la tête vers le profil de sa sœur.
– Je ne comprends pas ce que tu veux dire, marmonna Clarice.
– Je n'ai pas le temps de t'expliquer le sens des mots, dit Cora. Ça n'a pas d'importance.
– Vraiment ?
– Non, mais ceci en a.
– Oh !
– Nous devons recevoir ses hommages au bord de l'eau.
– Oui... oui.
– Il faut donc aller l'encourager.
– Maintenant ?
– Oui. Tu es prête ?
– Une fois levée, je serai prête.
– Tu as fini ?
– Presque. Et toi ?
– Oui.
– Alors viens.
– Où ?

– Ne m'ennuie pas avec ton ignorance. Suis-moi.
– Oui.
– Regarde !
– Regarde ! »

Finelame avait pied, et se tenait debout. L'eau clapotait à la base de ses côtes et, tandis qu'il agitait vers le groupe des bras ruisselants de gouttelettes étincelantes, la vase du fond du lac suintait entre ses orteils.

L'exploit du jeune homme avait ravi Fuchsia. Les apercevoir tous soudain, ôter ses vêtements, plonger dans l'eau profonde, traverser le lac, et sortir pour faire admirer sa taille étroite et nerveuse, tout cela sur l'inspiration du moment, c'était merveilleux.

Irma Salprune, qui n'avait pas vu son « soupirant » depuis plusieurs semaines, poussa un cri lorsqu'elle aperçut le corps nu hors de l'eau, et, se cachant le visage dans les mains, regarda à travers ses doigts.

Nannie n'arrivait pas à savoir qui c'était. Des mois plus tard, elle était encore dans le doute.

La voix de Finelame résonna au-dessus de l'eau peu profonde.

« Quelle heureuse rencontre ! cria-t-il. Je viens juste de vous apercevoir ! Lady Fuchsia, bonjour ! Je suis ravi de vous revoir. Comment allez-vous, mademoiselle Irma ? Excusez ma tenue. Et vous, docteur, vous allez bien ? »

Puis, de ses petits yeux rouge sombre très rapprochés l'un de l'autre, il observa les jumelles qui venaient à sa rencontre, complètement inconscientes de l'eau qui leur arrivait aux chevilles.

« Vous vous mouillez les jambes, Excellences. Faites attention ! Revenez ! cria le jeune homme d'un air faussement alarmé. Vous me faites beaucoup trop d'honneur. Pour l'amour du Ciel, revenez ! »

Il lui fallait crier sur un ton qui ne trahît pas l'autorité qu'il exerçait sur elles. En fait, il lui était complètement indifférent qu'elles continuent de s'enfoncer dans l'eau jusqu'au cou. C'était une situation délicate. La pudeur lui interdisait de faire un pas de plus vers le rivage.

Comme il s'y attendait, les jumelles furent incapables de reconnaître dans sa voix le ton autoritaire auquel elles avaient appris à obéir. Elles continuèrent de s'enfoncer dans l'eau, à la stupéfaction du docteur, de Fuchsia et de Nannie Glu, qui s'aperçurent qu'elles avaient de l'eau jusqu'aux hanches, leurs grandes jupes pourpres flottant magnifiquement derrière elles à la surface du lac.

Haussant les épaules et levant les bras au ciel, Finelame fit comprendre aux spectateurs qu'il était incapable de maîtriser la situation. Les jumelles étaient arrivées suffisamment près de lui pour qu'il pût leur parler sans être entendu du groupe rassemblé sur le rivage.

Il parla d'une voix basse et rapide. L'expérience lui avait appris le ton qu'il fallait employer pour obtenir une réaction immédiate.

« Restez où vous êtes. Pas un pas de plus, vous m'entendez ? J'ai quelque chose à vous dire. Tenez-vous tranquilles et écoutez-moi, sinon vous serez déchues de vos trônes d'or, qui sont maintenant terminés et vont vous être livrés d'un instant à l'autre. Partez. Retournez au château, regagnez vos appartements, ou bien vous risquez d'avoir des ennuis. »

Tout en parlant, il faisait des signes à ceux du rivage, haussant les épaules d'un air impuissant, tandis que sa voix rapide exerçait un effet magnétique sur les jumelles, enfoncées jusqu'aux hanches dans l'eau aux rides étincelantes.

« Ne parlez pas de l'Incendie. Restez seules, et ne sortez pas. Interdiction de rencontrer des gens. Vous avez désobéi. Je viendrai vous voir à dix heures ce soir. Je ne suis pas content : vous n'avez pas tenu votre promesse. Vous aurez vos trônes glorieux, mais à une seule condition : pas un mot de l'Incendie. Asseyez-vous immédiatement ! »

C'était un de ces ordres péremptoires dont Finelame ne pouvait se garder. Elles ne l'avaient pas quitté des yeux pendant qu'il parlait, et il tenait à se convaincre qu'il avait sur elles un ascendant total. Il voulait être absolument certain, quelle que fût la situation, que leur esprit était hypnotisé par les paroles et les quelques maximes simples qu'il leur répétait en adoptant le ton particulier qui les clouait sur place. Le rictus qui tordit ses lèvres indiqua l'ignoble plaisir de parvenu qu'il éprouvait à regarder les deux créatures pourpres enfoncer l'arrière-train dans le lac tiède. Seuls les deux longs cous et les deux visages en soucoupe restèrent au-dessus de la surface, l'un et l'autre entourés par la frémissante bordure d'une jupe pourpre.

Dès qu'il eut goûté tout le plaisir de la situation, il ordonna, d'une voix sèche :

« Allez! Retournez dans vos appartements, et attendez-moi. Rentrez directement. Pas de bavardage au bord de l'eau. »

Lorsqu'elles s'étaient assises dans le lac, sur son ordre, il avait fait semblant, pour la galerie, de toucher le fond du désespoir, et s'était pris la tête dans les mains.

Les tantes se levèrent, robes pourpres collées au corps, et se dirigèrent main dans la main vers le groupe stupéfait rassemblé sur la grève.

La leçon de Finelame avait été bien comprise. Elles passèrent solennellement devant le docteur, Fuchsia, Irma et Nannie Glu, puis s'engagèrent sous les arbres et, tournant à gauche le long d'une allée de noisetiers, elles se dirigèrent vers le château, transies et en transe.

« Ça me dépasse, docteur! Vraiment, ça me dépasse! cria le jeune homme dans l'eau.

– Vous me surprenez, mon cher garçon! s'écria Salprune. Par tout ce qui est amphibie, vous me surprenez... Mais soyez gentil, cher enfant, allez nager un peu plus loin. Nous commençons à être fatigués d'admirer votre nombril.

– Excusez-le, c'est un aimant! » répondit Finelame, qui plongea sous l'eau et réapparut un peu plus loin, nageant d'un mouvement régulier en direction de l'équipe affectée à la construction du Radeau.

Observant le soleil sur les bras du garçon qui s'éloignait à la nage, Fuchsia s'aperçut que son cœur battait la chamade. Le regard de Finelame ne lui inspirait aucune confiance. Elle éprouvait de la répulsion pour son front bombé et ses hautes épaules. Il était complètement étranger à la vie du château telle qu'elle la connaissait. Mais son cœur battait, car Finelame était vivant – oh ! si vivant... ! Et si audacieux ! Personne ne semblait réussir à le remettre à sa place. Lorsqu'il avait répondu au docteur, il avait fixé les yeux sur elle. Fuchsia ne comprenait pas ce qu'elle éprouvait. Sa mélancolie était en elle comme une obscurité. Mais, quand elle pensait à lui, c'était comme si un éclair zigzaguait à travers les ténèbres.

« Je rentre maintenant, dit-elle au docteur. Nous nous verrons ce soir, merci. Viens, Nannie. Au revoir, mademoiselle Salprune. »

Le corps d'Irma se mit à onduler, et elle sourit d'un air figé.

« Au revoir, dit-elle. Nous avons passé un moment merveilleux. Vraiment. Bernard, votre bras. J'ai dit : " Votre bras. "

– C'est vrai, mon perce-neige, vous parlâtes et je vous entendis. Ha, ha, ha ! Le voilà : un bras dont la beauté tremble, car chaque pore meurt d'envie de sentir le contact de vos doigts mous. Vous voulez le prendre ? Allez-y. Prenez-le. Mais sérieusement, ah, ha, ha ! Prenez-le sérieusement, je vous en prie, belle grenouille. Mais jurez-moi de me le rendre. Allons, Fuchsia, je te dis au revoir. Ce n'est qu'un tout petit au revoir. »

Il leva ostensiblement le coude gauche. Jouant des hanches en ouvrant son ombrelle, Irma lui prit le bras, et, le nez pointé vers le château comme l'aiguille d'une boussole, ils pénétrèrent sous le couvert.

Fuchsia souleva Titus et le mit sur son épaule, tandis

que Nannie pliait la couverture rouille, puis elles prirent à leur tour le chemin de Gormenghast.

Finelame avait atteint la rive opposée, et la troupe était de nouveau en route sur le bord du lac, portant les branches de marronnier sur les épaules. Le jeune homme marchait en tête d'un air désinvolte en faisant tournoyer sa canne-épée.

La comtesse Gertrude

La goutte d'eau s'était depuis longtemps détachée de la feuille de chêne vert, précipitant dans l'abîme des myriades de reflets tremblants, mais, à la fenêtre entourée d'épines, la tête contemplait toujours l'été.

C'était celle de la comtesse. Elle était montée sur une échelle, ce qui lui permettait de regarder à travers la haute ouverture tapissée de lierre. Derrière elle, la chambre plongée dans l'ombre était pleine d'oiseaux.

Des brûlots se consumaient sur la tapisserie rouge sombre, car quelques rayons de soleil s'étaient infiltrés derrière la tête de la dame d'Enfer et frappaient le mur avec une violence muette. Parfaitement immobiles, les petites taches de feu brûlaient sans le moindre scintillement, accentuant l'obscurité de la pièce et le jeu des ombres soumises, qui passaient du gris cendré au noir.

Il était difficile de voir les oiseaux, car aucune bougie n'était allumée. L'été brûlait au-delà de l'étroite et haute fenêtre.

La comtesse descendit enfin de l'échelle à pas de mammouth. Quand elle eut de nouveau les deux pieds sur le sol, elle se dirigea vers le lit sombre, alluma la mèche d'une bougie à demi fondue et, s'adossant aux oreillers, modula entre ses longues lèvres un sifflement d'une douceur particulière.

Elle ressemblait à un arbre d'hiver, soudain gigantesque, paré de son feuillage d'été. Pourtant, ce n'était pas d'épaisses frondaisons qu'elle était couverte, mais d'oiseaux. Cent paires d'yeux étincelaient comme des billes de verre à la lueur de la bougie.

« Ecoutez-moi, dit-elle. Nous sommes seuls. Rien ne va plus. Les choses se détériorent. Le mal est à pied d'œuvre. Je le sais. (Ses yeux se rétrécirent.) Mais qu'ils essaient ! Nous attendrons notre heure. Nous retiendrons nos chevaux. Mais qu'ils montrent seulement le bout de leurs vilains museaux et, par tous les damnés, nous leur briserons les reins ! Dans quatre jours, le Sacre. Alors, nous prendrons sous notre aile l'enfant et sa couronne, Titus le Soixante-dix-septième. (Elle se leva.) Dieu pardonne à mon âme, car elle en aura besoin ! tonna-t-elle au milieu des battements d'ailes et des petites griffes accrochées à sa robe pour garder l'équilibre. Que Dieu pardonne lorsque je découvrirai la source du mal ! Car, absolution ou pas, justice sera faite... »

Elle prit quelques miettes de cake dans une corbeille voisine, les posa sur ses lèvres et fit claquer sa langue. Une fauvette vint picorer sur sa bouche, mais la dame d'Enfer garda les yeux mi-clos, les pupilles dures et brillantes comme un silex après la pluie.

« Justice sera faite..., répéta-t-elle d'une voix sourde, détachant les syllabes avec un ronronnement inquiétant. Tout est centré autour de Titus. Les pierres et la montagne, le sang et la loi. Qu'ils y viennent... Je tuerai de mes mains celui qui touchera à un seul cheveu de sa tête. Dieu fasse que je sois pardonnée quand tout sera fini ! Sinon, advienne que pourra. »

L'apparition

Une Chose enveloppée d'un linceul blanc se dirigeait vers l'appartement des jumelles. Le château dormait, espace et silence confondus. La Chose était inhumainement grande, et semblait ne pas avoir de bras.

Dans la chambre, les tantes étaient assises en se donnant la main près de l'âtre froid. Elles surveillaient depuis plus d'une heure le bouton de porte qui tournait enfin dans la pièce mal éclairée, où tictaquait une pendule de cuivre. La porte bâillait de plus en plus, et la Chose entra brusquement, une tête raclant le linteau. Cette tête, c'était un crâne ricanant et glacial.

Elles furent incapables de crier. Leurs gorges s'étaient contractées et leurs membres raidis. Exorbitées, leurs quatre prunelles identiques étaient horribles à voir, et, tandis qu'elles restaient là, paralysées, une voix sortit juste au-dessous du crâne grimaçant :

« Terreur! Terreur! Terreur! La vraie, la pure, la sanglante terreur! »

Le linceul haut de neuf pieds pénétra dans la chambre.

Le crâne du vieux Grisamer avait trouvé un emploi : enduit de phosphore, il se balançait au bout de la canne-épée, le linceul retombant verticalement de chaque côté. Finelame avait enfoncé une pointe dans la calotte, et pouvait tenir le crâne trois pieds au-dessus de sa propre tête, tout en regardant par une fente qu'il avait pratiquée dans le drap, à hauteur de l'œil. Le suaire blanc tombait en longs plis sculpturaux sur le plancher de la chambre.

Les jumelles étaient de la couleur du suaire. Elles avaient la bouche grande ouverte, et les hurlements de terreur qui n'arrivaient pas à sortir de leurs gorges leur déchiraient les entrailles. Elles étaient littéralement glacées d'horreur. Abandonnant toute prétention aux boucles, leurs cheveux s'était dressés comme l'herbe des pampas soulevée par les rafales qui rôdent en frissonnant, avant l'orage. Elles ne pouvaient même plus s'accrocher l'une à l'autre, tant leurs membres étaient de plomb. C'était la fin. Eraflant le plafond de la tête, la Chose avançait sans bruit, d'un seul mouvement. Elle était si inhumainement grande qu'elle semblait incommensurable. Ce n'était pas un fantôme géant : c'était la Mort qui s'avançait comme un élément déchaîné.

Finelame avait compris qu'il fallait faire quelque chose pour que les tantes, dont la cervelle était aussi vide qu'une passoire, ne trahissent pas le secret de l'Incendie. Sa présence exerçait sur elles un pouvoir hypnotique, mais continueraient-elles à se taire devant les autres ? En fait, depuis l'Incendie, il était à la merci d'une parole imprudente, et il pouvait s'estimer heureux de ne pas avoir été découvert. Jusqu'à maintenant, il avait espéré que, malgré leur stupidité, les jumelles seraient capables de comprendre le danger que le moindre soupçon ferait peser sur elles. Mais il venait de réaliser que seules la terreur et l'oppression pourraient sceller des lèvres si bavardes. Il avait passé plusieurs nuits à méditer et à monter sa petite mise en scène. Trois ingrédients lui avaient été nécessaires pour le spectacle de la Mort ambulante : du phosphore, qu'il avait préparé en même temps que divers poisons dans le laboratoire du docteur Salprune et dont il ne s'était pas encore servi; sa canne-épée, qu'il n'avait jusqu'à présent dégainée que pour fourbir la lame flexible; et un drap.

Et maintenant, il était dans leur chambre. Il les voyait parfaitement à travers la fente du drap. S'il ne parlait pas tout de suite, avant la crise de nerfs, elles n'entendraient rien, et comprendraient encore moins ce qu'il voulait leur dire. Il éleva la voix jusqu'à un étrange et horrible diapason.

« Je suis la Mort ! cria-t-il. Je suis tous ceux qui sont morts. Je suis la Mort jumelle. Regardez-moi ! Regardez mon visage. Il est nu. C'est de l'os. C'est la Vengeance. *Ecoutez-moi* ! Je suis Celle qui étrangle... »

Il avança d'un pas vers elles. Elles avaient toujours la bouche ouverte, et la gorge prête à laisser échapper le hurlement qui leur labourait le ventre.

« Je suis venue vous Avertir ! Vous Avertir ! Vous avez des gorges longues et blanches, des gorges parfaites pour être étranglées. Je pourrais les écraser entre mes mains osseuses... Je suis venue vous Avertir! *Ecoutez!* »

Clouées sur place, elles n'avaient pas le choix.

« Je suis la Mort, et je veux vous parler, à vous, les Incendiaires. Rappelez-vous la nuit où vous avez allumé un grand feu rouge. Vous avez brûlé le cœur de votre frère! C'est abominable! »

Finelame reprit haleine. Les yeux des jumelles étaient si exorbités qu'ils touchaient presque leurs pommettes. Il devait parler en termes très simples.

« Mais il y a encore un crime plus sanglant. Celui de trop *parler.* De révéler un secret. Pour ce crime-là, j'étrangle dans une chambre noire. Je vous observerai. Chaque fois que vous ouvrirez la bouche, je serai là. Je vous observerai de mes énormes yeux caves. Et je vous écouterai. Mes oreilles sans chair vous écouteront, et mes longs doigts me démangeront... me démangeront. Vous ne devez même pas parler entre vous. Pas de votre crime. Quelle horreur! Pas du grand Feu rouge. Ma tombe froide me rappelle. Vais-je y retourner? Non! Je resterai près de *vous* à jamais, l'oreille aux aguets... aux aguets, avec des fourmis dans les doigts. Vous ne me verrez pas, mais je serai là... je serai partout où vous irez... à jamais. Ne parlez pas de l'Incendie... ou de Finelame... de l'Incendie ou de Finelame, votre protecteur, si vous tenez à vos longues gorges... à vos longues gorges blanches. »

Finelame se retourna majestueusement. Le crâne avait légèrement glissé sur la pointe de la canne-épée, mais cela n'avait aucune importance. Les jumelles étaient aussi pétrifiées que deux icebergs dans l'océan Arctique.

Lorsqu'il franchit solennellement le seuil de la porte, quelque chose de grotesque, de terrifiant et d'absurde dans le crâne incliné, comme s'il écoutait, donna une portée formidable à la scène qu'il venait de jouer.

Dès qu'il eut refermé la porte, il se débarrassa du drap et, enveloppant le crâne dans les plis, le cacha au milieu d'un fatras d'objets le long du mur du couloir.

La chambre des jumelles était silencieuse. Il savait qu'il serait inutile de leur rendre visite le soir même. Tout ce qu'il dirait serait perdu. La crise de nerfs qu'il attendait ne se produisant toujours pas, il entreprit son voyage de retour. A l'angle d'un corridor, il s'arrêta net. Cela avait commencé. Même étouffés par la distance et les portes closes, les cris lointains étaient horribles. C'étaient les hurlements d'une panique interminable.

Quand il leur rendit visite, le lendemain soir, il les trouva au lit. La vieille femme qui sentait si mauvais avait apporté leur repas. Couchées l'une contre l'autre, elles étaient visiblement très malades, si blanches qu'il était difficile de dire où se terminaient leurs visages et où commençait l'oreiller.

La chambre était vivement éclairée. Finelame le remarqua avec satisfaction. La Mort n'avait-elle pas dit qu'elle préférait « étrangler dans une chambre *noire* ». Les illuminations prouvaient que les jumelles se rappelaient au moins une partie de ce qu'il avait dit la veille.

Mais il n'était pas question de prendre le moindre risque.

« Excellences, dit-il, vous avez l'air souffrantes. Très souffrantes. Mais, croyez-le bien, vous n'êtes pas aussi malades que moi... Je suis venu vous demander aide et assistance. Préparez-vous. Je vais tout vous dire... (Il toussa.) J'ai eu un visiteur. Un visiteur de l'Au-Delà. Ne vous alarmez pas, mesdames, mais ce visiteur, c'était la Mort. Elle est venue à moi et m'a dit : " Leurs Excellences ont commis un crime horrible. Je vais chez elles de ce pas. Je sens déjà mes mains autour du cou de ces vieilles carcasses. " Alors j'ai dit : " Non! Arrêtez, je vous en prie! Elles ont promis de ne jamais divulguer le secret. " Et la Mort m'a objecté : " Comment voulez-vous que j'en sois certaine? Quelle preuve me donnez-vous? " Je lui ai répondu : " Je m'en porte garant. Si Leurs Excellences prononcent seulement le mot INCEN-

DIE OU FINELAME, vous les emporterez avec vous dans la tombe où grouillent les vers. ''

Cora et Clarice essayèrent de parler, mais elles étaient très faibles. Enfin, Cora réussit à balbutier :

« Elle... est venue... ici... aussi. Elle est toujours là. Oh ! sauvez-nous, sauvez-nous !

– Elle est venue ici ? demanda Finelame en sautant sur ses pieds. La Mort est venue vous rendre visite ?...

– Oui.

– C'est bizarre que vous soyez vivantes ! Est-ce qu'elle vous a donné des ordres ?

– Oui, dit Clarice.

– Et vous vous les rappelez tous ?

– Oui... oui, dit Cora en passant les doigts sur sa gorge. Nous nous souvenons de tout. Oh ! sauvez-nous !

– C'est à vous-même de vous sauver en gardant le silence. Tenez-vous à la vie ? »

Elles hochèrent la tête d'un air pathétique.

« Alors, jamais un mot.

– Jamais un mot », répéta Clarice dans le silence de la chambre illuminée.

Finelame s'inclina et se retira. Il revint par un autre escalier, flanqué d'une longue et haute rampe sur laquelle il se laissa glisser à toute allure, atterrissant au pied des marches avec un bond de félin.

Il avait réquisitionné un nouvel appartement dont les fenêtres donnaient sur les pelouses plantées de cèdres. Cette installation était plus en rapport avec la situation qu'il occupait maintenant.

Jetant un coup d'œil dans le couloir avant de pénétrer chez lui, il aperçut dans le lointain – trop loin pour entendre le bruit de leurs pas – les silhouettes de Fuchsia et du docteur.

Il entra dans sa chambre. La fenêtre était un rectangle de fumée bleue, entrecoupé de branches noires. Il alluma une lampe. Les murs flamboyèrent et la fenêtre devint noire. Les branches avaient disparu. Il tira les stores, délaça ses chaussures et sauta sur son lit. Abandonnant toute dignité, il se roula sur le dos et, pendant quelques instants, reprit l'allure d'un gamin de dix-sept ans, en proie aux convulsions d'une joie cynique. Puis il se mit à rire sans pouvoir s'arrêter, les larmes coulant à flots dans ses yeux rouges, jusqu'au moment où, complètement épuisé, il retomba sur les oreillers et s'endormit, un pli tordant ses lèvres minces.

Une heure plus tôt, Fuchsia avait rencontré le docteur à leur lieu de rendez-vous, dans la Chambre Froide. Il n'avait pas fait de phrases, mais lui avait parlé avec des mots simples, passant un baume discret sur son chagrin en lui expliquant cœur à cœur ce qu'il pensait. Ensemble, ils avaient fait le tour des événements lamentables : de la comtesse qui broyait du noir, de la mystérieuse disparition du comte dont personne ne savait s'il était mort ou vivant, d'Irma et des jumelles, de Craclosse et de Lenflure qui s'étaient volatilisés, de la petite Nannie Glu, de Brigantin et de Finelame.

« Méfie-toi de lui, Fuchsia. Souviens-toi de ce que je te dis!

– Oui, dit Fuchsia. Promis, docteur Prune. »

Le crépuscule tombait derrière la porte-fenêtre. Un crépuscule immense qui descendait en vacillant comme une pluie de cendres.

Fuchsia se détourna, défit les deux premiers boutons de son corsage et en replia les coins. Puis elle mit ses mains sur sa poitrine, comme si elle cachait quelque chose.

« Oui, docteur Prune, je ferai attention, répéta-t-elle, et je me rappellerai tout ce que vous m'avez dit... Mais ce soir je devais le porter, il le fallait absolument.

– Tu devais porter quoi, mon petit champignon? demanda Salprune, parlant pour la première fois sur un ton léger, car le temps du sérieux était passé et ils pouvaient se détendre. Dieu pardonne à mon esprit obtus, si je n'ai pas perdu le fil... s'il y en avait un! Redis-le-moi, ma jolie noiraude.

– Regardez! Regardez! Je voulais que ce soit pour nous seuls. »

Ses mains retombèrent lourdement le long de ses hanches. Les yeux brillants, le cou tendu, les pieds légèrement tournés vers l'intérieur, elle était à la fois gauche et superbe.

« REGARDEZ! »

Le docteur écarquilla les yeux. Le rubis qu'il lui avait donné le soir de sa première rencontre avec Finelame brûlait contre la poitrine de Fuchsia.

Sans que rien le laissât prévoir, elle s'enfuit soudain en courant lourdement sur les dalles, laissant la porte de la Chambre Froide se balancer sur ses gonds.

Le Sacre

Le jour du Sacre fut un jour de pluie. Une pluie maussade, monotone et grise qui n'avait même pas le pouvoir de s'arrêter. Aux fenêtres de l'aile nord, une centaine de visages fixaient le ciel immuablement gris. C'était la même chose le long du mur sud. On voyait des silhouettes se pencher, puis disparaître dans l'ombre, remplacées par d'autres silhouettes, à d'autres fenêtres. Il y avait toujours une centaine de vigies, les yeux fixés sur le ciel. La pluie. La pluie lente. D'est en ouest, le château observait la pluie. Il allait pleuvoir toute la journée... rien ne pourrait arrêter les gouttes.

Dès avant l'aube, quand les Laveurs Gris frottaient les murs de la cuisine de pierre, que les Constructeurs du Radeau mettaient la dernière main au radeau de branches de marronnier, et que les garçons d'écurie pansaient les chevaux à la lumière des lanternes, il était évident que le château était en effervescence. C'était le

Grand Jour. Et il pleuvait. Le changement se sentait partout. On peut même dire qu'il sautait aux yeux, car tous les mortels du lieu étaient vêtus de sacs. De sacs teints dans le sang chaud des aigles. En ce jour, à l'exception de Titus, personne n'échappait au décret immémorial selon lequel *tous les habitants du château doivent être vêtus de sacs le jour du Sacre.*

Finelame s'était occupé de la distribution des haillons, sous la direction de Brigantin. Il commençait à en savoir long sur les rites les plus obscurs de la légende. Il avait dans l'idée qu'à la mort du vieux Brigantin personne ne serait aussi compétent que lui en matière de rituel et d'observance. En tout cas, le sujet le fascinait. Il était source de puissance.

« Diable ! » grommela-t-il en se réveillant au bruit de la pluie.

En fait, cela n'avait aucune importance pour lui. Il avait les yeux fixés sur l'avenir. Dans un an. Dans cinq ans. En attendant, « tous à bord pour la gloire ! ».

Nannie Glu s'était levée de bonne heure, et avait aussitôt enfilé les haillons qu'elle devait porter par respect pour la sacro-sainte convention. Elle regrettait de ne pouvoir mettre son chapeau à raisins de verre, mais, bien entendu, personne n'avait le droit de porter le moindre chapeau, le jour du Sacre. La veille au soir, un domestique avait apporté la pierre que Titus devait tenir dans la main gauche, la branche de lierre qu'il devait tenir dans la droite, et le collier de coquilles d'escargot qui ornerait son cou menu. Il était toujours endormi, et Nannie était en train de repasser la tunique de toile blanche qui l'envelopperait jusqu'aux chevilles. C'était un vêtement aussi blanc que la lumière. Nannie l'effleura du bout des doigts comme s'il était tissé de fils de la Vierge.

« Ça y est, c'est arrivé, dit Nannie qui parlait toute seule. Ça y est. La plus petite chose au monde va devenir comte aujourd'hui. *Aujourd'hui!* Oh ! mon pauvre cœur, que c'est cruel de donner à une si petite chose autant de responsabilité! Cruel. Cruel. Ce n'est pas juste! Non. Mais ça y est. Il est comte, ce sale moutard. C'est lui le comte, et personne ne peut dire le contraire. Oh! mon pauvre cœur! Personne n'est jamais venu le voir. Ce n'est qu'*aujourd'hui,* parce que le Jour est arrivé. »

Son minuscule petit visage pincé était au bord des larmes et, entre chaque phrase, les rides de sa bouche se plissaient lorsqu'elle faisait la lippe.

« Ils l'attendent, le nouveau petit comte, pour lui rendre hommage et tout et tout, mais c'est moi qui le baigne et qui le prépare et qui lui repasse sa robe blanche et qui lui donne son petit déjeuner. Mais ils ne s'en souviendront pas... et alors... alors (Nannie s'assit soudain sur le bord d'une chaise et se mit à pleurer) ils me l'enlèveront. Oh! que c'est injuste... et je resterai toute seule... toute seule pour mourir... et...

– Je serai près de toi, dit Fuchsia de la porte. Et personne ne te l'enlèvera. Bien sûr que non. »

Nannie courut vers elle, et s'accrocha à son bras.

« *Si!* s'écria-t-elle. Ton énorme mère l'a dit. Elle l'a *dit.*

– Est-ce qu'on m'a enlevée à toi, *moi?* dit Fuchsia.

– Mais tu n'es qu'une fille! s'écria Nannie Glu plus fort que jamais. Tu ne comptes pas. Tu ne seras jamais quoi que ce soit. »

Fuchsia repoussa la main de la vieille femme, et se dirigea gauchement vers la fenêtre. La pluie tombait à torrents.

La voix derrière elle poursuivit :

« Comme si je ne lui avais pas prodigué des torrents d'amour... Un jour après l'autre. Un jour après l'autre, jusqu'à être complètement vidée. C'est toujours moi. Toujours moi depuis toujours, à suer sang et eau sans jamais un seul mot de remerciement, ni personne pour le reconnaître... »

Fuchsia était à bout. Elle aimait beaucoup sa vieille nurse, mais comment garder son calme en regardant tomber la pluie lugubre, et en écoutant cette voix dolente? Elle comprit que, si elle ne quittait pas immédiatement la chambre, elle allait casser la première chose qui lui tomberait sous la main. Elle se retourna et courut jusqu'à sa propre chambre, où elle se jeta sur son lit, faisant remonter la toile de sac sur ses cuisses.

Ce matin noir, les innombrables petits déjeuners du château avaient un goût amer. Le bruit monotone et régulier de la pluie était en soi suffisamment déprimant, mais, qu'il plût ce jour-là, c'était lugubre. La pluie semblait défier jusqu'aux racines la foi du château. Du ciel ignorant descendaient de sombres blasphèmes, et les nuages étaient chargés d'une intarissable moquerie. « Qu'est-ce qu'un Sacre pour nous? marmonnaient-ils. Un événement sans importance. »

Il y avait heureusement beaucoup à faire avant midi, et rares étaient ceux qui n'étaient pas occupés à une tâche ou une autre. Bien avant huit heures, la Grande Cuisine bourdonnait déjà comme une ruche.

Le nouveau chef était très différent de l'ancien. C'était un vétéran des fours au visage de mulet et aux jambes en fer à cheval, à la bouche aurifiée, à la tignasse grise et sale. Il y avait quelque chose de féroce dans cette tête hirsute qui était une vraie pépinière de broussailles. On prétendait qu'il se faisait tondre tous les deux jours. A la cuisine, on trouvait même des gens qui affirmaient avoir vu pousser ses cheveux à la vitesse de l'aiguille marquant les minutes sur une grande horloge.

Une voix lente et sonore sortait de temps en temps de cette tête de mulet, entre la double rangée de dents aurifiées. Mais le nouveau chef n'était guère communicatif et donnait le plus souvent ses ordres par gestes, en agitant ses grosses pattes.

Ce qui se préparait dans la Grande Cuisine, où tout semblait se faire en même temps entre ces murs que la chaleur commençait à faire ruisseler, était destiné au lendemain du Sacre. La pauvreté vestimentaire s'accompagnait en effet d'un régime de mendiant. Pour manifester son humilité en présence du nouveau comte de Gormenghast, le château était à la diète jusqu'à l'aube du lendemain où, abandonnant les croûtes de pain et réintégrant leurs plus beaux atours, tous ceux qui vivaient à l'intérieur des murs pourraient s'offrir un barbecue digne de celui de la naissance de Titus.

Le personnel de la cuisine et la domesticité tout entière, sans distinction d'âge, de rang ou de sexe, devaient être prêts à onze heures et demie, pour descendre en foule au lac de Gormenghast, où les arbres seraient prêts à les recevoir.

Au bord du lac, les charpentiers étaient à l'œuvre dans les branches des arbres depuis trois jours. On avait érigé dans les cèdres des estrades de bois qui dormaient depuis vingt-deux ans contre un mur sombre, dans les profondeurs des caves à bière. C'étaient des surfaces de bois étrangement façonnées, comme les morceaux d'un immense puzzle. Il avait fallu les consolider, car vingt-deux ans passés dans des caves malsaines ne les avaient pas arrangées. Elles avaient évidemment été repeintes : en blanc. Chacune de ces étranges plates-formes était découpée de telle manière qu'elle s'adaptait parfaitement aux branches des cèdres. Des centaines d'années auparavant, les différentes fantaisies des arbres avaient été l'objet d'une étude approfondie, afin que ces estrades si ingénieusement conçues pussent être installées dans un minimum de temps, lors des Sacres à venir. Pour éviter les erreurs, le nom de l'arbre auquel elle était destinée et la hauteur de la tribune à partir du sol étaient inscrits au dos de chaque estrade.

Il y en avait quatre en tout, et elles étaient maintenant en place. Les quatre cèdres sur lesquels elles avaient été montées étaient assez profondément enfoncés dans le lac. Contre les grands troncs, étaient érigées des échelles qui traversaient l'eau peu profonde, depuis le rivage jusqu'à environ un pied au-dessous des tribunes.

Des constructions semblables, mais plus grossières, étaient calées entre les branches des frênes et des hêtres, et partout où c'était possible, dans les mélèzes et les pins qui poussaient tout près. De l'autre côté du lac, là où les jumelles s'étaient enfoncées dans l'eau pour rejoindre Finelame, les arbres étaient plantés trop loin du rivage pour offrir la vue nécessaire. Mais autour de la remise entourée de bois épais, il y avait d'innombrables branches sur lesquelles la valetaille pourrait se percher.

Dans une clairière, un if, un peu en retrait par rapport au reste des arbres habités, avait pour hôte le poète au visage de courge. Un grand pan d'écorce avait été arraché, et la pluie bouillonnait sur la chair écarlate de l'arbre. Elle tombait presque verticalement dans l'air immobile, perçant de mille aiguilles le lac gris. La surface de l'eau n'était plus le miroir blanc de la veille, mais une grande feuille de papier de verre. Les tribunes étaient trempées. Les feuilles n'en pouvaient plus de ruisseler, et tombaient dans les flaques de pluie. Sur la rive opposée, le sable était gorgé d'eau. Il était impossible d'apercevoir le château à travers le voile immense de la pluie. Aucun nuage ne se détachait dans le ciel, qui n'était qu'une étendue d'un gris uniforme d'où descendait le rideau mélancolique.

La journée avançait, les heures succédant aux heures, et la pluie à la pluie. Les arbres autour de la remise étaient maintenant pleins de monde. Sur chaque branche capable de supporter le poids d'un homme, il y avait quelqu'un. Un grand chêne hébergeait le personnel des cuisines. Un hêtre était occupé par le jardinier, Pentecôte, majestueusement assis sur la plus haute fourche du tronc glissant. Les garçons d'écurie étaient dangereusement perchés sur les branches d'un noyer mort, miaulant comme des chats, se tirant les cheveux, ou se donnant des coups de pied à toute occasion. Chaque arbre, ou chaque bosquet, avait son corps de métier et son statut traditionnel.

Quelques officiels faisaient les cent pas au bord de

l'eau, attendant l'arrivée des personnalités. Peu de *dignitaires* dans les arbres, mais, sur la rive la plus éloignée, une importante congrégation s'était rassemblée sur la bande de sable noir. Des hommes vieux, des femmes vieilles, et des grappes d'étranges adolescents. Ils étaient immobiles et parfaitement silencieux. C'étaient les Habitants des Huttes, les citoyens du mur extérieur : le peuple oublié des Brillants Sculpteurs.

Une femme, près du rivage, se tenait à l'écart. Son visage était à la fois jeune et vieux : les traits gardaient un air de jeunesse, mais l'expression était ravagée par le temps... le fléau des habitants. Dans ses bras, un petit enfant à la chair d'albâtre.

La pluie inondait tout. C'était une pluie tiède, perpétuelle et triste. Elle lavait et relavait le corps d'albâtre de l'enfant. Pas de fin au déluge, et le grand lac grossissait. Sifflements et bousculades avaient cessé dans les hautes branches du noyer mort, car des chevaux s'avançaient à travers les conifères du rivage. Ils venaient d'atteindre le bord de l'eau, et on était en train de les attacher aux branches basses des cèdres.

La comtesse était assise en amazone sur le premier cheval, un grand hunter gris. On n'avait d'abord aperçu que le cheval, la cavalière étant cachée par le feuillage, mais, dès qu'elle apparut, sa monture devint un poney.

Le sac symbolique pendait autour d'elle en vastes plis ruisselants. Derrière elle, Fuchsia était à califourchon sur un rouan. Elle lui flattait l'encolure en passant à travers les arbres. On aurait dit qu'elle caressait du velours mouillé. La crinière noire était la réplique des cheveux de Fuchsia. Aplatie par la pluie, elle collait au front et au cou du cheval.

Les tantes étaient dans un cabriolet tiré par un poney. Qu'elles ne fussent pas vêtues de pourpre semblait extraordinaire. Leurs robes avaient toujours semblé faire autant partie d'elles-mêmes que leurs visages. Elles paraissaient mal à l'aise dans les sacs, et ne cessaient de tirer dessus de leurs mains molles. Le maigre cocher arrêta le poney près du lac, et, au même instant, un cabriolet semblable, mais peint d'une vilaine couleur orange, apparut à travers les pins. Nannie Glu était assise toute raide, mais sa fière attitude (du moins, c'est ce qu'elle pensait) était démentie par l'expression terrifiée de son visage, qui émergeait des plis grossiers du vêtement comme une sorte de fruit desséché. Elle se rappelait le Sacre de Tombal, qui n'avait pas encore vingt ans. Il avait nagé jusqu'au radeau, et il ne pleuvait pas. Mais – oh! son pauvre cœur! – comme tout avait changé! Jamais il n'aurait plu le jour d'un Sacre lorsqu'elle était jeune. Les choses étaient si différentes alors.

Sur ses genoux, Titus, trempé. Pourtant, la robe qu'elle avait repassée avec tant de soin paraissait miraculeusement blanche. Elle émettait de la lumière au lieu d'en absorber. Titus suçait son pouce en regardant les silhouettes qui le dévoraient des yeux du haut des branches. Il ne souriait pas : il regardait simplement un visage, puis l'autre. Enfin il s'intéressa à un bracelet d'or que la comtesse lui avait fait apporter le matin même : il le remontait le long de son bras aussi haut que possible, puis le faisait redescendre, avec le plus grand sérieux, jusqu'au pli de son poignet potelé.

Le docteur et sa sœur avaient un sycomore à eux seuls. Il fallut un certain temps pour hisser Irma, qui trouvait cette comédie singulièrement déplaisante. Il lui était désagréable d'avoir les hanches coincées entre de grosses branches, même pour l'amour du symbolisme. Assis un peu plus haut, le docteur avait l'air d'un oiseau bizarre, peut-être d'une grue déplumée.

Finelame avait suivi Nannie Glu pour impressionner la foule. Il avait une place réservée dans un pin-pour-quatre, mais choisit de grimper dans un petit frêne, d'où il aurait à la fois l'avantage de voir et d'être vu du reste de Gormenghast.

Les jumelles gardaient la bouche hermétiquement

close. Elles se répétaient intérieurement toutes les pensées qui leur traversaient l'esprit, afin de découvrir si le mot « incendie » ne s'y était pas subrepticement glissé, et, quand elles étaient sûres que non, préféraient les garder pour elles, par mesure de précaution. Cora et Clarice n'avaient pas ouvert la bouche depuis que Finelame avait quitté leur chambre. Elles étaient toujours blanches, mais d'une blancheur moins horrible. Il y avait un soupçon de jaune dans leur teint, ce qui ne l'arrangeait pas beaucoup. Finelame avait tapé dans le mille, quand il avait crié que la Mort ne les quitterait jamais. Elles se tenaient étroitement enlacées en attendant qu'on les aide à descendre du cabriolet, car la Mort ne les avait pas quittées depuis cette nuit d'épouvante, et elles avaient toujours son crâne livide devant les yeux.

Grâce à un habile dosage de force brutale et d'obséquieuse délicatesse, les officiels avaient enfin réussi à hisser la comtesse Gertrude sur l'estrade calée entre les branches sombres d'un cèdre gigantesque. Un tapis rouge avait été tendu sur le plancher de la tribune. Dérangés par ce déploiement d'activités, les oiseaux du lac, échassiers et volatiles de toute plume errant au-dessus de la forêt, mirent le cap sur le cèdre de la comtesse dès qu'elle fut installée dans son énorme fauteuil d'osier. Les oiseaux se disputaient les meilleures places à ses pieds, et il y avait foule sur son corps hospitalier : une grisette, une litorne, un pouillot, une sittelle, un pipit, une hirondelle de rivage, une pie-grièche écorcheuse, un chardonneret, un bruant jaune, deux geais, un pic épeiche, trois poules d'eau (sur ses genoux avec un canard sauvage, une bécasse et un courlis), un hochequeue, quatre grives draines, six merles, un rossignol et vingt-sept moineaux.

Tout ce beau monde s'ébrouait en battant des ailes dans l'air trempé. Les cèdres, avec leurs étages de ramure vert sombre, offraient un meilleur abri que les autres arbres.

Dans les hautes branches du noyer mort, les garçons

d'écurie n'auraient pas été plus mouillés s'ils s'étaient assis dans le lac.

Il en était de même pour la fière et pauvre assemblée sur le rivage. Les silhouettes des sculpteurs ne se reflétaient pas dans l'eau sans cesse brouillée de pluie.

La tâche la plus délicate et la plus désagréable des officiels fut d'installer Brigantin sur son estrade. Le vieux bibliothécaire se mit à pousser des jurons à faire rougir sa jambe atrophiée, sous le sac. Il y avait des années que cette jambe entendait un langage de charretier, mais, le matin du Sacre, elle eut honte. De la hanche à l'orteil, elle eut honte de ce que la partie supérieure du corps pouvait *s'abaisser* à faire. Heureusement que l'influence contaminatrice ne descendait pas plus bas que les poumons, et que les maux dont elle souffrait étaient purement physiques.

Lorsqu'il se fut assis dans le fauteuil à haut dossier du Sacre, Brigantin poussa rageusement sa béquille par-dessous, et commença de se tirailler la barbe. Fuchsia avait maintenant grimpé dans le cèdre qui lui était dévolu. Elle avait l'arbre à elle seule, et la tribune était relativement sèche, à cause de l'épaisse toiture de feuillage. Elle regardait les habitants des huttes, de l'autre côté du lac. Pourquoi le Peuple du Dehors faisait-il battre son cœur ? Pourquoi se sentait-elle mal à l'aise ? C'était comme si les sculpteurs détenaient un secret terrible dont ils se serviraient un jour. Quelque chose qui menacerait la sécurité du château. Mais ils étaient impuissants. Ils dépendaient entièrement de la volonté de Gormenghast. Que pouvaient-ils faire ? Fuchsia remarqua une femme, qui se tenait un peu à l'écart, les pieds dans l'eau. Elle portait un enfant dans les bras. Un instant, il lui sembla voir les sombres lances de pluie passer à travers les membres de l'enfant. Elle se frotta les yeux, et regarda de nouveau. Mais il était impossible d'avoir une certitude à cette distance.

Même les officiels s'étaient réfugiés dans un orme

couvert de lierre, dont une branche cassée pendait au bout d'un moignon privé de sève.

Sur la quatrième estrade, dans les cèdres, les jumelles frissonnaient, bouches cousues. La Mort était assise entre elles, et elles ne pouvaient se concentrer sur le spectacle.

La vieille voix de Brigantin avait commencé de grincer à travers la pluie tiède qui tombait à verse. On l'entendait de partout. Personne ne faisait plus attention au bruit de la pluie, qui était devenu inaudible à force de monotonie. Si elle s'était brusquement arrêtée, le silence aurait ressemblé à un coup de tonnerre.

Finelame observait Fuchsia à travers les branches. Ce serait une conquête difficile, et il faudrait jouer serré. Ne pas brusquer les choses, avancer pas à pas. Il connaissait son caractère : simple, terriblement simple. Enclin à se passionner pour des choses ridicules. Obstiné... Mais c'était une fille, facile à effrayer ou à flatter. D'une fidélité absurde à ses quelques amis. Mais il serait aisé de semer le doute en elle. Elle était si terriblement simple ! C'était de cela qu'il fallait profiter. Il y avait Titus, bien sûr... mais à quoi servent les problèmes, sinon à ce qu'on en tire des solutions ? Il promena sa langue sur sa dent cariée.

Salprune avait déjà essuyé vingt fois les verres de ses lunettes, et observait Finelame, qui observait Fuchsia. Le docteur n'écoutait pas Brigantin qui dévidait son catéchisme aussi rapidement que possible, car il sentait les premières crampes de rhumatisme.

« ... et aura à jamais la garde sacrée du château de ses pères et du domaine héréditaire, qu'il défendra en pensée et en action contre les incursions étrangères. Observera les rites sacrés, sera digne de sa couronne, inculquera au premier mâle issu d'estoc le respect de chaque pierre, jusqu'au jour où il reposera dans la tombe de ses pères, ajoutant un maillon à l'interminable chaîne d'Enfer. Ainsi soit-il. »

Du plat de la main, Brigantin essuya l'eau qui ruisselait sur son visage, et essora de nouveau sa barbe. Puis il fourragea sous le fauteuil où se trouvait sa béquille, et se hissa sur une jambe. De sa main libre, il écarta une branche, et cria à travers le feuillage :

« Vous êtes prêts, fainéants ? »

Les deux hommes étaient prêts. Ils avaient pris Titus des bras de Nannie Glu, et se tenaient sur le radeau de branches de marronnier, au bord du lac. Pas plus grand qu'une poupée, Titus était assis à leurs pieds, au milieu du radeau. Sa chevelure sépia était collée sur son visage et sur son cou. Ses yeux violets étaient un peu effarés. La robe blanche était trempée, laissant voir la forme de son corps menu.

Le vêtement collant était lumineux.

« Poussez au large, nom de Dieu ! Fichez le camp ! »

D'une lente poussée, les deux hommes amenèrent le radeau en eau plus profonde. Naviguant à la gaffe, ils arrivèrent bientôt près du centre du lac. Dans un sac de cuir suspendu à la taille, le plus vieux des navigateurs gardait la pierre symbolique, la branche de lierre et le collier de coquilles d'escargot. L'eau était maintenant trop profonde pour qu'ils pussent en toucher le fond. Abandonnant les longues gaffes, ils sautèrent par-dessus bord, et, s'accrochant au bord du radeau, le propulsèrent en nageant comme des grenouilles, jusqu'à l'endroit traditionnel.

« Plus à l'ouest ! hurla Brigantin de la rive. Plus à l'ouest, imbéciles ! »

Les nageurs prirent le radeau de flanc, et recommencèrent à pousser. Puis ils levèrent la tête au-dessus de l'eau martelée de pluie et regardèrent en direction de Brigantin.

« Tenez bon ! cria la voix désagréable. Et cachez-vous, maudits fumiers ! »

Les deux hommes contournèrent le radeau, jusqu'à ce que leurs têtes fussent presque complètement cachées par l'épaisse litière de branches de marronnier, du côté opposé aux arbres. Le visage seul émergeant à la surface de l'eau, ils maintenaient le radeau en nageant debout. Titus était seul. Il regarda autour de lui, l'air perdu. Où était passée la foule ? La pluie ruisselait sur lui. Ses traits commencèrent à se plisser, ses lèvres à trembler. Il était sur le point d'éclater en sanglots, mais il changea soudain d'avis et se leva. Le radeau était tout à fait immobile, et il put garder l'équilibre.

Brigantin grogna de satisfaction. Tout allait bien. En principe, le futur comte devait se lever quand il entendait son nom. Dans le cas de Titus, il faudrait naturellement passer outre si l'enfant avait décidé de rester assis ou de ramper à quatre pattes.

« Titus d'Enfer, cria la vieille voix depuis la rive, le Jour est venu ! Le château attend ta souveraineté. D'horizon à horizon, tout est à toi, commis à ta garde : animaux, végétaux, minéraux, jusqu'à la fin des temps, car ta mort ne pourra endiguer le flot d'un sang aussi illustre. »

C'était le signal pour les nageurs. Grimpant sur le radeau, ils passèrent le collier d'escargots autour du petit cou mouillé, et, quand la voix sur le rivage cria : « Maintenant », ils essayèrent de mettre dans les mains de Titus la pierre et la branche de lierre.

Mais l'enfant ne voulut pas les tenir.

« Sang du diable et pierres de fiel ! hurla Brigantin. Que se passe-t-il, pourritures ? Allez, charognes, donnez-lui la pierre et le lierre ! »

Ils forcèrent les petits doigts de l'enfant à s'ouvrir, et placèrent les symboles au creux de ses paumes, mais Titus retira les mains, refusant obstinément de tenir ces objets.

Brigantin était hors de lui. L'enfant semblait ne vouloir en faire qu'à sa tête. Il frappa l'estrade d'un coup de béquille, et cracha de fureur. La foule entière, tant dans les arbres ruisselants que sur le sable gorgé d'eau, avait les yeux fixés sur Titus.

Sur le radeau, les deux hommes ne savaient plus que faire.

« Imbéciles ! Imbéciles ! Imbéciles ! cria la voix hideuse à travers la pluie. Posez-les à ses pieds, triples buses ! Posez-les à ses pieds ! Et déguerpissez, têtes à claques ! »

Les deux hommes replongèrent dans l'eau en maudissant le vieillard. Ils avaient déposé la pierre et la branche de lierre aux pieds de l'enfant, sur le radeau.

Brigantin savait que la cérémonie devait être achevée à midi : c'était écrit dans les anciens tomes de la loi. Il restait à peine une minute.

Il balança la tête, et sa barbe vola à droite et à gauche.

« Son Excellence la comtesse Gertrude de Gormenghast ! Son Excellence Fuchsia de Gormenghast ! Leurs Excellences Cora et Clarice d'Enfer de Gormenghast ! Levez-vous ! »

Clopinant sur sa béquille, Brigantin s'avança jusqu'au bord de l'estrade glissante. Il n'y avait pas de temps à perdre.

« Que Gormenghast ait des yeux pour voir et des oreilles pour entendre ! Car le Moment est venu ! »

Il s'éclaircit la gorge et parla sans s'arrêter, car les secondes étaient comptées. Mais, tandis qu'il criait les mots traditionnels, ses ongles se cassaient contre le bois de chêne de sa béquille et son visage était devenu pourpre. Sur son front, de grosses gouttes de sueur lilas reflétaient la couleur de son visage congestionné.

« Devant tous ! Devant l'aile sud du château et la montagne de Gormenghast, devant les yeux invisibles et sacrés de tes Ancêtres, Moi, Gardien des Rites immémoriaux, je te proclame et te sacre comte légitime, seul trait d'union entre le ciel et la terre, d'horizon à horizon, Titus d'Enfer, soixante-dix-septième comte de Gormenghast. »

Un calme terrible, irréel, s'était étendu sur le lac, sur les bois et les tours, sur le monde. Il s'était abattu comme un coup de tonnerre, et, maintenant que les derniers grondements mouraient, il ne restait plus que le silence vide. Pendant que Brigantin, dans une fureur noire, prononçait les dernières paroles, deux choses s'étaient produites. La pluie avait cessé, et Titus s'était mis à ramper vers le bord du radeau, la pierre dans une main et la branche de lierre dans l'autre. Puis, devant la foule horrifiée, il avait jeté les symboles sacro-saints dans les profondeurs du lac.

Dans le silence de mort qui suivit, un pan de ciel bleu pâle perça les nuages lourds au-dessus de Titus, qui se leva et s'avança à petits pas prudents vers le bord du radeau, du côté du lac où la sombre multitude des Habitants des Huttes était rassemblée sur le rivage. Il tournait le dos à Brigantin, à la comtesse, sa mère, et à tous ceux qui le regardaient avancer, pétrifiés, dans un silence aussi fragile que de la porcelaine.

Si, parmi le millier d'arbres qui entouraient le lac, une branche s'était brisée, ou si une pomme de pin était tombée, le charme eût été rompu. Mais pas une branche ne cassa. Pas une pomme de pin ne tomba.

Dans les bras de la femme, près du rivage, l'étrange enfant commença à se débattre avec une force incompréhensible, s'arrachant à son sein pour se tourner vers le lac. Le ciel devint d'un azur éclatant, et Titus, au bord du radeau, tira tellement fort sur son collier qu'il lui resta dans les mains. Il leva la tête, et le cri qu'il poussa glaça la foule qui l'observait, car ce n'était ni un sanglot, ni un cri de joie et il n'exprimait pas plus la crainte que la douleur. C'était un cri perçant, mais qui n'était pas celui d'un enfant. Titus lança le collier dans l'eau étincelante. Au moment où le collier sombra, un arc-en-ciel parut sur Gormenghast, et une voix lui répondit.

Une petite voix. Dans le silence absolu, elle emplit l'univers comme la note unique d'un oiseau, traversa l'eau depuis la rive où se tenaient les habitants, depuis l'endroit où la femme était debout à l'écart des siens, depuis la gorge de la petite fille née des entrailles de Keda, l'enfant bâtard, sœur de lait de Titus, entourée d'un halo de lumière spectrale.

Rottcodd une dernière fois

Ruisselant ou étincelant selon les caprices du temps, sous la pluie battante ou les rayons du soleil, le château caverneux comme une cloche muette dressait sa carcasse rongée par les intempéries, défiant le ciel changeant depuis des siècles. Beaux et mauvais temps ne faisaient qu'effleurer la peau de Gormenghast, transformant lumières et couleurs : un rayon de soleil devenait rayon de lune, une feuille errante se transformait en flocon de neige, une tige de musc en dent de glace. Dans chaque heure, battait le pouls d'une vie nouvelle. Dans chaque ombre, une vie s'éteignait : un lézard se chauffait au soleil pendant qu'un rouge-gorge mourait de froid.

Pierre après pierre, les murailles grises s'élevaient. Les fenêtres bâillaient. Blasons, listels et devises légendaires n'étaient plus que des ruines tristes, des ornements usés sculptés au-dessus des arcades et des portes, le long des fenêtres, dans les murs des tours ou dans les piliers d'arc-boutant. Des têtes de pierre rongées par les tempêtes, drapées de plantes grimpantes et pleines de stries vertes, regardaient aveuglément aux quatre points cardinaux à travers des paupières brisées.

Pierre après pierre. Les énormes blocs gris donnaient l'impression de se soulever vers le ciel de toute leur masse, animée par le souffle et la peine des siècles passés. En même temps, c'était une masse *immobile* où les moineaux, pas plus gros que des insectes, voletaient dans les murailles de lierre désolées. Immobile, et comme paralysée par son propre poids, au milieu de signes de vie éphémères : la chute d'une feuille, une grenouille coassant dans les douves, ou un hibou aux ailes ouatées descendant vers la terre en décrivant des cercles.

Mais, le long des interminables murailles de pierre,

quelque chose suggérait une immobilité plus complète, un silence bourdonnant, lové à l'*intérieur*. De légers souffles de vent bruissaient sur les murs extérieurs du château. Des feuilles tombaient, ou étaient effleurées par l'aile d'un oiseau. Lorsque la pluie cessa, l'eau se mit à tomber goutte à goutte des feuilles de lierre, mais à l'*intérieur* même, la lumière ne changea pas, sauf quand le soleil traversa une série de dalles poussiéreuses dans l'aile sud. Solitude.

Tout le monde assistait à la cérémonie. C'était autour du lac que le château respirait. Il ne restait que le vieux poumon de pierre. Pas un bruit de pas. Pas une voix. Rien que le bois et la pierre, et les portes, les rampes, les corridors et les alcôves, chambre après chambre, salle après salle, province après province.

Il semblait qu'à tout moment une Chose inanimée allait bouger : une porte s'ouvrir toute seule, ou les aiguilles d'une horloge se mettre à tourner. Il planait un silence trop lourd pour que cette gigantesque atrophie pût durer longtemps. La tension allait sûrement faire exploser le silence, déferler soudain, comme le réservoir d'eau d'un barrage rompu. Les écus allaient tomber des clous rouillés, les miroirs se fendre, les planchers se soulever et s'ouvrir, et le château lui-même trembler en secouant ses murs comme des ailes, se lézarder de toutes parts et s'écrouler en rugissant.

Rien ne se passa. Chaque salle ressemblait à une bouche grande ouverte, les mâchoires de pierre douloureusement fermées des portes comme des canines arrachées à la gencive! Il n'y avait pas le moindre bruit. Pas trace de la moindre présence humaine.

Etait-ce une ombre qui bougeait dans ces immenses cavernes? Seulement à l'endroit où les rayons de soleil se promenaient à travers l'aile sud. Quoi d'autre? Pas d'autre mouvement?

Seulement le pas feutré des chats. La longue ligne ondulante et silencieuse des chats stupéfaits, blancs comme des linges, perdus comme un adieu.

Encagés dans ces ruines de pierre, comment pourraient-ils retrouver la piste dans le désert du château ? De silence en silence. Rien n'avait plus de racines. Vie, os, souffle, écho, mouvement, tout avait disparu...

C'était un flux. Un flux silencieux et tenace. Une mer de pattes de velours à travers les portes entrouvertes. Les chats.

Ils passèrent sous la voûte de chérubins écaillés dans l'ombre, entre la froide perspective des piliers qui leur offrait une piste de mammouth. Le réfectoire leur ouvrit des steppes de silence, et ils coururent sur les dalles, puis le long du corridor où le plâtre se fissurait. Chambre vide après chambre vide, salle après salle, galerie après galerie, étage après étage, jusqu'au désert de la cuisine grise. Billots, fours et grils ressemblaient à des autels funèbres. La marée blanche passa loin au-dessous des poutres gondolées. Il n'y avait aucune hésitation dans le flot. Quand la dernière vague eut disparu, la cuisine redevint aussi désolée qu'un cratère dans un paysage lunaire. Les chats montaient à l'assaut des escaliers froids, essaimant vers d'autres contrées.

Où était-elle passée ? A travers la morne pénombre d'un millier d'ouvertures béantes, ils couraient, les yeux pareils à des lunes. S'enroulant vers d'autres mondes dans la spirale des escaliers, flairant la demi-lumière de midi. Rien. Ils ne découvrirent pas le moindre signe de vie, et elle était partie.

C'était une quête sans fin. Lieue après lieue, ils explorèrent méthodiquement le château, à pas rapides et feutrés. La chambre d'Etain défila, puis la chambre de Bronze, puis la chambre de Fer, puis l'armurerie, puis toute une série de couloirs... Rien. Ils ne trouvèrent pas un souffle de vie dans Gormenghast.

La porte de la galerie des Brillantes Sculptures était entrouverte. Ils se glissèrent à travers l'ouverture comme un long serpent de neige au corps ondulant, moucheté d'yeux jaunes. Sans l'ombre d'une hésitation, le serpent se faufila à travers les sculptures en soulevant des centaines de petits nuages de poussière. Il atteignit le fond de la salle où, dans le hamac suspendu près des volets fermés, sommeillait le conservateur, véritable incarnation du silence et seul être vivant dans le château, à part le serpent félin qui passait devant lui et revenait déjà vers la porte, au-dessus de laquelle les sculptures se consumaient lentement : la mule dorée, l'enfant gris comme la tempête, la tête blessée avec ses mèches d'un violet profond.

Rottcodd continua de sommeiller, ignorant non seulement que son sanctuaire avait été envahi par les chats de la comtesse, mais que le château était vide au-dessous de lui, car c'était le jour du Sacre. Personne ne lui avait parlé de la disparition du comte. Craclosse était le dernier à lui avoir rendu visite dans la salle poussiéreuse.

Lorsqu'il se réveilla, il eut faim. Il ouvrit les volets et remarqua que la pluie s'était arrêtée. Autant qu'il pouvait en juger d'après la position du soleil, l'après-midi était déjà avancé. Pourtant, il n'y avait rien dans le monte-charge qu'on lui envoyait de la cuisine, quarante toises plus bas. Cela ne s'était jamais vu. Ne pas trouver le repas qui l'attendait dans le monte-charge était si extraordinaire qu'il ne fut pas sûr d'être bien réveillé. Peut-être rêvait-il qu'il avait quitté son hamac...

Il secoua le cordon qui disparaissait dans le puits noir, et entendit le faible tintement de la cloche, loin au-dessous. Le son était assourdi par la distance, mais la cloche tintait aujourd'hui avec une clarté qu'il n'avait jamais entendue. Comme si c'était la seule chose en mouvement. Comme s'il n'y avait pas d'autre son pour lui faire concurrence, pas même le bourdonnement d'une mouche contre un carreau, elle sonnait dans une solitude effroyable, à une distance infinie. Il attendit, mais rien ne se passa. Il tira pour la seconde fois sur l'extrémité du cordon. Comme à travers une cité de tombes, le son de la cloche rompit le silence. De nouveau, il attendit. De nouveau, rien ne se passa.

Profondément troublé, il retourna à la fenêtre si rarement ouverte, passant sous les lustres illuminés de bougies. Il était tellement habitué au silence qu'il remarqua tout de suite qu'il y avait aujourd'hui quelque chose d'unique dans l'air vide. Il se mit à ruminer et sentit soudain en lui une sorte de flottement, quelque chose qui ressemblait à de l'angoisse, comme si le fondement même de toutes ses convictions était menacé. La *trahison* rôdait quelque part. Quelque chose d'impie, qui ébranlait les fondements mêmes de la loyauté. Rien ne comptait plus, n'avait plus de sens, si les fondations qui supportaient le sacro-saint édifice de sa foi étaient sapées à la base.

C'était impossible. Qu'est-ce qui *pouvait* changer? Il se caressa le menton et jeta un coup d'œil perçant par la fenêtre. Derrière lui, la longue galerie des Brillantes Sculptures luisait faiblement dans la pénombre, sous les lustres suspendus. Çà et là, une épaule ou une joue, une nageoire ou un sabot, trouaient l'obscurité d'une flamme verte ou indigo, rouge ou jaune citron. Le hamac se balançait légèrement.

Il s'était passé quelque chose. Il l'aurait senti, même si son repas lui avait été normalement envoyé par le monte-charge. Ce silence était un silence de mauvais augure.

Il continua de ruminer des pensées tortueuses, les yeux errant sur le panorama au-dessous de lui. Un peu vers la gauche, à environ cinquante pieds de la fenêtre, il y avait une vaste étendue de toits plats et gris, bordés de tourelles moussues. Un intervalle de trois pieds séparait les créneaux, dont la ligne monotone s'étendait devant les yeux de Rottcodd. Soudain, le conservateur tendit le cou, et son regard cessa de divaguer. Il venait de se rendre compte que chaque tourelle était surmontée d'un chat, et que chaque chat, aussi blanc qu'un panache, regardait, à travers la fente de ses prunelles, quelque chose qui bougeait, loin au-dessous, sur l'étroit sentier couleur de sable qui, partant des communs du château, menait aux bois du nord.

Les chats perchés sur les tourelles regardaient tous dans la même direction. Il devait y avoir quelque chose de particulièrement intéressant dans le panorama lointain, car les lumineuses fourrures de neige étaient parfaitement immobiles, et les yeux jaunes fixes et avides. Au bout de quelques instants, Rottcodd aperçut une cavalcade qui venait de sortir des bois. Il y avait là, en miniature, tous les principaux personnages du château.

Semblables à des jouets, les chevaux étaient en tête du cortège. Rottcodd, qui était presbyte, et ne pouvait compter ses doigts qu'en les touchant quand il levait la main devant son visage, enleva ses lunettes. Les silhouettes qui cheminaient dans le soleil, si loin au-dessous de la fenêtre, cessèrent de danser indistinctement devant ses yeux, et il sursauta. Que s'était-il passé? Au moment même où il se posa la question, il trouva la réponse. Personne ne lui avait rien dit! Personne! C'était une pilule amère à avaler. On l'avait oublié. Et il ne pouvait même pas se plaindre : il avait toujours souhaité être oublié.

Il regarda attentivement : pas d'erreur possible. Chaque silhouette était minuscule, mais claire comme du cristal dans l'air purifié par la pluie. Il y avait un berceau sur la selle du cheval de tête. L'enfant qu'il n'avait encore jamais vu était endormi, un bras sur le bord du berceau. Endormi le jour de son Sacre. Rottcodd fronça les sourcils. C'était Titus. Donc Tombal était mort, et personne ne lui avait rien dit. Ils s'étaient rendus au lac. Au lac. Et là, au-dessous de lui, lentement porté par une jument grise : le soixante-dix-septième.

Tenant la jument par la bride, il y avait un jeune homme qu'il n'avait jamais vu. Il avait de hautes épaules et le soleil brillait sur son front bombé. Sous la selle-berceau, le dos de la jument était recouvert d'un tapis brodé d'or et criblé de mites, qui pendait presque jusqu'à terre. Outre Titus, le berceau contenait une couronne de carton, une courte épée dans un fourreau bleu ciel, et un livre. Les petites cuisses écartées de l'enfant profondément endormi froissaient les feuilles de parchemin.

Derrière lui, venait la comtesse, montée en amazone, la chevelure brûlant comme une pointe de feu. Sa monture avançait lentement, et elle se tenait parfaitement immobile. Puis Rottcodd remarqua Fuchsia, le dos très droit, les mains tenant mollement les rênes. Il eut du mal à reconnaître les tantes qui, sans leur pourpre, avaient une allure unique dans leur cabriolet. Il aperçut Brigantin, qu'il prit pour Grisamer, son défunt père, en train de piquer le flanc de son cheval du bout de sa béquille. Puis Nannie Glu, seule dans sa voiture, qui se tirait les lèvres pendant qu'un garçon d'écurie tirait sur celles du poney. A l'avant-garde des piétons, venaient les Salprune, Irma au bras du docteur, suivis de Pentecôte et du poète au visage de courge. Mais qui était cet homme trapu, au visage de mulet, qui avançait d'un pas lourd entre eux, et où était Lenflure? Où était le chef? Et Craclosse? A la suite de Pentecôte, mais à distance respectueuse, marchait le gros de la troupe, la valetaille innombrable que la forêt lointaine vomissait à chaque instant.

Voir après si longtemps le cœur du château passer au-dessous de lui (même très loin) était pour Rottcodd, seul dans la galerie des Brillantes Sculptures, un sujet de satisfaction et de peine à la fois. Satisfaction de voir s'accomplir le rituel immémorial de Gormenghast avec tout le faste sacré de la tradition. Peine à cause de cet inexplicable sentiment d'un changement qui, bien que tout à fait irrationnel, lui empoisonnait l'esprit, et lui serrait le cœur. Ceux d'en bas avaient déjà éprouvé, à des degrés divers et sous des formes variées, cette intuition d'un danger, qui pénétrait aujourd'hui pour la première fois dans l'atmosphère de la prison poussiéreuse où Rottcodd passait sa vie à dormir.

Tombal mort? Et un nouveau comte... un enfant de

moins de deux ans? Les pierres du château auraient dû lui transmettre le message, les Brillantes Sculptures lui chuchoter le secret. Un cri soudain monta du cortège, là-bas où silhouettes, chevaux, sentiers, arbres et rochers n'étaient pas plus grands que des jouets. Le cri d'une vieille voix, cruelle malgré la distance, et dont l'écho alla mourir au milieu des reflets verts du lac, qui avait la taille d'un timbre-poste. Puis le silence retomba sur le cortège, rompu seulement par des bruits infimes : le sabot d'un cheval heurtant une pierre, le grincement d'une selle ou d'une bride. Perché dans son nid d'aigle, Rottcodd observait les silhouettes se diriger vers la base du château, une ombre courte et noire cousue à leurs talons. Autour du cortège, le sol semblait avoir été repeint. Ou plutôt, c'était comme si un vieux paysage, devenu sombre et triste, avait été verni et brillait d'un nouvel éclat. Chaque fragment de la toile immense retrouvant ses couleurs primitives, l'ensemble était une splendeur.

Titus toujours endormi dans la selle d'osier, la jument de tête approchait maintenant de la grande ombre du château, dont l'éventail prodigieux s'ouvrait comme un lac morose à la base des murailles de pierres.

Le cortège s'étirait de plus en plus. Même à présent que la tête de la procession était sous les murs du château, les lointains taillis au bord du lac se vidaient encore. Rottcodd ramena un instant les yeux sur les chats blancs, perchés sur les tourelles de mousse grise. Il s'aperçut qu'ils ne regardaient plus le défilé, mais avaient les yeux fixés sur la tête du cortège, où chevauchait la silencieuse comtesse. Ils avaient perdu leur immobilité de statue, et frissonnaient au soleil. Les petits yeux en vrille de Rottcodd revinrent se poser sur les santons (dont les trois plus grands auraient pu tenir dans la patte du chat le plus éloigné, qui se trouvait lui-même cinquante pieds plus bas que le conservateur), mais il les ramena aussitôt sur les chats héraldiques dont les soudains miaulements à l'unisson furent un cri surnaturel, comme celui d'une sirène, montant de leurs corps qui tremblaient.

Derrière le dos du conservateur, les limites de la longue galerie poussiéreuse parurent reculer. Renforcé par ce cri du monde extérieur, le silence de mort des sculptures s'étendit comme un désert jusqu'aux omoplates de Rottcodd. Et au-delà de la porte lointaine, sous le plancher des étages, et plus bas encore, dans le dédale de rampes et de spirales des escaliers muets, le château bâilla sombrement.

La comtesse avait arrêté son cheval et levé la tête. Elle parcourut des yeux le précipice qui la surplombait puis, fronçant les lèvres, elle modula une note aiguë et triste comme la note d'une flûte de roseau.

Les tourelles de mousse grise furent soudain désertées. Comme des ruisseaux blancs, comme des cascades, les chats dévalèrent le long du vertigineux précipice de pierre. Ils semblaient avoir fondu comme neige au soleil, et Rottcodd, abandonnant la vaste étendue de toits déserts pour scruter le paysage au-dessous de lui, fut stupéfait de voir un petit nuage qui traversait rapidement un champ d'ivraies. Le nuage ralentit, puis essaima, et, lorsque la comtesse pressa les flancs de sa monture, le cheval sembla patauger jusqu'aux fanons dans une brume blanche qui s'accrochait à chaque mouvement de ses sabots.

Titus se réveilla au moment où la jument qui le portait entra dans l'ombre du château. Il s'agenouilla dans le berceau d'osier. Des mèches de cheveux encore noires de pluie s'enroulaient comme des serpents autour de son cou et de ses épaules. Il tendit les mains et se cramponna au rebord de la selle-berceau. Sa robe trempée et brillante devint grise lorsqu'il s'enfonça dans l'eau profonde de l'ombre où la jument passait à gué. L'une après l'autre, les minuscules silhouettes perdirent leur vernis de jouets, et furent englouties. Les cheveux de la comtesse s'éteignirent comme un brandon dans cette baie maussade. A ses pieds, le nuage félin était maintenant une fumée grise. L'une après l'autre, les formes brillantes se noyèrent dans l'ombre.

Rottcodd quitta la fenêtre. Les sculptures étaient là. La poussière était là. La faible lumière des lustres projetait sur les sculptures des reflets mourants. Mais tout avait changé. Etait-ce bien la galerie que Rottcodd connaissait depuis toujours? Elle était sinistre.

Il se tenait parfaitement immobile, serrant le manche de son plumeau. Soudain, l'air autour de lui s'anima, et il y eut un *autre* changement. Une *autre* présence remplit l'atmosphère. Quelque part, quelque chose venait de se briser. Quelque chose de lourd et de fragile, un globe de verre, peut-être, venait d'être brisé, car l'air circulait de nouveau librement, et le vide pesant, bourdonnant d'angoisse, s'était évanoui. Il n'avait rien entendu, mais il savait qu'il n'était plus seul. Le château respirait de nouveau.

Il retourna à son hamac, partagé entre une joie et une perplexité étranges. Il s'étendit, une main derrière la tête, l'autre pendant par-dessus le bord du hamac, dans les cordes duquel il sentait monter le ronronnement du château. Il ferma les yeux. Comment Lord Tombal était-il mort? Craclosse ne lui avait pas dit qu'il était malade. Mais c'était il y a longtemps. Combien de temps? Dans un sursaut qui lui fit ouvrir les yeux, il comprit que plus d'une année s'était écoulée depuis que l'échalas lui avait apporté la nouvelle de la naissance de Titus. Il se rappelait clairement les moindres détails. Le tic-tac des genoux. L'œil collé au trou de la serrure. La nervosité de Craclosse, son dernier visiteur. Etait-ce possible? Plus d'une année s'était écoulée sans qu'il eût vu âme qui vive.

Les yeux de Rottcodd suivirent l'échine de bois d'une loutre à la robe pommelée. Il avait pu se passer mille choses au cours de cette année. Il se sentit de nouveau très mal à l'aise et changea de position dans le hamac. Mais qu'est-ce qui avait bien *pu* arriver? Qu'est-ce qui avait bien pu arriver? Il fit claquer sa langue.

Le château respirait. Loin au-dessous de la galerie des Brillantes Sculptures, la roue de Gormenghast tournait. Rottcodd n'avait rien entendu, mais après le silence vide, c'était comme un tumulte qui montait en lui. Les portes allaient s'ouvrir, les corridors se remplir d'échos, les lumières vaciller le long des murs.

Dans leurs prisons d'argile, les passions allaient butiner maintenant dans les alvéoles de pierre. Il y aurait des pleurs, et il y aurait d'étranges rires. Des naissances et des morts sous les plafonds ombrageux. Et des rêves. Et de la violence. Et des charmes rompus.

Titus vient d'entrer dans sa forteresse. Bientôt paraîtra l'éclair d'une verte aurore, et l'amour lui-même sera un appel à l'insurrection !

Mais cela est une autre histoire.

DU MÊME AUTEUR

Aux Éditions Stock :

GORMENGHAST.
TITUS ERRANT.

IMPRIMÉ EN FRANCE PAR BRODARD ET TAUPIN
Usine de La Flèche (Sarthe).
LIBRAIRIE GÉNÉRALE FRANÇAISE - 6, rue Pierre-Sarrazin - 75006 Paris.
ISBN : 2 - 253 - 04648 - 5

Biblio

Sherwood ANDERSON
Pauvre Blanc

Miguel Angel ASTURIAS
Le Pape vert

Adolfo BIOY CASARES
Journal de la guerre au cochon

Karen BLIXEN
Sept contes gothiques *(nouvelles)*

Mikhaïl BOULGAKOV
La Garde Blanche
Le Maître et Marguerite

André BRETON
Anthologie de l'humour noir

Erskine CALDWELL
Les Braves Gens du Tennessee

Italo CALVINO
Le Vicomte pourfendu

Elias CANETTI
Histoire d'une jeunesse - *La langue sauvée*
Histoire d'une vie - *Le flambeau dans l'oreille*
Les Voix de Marrakech

Blaise CENDRARS
Rhum

Jacques CHARDONNE
Les Destinées sentimentales
L'Amour c'est beaucoup plus que l'amour

Joseph CONRAD et Ford MADOX FORD
L'Aventure

René CREVEL
La Mort difficile

Iouri DOMBROVSKI
La Faculté de l'inutile

Lawrence DURRELL
Cefalù

Friedrich DÜRRENMATT
La Panne

Jean GIONO
Mort d'un personnage
Le Serpent d'étoiles

Henry JAMES
Roderick Hudson
La Coupe d'Or
Le Tour d'écrou

Ernst JÜNGER
Jardins et routes
Premier journal parisien
Second journal parisien

Ismaïl KADARÉ
Avril brisé

Franz KAFKA
Journal

Yasunari KAWABATA
Les Belles Endormies
Pays de neige
La Danseuse d'Izu *(nouvelles)*
Le Lac
Kyoto
Le Grondement de la montagne

Andrzej KUSNIEWICZ
L'État d'apesanteur

Pär LAGERKVIST
Barabbas

D.H. LAWRENCE
L'Amazone fugitive *(nouvelles)*
Le Serpent à plumes

Sinclair LEWIS
Babbitt

Carson McCULLERS
Le Cœur est un chasseur solitaire
Reflets dans un œil d'or
La Ballade du café triste *(nouvelles)*
L'Horloge sans aiguilles

Thomas MANN
Le Docteur Faustus

Henry MILLER
Un Diable au paradis
Le Colosse de Maroussi
Max et les phagocytes

Vladimir NABOKOV
Ada ou l'ardeur

Anaïs NIN
Journal 1 - *1931-1934*

Joyce Carol OATES
Le Pays des merveilles

Liam O'FLAHERTY
Famine

Luigi PIRANDELLO
Feu Mathias Pascal

Augusto ROA BASTOS
Moi, le Suprême

Joseph ROTH
Le Poids de la grâce

Raymond ROUSSEL
Impressions d'Afrique

Arthur SCHNITZLER
Vienne au crépuscule

Isaac Bashevis SINGER
Shosha
Le Blasphémateur
Le Manoir
Le Domaine

Robert PENN WARREN
Les Fous du roi

Virginia WOOLF
Orlando
Les Vagues
Mrs. Dalloway
La Promenade au phare
La Chambre de Jacob
Années
Entre les actes
Flush

42/3096/7